小学館文庫

さよなら、ムッシュ

片岡 翔

小学館

五月

★

きっかけはしゃっくりだった。

その日も星太朗（せいたろう）は淡々と仕事をこなしていた。

ただひたすら原稿を読み、言葉を確認していく。ベルトコンベアで流れてくる商品の欠陥を見つけるように、作家が心を込めて紡いだ言葉たちを、心に入れずに読んでいく。

いびつな言葉は文句も言わずにはじかれるが、たまにそれが健気（けなげ）に思えて苦しくなる。

言葉が好きで、本が好きで、校正という仕事に就いたのに。なんでこんなことをしているのだろう。

ときどき、そんな風に思ってしまう。

ひゃっくりという言葉が出てきて、赤鉛筆を手に取る。

正しくは、しゃっくりだ。

ただ、それをすぐに間違いだと決めつけはしない。

創作物の場合、作者があえて正しくない言葉を使うこともある。この場合だと、中学生の主人公の口調を表現しているとも考えられるし、語感を優先しているのかもしれない。一方で、やはり単なる間違いとも考えられる。作家だって国語の成績が悪い人もいるし、言葉の外面に執着しない人もいる。

著者は若い女性作家。彼女の作品を担当するのは初めてだったので、その傾向は読めない。星太朗は迷いなく赤鉛筆を走らせた。

『意図的なものでなければ、正しくは「しゃっくり」です。』

丁寧に記し、次の行へ目を走らせたそのとき、

ひっく

しゃっくりが出た。

しゃっくりのことを考えていてしゃっくりが出てくるなんて、馬鹿げている。とはいえ驚くほどのことでも、笑うほどのことでもない。気に留めずに原稿をめくる。

ひっく

しゃっくりは止まらなかった。

控えめな音が続き、治まってきたかと思えば、突然大きなものが飛び出す。そこに意思は反映されないし、先を読むこともできない。体内に変な生き物が棲（す）みつい

たようだ。胸に力を込めると多少ボリュームを抑えることができたが、そのぶん肺の奥が痛む。

顔を上げると、向かいに座る西野(にしの)さんと目が合った。慌てて逸(そ)らすと、隣に座る小南(こみなみ)くんがわざとらしくヘッドフォンを着ける。

星太朗はいたたまれなくなり、リュックに原稿を詰め込んだ。

ひっく

満員電車で押しつぶされている間も、治まることはない。眼前に立つ若い女性が冷たい視線を送ってくるので、目を閉じて深く息を吸い込む。この状況でおもいきり吐くのは気が引けるので、鼻からそっと、息を逃がす。

気にすることはない。この女性とは、もうきっと出会うことはないのだ。

そう胸に言い聞かせるが、横隔膜は言うことを聞いてくれない。

出ないでくれ。お願いだから。

思えば思うほど、肺が大きな音を立てて跳ね上がる。周りの視線が痛い。顔が熱くなり、耳が真っ赤になっていくのがわかる。

人目がこんなに気になる性分が嫌で、星太朗は窓に映る自分からも目を逸らした。

やっとのことで最寄駅に着くと、勢い良く改札を出た。

ひっく

十分ほどなだらかな坂を登ると、つばめ台団地が見えてくる。四十以上の棟からなる大きな団地で、星太朗が住む棟はさらに数分歩かないといけない。団地は、棟と棟の間の余白に、穏やかな空気を溜め込んでいる。その空気は夜になると静まり返り、いつも星太朗の疲れを癒してくれる。けれど今日に限ってはしゃっくりが響いてしまうので、その静けさが余計だった。

タコ山と呼ばれている大きなタコのすべり台も、今は大人しく眠っているようだ。春が来ていることにも気づかずに、まだ寒さに足を縮めているように見える。

その横を通り過ぎ、ひんやりと冷たそうな階段を上って、実際に冷たいドアを開ける。脱いだ靴を揃えていると、ムッシュのぼやけた声が聞こえてきた。

「おかえりー」

「ただいま」

廊下と居間を仕切るガラス戸を開けながら返事をする。昭和感漂う花柄のフロアマットにリュックを置いて、台所で手を洗う。その間もしゃっくりは止まらない。

「飲んできたの？　珍しいね」

ムッシュはソファの上で分厚い辞書をめくっている。

「いや、飲んでも食べてもいないよ」

星太朗は麦茶を飲んで口をさっぱりさせる。喉(のど)の奥が冷たく潤い、肺にまで爽(さわ)やかな香りが届く。しゃっくりは止まらない。

「しゃっくり……しゃ、しゃ、しゃ……」

ムッシュは慣れた手つきで辞典をめくる。手がモコモコしているのに、よく滑らずにめくれるなぁと、星太朗はいつも感心してしまう。

「あったあった。横隔膜の痙攣(けいれん)による異常呼吸。一定間隔で声門が開き、特殊な音を発する現象」

ムッシュは辞典が大好きだ。いつも嬉(うれ)しそうにページをめくっては、聞いてもいないことを教えてくる。

「へ〜、なんかカッコいいね。特殊な音だって。超能力みたい」

グラスを洗う星太朗に、ムッシュは独り言のように話しかける。

「え、発生する原因は解明されていないだって。えー、何それ、不思議だなあ。人類は宇宙の広さだって解き明かしてるのに、自分の胸のことがわからないなんて、不思議だなぁ」

「いや、自分の方が不思議だろ」

星太朗がぼそりとつっこむと、ムッシュは自分の体を見つめてつぶやいた。

「あ、そう……」

ムッシュ以上に不思議なものは、この世に無い。

星太朗は昔からそう思っている。

ムッシュは亡くなった母が作った、コアラのぬいぐるみだからだ。

体の大きさはほぼA4サイズで、ずんぐりむっくり。生まれたときに真っ白だったモコモコの毛は、今は薄汚れてベージュ色になっている。眉毛も睫毛も無いが、つぶらな黒目はそれだけで可愛らしい。

赤い靴下で作られた大きな耳は両側にぼよんと垂れて、左耳は青い継ぎ当てをされている。そこに仲良く並んでいるのは星の刺繡。星太朗のマークだ。

左胸には耳と同じ生地の胸ポケットがあり、その下のお腹は丸っこい。

それからなんといっても一番の特徴は、コアラらしい大きな鼻が、ヒゲと一体化していることだ。鼻の先がくるんと左右にはねて、いかにもムッシュ的な立派なヒゲになっている。顔の真ん中にピンで留めてあるだけなので、しゃべるとぴらぴら揺れ、めくるとおちょぼ口が見える。揺れるのは息を吐いているからだろうが、その仕組みはまったくの謎。

なんでしゃべるのかも、どうして動くのかも謎。

体は間違いなく、布と綿でできているというのに。

これは星太朗の夢や妄想の類ではない。ムッシュの声は他人にも聞こえるし、動く姿は誰にでも見ることができる。

星太朗はそのことを秘密にして、二十年間生きてきた。

居間と繋がる星太朗の部屋は和室の六畳間で、飾り気は全く無い。目立つのは、母が使っていた赤い文机とお揃いの色の座椅子だけ。壁には平凡なタンスと本棚が並び、側面は子どもの頃に貼ったシールで埋め尽くされていた。

食事を終えると、布団を敷いてそば殻の枕を固める。ちょうど良い高さを作り、横になって読みかけの小説を開いた。

趣味で読書をするときは、たっぷり時間をかけて読むことにしている。流すようなことはしない。ゆっくりと、言葉を頭に染み込ませていく。決して間違いを探さないように。仕事とは異なる丁寧さで、じっくりと。

至福の時間だ。あれほど悩まされたしゃっくりの音でさえ、遠のいていく。

襖が開いてムッシュが入ってきた。襖といっても、下の部分に四角い穴を開けて、猫のドアのように設えたムッシュ用の小さな襖だ。

「ねぇ、ネバーランドって、どうして子どもしかいないか知ってる？」

本への集中を切らさないように、星太朗は感情を込めずに返事をする。

「さぁ」

「驚きの事実だよ」

ムッシュはにやけながら、たっぷり間をあけて言った。

「みんな、大人になったらピーターパンに殺されるんだって」

ピーターパンが子どもを殺す？　子どもたちのヒーローの、あのピーターパンが？　そんなことはあり得ない。

問い質(ただ)そうとするが、思いとどまる。ムッシュの思うつぼだ。かまってほしくて嘘(うそ)をついているだけに違いない。

「ビックリした⁉　ほんとだよ？　嘘じゃないからね」

ひっく！

驚きと一緒に、一際大きなしゃっくりが飛び出す。

「あーぁ、ダメかぁ……。今絶対ビックリしてたのに……」

ムッシュは大袈裟(おおげさ)にため息をついた。どうやら星太朗を驚かせようとしていたらしい。

「あのね、しゃっくりを止めるには、ビックリしたらいいんだよ」

「いや、知ってるし」

「ほんと？　じゃあ、百回続けて出たら死んじゃうっていうのは知ってる？」

「そんなの、常識だから」

「え、そうなの？　じゃあやばいでしょ！　がんばってビックリしないと！」

ムッシュは頭が良いのに、けっこう馬鹿だ。

「常識だけど、真実じゃないから。それはただの迷信」

「うそっ！」

「本当だったらもうとっくに死んでるよ」

星太朗はしゃっくりをしながら、本に目を戻す。百回なんてとうに超えていた。

「本当じゃないことが常識になってるの？　なにそれ、意味わかんない」

ムッシュはぶつぶつ言いながらカーテンを開ける。

「今日は天気いいから、コアラ座が見えるかもよ」

それは小学生のときに星太朗が作ったもので、たくさんの星座を考えたなかで、ムッシュが一番喜んだ星座だ。理由は言うまでもないだろう。

「あぁ、雲一つ無いなぁ。コアラ座、見に行きたいなぁ」

無視をしたくはないが、星太朗は小説に集中したかった。返事をしないで頷（うなず）くと、ムッシュが声を上げた。

「あ‼　ＵＦＯだ‼」

驚かせたいのか、ただ気を引きたいのか、散歩に出たいのか。どれかはわからないが、きっとどれも正解だ。

「アンアイデンティファイド、フライング、オブジェクトだ‼」

ムッシュが略さずに叫ぶ。星太朗だって物知りな方なので、それくらいのことでは反応しない。面倒なことにならないように、断りだけ入れておく。

「悪い、今いいところなんだよね」

あっさりと、事務的に。かといって、機嫌を損ねないように。

するとムッシュはくるっとターンして、フランス語で返事をした。

「ウィ」

颯爽と部屋を出ていくその背中が、紳士を気取っている。

ムッシュも歳をとってきたからか、いつからか素直に遊んでほしいと言わなくなった。そんな様子を見ていると、少しは名前が似合ってきたな、と思う。

ムッシュという名前は、星太朗が決めたわけではない。

幼い星太朗が名前を考えていると、

「君はムッシュだね」

おじいちゃんが立派なヒゲに触れて、そう声をかけたのだ。

窓から風を入れ、読書を再開する。どうしても殺人鬼のピーターパンが頭に浮かんでしまう。

しかたなく本を置き、お風呂のお湯を溜めた。服を脱いでいると、居間からカラオケが聴こえてくる。

ムッシュの十八番、スーダラ節だ。

歌うことが大好きなムッシュは、おじいちゃんが集めていたカラオケのテープ、通称〈倫太朗コレクション〉を、そっくりそのまま受け継いだ。赤いラジカセを大事に手入れして、毎晩のように歌っている。

星太朗はジップロックに小説を入れて、湯船で続きを読み始める。ページをめくるのがひどく面倒だが、そうまでしても本の続きを読みたかった。

お風呂の中にまで聴こえてくる歌は、植木等から南こうせつになっている。昭和なチョイスばかりだが、流行りの歌よりは心地良い。

それに今は、ペースを上げたしゃっくりの方が邪魔になっていた。

息を止めて、湯船に潜ってみる。

ひっく！

大きなあぶくが浮かんだだけだった。

毎朝六時に、星太朗は時計を使わず目を覚ます。

カーテンは開けずに布団を畳み、タンスからシャツを出してパジャマを脱ぐ。

すると後ろから、可愛げなしゃっくりが聞こえた。

ひっく

振り返ると、隣に敷いた小さな布団からムッシュが起き上がっていた。

「いやー、ぼくもだよ。まいったなぁ。横隔膜がうずいちゃって」

ぼそぼそ言いながら、続けてしゃっくりをしてみせる。出ているのではない。出しているのだ。

星太朗は何も言わずに、襖を開ける。

ムッシュが何か言いたげなので、返事代わりにしゃっくりをした。

社員十数人ほどの小さな出版社、ろば書林に星太朗は勤めている。

社名の由来は、門馬(もんま)社長が書いた社訓を見ればわかる。

『今日も明日も、ろばのように』

ろばは馬のように速く走れないし、美しい鬣(たてがみ)だってない。だけど、誰より我慢強くて、なにより優しいんだ。

社長は毎年四月になると、増えも減りもしない社員たちに同じ話を聞かせた。

そんな社訓が似合う、古めかしい石造りのビルに会社はある。二階に並んだデスクには一様に本や書類が積み上げられ、それがデスクだと認識できるものはない。

その中で唯一、星太朗のデスクだけはスッキリと整頓されていた。九種類の辞書が背の順で並べられ、ペン立てには同じ赤鉛筆が常に五本立てられている。

ひっく

今日も星太朗のしゃっくりは止まらず、ワンフロアの社内に響き渡る。肩身が狭く、驚くほど仕事が捗らない。

出社してから一時間も経っていないのに、すでに十九回も出ている。ちょうど二十回目が出た時に、隣の小南くんがまたヘッドフォンをした。

彼は三つ歳下。唯一の後輩だが、星太朗は先輩のように振る舞えたことが一度も無い。

いつも斬新な企画を立ち上げ、精力的に働いているからだ。その仕事ぶりを見る度に、校正者で良かったとつくづく思っていた。

星太朗はろば書林の出版物の全ての校正を担っている。なかなか過酷な仕事だが、ライバルは存在しない。営業をすることも、作家のご機嫌を伺う必要もない。淡々と自分のペースで働けるのはとても幸せなことだった。

子どもの頃は、密かに小説家になりたいと思っていた。

でも、人と争うことが苦手なのでその夢は諦めた。誰かと競争をしたり、順位を付けられたりすることが嫌だったし、そういうことに意味を見出せなかった。自分は言葉の間違いを正すだけ。争いと無縁のこの仕事が天職だ。そう思っていた。

「星ちゃん、ちょっと」

社長に呼ばれて席を立つ。

「ちょっとここ、見てくれない？」

社長は怪我でもしたかのように、手のひらで自分の左耳を覆っていた。

「え？」

「いいから、早く」

命令なのに、その言葉尻はやわらかい。覗き込むと、社長は押さえていた手を離し、中から大きな耳が飛び出した。

「でっかくなっちゃった‼」

大昔に芸人が流行らせたネタで、忘年会の度に社長がやっているマジックだ。リアクションに困ったが、社長が自分を気遣ってくれていることはわかる。頑張って驚いてみせた瞬間、ひっく！

大きなしゃっくりが飛び出した。

社員たちが皆、手を止めて見つめてくる。静かすぎる視線が何よりも痛い。

「なんかごめんね」

社長は照れくさそうに顔を縮めて、床に落としたゴム製の耳を拾った。薄くなった頭頂部を見て、心底申し訳ないと思う。

「こちらこそ、すみません」

星太朗はいつも以上に頭を下げ、社長のしわしわの革靴を見つめた。


「ねぇ森くん、ちょっといい」

西野さんが声をかけてきたのは、しゃっくりが五十回に迫ろうとしていたときだった。星太朗の返事を待たずに、フロアの隅にある書庫へ入っていく。調べ物の手伝いだろうか。後に続くと、彼女は書棚から文庫本を取って差し出してきた。

「これ」

表紙に、箔押しされた銀色のハートが光っている。『好き。』というタイトルの恋愛短編小説集だ。西野さんは恥ずかしそうにうつむき、ぼそりと言った。

「私の気持ち」

まさか。これは、告白というやつだろうか。いや、でも、どうしてこのタイミングで。というより、どうして、僕のことを。顔が急に熱くなる。どうしよう。どうすれば。好き。という題字を見つめながら困惑していると、西野さんが覗き込んできた。

「よしっ、止まったんじゃない?」

「え……？」

「ビックリしたでしょ」

無邪気な笑顔を見せてくる。

星太朗は言葉も出せないまま、特大のしゃっくりを出した。

ひっく‼

「えー。うそ！　しぶとっ」

西野さんは笑いながら書庫を出ていく。

数秒してからやっと、星太朗は何が起きたのかを理解した。ムッシュや社長と同じように、驚かせてしゃっくりを止めようとしてくれたのだ。

ありがたさよりも、ガッカリ感の方が大きかった。

西野さんは四つ上の編集者で、エースと呼ばれるほど仕事ができる。デスクは社内で一番汚いし、たまに淹（い）れてくれるコーヒーもやけに不味（まず）い。

けれど、星太朗は彼女のことが気になっていた。

周りの目を気にすることなく、いつだって自然体で働く姿がカッコよく、ぐしゃぐしゃに髪をかき回しながら悩んでいる目が好きだった。

「森くんって、いつも眼鏡がきれいだよね」

ある日の午後、突然そう話しかけられたことを憶（おぼ）えている。

　星太朗は入社してからただの一度も、きれい好きということで褒められたことがなかった。それは自分の唯一の取り柄くらいに思っていたのに、何故(なぜ)か皆、潔癖性とかいう謎のレッテルを貼り、ひとの長所を無理やり短所にしてしまう。

だから西野さんに褒められたときは、跳び上がるくらい嬉しかった。

文庫本を書棚に押し込み、デスクへ戻る。山のように積まれた本のおかげで西野さんの顔は見えず、それだけは好都合だった。

　翌日は休みだったので、星太朗は重い腰を上げて病院へ行った。

しゃっくりはいっこうに治る気配がなく、これ以上社長や西野さんに気を遣わせてしまうわけにはかないからだ。

土曜日だからか、総合病院の広いロビーが窮屈に感じるほど混雑している。ベンチで長時間待たされ、呼ばれたときには本を一冊読み終えていた。

けれどそれからがさらに長かった。呼吸器科で診察を受けたのに、何故か脳神経外科へと回され、その診療を待つのに一時間。その後MRI検査をすることになり、それを待つのに一時間。検査結果を聞くのに二時間。

　その間もしゃっくりは止まらなかった。

「これは、膠芽腫ですね……」

先生がモニターを見ながら声を漏らした。

星太朗の動きが静止する。

「膠芽腫って……グリオーマですか……？」

精一杯の声でそう聞くと、先生は驚いた顔を見せた。

「ご存じですか？」

星太朗は声に出さずに、こくりと頷く。

先生は静かに息を吐いてから、モニターを星太朗へ向けた。

「こちらに、腫瘍が見られます」

ひと目で悪いものだとわかる、大きな白い影が映っていた。

「稀にしゃっくりが止まらなくなる方がおられるんです。因果関係は解明されていないのですが、おそらく、脳下垂体のなんらかの異常が……」

異常。先生はそう言ってから声色を変えた。

「ここからは大事なお話になりますので、ご家族にも相談して頂きたいのですが」

「いえ」

星太朗がぼそりと、だがきっぱりと口にする。

「え？」

「家族は、いませんので。母も同じ病気で亡くなりました」

そう言うと、先生は僅かに視線を落とした。

診察室を出ると、もう日が暮れていた。

窓の外に灯るすずらん形の街灯が、うなだれているように見える。

長椅子に腰をおろし、呆然と廊下の奥を見つめる。

蛍光灯で照らされているはずの長い廊下が、仄暗い闇を抱えている。

しんと静まり返っているが、本当に静かなのかはわからない。

ただわかるのは、自分の体が黙り込み、置物のようになっていることだけだ。

星太朗のしゃっくりは、止まっていた。

駅に着いて改札を出ると、月が眩しいくらいに光っている。

団地に帰ってくると、タコ山が無口で頷いてくれたような気がした。子どもの頃は暴れん坊だった友達が、今はくたびれた老人のようだ。

階段をゆっくり上ると、いつもは気にもしない汚れやヒビが目に留まった。築四十年になるこの団地も、相当頑張っているんだなぁと思えてくる。

ドアを開けると、軋む音に重なってカラオケが聴こえてきた。今日は与作が木を切っている。その調べに合わせることなく、気持ちの悪いタイミングで音が止(や)んだ。

おかえり、と言う声は聞こえてこない。

戸を開けると、台所にムッシュが倒れている。

右手にはナイフ。といっても、バターナイフ。その床にはべっとりと血のようなものが垂れている。ようなもの、と思ったのは、固形物が混じっているからだ。甘い匂(にお)いがするので、イチゴジャムだとすぐにわかる。

長いこと死んだふりをしているのに、星太朗は何も触れてこない。それどころか声も上げない。

ムッシュはしかたなく、そろりと顔を上げた。

星太朗はぼーっとソファに座っていた。珍しく、まだ手も洗っていない。

それに、なんだかとても静かだ。

ムッシュはその静けさに、大きな違和感を感じた。

しゃっくりをしていない。

「止まった⁉ やったぁ‼ 成功した‼」

ムッシュは死んだふりを忘れて、星太朗に飛び付いた。

「ビックリした⁉ 死んでると思った？ 心配しないでよ、これ、ジャムだからね。ぼく、血なんて面倒なもの出ないからね。やった〜、見事に決まったね。完璧（かんぺき）」

くすくす笑うが、星太朗は静かなままだ。

「あ、安心してよ。このジャム期限切れてたからね？ どうせ捨てなきゃだし。それより大変だったんだよ、蓋（ふた）開けるの」

クッションを踏み台にして、よいしょとソファに上がる。

すると星太朗は何も言わないまま、部屋に行ってしまった。

「なんだよ」

ムッシュは耳をぶるんと振り回して、スーパーのビニール袋を頭からかぶる。床に付いた血糊（ちのり）の処理をするための完全防備だ。少しでも体に付こうものなら一大事。特にジャムの恐ろしさを、ずいぶん前に経験していた。

「こいつはヤバイ。ジャムはヤバイよ」

ぶつぶつ言いながら、ティッシュで慎重にジャムを拭（ふ）き取っていく。こんなときに、人間の体はうまくできているなぁとつくづく思う。ジャムが付いても水で洗えばすぐに落ちるし、数十秒もすれば乾いて元通り。万が一ナイフで手を切ったとしても、多少の傷なら自然にくっつく。

それはまさに超能力。スーパーヒューマンだ。そんな体が羨ましい。

床をきれいに拭き終えると、かぶっていたビニールをひっくりかえしてティッシュを包み取る。それをそのままゴミ箱へ押し込んで、部屋の襖をそろりと開けた。

星太朗は布団の上に横になりながら、さっきと同じ顔をしている。本も読んでいないようだ。

「ご飯は？」と聞いても、「いらない」とあっさり返ってくる。

やっぱり様子がおかしい。

「なんか、あったの？」

そっと近寄るが、星太朗は何も答えない。

「わかった。失恋だ」

星太朗は何も答えない。

「いや、失恋する相手がいないか……じゃあその逆だ！　恋に堕ちた！　フォーリンラブ⁉」

やっぱり何も答えない。

「まさか、その先？　つ、ついに初体験とか？」

ムッシュが勝手に盛り上がると、星太朗はやっと口を開いた。

「病院行ったんだ」

「え？　あぁ、なんだ、だからしゃっくり止まったんだ。なんだぁ。それならそうと言ってよね」

自分が止めたと思って喜んでいたことが、たまらなく恥ずかしい。

「グリオーマって言われて」

その言葉を聞いて、ムッシュはぴたりと動きを止めた。

「知ってるよね？　膠芽腫。お母さんと同じだよ」

「……いや、いや、いやいや。何言ってんの、やめてよー、もう。あ、何、びっくりさせようとしてる？　あのね、ぼくのしゃっくりはわざとだよ？　横隔膜なんて、ぼくにはないからね」

動揺すると、言葉がたくさん出てしまう。頭で考えた言葉ではない。口を勝手に動かしながら、ムッシュは別のことを考えていた。

昔、おじいちゃんに大事なことを教わったときのことだ。

「どうしてお母さんは死んじゃったの？」

星太朗が聞くと、おじいちゃんはすぐに医学事典を買ってきて、できる限りの説明をしてくれた。ムッシュもそれを聞いていたが、おじいちゃんの前ではただのぬいぐるみを演じていないといけない。一度動いてみせたら、卒倒しかけたことがあるからだ。

おじいちゃんがいなくなると、ムッシュは待ってましたとばかりに口を開いた。

「グリオーマってなんかすごいね。メラゾーマみたいだね」

ふざけてみせると、星太朗が初めて激怒したのだ。

あのときの目は忘れない。星太朗が本気で怒ったのは、後にも先にもそれ一度きりだった気がする。

ムッシュはそのとき、世の中には決して口にしてはいけない言葉があることを知った。

「半年だって。余命」

星太朗の声で、ムッシュは今に戻ってくる。

さらりとした、事務的な声。

嘘のようなことだし、嘘であってほしいけれど、そんな嘘をつくはずがない。

ムッシュは何を言っていいのか、わからなくなった。

星太朗と過ごしてもうすぐ二十年、こんなことは初めてだった。

翌日は日曜日だったが、星太朗は出社して粛々と原稿に向かい続けた。

突然余命を告げられると人間はこんな風になるのかと、まるで他人事のように考えていた。叫びたくもならないし、涙も出てこない。

自分の人生が、もうすぐ終わる。

ただそれだけが、頭の中に居候するように、じっとりと漂い続けていた。

星太朗は、自分が死んでしまう夢を見ることが多かった。

夢の中で死を悟ったときは、あぁ、もう終わってしまうんだ、という単純な思いしか浮かばない。辛さとも哀しさとも違う、無理に言葉にするなら、寂しさのような感情。それは、現実でもさほど変わらないように思えた。ただ、現実が夢と大きく違うのは、いつまでも醒めないことだ。

この感情が続いた先に何が見えてくるのか。得体の知れない不安と恐ろしさがじわじわと迫ってくる。そんな予感がしていた。

星太朗はその恐怖から逃げようと、ひたすら校正作業に没頭した。

「あ、しゃっくり止まってる」

西野さんが出社してきたことにすら気づいていなかったので、話しかけられて驚いた。

「あ、いや、昨日、病院に……」

口ごもると、興味津々な顔を向けてくる。

「どんな治療したの？」

「えぇと……ちょっと、驚かされまして」

「え、すごっ。何されたの？」

「いや、何されたってことではないんですけど、体の説明をされてるうちに、しゃっくりのこと、忘れてたみたいで……」

星太朗は嘘をつくのが苦手だ。かといって本音を言うのも得意ではない。なのでこんな風に、嘘をつかずに済ませる言い方を自然と身に付けていた。

「さすが、医者は違うね」

西野さんは楽しいのかつまらないのか、どちらにでも見える顔をして仕事に戻っていった。

その頃、ムッシュは居間でノートパソコンを開いていた。

おじいちゃんが買ってくれた医学事典はだいぶ古いものなので、サファリを開いてグリオーマと打ち込む。

ムッシュの手はミトン形で、人間のような指は無い。だからキーボードの文字を一つずつ、慎重に叩かないといけない。その度に、人間の便利な体の作りに感心し、自分も五本指に作ってくれたら良かったのにと、お母さんを想う。

十五万九千件の検索結果が現れ、目に留まったページを開いていく。注目してしまうのは、やはりその平均余命だ。星太朗が言っていたグリオーマのグレード4、いわゆる膠芽腫というものに侵された場合、平均余命は約一年半と書かれている。半年と宣告された星太朗の脳は、一年も前から蝕まれていたのだろうか。

星太朗が普段から頭痛に悩まされていたことを思い出す。単なる偏頭痛だと言っていたが、どうしてもっと早く検査しなかったのか。させなかったのか。

ムッシュは悔しくておもいきりキーボードを叩いた。けれど、早期に発見しても結果は変わらないという記事を読むと、まともに後悔もできなくなってしまった。膠芽腫は、脳に染み込むようにじんわりと広がっていく。だから摘出は難しく、現代の医学でも完治は不可能らしい。

しばらく色々な情報を漁ってみたが、ひたすら辛くなる一方だった。ため息が出て、ヒゲが揺れる。

人間はいろいろと便利にできているのに、どうしてこんなに不自由なんだろう。左上のリンゴマークをクリックして、〈システム終了〉を押す。それからもう一度〈システム終了〉を押して電源を落とす。これも同じだ。ラジカセのようにボタン一つで切ることができないなんて。便利すぎるものは、だいたいとても不便でもあるんだ。

ムッシュはそんなことを思いながら、人間のように頭を抱えた。

星太朗はお昼を食べることも忘れて、黙々と言葉を直し続けていた。

脳に大きな腫瘍があるのに、滞りなく言葉は流れていく。団地に鎮座するタコのように、薄汚れた赤色の、ヒビだらけの自分の脳を想像する。そこに流れ込み、うねりながら検査されていく言葉たち。間違った者がいると問答無用にはじき出す自分が、少しだけ恐ろしかった。

気が付くと、赤鉛筆が言う事をきかない。いや、言う事をきかないのは赤鉛筆じゃなく、自分の右手だった。ぷるぷると小刻みに震えているのだ。

星太朗は焦り、左手で右手を押さえつけた。震えはさらに大きくなる。おもいきり右手に力を込めると、真っ赤な芯がやわらかく折れた。

赤鉛筆を足下のゴミ箱に叩き付け、そのまま廊下へ飛び出す。トイレの個室に駆け込み、鍵を閉めて壁にもたれかかる。全速力で走った後のように息が切れていた。

ズキズキと締めつけられるように頭が痛い。倒れるように便器に座り込み、こめかみに手を押し付ける。右手の震えが頭蓋骨に伝ってくるのを感じながら、指に力を込め続けた。

痛みの波が少しずつ引いてくると、ポケットから薬を出す。いつもなら絶対に飲めないだろう洗面所の水をすくって、喉に流し込む。

乱暴に顔を洗って鏡を見ると、目は真っ赤に血走っていた。

顔を伏せて、何事も無かったかのようにデスクに戻る。

ゴミ箱を覗くと、折れた赤鉛筆が見えた。

最低なことをしてしまった。

ごめん。

星太朗はそれを拾って心の中で謝ると、鉛筆削りに差し込んだ。

子どもの頃から、鉛筆を削るのが好きだった。くるくると回りながら、薄く皮を剝かれていく鉛筆。きれいに尖っていくその芯を見ていると、自分まで生まれ変わったような気分になった。

赤い粉が、左手を汚している。

気が付くと、これ以上削れないほど赤鉛筆を回していた。

ごめん。

星太朗はもう一度謝って、仕事を再開させた。

それからしばらくの間、星太朗は同じような毎日を過ごした。

トイレに駆け込むことが多くなったので、西野さんが正露丸をくれた。一度だけ、個室から出たときに小南くんと鉢合わせになり、慌てて真っ赤な目を隠したが、彼は髪のセットで忙しそうだった。

遅くまで残業するのはやめた。その必要がないくらい仕事のペースが速くなったからだ。

もう一度病院に行くと、詳しい検査結果を告げられた。

今後の治療について相談されたが、そんなことは考えたくなかった。薬物投与や放射線治療によって、いくらかは延命が可能かもしれない。けれど半年が一年になるということは、辛い時間が二倍になるということでもあるのだ。

◆

「ねぇ、入院とかしないの?」

スーツに着替えている星太朗に、ムッシュが聞いた。

「意味ないよ」

さらりと乾いた返事がきて、ムッシュは口をつぐむ。

なんて声をかけていいのかわからない。治療の苦しさも延命の無意味さも、全てわかっているだけに、わからない。

靴を履く星太朗の背中が、いつもより小さく見える。

「じゃあ、会社に行くのは意味あるの？」

聞いてみると、

「ないかもね」

星太朗は振り返らずにかかとを靴に押し込んだ。

ムッシュは何も言わない。何も言えない。

そんな思いに気づいているのか、星太朗はそそくさと家を出ていった。

「行ってきます」

ムッシュは「いってらっしゃい」を言えなかった。

ムッシュと星太朗のお母さん、森文子(ふみこ)は児童文学の作家だった。

三十歳で亡くなったため、六冊の本しか出版されていないし、特に有名というわけでもない。それでも未だファンは多く、本好きの子どもや親たちに愛され続けている。

ソファの正面に設えられた低い本棚の上段に、その六冊は並んでいる。色とりどりの布張りの背表紙は、虹のようにきらきらと、横に並ぶ遺影をさりげなく照らしていた。

ムッシュはそれに手を合わせてから〈栗色のミミン〉を手に取った。

ミミンという名のリスが、動物たちの思い出をくるみの実の中にしまってあげる物語だ。一見可愛らしいファンタジーに見えるが、ただ楽しいだけではない。

『僕は、このくるみさえあれば、もうずっと一人で大丈夫なんだ。』

家族を失った狼がそう言ってひとり穴蔵にこもると、春になっても、穴から出てくることはなかった。

そんな物語の一篇を読んで、ムッシュは涙がこぼれたような気がした。

もちろん、ムッシュの目からはそんなものは出ない。そんな気がしただけだ。

★

今日は残業をする人が少ないので、星太朗は遅くまで働こうと決めていた。

この仕事もいつまで続けられるかわからない。お世話になった社長に、できるだけ迷惑をかけたくない。そんな思いが、ハイペースで赤鉛筆を減らしていた。

九時を過ぎると誰もいなくなったので、買っておいたカップ焼きそばを取り出す。

どこをどう見ても焼きそばじゃなくてゆでそばだし、そもそもそばなのかという疑問がいつも頭をかすめるが、今日はそんなことは気にならない。

お湯を入れて待っている間、頭に浮かんだのは今朝のムッシュの顔だ。何かを言いたそうな顔、でも、なんと言っていいのかわからない顔。

自分がムッシュの立場だったら、余命半年と宣告された友達になんて声をかけるだろうか。そんなことを想像すると、たまらなく苦しくなったし、ひたすら申し訳なく感じた。

味の濃い焼きそばをすする。水切りが甘かったのか、ソースが汁になっている。

それがはねて、シャツの袖に付いてしまった。

慌ててハンカチを濡らし、袖をこする。だがソースは真っ白なシャツにすっと溶け込み、元からそこにあったかのように馴染んでいる。

星太朗はそれに、自分の脳を重ねていた。

腫瘍がじわじわと、染み込むように侵食してくる。

それを拒むように、袖にハンカチをこすりつける。

強く、ただ力任せに手を動かす。

白く戻ることはない。

薄くなりはしても、決して元には戻らない。

星太朗はハンカチを放ると、デスクに突っ伏した。

もうどうでもいい。

思えば、袖が汚れたところでどうだっていうのだ。

突っ伏した顔の下には、原稿が置いてある。

それもどうだっていい。

全てがどうだっていい。

気が付くと、原稿が濡れていた。

星太朗は、初めて涙をこぼしていた。


団地についたときには、夜の十一時を回っていた。

ドアを開けると、ムッシュの歌が聴こえてくる。今日は坂本冬美の〈幸せハッピー〉だ。ムッシュは歌詞に負けないほどの陽気さで、ソファをステージにして歌っていた。マイク代わりにペンを持ち、大観衆に届けるようにこぶしを利かせている。

これには星太朗もイラっとした。自分を元気づけようとしているのはわかる。だがいくらなんでもこの歌のチョイスはないだろう。タイトル通り、幸せ全開ハッピ

―満開の音楽は、今の自分には苦痛でしかない。

「やめろよ」

ただいまの代わりに、冷たい言葉を投げる。ムッシュはそれを無視すると、テンションを上げてサビへと突入した。

星太朗は無表情でラジカセの停止ボタンを押すと、そのまま部屋へ入った。布団の上に座り込む。着替えてもいないし、まだ手も洗っていないがしかたない。苛立ちが伝わったのか、さすがのムッシュも歌うのをやめたようだ。部屋がいつもよりもずっと静かに感じる。

膝を抱えてぼーっと窓の外を見つめる。見えるのはこの和室だけ。ガラスに反射した橙の電球が、寂しそうにぶらさがっていた。

ムッシュはステージに立ったまま、閉ざされた襖を見つめていた。しばらくしてからそこを下りて、自分用の襖を開ける。そっとしておくべきか悩んだが、それは誰にでもできることだと思った。

「ねぇ、せいたろ」

背中に声をかけるが、返事はない。

「人生って、たんぽぽの綿毛みたいなものなんだよ」

その言葉は、窓ガラスに反射してそのままムッシュに返ってくる。星太朗には届いていない。けれどムッシュはそのまま続けた。

「風がないと飛べないけど、風が強いと流されちゃうんだ。ふわふわ空を漂って、どこに行くのかわからない。ずっと遠くに行けることもあれば、すぐに落ちちゃうことだってある」

ムッシュは思い出していた。昔、一緒にたんぽぽの綿毛で遊んだことを。一本ずつ丁寧に抜いて、数を数えたり、ムッシュのヒゲに植え付けたり、どっちが遠くまで飛ばせるかを競ったり。結果はわからないけれど、自分が飛ばした綿毛たちがどこまで飛んでいくのか、想像するだけでわくわくした。

「でもね、それでもみんな、新しい花を咲かせるんだよ」

そこまで言うと、星太朗はやっと返事をした。

「だから何」

その声は、いつもの星太朗のものとは違う。そこには真夏のエアコンが作るような、無機質な冷たさが漂っていた。

「うん……だから……死ぬことは、怖いことじゃないのかなって」

返事はない。星太朗はただじっと、どこかを見つめている。

「だからさ、やりたいことやって楽しもうよ。貯金ぱーっと使ってハワイ行くとか。もったいないでしょ。最後にハワイの星空見たくない？」

ムッシュはちょっと慌ててしまう。気持ちが昂るといつもこうだ。余計なことまで言ってしまう。

案の定、振り返った星太朗の目は、針のように鋭く、ほっそりと尖っていた。

「ふざけんなよ……」

「ふざけてなんか」

言いかけたけど、続きを言えずに口ごもる。

「楽しむってなんだよ。やりたいことやれば楽しめんのかよ……」

ムッシュは答えることができない。

「じゃあお母さんも、おじいちゃんも、喜んで死んでったのかよ！」

星太朗は立ち上がり、勢い良く部屋を出ていった。

襖がバタンと閉められ、大きな振動が畳を揺らす。ムッシュの体は驚き、ビクンと硬直してしまう。

体が動いたときには、玄関のドアが閉まる音が響いてきた。重い低音がもう一度、ムッシュの体の芯を揺らす。

慌てて玄関へ走ると、そこはもう静まり返っていた。

ドアノブには全く届かない。靴箱を開け、棚板をよじ上り、おもいきり跳んでノブにぶら下がるが、そこからどうすることもできない。ただぶらりと自分が揺れるだけだ。

分厚くて、巨大で、氷のように冷たいドア。

それはいとも簡単に、ムッシュの自信を踏み潰す。

人間なら追い駆けることができるのに。

大きな両耳が、力なくうなだれた。

星太朗は階段を駆け下りると、久しぶりにタコ山へ向かった。
団地にはたくさんの公園がある。きれいに手入れされた芝生もあるし、色とりどりの遊具や、小洒落たバスケットゴール、ターザンになれるアスレチックだってある。その中で、星太朗はここが一番好きだった。
階段を上り、タコの顔の横に腰掛ける。そこから空を見上げると、他のどこよりも宇宙は広くて、星は遠くて、でも頑張れば、手が届きそうな気がした。

ひんやりした夜風にあたって、深呼吸をする。

初夏の匂いを吸い込みながら目を閉じると、お母さんの声がした。

「ねぇ星太朗」

二十年前の、思い出したくない記憶だ。

あの日、お母さんはこの場所で、世間話でもするかのように言ってきた。

「お母さんね、重い病気にかかっちゃったの」

楽しく星を眺めていた星太朗は、突然の言葉にきょとんとした。

「え？　何それ……治るんでしょ？」

「んーん。治らないの。色々頑張ったんだけど、どうしてもやっつけられなくて」

「やっつけられないと、どうなるの？」

素直な質問に、お母さんはフッと笑みをこぼして夜空を見た。

「あの空の、お星様になるのかなぁ」

人は死んだら、お星様になる。おばあちゃんが亡くなったときに、お母さんはそう言っていた。

「嘘だ」

星太朗は驚くよりも先に、拒絶した。

「嘘だっ。びっくりさせようとしてるんでしょ？　そんなの引っかからないから！」

するとお母さんは星太朗の手に触れて、穏やかな顔で言った。

「本当のことなの。あのね、たぶん、あとちょっとしか一緒にいられないの。だからお母さん、星太朗と、おもいっきりおもいっきりおもいっきり！　楽しく過ごしたいんだ」

信じられなかったし、受け入れることなんてできるはずがない。

「やだ！　嘘だ。嘘でしょ？　嘘って言って！」

何度も何度もそう繰り返したけど、お母さんは嘘だと言ってくれなかった。

「しょうがないことなの」

「やだ。治るよ！」

「治ったらいいんだけどね。お医者さんはみんな難しいって言うんだ」

「そんなことない！　僕が治すもん！」

叫び続ける星太朗の目から、涙がぼろぼろとこぼれてきた。わけがわからなくて、どうしたらいいのかわからなくて。抑えられない感情が、目や鼻の穴から溢れてくる。

「ありがとう」

お母さんはそう言って、星太朗をぎゅうっと抱きしめた。涙と鼻水でめちゃくちやな顔を、トレーナーの袖で拭いてくれる。

「でも、星太朗が泣いてる方がお母さんは辛いなぁ」

そう言って、ニッコリと笑った。

「……どうして？　どうしてお母さん、笑ってるの？」

「さぁ。どうしてでしょう」

星太朗は答えられずにうつむいた。意味がわからなくて、ただただ恐ろしくて、
お母さんの腕をぎゅっと摑んだ。するとお母さんはその手をほどいて握り締めた。

そのまま立ち上がって、おもいっきり叫んだ。

「お――――――――い‼」

夜の団地に、とんでもなく大きな声が響き渡る。

「寂しくなったらさぁ、こうやって叫んでよ。おもいっきり手を振ってよ。お母さんも振り返すから」

そうして夜空に手を振りながら、もっともっと大きな声を出した。

「お――――――――い‼」

それは星太朗が生きてきたなかで聞いた、一番大きな音だった。

団地に並ぶ窓なんかこれっぽっちも気にせずに、声はビームのように一直線に、
星を目指して飛んでいく。

「うるせぇ!!」

どこかの窓から怒鳴り声が聞こえると、お母さんはそのままの声で、窓に向かってビームを放った。

「すーーみーーまーーせーーーーん!!」

長いこと押し込めていた記憶が、大きな声が、耳の奥で響いている。

お母さんは子どものような人だった。

いたずらが好きだし、大人のルールなんて関係ない。哀しいときには大雨のように泣いたし、楽しいときには嵐のように笑った。

星太朗は、そんなお母さんが大好きだった。

子どものようなまま、死んでしまったお母さん。

今、星太朗は彼女と同じ腫瘍を抱えている。

そして同じように、自分が逝かなきゃいけないことを伝えた。

とても無理だと思った。

死ぬのを前にして、あんな笑顔を作れるはずがない。

星太朗は真っ赤な目で、空を見上げる。

どうしてお母さんは、あんなに笑っていられたの?

そう聞きたかったが、今日は星が見えなかった。

どれくらい時間が経っただろうか。

体を起こすと、公園の時計が翌日になったことを知らせている。星太朗はしかたなく、冷えたお尻を持ち上げた。

部屋に戻ると押し入れが開けられて、ダンボールが散乱していた。ノートが数冊ちらばり、その横にムッシュが寝ている。古いノートを抱いている。

『星太朗とムッシュのひみつノート』

デカデカとタイトルが書かれたこのノートは、何を秘密にしているのだろうか。

星太朗はちらっとムッシュを覗き見てから、それを取って開いた。

ムッシュのことは、だれにも言ってはならない。（言ったらムッシュはヤミのソシキにつかまって、人体じっけん（コアラだけど）をされるだろう）

二人の夢

①お母さんみたいな小せつ家になりたい ㊏

②コアラとあそびたい ㋰

③ムッシュにババぬきで勝つ　㊏
④コアラのマーチを死ぬほどたべたい　㊏
⑤ハワイ旅行。あといろいろ　㊐

すきな星座ランキング
①コアラ座
②まきぐそ座
③こぐま座、いっかくじゅう座、アンドロメダ座、や座、ヘルクレス座、

きらいな星座ランキング
①
②かみのけ座
③はえ座

一ページ目には仰々しい注意書きがあり、次のページは二人の夢が箇条書きされている。それは途中で急に適当になり、星座のランキングに変わっていた。

一位と二位はオリジナル星座で、三位以降はたくさんありすぎて決められなかっ

たのを憶えている。嫌いな星座の一位が空白なのはどうしてだろう。意味がわからない。

さらにページをめくると、あとは落書きだらけだった。

星太朗が描いたムッシュや、ムッシュが描いた星太朗、クラスメイトの似顔絵までは良かったのだが、後半になると、絶対にゴールできない迷路や、はなくその形の記録、ぐるぐる巻きのうんちが何百と描かれている。

「それ、やろうよ」

声がして振り返ると、ムッシュが起きていた。

「夢のとこ。五つしか書いてないから、もっと書き足してさ」

星太朗は何も答えずに、ページを戻す。

「ほら、ぼくだって最後にやりたいことあるし」

そう言われて、星太朗はすかさずムッシュを見た。

「何言ってんだよ、ムッシュはべつに」

すかさずムッシュが言い返す。

「何言ってんの。ぼくもせいたろと一緒にいくよ?」

「いや、そんなことさせ」

させないよ。そう言おうとしたのも、遮られる。

「せいたろ、ぼく、一人じゃ玄関も開けられないんだよ」

星太朗は返す言葉を失った。

「それに、人体実験なんてごめんだし」

ムッシュはぷいっと星太朗に背を向けて、別のノートを開く。

『コアラーマンの大冒険 作・森星太朗』

星太朗が初めて書いた小説だ。ムッシュはそれを読みながらくすくす笑う。

その声は、出会った頃から何も変わらない。

ムッシュのことを初めて見たのは、星太朗が七歳のとき。

治療を諦めたお母さんが、家で療養していたときのことだった。

星太朗は学校から帰ると、ほとんどの時間をお母さんと一緒に過ごしていた。本を読んでもらったり、読んであげたり。お母さんの趣味だったジグソーパズルや、人生ゲーム、ババ抜きなんかで日が暮れるまで遊んでいた。

ある日の夜、星太朗が部屋に入ると、お母さんは縫い物をしていた。白いつやつやの毛に、ちくちくとリズムよく針を通していく。

「なに作ってるの?」

星太朗が聞くと、「ないしょ」とお母さんが笑う。

「えー、ずるい。教えてよ」

星太朗は口を尖らせて横に座ると、手元に顔を近づけた。

「危ないから離れてて」

「じゃあ教えて。なになに？」

しつこく聞くと、お母さんはしかたなく答えた。

「せいたろの、お友達！」

その、今とはまるで違う白。つやつやと光る毛並みが、まだ生まれる前のムッシュだったのだ。

「あー、終わっちゃった」

ムッシュはあっという間にコアラーマンの大冒険を読み終えた。

幼い星太朗は書き始めて数日で飽きてしまい、宿敵パンダマジンを倒すこともないまま、急に『つづく』という三文字で終わらせたのだ。

なのにムッシュは文句を言ってこなかった。

「続きが気になるねぇ」

ぼそりとつぶやいてから、意外なことを口にした。

「でもまぁ、最後まで書いたら終わっちゃうからね」

ムッシュはそう言って、『つづく』の先を想像して楽しんでいるようだった。

星太朗は手元のノートに目を落とす。

いつか書いた、自分の夢。

いつからか、ただ受け入れるように、諦めてしまっていた夢。

ろば書林に入社し、出版に携わることができて、満足したつもりでいた。

今から、小説家になろうとは思わない。

でも、書いてみよう。

書いてみたい。

そう思った。

星太朗は押し入れを漁り、使っていないノートを見つけると、匂いを嗅いだ。古いのに、まだ心地良い紙の香りが残っている。

表紙を開いて折り目を付けると、丸くなった鉛筆を丁寧に削り始めた。

真っ黒な芯を見るのは久しぶりだ。遠慮がちに光りながらも、触ると痛いくらいに尖ったその芯を見つめ、先っぽでノートに触れた。

死ぬのが怖いのは、どうしてだろう。

自分がいなくなってしまうから。

まだ人生を楽しめていないから。

その先に、何があるかわからないから。

いや、どれも違う気がする。


そこまで書いて、手を止める。

ちらっとムッシュのことを見る。

今の想いを、まっすぐノートに伝えた。


それは、大好きな人と、別れないといけないからだ。


ムッシュがしゃべりだしたのは、星太朗が世界で一番大好きだった人と、別れた夜のことだった。

星太朗は病院の中庭で、お母さんからもらったムッシュを抱きしめていた。

嘘だと思ったし、嘘だと思いたかった。夢ならいいのにと、ずっと願っていた。

けれど、それは嘘でも、夢でもなかった。

ほんとうに、お母さんはいなくなってしまった。

ぽろぽろと溢れ出る涙が止まらない。そのまま、自分の全部も流れ出ちゃうんじゃないかと思うくらいに、涙が出続けた。

星太朗はそれを止めようと、ムッシュをつぶれるくらい強く抱きしめていた。

そのとき、どこからか声が聞こえてきた。

「冷たいなぁ」

辺りを見るが、誰もいない。

すると、腕の中のムッシュがむくむくと動き出したのだった。

「冷たい涙はきらいだよ。哀しみがつまってるからね」

ムッシュはそう言って、つやつやの短い手を伸ばし、星太朗の頬(ほお)に触れた。

星太朗はただただ驚き、かすれた声を絞り出した。

「しゃべ、れるの……？」

「しゃべれるし、動けるよ。歌だって歌える」

ムッシュはそう言って、「あー」と、伸びやかな声を鳴らした。

「あー　あ――　あ―――」

その度に、立派なヒゲがひらりと揺れる。

これは夢だ。星太朗はそう思った。それから、お母さんが死んだことも夢かもしれない！　と思って立ち上がった。

だがそんな希望は、ムッシュにあっさりと否定された。

「夢じゃないよ」

星太朗は自分のほっぺたをつねった。これ以上ないくらいの力で、おもいきり。

とても痛かった。心の奥の方がぎゅっと、ほっぺたよりもっと痛くなった。

「……どうして？」

そう聞くと、ムッシュは淡々と答える。

「どうしてって、じゃあせいたろは、どうして自分がしゃべれるかわかる？」

わからない。そんなこと、考えたこともなかった。

「どうして動けるの？　どうして歌えるの？」

答えられない星太朗に、ムッシュはどんどん聞いてくる。

「どうして泣いてるの？　どうして生きてるの？　どうして考えてるの？」

星太朗はただ首を横に振ることしかできなかった。

「わからないよね。ぼくもわからないもん」

ムッシュはやわらかな口調でそう言うと、今度ははっきりと口にした。

「これからは、ぼくがせいたろを守るから」

涙が、また星太朗の目にこみ上げてくる。

ムッシュの声が、お母さんの声のように聞こえた。

星太朗は、ひとりじゃないよ。

そう言われているような気がした。

そっと、ムッシュを抱き上げる。

するとムッシュは自分のヒゲをぽろっと外して、そのヒゲで星太朗の涙を拭いた。

大きなヒゲがなくなると、同時に鼻もなくなって、ぽつんと小さな口が見える。

そうなるともうコアラには見えないし、かといってクマにも見えない。

まぬけな顔をしたムッシュが面白くて、星太朗はくすっと笑った。

久しぶりの笑顔だった。

それからムッシュは、「ボンボン、ボンボン、ボンボン……」と、何かの前奏を口ずさみ始めた。

どこかで聴いたことのあるメロディだ。

おじいちゃんがよく歌っていた歌で、お母さんも大好きな歌だ。

君は僕の友達だ　この世は悲しいことだらけ
君なしではとてーも　生きて行けそうもない
だけど僕は恋をーした　すばらしいー恋なーんーだ

だからしばらーくは君と　逢わずに暮らせるだろう
涙くんさよなら　さよーなら　涙くん
また逢ーう日ーまーで

六月

★

「やっぱ無理」

星太朗はテーブルにマジックを置いた。

「大丈夫だって」

「いや、でも」

うつむく星太朗の手に、ムッシュがマジックを押し込んでくる。

「ねぇ、もう失うものなんてないんだよ？」

いつになく真剣な顔だ。

星太朗は覚悟を決めると、ごくりと唾(つば)を飲み込む。

恐る恐る、壁に太いマジックを走らせた。

①小説を書く

ソファの正面、本棚の上の白い壁に、真っ黒な字が猛々しく光る。

「どう？　気持ちいい？」

ムッシュが顔を覗かせる。

星太朗は今まで味わったことのない感覚に、戸惑いながら答えた。

「うん……なんかすごい、悪いことしてる気分」

言いながら、自分の口角が少しだけ上がっているのがわかる。

ムッシュは「ぼくも！」とマジックを奪い取り、本棚に上った。

②コアラと遊ぶ

ムッシュは自分の顔よりも大きな字を書いた。

「うわー、めっちゃ悪いことしてるね」

はしゃぎながらマジックをぶんぶん振り回す。

「悪いことしてるのに、どうして気持ちいいんだろう」

星太朗はぼそりと疑問を口にした。

二十七年生きてきて、悪いと思うことをしたことがなかった。

だからといって自分が良い子だと思ったことはない。悪いことをすれば回り回って自分に返ってくると思っていただけだ。

「うーん、そう言われたら、どうしてだろう」

ムッシュは腕を組んで考え込む。

「珍しいね、すぐに答えが出ないなんて」

星太朗が言うと、

「ひさしぶりだから鈍っちゃったのかも」

ムッシュはバトンのようにマジックを手渡してくる。

二人は順番に、壁に大きな字を書いていった。

③ババ抜きでムッシュに勝つ
④コアラのマーチを死ぬほど食べる
⑤ハワイの星空を見る

ムッシュが立て続けに二つを書くと、星太朗は文句を言った。

「いや、ハワイはもういいよ。べつに子どもの頃の夢をそのまま書かなくても」

「よくないよ。世界で一番きれいな星空って、ハワイで見れるんだよ?」

ムッシュはノリノリでフラダンスを踊り出す。

「ワイハーワイハー、ワイキキうきうき」

丸くて小さなしっぽをぴょこぴょこ振りながら、星太朗にバトンを渡してくる。

「じゃ、あとはノートにない願い事を書いていこ」

星太朗は黙ってそれを受け取ったが、書きたいことはもう無かった。

昔、〈死ぬまでにしたい10のこと〉という本があったことを思い出す。書店でそれを手にとって、自分は何がしたいだろうと考えたことがあった。けれど、やってみたいなぁと思う程度のことは10じゃ収まりきらないし、本気でしてみたい、やらないと死ねないくらいに思うことは、ただの一つも思いつかなかった。

余命宣告を受けた人が、ほんとうにそんなことを考えるのかが疑わしく、本を置いたのを憶えている。

そして今、星太朗はその作者に謝りたいと思った。

死ぬまでにしたいことは、自分がほんとうに死ぬと思っている人じゃないと考えられないことなんだと気づく。

誰もが、自分がいつか死ぬことをわかっていても、それが半年後とは、一週間後とは、明日とは思っていない。それはとても想像力がいることだし、とてもしんどいことだ。もしかしたら、そんな想像力は無い方が幸せなのかもしれない。

そんなことを考えていると、余計に何も思い浮かばなくなってしまった。

頭の中のリセットボタンを押して壁を見直す。テレビゲームを一からやり直すように心をまっさらにして、白い壁を見つめる。

難しく考えないでいい。コアラのマーチくらいのことでいいのだ。

すると記憶の向こうから、ふわりとクッキーのカンカンが浮かんできた。

⑥タイムカプセルを開ける

星太朗が書くと、ムッシュは叩いても鳴らない手で拍手した。

「そうだ！　それがあった‼　昔埋めたよね！　なつかしいな〜　忘れてたなぁ！」

ムッシュは星太朗からマジックを奪うと、

「うわー、なんか楽しくなってきた！」

ぴょんぴょん跳ねながら壁に近づいて、さささと横に書き足した。

⑦悪いことをする

「なんだよそれ」

静かにつっこむ星太朗に、ムッシュは小憎らしい笑みを返す。

「なんか、ドキドキしたいなーと思って」

「悪いことなら今してるだろ。壁にこんなの書いて」

「こんなの悪いことに入らないよ。自分ちだし。冒険しようよ」

「はいはい。じゃあ、こんなもんでいいね」

星太朗がマジックを本棚に置くと、ムッシュが言った。

「いやいや、大事なことを忘れてるっしょ」

「大事なこと？」

ムッシュは再びマジックを取ると、壁の端っこに控えめに書いた。

⑧お父さんに会う

「は？ そんな人いないし」

星太朗は慌てた。

「いや、いるよ。探そうよ」

「いないって。知ってるだろ？ お母さんは未婚で僕を産んだんだから」

「結婚してなくたって、どこかにいるはずでしょ。捜そうよ」

食い下がるムッシュに、星太朗は強く言う。

「いないって。はい、この話は終わり」

わかりやすく声色を変えたからか、ムッシュはぼそりと答えた。

「わかったよ」

「あーあどうすんだよ、消すの大変だよこれ。修正ペンどこにあったかな」

星太朗は修正ペンを探しに部屋へ行く。タンスの奥から長いこと使っていなかった物を見つけて居間へ戻ると、すでにムッシュが何かを貼って字を隠していた。『思いもよらない驚愕の真実』と書いてある。棚にあったミステリィ小説の帯を使ったようだ。その文言が気に食わないが、一生懸命な背中に免じて許すことにする。

星太朗はソファに座り、ムッシュが小説を引き抜いた棚の端に目を落とした。

お母さんが持っていた古い画集。その真っ赤な背表紙を見つめていると、ムッシュが再びマジックを差し出してくる。

「じゃあ、もっと大事なこと書きなよ」

「大事なこと？　なんだよ」

ムッシュはチョイ悪な目つきをした。

「せいたろ、女の子とデートもしたことないでしょ」

星太朗はすぐに目を逸らし、控えめに否定した。

「いや、あるよ、そのくらい」

「嘘だ」

「ほんとだよ」

「嘘！」

「ほんとっ！」

思わず大きな声を上げてしまい、すぐに後悔する。ムッシュはニヤニヤしながらつっこんでくる。

「それ、あれでしょ。中学の学校祭の準備で、えーと、誰だっけ……あ、足利さんだ！　同じクラスの足利さんとベニヤ板買いに行っただけでしょ？」

図星のド真ん中。その通りだった。正確にはデートとは言えないかもしれない。けれど、言えなくもない。何をもってデートとみなすかは、個人的な裁量で決められる。それは校正において、星太朗が心がけていることの一つだ。

「……いや、違うよ」

「わっかりやすー」

ムッシュがぷぷぷと笑う。

「違うって、ベニヤ板じゃないし！」

星太朗はきっぱりと否定してから、やんわりと付け加えた。

「プラ板だし」

「プ、プラ板⁉」

「プラ板……」

繰り返してから、恥ずかしそうに口をつぐむ。

ムッシュも黙って何かを考えていたが、星太朗と目が合うと、堰（せき）を切ったように笑い出した。星太朗もつられて笑ってしまうが、すぐに我に返って睨（にら）みつける。

するとムッシュは目を逸らして、音を立てずにマジックを掴んだ。

⑨プラ板が溶けるほどの恋をする

「何だよそれ。いいって、べつに好きな子とかいないし」

「べつに好きじゃなくてもいいよ」

ムッシュが言う。

「いや、ダメでしょ。ていうか、好きじゃない子とどうやって恋するんだよ」

星太朗は修正ペンを手に取って、カタカタ振り始める。

「せいたろはお子様だなぁ。恋っていっても色々あるでしょ」

「は？」

振り返るとムッシュは遠くを見つめ、ダンディな声で囁（ささや）いた。

「男と女に、好きっていう感情はいらないんだよ」


ピンク、水色、薄黄色、薄紫に、薄い緑。

この世の全てのパステルカラーを集めたかのような部屋で、星太朗は息を潜めていた。こういうものを何と言うのだったか。少し考えて、ファンシーという言葉を思い出す。

淡い色で丸っこく、柔らかそうなものばかりに包まれた店内を、もこもこのパジャマを着た女の子が行き来している。

梅雨入り直前の晴れやかな日曜日。星太朗は秋葉原を訪れていた。

ネットでこの店を発見して背中を押してきたのは、もこもこ野郎だ。

「ぬいぐるみカフェ、モモの部屋だって。ここなら絶対趣味があう子と出逢えるよ！」

ムッシュはそう言って、星太朗の返事を待たずにクーポンをダウンロードした。

怖さしかなかったが、出逢いを求めるならば、ぬいぐるみ好きな子というのは絶対条件だ。星太朗は勇気を振り絞り、今こうしてファンシーなソファに腰を下ろしている。

「お待たせー。今日は何食べたい？」

たくさんいるであろうモモちゃんの一人が、向かいの椅子に腰掛けた。自分の部屋という設定なので、化粧をしていないようだ。女性の素顔を見るのなんていつぶりだろうか。認めたくないが、ドキドキしている自分がいる。

メニューを見ると、ハチミツパンケーキにハチミツピザ、ハチミツカレーにハチミツピラフ。デザートやドリンクは全てハチミツ入りだし、まさかのハチミツトッピングまである。まるでハチミツの洪水だ。僕はクマか！　とつっこみたくなって、自分が今、クマ耳のカチューシャを付けさせられていることを思い出した。

「ねぇクマさん、何食べる？」

モモちゃんが聞いてくる。そう、星太朗は今、クマなのだ。

てっきりぬいぐるみになりきった女の子とおしゃべりをするカフェだと思っていたが、逆だった。ここは客がぬいぐるみになるカフェだったのだ。

「じゃあ、ハチミツパンケーキと、ハチミツレモンを……」

これ以上ないほど無難なものを頼むと、モモちゃんは星太朗の頭をぽんぽんと叩いた。

「作ってくるから、いい子で待っててね」

しゃっくりが出たかのように、全身がビクッとなる。

茫然自失（ぼうぜんじしつ）で彼女の背中を見ていると、クスクスと笑い声が聞こえた。ムッシュだ。

星太朗はムッシュが潜んでいるリュックをカゴの中に押し込んで、冷えた水を飲み干した。

周りには当然、クマのぬいぐるみになりきった男たちしかいない。目のやり場に困り、携帯を開いてカレンダーを眺める。

「わ、めずらしー。クマさんガラケーなんだ」

モモちゃんが話しかけてきて、咄嗟にそれを閉じた。

スマホにした方が仕事も捗りますよと、何度となく小南くんに言われていたが、変える気は無かった。

「こっちの方が、使いやすいので」

いつもと同じ言葉でごまかすと、モモちゃんは「ふぅん」とだけ言って、注文したメニューを置いた。星太朗の向かいに座り、大きなフォークとナイフを手に取る。

「じゃ、食べさせてあげるね」

器用にパンケーキを切り分け、「あーん」と差し出してくる。

「い、いや、いいです、自分で食べるんで」

星太朗がフォークを取ろうとすると、モモちゃんが頬を膨らませた。

「コラ！　ダメでしょ！　ぬいぐるみが動いちゃダメ！　ぷんぷん！」

擬音語をそのまま口に出しながら、「あーん」を続けてくる。星太朗がぽかんと口を開けると、そこにパンケーキをねじ込まれた。

「どう？　美味しい？」

唇からハチミツが垂れると、紙ナプキンを押し当ててくる。星太朗はまたビクッとなり、その勢いのまま立ち上がった。

「え、どうしたの？」

驚くモモちゃんを尻目に、リュックを摑んで会計へ向かう。カウンターに二千円を置くと、お釣りはいらないとも言わずにお店を飛び出した。

階段を駆け降り、外のガードレールにもたれかかる。ちょっと走っただけで、今にも死にそうだ。落ち着いて深呼吸を試みると、口いっぱいにハチミツの香りが広がってさらに苦しくなった。

「だ、大丈夫？」

リュックの中でムッシュが心配してくる。

「大丈夫だよ、いや大丈夫じゃない。無理。無理だよ、ああいうとこは」

「なんでだよ、大丈夫ならいいじゃん。もったいないよ、戻ろうよ！」

「べつに自分がぬいぐるみになりたいわけじゃないし。それにあの店で働いてる子が、ぬいぐるみ好きってわけじゃないだろうし」

「そりゃそうだけど、人よりはぬいぐるみ好きだよ！　ああいう子なら、ぬいぐるみ好きな男子にドン引きしたりしないでしょ！」

「て言うか、たとえそうだったとして何なんだよ。客と店員が、それ以上の仲になれるわけないだろ」

星太朗は文句を言いながら歩き出した。

「臆病者。ほんっっと、女子に弱いよね」

リュックの中で呆れ顔をしているムッシュが思い浮かぶ。

「誰のせいだと思ってんだよ……」

つぶやくと、とぼけた声が返ってきた。

「誰のせい？」


そう言ったのは冗談で、自分のせいだとムッシュは自覚している。

ひいき目抜きにしても、星太朗は彼女いない歴が二十七年にもなるほど可哀想な容姿ではない。

オシャレとはほど遠いが、無難な服を選ぶし、清潔さには人一倍気をつけている。

背も低くないし、太ってもいない。髪には気を遣わないが、寝ぐせは毎朝必ず水で直す。就活のときに新調した丸眼鏡は、最近では一周回って流行っているようだし、その下には中の上くらいの顔がある。

それでも女子との交際に無縁だったのは、いくつかの苦い経験のせいだろう。

ムッシュが知る限り、星太朗はもともと女子が得意じゃない。けどそれは、引っ込み思案で奥手という程度の可愛いものだった。

初恋も小学三年のときで、わりと早い方だったはずだ。相手は学年一の美少女で才女、クラスのマドンナだった菜々絵(ななえ)ちゃんだ。

当時の星太朗は、大滝(おおたき)というガキ大将と、とりまきの男子たちからいじめられていた。

「うおっ、なにこのぬいぐるみ！」

ある日の放課後、ランドセルに忍ばせていたムッシュが見つかってしまった。大滝に引っ張り出されて、ぶんぶんと振り回される。

「こいつ、ぬいぐるみなんか持ってきてる！　男のくせに！」

星太朗が焦って取り返そうとすると、大滝たちはムッシュを投げ合った。

「やめてよ‼」

星太朗が叫べば叫ぶほど、男子たちは乱暴に投げ回す。ムッシュは逃げ出したい気持ちをぐっと堪(こら)えて、ただのぬいぐるみのふりを続けていた。

星太朗は必死に追い回すも、取り返すことができない。だんだんと、その目に涙が溜まっていく。

そのとき、ドアが開いてきれいな声が響いた。

「やめなさいよ」

それが菜々絵ちゃんだった。

彼女に睨まれると、大滝といえども逆らうことはできない。おかげでムッシュは星太朗のもとに帰ることができた。むぎゅっと潰されたムッシュの額を優しく撫でてくれる星太朗。その目から涙がこぼれてくる。

大滝たちが逃げていくと、菜々絵ちゃんがハンカチを差し出してきた。

「ありがとう……」

星太朗は涙を拭きながら、絞り出すようにお礼を言った。

「洗って、返すね」

すると菜々絵ちゃんは、まったく予想外なことを言って去っていった。

「いいよ返さなくて。ねえ、いじめられたくないなら、そのぬいぐるみ捨てなよ」

星太朗は何も言うことができずに、固まってしまった。呆然としたまま席に座り、目の前に広がる黒い板を見つめる。

「女って、怖いね」

ムッシュがぼそりとつぶやく。

窓に目をやると、帰っていく菜々絵ちゃんの後ろ姿があった。

夕日で伸びるその影は、角が生えているように見えた。


家に帰ると、郵便受けにハガキが届いていた。

「おぉ！　ナイスタイミング！」

ムッシュははしゃいでソファにダイブした。それは中学の同窓会の案内状だ。

「いや、行かないよ」

星太朗は冷たく言い放ち、洗面所へ行ってしまう。

「なに言ってんの、こんなチャンスないでしょ！」

ムッシュはハガキを確認する。

「八月に横浜だって。よし。イイ男に変身して参上しよう」

洗面所から返事は無く、うがいをする音だけが響いている。

「ねぇ知ってる？　再会って、出会いよりもときめくんだよ？」

ムッシュが洗面所に行くと、星太朗は口を拭きながら居間へ戻った。

「いや、再会したい人とかいないし」

「ほんとー？　一緒にプラ板買いに行った足利さん、来るかもよ？」

ムッシュはその後をぺたぺたと追い駆ける。

「だから、会いたくないし」

「足利さん、きれいになってるかもよ？　いや、なってるねきっと。ていうか絶対。間違いないよ」

「いや、なってないよ」

「え、ひどっ。一度は好きになった相手なのに」

「は？　好きになってないし！」

星太朗はムッシュからハガキを奪うと、乱暴に破った。それをゴミ箱に押し込んで、トイレへ入ってしまう。

それからは何を言っても、返事はなかった。

★

きれいになっていないだなんて、思っていない。

足利さんは当時、誰よりも可愛かった。

ことが起きたのは中学二年の梅雨時期のことだ。

菜々絵ちゃんとの一件から、星太朗はムッシュを学校に連れて行くのをやめた。

その甲斐(かい)あってかいじめは徐々になくなり、星太朗は普通の中学生として、それなりに学校を楽しんでいた。良くも悪くも目立たない男子だったが、学校祭の準備期間中にグラウンド脇を歩いていると、珍しく女子に声をかけられた。

「森くん、こんどの日曜日、暇?」

それが足利さんだった。日焼けした肌にショートカットがよく似合う、誰が見ても可愛いと思える女の子だ。

「え、に、日曜?」

動揺する星太朗に、足利さんはさらりと言った。

「ユカと展示に使うプラ板買いに行く予定だったんだけど、ユカが行けなくなっちゃって。森くん、一緒に行ってくれない?」

どうしてユカの代わりに自分なのだろうか。意味がわからなかったが、星太朗は小刻みに頷いていた。

「う、うん、いいけど」

「良かったー。ありがと。じゃあ日曜の十時に、多摩センターの駅前で会お」

足利さんはそう言って、ラケットを片手にテニスコートへ駆けていった。白いスコートがひらりと揺れ、星太朗の胸を一層ざわつかせた。

「それ、せいたろのことが好きなんだ。間違い無いよ!」

帰宅してすぐに報告すると、ムッシュは嬉しそうに言った。

「いや、でも、そんなはずは」

「そんなはずあるよ！　足利さんって友達多いタイプでしょ？　そんな子がどうして友達少ないせいたろを誘うんだよ！」

その遠慮のない物言いに、真実味を感じる。

「そうかなぁ……」

「そうだよ、十時待ち合わせでしょ？　プラ板なんてすぐ買い終わっちゃうから、その後デートに誘お！　そうだ、気になってた映画あるんだ！　大きい魚が出てくるやつ！　なんてタイトルだったっけな、それに誘おうよ！」

ムッシュは勝手に盛り上がり、自分も付いて行く気満々の様子だ。

「そうゆう時はさ、前売り券を買っといて、友達から二枚貰ったんだ、良かったら行かない？　なーんてさりげなく渡すんだよ。いい？　さりげなさが大事だからね。あくまで貰ったふりだよ。けっこう面白いって聞いたんだ、とかなんとか付け加えてさ」

勝手に指南してくるムッシュに背中を押されて、星太朗は隣町の金券ショップへ走った。ムッシュ一押しの〈ビッグ・フィッシュ〉という映画は少し大人向けの洋画で、お洒落で良い感じだ。前売り券を二枚買い、着ていく服を吟味した。お昼を食べる場所を探して、当日の朝は歯磨きを二回した。

駅前に現れた足利さんは黄色のワンピースを着ていて、一際輝いていた。黒い制服と白いテニスウェア姿しか見たことがなかったので、息を呑(の)むほど素敵に見えた。星太朗はカチコチに緊張したが、会話に詰まる度にリュックの中からムッシュが背中をトントン叩いた。まるで寝かしつけられる赤ん坊のように、星太朗はその振動で落ち着きを取り戻した。そうして無事プラ板を買い終えると、自然な流れでマクドナルドに入ることができた。

勝負はここからだ。足利さんがトイレに行っている隙に、星太朗はセリフを暗唱した。

「これ、友達から二枚貰ったんだ、良かったら行かない？」

幸いなことに、周りに客はいなかった。着慣れないジャケットの内ポケットからチケットを出す練習をすると、ムッシュが言った。

「それ、魚の映画じゃなかったんだね。なんか地味そうじゃない？　やっぱセカチューにした方がいいんじゃない？」

セカチューとは、当時大ヒットしていた〈世界の中心で、愛をさけぶ〉という映画だ。泣けると評判で、クラスメイトの間でも話題になっていた。

「な、何言ってんだよ、これを観(み)たいって言ったのはムッシュだろ？」

「だってさっき足利さん、セカチューのポスター見つめてたよ？」

「え、ほんと？」

星太朗が驚きながらリュックを開けると、ムッシュが顔を出した。

「ほんとほんと。この穴からしっかり見てたから」

ムッシュは星太朗が開けた覗き穴に手を突っ込んだ。

「いや、でももう無理だよ、前売り買っちゃったんだし」

「そんなもの、はした金じゃん！　それにべつに前売り券用意してなくたっていいし。観たい映画があるんだよねってさらっと誘えばいいんだよ」

「はぁ？　何言ってんだよ、前売り券買っとけって言ったのムッシュだろ！」

「そりゃ言ったけど、女心は変わりやすいんだからさ、臨機応変にいかないと」

「いやいや、変わりやすいのはムッシュの心だろ？　どうすんだよ、せっかくいい調子できたのに、ムッシュのせいでなんか自信なくなってきたじゃんか」

星太朗が呆れながら前売り券を見つめると、視界の端に鮮やかな黄色が見えた。

すぐ横に、足利さんが立っていた。

「あっ、あ、あし、足利さん……」

星太朗は言葉を詰まらせながら、リュックを閉める。が、時すでに遅し。

「誰としゃべってたの……？」

足利さんが、不気味なものを見るような目で見つめてくる。

「独り言？　ムッシュって、なに……？」

「え、あ、いや……」

大きな目で睨まれて、星太朗は観念した。

「ち、違うの！　実は、こいつ、しゃべれるんだ！」

リュックを開けてムッシュを見せる。

「え？」

足利さんの目がまん丸になる。

「ねぇ、ムッシュ」

星太朗はムッシュを叩いて起こそうとする。

だがムッシュは動かない。誰がどう見ても、ただの古ぼけたぬいぐるみだ。

「ちょっと、ムッシュ！　起きてよ!!」

声を荒らげて、ほっぺたをぱしぱし叩く。ヒゲがめくれてまぬけな口が覗くが、

足利さんは笑いもせずに、黙ったまま身を引いた。

「……無理」

蚊が飛ぶような声を漏らすと、ハンバーガーを残したまま出て行った。

星太朗はその絶望を再現しようと、これまでにない勢いで鉛筆を走らせていた。

あの日観たビッグ・フィッシュは、未(いま)だに忘れることができない。

足利さんが座るはずだったシートにムッシュを座らせ、二人並んで観た映画は、奇(く)しくも誰も信じないホラ話というテーマだった。それは星太朗にとって、セカチューよりも泣ける映画であったことは、言うまでもない。

星太朗に笑みが浮かぶ。

当時の自分には心底ショックな出来事だったが、今こうして小説に書いてみると、辛かった過去が、無駄じゃなかったと思えてくる。

過去を変えることはできない。けれど小説にすれば、世界を変えられる。

紙の上に再現された過去は、未来になる。

そんな風に考えると、過去も未来も、思い通りになる気がした。

僕は自由だ。限りなく。

それは、あと数ヶ月しか生きられないとしても、変わらない。

七月

★

東京の空は狭い。そんな言葉をよく耳にするけど、ほんとうにそうだろうか。

星太朗はいつもそんなことを思いながら、会社の屋上にある古いベンチでお昼を食べている。

ろば書林のビルは三階建で、高いビルに囲まれている。確かに、見える空の面積は小さい。それだけに、目には映らない奥行きを感じていた。範囲が限定されているからこそ、その奥を想像できる気がして、狭いと言われるこの空が好きだった。

「空ばっか見て、どうしたの」

突然声をかけられて振り向くと、西野さんが隣に座った。

「あ、いえ、べつに」

空の奥行きの話でもすればいいのに、言葉がするりと出てこない。

西野さんはコンビニのパスタを開けながら、星太朗のお弁当を見て言った。

「凄(すご)いねそれ、作ってくれる人がいるの？」

「いや、いないですよ。自分で作ってます。って、残り物ですけど」

今日の弁当は昨日のカレーを押し込んだ不恰好なものだった。

「カレー作れるの？　凄っ」

「レトルトのルー使って作っただけですよ」

そう言うと、西野さんは驚いた顔を見せた。

「え、レトルトのルー使わないで、カレー作ることってできるの？」

星太朗は思わず吹き出してしまった。スパイスから作る方法を説明してあげると、西野さんはしきりに感心してから、呆れるように言った。

「これだから、私は結婚無理とか言われるんだよなぁ」

「べつに、結婚が全てじゃないですよ」

するっとそんな返しができたのは、ムッシュのおかげかもしれない。

「そう。そうなの。さすがわかってるね。結婚なんてしなくていいよね。べつにしたくもないし」

褒められたことにドギマギしつつ、西野さんらしいなぁと思う。

「森くんは、小説書かないの？」

ふいに聞かれて、戸惑った。書きたい。というか今書いている。なのにそれを言うことはできない。

「森文子さんの血が流れてるんだから、書けばいいのに。もったいないよ。森くんが書いたら、私が担当編集になるよ」

西野さんはそう言いながら、プラスチックのフォークでパスタを頬張った。

すごく嬉しい言葉で、それだけに言葉が出てこない。黙ったまま水筒の麦茶をごくごく飲むと、西野さんが言った。

「って、そういう押し付けよくないよね。それって女性だから結婚して主婦になれって言ってるのと変わらないな。ごめん、今の忘れて。撤回」

ぺこりと謝られて、驚いた。

「い、いえ、そんな風に思ってないです」

必死に言葉を返すと、西野さんは青空を見上げながら言った。

「私、小さい頃ね、森文子さんの本が大好きで。この世界に入ったのも、その影響が大きかったんだ」

「え、そ、そうなんですか……」

相槌（あいづち）が下手なのは、女性が苦手だからじゃない。

「実は就活したときね、大手から内定貰ってたんだ。でもそれを蹴ってこんな弱小企業に入ったのは、ここが森文子さんの本を出した出版社だからなんだ」

「ほ、本当ですか……」

相槌が下手なのは、西野さんがお母さんの本を、そんなにも愛してくれていると知ったからだ。

「だからさっきの発言、大目に見てね」

もう一度謝られて、星太朗はあたふたすることしかできなかった。

そのまま会話が途切れてしまい、西野さんはぺろりとパスタを平らげてしまう。対して星太朗は、カレーが喉を通らなくなっていた。

西野さんなら、もしかしたら。

大事な願いを叶えてくれるかもしれない。

おもいきって、聞いてみる。

「ぬいぐるみは、好きですか？」

すると西野さんは不思議そうな顔をしながら、質問を返してきた。

「どうして。私がぬいぐるみなんか好きに見える？」

見えない。冷静に考えると見えないに決まっている。それは断言できるが、どうしてという問いには答えることができない。星太朗が動揺していると、西野さんはスマホをいじり、写真を見せてきた。

「見てよこれ」

そこには何かの残骸が写っていた。白い耳のようなものが見える。ウサギだろうか。ズタボロになったぬいぐるみであることに間違いはない。

「これ、イルカのぬいぐるみ。ウチの子にこうされたの」

「え？」

思わず声が出た。

子どもがいるんだろうか。もしかしてお母さんと同じように、未婚で産んだのだろうか。瞬時に様々な想いが巡り、勢い余って聞いてしまう。

「お子さん、いるんですか？」

西野さんはスマホをいじり、ホーム画面を見せてくる。

「うん。見て見て。何よりも大事な私の子」

写っていたのは、犬だった。

「北海道犬の餅吉（もちきち）っていうの。やんちゃな男の子。もう十年以上一緒にいるんだ」

「あ、あぁ、なんだ、びっくりした」

星太朗は呆然としながら、言葉を絞り出した。

「可愛いですね」

付け加えると、西野さんはいきなり餅吉の話を始めた。よっぽど可愛がっているのだろう。キャラが変わったように、餅吉の魅力を力説してくる。意外な一面が可愛らしいと思いつつも、星太朗はうわの空で聞いていた。

「考えたんだけど、やっぱり新しい出会いより、身近な人を攻めた方がいいんじゃない？　ほら、星太朗が気になってた先輩いたでしょ、えーと、西野さんだっけ」

ムッシュがそう言うと、星太朗は鞄を置きながら驚いた顔を見せた。

「いや、べつに気になってはいないけど……」

語尾がかすれていく。何かがあったんだと、ムッシュは直感する。

「けど、何？」

「なんでだよ……やっぱムッシュって、第六感持ってんの？」

星太朗はソファに座りながら、呆れたような、感心したような顔を向けてきた。

「あれ、せいたろも同じこと考えてた？　もしかしてもう近づいた？」

「近づいてないよ。今日一緒にお昼食べただけ」

「おぉいいね！　急接近した？　脈アリ？」

「べつに接近もしてないけど。西野さんはダメだよ、北海道犬が恋人らしいから」

ムッシュはビクッと身を震わせて、星太朗に背中を向けた。

はるか昔のことなのに、未だに犬のことを考えるだけで体が強張ってしまう。

星太朗が小学生のとき、ムッシュは近所の野良犬に連れ去られたことがあった。追いかけてきた星太朗になんとか救出されたが、丸いしっぽが嚙みちぎられてしまった。

星太朗は慌てて裁縫箱を開いて、縫合手術に取り掛かった。おかげでしっぽは見事に蘇ったが、それ以来、ムッシュは犬恐怖症になった。

ネズミを恐れるようになったドラえもんと同じようなエピソードで、一見面白おかしく聞こえるかもしれない。けれどムッシュには全く笑えない出来事で、今でも犬を見かけると体が震えてくる。

「ほ、北海道犬くらいなんだよ……べつにせいたろには関係ないじゃん」

動揺を悟られないように、窓の外に目を向ける。すると星太朗はムッシュのしっぽをつついてきた。

「知ってるだろ？　僕もあれ以来、犬苦手なんだよ」

同じことを思い出していたようだ。少しだけ嬉しかったが、そんな顔は尚のこと見せられない。

「でもべつに、家で飼ってるだけでしょ？　家に行かなきゃいいだけじゃん」

「無理だよ。西野さんは家族同然のように愛してるみたいだから」

食い下がるムッシュに、星太朗はきっぱりと言って居間を出ていった。

もしかして、彼女に本気で恋をしているのだろうか。

無理だよ。という声がシリアスに聞こえて、ムッシュは追いかけるのをやめた。

★

最後に遊んだのは、ムッシュのしっぽが嚙みちぎられた頃かもしれない。

何年も使っていなかったので、それを見つけるのに何日もかかってしまった。物置になった部屋から思い出のトランプを見つけ出すと、ムッシュは飛び跳ねて埃まみれになった。

子どもの頃、二人の遊びといえばトランプだった。

当時はプレイステーション全盛時代。子どもは外で遊ぶことを忘れ、誰もがその圧倒的な映像の虜になっていた。けれど、星太朗はそれを欲しがらなかった。

ムッシュの手はプレステどころか、ファミコンのコントローラでさえ操作できないからだ。なので家での遊びはたいていトランプだった。たまに人生ゲームをやろうよと誘うと、ムッシュはいつもこんなことを言った。

「たしかに人生はゲームみたいなものだけど、人生を勝ち負けで判断するのは嫌いだね」

当時は意味がよくわからなかったが、今だとそれがよくわかる。

ムッシュは生まれたときから、大人のような、大人でも言わないようなことを教えてくれた。

なのに行動は子どもっぽいところだらけで、その一つが勝ち負けにとても執着することだ。トランプのなかでもとりわけババ抜きを好んだのは、ムッシュがべらぼうに強いからだろう。

両手に一枚ずつしかカードを持つことができないムッシュは、トランプを床に広げてペアを探す。その間、星太朗は背中を向けてペアを捨てていく。ムッシュがトランプを伏せて並べ、「いいよ」と言ったらゲームのスタートだ。

そんな、幼い子どものようなやり方なのに、ムッシュはそれはもう、べらぼうに強かった。星太朗はどうやっても勝つことができなかった。

ムッシュはまるで星太朗の心がわかっているかのようにババを引かせたし、星太朗がどんなにババを引かせようとしても、ムッシュは必ずババ以外を引き当てた。

あまりに強いので、ムッシュに透視能力があるんじゃないかと疑ったことさえあった。

「そんな能力があったら、ぼくはテレビに出てスターになるね」

ムッシュはそう言ってぷぷっと笑った。

「いや、今のままでも」

星太朗はそこまで言いかけてやめた。

ムッシュが調子に乗るからだ。

それに、みんなのスターにはなってほしくなかった。


久しぶりに床に並んだカードを見て、星太朗はムッシュが成長していないことを実感した。自分は歳をとるにつれて、カードが小さくなっていった。それに対してムッシュは、毛並みはぼさぼさになったものの、体はずっと同じまま。そう考えると、少しだけ愛らしく思えてくる。

床に並んだ十枚のカードのうち、右端を選んで引くと、

「はい、おめでとー」

ムッシュがけけけけと笑った。

早くもババだ。

ムッシュが白紙のカードで作ったババで、憎たらしく笑う自画像が描かれている。

星太朗は、愛らしいと思っていた自分をはたきたくなった。

ババ抜きを二人でやった場合、ババさえ引かなければペアができてしまう。おまけに、誰がババを持っているのか？　という楽しみも無い。ただでさえ単純なゲー

ムなのに、二人だけだと輪をかけてあっさりと終わってしまう。

すでに星太朗のカードは残り二枚。ムッシュは一枚で、次はムッシュが引く番だ。星太朗は右手にエース、左手にババを持っている。視線はムッシュへ向けて、カードは絶対に見ないようにする。

もう昔の僕とは違う。

星太朗はそう念じながら、呼吸にも気を遣う。

ムッシュは迷うことなく右手のエースへ手をかけた。

「いいの？　ほんとにそっちで」

星太朗がカマをかける。

「いいよ」

ムッシュはあっさりとエースを引く。

「くそっ！」

星太朗は後ろへ倒れ込んだ。

「勝った～」

ムッシュは運動会の定番曲、オリンピック・マーチを口ずさみながら、マジックを握る。本棚に上り、『③ババ抜きでムッシュに勝つ』の下に小さな棒線を引いた。

「なんだよそれ」

「勝った回数をね、記録しようと思って」

「ずいぶん控えめだね」

「小さく書かないと、書ききれなくなるからね」

憎たらしく振り返って、マーチの続きを歌い始める。そのご機嫌な顔を見たくないので、星太朗は顔を上げずにカードをまとめた。

「え、もうやめるの?」

ムッシュがつまらなそうにカードを摑む。

「勝負は一日一回だけ」

「え〜」

「小説書くから」

部屋へ入ると、「ちぇっ」という舌打ちが聞こえてきた。

いや、ムッシュには舌なんてものは無い。それは舌打ちっぽく発した、ただの言葉だ。


デスクライトを点けて文机の引き出しを開けると、四角いクッキーのカンカンがぴたりと収まっている。開けるときにペコっと音を立てる、ちょっと大きな筆箱だ。

お母さんがこういうお菓子を貰ってくる度に、星太朗の胸は躍った。中のクッキーよりも、かぶさっているプチプチや、その下にぴったり収まっているギザギザの紙、何を入れても守ってくれそうな頑丈なカンカンが大好きだった。

「早く大人になれたらいいのに」

流れるような英語が書かれているカンカンを、土の中に寝かせながら星太朗が言った。

小学校六年の秋のことだ。

二人は、二十年後に開けると決めたタイムカプセルを埋めていた。

長い年月になるので、土の中といえども気持ちよく入ってほしい。そんな風に思いながら、ふかふかの土をかけていく。

「大人になりたいの？」

ムッシュはスコップに腰掛けながら、アリの巣をいじっている。

「そりゃなりたいよ」

「大人になるってのは、いいことばかりじゃないけどね」

また不思議なことを言い出した。

「え、なんで」

「だいたいの人は、体が大きくなるぶん、心は小さくなっちゃうから」

「そうなの？」

「うん。この世界は平等なんだ」

「ふぅん」

わかったような、わからないような、そんなときはいつも、星太朗は「ふぅん」とだけ口にした。

「じゃあ小さくならないためには、どうすればいいの？」

土をかけながら聞くと、

「それは簡単だよ。ぼくを大切にしてればいいの」

ムッシュはあたりまえのように言った。

「……そっか、じゃあ」

星太朗は土まみれの手で、ムッシュの頭をおもいきりなでた。

「よしよしよしよし！」

「あっ！　ちょっと！　汚い！」

逃げようとするムッシュのほっぺたを挟んで、むぎゅっとつぶす。

「いや、ぜんぜん大切にしてないし!!　誰かー！　助けてー!!」

ムッシュが大声を出したので、星太朗は慌ててその口を押さえた。

土曜日の午後、星太朗は久しぶりにムッシュをリュックに入れて家を出た。

タイムカプセルを掘り起こすために、ムッシュは小さなスコップを抱えている。

「ねぇ、僕の心って、小さくなった？」

振り返らずに聞くと、半開きのリュックからムッシュが顔を出した。

「なんで？」

「タイムカプセル埋めたときに話してたでしょ。憶えてる？」

「あぁ、そうだっけ」

ムッシュはぼそりと言って、少しの間考える。

「じゃあ、うんこって叫んでみて」

「はぁ？」

大きな声を出してしまい、慌てて振り返る。幸い周りに誰もいないようだ。ほっとした瞬間、ムッシュが大声を上げた。

「うんこ――――!!」

「ちょっ、やめろって！」

星太朗はリュックを前に回してムッシュを押し込む。

「せいたろ、叫べないの？」

押しつぶされても、ムッシュは楽しそうだ。

「無理に決まってるだろ！」

星太朗が怒ると、ムッシュはつまらなそうにぼやいた。

「あー、小さいね。それに硬くなってる。うさぎのうんこみたいだね。昔のせいたろなら、喜んで叫んでたのに」

たしかに、子どもの頃は一緒に叫び合っていた。だだっ広い空き地で。団地と団地の間で。ときには自転車を飛ばしながら。うんこと言うだけで、どうしてあんなに面白かったんだろうか。今では不思議でたまらない。

なんて、そう思ってしまうことが、大人になってしまった証なのかもしれない。

「まぁ、それなら、心が小さい大人で結構です」

小声で否定しているうちに、目的の場所に到着した。

はずだった。

タバコ屋の隣。草がぼうぼうだった空き地に、立派なマンションが建っていた。現代的という言葉を体現したかのような、スタイリッシュな佇まい。そこに昔の名残は一つも無い。

「……ここだよね」

「うん……」

これにはムッシュも驚きを隠せないようだ。

「……どうしよっか」

「大人なんでしょ？　どうにかしてよ」

憎たらしいことを言ってくるので、星太朗は素直に腹が立った。

「うんこ」

むすっとした声を出す。

「え？」

「うんこ————!!」

大人びたマンションに、星太朗の叫びがこだました。

☁

「これいいね。二人で二十六万八千円。燃油サーチャージ込み！」

ムッシュはババ抜きをしながら、旅行会社のチラシをめくっている。

「いや、二人って。ムッシュはリュックの中だろ」

「えーやだなぁ、密入国は。ぼくの席もとってよね。貯金たんまりあるんだから」

ムッシュは星太朗がけっこうな額を貯めていることを知っていた。年収は低いが、この団地のおかげで家賃はかからない。趣味は読書だけだし、服はユニクロばかり。食べ物にこだわりもないので、お金は貯まる一方だ。そのうえ、今でも半年ごとに数十万円、本の印税が入ってくる。

　ムッシュも星太朗も、その通知を見るのが楽しみだった。お金が貯まるからではない。どこかの誰かがお母さんの本を読んでくれていることを実感できるからだ。

「じゃあ、ビジネスクラスにしちゃう？」

　ムッシュがむくっと立ち上がるが、星太朗は相手にしない。

「いいよ、そんな贅沢な」

「じゃあファーストクラス！」

「いやランクアップしてるし」

「じゃあ」

「いいって、エコノミーで」

「ケチ」

　ムッシュはペアになったトランプを投げ捨てる。

「じゃあふかふかのリュックを買ってあげるよ」

「え、ほんと？」

　星太朗はふざけた様子だったが、ムッシュの目は子どものように輝いた。

「あ、見て見て、天体観測ツアーがあった！」

　チラシに、まるで合成のような星空が載っている。

「マウナケア山だ。ここだよ、世界一の星空は」

ムッシュはそれをうっとり見つめながらカードを引く。星太朗の顔をろくに見てもいないのに、やっぱりババは引かない。

「真剣にやってよ」

星太朗がカードを引き、残りが二枚になる。6か、ババだ。

「ぼくはいつだって真剣だよ」

ムッシュがすっと手を伸ばして、当たり前のように6を引く。

星太朗の手に、またしても笑うムッシュが残った。

壁に棒線を足すと、星ができあがる。五本の線で完成した五芒星(ごぼうせい)。昔から二人はこんなふうにして「正」の字の代わりに星で数を数えていた。

「一番星のできあがり〜」

ムッシュはぴょんぴょん跳ねながら、きらきら星を歌い出す。

星太朗は悔しさを隠すように、パンフレットの星空を見つめていた。

★

次の週、星太朗は緊張の面持ちでトイレに立っていた。

くすんだ水色のタイルを眺めながら、個室が開くのを待つ。用を足すためではない。大事なものを社長に渡すためだ。

カラカラと紙を回す音がしてから、水の音が響き渡る。ドアが開くと、社長は「おぉ」と声を上げた。

「ちょい待ち」

社長は個室に戻って消臭スプレーを振りまく。

「悪いね、臭うでしょ、この歳になると、どうもね」

一緒に笑顔も振りまく社長に、星太朗は封筒を差し出した。

「あの、これ……」

「は？」

社長がそれを開き、『辞表』という字を見つめる。

「え？」

「すみません……」

星太朗は社長の顔を見ずに、頭を下げた。

「え、何言ってんの。なんで、ど、どうして」

「病気なんです……。母と同じ」

「え、え……？　いや、ちょ、ちょっと、冗談やめてよ」

星太朗が顔を上げると、社長の顔は強(こわ)ばっていた。

社長はお母さんの担当編集者として、全ての小説を出版した。まだ素人だった才能を見初めて、開花させたのが三十年前。それからお母さんが亡くなるまでずっと、苦楽を共にしてきたらしい。

「星ちゃんが赤ん坊のとき、おむつを換えてやったんだからなぁ。星ちゃんのうんこ、臭くてなぁ」

社長は事あるごとにそんな話をしてきた。当然星太朗は憶えていないが、社長の顔はしっかり憶えていた。お母さんが亡くなった夜に、誰よりも大声で泣きじゃくっていたからだ。

それから十五年後、就活中にばったり再会すると、すぐにろば書林に誘ってくれたのだった。

診断書を見せると、社長は言葉を失った。

「社長には、母のときから、ほんとうにお世話になりました……。ほんとうに、感謝しきれないほど、感謝しています」

星太朗は社長の目を見て話した。人の目を見て話すのは苦手だったが、お礼だけはしっかり伝えようと心に決めていた。

社長は何も言わない。返す言葉を見つけられないでいるようだ。

「あの、それから、このこと、みんなには内緒にしてほしいんです」

「いや……でも……」

そう返すのが精一杯そうな社長に、星太朗はお願いします、と頭を下げてトイレを出た。

しんとした廊下で、息を吐く。

「え？」

振り返ると、西野さんが立っていた。

「森くん、辞めるの？」

聞かれてしまったようだ。どこまで聞かれたのだろうか。それが問題だ。

「あ、えぇと、はい……すみません……」

「どうして？」

遠慮なく聞いてくるので、病気のことは知られてないのだろう。大丈夫。大丈夫だと、自分に言い聞かせる。

「ちょっと、旅に出ようと思って」

それが、ぎりぎり嘘にならない言い方だった。

「旅？　どこに？」

「えぇと、ハワイとか」

そう言ってしまって、すぐに後悔した。ハワイ旅行のために会社をやめるやつがどこにいるというのだ。案の定、西野さんは虚を突かれたように笑みをこぼした。

星太朗は苦笑いを返して、まだみんなに言わないでほしいとお願いする。

「よくわかんないけど、わかったよ」

西野さんはそう言って女子トイレに入っていった。

星太朗はもう一度息をつく。同時に頭に激痛が走った。すぐにトイレに戻り、個室に駆け込む。

「せ、星ちゃん、大丈夫？」

社長が心配してきたけど、すぐに答えることはできなかった。便座の蓋も開けずに座り込み、必死で頭を押さえ付けた。

◆

ムッシュは今日も、キーボードをポツポツと一つずつ叩いている。

星太朗の為に何かできることはないかと、密かにパソコンをいじるのが日課になっていた。

いくつかの健康サプリをお気に入りに入れて、最近よく目にするデトックスという言葉を検索する。『で』と打つと、その下に検索履歴が表示された。

『出会い　ぬいぐるみ好き』という言葉が出てくる。

星太朗が打ち込んだものだろう。内緒でプラ板を溶かす努力をしているのだ。履歴を見ると出会いのアプリや、たくさんのぬいぐるみショップ、サンリオピューロランドのことまで調べている。どこまでもシャイな性格と足跡を残してしまう詰めの甘さが、健気で可愛いと思う。

自分もがんばろう。病気についてもっともっと調べよう。気合を入れ直してタンスから小さなノートを引っ張り出すと、軽やかなチャイムが鳴った。

「お荷物でーす」

男の声が聞こえる。注文したものが届いたようだ。

鍵のツマミに貼り付けておいた棒に摑まって、全体重をかける。カチっと鍵が開くと、廊下の真ん中に座り込む。

「ドーゾ」

ロボットのような声を出すと、すぐにドアが開いた。

「失礼しまーす。あれ？」

宅配便の男は、誰もいないことに戸惑っているようだ。

「ニモツハ、ボクノウシロニ、オイテクダサイ」

　もう一度言うと、男はやっとムッシュに気が付いた。

「え？　なにこれ……」

「ニモツハ、ボクノウシロニ、オイテクダサイ」

「あ、え、はい……」

　戸惑いながら、次々とダンボールを運んでくる。たちまち大量のダンボールで廊下が占領されると、ムッシュはまた声だけを出した。

「ハンコハ、オアシモトニ、ゴザイマス」

「え？　あ、これ……」

　足元のシャチハタを拾って伝票に押すと、ムッシュはすかさずお礼を言った。

「アリガトウ」

　男が不審な目で廊下の奥を見渡す。誰かが操作をしているのだろうと思ったようだ。屈み込んでまじまじとムッシュを見つめてくる。顔を近づけ、ヒゲに触れようとしたそのとき、

「ニャアァァ!!」

　ムッシュは奇声を上げて跳び上がった。

「うおぉっ!!」

　男は目をひん剝いて逃げるように出ていった。

ドアが閉まると、ムッシュはケラケラ笑って床を叩いた。

振り返ると、ダンボールがチョモランマのようにそびえたっている。

笑っている場合じゃない。これからが大仕事だ。

ムッシュは息を吐いて、腕まくりをするふりをした。

★

「うわぉっ‼　うおぉぉぉっ！」

星太朗はお風呂の中で、自分でも聞いたことのない声を上げた。

腰のあたりまで溜まっているのがお湯ではなく、コアラのマーチなのだから無理はない。コアラの大群が裸体を覆っているのだ。ひんやりと冷たいビスケットが、体にさらりとまとわりついてくる。

「うおっぉお！」

体を動かすとコアラはパキっと割れてしまうので、身動きがとれない。洗い場にはまだたくさんの袋があり、ムッシュは伏せた洗面器とイスを階段にして、湯船にコアラを足していく。

「仕事、長い間おつかれさま。遠慮なく食べて食べて」

鏡に映る漫画のような光景を見て、星太朗は感嘆した。

いったいどれくらいのコアラがいるのだろう。ムッシュの小さな体でダンボールを開け、これだけ溜めるのにどれほど苦労したことか、想像するのは難しくない。

コアラの一つをつまんで口に入れる。おしりでつぶしたときとは違う、サクっと愉しい音がする。思っていた通りの甘さで、思っていた通り美味しくて、昔と何も変わらない味がする。

いくつ食べても減りはせず、食べても食べても増えていく。ムッシュがせっせこ働いているからだ。

「もう十分だよ」

そう言うと、ムッシュは最後の一すくいを星太朗の肩にかけ、コアラたちの上に寝そべった。

「うわー、全然気持ちよくない」

星太朗は笑いながら、コアラを次々と口に入れた。

「すごい。同じのが全然ないよ」

DJをやっていたり、落語をしていたり、ケーキ屋さんだったり、人魚になっていたり。あらゆる趣味や職業を持ったコアラがいる。

「いろんなコアラがいるんだね」

チョコいっぱいの口で星太朗が言うと、ムッシュはコアラたちを眺めながらつぶやいた。

「いろいろだけど、中身はみんなおんなじ」

星太朗は頷いた。そうなんだ。人間だってみんな同じものでできている。なのに、どうしてこんなに違うんだろう。顔も、性格も、能力も、お金も、運も、それから寿命も。

そんなことを考えていると、ムッシュが言った。

「でも人間は、みんな甘くて美味しいわけじゃないんだよなぁ」

同じようなことを思っていたらしい。星太朗は返事をせずに、その理由をぼーっと考えた。

「見て、作家」

ムッシュが作家っぽいコアラを見つける。

「お」

星太朗はそれをもらってパクっと食べた。

「これで小説もはかどるね。やっと仕事も終わったし」

「あ、そうそう、辞表は出したけど、まだ退職したわけじゃないから」

「え？　そうなの？」

「社長はもういいよって言ってくれたんだけど、担当作を全うするまで、家でやることにしたよ。たまには出社もするけどね」

「そっか。その方がいいかもね」

ムッシュはそう言いながら、コアラを食べるふりをした。

「そうだ、今日すごい発見したよ」

ムッシュがぴょんとジャンプして、パキッと音が立つ。

「なに？」

「パピプペポのマルあるでしょ。あの子たちってね、ハ行にしかくっつかないの」

「なんだよそれ……」

「聞いててよ。パ！　プ！　ア‼」

ムッシュはヒゲをぶわりと揺らした。お風呂なので、声が気持ちよく響く。

「ほら、アには絶対くっつかないの。言ってみてよ」

「パ……プ……ア……」

星太朗も言ってみる。

「ア……。ア……。ア……！」

マルを付けようとしても、たしかにくっつかない。

「ほんとだ、言えない……」

「でしょでしょ!?　ポ！　プ！　ラぁ!!」

「ポ！　プ！　ラぁ!!」

「パ！　ピ！　コぉ!!」

「でしょ!?　なんか、超はね返されるでしょ！」

　ムッシュは盛り上がり、短い足で飛び跳ねる。その度にコアラがパキパキ音を立てる。

「コぉ！　アぁ！　ラぁ!!　ほら！　なんかバリアー張ってるみたいでしょ！」

「コぉ！　アぁ！　ラぁ!!　おぉ、絶対くっつかない!!」

「コぉ！　アぁ！　ラぁ!!　おぉ！　すごい!!　跳ね返される！」

　ムッシュの新発見はその後も地味に後を引いた。

　馬鹿な発見だなぁと笑ってしまうが、馬鹿なことをやっている時間が、すごく楽しかった。

　たくさん残ったコアラの湯船にビニールをかけて、シャワーを浴びる。星太朗はその間も、マルがくっつかない言葉をぶつぶつと口にしていた。

　パジャマを着て居間へ戻ると、ムッシュがマジックを杖のようについて待っている。いつものではなく、赤色のマジックだ。

「ではでは」

マジックを差し出してくるムッシュを、星太朗が抱き上げる。
④コアラのマーチを死ぬほど食べる
その上に、ムッシュは大きな花まるを描いた。

「ついに一つ達成！　おめでと～‼」

ムッシュの拍手は音が出ないので、そのぶん星太朗は大きな拍手をする。それからドカッとソファに腰を下ろして、正面の壁を眺めた。

まだ一つ。

やりたいことが、やらなきゃいけないことが、こんなにある。

そう思うとじっとしていられない。

星太朗は牛乳を一気飲みして、すぐに部屋に入った。

勢い良く文机に腰を下ろし鉛筆を握りしめる。と同時に、バタリと倒れた。

気が付くと、目の前は真っ白な天井だけだった。

縛り付けられたように体が動かない。どうにか顔を動かすと、病院の個室だということがわかった。右手にはチューブがつながり、点滴が静かに落ちている。

「起きた？」

布団が動き、ムッシュが顔を出した。

「いきなり倒れちゃったんだよ、びっくりしたよー。まぁでも、先生と看護婦さんの話を聞いてたけど、そんなに大したことじゃないって」

聞きたいことを、ムッシュはすぐに教えてくれる。

「チョコの食べ過ぎじゃない？　コアラたちの祟(たた)りかも！　そうそう、ぼくも一緒に救急車に乗ったよ。カッコ良かったよ、いろいろ」

ムッシュは119に電話してから、星太朗の手にリュックを握らせてその中に入り込んだという。

「いやー、せいたろがガラケーで良かったよ。スマホなら僕の指、反応しないもんね。ガラパゴスばんざい！」

たまに携帯を使いたがるムッシュのために、ガラケーを貫き通していて良かったと思う。ムッシュの口調は軽いが、自分が倒れてどれほど慌てただろうか。その冷静な対処に感心しながらも、どこか寂しさを感じてしまうのはなぜだろうか。

「ありがとう」

星太朗は素直にお礼を言い、窓の外を見つめた。

日はすっかり暮れていて、光がぽつんと灯っている。すずらんの形をした街灯は、やっぱり今日もうなだれて見える。

こめかみの辺りがくらっとして、頭を枕に戻す。

布団を胸まで引っ張ると、ムッシュが潜り込んできた。

●

「ねぇ、やっぱりハワイ行かなくていいや」

ムッシュは星太朗の横から顔を出した。

「大丈夫だって。ちょっと最近、無理が続いただけだよ。旅行くらいできるから」

星太朗は小さな笑みを見せる。

「でも、無理しちゃダメだよ」

「やめろよ、そういうの。気遣われる方がずっと嫌だし」

「いや、そういうんじゃなくて」

ムッシュは布団からのそりと出て、窓を見ながらつぶやいた。

「忘れてたんだ。世界一の星空は、ハワイじゃないってことを」

「どこ？」

ムッシュは何も答えなかった。

外の暗がりに、星が見えた気がした。

そのまま、すんなりと、ムッシュの記憶は大好きな星空へ飛んでいく。

それは星太朗と、毎日、毎晩見上げた団地の空だ。

そこにはたくさんの星と同じくらい、たくさんの思い出が輝いている。

タコ山から見上げると、星にずいぶん近づいた気がしたこと。

星の数を数えながら眠ってしまったこと。

星と星を結びつけて、新しい星座を作ったこと。

肩車をしてもらって、星に手をかけたこと。

お母さんに向かって、手を振ったこと。

「ねぇ、なんか歌って」

子どもの頃の声が聞こえた気がしたけど、ここにいる星太朗のものだった。

ムッシュはしっぽをこっそり動かしながら、思いつくままに歌った。

「お前を嫁に、もらう前に」

さだまさしの〈関白宣言〉だ。

「どうゆうチョイスだよ」

「だめ？」

「いや、べつにいいけど」

とか言いつつも、星太朗はどこか嬉しそうだ。ムッシュはボリュームを上げて続ける。

「言っておきたい事がある。かなりきびしい話もするが、俺の本音を聴いておけ。俺より先に寝てはいけない」

そのとき、ドアが開いて看護師の女性が入ってきた。

ムッシュは瞬時に固まり、ぬいぐるみのふりをする。

「目、覚まされました？ お具合大丈夫ですか？」

「あ、はい……」

胸についている花本（はなもと）という名前をちらりと見て、星太朗はむやみに咳払（せきばら）いをした。

さりげなくムッシュを隠そうとするが、体が思うように動かない。

「先生お呼びしますね」

花本さんは首から下げていたＰＨＳで連絡を取ると、布団を直しながらムッシュを星太朗の横に寝かせてくれた。ムッシュについて特に触れず、何事もなかったかのように点滴の調整を始める。

ぽたり、ぽたりと落ちる雫（しずく）。

彼女はそのリズムに合わせるように言った。

「俺より後に、起きてもいけない」

星太朗がピクッと動く。額に汗がじっとりと浮かんでくる。

「やめないでくださいよ。好きなんですよ、この歌」

花本さんは笑った。落ち着いた雰囲気は星太朗より歳上に見えるが、その笑顔はどこかあどけない。うすピンク色のナース服が、さりげなく頬を照らしていた。

「女性からすると、かなりひどい歌詞ですけどね」

花本さんが付け加えると、ムッシュは心の中でぷぷっと笑った。

星太朗は何も言えずにいる。嘘もつけず、良い言い訳も思いつかないのだろう。個室に気まずい沈黙が広がっていく。

ムッシュがこっそり肩をつつくと、星太朗はぼそりと歌い出した。

「めしは上手(うま)く作れ……いつもきれいでいろ……出来る範囲で、構わないから」

一週間ほど入院した方がいいと先生に言われ、星太朗は素直に従った。

曇った窓からは何も見えず、雨粒がにぎやかな音を立てている。

入院して四日目。花本さんに関白宣言を披露した直後から降り出した雨が、今も降り続いていた。

星太朗は小さい頃、雨がとても嫌いだった。星が見えなくなるからだ。

ある雨の午後、星太朗がつまらなそうにしていると、ムッシュがこんなことを言った。

「みんなは喜んでるよ」

「みんなって？」

星太朗が聞くと、

「みんなだよ。動物も、鳥も魚も、虫も葉っぱも、土もみんな」

ムッシュはそう言ってベランダに出た。

「嫌がってるのは人間だけ。うんこだって喜んでるのに」

「うんこも⁉」

「うん。だって道ばたにひっついてるのが、きれいになるでしょ」

「あぁ、そっか」

納得しかけたものの、すぐに疑問が浮かんだ。

「でもそれって、喜ぶのは道路じゃないの？　僕がうんこだったら、雨で流れていっちゃうのいやだもん」

そう言うと、ムッシュは手をぽんと叩いた。

「たしかに」

「でしょでしょ」

「じゃあ、雨を嫌がるのは、人間とうんこだけだ」

ムッシュがそう言うと、二人はお腹を抱えて笑った。

その夜から星太朗は、雨を喜ぶことに決めた。みんなが喜んでいる。そう思うと、星が見えなくても寂しくなくなった。

窓を開けて空気を吸い込むと、何とも言えない匂いがする。星太朗はそれを「喜ぶ匂い」と名付けて、雨の日にはいつも窓の外に顔を出していた。

同じように窓を開け、めいっぱい空気を吸い込んでみる。

喜ぶ匂いはしなかった。

最近は、雨が降ると憂鬱(ゆううつ)になった。じわじわと頭が痛むことが多くなり、体が不調になるからだ。そのせいで、小説を書くのも捗らない。

そんな星太朗に、花本さんは明るかった。

病室に来る度に他愛(たわい)もない世間話をしてくれたり、〈北の国から〉の歌を口ずさんだりしてくれた。そして今朝、ふいにムッシュの頭を撫でてくれた。

星太朗は自分の心臓が、とくんと鳴るのを聞いた。

「花本さんって、素敵だね」

ムッシュにそう言われて、星太朗は決意した。

次に彼女が来てくれた時に、声をかけよう。

ドキドキしながら待つこと数時間。夕食後に花本さんが血圧を測りにやってきた。今しかない。圧迫される腕の痛みに緊張を紛らわせて、勇気を絞り出す。

「あの、ちょっと……」

「どうされました？」

花本さんが不思議そうな顔を向けてくる。

「雨が降ると、体調が悪くなるんですけど」

「あぁ、そうなってしまう方は多いですよ。気圧の変化のせいだと思います」

答えは想像していた通りだった。おかげで星太朗は勢いづく。

「あの、花本さんは、ぬいぐるみって、好きですか？」

「ぬいぐるみですか？」

「はい、ぬいぐるみ」

「あぁ、森さん、お好きなんですよね」

花本さんはベッドサイドのムッシュを見つめた。

「あぁ、はい、まぁ……」

星太朗がはにかむと、花本さんはくすっと笑った。

「好きですよ。うちにも、大きなペンギンくんがいるんです」

「あ……そ、そうですか」

星太朗の顔がふわっとほころぶ。

窓の外から光が差し込んでくる。同時に喜びが込み上げてきて、無意識のうちに聞いていた。

「あの、こんど、退院したらお食事とか行きませんか？」

「え？」

花本さんの顔から、すーっと笑みが消えていった。

「あ、いや、ちょ、ちょっと、お話ししたいことがあって……」

無言の間があいてから、花本さんは頭を下げた。

「ごめんなさい」

星太朗の顔は固まった。

「私、既婚者なんです。すみません、業務上、指輪を外してるので」

「あ、いや、違います、そういうことじゃなくて……」

星太朗は説明しようとするが、何を言っても言い訳にしか聞こえないだろう。焦れば焦るほど怪しく見えてしまう。

「大丈夫ですよ、こう見えても、けっこうよくあることなので」

花本さんが何事もなかったかのように言うので、深追いするのは諦めた。

「なんか、すみません……」

ピピピピと、甲高い電子音が鳴り響く。

「あれ、かなり高いですね」

花本さんが血圧計を見て、くすっと笑った。

重い空気ががらりと変わり、星太朗も笑顔を作った。笑うことしかできなかった。


見事なまでの玉砕だった。

それ以降、星太朗は言葉を発していない。

血圧が高かったのはそのせいだろうし、長く降り続いた雨も止んだ。体の調子は悪くなさそうだけど、問題は心の方だ。どう声をかけようか迷ったけど、深く考えるのはやめにした。

「そんなに落ち込むなって。ナイスファイトだったよ」

いつもの調子で話しかけるが、星太朗は返事をしない。よっぽどショックだったのだろう。じっと何かを考え込んでいる。

「一度や二度ふられたくらいでなんだよ。せいたろ、恋なんて叶わないで当たり前なんだよ？　スナイパーになっちゃいけないよ、マシンガンで撃ちまくらなきゃ。

手当たり次第に、ダダダダダッ」

　ムッシュは銃を構えるポーズで、くるりと回転する。

「違うって。そうゆうつもりじゃないし」

「じゃあどうゆうつもりだよ」

　いつまでも煮え切らない態度に、ついイラついてしまう。

「ねぇいつまで恥ずかしがってるの。せめて僕にくらいさらけ出してくれないと」

　そう言うと、星太朗はむくりと起き上がった。

「帰ろう」

　ふらつきながらベッドを降りて、着替え始める。

「え、な、何で、ダメだよ、最低一週間は安静にって言われたじゃん！」

　星太朗は聞く耳を持たない。着替を終えるとムッシュはむぎゅっと摑まれて、リュックの中に押し込まれた。

「ちょっと！　タイムタイムタイム！」

　ムッシュが暴れると、星太朗は強い口調で言った。

「決めたんだ」

　何を決めたのかさっぱりわからなかったが、ムッシュはとりあえず黙って従った。

星太朗は病院の夜間専用口から堂々と抜け出して、タクシーを拾って家に帰った。いつものように手を洗うと、部屋の電気もつけないまま、屈んで本棚の奥を探り始める。倫太郎コレクションの中から取り出したのは、一際古ぼけたカセットだった。剝がれかかったラベルに、おじいちゃんの字で『我が歌姫』と書いてある。

星太朗はそれをラジカセに差し込み、再生ボタンを押す。

なつかしい歌声が聴こえてきた。

お母さんが歌う、〈涙くんさよなら〉だ。

想いを馳せるように聴いている星太朗を見て、ムッシュは修正ペンを手に取った。本棚に登り、『⑤ハワイの星空を見る』を両端から消していく。『星空を』という字だけを残すと、マジックに持ち替えて両端に書き加えた。

⑤団地の星空をたくさん見る

星太朗はそれを見て頷いた。

「いいね、うん。そっちがいい」

その顔が晴れやかに見えたので、ムッシュはもう一度説得を試みる。

「ねぇ病院戻ろ? 今は体調良くても、わからないよ。ちゃんと治療しないとダメだよ。逃げちゃダメだって」

するとヒ太朗は、ムッシュを見つめて言った。

「時間がないんだよ」

立ち上がって、ムッシュが壁に貼った小説の帯を勢いよく剝がす。

何を決めたのか。やっと理解できた。

「だからもう逃げない」

星太朗は、強い眼差しを壁に向ける。

窓から差し込む街灯の薄明かりが、その願いをさりげなく照らしていた。

★

⑧お父さんに会う

うっすらと曇った車窓に、代わり映えのしない田舎の景色が流れていく。

高級な特別列車ではない。安価なボックスシートだけど、星太朗は優雅で贅沢な気分に浸っていた。

車内は飾り気が皆無で、二十一世紀とは思えない古臭さが残っている。踊り子号という列車名も昭和感を漂わせていて、小さい頃に旅行や遠足で味わった高揚感が、星太朗の胸を包んでいた。

「乗車券を拝見します」

車掌に声をかけられて、星太朗は二枚の切符を渡す。くたびれた顔をした車掌はそれを確認しつつ、窓際のシートを二度見した。

大の大人の隣に、ムッシュがちょこんと腰掛けている。

普段の星太朗であれば取り乱して隠すだろうが、今日は違う。二人分の切符を買っていますけど何か？　という顔を平然と向ける。

車掌は無言のまま切符を返すと、そそくさと立ち去った。

「ルックルック！　イッツァ、マウント、フゥ、ジィィ！」

ムッシュが立ち上がり、何故か英語で声を上げた。

空の青と稜線(りょうせん)の青が滑らかに重なり合い、その上に白い峰が浮き立っている。二種類の青が緩やかに混ざり合う様と、純白と言えるほどの清廉な頂(いただき)は息を呑むほど美しく、星太朗は視線を止めたままムッシュを抱き上げた。

ムッシュの目も青色に染まり、キラキラと輝いて見える。

その人は、どんな目をしているのだろう。

星太朗はまだ見ぬ父を想像して、斜めに倒したシートに身を委(ゆだ)ねる。

お母さんは生前、父のことが大好きだったと、誰よりも優しい人だったと、幼い星太朗に言い聞かせていた。けれど、どうして別れたのか、どうして結婚をしなかったのかを聞いても、理由は教えてくれなかった。

「どうしてかな。わかんないなぁ」

そんな風に、軽やかに答えた。

「かなしいね」

星太朗がうつむくと、お母さんはその手を握って、おもいきり首を振った。

「お腹にあなたがいたから、哀しくなんてなかったよ」

にこっと笑ったその顔を、星太朗は忘れることができないでいる。

子どもには説明できない何かがあったに違いない。身ごもったことを知って、父は逃げたとか。もしかしたら、別に女性がいたとか、奥さんがいたとか。考えるときりはないし、悪い想像しか生まれない。誰よりも優しい人だったなんて、大嘘かもしれない。

それでも、お母さんがそう言ってくれたことに、星太朗は救われていた。

自分に流れている血の半分が、最低な父のものだと聞かされていたら、こんな風に生きてこられなかっただろう。

踊り子号を降りて、路線バスで海岸沿いへ向かう。

数分で下車するとすぐに潮風が顔に当たり、真っ青な海が目に飛び込んできた。

星太朗はリュックを胸にかけ、チャックを開けながら浜辺に下りる。

砂を踏むと、足が吸い込まれていく。一歩一歩に力を込めないと前に進めない。

その感覚が、今の星太朗には嬉しかった。

「問題です。この世界ぜーんぶの砂の数と、この世界ぜーんぶの星の数は、どっちが多いでしょう?」

子どもの頃に出し合っていたようなクイズを、ムッシュが出してきた。

「星の数でしょ」

あっさり答えると、ムッシュはなつかしい決まり文句を言う。

「ファイナルアンサー?」

「ファイナルアンサー」

星太朗が自信満々に返すと、ムッシュはじっと黙り込み、たっぷりと間を開けてから声を出した。

「ブ――――、残念!」

「いやいや、嘘だね。星の数は正確に解明できてないし、こうしてる今も宇宙は広がり続けてるんだから。絶対に砂よりも多いはずだよ」

「甘いねせいたろ。不二家のショートケーキより甘いね」

「はぁ？」

星太朗がムキになると、ムッシュは嬉しそうに言った。

「宇宙の星にも、砂はあるからね」

「せこっ！」

「地球の砂なんて言ってないもん。この世界ぜーんぶの砂って言ったんだもん」

星太朗は何も言えなくなった。悔しくて嬉しい。童心に戻れている証拠だ。

目的の家が近づくにつれて高まる緊張感が、おかげで少し和らいだ。


「わ、すごい家」

浜辺を見下ろすように建つ豪邸の前で、ムッシュが言った。

無駄のない、真っ白な美しい家だ。大きな窓ガラスに海が映り込んでいることで、自然の中に溶け込んでいるように見える。

表札に刻まれている『月村（つきむら）』という名前を見て、星太朗は小さく息を吐いた。

「せいたろ、がんばれ」

ムッシュはそう言って、自らリュックのチャックを閉めた。

覚悟を決めて、インターホンを押す。

「森です」と名乗ると、すぐに男の人が出てきた。

「初めまして。月村です」

日焼けした顔に、お世辞にも整っているとは言えない髪。白髪混じりの無精髭。飾り気のない出で立ちだが、清潔感はある。洗いざらしのような白シャツが光って見えた。

「突然訪ねてすみません。森星太朗と申します」

どうしてだろうか。不思議と緊張は消えて、落ち着いて名乗ることができた。

「いえいえ、遠くからありがとう。どうぞ、入って」

笑顔で迎え入れられてほっとしながら、星太朗はお茶菓子を渡した。

玄関には女性の靴の他に、小さな子どもの靴が二足並んでいた。星太朗はその横に自分の靴を揃えて、月村さんに続く。階段を上って二階の一室に入ると、窓から海が一望できる部屋だった。

「そこのソファにかけてね。珈琲は飲めるかな」

星太朗はお礼を言いながら、革張りのソファに腰を下ろした。ビンテージのような家具はどれもセンスがあり、気取らない程度のお洒落感を匂わせている。

奥の書棚は本で埋め尽くされ、きっちり整理されていて心地良い。手前にイーゼルがあり、大きなキャンバスが立てかけられていた。

「お母さんから、僕のことを聞いていたのかな」

月村さんはローテーブルに珈琲を置くと、さっそく本題に入ってきた。

「いえ、母からは何も聞いていませんでした」

星太朗は珈琲から立ち上る湯気を見つめながら答える。

「じゃあ、どうして僕のことを」

「母が持っていた月村さんの画集の中に、気になる絵がありまして」

星太朗はリュックから真っ赤な画集を出して、最後の方を開いて見せた。繊細なタッチのドローイングで、若い女性の横顔が描かれている。

「この女性、母とすごく似てるなぁって、小さい頃から思っていたんです」

月村さんは眼鏡をかけると、画集を受け取ってそれを見た。

「懐かしいなぁ。あぁ、これは確かに文子さんだよ。かれこれ三十年くらい前かな、僕は美大で講師の助手をやっていてね。文子さんは学生だったんだ」

「そうだったんですね……」

星太朗は珈琲カップを手に取りながら話す。

「僕はろば書林に勤めておりまして。この画集を出版したのがろば書林だったので、門馬社長に聞いたんです」

一昨日、星太朗は会社のそばの喫茶店で社長と会って、画集を見せた。

「この月村遥さんという画家の方は、僕の父なんでしょうか？」

社長は、わからないと答えた。けれど、社長がお母さんと出会ったのは、月村さんの紹介だったという。

「当時、二人が交際していたのは確かだよ。随分ご無沙汰してるけど連絡は取れるから、会いに行ってみる？」

「ありがとうございます。お願いします！」

星太朗が嬉しそうな顔を見せると、社長は笑ってくれた。

久しぶりに見た社長の笑顔に、星太朗の推測は後押しされた。

自分と似たような丸眼鏡。その奥に覗く月村さんの瞳を見つめ、推測が確信に変わっていく。それだけに、肝心な言葉が出てこない。

あなたは僕の父なのでしょうか。

その短い問いを、どうしても口にすることができない。

すると月村さんは立ち上がり、窓の外に目を向けながら言った。

「門馬くんから君のことを聞いて、驚いたよ」

星太朗は覚悟を決めて、珈琲を置いた。

「あの、あなたは、僕の……父親なのでしょうか？」

月村さんは振り返り、星太朗を見た。

「すまない。わからないんだ。僕にも。君はどう思う？」

問い返されて、星太朗はその目を見返した。

「なんとなく、直感でしかないんですけど、そう、思います」

無理なく、想いが口をついた。

「星太朗くん、誕生日はいつ？」

「一九九〇年の、四月十日です」

月村さんは画集に載った年表を見ながら、ソファに戻った。

「三十年前、僕は文子さんと交際していてね。彼女は児童文学の作家を目指し、僕は画家を目指していて、共に切磋琢磨（せっさたくま）していたんだ。けど、二年ほど経った頃かな、イギリスの著名な画商に、ロンドンに来ないかと誘われたんだ。僕はまだ若かったし、大きなチャンスだった。それで、彼女と別れてすぐに日本を出た。それが、一九八九年の夏だよ」

星太朗は何も言わずに、話に耳を傾ける。

「別れを切り出したときのことは、今でも鮮明に憶えてるよ。喫茶店でこうして珈琲を飲みながら、ロンドンで絵に集中したいと伝えたんだ。彼女は何も言わずに、じっと聞いていてね。僕は自分勝手な都合で、申し訳ないと謝った。そしたら、文子さんは何と言ったと思う?」

ふいに聞かれて戸惑った。

その様子を察したのか、月村さんはすぐに続ける。

「最高! 良かったじゃない! って。私のことなんていいから、雨だらけの街で絵を描きまくってきなよって、そう言って、笑ったんだ」

その光景が、お母さんの笑顔が、星太朗には手に取るように想像できた。

まずい、と思う。

目の奥の方から、熱いものが込み上げてくる。

「でね。もしも、そのとき、文子さんのお腹の中に君がいたのだとしたら」

月村さんはそこで珈琲を口に含んでから、画集の中のお母さんを見つめた。

「彼女なら、そのことを僕に伝えなかっただろうなぁと、そう思うんだ」

星太朗も、同じことを思っていた。

お母さんは、月村さんが摑んだチャンスの邪魔をしたくなかったんだろう。夢を応援するために何も言わずに別れを受け入れて、一人で僕を育てていこうと決めたんだと。

「だからね、うん。さっきはわからないと言ってしまったけど、君の推測は当たっていると思うんだ」

月村さんは淡々と言いながら、顔を上げた。

星太朗は咄嗟に立ち上がり、背中を向ける。

涙で滲(にじ)んだ顔を見られたくなかった。

「それに、僕も画家の端くれだ。人を見て、人を描くことに人生を捧(ささ)げてきたからね。本当は、君の目を見れば、それくらいのことはわかるんだ」

月村さんも立ち上がる。

「星太朗くん。すまなかった。もし、彼女が妊娠を話してくれていたら、私は別れることなんてしなかった。それだけは信じてほしい」

何も言えないでいる星太朗に、歩み寄る。

「言い訳に聞こえるかもしれないが、その後文子さんに手紙を送っても、全く音沙汰はなかったんだ。亡くなったことも、数年後に知った……。おかげで君は色々、大変な思いをしてきただろう。すまなかった」

涙を拭(ぬぐ)って振り返ると、月村さんは頭を深く下げていた。

「そんな……やめてください。あなたのせいじゃありませんから」

顔を上げた月村さんは、泣いていた。

今まで淡々と話していたのに、無理をしていたのだろうか。震える手で、星太朗の肩に触れてくる。

じんわりとした温かさが、胸の方まで下りてくる。

「ありがとうございます。こんな、いきなり訪ねてきて、認めてくださるとは、思っていなかったので……」

星太朗がお礼を言うと、月村さんは無言で微笑(ほほえ)んだ。寂(さび)しさが漂うその顔に、人の感情の複雑さを知る。

ふと、本棚に二体のテディベアが置いてあることに気がついた。

「あの、お子さんは、いらっしゃるんですか？」

聞くと、月村さんは再び窓の外を見た。

外国人らしき女性二人が、浜辺に立っている。

「向こうで結婚してね。妻と娘だよ。娘はロンドン住まいだけど、今孫を連れて遊びに来ていてね」

視線の奥で、二人の男の子が波打ち際を駆けていた。

四、五歳くらいだろうか。顔までは見えないが、美しい金髪で、まったく同じ背丈をしている。

「双子ですか？」

「あぁ。やんちゃな盛りで、賑(にぎ)やかだよ」

「素敵なご家族ですね」

それは素直な想いだった。幸せな家庭を築いてくれていて、とても嬉しく思う。それだけに、この温かそうな家庭に水を差してはいけない。

星太朗はそう決めて、頭を下げた。

「帰りますね。母のことが聞けてよかったです。本当にありがとうございました」

ムッシュが入っているリュックを抱えて、ドアの方へ向かう。

「待って」

立ち止まると、月村さんは言った。

「何か、困ってることはない？」

声色が、今までと少し違う。

「何かがあって、僕を訪ねてきたんじゃないの？」

さすがだと思う。さすが一流の画家だ。その直感は見事に的中している。

「あのね、君さえよければ、私は家族に、全てを話してもいいと思っている。やましいことは何もない。妻もきっとわかってくれるはずだ」

さすがだと思う。さすが、お母さんが好きになった人だ。

お父さんは、誰よりも優しい人だったよ。

そう言ったお母さんの姿が蘇る。その言葉に嘘はなかったと、星太朗は安堵した。

そして、きっぱりと言った。

「何もないです。ただ、お父さんのことを知りたくて、どんな人なのか、会ってみたくなっただけなので。お願いですから、ご家族には言わないでおいてください。嘘をつく必要はないので。ただ、言わないでいるだけで、いいので」

「でも、君には、星太朗くんには、ずいぶん辛い思いをさせただろう」

納得がいかないようだ。滲んだ目で見つめられる。星太朗くん。そう呼ばれたことが嬉しかった。

「いいえ。僕はずっと、幸せでしたよ」

星太朗はリュックの中にいるムッシュをぎゅっと抱きしめて、言った。

「お母さんのもとに生まれてきて良かったと、心の底から思っています」

海に沈む夕日が、燃え尽きていく灯火(ともしび)のように見える。

このタイミングで、そんな光景が目に入るのがむず痒(がゆ)い。

星太朗はリュックからムッシュを出して、両手で抱えながら浜辺を歩いていた。

「会いに来て、よかったね」

ムッシュが言い、星太朗はこくりと頷く。

「せいたろ、ちょっとだけカッコよかったよ」

星太朗は頷くこともなく、スニーカーの隙間(すきま)に入り込んでくる砂を見つめた。

「それにしてもお母さん、強いよねぇ」

星太朗は再び頷く。

「僕がその立場だったら、一瞬で言うね。もしくは後から養育費請求するね。ポンドで貰うよ、ポンドで。なんかカッコよくない？　ポンドで養育費って」

ムッシュがふざけ出しても、星太朗は変わらなかった。打ち寄せる波音に耳を傾けながら、静かに疑問を口にする。

「どうしてそんなに、強かったんだろ」

「うん。なんでだろ」

ムッシュはふざけるのをやめて、星太朗の胸に寄りかかった。

好きな人との子どもを身ごもりながら、その人の成功を願って別れたお母さん。

余命宣告を受けたことを、幼いその子に話しながら笑っていたお母さん。

どうしてそんなにも強くいられたのだろうか。

宣告を受けてから約二ヶ月。多少は強くなったと自負していたが、星太朗には到底真似(まね)できることではない。

「あぁ。潮風が目に沁(し)みるね」

ムッシュがつぶやき、星太朗は普段通りにつっこんだ。

「嘘つくなよ」

八月

★

館内は薄暗く、お客の賑わいとは対照的に寂れて見える。そんな壁に溶け込むように並んだ色褪（いろあ）せたベンチに、星太朗はかれこれ二時間近く座っていた。夏が本気を出してきたような季節だが、ここは適切に気温が管理されている。むやみやたらと体を冷やすようなこともなく、それなりに居心地は良い。

星太朗はチャンスを逃すまいと、常に気を張っている。人の波が途絶える度に紙袋を掴んで、臨戦態勢を取っていた。

壁に二つ目の花まるが付いてから、前にも増して積極的に行動した。

ムッシュに内緒で中学の同窓会に出席し、十数年ぶりのクラスメイトの中に飛び込んだ。よほど存在感が無かったのだろう。「ごめん、誰だっけ？」と何度も聞かれたが、めげずに二次会にまで参加した。

「森くん、久しぶりだね」

近寄らないようにしていた足利さんに話しかけられて、星太朗はフリーズした。けれど彼女は昔のことなんて何も憶えていないかのような笑顔を見せてきた。

マクドナルドでムッシュを見せた時に「無理」と言われて、自分はどれだけ傷ついたことか。足利さんが本当に忘れているのだとしたら、やりきれない。

とはいえ、「森くん」と声をかけてくれたのは彼女だけで、星太朗は複雑な心境を抱えたまま、ひとり居酒屋を後にした。

帰宅してソファに倒れ込む。ムッシュには同窓会に行ったことは内緒にしていたので、仕事が捗らずに疲れたとだけ伝えた。

「じゃー気分転換しよっ。次何する？」

ムッシュに言われて、壁を見る。

先月乗った踊り子号が思いのほか楽しかったせいか、旅行をしたいと思った。

「ハワイをやめにしたし、コアラと遊ぶためにオーストラリアにでも行こうか」

そう提案すると、ムッシュに却下された。

「コアラなら、すぐそこにいるでしょ」

バスに揺られて数十分。家から一番近い動物園に、コアラはいた。

オーストラリアにしか生息しておらず、日本で飼育している動物園は少ない。コアラは人気者で、大トリを務めるスターのように園の一番奥に居を構えている。

今日は紙袋に覗き穴を開けて、そこにムッシュを忍ばせていた。薄い紙一枚の方がコアラを間近で感じられると思ったのだが、見えているのは残念な寝顔ばかり。

彼らは夜行性で、ムッシュのようなサービス精神は皆無だ。何度来てもいつ見ても、ガラスの檻の中で眠っている。

期待に胸を膨らませてきた子どもたちは、一様に不満をぶつけていく。「寝てる！」「つまんない！」「顔見えないし！」などと言いながら、足を止めることなく去っていく。

幼い頃、お母さんに連れられてきた星太朗も、つまんないと思っていた。起きているコアラは滅多に見られないし、特段この場所に思い出があるわけでもない。

なのに、どうしてだろうか。

星太朗はこの二十年ずっと、ぼんやりと疑問に感じていたことを口にした。

「どうしてムッシュだったんだろ」

紙袋の中で、ムッシュが控えめな声を返す。

「何が？」

「どうしてお母さんは、コアラにしたんだろう。べつにコアラ好きってわけじゃなかったのに」

「せいたろ、昔から気にしてたよね。僕はべつに気にならないけど」

ムッシュは眠そうに答える。

「あー、あの子たち見てたら眠くなってきたなぁ。ちょっと寝るね、おやすみ」

そう言って、勝手に寝てしまった。

誰のためにここに二時間も座ってるんだよ。思わず舌打ちをしてしまうと、隣のベンチで絵を描いていた少女と目が合った。

線が細くて色素が薄い、美少女という言葉が似合う女の子だ。

小学校四年生くらいだろうか。画板を肩からさげて、一人で絵を描いている。にこやかに微笑みかけると、彼女はぷいっと横を向いて檻の中に目を戻した。その鋭い視線を受けても、檻の主は微動だにしない。青々とした葉っぱが、微かに揺れているだけだ。

コアラは毒のあるユーカリの葉を食べる。毒素を分解する消化酵素を持っていて、他の動物が手を出さないユーカリを独り占めできるらしい。おかげで必死に餌を探す必要はない。ユーカリに含まれる僅(わず)かな水分で喉を潤すので、水も飲まなくていい。のんびりと、一日のうち二十時間を樹上で眠って過ごすという。

星太朗はそれを知ったとき、怠(なま)け者だと馬鹿にした。するとムッシュは、人間よりずっとかしこいんだぞ、とヒゲを膨らませた。

「ウソだ。人間の方がかしこいに決まってるよ」

星太朗が反論すると、ムッシュはすぐに応戦した。

「そっちの方がウソだよ」

「ほんとだよ。人間は地球で一番頭がいい生き物って、書いてあったもん」

「何の本？」

「図鑑にだよ」

「その図鑑は誰が書いたの？」

「誰？　作者は、誰だろ……知らないけど」

星太朗が首を傾げると、ムッシュは馬鹿にするように笑った。

「人間が書いたんでしょ？」

そのときは負け犬の遠吠えだと思った。けれど今こうして、幸せそうに寝ているコアラを見ていると、やっぱりムッシュの言った通りかもしれないと思えてくる。

人間は地球上で一番頭がいいという常識は、自信過剰な思い込みかもしれない。頭なんて、使わないで生きられるなら、その方がずっと利口なんじゃないだろうか。

そんなことを考えていると、膝の上の袋がガサガサと動き出した。

「できたかも」

ムッシュが目を覚ましたようだ。

「パピプペポのマル、くっつけられたかも！」

「え、ほんと？」

星太朗は周りを気にしながら、小声で反応する。

「コォ！　アぁ！　ラぁ!!」

ムッシュは文字にできない音を発した。「コ」と「ポ」が混ざったように聞こえるけど、単に甲高い裏声を出しただけだ。

「いや、声高くしただけだし！」

思わずつっこんでしまい、周りの視線が一斉に星太朗に集まる。

やってしまった。こうなると縮こまることしかできない。

身を屈め、床を見つめて息を止める。黙ってそのままやり過ごすと、たくさんの視線はすぐちりぢりになり、何事もなかったかのようにコアラへと戻っていった。

ふと横に目をやると、隣の少女が袋を覗こうとしていた。星太朗は焦ってそれを隠し、さっきより大きめの愛想笑いを返す。

少女はにこりともせず、さらりと言った。

「テロ？」

「え？」

「それ爆弾でしょ。動物園を爆破するんでしょ」

可愛らしい顔をして、恐ろしいことを言ってくる。

「いや、ち、違うよ……！　ほら！」

緊急事態だ。背に腹は代えられない。星太朗はしかたなく、袋からムッシュを出した。ただのぬいぐるみのふりをしたムッシュを操り、可愛らしい裏声を出す。

「ぼく、ムッシュです」

それからすぐに自分の声で弁解した。

「この子がコアラと遊びたいって言うから、連れてきたんだ」

これは嘘じゃない。正直に話すが、少女は何も答えない。無表情のままじっとムッシュを見つめている。

星太朗は少女の絵に視線を落とした。ピンク色のコアラが銀色のユーカリを食べている。空は黄色く、太陽は青い。メルヘンチックといえば素敵に聞こえるが、はっきり言うと摩訶不思議（まかふしぎ）な絵だ。

画板の右下に『楠（くすのき） 夢子（ゆめこ）』と書かれているのを見て、星太朗は再び裏声を出した。

「こんにちは、夢子ちゃん。かわいいコアラだね。ピンクなんて素敵だね」

すると夢子ちゃんはムッシュをまじまじと見つめ、ヒゲに触れた。ぴらっとめくり、まぬけな口があらわになる。

「変なの」

ほんの一瞬だけ、笑顔が覗いた気がした。

人がいない隙に、檻の下にある排水口から忍び込む。客の目が届かない茂みにさえ潜り込めば、コアラと遊び放題だ。

ムッシュはそんな単純な計画を立てていたが、平日の動物園をなめていた。館から人がいなくなることはまずなく、閉園が近付くにつれて増える一方だった。不思議な女の子はいなくなったものの、油断はできない。寝てばかりいるコアラのせいで子どもたちの視線は散漫だし、もう迂闊(うかつ)に話すことはできない。

「ここは我慢だよ」

ぼそりと言う星太朗に従って、ムッシュはしかたなく寝に入った。

ユーカリの毒素が空気中に漂っているのだろうか。どこよりもすぐに安眠できる。星太朗の膝の上は温かく、僅かな振動も心地良い。

まだ星太朗が幼い頃は、その胸の上で寝ていたことを思い出す。お気に入りのタオルケットの肌ざわり。蚊取り線香の香り。居間から漏れ聴こえるおじいちゃんのカラオケ。横を見ると、お母さんが寝ている。穏やかだった日々の記憶と夢が混ざり合い、波の上に浮いているような気分になる。

ゆらゆら揺れながら、穏やかな音楽が聞こえてくる。

辺りが暗くなり、ぼんやりとした灯が揺蕩い出す。

蛍だ。たくさんの光が、闇夜の中をふわふわと泳いでいる。

その一匹がムッシュのヒゲに止まり、喋り出した。

「ヘイエンのオジカンです」

ヘイエン？

ムッシュは目を覚ます。

ここはどこだ？　袋の中だ。いや動物園、コアラ館の中だ。

園内のスピーカーから〈蛍の光〉が流れ、閉園の時間とアナウンスされていた。

「やばっ」

ムッシュは慌てて袋から顔を出す。星太朗まで眠っていて、こくりこくりと舟を漕いでいる。辺りを見回すと誰もいない。ムッシュは星太朗の頰をペシペシ叩く。

「せいたろ起きて！　チャンスだよ！」

「あ、え！」

星太朗は目を覚ますと、すぐに状況を察して排水口へ走った。袋からムッシュを出しながら屈み込む。と、背後から声がした。

「ねぇ」

振り返ると、夢子ちゃんが立っていた。

無言で奥の方を指差すと、その先から飼育員がやってくる。星太朗はムッシュを袋に戻しながら、慌ててコアラ館を飛び出した。

失敗だ。ムッシュは袋の中でふてくされる。

獣舎に入っていくインドサイを尻目に、星太朗は重い足取りで坂道を下る。その後ろを、画板をぷらぷらさせながら夢子ちゃんがついてくる。

「手伝ってあげよっか」

話しかけられて、星太朗は足を止めた。

「え？」

「コアラと遊ばせたいんでしょ？」

「いや、でも……」

返事に困る星太朗の袖をガシッと摑み、夢子ちゃんは進路を変える。

「こっち来て」

「ちょっ、な、なんで」

戸惑う星太朗に、夢子ちゃんは可愛らしい八重歯を見せながら言った。

「あたしね、魔法使いなの」

★

袖を引っ張られてやって来ると、モグラの家が見えた。

木造の長い階段の先に、ログハウス風の建物がある。屋内に透明なパイプが張り巡らされていて、穴の中を進むモグラたちを観察できる展示施設だ。

「モ、モグラ？」

夢子ちゃんは何も答えない。さりげなく辺りを見回して飼育員がいないことを確認すると、階段を登らずにその下の茂みへ潜り込んだ。

「来て！　奥に入って！」

そう言われて、やっと彼女の考えがわかった。飼育員がいなくなるまでこの場所に隠れようという作戦なのだろう。

「ちょっと！　ダメだよ、こんなこと！」

思わず大きな声を上げると、

「し――っ」

夢子ちゃんは階段の下から顔を出し、眉間（みけん）に皺（しわ）を寄せる。

「まずいでしょ、もう閉園時間なんだし、ダメだよ、見つかったら怒られるよ」

「そんなの知ってるよ。ここはあたしの秘密の場所なの。嫌なら帰って。早く、見つかっちゃうし」

突き放されるように言われて、星太朗は踵を返した。

ムッシュの願いのためとはいえ、これは犯罪だ。幼い子どもなら悪戯で済まされるだろうが、自分なら訳が違う。

星太朗が歩き出すと、ムッシュが袋から顔を出した。

「何してんだよ！　チャンスだよ！　一気に二つクリアできるじゃん！」

「二つ？」

「やりたいことの⑦番目だよ！　忘れたの？」

星太朗は居間の壁に、記憶を巡らせる。

コアラと遊ぶのは②番目だ。星空を見るのが⑤番で、タイムカプセルを開けるのが⑥番。

その次はたしか……。思い出して、足が止まった。

⑦悪いことをする

どれくらい経っただろうか。

星太朗はモグラの家の階段下に寝そべって、モグラのように身を隠していた。周りには背の高い草が茂っているので、まず見つかることはないだろう。日が沈んで辺りが真っ暗になるにつれ、緊張も薄れていった。

夢子ちゃんはいつまでも動こうとしない。

星太朗が潜って早々、彼女は一丁前にスマホで漫画を読み始めた。何を読んでいるのかを聞くと、声を出すなと注意された。それから一言も、言葉を発していない。ムッシュは袋の中で再び寝たようだ。自分も寝ようと試みるが、こんな場所で眠れるはずがない。星太朗はただじっと、草の隙間から覗くタヌキの住処（すみか）を見つめ続けた。

「じゃ、行こう！」

車が走り去る音が聞こえなくなってから、夢子ちゃんが言った。

時計を見ると八時を回っている。紙袋をぽんぽんと叩きながら体勢を変えると、夢子ちゃんはもう草を掻（か）き分けていた。

星太朗も恐る恐る階段の下から這（は）い出る。固まった体を伸ばしながら身を起こすと、夢子ちゃんは待ってくれることもなく、坂を登っていった。

待ってよ！　胸の内で叫びながら追い駆ける。ふと立ち止まって辺りを見回すと、思わず息が漏れた。

闇に蠢（うごめ）く無数の影。薄ぼんやりと光る目の玉。

甲高い奇声に不気味な羽音、ドンドンと壁を叩く音が響いている。

夜の動物園は、昼間の顔とはまるで違う異世界だった。

「怖くないの？」

ムッシュの代わりに、夢子ちゃんに聞いてみる。

「怖いの？」

夢子ちゃんが足を止めずに、さらりと返す。

「だって、なんか、動物が昼間と違うでしょ、ちょっと怖くない？」

「ちがうのは昼間の方だよ」

「え？」

「今の方が、ほんとの動物なんだよ」

夢子ちゃんの言うことが、ムッシュの言葉のように聞こえた。

星太朗は驚く。

コアラ館にやってくると、扉には鍵がかかっていた。

夢子ちゃんはスマホのライトを点けて、裏へ回り込む。飼育員専用の扉を開けようとするが、そこも鍵がかかっているようだ。ガチャガチャと乱暴にノブを回してから、壁にもたれてうなだれた。

「ダメかぁ……」

長い髪がはらりと垂れる。

「前に開いてたことあったんだけどなぁ……」

悔しそうに頰を膨らませる姿が、初めて普通の小学生に見えた。

どうやら魔法が切れてしまったようだ。

「魔法か……」

星太朗はつぶやきながら、夢子ちゃんからスマホを借りた。足下を照らして壁沿いを歩いてみると、すぐに探していたものが見つかった。

小さな通気口だ。この位置なら、直接檻の中に繫がっているだろう。

しゃがんで覗くと、夢子ちゃんが不思議そうに近づいてくる。星太朗は袋からムッシュを抱き上げて、裏声を出した。

「じゃあ、遊んでくるね」

「え?」

ムッシュに手を振らせて袋にしまうと、通気口の格子にねじ込む。ムッシュがむぎゅっとつぶれるのがわかるが、気にせずに押し込んだ。

「何してるの……?」

夢子ちゃんが顔を寄せてくる。

「あとはムッシュの好きにさせるんだ」

星太朗は格子の向こうに紙袋を置くと、壁にもたれて座り込んだ。

「ねぇ夢子ちゃん。想像してみて」

「なに？」

星太朗はすぐに答えない。

夢子ちゃんが隣に座ってから、そっと口を開いた。

「ムッシュは今、一人でコアラと遊びに行ってるから」

夢子ちゃんが首を傾げていたとき、ムッシュはすでに袋から抜け出して、檻に侵入していた。中は薄暗く、赤いライトで照らされている。その不気味さに躊躇（ちゅうちょ）しながら、そろりそろりと歩いていく。
ガサガサッ
大きな音に驚いて足を止める。暗がりのなかで何かが動いた。いや、何かではない、言うまでもなく、コアラだ。
ムッシュは足下の葉っぱを拾うと、縦に丸めて剣のように持ち、恐る恐る歩を進めた。おじいちゃんが見ていた〈インディ・ジョーンズ〉のテーマ曲が、頭の中で鳴り響き渡る。

二つの赤い光が、目の前にぎょろりと現れた。

目だ。すぐそばに、目がある。

何かがいる。言うまでもなく、コアラだ。

ムッシュは脅え、体を硬直させる。

「ゔぅぅうぁあぁ！」

突然コアラが唸り声を上げた。

「ぎゃあぁぁああぁ！」

ムッシュも負けずに奇声を発し、一目散に逃げ出した。

★

空を覆っていた雲が晴れて、月明かりが辺りを照らし出す。

星太朗はじっと、夢子ちゃんと並んで腰掛けていた。

「この辺に住んでるの？」

「うん。窓からキリンが見えるの」

思いがけない答えに、星太朗の顔はほころんだ。

「いいね。でもこんな時間に危ないよ。お母さんとお父さんに怒られない？」

「ママは夜のお仕事だから」

それも、思いがけない答えだった。

どう声をかければいいか困っていると、夢子ちゃんは土をいじりながら言った。

「それにお父さんは、いつも替わってばっかだし。こんど四人目のお父さんができるかもって」

「そっか……」

星太朗はそれしか言えなかった。何も言ってあげられない自分が情けなくなる。

「でも寂しくないよ。ここのみんなが、友達だから」

夢子ちゃんは立ち上がり、月を見上げる。

月明かりに照らされたその横顔が、とても寂しそうに見えた。

そのとき、かさかさっと音が聞こえた。

星太朗は立ち上がり、通気口を覗く。僅かに揺れる袋を見て夢子ちゃんが驚く。

「出してあげて」

星太朗が言うと、彼女は手を伸ばして袋を引っぱり出した。ぐしゃぐしゃになった袋を覗いて、もっと驚いた顔をする。

「あれ？」

ムッシュが小脇に葉っぱを挟んでいた。

夢子ちゃんはそれを取って匂いを嗅ぐ。星太朗も鼻を寄せると、ミントのような香りがする。

「ユーカリだね」

そう言うと、彼女は星太朗を見つめた。

「……おじさんも、魔法使い？」

「実は、そうなんだ……」

星太朗は深刻な顔で言ってから、はにかんだ。

「でも、まだおじさんでは、ないけどね」

笑顔を見せると、夢子ちゃんは「そうだよね」と頷いた。

それからムッシュを高く持ち上げて、くすくすと笑った。

その無邪気な笑顔は、やっぱり普通の小学生にしか見えない。

けれど決して、魔法を失ったようには見えなかった。

ベランダから覗く青々とした木々に、蟬たちがしがみついている。ミンミンミンミンという声が切ない。死にものぐるいで鳴いているように聞こえて、ムッシュは息苦しさを感じていた。

動物園での出来事で、壁の花まるは四つになった。そこから増える気配はない。ババ抜きの勝ち星だけが足されていく一方で、それはすでに七つ。ムッシュの三十五連勝になっていた。

朝から暑いのに、星太朗はシャツのボタンを首元まで止めて、きっちりとネクタイを結んでいる。今日はろば書林を正式に退社する日で、夜は送別会があるそうだ。

「なんかいいことあるといいね」

ムッシュが楽しげに言っても、星太朗はそっけない。

「べつに何もないよ」

と言いながら、洗面所に行って歯磨きを始めた。

最近はいつもこうだ。プラ板が溶けるほどの恋をするのをもう諦めているのだろう。ムッシュは不満に思いながらも、ぐっと堪える。

「じゃ、気をつけてね。僕はもう一眠り」

そう言って、星太朗を見送らずに部屋に入った。

十時を回っていたので、電車は空（す）いていた。窓から入ってくる日差しが、一列に並ぶつり革の影を作り、リズムよく揺れている。

人が少ない電車は気持ちがいい。星太朗は晴れやかな気分でシートの真ん中に腰を下ろした。

辞表を出してから週に一度ほど出社していたが、一度満員電車で倒れそうになり、それからは遅く家を出ることにしていた。ストレスがなくなった一方で、もうあの混沌（こんとん）とした世界を体験することもないのかと思うと、少しだけ寂しくもある。

電車が地下へ潜ると、車内の空気はがらりと変わる。星太朗はそのタイミングで目を閉じた。

ガタガタ、ゴトゴト。電車の走行音はそんな擬態語で表現されるが、実際は違う。様々な音が重層的に混ざり合い、とても言葉では表現できない。

視界が消えると、こんなにも鮮明に車内の音を感じることができるのかと驚いた。

何かを失えば、何かを得られるのだ。

そんな当たり前のことを、星太朗は今、身を以て感じている。

一週間ぶりにデスクにつき、最後の原稿に目を通す。

手帳を出そうとリュックを取ると、もぞりと何かが動いた。

まさか。

声を上げないように気をつける。両サイドを確認してからリュックをデスクの下に置き、そっとチャックを開ける。

「来ちゃった」

リュックの底からムッシュがぶりっこな声を出した。

星太朗は手帳を出すのをやめて、乱暴にチャックを閉めた。

一番下の大きな引き出しを開ける。中の書類を引っ張り出し、空いたスペースにムッシュを放り込む。

おしおきだぞ。

声に出さずに口だけを動かすと、引き出しを閉めて鍵をかけた。

こんなものは必要ないだろうと思っていた鍵が、最後の出社日に役立つなんて。

つくづく人生はわからないものだ。

原稿について編集者と話し、最後の確認にとりかかる。

仕事に集中したいのに、引き出しの中がどうしても気になってしまう。鍵を開けて中を覗くと、ムッシュはいかにも反省してます、という目で見上げてくる。星太朗はしかたなく、持ち歩いていたお母さんの本を中に入れてあげた。

全てのチェックを終えると夕方になっていたが、引き継ぎのためのデータ整理は終えていた。日頃からファイル名には日付を入れ、丁寧にまとめていたからだ。

引き継ぐ人はまだ決まっていなかったので、一番古株の大先輩にデータを託す。

デスクの整理も手間はかからなかった。背の順に並べていた辞書は会社に買ってもらったものなので、書庫の棚に並べる。一冊ずつにありがとうと、胸の中でお礼を言った。

使いかけの赤鉛筆は捨てる気にはなれず、持って帰ることにする。元々は飴(あめ)が入っていたであろうミッキーのペン立ても、そのままリュックに詰め込んだ。

ふいに社長と目が合った。普段なら親指を立てたり、なにかしらのサインを送ってくるのだが、今日は目を逸らして席を立った。

社長を追って廊下へ出る。トイレへ入ると、すでに個室のドアが閉まっていた。

「社長」

しばらく待っても出てくる気配がないので、声をかける。

「ん?」

「ちょっと、いいですか」

「何?」

「あの、お礼が言いたいんです」

星太朗は照れ臭さを捨てて、はっきりと口にした。

「いやいいよ、そんなのは。今取り込み中だから」

社長の声は普段より高い。うわずっているのがわかる。

「じゃあ、終わるまで待ってます」

「やめてよ……。臭いよ?」

社長はそう言うが、逃げようとしているのは星太朗はわかっている。真剣な目で、ドアの向こうを見つめた。

「今まで、ほんとうに、ありがとうございました」

めいっぱいの声を出し、深々と頭を下げる。

「いや、そんな、こちらこそ……」

らしくない声が返ってきて、語尾は微かに震えていた。すぐに水を流す音がして、ガラガラと紙を回す音が響く。鼻をかむ大きな音は、涙がまじっているように聞こえた。

駅前にある古びた居酒屋。その二階の座敷で、ろば書林の社員たちが騒いでいる。

一同は社長のマジックショーに驚き、手を叩いて盛り上がっていた。

十数人の同僚たちは皆、星太朗が退社するのを本気で寂しがってくれている。そのせいかお酒のペースは速く、八時を回る頃にはほとんどの人ができあがっていた。

「で、旅ってどこ行くんすか?」

座敷の奥に寄りかかっていた星太朗は、からまれるように小南くんに聞かれた。

「えーと……まぁ、色々……」

「色々ってなんすか。どこっすか」

先輩に対する口の利き方とは思えないが、星太朗は怒らない。いちおう語尾が敬語風になっているので、社会人のルールからはぎりぎり外れていないと思う。

「あぁ、えーっと……ハワイかな……」

つい、またそう言ってしまった。

「ハワイ? まじっすか。え、自分探しの旅にハワイ行く人とか、いるんすね」

「まぁ、ハワイだけじゃないよ、あと、パプアとか……」

「パプア? パプアって、パプアニューギニアっすか。パプアって、どこにあるんすか」

「オーストラリアの北の方だよ」

どうしてとっさにパプアが思い浮かんだのか。自分でも不思議だったが、幸い場所は知っていた。

「へ～、パプアかぁ、凄いっすね。いいなぁ、パプアはなんかいいなぁ」

小南くんが星太朗のグラスにビールを注ごうとする。と、社長が割って入ってきて彼の肩を叩いた。

「小南、おまえも自分探しに出た方がいいんじゃないか？」

「え？」

「こないだ吉原先生から大目玉くらったの、黙ってただろ」

「え……あ、いや、それは違いますよ、それには理由があって」

小南くんが慌て出す。社長はその腕を掴んで、「ちょっと来い」と立ち上がった。星太朗の方をチラっと見て、二枚目の顔でウインクを投げる。

そんなことをしなければカッコいいのに。星太朗はそう思いながら、会釈でお礼を伝えた。

「飲んでる？」

隣に西野さんがやってきて、ビールを注ぎ足そうとしてくる。

「あ、いや、僕ウーロン茶なので」

すっとグラスを引くと、

「じゃあちょうどいいや」

西野さんはそれを奪い、ゴクゴクと飲み干した。

星太朗はドキッとした。

これは、いわゆる、間接キスだ。

小学生の頃、クラスの男子はみんな、放課後にこっそりと好きな子のリコーダーを咥（くわ）えていたが、星太朗はどうしても、できなかったことを思い出す。

「ねぇ森くん、私に隠してることない？」

「え……？」

ドキッとする。もしかして、病気のことを知られたのだろうか。社長に辞表を出したときに、廊下で鉢合わせしたことを思い出す。

星太朗が深刻な顔でうつむくと、西野さんは言った。

「森くん、犬嫌いでしょ。餅吉のこと可愛いって言ったけど、嘘でしょ」

虚を突かれながら、ほっとする。

「……あ、あぁ、そうなんですよ。バレました？」

「やっぱり。あのとき、目が笑ってなかったもん」

西野さんはムスッとして、誰かの飲みかけの日本酒を呷（あお）った。どこか遠くを見つめながら枝豆をつまむ。

飾り気のないまっすぐな目が素敵だ、と思う。

「犬は嫌いですけど、西野さんのことは好きです」

ふいをつく言葉に、西野さんは星太朗を見た。

「え？」

彼女の声と、星太朗の声が重なる。

急に告白したのは星太朗じゃない。リュックの中のムッシュだ。星太朗はそれにすぐ気づき、リュックを叩いてテーブルの下に押し込んだ。

「え、今の何？」

西野さんが不思議そうな顔を見せる。

「あ……いや……」

心臓の鼓動が加速する。ドキドキが血液に乗って、体中を駆け巡っていく。時間が経てば経つほどその加速度を上げていくのは、星太朗が決意をしたからだ。

「あの……お願いがあるんですけど……」

星太朗は顔を上げ、西野さんを見つめた。

「何？」

「……プラ板、買いに行きませんか？」

「は？」

ビルの谷間に隠れているような公園にやってくると、星太朗は改めて謝った。

「すみません。せっかく来てもらったのに、東急ハンズ、閉まっちゃってて……」

西野さんは薄汚れたブランコに座って、コンビニで買った缶チューハイを開けた。

「いやプラ板って、本気だと思わなかったし。森くん意味わかんないんだけど」

「ですよね……」

星太朗は恥ずかしそうに愛想笑いを返し、隣のブランコに腰掛ける。

生ぬるい風が吹き、西野さんの黒髪がふわりと揺れる。その爽やかさはほんの少しの間、熱帯夜の蒸し暑さを忘れさせてくれた。

「あの……僕、女の人と、プラ板を買いに行ったことしか、なくて」

「は？」

星太朗は一世一代の勝負に出た。当たって砕けろの精神だ。というか、数ヶ月後に砕けることは決まっているのだ。

「だから、あの……僕の古い友達がですね、プラ板を溶かしてみろって言うんです。あ、それは、比喩（ひゆ）表現なんですけど、そういうことを言ってきかないんですよ。まぁ、つまりですね……西野さんと、プラ板を買いに行きたいというよりも、その、それ以上の関係に、なりたいという意味で」

「ちょっ、本気⁉　冗談でしょ⁉」

西野さんはお酒を吹き出しそうになって口を押さえた。

「す、すみません！　こ、こんなこと。で、でも冗談なんかじゃなくて、あ、いや、でもいいんです。ごめんなさい！　もう帰ります！」

星太朗は慌てて立ち上がり、歩き出す。

瞬間、腕を掴まれた。

「待って」

西野さんは鞄から何かを出して、差し出してくる。

「これね、あながち嘘ってわけでも、なかったんだよね」

銀色のハートが見える。ずいぶん前にしゃっくりを止めようとして渡された『好き。』という小説集だ。

「え、そ、それって……」

西野さんが真っ赤な顔で見つめてくる。照れているのだろうか。いや違う、酔っているんだ。そしてまた、からかわれているんだろう。勘違いするなと言い聞かせて、星太朗は西野さんの手から逃れようとする。

と、彼女は腕からするりと手を滑らせ、星太朗の左手を握った。

熱い体温が、指先から腕を上り、心臓を経由して星太朗の中心部を刺激する。

「どう？　こんな感じでプラ板、溶けそう？」

星太朗は西野さんを見つめ返し、首を大きく横に振った。


まさか。こんな展開になるなんて。

ムッシュはリュックの中から、そっと外を覗いた。

部屋にはローテーブル以外の家具はなく、テレビさえも床に直置きされている。

周囲には雑に積み重ねられた本の山が無数に聳え、絶妙なバランスを保っている。

ムッシュの胸のドキドキが伝わって、今にもドミノ倒しになりそうだ。

「飲み直そっか」

西野さんにそう誘われて、歩くこと数分。星太朗がやって来たのは彼女のマンションだった。

本気で星太朗のことが好きだったのか、それとも相当酔っているのか。ムッシュにはわからない。西野さんは家に着くなり、お酒を飲み直すこともなく星太朗を隣の部屋へ連れ込んだ。

そこが彼女のベッドルームだということは、見るまでもなくわかる。

女性と楽しいデートをさせてあげたいと思って居酒屋で口出ししたが、まさかこんな急展開になるなんて。やっぱり人生はわからない。

「がんばれ。せいたろ」

閉ざされたドアに向かって男前につぶやくと、ムッシュはリュックに潜り込んだ。音を聞くなんて野暮な真似はしたくないので、何かで耳を塞ごうと考える。中を漁ったが何もないので、仕方なく歌うことにした。

選曲は迷わない。倫太朗コレクションの中で、ダントツにカッコいいと思っていた曲、山口百恵の〈プレイバックpart1〉。

潮騒(しおさい)を聞いて燃えた　恋よ　プレイバック！
素肌にやさしく触れた砂よ　プレイバック！
あの～夜が　初めてだったの　わ～た～し～

遠慮なく歌っていると、リュックが揺さぶられた。

まずい。声を出しすぎて気づかれた。条件反射のようにムッシュは固まる。がさつな手つきでリュックが開けられる。やばい。これは星太朗じゃない。

終わった。星太朗よ、ごめん。

足利さんに逃げられたトラウマが蘇り、ムッシュは目を閉じた。

冷たい何かが頬に当たり、はぁはぁと荒い息遣いが聞こえる。

目を開けると、白い何かが見えた。

犬だ。

大きな北海道犬が、顔をべろりと舐めてくる。

ムッシュは叫ぶこともできずに卒倒し、図らずもただのぬいぐるみと化した。

九月

★

ドラマのような出来事から、一ヶ月ほどが経った。

九月のある日を境に夏は終わりを告げ、近頃は寒い風が吹くこともある。

ろば書林を完全に退社したので、星太朗が執筆に費やせる時間は倍増した。

けれど書ける量は変わっていない。次第に頭痛の頻度は増し、吐き気をもよおすこともあるからだ。薬を飲む度に、強烈なだるさと眠気に襲われていた。

それでも一日に三時間は机に向かっている。

努力をしているわけではない。辛くても、そうしていないと落ち着かなかった。

携帯が鳴って、メールが届く。

『こんどの日曜日、花やしきに行かない？』

西野さんからだ。彼女は絵文字や顔文字を一切使うことなく、用件だけを伝えてくる。小ざっぱりした誘いを受けて、星太朗は日曜の度にデートを重ねていた。

これまでは図書館や美術館、博物館など、文化系ならではの場所に赴き、途端に遊園地ときた。花やしきというのが西野さんらしいと思いつつ、星太朗はすぐに返事をしなかった。

メールをじっと見つめてから、腰を上げた。

洗面所の蛍光灯を点け、鏡を見つめる。たったひと月でだいぶ面変わりしていた。日に日にやつれていく頬は、かさかさに乾いている。

それを直視するのが嫌になり、すぐに電気を消した。

モニターに映る脳の輪切り画像は、どこか遠くの国で起きている戦争の俯瞰図のようだ。そんなことを思いながら、星太朗は先生の話を聞いていた。

「やはり、思わしくないですね」

最初に聞いたその言葉以外は、ほとんど耳を通り抜けていく。適当に頷いて椅子を立つと、花本さんが後ろに立っていた。

「不安なことがあったら、何でも仰ってくださいね」

寂しげだけど、穏やかな、慎ましい微笑みで彼女は言う。明るくもなく、かといって暗くもない完璧な顔。星太朗はそんな目を直視することができず、会釈だけをして退室した。

天気が良いので、屋上に出てお昼を食べることにする。

今日は寒くも暑くもなく、病人にも過ごしやすい気温だ。

隣のベンチで、若い女性が男の足のギプスに絵を描いていた。きゃっきゃっという甲高い声を耳障りに感じながら、おにぎりを食べる。

しばらくすると、頭がぐらっと痛み出した。

青空に白い稲妻が走り、網膜に赤や青の残像がちらつく。頭を押さえてうずくまると、おにぎりを落としてしまった。

「大丈夫ですか？」

絵を描いていた女性が声をかけてくる。

「看護師さん呼びます？」

「いえ、大丈夫です……すみません……」

笑顔を捻（ひね）り出して座り直すと、女性はおにぎりを拾ってくれた。

星太朗はお礼を言って受け取ると、薬を口に流し込む。タオルで顔を覆い、深呼吸をしながら目を閉じた。

三十分ほどそうしていただろうか。気が付くと空が赤みを帯びていた。

携帯を出してメールを開く。西野さんにまだ返信をしていなかった。

もちろん一緒に花やしきに行きたい。でも。もう行かない方がいい気がする。とはいえ、断る理由が思いつかなかった。

本当のことを伝える勇気もないし、嘘もつきたくない。

柵の前で景色を眺めている女性の後ろ姿に、お母さんの背中が重なる。

お母さんも、自分に病気のことを話すのを躊躇したのだろうか。

幼い息子が素直に泣き叫ぶのは想定できたはずだ。どんな心持ちで話したのだろうか。しばらく会えなくなるとか、遠いところに行かなくちゃいけないとか、ごまかそうとは思わなかったのだろうか。

どう頑張っても答えがわからない疑問が、ふつふつと込み上げてくる。

西野さんに哀しがられるのも、同情されるのも辛い。気を抜くと全てから逃げてしまいたくなるし、そもそもこんなに仲良くならなければ良かったと、ネガティブな思考さえ湧いてきてしまう。

『ごめんなさい。旅の準備とか、家のこととかが色々と忙しくて、しばらく会えそうもないです。また連絡しますね』

星太朗はそれだけ打つと、自分に迷う隙を与えずに送信した。

携帯を閉じて立ち上がる。エレベーターで降りながら、このまま地の底まで行ってしまうんじゃないかという錯覚に囚われる。

自分はやっぱり、お母さんのように強くはなれない。同じ血を引いていても、親子だろうと別々の人間だ。

星太朗の帰りが遅いので、ムッシュは心配していた。検査結果が芳しくないのは目に見えている。星太朗は覚悟ができていると言っているが、人の心はややこしいものだ。そんなに単純なものではないことを、ムッシュは知っていた。

お母さんの本を読んでも物語が頭に入ってこない。同じ行を何度も読んでから、やっと次の行へ進む。そんなことに時間を費やしていると、ドアが開く音がした。

「おかえり。遅かったね」

「あぁ」

星太朗は手を洗うと、すぐに部屋に入った。

「ご飯は？」

ムッシュが聞くと、

「食べてきた」

静かな言葉だけが、襖の向こうから返ってくる。

ムッシュはそのふた言だけで、結果が良くなかったこと、さらに星太朗の気持ちがまだ整理できていないことを知る。

本を置いて、小さな襖を開く。星太朗は布団を敷いて、着替えもしないまま横になっていた。携帯を開いて、じっと見つめている。

西野さんとデートをするようになってから、星太朗はよく携帯を使うようになった。彼女のことで悩んでいるのは一目瞭然だ。

「西野さんに、話したの？」

ムッシュは棚のドラえもんを手に取り、何気なく声をかける。

パタリと、携帯を閉じる音が星太朗の返事だった。

「ねぇ、本当のこと言ったら？」

星太朗はムッシュに背を向ける。

「大切な人なんでしょ？」

そばに寄ると、星太朗は仰向けになってぼそりと言った。

「大切な人ができるってことはさ……それだけ、辛くなるってことなんだよ」

ムッシュは黙ったまま、こくりと頷いた。

「一人にしてくれる？」

そう言われて、素直に部屋を出ていった。

星太朗はいつも決まった時間にお風呂に入り、決まった時間に眠りにつく。なのに今日はいつまでたっても部屋を出て来ず、長いことトイレにさえ行っていない。

ムッシュは部屋を覗くこともできないまま、やきもきした時間を過ごしていた。しかたなくパソコンでネットショッピングを始める。あてもなくマウスを動かし続けていると、ようやく襖が開いた。

星太朗は音も立てずに出てきて、いつものようにトランプをテーブルに置いた。

「お、やるの？」

ムッシュは待ってましたとばかりにパソコンを閉じて、勝負の場についた。

トランプを配っているときも、ペアを捨てていくときも、星太朗はずっと無言だ。いつになく真剣な様子なので、ムッシュも本気で勝負に臨む。

三巡目でババを引かせることに成功すると、それからは常勝パターンだ。あっという間にペアの山が大きくなり、星太朗のカードは残り二枚になる。その間も星太朗は口を開かなかったが、そのぶん、目は多くを物語っていた。

ぞくっとする気迫のようなものを感じる。ムッシュはそこから目を逸らさずに、そのまま手を伸ばした。

星太朗の目の奥が、ぴくっと揺れる。

ムッシュは瞬時に悟った。

ババの場所はもちろん、星太朗がどのカードを引こうとしているのかまでも、ムッシュは目を見ただけで当てることができる。理由は自分にもわからない。あえて言うなら、なんとなく。この世の何よりも信用できる直感だ。

右のカードに手をかける。

ハッと、星太朗が小さく息を呑むのがわかる。そのまま引き抜くと、ババだった。

「うわ――!!」

ムッシュはババを放り投げて、床に突っ伏した。

このときのために、密かに練習してきた悔しがり方だ。予定通り、ババを引いた。心の中で喜びながら、体全体で悔しがる。

「よしっ……」

星太朗は心を落ち着かせようとしながら、久しぶりに声を出した。ムッシュの芝居は見抜かれていないようだ。

「ちょっとタイム」

星太朗は台所に行って麦茶を注ぎ、ゆっくりと飲み干した。戻ってきて正座をすると、ムッシュは両手に掲げたカードを見比べる。

8を引けば、ムッシュは負ける。星太朗の初勝利だ。

左に手をかけると、ムッシュの眉間がちらりと動く。右に手をかけると、ヒゲの先がふわりと動く。

こんなにドキドキするババ抜きは初めてで、ムッシュは緊張していた。なぜなら、イカサマをしているからだ。

右手にはスペードの8、左手にはハートの8。ムッシュはどちらの手にも、ババを持っていなかった。

もういい加減、星太朗に勝たせてあげたい。そう考えていたとき、想定外のチャンスが訪れた。まず、星太朗がこの場を離れて麦茶を飲みにいったこと。それから、捨ててあるカードの山にハートの8を見つけてしまったこと。二つの偶然が重なり、ムッシュはとっさにババと8をすり替えたのだった。

星太朗は疑うこともなく、どっちの8を引くか悩んでいる。一世一代の大チャンスと目を輝かせ、口をへの字にしてカードの背を見つめている。

ムッシュはなんだか申し訳なくなり、星太朗の目を直視できないでいた。そのせいもあってか、狙(ねら)ってはいない真実味が生まれている。

星太朗はやっと心を決めたのか、そっと息を吐いた。

ゆっくりと、左手のカードを引く。

ペアになった8を、床に捨てた。

「負けた――!!」

ムッシュは想定していた通り、床をどんどんと叩きまくった。

「くそ——！　ついに負けた〜‼」

最後まで気を抜かず、ひたすら悔しそうに叫ぶ。うめき声を漏らしながら顔を上げると、星太朗の顔から表情が消えていた。

「ハートの8、さっき捨てなかった？」

「へ？」

星太朗が、ムッシュの右手のカードをめくる。

ババ。であってほしかったが、そんなはずはない。スペードの8だ。

星太朗は無表情のままカードの山を漁る。一番下から、ムッシュがすり替えたババが出てきた。

「あ……いや、これは……ちがうんだよ……」

「何がちがうんだよ」

ムッシュは答えることができない。

「負けてやらないとダメだとでも思った？」

ムッシュは答えることができない。言い訳すら思いつかない。

ただ目を泳がせるだけで、どうすることもできない。

星太朗はスペードの8を床に叩き付ける。動きの激しさのわりに音はしない。カードはふわりと落ちて、山の隙間に収まってしまう。

その静けさを保ったまま、星太朗は居間を出ていった。


ムッシュはしばらく呆然としていた。

いつまでも星太朗が戻ってこないので、痺れを切らして廊下に出る。

星太朗は洗面所にも、お風呂場にも、トイレにもいない。どうやらおじいちゃんの部屋にいるようだ。

この家には居間と星太朗の部屋の他にもう一つ、日当りの良くない四畳半の部屋がある。今は物置と化したその部屋には、おじいちゃんが遺した本や雑誌がびっしりと並び、壁に貼られた昭和のスターたちが笑顔を振りまいていた。

二人だけの生活が始まったときに、星太朗はそこをムッシュの部屋にしようと言ったが、ムッシュはそれを断った。小さな体にこんなに広い部屋は必要なかったし、なにより、一人で寝るのが嫌だったからだ。

もちろん星太朗にはそんな本音は伝えていない。

「こんな部屋にいたら、カビ臭くなっちゃうよ」

そう言ってヒゲをムズムズ震わせた。

ムッシュはその部屋に入るのをやめ、散らばったトランプをまとめると、お道具箱から折り紙を出して謝罪文を書いた。

『ごめん』『ぼくが悪かった』『星太朗を喜ばせたくて』

まずは本心を書いてから、

『手元が狂っちゃって』『目がかすんで』『眠くて』

強引な言い訳に差し替えて、

『8がぼくを呼んでいたんだ』『末広がりだから』

しまいには意味不明な言葉でごまかそうとした。

思いつく限りの言葉を並べてみたが、どれもしっくりこない。くしゃくしゃに丸めた折り紙が溜まっていき、虹色の山ができる。

それを見ていると、自分がとても阿呆に思えてきた。

全部をゴミ箱に放り込んで、おじいちゃんの部屋へ向かう。

そっとドアを開けると、星太朗は隅っこに体育座りをして、漫画を読んでいた。

「ねぇ、もう一回やろ？」

駄目もとで誘ってみるが、返事はない。

星太朗はムッシュを見もせずに、漫画を閉じるとすぐに次の巻を読み始める。

それは小学生のとき、一緒にゲラゲラ笑ったギャグ漫画だった。

星太朗はくすりともせずに、黙々とページをめくっていく。そのペースはとても速く、ムッシュが入り込む隙なんか、これっぽっちも無いと言っているかのようだ。

ムッシュは諦めて居間へ戻り、力なくソファに転がった。

うつ伏せになると、体の毛がもわりとべたつく。

「雨か……」

そうつぶやいて、そのままそこで寝ることにする。

電気が点いたままだったが、消す気にはならなかった。

ムッシュの言葉通り、数時間後に雨が降ってきた。

それから数日間、梅雨が戻って来たかのように、雨はじっとりと、渾々(こんこん)と降り続けた。

その間、星太朗はまともに口を利いてくれなかった。

「うん」とか「あぁ」とか「いや」とか、必要最低限の返事はある。でもそこに心は入っていなかったし、その目は外の空気とは対照的に、乾いている気がした。

何もする気にならないので、ムッシュは窓に張り付く雫を数えてみた。

二つの雫が合わさって一つになると、昔はなんだか嬉しかった。けれど今は、損した気分になってしまう。

この心境の変化はなんだろうか。

疑問に思いつつも、真剣に考える気にはならなかった。

★

久しぶりに眩しさを感じて、星太朗は目を覚ました。

元気いっぱいな光が差し込み、頭の奥がきぃんと痛む。ここ数日の雨が嘘だったかのように、外は真っ青に晴れている。

レースのカーテンを閉めて居間に出ると、薬を飲むために朝ご飯を食べた。近頃は手抜きをしてスーパーで買ってきたパンやお弁当をつつく毎日だ。

「そんなものばかり食べてたらますます体調悪くなるよ?」

廊下からムッシュが入ってくる。

星太朗は「あぁ」とだけ答えて、また部屋に戻った。

机に向かっても、鉛筆を持つ手に力が入らない。捨てられずにいた漫画につい手が伸びてしまい、執筆時間は極端に減っていた。

あれから、ババ抜きはやっていない。

ムッシュへの怒りはとっくにおさまっていた。自分がムッシュでも、同じことをしたかもしれない。そう思ったからだ。

それでもババ抜きをやらないのは、もう馬鹿らしくなったからだった。壁に花まるを付けるために生きているわけじゃない。そんなことに気づいてしまった。

小学生の頃、夏休みが近づくと決まって一日の予定表を書かされていた。星太朗はご飯を食べる時間やお風呂に入る時間、トイレに入る時間までも計測し、分刻みの綿密なスケジュールを立てていた。

「そんなもの書いて、なんになるの？」

ムッシュに小馬鹿にされたことを憶えている。

「どんなに計っても、未来は計れないよ」

星太朗はその言葉を思い出しながら、こくりと頷いた。同時に、やりたいことを書こうと言い出したムッシュに少し腹が立った。

頭痛がして目を覚ますと、机に突っ伏して眠っていた。体中の関節が痛い。感覚が無いほど足が痺れていたが、喉がカラカラに渇ききっていたので、無理やり体を起こして部屋を出た。

冷蔵庫にもたれかかりながら麦茶を喉に流し込む。外は暗い。時計を見ると九時を過ぎていた。

体が汗ばんでいるし、頭もかゆい。それでもシャワーを浴びる気にはならず、顔だけ洗って強めに拭く。居間に戻り、ソファにぐったりと身を沈める。

冷たい風が吹き込み、ぼさぼさの髪が微かに揺れる。鬱陶しくて頭をかきむしると、すぐにその手を止めた。

風？

窓に目をやると、レースのカーテンが揺れている。小さく隙間が開いているのだ。

珍しいな。ムッシュが窓を開けるなんて。

そう思いながら、風に顔を向ける。

ふと、ムッシュがいないことに気が付いた。

重い体を起こし、部屋を覗く。いない。布団は畳まれたままだ。廊下に出てトイレを覗く。いない。洗面所、お風呂場、おじいちゃんの部屋を見渡すが、どこにもいない。

嫌な予感がして、ベランダへ出る。

「ムッシュ？」

隅の暗がりを見て、予感は確信へ、そして焦りへと変わった。

柵に白いビニール紐が結ばれていた。下を覗くと、紐は地面まで垂れている。

「ムッシュ⁉」

悲鳴に近い声を上げ、紐を引く。手応え(てごた)は無い。するする引き続けると、その先に小さな輪っかができていた。ムッシュの胴回りほどの大きさだ。

星太朗はサンダルのまま中に戻り、玄関を飛び出した。階段を駆け下り、そのままの勢いで団地の裏へ回る。ベランダの下を捜すが、ムッシュはいない。窓からこぼれる明かりを頼りに雑草をかき分けるが、どこにも見当たらない。

「ムッシュ⁉」

公園を駆けながら叫ぶ。タコ山に上ってもムッシュはいない。遊具にもベンチにも砂場にも、どこにもいない。

「ムッシュ‼」

いくつかの公園を回ると、遠くのベンチにカップルが座っているのが見えた。

「す、すみません！　あの、コ、コアラ見かけませんでした？」

息を切らしながら声をかけると、二人は目を見合わせた。

「コアラ？」

「このくらいの大きさで、白っぽいんです、あ、ヒゲも生えてて、ぬいぐるみなんですけど」

星太朗は自分が何を言っているかわからないほど混乱していた。

「いや、見てないですけど……」

不審者を見るような目で男が答え、女はそっと彼の手を握る。

星太朗はお礼を言うのも忘れて走り出した。

団地の敷地を駆け回るが、どこにもいない。給水塔にやってくると、その柵に両手をついて嗚咽(おえつ)した。異常なほど呼吸が乱れ、意識が朦朧(もうろう)としてくる。整列した団地の窓明かりが波打ち、給水塔がぐにゃりと曲がって見える。

まずい。今倒れてしまったら、ムッシュは。

地面にへたり込みながら、深呼吸を繰り返す。落ち着け落ち着けと、何度も自分に言い聞かせる。

なんとか落ち着いてくると、ベランダの紐を引き上げたまま飛び出してしまったことに気が付いた。

再び三階まで上ると、体と頭がもう限界だと悲鳴を上げていた。玄関のドアに靴を挟み、半開きで固定する。ベランダに戻って紐の先を外に落とすと、そのまま床に倒れ込んだ。


部屋の中から、こそこそと話す声が聞こえてくる。親戚(しんせき)のおばさんたちの声だ。

星太朗は、すぐに自分が昔の夢を見ていることに気が付いた。

懐かしい中学の制服を着ていたし、体の辛さが嘘のように消えていたからだ。

それは十三年前、ずっと面倒を見てくれていた、おじいちゃんの葬儀の夜のことだった。

「いやぁ、うちも余裕ないしなぁ」

「それは心配しなくても大丈夫よ、ほら、文子さんの印税って、けっこうな額らしいし」

そっと窓を開けると、おばさんの声が聞こえてくる。遺された星太朗を誰が引き取るか。それは親戚一同にとって、悩みの種だったようだ。

星太朗は葬儀の間、ほとんど誰とも口を利かなかった。自分が厄介者だとわかっていたからだ。それに、親戚といってもお母さんは一人っ子だったので、彼らは叔父さんでも伯母さんでもない。おじいちゃんの兄妹(きょうだい)の、その子どもに当たる人たちだ。数えるほどしか会ったことは無いし、血縁とは思えない存在だった。

おかげで、疎(うと)まれても、それほど辛いとは思わなかった。

けれど腹が立ったのは、皆が、ほんとうにおじいちゃんの死を哀しんでいるように見えなかったからだ。ほんとうに哀しんでいるのは自分だけだ、と思ったし、もしお母さんが生きていたら、自分よりずっと哀しんでいただろうとも思った。

カーテンをたぐって中に入ると、会話がぴたりと止まる。空気をはぐらかすように、おばさんが微笑んだ。

「星ちゃん、大丈夫だからね。これからのことはおばちゃんたちに任せて」

その言葉を遮って、星太朗は言った。

「僕、一人で大丈夫です」

「え……？」

「この家もあるし、本のお金も入るし、一人で、やっていけますので」

親戚たちはきょろきょろと目を見合わせた。誰かがしゃべるのを期待しているかのように、全員が黙っていた。

その夜、星太朗はベランダで、ムッシュと一緒に星を眺めた。

ベランダから見える空は、タコ山から見える空に比べると半分以下の大きさだ。それでも、ここから見える空も大好きだった。

「ほんとに、大丈夫なの？」

ムッシュが不安そうにベランダの下を覗く。

星太朗は空を見上げながら言った。

「これからは、僕がムッシュを守るから」

ムッシュをひょいと抱き上げて、小さな胸ポケットをつつく。

「まぁ、どうしても困ったら、ポケットからなんか出してよ」

「いや、これは四次元じゃないよ」

ムッシュがくすっと笑うと、星太朗に笑顔が戻った。

目を覚ますと、空がぼんやりと明るくなっていた。

星太朗は立ち上がろうとして目眩に襲われ、これが現実だと実感する。

もしかしたらムッシュがいなくなったのも夢だったんじゃないだろうか。心の奥で期待しながら居間に入る。家中を捜すがムッシュはいない。靴を挟んで開けておいた玄関のドアが、むなしく口を半開きにさせている。

ふらつきながらソファに座り込むと、魂が抜けたように壁を見つめた。

九つの願いのうち、四つに花まるがついている。

残された願いはまだたくさんある。

①小説を書く

③ババ抜きでムッシュに勝つ

⑤団地の星空をたくさん見る

そこまで読んで、星太朗の視線が止まる。

その下に、諦めかけていたことが書いてあった。

⑥タイムカプセルを開ける

階段を駆け下りて、団地を飛び出す。よろけてガードレールに手をつくが、すぐにまた走り出す。無人の小学校を通り過ぎ、寂れたタバコ屋の角を曲がる。

カプセルを埋めた場所に建つマンションに辿り着くと、息を切らしながらムッシュの姿を捜した。脇に小さな駐輪場があったので、塀と自転車の僅かな隙間に入り込む。奥を覗くと、植え込みの向こうに、人一人が通れるほどの細い砂利道が続いていた。

星太朗は跳ねる呼吸を落ち着かせながら、その道へ入っていく。じゃりじゃりと耳障りな音を立てながら進んでいくと、コンクリの壁に突き当たってしまった。

呼吸がため息に変わり、力なくうなだれる。

すると視界の端、低い植え込みの陰に、子ども用のスコップが落ちていた。その先に、見慣れた毛並みが見える。

「ムッシュ‼」

星太朗は倒れていたムッシュを抱き上げる。その体は泥まみれだ。

「ムッシュ‼　ムッシュ‼」

大きな声を上げながら、小さな体をそっとゆする。

「ムッシュ……」

抱きしめると、無意識のうちにおもいきり力を込めてしまう。

ムッシュの体がぴくりと動いた。

「痛い……ちょっと、痛すぎ……」

ムッシュはかすれた声を出しながら、目をこすった。

「ムッシュ……！」

星太朗の声に力が蘇る。

するとムッシュはおどけた調子で、星太朗の腕をぽんぽんと叩いた。

「まぁ、ぼくは痛みなんて感じないけどね」

「何やってんだよ‼」

星太朗は怒りをぶつけるが、その顔は安堵に包まれていた。

「疲れて寝ちゃってたみたい」

「ふざけんなよ！　どんだけ心配したと思ってんだよ……」

ムッシュはひひひと笑い、星太朗の手から降りると、真面目な顔を見せた。

「見つけたよ」

「え？」

ムッシュが植え込みの奥を指差すと、土が不自然に盛り上がっている。

「もしかして、タイムカプセル？」

「まぁね」

まさか。どうやって。星太朗は目を丸くしながら、湿った土を払った。すぐにお菓子の缶が顔を出す。

「いや、こんな隅に埋めてないし……」

星太朗が疑うと、ムッシュはそっぽを向いた。

「へ？　そうだっけ？」

「しかもこれ、こないだ会社でもらったお菓子だし」

泥で汚れてはいるが、缶が新しいものなのは一目瞭然だ。

「昔埋めたのじゃなきゃダメなんて、書いてないでしょ？」

「せこっ……」

「数時間前からの、タイムカプセルだよ」

そう言われて、星太朗はがっかり感を全身で表現しながら、しかたなく缶を開ける。小気味良い音を立てて蓋が開くと、中にはびっしりと、怪しげな物が詰まっていた。

「何これ……」

紫色の小瓶を取ると、どろりとした液体が入っている。青い小瓶には粉が、橙色には錠剤が詰まっており、それらは全て薬のようだ。

「あのね、やりたいこと、九個だったでしょ。だから、中途半端でいやでしょ」

ムッシュの説明を聞きながら、星太朗は一つ一つ、中のものを確認していった。

色とりどりのお守りに、数珠(じゅず)に勾玉(まがたま)、透き通る水晶。蓋の裏には『邪気退散』というお札が貼られている。輪ゴムで束になっているカードは頭揉(も)み券や肩揉み券で、有効期限はないようだ。手のひらサイズのノートを開くと、膠芽腫について調べたことがびっしりと書き込まれている。底には小さな絵馬が入っていて、干支(えと)の代わりにムッシュの顔が描かれていた。

「だからね、こっそり、十個目を書いたの」

星太朗はその絵馬を裏返す。

そこにはムッシュの力強い字が書かれていた。

⑩星太朗を死なせない

一瞬、息ができなかった。

「ごめんね……。ぼくが楽しもうって言ったんだけどね。やっぱり、間違ってた」

ムッシュは星太朗の顔をまっすぐに見つめる。

それから泥だらけの手で、ぽりぽりと耳をかきながら言った。

「生きるの、諦めたらだめなんだ」

星太朗の目に、涙が溜まっていく。

ムッシュが歌ったくせに。

涙くんさよならって歌ったくせに。

ふざけんなよ。

星太朗は必死で涙をこらえていた。

こっそりと、内緒でこんな準備をしていたムッシュ。

三階のベランダから紐で降りて、重たい缶を引きずってここまで辿り着くのは、どれだけ大変だっただろうか。大冒険だったはずだ。

心が張り裂けそうだった。

叫びたかった。

今までずっと、押し殺していた感情を。隠してきた思いを。

生きたい。

ムッシュと、もっと、生きていたい。

壁に書いたことなんか、叶えなくていい。

ただ一つ、ほんとうは、ただそれだけの願いで、よかったんだ。

十月

六、七、八、九、十。

ムッシュは指のない手をくしゃっと折り曲げながら、心の中で数える。何度やっても結果は同じ。五月から数えて、もう五つ目の月を迎えてしまった。

余命は半年という言葉を思い出すと、目の前が暗くなる。

けれどそんなものは嘘だと、今なら強く思える。

タイムカプセルを開けた後、ムッシュは星太朗に抱き上げてもらい、壁のてっぺんにひと際大きな字を書いた。

⑩星太朗を死なせない

星太朗はその願いを叶えるために、まずは布団に入り、泥のように眠った。

ムッシュはその寝息を聞きながらお母さんの本を読んだ。体の泥はもう乾ききっていて、本を汚す心配はなかった。

午後になると、缶に詰めていた薬やお守りをテーブルに並べていった。きっちり整列させると、異国の奇天烈な図鑑のように見えた。

「なんかかっこいいでしょ」

ムッシュが言うと、星太朗はその中で一番怪しげな小瓶を手に取った。中身が見えない真っ黒な瓶に、黄金色のシール。『万物蘇生秘薬・河童ノ尻子玉』と書かれている。

「これ、どこで買ったの？」

「中国アルヨ」

ムッシュは一昔前の香港映画の吹き替えのように答えた。

「でもやっぱ実物は写真より怪しいね。さすがにそれはよした方が」

ムッシュが言い終えるのを待たずに、星太朗は蓋を回して尻子玉を飲み干した。

「あっ！」

星太朗はぬいぐるみのように硬直した。瞬きもせず、息もしていないように見える。数秒間の沈黙の後、すっくと立つと、滑るような動きでトイレに入った。

「おぉぉおえぇぇぉえぇ」

ドアの向こうから、口から出たとは思えない音が聞こえてくる。

「せいたろ、大丈夫⁉」

「くっそマズイ……」

「くっそ？」

「くっそ」

二人はそう言い合ってから、ドアを挟んだまま笑った。

星太朗がくっそ下品な言葉を使うのは珍しい。子どもの頃の星太朗が帰ってきた気がして、ムッシュは久しぶりにしっぽを振った。

「よしっ。じゃあ次は……」

星太朗はスッキリした顔で出てくると、ムッシュをひょいと抱き上げた。

「あわわわわわわわわわわ!!」

ムッシュはお風呂で泡まみれにされた。もみくちゃになりながら悲鳴を上げるが、じつはちょっと嬉しくもある。

「うわっ。汚っ」

一瞬にして茶色に濁る泡を見て、星太朗が酷い顔をする。

「しかたないでしょ。埋めるの大変だったんだから。雨上がりだったし」

「でも、泥のせいだけかな」

「そりゃそうでしょ」

「ムッシュ、お風呂いつぶり?」

「うーん……」

星太朗は答えを待たずに、ボディソープのポンプを連打した。

昔は年に数回、こんなふうにお風呂に入れられていた。

どんなに嫌でも我慢しないといけなかった。汚れたままでいると、おじいちゃんが洗濯機に放り込まれてしまうからだ。

真っ暗闇の海の中、うなり声を上げる大渦に溺れ、脱水という竜巻に巻き込まれ、パンツの隣にぶら下げられる地獄は、人間にはとうてい理解できないものだ。さらに、その様を見て星太朗が笑い転げていたことも、屈辱的な記憶として残っている。

ムッシュは生涯で二度その地獄を味わったので、数ヶ月に一度の入浴を我慢してこなしていた。

もう、大丈夫だ。

ムッシュが心の中で頷いたのは、体が綺麗になったからじゃない。星太朗が久しぶりに携帯を手にしていたからだ。その顔に前のような戸惑いは消えていた。心なしか、肌艶もよくなったような気がする。

身なりを整えている星太朗を見て、ムッシュはもう何も言うまいと決めた。

ただ一言、玄関先で声をかけた。

「犬には気をつけてね」

「うん」

その返事には、星太朗の覚悟のようなものが感じられた。

★

晴れやかな土曜日の昼、星太朗は団地を出た。

病は気からとはよく言ったもので、冷たい空気が心地良い。向かい風なのに、背中を押されているような気分になる。

身勝手なメールを送ってからしばらく連絡をしていなかったのに、西野さんの返信はものすごく普通で、いつも通りの様子に救われた。花やしきに行きましょうと言うと、遊園地はもういいやと返ってきた。

『森くんの家の方に行こうかな。いい喫茶店ある?』

西野さんは、昔ながらの喫茶店が好きだと言っていた。駅前にオススメの店があることを伝え、ランチをしようと約束した。

お母さんが子どもの頃からあるという純喫茶メロディに到着する。小さい頃に何度か連れられて来ていたし、今でも年に数回訪れている馴染みの店だ。なのに、ト音記号が描かれた看板が見えると緊張してきた。

時計を見ると十二時半。一時の約束なのでまだ時間はある。珈琲を飲んで気持ちを落ち着かせよう。そう思ってドアを開ける。カランコロンという音と共に中へ入ると、奥に西野さんが座っていた。

「あれ、早いね」

「に、西野さんこそ……」

星太朗は動揺しながらジャンパーを脱ぎ、向かいに腰掛ける。

「ごめん、私も今来たところなんだけど、もう頼んじゃった。ナポリタンセット」

「いいですね。ここの美味しいですよ」

星太朗はマスターに同じものを頼み、水を口に含んでから謝った。

「すみません、花やしき行けなくて」

「うん、もういいの。それよりいいねここ。いいんですか？」

西野さんは嬉しそうにサテン生地のソファに触れた。これとか、完璧」

「正統派って感じですよね。音楽が大きいのが、ここの特徴なんですけど」

奥にある大きなスピーカーからジャズが響いている。マスターの気分によって様々なジャンルの音楽が流れており、それを楽しみにくる客も多い。

星太朗が今日、この店を選んだ本当の理由がそこにある。何を話しても会話は聞かれない。周りの目を気にしなくてすむからだ。

ナポリタンを食べながら、何気ない会話に花を咲かせる。これが本当に何気ない日常の一ページだとしたら、どんなに楽しい時間だろうか。

あっという間にナポリタンを平らげると、食後の珈琲が出てきた。茶色の角砂糖を落とし、溶けていく様をじっと見つめる。

「西野さんに、伝えないといけないことがあるんです」

自然と、言葉が出た。

「旅に行くっていうのは、嘘なんです」

西野さんはゆっくりと星太朗に目を向けた。

「ごめんなさい。実は、母と同じなんです。脳に腫瘍ができちゃって。もう、どうにもできないんです」

微かな息遣いが聞こえた。聞こえた気がした。

西野さんは両手を温めるように珈琲カップを握りながら、視線を落としている。

「ごめん。知ってた」

「え」

「花やしきに誘ったあと、なんか様子がおかしいなと思って。て言うか、自分探しの旅って何なのってずっと思ってたんだけど。ふと、森くんが退社するのを、社長に言ってたときのことを思い出したの。あの後トイレに駆け込んだでしょ？　なんだか胸騒ぎがして、社長を問い詰めたの」

西野さんはそこで珈琲を口に含み、一息ついてから言った。

「そしたら社長、泣き出しちゃって」

星太朗は何も言えなかった。

だから西野さんは、遊園地はもういいと言ったのだ。今日うちの近所まで来たのも、自分の体を気遣ってくれているからだろう。

「私、どうしていいかわからなくて。ごめん。何も、メールできなくて」

星太朗は言葉を遮る。

「いえ、謝らないといけないのは僕の方です。すみません。同情されるのが辛くて。でも西野さんには、きちんと話すべきでした。本当に、ごめんなさい」

「嫌われたのかと思ったし」

「そんなことないです！」

慌てて否定すると、西野さんは視線を逸らし、小さな声で言った。

「嫌われてた方が、ずっと良かった」

星太朗の胸の奥から、熱いものが込み上げてくる。

「怖かったんです……。大切な人が増えてしまって。怖くなってしまって。でも、西野さんといられる時間が楽しくて、つい……。全然ダメなんです。僕は」

漏らすように言うと、西野さんは首を横に振った。

「そんなことない」

星太朗も首を振る。

やっぱり、無理だと思った。

「母は最後の最後まで、どんなときもいつも笑ってて。僕に病気のことを伝えるときも、堂々としてたし、辛そうな顔なんか全く見せなくて……。でも、僕はそんな風になれなくて」

星太朗は悔しそうな顔でうつむく。

「私に何か、できることはない？」

顔を上げると西野さんが見つめてきた。その目に差し込む光が微かに揺れている。強い女性だと思っていた西野さんが、怯えているように見えた。

これじゃダメだと思う。変わらないといけない。お母さんのように上手くはやれないけど、それでも前に進まないといけない。

「大丈夫です」

星太朗は冷めた珈琲をごくごくと飲んだ。

できることは何もないという意味じゃない。ムッシュが言ってくれた通り、できることはまだたくさんある。

「僕は、死ぬつもりはないので」

そう言い切って、マスターにパフェを注文した。耳から遠のいていたジャズが盛り上がりを見せて、激しいサックスが響き渡る。

「うん。そうだよね」

西野さんは同じように珈琲を飲み干すと、ナポリタンをおかわりした。

その日、ムッシュはカラオケに没頭した。

星太朗が泣いて帰ってきたら、どう声をかけようか。明るくふるまうべきか、一緒に泣いてやるべきか。黙ってお酒を注ぐべきか。何が正解なのかわからない。気を紛らわせようとマイクを握り、ひとり虚しく歌い続けること数時間。疲れ果てて布団に入ろうとしたとき、玄関が開く音がした。

「おかえり」

いつもの調子で声をかけると、星太朗は手も洗わずにソファに寝転んで言った。

「苦しい」

「え？　大丈夫？　体？　それとも胸が？」

ムッシュが慌てて駆け寄ると、星太朗はゲップをしながら言った。

「お腹が」

喫茶店をハシゴしてパフェを二つも食べたらしい。全て取り越し苦労だったようで、ムッシュはほっとしてソファに上った。

「何だよ、心配して損したよ」

「心配してたの？」

「してたよ！」

声を張り上げるムッシュに、「そっか」と星太朗は頷く。寝転がって天井を見つめながら、さらりと言った。

「西野さんに伝えたよ。僕は死なないって言ってきた」

「そっか」

ムッシュもさらりと答えた。驚きよりも嬉しさよりも、ただただ良かったという安堵だけを感じていた。

ラジカセの電源を入れて、お母さんが持っていたCDを再生させる。

西野さんに事実を伝えることができたなら、歌うものはこれしかない。ノリノリの伴奏に突き抜けるような高音。広瀬香美の〈ゲレンデがとけるほど恋したい〉。

ムッシュは裏声で歌いながら、マイクを手渡した。星太朗はそれを受け取って立ち上がる。さすがに歌うわけではない。

⑨プラ板が溶けるほどの恋をする

そこに大きな花まるを付けて、照れ臭そうに笑った。

翌日星太朗は、久しぶりに台所に立った。スーパーで買ってきた鮭を焼き、お米を研いで、味噌汁を作る。ご飯が炊きあがるまでの間、部屋の隅々まで掃除機をかけた。

体はボロボロなはずなのに、どこからそんな力が湧いてくるのだろうか。

「人間の体は、ほんとに不思議だね」

星太朗にそう言われて、心を読む能力まで身につけたのかと驚いた。

「尻子玉のおかげじゃない？　もっと注文しようか」

ムッシュがパソコンを開こうとすると、

「いや、あれはもう無理です」

星太朗は丁重に断って、炊きたてのご飯を頬張った。

こんなにも美味しそうに食べる星太朗を見たのは、初めてかもしれない。ムッシュもついご飯を頬張ろうとして、星太朗に止められた。

タイムカプセルにはムッシュが揃えた怪しげなものが、まだまだたくさん詰まっている。どう考えても効き目のなさそうなものばかりだが、星太朗は毎日一つずつ、それを試していった。

それから、病院に行って放射線治療を受けることに決めた。

「頑張りましょうね」

花本さんが力強い笑顔を向けてくる。星太朗は目を逸らさずに頷き、ムッシュはリュックの中で拍手を送った。

病気についても一から学ぶことにした。インターネットでは限界があるので、図書館の机に医学書を積んで片っ端から読んでいく。着古したパーカーの胸に覗き穴を開けると、そこにムッシュが潜って一緒に読んだ。

ムッシュがあげた薬は、漢方だけを飲むことにした。その代わりに〈魔法の水〉を取り寄せた。どこかの誰かのガンを治した奇跡の水らしい。

まったく信じていないが、どんなものでも貪欲に試した。

天気が良い朝は日の光を浴びて、団地の老人たちと太極拳に励んだ。ヨガ、リンパマッサージ、催眠療法、あげくの果てには怪しげな気功師のもとを訪ねて、謎だらけの治療も受けた。

西野さんは、もっとまともな整体師を紹介してくれた。どんな技を使ったのか知らないが、なかなか予約の取れない先生を週一で押さえてくれて、星太朗は施術を受けに足を運んだ。病気を治すようなものではなかったけど、ひたすら気持ちが良いそうで、顔の血色が見違えた。

土日のどちらかはメロディに行き、西野さんと一緒にナポリタンを食べた。そのときだけムッシュは同行せずに、ネットで新たな療法を調べた。

毎度毎度、星太朗はたくさんのジップロックを抱えて帰宅する。西野さんの手作り料理が詰まっていて、どれも美味しくはなさそうだ。なのに星太朗は嬉しそうにそれを平らげた。自分が用意したどんなものよりも星太朗の体に効いている気がして、ムッシュはその度に不機嫌になった。

執筆は無理をせずに一日一時間と決めていた。その分星太朗の集中力は研ぎすまされるようで、鉛筆の減りが格段に早くなった。星太朗が机に向かっている間、ムッシュは後ろから背中に念力を送ったり、一人で太極拳を真似たりしていた。

ババ抜きも再開した。

もちろん、ムッシュは負け知らずだ。星はついに描ききれなくなり、横の壁にまで侵食している。

お風呂には毎晩、生姜(しょうが)、ネギ、にんにく、高麗人参(こうらいにんじん)など、いかにも体に良さそうなものばかりをムッシュが放り込んだ。

「こんなの風邪にしか効かないよ」

不満を言われても、ムッシュは一生懸命お湯をまぜる。

「今風邪ひいたらやばいでしょ」

「たしかに」

星太朗は素直に頷くと、鍋の具材のように浸かった。体に変な匂いがつくのも我慢して、濁った湯船に浸かり続けた。

お風呂上がりはきまってムッシュが頭のツボを押してあげた。もふもふの手で押しても効いている気はしない。それでも星太朗は気持ち良いと言ってくれた。

体調が良い日は、必ず近くの神社まで散歩した。

鳥居をくぐり、人がいないのを確認すると、ムッシュも一緒に手水舎で手を清める。濡れた手を絞るのは星太朗の役目だ。

二人並んでお賽銭を入れて、一緒に手を合わせる。

願い事をする時間は、いつも短かった。

二人とも、願いは一つだけだからだ。

それから、どんなときでも欠かさなかったのは、星を見ることだ。

体調が悪い夜は、ベランダから。普段はタコ山から空を見上げた。

星を数えたり、オリジナル星座を作ったり、なぞなぞを出し合ったり。子どもの頃のように過ごす時間はあっという間に過ぎていく。

数時間そうしていることもあるし、五分で帰ることもある。どちらの場合も、二人にとってかけがえのない時間だった。

★

段違いの寒さが訪れた十月の末、星太朗はおじいちゃんの部屋で見つけた古いウォークマンを、コートの右ポケットに入れて家を出た。左ポケットにはムッシュお手製のお守りを忍ばせて、やって来たのは病院だ。

先生がモニターを見ながら、眉をぴくりと動かす。

音を立てずに椅子を回し、真正面から星太朗の顔を見た。

「申し上げにくいのですが、良い兆候は見られません」

星太朗は、眉すらも動かさない。

「やはり、ここに来て進行が早まっています」

黙ったままの星太朗を見て、先生は視線を落とす。

「手は尽くしているのですが……」

すると星太朗は突然口を開き、質問を浴びせた。

「どうして……。ほんとですか？　こうやって病院にだって来れるし、食欲もあるし、全然普通なんですよ？」

気持ちが昂（たか）ぶり、勢い良く立ち上がる。

「ほら、普通に動けるじゃないですか。何でですか！　もっとよく画面見せてください よ、こんな説明じゃ」

熱くなった星太朗に、花本さんが駆け寄る。

「森さん、落ち着いてください」

「落ち着けるわけないじゃないですか」

星太朗は花本さんを睨み、先生の腕をおもいきり摑んだ。

「もっと何かないんですか？　最新の治療とか、日本で認可されてなくても海外ならどうにかできるとか」

先生は微動だにしないまま、星太朗の目を見つめた。

「手は、尽くしているんです」

どっしりと落ち着いた、低い声が部屋に響く。

星太朗は手を放して、力尽きたように座った。

「すみません……」

謝るのが精一杯だった。

先生は説明を再開させる。あとの話は、耳をするりと通り抜けていくだけだった。

「ありがとう、ございました」

お礼を言って退室する。目は床にだけ向けられていた。

蛍光灯で照らされているはずの廊下が、どんよりと暗い。ゆっくり傾いて沈んでいくように見える。

そんな風に感じたのは、余命宣告を受けて以来二度目のことだ。

だが今の星太朗の胸に渦巻いているものは、そのときのものとはまるで違う。今ははっきりと、自分の胸の内がわかっていた。

死が迫ってくるのが恐ろしくて、生きられないのが悔しくて、ただただ、哀しかった。

「森さん」

小さな声が響いた。

振り返ると、花本さんだった。か細い指で、水色の折り鶴を差し出してくる。

「これ、私なりの、祈りを込めて折ったものです」

花本さんの目は微かに潤んでいた。

諦めないでくださいとか、頑張りましょうとか。そんなことを言ってくると思った自分が、馬鹿だと思った。

彼女は何度となく、こういう経験をしてきているのだ。死と隣り合わせにいる患者に寄り添う仕事は、どれだけ大変なことだろうか。今まで、自分は想像すらしたこともなかった。

星太朗は水色の鶴を両手で受け取り、丁寧にお礼を言った。

「ペンギンくん。ずっと大切にしてあげてくださいね」

そう付け加えると、花本さんは「コアラくんも」と微笑んでくれた。

病院を出てからは一本道なので、すんなりと駅に着くことができた。

ムッシュに何て言えばいいだろうか。

それだけをぼんやりと考えながら、足に任せて改札を抜ける。

見慣れた団地が目に入り、家に戻ってきたことに気が付いた。電車に乗り、駅を出た記憶がまるでない。考え事をしていてそうなることは珍しくないのに、今日はそれがとても恐ろしく感じられる。大切な時間が、ごっそりと奪われてしまったからだ。

カナブンの死骸が目に入り、見て見ぬふりをする。

この世界に住まう、どんな小さなものにも生があり、死があることを思うと、少しだけ気が楽になる。同時に、死骸を見て気を楽にする自分が、酷い人間に思えてしまう。

星太朗はウォークマンを出すと、イヤフォンを耳に押し込んで再生させた。

お母さんの、涙くんさよならが流れ出す。

こんなこともあろうかと、持ってきていて良かった。

胸の中で一緒に口ずさみながら、左手でお守りを握り締める。

ムッシュの前ではくよくよするなと、心を奮い立たせながら帰路につく。

団地の郵便受けを確認しようとしたとき、その手が止まった。

「来ちゃった」

薄暗い階段に、西野さんが座っていた。

一度だけ、部屋に行きたいと言われたことがあったが、星太朗はやんわりと断っていた。

あの壁を見られたくないし、かといって隠すのも気が引ける。ムッシュと生活を共にしている様を隠すことは、ムッシュに対して失礼なような気がした。

お母さんと過ごした大切な場所があると話し、タコ山に連れていく。

西野さんは「素敵」と言って、いち早く階段を駆け上った。

「ずっとね、文子さんの本を読み返してたの。森くんが言うように、どうしてそんなに強くいられたのか、何かわからないかなぁと思って」

タコ山の上に並んで腰掛けると、西野さんが言った。

「そしたらね、会社でこんな雑誌を見つけて」

鞄から古い文芸誌を出して、差し出してくる。見たことがないものだ。記憶の中のお母さんよりも、ずっと若い写真が載っている。

「デビュー当時のインタビューが載ってるんだけど、ここ見て。児童文学作家を志したきっかけは、ある画家の人と、絵本を共作したことだって書いてあって」

画家。そんな人は一人しかいない。お父さんだろう。

視線を上げた星太朗に、西野さんは続ける。

「その画家の人って、森くんのお父さんなんでしょ？」

「え……どうして……」

「社長を問い詰めたら、あの人、また泣き出しちゃって」

星太朗は戸惑いながら、思わず笑ってしまった。

「でね、月村さんに会いに行ったの」

「え？」

驚く星太朗に、西野さんは悪びれずに言う。

「私、編集者だよ？　行動力だけなら誰にも負けないから」

強気なその姿勢。こんな状態の自分にも気を遣ってこないところが有難いし、一緒にいて楽に思える。

「もしかして、僕の病気のことを」

「まさか。言ってないよ。そんなデリカシーがない女に見える？」

わりと見える。思わず出かかった本音を、星太朗は押し戻した。

「でね、さりげなく絵本のことを聞いたら、これを渡されたの」

西野さんはそう言って、花柄の紙袋を差し出してきた。

星太朗はそれを受け取り、中に入っている本を出す。

「これ……」

星太朗は声を漏らす。

『コアラさん』というタイトルの下に、可愛らしいコアラが描かれていた。

「世界に一冊しかない手作りの絵本だよ。月村さん、森くんに差し上げますって」

星太朗は言葉も返せず、手作業で綴じられた表紙を開く。

お母さんコアラが、お腹の袋に赤ちゃんを入れて歩いている。

その隣の一文を読んで、星太朗はハッとした。

「だからムッシュなんだ……」

「ムッシュ？」

「母が亡くなる前に、ぬいぐるみを作ってくれたんです。ムッシュっていう名前なんですけど、僕、べつにコアラに興味がなかったのに、どうしてコアラだったんだろうって、ずっと疑問に思っていて」

星太朗は息巻くように話した。

「そうだったんだ……素敵だね」

西野さんはそう言ってから、思い出すように星太朗を見た。

「あ。ごめん」

「え？」

「いつか、聞いてきたよね。ぬいぐるみは好きですかって。私、なんか適当にあしらっちゃって」

そんなことを覚えていてくれたことが、嬉しい。

「いえ。謝らなくていいです」

星太朗は勢い良く立ち上がった。

「西野さん、ありがとうございます！　おかげで、母のことがわかりました」

「それだけで？」

「はい。これはものすごく、大切なことなんです」

星太朗は笑顔を見せて、リュックからウォークマンを取り出した。

「西野さん、これ、貰ってくれませんか」

「何？」

「お母さんの歌が、入ってるんです」

「え、どうして。大切な物でしょ？」

受け取ろうとしない西野さんの手に、星太朗は無理やりそれを押し込んだ。

「大切な人に、持っていてほしいんです」

西野さんは何も言わずに、それを見つめた。

ウォークマンの小窓に西日が反射して、彼女の顔を赤らめる。

「それから、たまにでいいんで、社長にも聴かせてあげてください」

付け加えると、西野さんは「わかった」と頷いた。

どこからか四時の鐘が聞こえる。今なら、すぐに出れば間に合うかもしれない。

「あの、ごめんなさい。今すぐ、行かないといけない用事ができてしまって」

「どこに行くの？」

「動物園です」

星太朗はリュックを背負って、タコの足を滑り降りた。

「コアラだね」

西野さんはくすっと笑い、星太朗に続いて滑った。

駅までの道のりを一緒に歩く。ロータリーに着くとちょうど動物園行きのバスが出るところで、星太朗は慌ててお礼を言った。

「全部、西野さんのおかげです。本当に、ありがとうございました」

「なんかよくわからないけど、うん、良かった。じゃあ行ってこい」

星太朗はぺこりと頭を下げ、バスへ駆け込む。最後尾の席に座り、窓越しに手を振った。西野さんは人目もはばからず、古臭いグーサインを出してくる。

社長お得意のサインの真似だ。自分の為に何度も涙を流してくれた社長にも感謝しながら、星太朗は西野さんに手を振り続けた。

◆

「これ以上引き延ばすのは難しいだろうって、先生に言われたよ」

その夜、タコ山の上に腰を下ろすと、星太朗が言った。

ムッシュは何も言えなかった。驚きはしない。やっぱりか、という思いの方が大きかった。

遅くに帰宅しておきながら、穏やかな顔をしていたからだ。

星太朗は悲しげな表情なんて少しも見せずに、水色の折り鶴をお母さんの遺影の隣に飾った。それから西野さんが作ってくれた煮物を平らげると、タコ山に行こうと言ってきた。

何かあったんだろうな、という予感は当たってしまった。星太朗は夜空を見渡しながら、病気の進行具合を話してくる。ムッシュは黙って聞いていた。

何も言わなかったのは、星太朗の目がとてもまっすぐだったからだ。そこには覚悟のようなものが見えて、ムッシュも、そこから逃げてはいけないと感じていた。

受け入れることは、逃げることじゃない。

そんなことを教わっている気がした。

だけど、ムッシュはまだ諦めたくなかった。

星を見つめる星太朗を見て、ぼそりと言った。

「奇蹟はおこるものだよ」

「そうかな……」

星太朗は自信がなさそうにつぶやく。

ムッシュはすっと立ち上がって、空のてっぺんを見上げた。

「ぼくが、その、証拠だ！」

おもいきり、力強く言った。

星太朗はじっと星を見上げながら、小さく頷く。

「まだまだ」

ムッシュが言う。

「まだまだ」

星太朗も言う。

その言葉は、まっすぐ、遠い遠い星を目指して飛んでいく。

「君と逢った　その日かーら　なんとなーく　しあわせー」

珍しく、星太朗が歌を口ずさんだ。

「君と逢った　その日かーら　夢のような　しあわせー」

おじいちゃんが大好きだった、ザ・スパイダースの歌だ。

「こんな気持ち　はじめてなのさー」

ムッシュはそれを静かに聴いた。

「分けてあげたい　このしあわせをー」

ムッシュは聴きながら思う。

「なんとなーく　なんとなーく」

星太朗の目は、まだまだ強く輝いている、と。

「なんとなーく　しあわせー」

その夜、居間の壁にまた一つ、大きな花まるが増えた。

⑤団地の星空をたくさん見る

真夏のひまわりのように、一際力強い花が咲いた。

「でも、まだまだいっぱい星を見ようね」

ムッシュが言うと、星太朗は頷いた。

二人はそれからしばらくの間、七つになった花まるを眺めていた。

十一月

★

一日が過ぎゆくのが、本当に早い。

きっと、幸せな毎日を過ごせている証だろう。

なんでもない日常の風景が、きらきらと輝いて見える。

タイムカプセルの中で埋まっている宝物は、その中身ではなく、時間なのかもしれない。

星太朗はこれまでやってきた怪しい療法をいくつか続けながら、ありきたりなことを大切に、普通な毎日を過ごすことを心がけた。

西野さんとはたまに会って、近所の公園を散歩したり、喫茶店を巡ったりしていた。何も言わずとも、彼女もこれまで通り、なんら飾らない笑顔を見せてくれた。

久しぶりに遠出をして、星太朗はムッシュと一緒にお墓にやってきた。

そこはおばあちゃんのために建てられたお墓で、家族三人が眠っている。

十一月二十八日。今日はお母さんの命日だった。

墓石に水をかけて、真っ白なタオルで丁寧にこする。磨けば磨くほどピカピカに光る御影石が星太朗の性格に火をつけて、しばらくその作業に没頭させた。慣れない作業に腰を痛めながら、まるで自分を磨いているような気持ち良さを感じる。もっと頻繁に来るべきだったと、今更ながら後悔した。

ムッシュは負けじと動き回り、周りの雑草を根こそぎ抜いた。砂利をならし、花を活ける。最後にお線香に火を点けると、二人並んで手を合わせた。

星太朗はじっくりと時間をかけて三人へ感謝の気持ちを伝えていった。しゃがんでいるのが辛くなり、ふらついて手をついてしまう。

「大丈夫?」

ムッシュが支えようとしたが、一緒になって倒れてしまう。

「あっごめん」

星太朗はすぐにムッシュを抱き起こすと、晴れやかな顔で立ち上がった。

駅からの帰り道、少し遠回りをしてケーキ屋に立ち寄る。

昔はよく通ったお店だったが、おじいちゃんが亡くなってからは、ケーキを買う機会もなくなってしまった。

ショーケースに並ぶケーキが輝いて見える。星太朗はその中から小ぶりの丸いショートケーキを注文した。

「あの、すみません、誕生日なんですけど……」

迷いながら伝えると、バイトの女の子はにっこり笑った。

今日はお母さんの命日であると同時に、ムッシュの誕生日だ。星太朗はムッシュが初めてしゃべったこの日を誕生日と決めていた。

「お名前、お書きしますか？」

「あ、はい、じゃあ……カタカナで、ムッシュ、で、お願いします」

星太朗はためらいながら口にする。

「珍しいお名前ですね」

「あ、はい、まぁ……」

女の子は砂糖でできたプレートに、器用にムッシュと書いていく。チョコペンの書体がムッシュという字にマッチして、中世の貴族の雰囲気を漂わせている。

「ろうそくはいくつお付けしますか？」

「あ、えーと……二十歳になるんですけど」

「えー！　おめでとうございます！」

彼女は甲高い声を上げて、引き出しからたくさんのろうそくを引っぱり出した。

「じゃあサービスして二倍の四十本、お付けしますねっ」

「え？」

「内緒ですよ。店長ケチなので」

いたずらっぽく微笑むので、星太朗は思わず笑ってしまった。


「うわわわわわわわ!!」

星太朗が電気を消してケーキを持ってくると、ムッシュは逃げ回った。

「ハッピバースデームッシュー　ハッピバースデームッシュー」

ケーキに四十本のろうそくが灯ると、もはやそれは小火(ぼや)だ。いや、ムッシュから見ると大火事だ。なのに星太朗は笑いながら追い駆けてくる。

「ハッピバースデー　ディアムッシュー」

燃え盛るケーキを持ちながら、呑気(のんき)に歌っている。

ムッシュはその歌が終わるのを待たずに、おもいっきり息を吹きかけた。が、火は微動だにしない。ヒゲがふわりと浮いただけだ。

それを見て星太朗は再び歌い出すと、

「ハッピバースデー　ムッ……」

「シュ〜」の代わりに、おもいきり息を吹きかけて鎮火させた。

「うまっ」

星太朗が穴ぼこだらけのケーキを頬張る。

「ムッシュも二十歳。ついに大人かぁ」

「いや、いきなり四十歳になっちゃったよ」

ムッシュは役目を終えたろうそくを、一本ずつ数えていた。

「あれ、四十一本あるし……」

「あ、予備も入れとくって言われたんだった」

星太朗が笑うと、

「四十一かい……最悪だ。前厄だし」

ムッシュはろうそくをケーキの壁面に突き刺した。

「まぁでも、そのくらいの歳の方が似合うよ、ムッシュのヒゲは」

「そうかなぁ」

と言いながら、ムッシュはまんざらでもない。

「ねぇねぇ、プレゼントは？」

「え？　これがプレゼントでしょ」

星太朗は唇に付いた生クリームをぺろりと舐める。

「えっ、食べれないし！　ひどっ……。むしろケーキある方がひどいし！　鬼！　鬼畜！　人でなし！　悪魔！」

ムッシュは激怒して、ソファの上にドカッと転がった。

「なんだよ、昔プレゼントあげたのに、いらないって言ったの自分だろ」

「昔？　あぁ、あのもじゃもじゃのこと？」

ムッシュは一歳の誕生日のときに、星太朗に貰ったヒゲのことを思い出す。綿をただ黒く塗っただけの、もじゃもじゃのヒゲ。つけると星太朗は笑い転げ、写真まで撮ろうとしてきたのだ。

「だって、あれ超ダサいんだもん」

「酷いなぁ。がんばって作ったのに」

星太朗はケーキを半分食べると、残りをお母さんの遺影の前にお供えした。

「やっぱまだ子どもだね。あのカッコ良さがわかんないなんて」

背中を向けたまま言ってくるので、

「子どもでけっこう」

ムッシュはぷいっと、わかりやすくふてくされた。

トランプを配り終えると、星太朗はいつものように後ろを向いた。ムッシュが全部を床に広げ、ペアを捨てていく。それが終わると残ったカードを裏返し、「いいよ」と座り直す。その間、星太朗は壁をじっと見つめていた。

星の数を数えると、優に二十を越えている。

「じゃんけん、ぽん！」

息の合ったかけ声で、ムッシュは右耳だけを丸くすぼめた。手がミトン形なので、ムッシュは普通のじゃんけんができない。両耳を広げるとパー、すぼめるとグー、片耳だけをすぼめるとチョキとしている。

星太朗はグーを出していた。ムッシュは負けた上に、ババも持っている。

「なんか、勝てる気がする。今日勝つわ」

星太朗が自信満々に宣言すると、

「どうかな」

ムッシュはにやりと笑って、星太朗にカードを引かせた。

一枚目はババじゃない。星太朗の自信は嘘じゃなさそうだ。なんとなく、一皮むけたような目つきをしている。なのにぽろっと、引いたカードを落としてしまう。その手が小刻みに震えていた。

緊張しているわけはないだろう。体が言うことを聞いてくれないようだ。

「今日で最後にしようかな」

大事なことを、星太朗がさらっと口にした。

「え?」

「……入院しようと思う」

ふいをつく言葉に、ムッシュは戸惑った。

目つきが変わって見えたのは、そのせいだったのか。

ムッシュは自分のカードをしばらく見つめてから、頷いた。

「そうだね、やっぱりその方が可能性が」

「いや、そうじゃなくて」

星太朗に言葉を遮られる。

「ごめん。色々頑張ってくれたけど、やっぱ、もう……」

星太朗の声がかすれていく。

ムッシュは顔を上げて、きちんと星太朗を見る。

その顔は、とてもやつれていた。

疲れているんだ、と思った。

けれど星太朗はそれを隠すように、笑顔を見せる。

「でも、良かったよ。諦めないで」

ムッシュは何も答えることができなかった。

静かになるのが嫌で、とりあえずカードを引いた。

「絶対勝つから」

星太朗もムッシュのカードを引く。

ババだった。

「あ」

二人から同時に笑いがこぼれ、ムッシュは少しだけ救われた気がした。

名残惜しいからか、カードが減っていくのはいつもよりゆっくりだった。

それでも、終わりは必ずきてしまう。

ついにムッシュのカードが残り一枚になる。星太朗は二枚。次はムッシュが引く番だ。目をしっかり見つめるために、立ち上がる。

「秘策」

星太朗は、そう言って瞼(まぶた)を閉じた。

「あっ、ずるい！」

「知らないの？　大人はずるい生き物なんだよ」

目を閉じたまま、憎たらしく笑う。

「正々堂々と勝負しないと後悔するよ」

「べつに反則じゃないし。勝ちにこだわる。それが本当の勝負でしょ」

星太朗は眉間に力を込めて、ぎゅっと目を瞑った。

ムッシュは星太朗の顔を見て、しばらく悩む。

さすがに思考は読めなかった。なんとなく、右手のカードに手を伸ばす。

が、その手を止めて、こっそりカードを覗き込んだ。

2。予想通り、ババは左手だ。

星太朗は気づいていない。

大人はずるい生き物なんだと、心の中で言い返す。

そう、ムッシュは大人になったばかりだった。

迷うことなく、左手のババに手を伸ばす。

これが最後の勝負だ。

どうしても星太朗に、勝たせてあげたかった。

ちらっと星太朗を見ると、もう眉間に力は入れていない。やわらかく、穏やかに目を閉じている。お墓で手を合わせていたときのような顔をして。

ムッシュはその表情を見て、手を引っ込めた。

自分もそっと目を閉じて、星太朗の心に向き合う。

目を開けると、今度はゆっくり手を伸ばし、カードに触れる。

引いたのは右手のカードだった。

「やったー‼」

ペアになった2を捨てて飛び跳ねる。

星太朗の素直な顔を見ていると、もう嘘はつきたくなかった。つけなかった。

「くそっ‼」

星太朗は手に残ったババを見ながら、そのまま後ろへ倒れ込んだ。悔しがりながら、晴れやかな顔をしている。

ムッシュはマジックを出して、壁に新たな棒を加えた。

「わ、すごい！　ちょうどせいたろの歳の数だよ」

百三十五回目の勝利で、二十七の星が誕生した。

★

その晩、星太朗は寝付くことができなかった。

あとは、ムッシュだけだ。

そう思えば思うほど、眠気は遠ざかってしまう。

西野さんとは一昨日にメロディに行き、最後にナポリタンを食べた。入院することを伝えて、別れ際に手紙を渡した。小説家を目指していたくせに、ひどい文章になった。とても校正者が書いたとは思えないだろう。けれど、感謝の気持ちは伝わるだろうと思った。

西野さんはものすごい力で星太朗を抱きしめて言った。

「退院したら、一緒に住もうよ」

星太朗は必死に涙をこらえて、手紙の最後に書いたことを口にした。

「西野さんと一緒に過ごすことができて、本当に良かったです」

ありふれた言葉だ。ありきたりで平凡で、つまらない言葉だ。

西野さんは何も言わなかった。

静かに星太朗から体を離して、背を向けた。

泣いている。泣いてくれているんだと思った。

自分の為に泣いてくれる人がいるということが、どんなに心強いことか。

もしかしたら、体がなくなっても僕は、その人の中に生き続けることができるのかもしれない。

別れてからの帰り道、団地の階段で涙がこぼれた。

あとは、ムッシュだけだ。

ぼんやりと、暗闇に浮かぶ豆電球を見つめる。

あれが月に見えたら素敵だろうなと思い、しばらくそうしていた。けれど一向に月には見えてこない。どう見ても毎日慣れ親しんだ、ただの豆電球だった。

「ムッシュ、寝た？」

小さな声で、隣の小さな布団に話しかける。

「うん」

すぐに声が返ってきた。

「ごめん。プレゼント、ほんとは今日、間に合わなかったんだ」

「え？　あるの？」

「まぁね」

「なんだよ」

ムッシュがごろんと寝返りをうつ。

「ねぇ、あれ、月に見える？」

「ん？」

「豆電球」

「あぁ」

ムッシュは仰向けになって、天井の夜空を見つめる。

「見えないなぁ」

そう言うと、星太朗はふっと笑った。

「良かった」


それからしばらく、二人は黙り込んだ。

「寝た？」

星太朗が聞くと、ムッシュがすぐに答える。

「うん」

「ありがとう」

「え？」

「ムッシュの誕生日のおかげだからね。毎年、お母さんの命日が辛い日にならなかったのは」

星太朗はそう言って、毛布をかぶった。

ムッシュは何も言わずに布団から出た。

電灯からぶらさがる紐を引っ張って、豆電球を消す。

部屋が真っ暗になると、星太朗の毛布の中に潜り込んできた。
もぞもぞと動くムッシュをつかまえて、その左耳に触れる。
幼い頃のように、左耳を触りながら眠りにつく。
いつもそうしていたせいで、穴が開いてしまった左耳。
星太朗が着られなくなったセーターを切り取って継ぎ当てした左耳。
そこには、お母さんが刺繍した黄色い星が二つ、今も仲良く光っている。
星太朗はそれを触っていると、
ムッシュはそれを触られていると、
二人とも、安心して眠ることができた。

ムッシュが目を覚ますと、星太朗は机に向かっていた。
カーテンを閉めたままの部屋に卓上ライトが灯り、鉛筆の音だけが響いている。
ムッシュはしばらく布団の中で、その心地良いリズムを聴いていた。
星太朗が朝ご飯を食べ終えると、ムッシュは家を出る準備にとりかかった。
二十年間過ごしてきたこの部屋には、そこらじゅうに大切なものが並んでいる。

古ぼけたソファの座り心地も好きだったし、星太朗が縫ってくれた自分サイズの布団も手放せない。本棚には、何度も読み返した大好きな本たちと、擦り切れるほど聴いた歌謡テープが並んでいる。

ムッシュは頭を抱えた。病院に持って行けるのはせいぜいリュックに入りきるものだけで、選別するのは難しい。なかでも本は選び出すときりが無いので、持っていくのはお母さんの本を一冊だけにしようと決めた。

山吹色、水色、栗色、薄桃色、赤、ビリジアン。

鮮やかに並ぶ六色の背表紙を眺めてから、その一冊ずつに触れていく。

選ぶためではなく、さよならを言うためだ。

一番のお気に入りは、最初から決まっていた。

ビリジアンの背表紙に、真っ白な文字が光る『百年』という物語。お母さんの最後の小説だ。

ムッシュはそれをリュックに詰めると、今度は古いアルバムを開いていった。

そこには二人の思い出がぎゅうぎゅうに詰まっている。

一枚一枚に見入っている間に、てっぺんにあった太陽は、団地の向こうに隠れようとしていた。

★

部屋が薄暗くなった頃、星太朗は最後の一文を書いて、鉛筆をそっと置いた。

ふぅ、とひと息ついてからノートを閉じる。二冊になったノートを丁寧にくっつけて、細いマジックでタイトルを書いた。

「お待たせ」

襖を開けて、ピンク色の包みを差し出す。

ムッシュがそれを開け、分厚いノートを手に取る。

表紙には『ムッシュ』というタイトル。

その下には『作・森星太朗とムッシュ』と書いてある。

「どうして……?」

「二人の話だから」

星太朗はそう言うと、壁に大きな花まるを付けた。
①小説を書く
ついに、達成することができた。

「よしっ。これであと一つ……」

ムッシュがソファを飛び降りた。

「だねっ。じゃあこれを読む前に！」

トランプを出して蓋を開ける。

「……いや、それはもういいんだ」

星太朗は首を横に振った。

「どうして。あと一つだよ？」

ムッシュが不思議そうに言うが、星太朗は何も答えない。

「あ、あと一つってあっちのことか。そうだよね」

ムッシュが、壁のてっぺんの文字を見上げる。

⑩星太朗を死なせない

「いや、違うんだ」

星太朗はそれに目をやると、もう一度首を振った。

「実は、もう一つだけ、叶えたいことがある」

「え、なに？」

ムッシュが聞くと、星太朗はまた黙り込んだ。

とても言いにくいことだった。

星太朗は口をつぐんだまま、視線をノートに落とす。

ムッシュはその目に誘(さそ)われるように、ゆっくりと表紙をめくった。

死ぬのが怖いのは、どうしてだろう。

自分がいなくなってしまうから。
まだ人生を楽しめていないから。
その先に、何があるかわからないから。
いや、どれも違う気がする。

ムッシュが読んでいる間、星太朗は大切な記憶を思い返していた。
豆電球の下で、ムッシュを縫っていたお母さん。
するするとしなやかに動く、その細い指。
強くて、優しいまなざし。

それは、大好きな人と、別れないといけないからだ。
でも、それよりも、もっと怖いことがある。

星太朗は思い出す。

お母さんが、こっそり泣いていたことを。

ムッシュを縫いながら、声を出さず、ひたすら静かに、涙をこぼしていたことを。

星太朗は想う。

いつだって、自分のそばに、ムッシュがいてくれたことを。


一番怖いことは、大好きな人を、守れないことだ。


ムッシュはそこまで読んで、ぴたりと手を止めた。

何を聞いていいのか、何から聞けばいいのか、わからなかった。

星太朗は床に膝をつき、本棚の上段に手を触れた。その棚には二人の、特にお気に入りの本が並んでいる。

「……僕も、同じことを思ってた。九個じゃ中途半端だなって」

星太朗はお母さんの本を一冊ずつ手に取って、テーブルに並べていく。

本棚の中から顔を出した壁を覗く。ムッシュも一緒に覗き見る。

小さな、でも力強い、星太朗の字が書かれていた。

⑩ムッシュの友達を見つける

「何これ……。ダメだよそんなの！　何だよこれ！　言ったでしょ、ぼくもせいたろと一緒にいくって！」

ムッシュは大声を上げた。

星太朗は落ち着いて、ゆっくりと言葉を返す。

「いや、いけないよ」

「ダメ。それだけはきけない」

ムッシュは怒った。

そんなことは、ありえないことだ。許せないことだ。

背を向けるムッシュに、星太朗は話しかける。

「頼むから」

「無理だって。叶えられないよ」

「頼むって」

「無理！」

「頼む。お願い」

「無理!!」

ムッシュは声を荒らげると、襖を突き破るほどの勢いで部屋に入った。

小さなタオルケットをかぶり、布団に潜る。枕に顔を押し付けて外界を遮断する。けれど、襖がそっと開く音も、星太朗が歩いてくる微かな振動も、ムッシュはしっかりと受けとめてしまう。

星太朗がやってきて、畳の上に腰を下ろした。

「ムッシュ、お願い」

無視を決め込むが、星太朗は諦めない。

「ねぇ、お願いだって」

熱くなった気持ちを抑えるように、静かに、何度も何度も頼んでくる。

ムッシュは布団に潜ったまま、断り続けた。

「無理。だいいち、友達になれる人なんて、いないし」

「いたんだよ」

「いないよ!!　そんな人!!」

「いたんだ」

「いないよ誰だよ!!　どうせ西野さんでしょ!?　無理だよ犬恐(こわ)いし!!」

ムッシュの声がまた激しくなる。

と、星太朗が静かな声で言った。

「毎晩、一人ぼっちで、夜の動物園に忍び込んでる子がいた」

ムッシュは呆然とした。

星太朗は続ける。

「夢子ちゃんなら、絶対にムッシュを大切にしてくれる」

「そんなのわかんないよ！」

「わかるよ」

「わかんないよ‼」

「わかるんだ。だって、あの子は、僕に似てるから」

星太朗はそう言うと、ひと呼吸おいてから続けた。

「それに、あの子にも、ムッシュが、必要な気がするんだ」

「そんなの……そんなの、ダメだよ……勝手に……いやだよ、ぼくは……絶対いやだよ……」

ムッシュの言葉はかすれて、消えかかっていく。

星太朗がそっとタオルケットをめくる。

ムッシュは顔を上げずに、うつ伏せのまま息を潜めていた。

「ねぇ、ムッシュ。どうしてムッシュがコアラなのか、わかったんだよ」

星太朗は文机の引き出しから、古い本を出して見せてきた。

「これ、お母さんが学生の時に、お父さんと作った絵本なんだ」

ムッシュは黙ったまま、『コアラさん』というタイトルを見つめる。

開くと、コアラのお母さんが、お腹の袋に赤ちゃんを入れて歩いている。

星太朗は優しい声で、最初の一文を読み上げた。

「コアラは子育てが大好き。だから、子守熊(こもりぐま)と呼ばれています」

ムッシュは視線を上げた。

星太朗が言う。

「子守熊って、コアラの別名なんだって」

ムッシュは言葉を返さない。

「だからコアラだったんだ。お母さんは僕のことを、ムッシュに託したんだよ」

ムッシュは何も言わないまま、ページをめくっていく。

お母さんコアラが楽しそうに、子育てに奮闘している。

星太朗も一緒に、それを読む。

ページをめくるムッシュの手は、ふるふると震えていた。

「ねぇ、ムッシュ」

しばらくして星太朗が声をかけると、ムッシュはゆっくりと顔を上げた。ぼさぼさの毛並みが窮屈そうにつぶれている。

「僕はムッシュを守れないことが、何より辛いんだ。だからお願い。僕のために、ムッシュは生きてほしい。夢子ちゃんの子守熊になってほしい」

ムッシュは何も言えない。その顔を、星太朗は穏やかな目で見つめてくる。

「そうしてくれたら、僕はもう、大丈夫だから」

世界のどんなことでも、受け入れてくれる目。

星太朗は世界で一番、優しい目をしていた。

ムッシュはまっすぐ星太朗を見つめ返して言った。

「僕もわかったよ。お母さんが強い理由」

「本当？」

「星太朗がいたからだよ」

そう言うと、星太朗の目に涙が滲んできた。

ムッシュはそれを見ないようにして、絵本に目を落とす。

お母さんコアラが赤ちゃんを抱っこして、幸せそうに笑っていた。

★

日が完全に沈んだ後、二人はいつものタコ山にやってきた。

星太朗は腰を下ろして、隣にムッシュを座らせる。

見上げるが、星は見えない。空は曇っていた。

「いつから、考えてたの？」

ムッシュがぼそりと聞く。

「最初からだよ」

星太朗は、壁に願いを書いたときからそれを考えていた。そして翌日、ムッシュにばれないように、お母さんの本の後ろにこっそりと⑩を書いたのだ。

プラ板が溶けるほどの恋をすると書かれて、それを消さなかったのは、利用できると思ったからだった。星太朗は恋人を見つけようとするふりをして、ずっとムッシュの友達を探していた。

そのためにぬいぐるみカフェに行き、ピューロランドに行き、ぬいぐるみショップ巡りをした。ネットで出会いの場を調べて、会員制サイトにも登録した。中学の同窓会に顔を出し、無理して二次会にまで参加した。

極度の人見知りだし、嘘をつくのは得意じゃない。それでも、これまでに無いほどの強い意志が星太朗を動かしていた。

ムッシュを託せる人を見つけるまでは、絶対に死ねない。

そう思っていた。

だが当然、それは思うようにはいかなかった。

西野さんなら、もしかしたら。勇気を出してぬいぐるみが好きか聞いてみると、愛犬がいると聞いて落ち込んだ。

それ以上にショックだったのは、花本さんに断られたことだった。彼女がムッシュを優しく撫でてくれたとき、この人なら託せると確信した。初めてそう思えた相手だったのに、きちんとした計画も練らず、勢い余って食事に誘ってしまった自分を呪（のろ）った。

時間が無いことを実感し、星太朗は意を決して病院を抜け出した。

お父さんに会いに行ったのも、ムッシュを託せる家族を探すためだった。

想像していたよりもずっとお父さんは素敵な人で、嬉しかった。けれどお父さんの孫は双子でイギリスに住んでいた。ムッシュが入る隙がないほど、完璧な家庭に見えた。

一番の願いごとは、一番叶いにくいものなんだ。

そんなふうに、ムッシュに言われている気がした。

そうして思い悩んでいたときに、偶然目の前に現れたのが、夢子ちゃんだった。

●

「ずるいよ」

ムッシュのふてくされ方は普段と違った。いつもなら、ぷいとそっぽを向くところだが、今日は空を見上げたままだ。

「お互い様でしょ」

星太朗があっさり返すと、ムッシュは立ち上がった。

「……でも……。ダメだよ、やっぱり。ぼくの十個目はまだ叶ってないんだし。ぼくがそばにいないと！」

星太朗は首を横に振る。

その顔は、ゆるぎない何かを見つけたようだった。

気持ちはもう完全に固まっていて、どうやっても動かない。

そんなふうに思えたたし、覆らないことはわかっていた。

どんなに願っても、どんなに頑張っても、どうしようもないことがある。

それが人生だ。

ムッシュにはわかっている。

けれど、それでも、やっぱり受け入れたくなかった。

最後まで諦めたくない。最後まで一緒にもがいて、最後の最後の最後まで、星太朗と一緒にいたかった。

一緒に旅立ちたかった。

星太朗はそんなムッシュの気持ちに気づいているのか、頬を緩めながら言った。

「ねえムッシュ、僕は死なないよ」

ムッシュはじっと、星太朗を見つめる。

「死なないから」

星太朗がもう一度言う。

「うん」

ムッシュはこくりと頷いた。

それからしばらく、二人は夜空を見つめた。

いつまでたっても雲は晴れてくれない。

二人の願いは届かず、星を見ることはできなかった。

「よしっ」

星太朗がムッシュを抱いて立ち上がる。

団地に向かって、大きなお辞儀をした。

「二十七年間、お世話になりました！」

「お世話になりました！」

ムッシュも星太朗の腕の中で、大きなお辞儀をした。

★

西野さんからお母さんの絵本を受け取った後、星太朗は急いで動物園へ向かった。

閉園間際に駆け込んで夢子ちゃんを探したが見つからず、彼女の家へ走った。

キリンが見えるマンションだ。ムッシュがコアラと遊んだ夜に、夢子ちゃんを送り届けたので場所はわかっていた。

とっくに日が暮れた時間に、夢子ちゃんはひとりで家にいた。

隣にある小さな公園で、星太朗は恐る恐る病気のことを話した。

「ほんとに、死んじゃうの？」

夢子ちゃんはしっかりと、星太朗の目を見て聞いてきた。

「うん、たぶん」

「ムッシュは?」

「え?」

「ムッシュは、どうなるの?」

その問いかけに星太朗は驚き、心から安堵した。

胸のつかえがほろりとほどけて、宙に浮かんで消えていくのがわかった。

ムッシュを気にかけてくれたのが嬉しかったし、「どうするの?」じゃなく、「どうなるの?」と聞いてくれた。それは、すでに彼女の中でムッシュが、物ではなく、命あるものとして存在していることの証だ。

「夢子ちゃん、お願いがあるんだ」

星太朗に迷いはなかった。

「僕が死んだら、ムッシュの友達になってくれる?」

想いの丈を打ち明ける。

夢子ちゃんは頷かなかった。

「もう友達のつもりだよ」

ただそう言って、くすっと笑ってくれた。

星太朗の小説。百年。アルバム。昔のノート。トランプ。お気に入りのタオルケット。ムッシュはそれらをナップザックに詰めていく。入りきらなかった本と倫太朗コレクション、赤いラジカセは星太朗が送ってくれると言ってくれた。

おかげでムッシュの準備がすぐに終わってしまうと、星太朗がカセットテープを差し出してきた。

ラベルに『涙くんさよなら』と書かれている。

「お母さんのはせいたろが持ってなよ」

受け取らずに言うと、星太朗は「違うよ」と笑った。

「僕が歌ったんだ。下手くそだけど勘弁して」

「なんだよ、しかたないなぁ」

ムッシュはぶつぶつ言いながらそれを受け取り、リュックの一番奥に押し込んだ。

「よし。行こうか」

星太朗が重いドアを閉めて、団地の階段を一歩ずつ下りる。

明日にしようとムッシュは言ったが、星太朗は今夜お別れすることに決めていた。ムッシュはそれを受け入れるかわりに、交換条件を持ちかけた。

暗い夜道を、ぬいぐるみを抱いた青年がゆっくり歩いている。

ムッシュの条件は、ただ、抱っこしてもらうことだった。

「抱っこされてお散歩なんて、いつぶりだろ」

「こんなの見られたらやばいよね」

星太朗がはにかみながらムッシュの頬をつつく。

「ひどっ。こんなのって」

ムッシュは怒ってから、同じようにはにかんだ。

幸運なことに、バスには誰も乗っていなかった。

星太朗は一番後ろの席に座り、ムッシュは膝の上に腰掛ける。

貸し切り状態なので会話することもできたが、二人とも黙っていた。

人通りの少ない夜の街を眺めながら、エンジンの振動に身を任せる。

このまま、ずっとバスが着かなければいいのに。

ムッシュはそう思っていた。

夜の道路はがらがらで、バスはあっという間に動物園に着いてしまいそうだ。

ムッシュはおもむろに立ち上がり、勝手に降車ボタンを押す。

バスが停まると、星太朗はわざとらしいため息をつき、ムッシュを抱えて降車した。だいぶ手前で降りたので、夢子ちゃんの家までなだらかな坂を登らなくてはいけない。

「がんばれ～」

ムッシュがありきたりな言葉で励ますと、星太朗は息を切らしながら愚痴った。

「抱っこされてるだけだからいいよな」

「じゃあ自分で歩く」

ムッシュは飛び降りようとするが、星太朗は手をほどかない。

「いいよ。こんなの余裕だから」

そう言いながら、辛い顔を見せずに登っていく。

「ぼくが抱っこしてあげようか？」

ムッシュが真面目な顔で言うと、

「はいはい」

星太朗は返事をしながら笑った。

「あーあ、でもあとババ抜きだけだったのになぁ」

ムッシュが悔しそうにぼやく。

「誰のせいだよ」

星太朗がつっこむと、ムッシュが腕の中で飛び跳ねた。

「そうだ、夢子ちゃんと三人でやらない？　ババ抜きは三人の方が楽しいし！」

「いや、気づいたんだ」

星太朗は首を横に振る。

「なに？」

「叶わない方が、幸せってこともあるんだって」

ムッシュは少し黙ったあと、小刻みに何度か頷いた。

「……そうかもね」

「うん」

星太朗が立ち止まり、夜空を見上げる。

やはり星は見えないままだ。

黒い雲が空を覆い、月の光さえも届いてこない。

「あぁ……。でも、星は見たかったなぁ……」

星太朗は本音をこぼしながら、真っ暗な空を見つめた。

「知ってる？　せいたろ」

「ん？」

ムッシュは夜空を見上げながら言った。

「見えなくても、星はそこにあるんだよ」

星太朗は頷き、またゆっくりと歩き出す。

その目は、前だけを見つめていた。

「ここだ……」

星太朗が足を止めると、ムッシュは夢子ちゃんのマンションを見上げた。

隣の公園に入り、ベンチにムッシュを座らせる。

リュックをおろして、中からナップザックを取り出した。

「ねぇ、そのリュックでほしいな」

「あ、うん」

星太朗はムッシュのリクエストに応えて、ナップザックの中身をリュックに移し替えることにした。まるごと入れてしまえば済むことだが、そうはしたくなかった。

それらの物は、星太朗にとっても大切な、思い出が詰まったものばかりだ。

星太朗はそれを、ただの物として移し替える。ただ移し替える。そのことだけを考えて、淡々と、でも丁寧に、リュックに詰めていく。

ふいに、目から涙がこぼれ落ちた。

泣かないと決めて、これまでふんばってきた。静かなバスの中では唇を嚙んで、過ぎ行く街灯だけを見て堪えていた。

あともう少しなのに。

あともう少しだけ、頑張らないと。

歯を食いしばるが、そんなふうに思えば思うほど涙は溢れてくる。いつかのしゃっくりのように、自分の意思なんてこれっぽっちも通じない。

眼鏡を外して拭うが、次から次へと、それはもう、ぽろぽろと、とめどなくこぼれてくる。

「楽しかったなぁ……」

涙と一緒に、本音がこぼれる。

「うん……」

ムッシュはそれだけ言うと、じっと星太朗を見つめてきた。

大きな涙の粒が、頰をつたう。

「ねぇ、やっぱり、ぼく……」

ムッシュが言いかけると、星太朗はおもいきり首を振った。

顔をぐしゃぐしゃにしながら、がむしゃらに。

涙を拭うのを諦めて、ムッシュを抱きしめた。

「ダメだ……やっぱ、お母さんみたいに強くなれないや……」

「そんなことない」

すかさずムッシュが言う。

「お母さんだって、泣いてたよ」

ムッシュを縫いながら、泣いていたお母さんを思い出す。

星太朗は鼻水をすすりながら、頷いた。

「ずるいよ……ぼくだって、ほんとうは、泣きたいのに……」

ムッシュの目は濡れていない。

それがとても悔しそうだった。

人間は自分の感情を、体で表すことができる。

人に伝えることができる。

それがとても羨ましいと、いつか星を見ながら言っていた。

「ムッシュ……ありがとう」

星太朗は本心を伝える。何度言っても、足りないと思う。

「ありがとう……いつも、泣かないでいてくれて」

ふわふわの頭を撫でると、ムッシュはほんの少しだけ、微笑んだ。

良かった、と言っているような気がした。

星太朗はもう一度、ムッシュをきつく抱きしめる。

「苦しいよ……」

ムッシュが控えめに文句を言う。

腕の力を緩めると、ムッシュはヒゲをぽろっと外して、星太朗の涙を拭いた。

雑な拭き方だけど、それはあの日と何も変わらない。

ムッシュがしゃべり出したときと、何一つ変わらない。

星太朗にとっては、なによりも優しいハンカチだ。

涙がなくなると、ムッシュはそのまま、ヒゲを差し出した。

「あげる」

ヒゲがなくなったムッシュは、ぽかっと口を開けて、すごく馬鹿っぽい顔になる。

これも昔と変わらない。

「そんな顔じゃ笑われるよ」

星太朗が遠慮をすると、ムッシュは小さな胸ポケットに手を突っ込んだ。

「ぼくには、これがあるから」

そう言って引っぱり出した黒いものは、外に出た途端にぷわっと膨らみ、ムッシュの手の上に浮かんだ。

「……持ってたの?」

星太朗が目をまん丸にすると、ムッシュが自慢げに言った。

「あたりまえでしょ」

それは、ムッシュの一歳の誕生日に、星太朗がプレゼントしたモジャモジャのヒゲだった。マジックで黒く塗っただけの綿は、久しぶりに外の空気を吸い込んで、ふわりとムッシュの手で跳ねている。

「そのポケット、飾りだと思ってた」

星太朗がムッシュの胸ポケットを覗く。

「四次元だから」

ムッシュは自慢げに、モジャモジャのヒゲをつける。

「どう?」

「超ダサい」

星太朗が即答すると、二人は一緒にくすくす笑った。

十二月

ろば書林では、いつもと変わりない時間が流れていた。

門馬は激しい身振り手振りで得意先と電話をしている。

小南はヘッドフォンの音楽に乗って、高速でキーボードを叩いている。

西野が出先から戻ってくると、デスクに大きな封筒が置かれていた。宛名(あてな)に自分の名前が書いてある。開けると、分厚いコピー原稿が入っていた。

その表紙を見て、ハッとする。

『ムッシュ』というタイトル。

『森星太朗とムッシュ』という作者名。

子どものような字で、『しゅっぱん、きぼう!』と書いてある。

西野はそれを抱え、ろば書林を飛び出した。

つばめ台団地にやってきて、ベンチに腰掛ける。

手袋を脱ぎ、丁寧に原稿を取り出す。

西野は白い息をふぅと吐き、手書きの字に温(ぬく)もりを感じながら読み始めた。

団地は夕日に照らされながら、子どもたちの遊び声を響かせている。きゃっきゃと子どもが駆け回っているので、タコ山もどこか嬉しそうだ。

家主がいなくなった部屋には、生活の匂いがまだ残されていた。壁に大きな文字が書かれ、たくさんの星が並んでいる。

③ババ抜きでムッシュに勝つ

唯一これだけに、花まるが付けられていない。

⑩ムッシュの友達を見つける

にも花まるが付いていたし、

⑩星太朗を死なせない

は一番大きな花まるで囲まれていた。

日が沈み、微かな明かりが襖を照らしている。

そこには小さな襖がもう一つ付いていて、その向こうの部屋には、大きい布団と小さい布団が二つ、きれいに畳まれている。

それは寄り添い合うように、仲良く並んでいた。

その夜、ムッシュは夢ちゃんに抱っこされて散歩をしていた。

夢ちゃんはリュックも鞄も持たず、ムッシュをそのまま外に連れ出してくれる。

ムッシュはそれが嬉しかった。

真冬の風は凍えるほど冷たい。夢ちゃんが吐く息は真っ白で、澄みきった空気の中に浮かんでは消えていく。

今日はなんだか、心がざわざわしていた。

「どうしたの？」

夢ちゃんがムッシュの腕を掴み、ぷらぷらと揺らす。

「うわぁっ、ちょっと！」

夢ちゃんは少し乱暴だ。怖いことも多いけど、それでも大事にしまっておかれるよりはいいかな、とムッシュは思っている。

質問に答えないでいると、耳を引っぱってくる。それも両方いっぺんに、手加減なんてしてくれない。

「なんか今日、静か」

「え、そうかな」

ムッシュは良い言い訳を思いつかない。

ごまかすために、おもいっきり叫んだ。

「うんこ――――――!!」

「え？　ちょっと!!　どうしたの？」

夢ちゃんは驚き、焦って辺りを見回す。

それを見て、やっぱり本当は繊細なんだなぁ、とムッシュは思う。

「夢ちゃん、叫べる？」

意地悪に言うと、夢ちゃんはムスっと鼻を膨らませた。

すぐに笑って走りだし、それはもう、びっくりするくらい大きな声を出した。

「うんこ！　うんち!!　ぶりぶり――――――!!」

涙くんさよなら　さよーなら　涙くん　また逢ーう日ーまーで

ムッシュはすべり台に上げてもらい、歌っていた。

星太朗が、遠くへいってしまうのが、わかった。

涙はやっぱりでてこない。

でも、もう悔やんだりはしない。
これで良かったんだ、と思う。
夜空をまっすぐ見上げる。
星がちかちかと、手を振っていた。

解説

瀧井朝世

タイトルを見て、あなたはこう思うかもしれない。

「〝さよなら〟ってことは、お別れするんだな。切ない話なんだろうな」

その予想は半分当たって、半分外れている。切ない話というのは、その通り。でも、それに加えて唯一無二の親友と出会えた幸せが、この本には詰まっている。

『さよなら、ムッシュ』は二〇一七年に単行本が刊行された。本作はその文庫化である。著者の片岡翔は映画監督・脚本家として活躍しており、これは彼のはじめての小説作品である。

小さな出版社で校正を担当する森星太朗には秘密の親友がいる。幼い頃、児童文学作家だった母親が作ってくれたコアラのぬいぐるみ、ムッシュだ。母は星太朗が七歳の時に亡くなったが、その日からムッシュは喋り(しゃべり)はじめた。それから二十年間近く、仲良く一緒に暮らしてきた二人（？）だが、星太朗はある日病院で母親と同じ病気だと診断され、余命半年を宣告されてしまう。動揺する彼を励まそうと懸命なムッシュが提案したのは、やりたいことのリストを一緒に作って実行しよう、というもの。

本書の大きな特徴は三つ。一つ目は、ぬいぐるみが喋るというファンタジー要素。二つ目は、余命宣告を受けた人間が残りの時間をどう過ごすかの話であること。三つ目は、「やりたいことリスト」を作るという展開。この三つはフィクションでは決して珍しくないモチーフだ。だからといって安易な選択だと思ってはいけない。よく扱われる題材だからこそ、それをどう料理するかハードルは高くなる。片岡翔は、ここから実に独特な世界を作り出し、ハードルをクリアしている。

ぬいぐるみというモチーフを選んだのは、実体験が大きかったようだ。著者の父親は人形のプロデュースや販売を手掛けている人で、子どもたちはみな幼いうちにぬいぐるみを与えられたという。著者がもらったのは、父親がロンドンに買い付けにいった時に捨てられていた、小さなくまのぬいぐるみ。それをずっと大事にしている。本作の単行本刊行時にインタビューした時、こんなことを語ってくれた。

「姉が〝自分が死んだら、ぬいぐるみを一緒に燃やしてほしい〟と言ったんです。僕は燃やすなんて無理だと思って衝撃を受けたんです。でも、自分が死んだ後にゴミとして捨てられるかもしれないと思うと、その気持ちも分かると思いました」

その思いが彼の中で熟成して生まれたのが、この物語というわけだ。

ムッシュがなんともいい味を出している。星太朗だけでなく、ムッシュの視点でも語られることで、全体に明るく愛らしい雰囲気を与えてくれている。陽気でやんちゃで、星太朗のことが大好きなムッシュが、どんなふうに彼の余命宣告と向き合って、どんなふうに頑張るのか。その姿がいじらしい。それにこのムッシュ、とっても子どもっぽいのに、時々とても含蓄のあることを言う。

「人生って、たんぽぽの綿毛みたいなものなんだよ」「風がないと飛べないけど、風が強いと流されちゃうんだ。(以下略)」

「だいたいの人は、体が大きくなるぶん、心は小さくなっちゃうから」

「どんなに計っても、未来は計れないよ」

「見えなくても、星はそこにあるんだよ」

などなど。他にも、なんでもない表現のようでいて、ふっと胸を突かれる言葉が本作にはあふれている。

昭和の歌謡曲好きだったりとどこか古臭いところがあるムッシュだが、母親が亡くなった日から喋りだしたことを考えると、もしかして昭和世代の彼女の魂が宿っているのかもしれないとも思わせる。生まれ変わりとまで言わなくとも、少なくとも、幼い息子を案じる彼女の強い想いが、ムッシュに魂を吹き込んだと素直に受け取れる。この世を去った人の想いもずっと残されていくのだと、思わせてくれるのだ。だから、きっと星太朗の想いもずっと……と。

ムッシュが星太朗に提案するのが、昔ノートに夢を記したように、やりたいことリストを書き出してそれを実践しよう、というもの。星太朗だけでなく自分のやりたいことも書き出すのは、自分も彼と一緒に旅立つつもりだから。

それにしてもこのリスト、なんとも肩の力が抜けた項目が混じっているのかおかしい。「コアラと遊ぶ」「ババ抜きでムッシュに勝つ」「コアラのマーチを死ぬほど食べる」、さらには「悪いことをする」まである。彼らが子どものように無邪気に遊ぶ姿は微笑ましく、読者を楽しませてくれる。おそらく彼らにとっては、どんな内容を挙げるかは、そこまで重要ではなかったのではないか。大切なのは、リストをひとつずつ達成していくことよりも、残された時間、二人で楽しむことなのだから。ともに笑うことなのだから。ただ、リストの項目は九つだが、実はそれぞれの心の中に十番目の「やりたいこと」があって——。

いつでも一緒にいて、時にぶつかり合うことはあっても、心の底ではお互いにお互いのことが大好きだとちゃんと分かっている。そんな誰かとともに過ごせる喜びが、本作にはあふれている。ベタベタしているわけじゃないのに、つねに相手を思いやっている姿が切なくも愛おしい。でも、だからこそ、やがてやってくる別れの日を思うと苦しくなる。

〈死ぬのが怖いのは、どうしてだろう〉〈それは、大好きな人と、別れないといけないからだ〉

〈大切な人ができるってことはさ……それだけ、辛くなるってことなんだよ〉

〈一番怖いことは、大好きな人を、守れないことだ〉

そんな星太朗の言葉は、彼らの唯一無二の関係性が分かっているだけに、辛い。

だったら、出会わなければよかったのだろうか？

そうは思えない。死ぬのが怖くなるほど、辛くなるほど、守れないのが怖いほどの誰かに会えたこと、それは人生の宝なのだから。星太朗とムッシュを見ていると、心の底から、お互いと出会えてよかったねと、素直に祝福できるのではないだろうか。

これは、お別れの話というよりも、一人の男の子とぬいぐるみが、奇跡的な出会いを果たし、絆を育み、そして最後の最後までお互いのために頑張った話なのだ。

著者の片岡翔は一九八二年生まれ、北海道札幌市出身。中学生の頃は小説家に憧れていたが、二十歳くらいからは映画監督を目指すようになっていたという。ショートフィルム「くらげくん」がぴあフィルムフェスティバルで準グランプリを受賞したほか、各地の映画祭で七つのグランプリを含む十四冠を獲得。ほかに多数の作品で入選受賞を重ね、二〇一四年に人気コミックが原作の映画「1／11」を監督して商業デビュー。脚本家として多数の作品に参加しており、最近では映画なら「町田くんの世界」（二〇一九年）、「ノイズ」（二〇二二年公開予定）、ドラマなら「トーキョーエイリアンブラザーズ」（二〇一八年）「I'sアイズ」（二〇一八年～二〇一九年）、「ネメシス」（二〇二一年）などがある。小説執筆に関しても、映像化が難しいアイデアでも表現できるし自由度も高い、と意欲的だ。確かに、コアラのぬいぐるみが喋って動く物語などは、映像化するよりも文章世界で表現したほうがはやいだろう。もともと映画でも小説でもファンタジー要素のあるものが好みというから、本作にファンタスティックで童話的なテイストがあるのもうなずける。

その後刊行した小説作品は、本作とはまったくテイストが異なる。『あなたの右手は蜂蜜の香り』（二〇一九年、新潮社）は、幼い頃の辛い体験をきっかけに、動物園に入れられたクマを救い出すため努力を重ねて飼育員になる女性が主人公の、静謐で切実な物語。『ひとでちゃんに殺される』（二〇二一年、新潮文庫ＮＥＸ）は、生徒の怪死事件が続く学校に謎めいた転校生、縦島ひとでが転校してくる学園ホラーだ。生き延びるために生贄を一人決めるという、究極の選択を迫られる展開になる恐ろしい話なのだが、どこかユーモラスな味わいも。読み心地の違うこの既刊三作だが、人と人ではないものの関わりや、誰かを助けようとする気持ち、孤独な存在が居場所を見つけようとする姿が描かれる点など似た部分も見出せる。大きくいえば、どれも「命とどのように向き合うか」というテーマは同じである。それをどんな角度から描いているのか、三作を読み比べてみるのも面白いかもしれない。小説のアイデアはまだまだたくさんあるというから、今後もどんなテイストの作品を生み出してくれるか、とても楽しみである。

（たきい・あさよ／ライター）

小学館文庫

さよなら、ムッシュ

著者　片岡　翔（かたおか　しょう）

二〇二一年八月十一日　初版第一刷発行

発行人　飯田昌宏
発行所　株式会社　小学館
〒一〇一-八〇〇一
東京都千代田区一ツ橋二-三-一
電話　編集〇三-三二三〇-五七二〇
　　　販売〇三-五二八一-三五五五
印刷所――大日本印刷株式会社

この文庫の詳しい内容はインターネットで24時間ご覧になれます。
小学館公式ホームページ　https://www.shogakukan.co.jp

ISBN978-4-09-407050-7

口絵・本文イラスト　塩かずのこ

一応送ってみるけどもう深夜やで？
起きてるライバーいるかな……

え？

おん？

なんか聞いちゃいけない発言を
聞いてしまった気がするのだが……

心音淡雪
Kokorone Awayuki
#淡雪の降る頃に

VTuberなんだが
配信切り忘れたら
伝説になってた

いままでのあらすじ

99,999回視聴・2021/05/20

❤9999　💔155

ストゼロ切り抜きch
チャンネル登録者数 2.5万人

登録済み

ブラック企業戦士であった**田中雪**は過去と決別するため、
魑魅魍魎が**跋扈**する**この世の終わりみたいな企業**
ライブオンに決死の勝負を挑み、帰って来た時には
清楚系VTuber心音淡雪になっていた。
しかし周囲のライブオン指数の高さに**圧倒**され、
イマイチ人気の出ない日々に焦ってしまう淡雪……。
ある日、いつも通り配信終了という名の閉門の儀を行おうとしたところ、
逆に**銀河鉄道000**に乗りこんだあげく**酔ってリバース**。
結果的に清楚は**清楚(VTuber)**になり、淡雪は**ストゼロ**になり、
ストゼロは**世界1位**になり、この結果にあわあわしていた淡雪は
ついには**シュワシュワ**することを決心する。
吹っ切れた後の淡雪は同期を慰み者にし、先輩に**性交渉**を
持ち掛けるなどの修行を積み、己に秘めし表と**裏**、
あわとシュワの共存に成功、ライブオン指数も**驚異の53万**を突破
(この数値は東京ドーム約3個分とはかけ離れた数字である)。
順風満帆の日々を送り、やがて**ライブオンのエース**にまで成長した淡雪は、
遂には**初めてできる後輩**に**愛の告白**をされたのであった。

プロローグ

『心音淡雪殿──私を貴殿の女にしてもらえないでありますか？』

いよいよ初めてできる後輩である四期生のお披露目配信日になり、どんな子がやってくるのかと期待に胸を膨らませていた私は、現在一番手に登場した相馬有素ちゃんに愛の告白をされていた。

……………は？

『私、今まで人並みの人生を歩んできた中で、心の隅でどこか退屈だと感じてしまうところがいつもあったのであります。アイドル活動もこの退屈さを埋めるために始めたものでありますな。でも私の心の渇きは相当なものだったようでまだなにか私を満足させてくれる大きなものを欲していたのであります』

未だに混乱で思考がまとまらない私とコメント欄を後目に深々と一人語りを始める有素ちゃん。

あー、うん。未だに脳の回路は絶賛迷子中だけど、一つ察したことはあるぞ。

『そんなときです！　あの伝説の淡雪殿配信切り忘れ事件を偶然ネットニュースで目にしたのであります！　その衝撃たるや私の今までの人生全てを積み重ねたところで遠く及ばないものであります。最も近い感情で表すなら……一目惚れですかな』

この子相当頭の中ライブオンしてやがるな‼

：なんだこれは……たまげたなぁ

：うっそだろお前www

：？………??（日本語のはずなのに理解できない）

：what?

：つまりどういうことだってばよ！

：配信切り忘れてストゼロでガンギマった後、同性VTuberにセクハラ発言連発した後泥酔寝落ちして、起きたらゲロ吐きながら配信終了した自称清楚に一目惚れしたらしい

：世界ってまだ見ぬ神秘に溢れてたんだな

：意味わからな過ぎて悟り開いてて草

『誰もいない道を堂々と歩いている、でもその結果気づけば多くのファンが淡雪殿に夢中になっていた。これこそが私の心が渇望した事象だったのであります。その日から私の意

識はもう全て淡雪殿に向けられていました。配信はもちろんアーカイブもひたすらに流し続け、どんなことをどのタイミングで口にされたのかを完全暗記し、そのことに堪えがたいほどの快感を覚えました。勿論スパチャは上限いっぱいで送れるだけ送っているのであります！』

重いわ！　なんじゃこれ背筋がゾワゾワしてきたよ！

確かに！　確かに慕ってくれる子が欲しいとは言ったけどもこれはなにか違うのではないか⁉

ファンでいてくれるのは勿論嬉しいんだけど、今まで芸人扱いでこんな妄信的に見られることなんてなかったからもう混乱で頭オーバーヒート寸前だよ……。

：うん、素直にドン引きです、最高や

：これでこそライブオン

：公式が絶対に斜め上を目指すのホント草

：シュワちゃん震えあがってそう

：四期生のやベーやつ

：どうしてこの子を先頭にしてしまったのか

：後ろも同じくらいやばいんでしょ

：まさかのあわちゃん信者は草草の草
：在日日本人ですが、彼女が何を言っているのか理解できません
：ただの日本人じゃねぇかｗ
：わぉ！　彼女はクレイジーだね！　びっくりしたよ、彼女は未来に生きてるね。一つ言えることは、僕たちは彼女にもう夢中ってことさ
：海外の反応風やめれ
：推しにする、決定や
：淡雪、頑張って有素ちゃんをこんなにした責任取るんやで（にっこり）
『長々と自分語りになって申し訳ないのでありますが、そんなこんなで淡雪殿に少しでも近づきたかった私はライブオンの四期生募集に応募して、今ここに立っているわけであります！　憧れの人と同じ舞台に立てて幸せいっぱいで最高でありますな！　えっと、まだ時間が余ってるみたいなので質問などあればぜひお答えしたいのであります！』
「ははは……」
もうなにがなんだか考えるのもつかれたので、乾いた笑いを出すことしかできない。
ま、まぁ広い観点で見れば慕ってくれるかわいい後輩だから別にいっか（現実逃避）。
うんうん、広い心を持つことが大事なのだ！　宇宙のような広大な心で有素ちゃんを迎

えてあげよう！

：どうやって受かったの？　面接とかなに話した？

：確かに気になる

：嫌な予感しかしないwww

『あ、実は私書類選考の時点で落ちているのであります！』

え、まじか？

『でもどうしても諦めきれなくて、複数回応募はだめなんて書いてなかったので、毎度淡雪殿がどれだけ素晴らしいかの論文を内容を変えて提出していたら、五回目でやっと面接まで進めて、そこでもひたすら淡雪殿への愛を語ったら採用された次第であります！』

「いや書類選考に私に関する論文出すのはおかしいでしょ！　絶対何回も落ちたの自分のアピールしなかったからだよ！」

『待ちに待った面接なので、最初は普通にしようかとも考えたのでありますが、尊敬する淡雪殿へ敬意を表して、淡雪殿のように自分のありのままをさらけ出した面接をしたら合格したのであります！　やはり淡雪殿は私の救世主でありますな！』

「鋼のメンタルなのもすごいと思うけど、努力の方向音痴感もすごい！」

ま、まて、冷静になるんだ淡雪、さっき受け入れてあげると言ったばかりではないか、

こんなことで平常心を失ってはだめだ。

淡雪よ、お前は女の子が大好きだったはずだ、この状況を見てみろ、カモがネギ背負ってきたが如くかわいい女の子が懐いてきてくれてるんだ、最高のシチュエーションだろ？

ほら、落ち着いてみれば愛情深くてかわいい子だよ有素ちゃんは、うん。

：ありのまま過ぎてアホと淡雪の女王になってるやん

：この厄災を採用したライブオンは完全に病気、いいぞもっとやれ

：これが淡雪原理主義のストーカー系ヤンデレかな？

：同担拒否のストーカー系ヤンデレかな？

：あわちゃん中に誰もいませんよされちゃう？

『ムッ、なにを言っているのでありますか！　淡雪殿の幸せこそ私の幸せ。淡雪殿が淡雪殿らしく活動しているのが大切であり、自分を押し付けて活動を邪魔するような人はファン失格なのであります！』

「ほら！　やっぱりいい子じゃないか！」

やっぱりちょっと主張が誇張されがちなだけのいい子のようだな、ふぅ安心安心。

：あわちゃんからなにか一つ貰えるとしたら何が欲しい？

『欲しいものでありますか……絶対に叶わないものでも大丈夫なら、しいて挙げるなら

【口蓋垂】ですかな』

「ふぁ⁉」

：ｗｗｗ

：予想外すぎて大草原

：口蓋垂ってなんぞ？

：喉ち○このことぞ

：えぇぇ（大困惑）

：なんでだよｗｗｗ

『だって、喉の一部とはいえち○こはち○こなわけであります。それを私の体に取り込めば実質Ｓ○Ｘになるのではないかと思うのでありますよ！』

「　　　」

：発想の勝利

：敗北の間違いでしょ

：ｗｗｗ

：切り抜き確定演出

：やべぇよやべぇよ……

な……

〈宇月聖〉：ためになるなぁ
〈神成シオン〉：あれは彗星かな？　いや、違うな。彗星はもっと、バァッって動くもんな……

：精神崩壊ママ強く生きて
：自己紹介で息を吸うように男性器を連呼した挙句S○X希望をした女

『あ、もう時間でありますな！　それではこのストゼロレモン味で締めにしたいと思うのであります！　それでは乾杯！　プシュ！　ごくっごくっごくっごく！　んんぎもぢいいいぃい!!』

阿鼻叫喚なカオスと共に、有素ちゃんの配信は終了となった。
だが下りた幕とは対照的にそれから数分間、私は開いた口が塞がらないのであった……。

『やっほ～みんな～！　元気ですか～ですよ～』
「はっ!!」
や、やばいやばい、さっきの有素ちゃんの自己紹介の衝撃がすごすぎて放心しちゃってた。

うっ、有素ちゃんの名前を思い浮かべるだけでまた意識が遠のいてきた。

もうこれからは『名前を呼んではいけないあの人』と考えるようにしてやろうかこんちきしょう。

ふぅ、落ち着け私、テンパってる場合じゃないぞ、もう二人目の自己紹介が始まってしまった。

先輩として、盛大に迎え入れてあげなければ！

さて、二人目はどんな子かな？

画面に映っている姿は……うん、一言で表すなら『デカい』だね。

え、マジでどうなってんのその胸、どんだけ夢いっぱい詰めたらそうなったの？

こんなの見せられたら、此方も抜かねば……無作法というもの……。

身長はさっきの有素ちゃんよりちょっと高めかな、体つきは胸を筆頭に非常にやわらかそうで性欲を持て余す。ムチムチとまではいかないちょいムチって感じですな。

お顔もパーツが全体的に丸い感じ、巻かれた肩まである優しい紫の髪も相まって、なんとなく母性を感じてしまう見た目だ。

だがその中で唯一対照的に鋭く尖り自己主張しているパーツがある、それは耳だ。

なるほど、つまりこれは所謂エルフということだな。

民族チックな衣装も相まって第一印象はまるで森の女王だ。

『初めまして～、普段はエーライ動物園の園長をしている、エルフの苑風エーライですよ～。私は、皆に動物さんたちの魅力を余すことなく知ってもらうために、この度VTuberになったですよ～！』

ほーほーなるほど、エルフで動物園の園長さんときましたか。

それならこの醸し出されている母性もなっとくかもしれないな。

：ママ枠来たー！

：デカい（歓喜）

：まさかの常識人枠ある？

：ついにシオンママに救いの手が！

：いや待て、見た目で判断するのは早計だ、あのライブオンだぞ

確かにコメントで言われている通り今のところすごくまともだ。

ついに常識人の王道可愛い枠来ちゃいますかこれ⁉

『さて～、それではちょっと時間まで動物さんたちの雑学でも話していきたいと思いますですよ～！　まず最初はみんなご存じ【ゴリラ】ですよ～！　決してゲームセンターの音楽ゲームで人間の限界を超越した方々や、年末にケツしばかれてる人とは違うのでご注意

なのですよ～！』

「……ん？」

あれ、なんか……あれ？　ちょっとこの見た目とはギャップのある発言がきたな……。

うん、なんかもうこの時点で今までの流れからオチが想像できちゃったかも。

：ケツ（迫真）

：おや？

：流れ変わったな

：ま、まだだ！　王道ママがケツと言ってはいけないなんていう法律はないはずだ！

：それを言うなら清楚（せいそ）がストゼロでハイになってはいけないなんていう法律もないんやで

『みんなゴリラの見た目はもちろん知ってると思うけど、細かい生態に関しては知らないことも多いと思うんですよ～。例えば、ゴリラが自分の胸を両手で叩（たた）いて音を出すドラミングという行為、これって手をグーの握りこぶしではなく、パーの手のひらで叩いてるって知ってましたかですよ～？』

「ほへー」

：マ？

：これは聞いたことある

:ほーほー
:まじ？　例のネクタイゴリラグーで叩いてなかった？
:確かに
『映画やゲームなどではグーで叩いてる作品が多いので、間違って広まってしまったんですよ～。実際はグーで叩くとゴリラも痛いですし音も響きません。皆さんもスパンキングプレイの時にグーでケツしばいたりしないでしょう？　つまりはそういうことなのですよ～』
「……」
ふんふん、なるほどねー。
:純真な笑顔でこの世の終わりみたいなたとえするの草
:なーんでそんなプレイ知ってるんですかねぇ……
:普通の雑学話してるはずなのに毎回一言多いの草
:完全に振り切れてる感じじゃないけど、諸々の発言に爆弾が交じってる感じ
:なんか癖になりそう……
『あと、ゴリラは見た目で勝手に凶暴な動物さんだと思われがちですが、実は非常に繊細な心を持ち、ケンカを好まない動物さんでもあるのですよ～。ストレスに弱くてよくお腹

映画やゲーム
実際
Gorilla

を下してしまったりするのです。でも、たまに人間に向かって糞を！　ぶん投げてくる‼　 こともあるので注意ですよ～。私は流石に無理ですが、ス〇〇ロプレイ大好きな上に動物に性欲を感じる超上級者の変態さんは大歓喜ですね～』

ライブオンの人事は見る目あるなー（死んだ目）

：おーい！

：糞をぶん投げるって言った時だけめっちゃにっこにこで草

：なんでそんな性癖やプレイに詳しいんだ……

：ずっと笑顔なのがめっちゃ不気味で闇を感じる

：あ、これ普通に頭おかしいやつや

：自己紹介でクソをぶん投げてくる動物のことを嬉々として話し始めたやつがいるらしいっすよ

：でも雑学としてはためになる絶妙なバランス

：それはある

『あ、もう時間が来たのですよ～！　名残惜しいですがこのくらいでゴリラ、学名ゴリラゴリラの紹介はおしまいですよ～。これからは自分の配信で動物さんたちを紹介していくのでよろしくなのですよ～！』

：おつかれー！

：配信気になる

：常識人枠ではなかったな笑

：これは不思議議ちゃん枠なのでは？

：なるほど

：自分の紹介よりゴリラの紹介時間の方が長いの草

：なんかまだ内にやばいなにかを秘めていそう

「もうなんというか、ライブオンが一つのゲテモノ動物園みたいになってきたな」

よっしゃ、いよいよ次でラストの三人目だな。

いや〜もうね、なんというかね。

諦めた‼

やっぱライブオンすげぇわ、新人なのに変人しかいないもんな！

真っ白で純真で可愛くて慕ってくれる後輩なんて来るはずなかったんや！

分かってるよどうせ三人目もやべーやつなんでしょ！

もう大丈夫、最初から分かってるんだから混乱なんかしないよ。

せめて、せめて先輩として最後の子はどんな性癖や爆弾を抱えていようと温かく迎えて

あげることとしよう。

うん、後でシオン先輩には胃薬をおすすめしておくことにしよう。手のかかる子が三人も一気に増えるんだもんな、南無南無。

お、いよいよ三人目来たぞ！

アバターは……おお、かなり大人っぽいな。ライブオンの中で一番年上に見えるといっても過言ではないかもしれない。

水色の長髪をワンレンっぽく流し、顔だちもシャープで綺麗系だ。

聖様の顔だちにも似てるけど、少しマイルドな感じ。

身長も多分淡雪のアバターと同じくらいかな。

うーむ、これは妖艶なお姉さんといった感じですな！

白と青をベースにした、清涼感とセクシーさが両立してる服もよきよき。

でも私もう騙されない！　どうせ喋ったら裏があるんでしょ！

……ていうか大丈夫？　アバター表示されてから結構経ったけどいまだに無言なんだがこの子。

もしかして機材トラブルとかかな？

『あ、えと……初めまして……山谷還です』

お、どうやら大丈夫みたいだね！

でもめっちゃ緊張してる感じなのかな？　声が震えてちょっと心配だ。

『えと、初めに言っておかないといけないことがあります』

「お？」

なんだろ、今までにない開幕パターンだな。

まぁ一つ分かることはろくな事言わないんだろうなってことだね！

『還は見た目は大人ですが心は赤ちゃんです』

「お、おう？」

『だから甘やかしてください、バブらせてください、オギャらせてください。これが還がVTuberになった理由です』

「おおぅ……」

これはまた、えぐいのがきましたなぁ……。

：草
：うーん、純粋な恐怖
：もうライブオン
：これはあれだ、多分還ちゃんブレーキ壊れてるどころか最初からついてないな

：少なくともこの時点で分かったこと——四期生清楚枠０

『だから皆は還のママになってください。徹底的に甘やかして死ぬまで人生幼児プレイしてください。なぜなら還は赤ちゃんだからです』

：なんだこいつwww

：赤ちゃんだからです（断言）

：そうか、なるほどなぁ

：納得すんなwww

：ちなみにおいくつです？

『確かに還は体は大人ですが精神年齢は赤ちゃんの自信があります。その証拠に昨日は自宅に引きこもってずっとプリンセスコレクト（姫コレ）してました』

「あかん、これは頭おかしなるで」

やばい、絶対にこの子やばい。何か現代の闇を感じる。

：www

：もしかして名探偵だったりします？

：名探偵の正反対なんだよなぁ

：なんでそんな自信満々に話してるんだよ笑

：これガチの筋金入りなのでは？

：は？　赤ちゃん名乗るんならもっと本気でこいや！　おぎゃあああ!!

：そうだそうだ、赤ちゃんに失礼だと思わないのか！　ばぶぅううう!!

：赤ちゃんガチ勢が来たな

：なにその罪深すぎるガチ勢は……

『心配ご無用です、ちゃんと服の下にはおむつ穿いてます、差分でおしゃぶり咥えてるアバターもあります。当然です赤ちゃんなので』

やめて！　そのアバターにおしゃぶりは普通に痛いから！

てかなんでこの子本当に常に自信満々なの!?　お前精神状態おかしいよ……。

『以上の理由により、還が赤ちゃんであることは理解してもらえたと思います。還をオギャオギャバブバブさせてくれる人大募集です。ご希望のリスナーママ達は還の配信に来てください』

：お、おう……

：最後の最後までチョコたっぷりの新人紹介だったな！

：チョコ（闇の比喩）

：赤ちゃんを名乗るなら堂々とオギャってください

『いいですよ。こほん。あうーあう――――ぅぅぅ、おぎゃあああおぎゃあああああ‼』
「うん、君はライブオンより先に病院に行くべきだ！」
：www
：大草原
：迫真過ぎて草
：恥の感情を失った女
：おとなしく働いて、どうぞ
：ママだよ！　履歴書買ってきたよ！
『ひぃぃぃぃぃぃぃ‼　お願いします就職は、就職だけは勘弁してください！　なんでもしますからあああぁぁぁ‼』
「ど、どうした⁉　私並みに就職に拒否反応おこすやん！」
ドタバタした音と共に遠ざかっていく音声。
結局それから還ちゃんが戻ってくることはなく、丁度自己紹介の時間も過ぎてしまったので、これで四期生の紹介配信は終了となった。
一体彼女の社会人生活になにがあったのだろうか……。
最後に全体的な四期生の感想としては……そうだね、中華の満漢全席食べた後にフレン

おぎ
あああ

チのフルコース食べて締めに特上寿司(すし)食った感じかな！

——まぁこんなこと言ってても、結局はこれからが楽しみな自分もいるんだけどね。

四期生が入ってから更に破竹の勢いで盛り上がりを増しているライブオン。あれだけ濃いメンツなだけあってその分期待度も高いのだろう。

また、三期生のデビュー直後に比べても四期生の話題の広がり方は明らかに上をいっていた。これは三期生に魅力がなかったのではなく、三期生加入以降から今日にかけてライブオンの知名度が日に日に高まった結果なのだと私は思う。私たちの頑張りが組織の成長につながり、そして後輩の順調なスタートへの架け橋となったのだ。

そして迎えた今日の配信時間、私が選んだコラボ相手は――

「ぐるぐるぐるぐるどっかーん（プシュー）‼　どうもシュワちゃんだどー！　そして今日のイカレタメンバーを紹介するぜ！」

「はい、子供のころの思い出が穢されて表情筋が死にました、ましろんこと彩ましろです。あと僕はライブオンの中では比較的イカレテないはずです」

「謙遜すんなよぉ！」

「（して）ないです」

相も変わらずましろんを選んでいたのだった。

いやぁね、もうこれからボス連戦が続くことが目に見えているからね、セーブポイント兼休息ポイントとして愛しのましろんから英気を養わないといけないと考えたわけですよ。

まぁでも流石にデビューしたての今の段階ではまだ四期生からのコラボ依頼は来ていないんだけどね。

意外なのは例のアイドル娘からも依頼がまだなことだ。デビューしたら真っ先に連絡が来ていそうで内心ビビっていたのだが、杞憂に終わっているのが尚更不気味で……。

まぁ分からないことを気にしていても仕方がないので、今日もストゼロキメて朝の幼児向け教育番組のお姉さんのように元気いっぱいで行きましょー！　ストゼロのお姉さんはまだまだ現役なのだ！

「今日はましろんとカステラ返した後に頭のイカレタ企画用意したからよろしく！」

「さてはシュワちゃんイカレタを誉め言葉だと思ってるな？」

「我々の業界（ライブオン）では常識です」

「一理ある」

：ましろんいる！

：シュワシュワましましシコシコ！

：シコるなwww

：ワンワン元気にしてっかな……

：今でも現役だぞ

：お？　この配信を見てるってことは少なくとも幼児ではないのになんで現役って知ってるんですかねぇ？

：粉バナナ（これは罠（わな）だ）！

：幼児がシュワちゃんを見て何が悪いんだ！　俺は幼児だよ！

：最近の幼児ってすげぇんだな、見るストゼロキメるんだもん

：まぁつい最近赤ちゃんもライブオン内定してたからこれも英才教育でしょ

：あれは赤ちゃんというより赤さんや

：赤さんというよりアカンさんや

：危険人物扱いで草

：ワンチャンこの配信見てたりしないかな？
：本人居たら反応しそうな話題ではあったけど、ないってことはいないでしょ
：まぁそんなもんだよな
「さてさて、ボルテージも上がってきたところでカステラ返答いくどー！」
「どー」
＠他の人も言ってるかもしれませんが、かたったーで見た飲み方やってみたらむっちゃヤバかったのでご報告します
１：エナジードリンクレッドプルとストゼロを買う
２：ストゼロをレッドプルで割る
３：飲む
４：美味い！＠
「実は今回の為に、試しに昨日これを実際に作ってキメました！」
「おっいいね、感想の程は？」
「ヤバスティックバイオレンス」
「今初めて聞いた単語だけど危険なのは嫌と言うほど伝わったよ。ストゼロバティスタであるシュワちゃんが言うんだから尚更だ」

「いやもうほんと混ぜるな危険だったよ、ストゼロの0がレッドプルのせいでマイナスに足つっこんじゃった感じ。味は悪くなかったんだけど、この魔剤は人体が耐えきれるものじゃないね。皆も体を気遣うなら真似しないようにね」

「なるほど、お酒あんまり得意じゃない僕には縁がなさそうだ。実はストゼロも飲んだことないんだよね」

「ましろんのガンギマリ見ってみったい～♪」

「シュワちゃん、皆が皆ストゼロを飲むと芸人になるわけではないんだよ？」

@正直有素ちゃんの事どう思ってますか？　私は早く結ばれて欲しいと思ってます@

「ああ、例のシュワちゃん妄信者ちゃんね、お披露目からジェットスタートかましてたね」

「あの子はヤバスティックバイオレンス」

「後輩ちゃんをさっきの魔剤と一緒にするのやめてあげない？」

「だって貞操の危機を感じたんだもん、シュワちゃんこわいのやーだ！」

「多分僕も含めたほとんどのライブオンライバーがシュワちゃんに対して同じこと思ったことあるよ。あ、そういえばなんか僕あの子にライバル視されてるみたいなんだよね」

「え、そうなん？」

「恋敵とか配信で言ってたの聞いたよ」

「有素ちゃんに嫉妬したましろんが私に強引に迫ってくるシチュ希望です」

「イメクラのオプションかな？」

「そのツッコミがとっさに出るましろんも流石だぜ」

＠先日発注ミスによりストロングゼロ一〇〇缶ではなく一〇〇箱が届きました。返品利かないので助けてくださいなんでもしますから

シュワちゃんなら一〇〇箱くらい余裕でしょう…？＠

＠既出でしたらすみません

まず、ストゼロを風呂桶に空けます、次にライバーをストゼロ風呂に漬けます

そうしてストゼロ〇〇風味が出来る訳ですが、シュワちゃんはどのライバーの風味が一番と思われますか？

なお淡雪さんとシュワちゃんは別人だと本人が言っておられるので淡雪さんの分も聞いていただければ

個人的には淡雪さんを漬け、シュワちゃんになる前に取り出すのを十回以上繰り返し激昂する横でストゼロ淡雪風味を嗜みたい処なのですが＠

「はい、１００箱ニキに対する最適解を提示しているカステラが偶然ありましたので、同

時に紹介しましたど！」
「どうして送り主はストゼロ風呂が既出と思ったのかが最大の謎」
「私とんでもないこと思いついちゃったかもしれない――私の体からストゼロの出汁が出るとしたら、サウナに入りストゼロの汗を集める↓それを飲む↓サウナに入る……これを繰り返したら無限にストゼロが飲める永久機関の完成なんじゃないかなって」
「すごい発想だね、エジソンもびっくりだよ、おバカすぎて」
「ちなみに飲みたいライバーはましろんです。実は優しくてまろやかなお味♪」
「///っ！　次行くよ！」
：草草の草
：何気にスト風呂提案ニキ鬼畜ドSやん笑
：ん？　今なんでもするって？
：ガチテレましろんやったぜ
：やっぱこの二人なんだよなぁ
@シュワちゃんは前にアニカ配信やってましたが、他のライバーさんたちとやってみたいゲームって有りますか？
対戦型とか協力プレイとか、或いは晴先輩とガチャ配信とか……@

「あー、ゲームかぁ……あっ最近ホラゲーとか気になってるかも！」
「お、シュワちゃんにしては意外だね。その心は？」
「なんか行けそうな気がするの！」
「つまりノリだけなんだね、後悔の姿が目に浮かぶよ」
@ハアッ！（ピッケルを投げ捨てる音）
（コンプライアンス）全て……振り切るぜ！
ト○イアル！　テン！　テン！　テン！　テーン！　ヴォウーン！
「見せてやる。ストライアルの力を！」
（俺）「やめて！　本当はまだアルコール度数10％を切ってなかったの！」
（一般通過一般人）「いや、あいつならやれるさ」
ピピピピ……（ストップウォッチを上に投げる）
ハァァァァ！（連続ピッケル振り）
ピッ！（ストップウォッチをキャッチして止める）
「9・8％……これがお前の絶望までのアルコール度数だ」
（壺婆(つぼばばあ)）「ウォァァァ！」（爆発）@
「熱い展開に涙が止まらない！」

「もう質問ですらないのはいつものことだね、カステラという名のコピペ紹介だ。それにこれは一体何と戦っているの？　というか流れも繋がってすらないよねこれ、あと一般通過するのは一般人以外の何者でもないから二回も一般って言わなくていいんだよ」

@デーン　ハザードオン

チューハイー

レモンー

スーパーベストマッチー

ドンテンカーンー　ドンテンカーンー

ドンテンカーンー　ドンテンカーンー

ストゼロゴックンー　アッキモチイイー

ストゼロゴックンー　アッキモチイイー

Are you ready?

33-4（チーン）

アンコントロールスイッチー　ストゼロハザードー

ヤベーイー@

「ほんと皆仮○ライダー好きだな！　次のシリーズはストゼロで変身するとかどっすか？

主演の依頼オナシャス！」

「僕は元ネタすらさっぱりだよ」

「ましろんはプ○キュア派だもんね！」

「うるさいな、悪いかよ」

：（頭が）ヤベーイ！
：なんでや！　ストゼロ関係ないやろ！
：まぁケータイとかカードとかやったしストゼロでも問題ないやろ。フォームはストゼロの味で変化な
：朝起きてテレビ点けたら下ネタ連呼する酔っ払いガチ百合女が出てくるとか目が覚めて最高かよ
：優しい世界
：キメ台詞は「私とS○Xしようぜ！　命助けたんだからさ！」だな
：敵サイドよりよっぽど外道で草
：他にも「S○Xキター！」・「さあ、S○Xタイムだ！」・「おばあちゃんとヤッテきた」・「通りすがりの変態ライダーだ、覚えておけ！」・「人生（いのち）燃やすぜ」・「さあ、実験（意味深）を始めようか」・「なんかイケる気がする」とかが候補かな

：デッ〇プールが可愛く見えるくらいのダークヒーローっぷり
：意外と乙女趣味なましろんだいすこ
：ロリろんがプ〇キュアに夢中になっている姿を想像してみ？　飛ぶぞ
「よっしゃ！　カステラはこれくらいにしていよいよ企画の方行っちゃいますか？」

「りょー。今日はなにするの？」

「なぁましろん。私たちライバーはありがたいことに毎日のようにイラストを描いてくれる方々がいるよね」

「そうだね。僕もイラストレーターだからそこらへんは割と詳しいよ」

「それなら日々描かれるR18イラストの存在も勿論ましろんは知ってるよね？」

「まぁそりゃあね」

「でも配信で普通のイラストは紹介するのにR18のイラストを紹介するライバーってぜんっぜんいないんだよ！　私はそれが悲しい！　アングラだけではなく日の当たるところで生まれたままの姿の私を見て欲しい！」

「新手の露出癖かな？」

「そこで今回の企画！　私がイラスト投稿サイトピクシーから厳選したR18イラスト紹介です！」

「シュワちゃん、世の中にはBANというものがあるんだ。自殺志願者系VTuberはちょっと闇が深すぎて流行らないと思うな。なにか辛いことあったんなら話聞くよ？」

「別に自分からBANされに行くわけじゃないから！　病んで自暴自棄になってるわけじゃないから！　ちゃんとやばい部分にはモザイクかけたから！　でも後で猥談には付き合ってくださいグヘヘへ」

「今日の配信は疲れそうだ」

「もうR18イラストがないと生きられないくらい心酔してる私が選んだんだから期待してね！」

「女性の性欲のピークは三十〜三十五歳くらいらしいね。シュワちゃんはあとこれが二年も続くのか……」

「私三十三歳じゃねぇよ！　さも当然かのように嘘つくなし！」

「それはそれで恐ろしいけどね。一体シュワちゃんの将来はどうなっているんだろうか」

「性欲とはそれすなわち罪。ふっ私はカルマを背負いながら生きているのさ（ドヤッ）」

「そうだね」

「否定して？　肯定されたら私いろんな意味でかわいそうな人だよ？」

：えぇぇ（困惑）

：自分から紹介していくのか……（困惑）

：もう流れが完全に漫才で草

：変幻自在のボケとツッコミ

〈宇月聖〉：私も淡雪君に突っ込みたいな

：聖様⁉

：見ていたのかｗｗｗ

：聖様、一応聞くがそれは漫才的な意味でだよね……？

：ヒント、漢字

：草

「おっ、聖様じゃん！　おっすおっす！」

「先輩の前でエロイラスト見るとかまじライブオン」

「さてと、前置きはこれくらいにして、最初は割と健全な奴(やつ)から行くど！　まず一枚目はこれだ！」

配信画面いっぱいに映ったのはどこか頬が赤みがかった顔の私に向かって、ガンガンに振りまくったストゼロが開けられ中身をぶっかけられているイラストだ。

まだギリでモザイク入れなくてもセーフだね！

「あ〜シコシコのシコティッシュホールド」

「シュワちゃんそれ普通に意味として成立してるからアウトだよ。あと流れるように自分の痴態でシコらないで」

：エッ！

：シコティッシュホールドはやばいだろwww

：シコッてからのティッシュをホールドする黄金ムーブ

：というか俺たちは何を見せられているんだ……

：己すら性欲の対象内なのまじで上級者

「プロのイラストレーターのましろんから見てこのイラストはどう？」

「表情がいいね。恥ずかしがりながらも期待と好奇心に胸を膨らませている感じが分かって素晴らしい。なぜストゼロなのかは置いておいて」

「ストゼロだからいいんだよ。今度一緒にぶっかけパーティーしようね」

「あ、僕まだ人間でいたいから結構です」

「ましろんには私が何に見えているのかな……？　ま、まぁいいや、次のイラスト行ってみよー！」

さぁここで登場するのは個人的にお気に入りのやつ！

一見普通の全裸の私に見えるこのイラスト、だが股間にはとんでもないものがいきり立っている――

見よ、この銀色に光り輝くエクスカリバーを！

「シュワちゃん、これは――まさか――」

「そう！　なんてふつくしい……私の股間にストゼロロング缶を生やすその発想、いいセンスだ」

「ねぇなんでそんなに誇らしげなの？　去勢してあげようか？」

「それは遠回しに私とS〇Xしてそのいきり立った缶を空にしてあげると言っていると解釈してもよかとですか？」

「よかとじゃないですよ」

「さて、プロのイラストレーターのましろんから見てこのイラストはどう？」

「一体このイラストをどうレビューしろと？　まぁ絵はすごく上手いよね。うん、上手いせいで尚更シュールなんだ」

「私的にはロング缶なのがいいね、分かってる」

「なにが分かってるのか僕には分からないけど、世の中には知らない方がいいこともあるってことは分かったよ」

「哲学？」

「このイラストの方が哲学でしょ。もし数千年後の人達がこのイラストをどこかから発掘したら頭抱えるよ」

：草通り越して世界樹生えた

：空にしてあげるとか言い回しまでストゼロ風にするなwww

：この画像で抜いた人０人説

：異議あり！　有素ちゃんならイケるはず！

：否定できない……

：www

：未来の人達「は？　ぇ……は？」

：想像すると草！　生えずにはいられないっ！

：生えとる場合かーッ！

「それじゃあ次のイラスト行ってみようか！　次はこれだ！」

「……ねぇシュワちゃん、これって…………」

描かれていたものは一糸まとわぬ姿の私とましろんが仲良く大人のプロレスごっこをしているイラストだ。

18
みせられないヨ！

「おほ――――（、ω、）これはノーベルHで賞を受賞間違いなしの大傑作ですな！」

「ノーベルさんに謝りなさい。僕は自分が現在進行形で絶賛コラボしてる同期と営んでる姿を見せられて一体どんな反応をしたらいいの？　こんな斬新かつ真っすぐなセクハラなかなかないよ？」

「ちなみにだけどこれモザイクの奥では私の人の性欲のキーブレードがましろんの鍵穴にガッチャンコしてるよ」

「さっきのイラストもそうだけどシュワちゃんが股間になにかを生やされてることに違和感をもって？　君一応女の子だよ？」

「いやぁあまりに生やされるから慣れちゃったんだよね。たぶんライバーの中で一番生やされてるんじゃないかな。なんでだろ？」

「自分の心に聞いてみなよ」

：エッッッ！

：冷静に対応してるましろんも大概なんだよなぁ

：まぁましろんもお絵かきし始めると思考が性欲に向かう人だから……

〈相馬有素〉：¥50000

：!?!?

：え、本人⁉

：満額www

：有素ちゃん、やっぱり見ていたか

：全員芸人（アウ〇レイジ風）

「あ、有素ちゃん？　初めまして、スパチャは本当にありがたいんだけど自分も大切にね？」

「愛されてますなぁ」

び、ビビった！　余りにも突然だったから二度見しちゃったよ、初のやりとりが無言満額スパチャって何考えてるのこの子⁉　普通に怖いよ！

とうとう来てしまったということなのか？　これからは夜道に気を付けろという無言のサインなのか？　しかもスパチャ以降はコメントに現れる気配もないし謎過ぎる……。

これは近日中になにか起こるかもしれないな……。とりあえず今は意識を配信に戻そう。

「ま、まぁ話をイラストに戻しまして、絵に関してましろんどう思う？」

「かなり上手いね。ちゃんと人の骨格にパーツが乗っているのが分かるから違和感がない。あとエロい」

「だよねぇ、初めて見たとき感心しちゃったもん。にししっ、ましろんはこれより上手く

かけるかな〜？」

「お？　君のその美しい姿をデザインした僕の腕をなめないでほしいな。なんなら今度シュワちゃんだけに目の前で実践してあげようか？」

「流石の自信とプライド、かっこいいぜ――果たしてましろんは私を満足させることができるかな？」

「期待してなよ。僕の本気でシュワちゃんを僕以外では満足できない体にしてあげる」

「私のママの画力は世界一ィィィ――――ッ！」

：なんだろう、普通の話のはずなのにすごくいけない会話を聞いている気分

：会話内容を絵ではないなにかにすり替えると幸せになれるゾ

：ましろん渾身の無自覚誘惑

：妄想が捗る

：実際ましろんの絵はまじで芸術

その後もテンポよくネタ半分ガチ半分くらいの分量でイラストを紹介していった。

最初は今回の配信は疲れそうなんて言っていたましろんだったが、結局イラストレーターとしての血が騒いだのか時間が進むにつれて生き生きとした様子に変わっていった。

「このイラスト、なんか特殊性があっていいね」

「ああ、このなぜか顔を赤らめながらカウントダウンしているイラストね、流石ましろんお目が高い。このイラストはエロい人にしか伝わらないですからな」

「ちょっと実際にシュワちゃんやってみてよ」

「ＯＫ、さん……にぃ……いち……スト……○ング……ぜろ……」

「台無しだよ」

：おいwww

：やばいと思ったが、ストゼロを抑えられなかった

：絶対やばいとすら思ってないぞ

：てかイラストのセンスよ

：一体何のカウントダウンなんですかねぇ

「そろそろ最後のイラストいこうか！　このイラストもええよなぁ」

「え、ちょっとこれはシュワちゃんまずくない？」

「うえ？　ちゃんとモザイクかけてるよ？」

「確かに大事なとこは隠れてるし規約は守ってるけど肌色面積がちょっとグレーゾーンかも……僕はこれくらいなら大丈夫だとは思うんだけどね？　ただ最近基準がよくわからないからなぁ」

え、私こんなでもまだＢＡＮは経験ないからめっちゃ焦るんだが⁉

「まっまじ？　やばいどうしよどうしよ、隠さなきゃっ！　えとっ、えとっ、わっ、私で隠さなきゃ！」

「え」

急いで自分のアバターを巨大化させてイラストを覆い隠した。

「ふ、ふぅ、これで安心」

「いや安心じゃないよ。自分の体をモザイク代わりにしないの」

「とっさに思いついたのがこれしかなくて……」

「まぁとりあえず放送は無事みたいだからよかったよ」

「いやぁせっかくましろんから授けられた身体を変に使ってしまい本当に申し訳ない……」

「いいよいいよ、とっさのことで頭回らなかっただろうしね」

「次はちゃんとましろんも大満足な正しい体の使い方するね！　ほら見て！　上下に動いてピストン運動！」

「わぁすごーい」

：巨大シュワちゃんに草しか生えない

：私で隠さなきゃ（守護神）

：ナイスガード

：ほんとおもしれー女

：ましろんツッコミ諦めないで笑

「まぁずっと僕が配信にいてあげたいけどそうもいかないから、これからは気を付けるんだよ」

「うん、肝に銘じるよ、規約守ればセーフかと思って油断してた……さて、さっきのが最後だからそろそろ締めにしますか！」

「あーい」

「ご視聴ありがとうございました！　またねー！　ましろんもお疲れ！」

「ありがとうございました。お疲れー」

配信画面を閉じ、ましろんへのコラボ感謝のメッセージをチャットで送る。

「お？」

送り終わった後チャットを閉じようとしたところで、突然マネージャーの鈴木（すずき）さんから通話のコールが鳴り響いた。

「はいもしもし？」

「あ、お世話になってます、鈴木です。先ほど配信終了を確認したので通話をかけたのですが、今お時間大丈夫ですか？」

「お世話になってます。全然大丈夫ですよ、どうかしましたか？」

「あの～ですね、雪さんにコラボ依頼が届いているというかずっと前から届いていたというか……」

　あのはきはきとした歯に衣着せぬ物言いが常の鈴木さんにしては珍しく、本題を言葉にするのを渋っている様子だ。一体どうしたのだろうか？

「まぁ言葉を濁してても仕方がないですね、単刀直入に言いますと、相馬有素さんからコラボの依頼が来ています」

「ぁぁ～……」

「デビュー前から」

「デビュー前から⁉」

やっぱりガンガンに私のこと狙ってるじゃん！　合コンに参加は決まったけど当日前にホテル行こうって誘ってるみたいなものだよ！　気が早い！

「あれ？　でもそんなに前から届いていたにしては連絡は今日なんですね？　あいや、別に責めるとかじゃないですよ、純粋に気になって」

「それはもう何をしでかすか分からないタイプの人ですからね、人事曰くいい子だから大丈夫とのことでしたが、一応最初だけ雪さんへの連絡の前に私が話して審査を入れさせてもらいました」

ほら危険人物扱い受けてますやん。自業自得だけど。

もしかするとさっきの無言満額スパチャは連絡取れないけどなんとかして気持ちを伝えたかった末の苦肉の策だったのかもしれないな……。

「それで、まぁしばらく様子を見たところ雪さんのことは好きでも雪さんに迷惑をかけるような子ではないと判断したので、この度連絡を入れた次第です。……どうしますか？」

「あ～……鈴木さんがそう判断したのならきっと大丈夫なのだと思います。喜んでコラボしますよ」

「寛大な対応ありがとうございます。きっと有素さんも喜んでくれるかと」

「いえいえ、私も先輩になったわけですから、ちょっといい顔したいだけですよ」

用事はこれだけだったらしく、通話はこれで終了となった。これからは有素ちゃんからの連絡も仲介無しで私の下に届くようになるようだ。

それにしても先輩か……未だに実感がわかないけど、経験者として情けない姿は見せられない。見せられないんだけど……有素ちゃんには一体どう対応するのが正解なのだろう

か……？

今まで狙う立場だった私が狙われる側になったという未知の恐怖を感じながら、私は眠りについたのだった。

黒歴史視聴配信

四期生の鮮烈なデビューから約一週間が経った。

三人は個性を生かしてもうすでに期待通りの活躍をみせているようだ。

私も先輩として負けないよう今日もパソコンの前で配信を開始するのだが……。

「……はい、今日はあんまりよくない淡雪が降ってますねー」

うん、かつてここまでテンションの低い挨拶をしたことはないと断言できるだろう。

私だって自分で言うのもなんだがお金を稼いでいる以上プロの配信者だ、リスナーの皆に配信を楽しんでもらうためなら全力を尽くしたいと思っている。

でも、でもだよ？

「はっ！　相馬有素、ただいま参上したのであります！」

目の前に現れた爆発する気満々のバカでかい爆弾を見て、果たして笑顔でいることはで

きますか？

：きたきたきた‼　¥３０００

：このコラボを見るために生きてきた

：いいコラボしてんねぇ！

：あわちゃんのテンションの低さに草草の草

：そりゃあ自己紹介で喉ち○こ欲しいです発言した奴が隣にいたらこうなるわ　¥３００

：有素ちゃんはシュワちゃんが今までライバー達にセクハラかましまくってたカウンターやで、たっぷり楽しんでな！

：ヤラれたらヤリかえす、倍返しだ！

：もっとまともなもので返して、どうぞ

：てかよくコラボＯＫしたなwww

「いやそれはまぁ先輩なので応えてあげますよ、勿論」

とうとうやってきたコラボ当日、なにが起きるか分からないから気を引き締めねばとも思ったが、でもやっぱり断るなんて選択肢は常になかった。

ただでさえ有素ちゃんはデビューしたてで実生活も右往左往しているだろう。自分も昔そういった経験をしたことがあるため、先輩としてサポートしてあげたい。

更に言えばもしここでコラボを断ったりなんてしたら、ショックを受けて有素ちゃんがこれから自信をもって前に出ていくことができなくなってしまうかもしれない。それだけは避けないと。

だからコラボすることは全然いいんだよ、いいんだけどね。

でもかたった１のＤＭにコラボの誘いだけで３０００文字書くのはやめようか！

最初見たときびっくりしたよ、小説でも書いたのかと思ったわ。そりゃああんなのが届いたら鈴木さんも警戒するよね。

内容は本日はお日柄もよくとか色々書いてあって丁寧だったけど、流石に長い！

前置きとか特に長くて、コラボの誘いという本題に入る時にはもう１６００字くらい読んじゃってたよ。

喉ち〇こ下さいとか言われるのかと思って恐怖しながら１６００字も読んだ私の身にもなってくれ……。

「いやぁ本日は私にとって人生最良の日であります！　何といってもあの神様である淡雪殿とコラボなのでありますよ！」

「いつの間に私は神様になってたのかな？」

「ストゼロの神様であります！」

「罪深い神ですねおい、せめて他になにかないの？」
「下ネタの神、嘔吐の神、性癖の神などがあります！　どれでも名乗ってどうぞであります！」
「頭の中でラグナロクおきてませんその神様？」
：おまえじゃい！
：おまえじゃい！
：ラグナロクということはライブオンは神話の中の世界だった……？
：確かに人間界に生きてきたとは思えない逸材ばっかだしな
：ゼウス＝あわちゃん説、根拠は女が好きだから
：過去最高に適当な根拠に草
：全痴全煩悩の神になってしまうからやめて差し上げろ
「さて、前置きはこれくらいにして、今日は有素ちゃんの提案で企画を全て任せています。まだ私にもどんな企画をするのか知らされていない状況ですね。正直見えている地雷を踏みに行くようなものの気がしますが、有素ちゃん、企画の説明をお願いします」
「…………」
「あれ？　有素ちゃん？」

「少し待ってくださいであります、今ボイスレコーダーで私の名前を呼んでくれている淡雪殿のボイスを収録しているので」

「え、なにやってるの⁉　一体なんのために⁉」

「使うためであります！」

「何に⁉　何に使うつもりなの⁉」

「ナニに使うつもりであります！」

「理解できてしまう自分を殴りたい今日この頃」

：有素ちゃんぶっ飛ばしてんなぁ……

：そりゃあ自分の配信なのに自分よりあわちゃんのこと話す時間の方が多い人ですから

：有素ちゃんの配信みたけどシュワちゃんの声をＨｚ単位で分析し始めたときは草しか生えなかった

：歌枠ではアイドルだけあってかっこよかったのに……

：多種多彩な表現を同じ音で表現できる、日本語は美しい

「はぁ、はぁ、も、もうこれ以上前置きに時間かけるわけにもいかないからいいです！　企画の説明早くしてね！」

「了解であります！　今回の企画はずばり！　『チキチキ！　二人で伝説のシュワちゃん

誕生の瞬間を見てみよう！』であります！」

「えー皆さん、残念なことにそろそろ淡雪が止んでしまいそうですね。名残惜しいですが本日の配信はここまでです。また淡雪の降る頃にお会いしましょう」

「ストップ！　ストップであります！　まだ始まってすらいないのであります！　突然どうしたのでありますか⁉」

「どうしたもこうしたもないです！　なんで自分の黒歴史をあえて自分から見に行かないといけないんですか！」

「あれ、たしか淡雪殿はあわちゃん殿とシュワちゃん殿で別人設定だったはずであります。そう考えると今の言葉はおかしくないでありますか？」

「有素ちゃん、世の中には暗黙の了解というものがあるの、いいね？」

「アッハイ。であります」

「よし！　というわけで、この企画は無しということに……」

「それはだめであります！　私はこの企画の為に30時間かけてシュワちゃん誕生の瞬間を分析してきたのであります！　リスナー殿にもきっと喜んでもらえる企画なのであります！」

「有素ちゃん、時間というものは有限、つまりは限られたものなの。今回は正しい時間の

使い方について学ぶことにしない？」

「⁉　淡雪殿の為以外に使う時間に何の価値があるのでありますか？」

「おぅ……いろんな意味で泣けるぜ……」

目を覚まして有素ちゃん、君が憧れてるのはライブオン界のネタ枠なんだぞ！

もっとほら、シオン先輩とか……他には、えと……。

あっ、だめだわこれ、ライブオンって四期生除いて総勢八人もライバーいるのにシオン先輩以外常識人いないわ。

なんてアットホームで風通しのいい（皆本性隠す気０で壁全部取っ払ってるレベル）職場なんだ。

ライブオンっていつか頭の中ホワイト企業とか言われてそうだね。

むしろなぜシオン先輩は受かってしまったのか、ライブオン最大の謎である。

さて、そろそろ本題に戻って——

「……本当にやるんですこれ？」

「はいであります！　……勿論絶対に嫌というのであればやめるでありますよ？」

「いやまぁ、驚いただけで全然大丈夫ですよ、リスナーの皆様も楽しみにしてるみたいですし。あらゆる動画でフリー素材としてボイスを使われている私の寛容さを舐めないでく

だ さい」

「やったーであります‼　動画は淡雪殿のチャンネルから借りるでありますね」

「了解」

例の切り忘れ配信の行方について、当初は当然アーカイブも残さなかったのだが、あまりにも切り抜かれるし皆も望んでいるみたいだったので、自分を認める意味も込めて、一周回って自分のチャンネルに動画を上げている。

再生数もえぐいことになっているのだが、流石に自分で見たことは未だない。

一体どうなることやら……。

「よし、準備完了であります！　今回は切り忘れからその後のソロ配信までの名シーンをピックアップして見ていくのであります！」

「ごくりっ……」

『プシュ！　ごくっ、ごくっ、ぷはぁー‼』

ああ、これは初めてリスナーの前で飲酒したシーンだな、私は完全に配信が終わったと思ってたけど。

「記念すべきシュワちゃん殿の産声(うぶごえ)でありますな！」

「いや産声がぷはぁってどうなんです？」

「羊水がストゼロだったのではないでありますか？」

「なにその自由な発想力天才かな？」

「私はネットニュースでこの配信を知ったのでリアルタイムで見てはいなかったのであります。伝説の目撃者となれた人たちが本当に羨ましいのであります……」

「いや、伝説でもなんでもなくただの放送事故だから、一人の女の人生がネタキャラに決まった瞬間だから」

「そんな卑下しないでください！　私にとっては神の誕生に等しい瞬間です！　ジャンヌダルクが神の声を聴いたというのなら、私はシュワちゃん殿の声を聴いたと言い張るのであります！」

「そんな酒臭そうな声スルーしなさいな……」

『うひゃー！　やっぱロング缶のなる音は最高だぜぇ‼』

「これはあっという間に350ml缶一本飲み終えた後のボイスですな！」

「今見るとこの時代の私ガンギマリすぎですね、今こんなハイペースで飲まないですよ」

『は？　どちゃしこなんだが？　光ちゃんのママ貴方（あなた）の配信見てどちゃしこなんだが？』

「ああだれかこの女を止めろおおぉぉ！！！」

あまりの醜態に思わず耳を塞いでしまう。

なんてこと口走ってるんだ私は！

「同期のママを自称した上に渾身（こんしん）のシコる発言、感服であります！　私もいつかシコって貰（もら）えるように頑張るのであります！」

「落ち着きなさい有素ちゃん、あなたはまだ引き返せる。もう一度親御さんと話して自分の将来を見つめ直してみてもいいと思うの」

「父上と母上の許可はちゃんと取っているのであります！　理解を得るために淡雪殿全配信視聴会を三人で開いたりもしたのであります！」

「なにしてんだおいいい⁉⁉　私ただでさえお茶の間エターナルフォースブリザードだとかイヤホンが繋（つな）がってるか確認しないといけないライバーランキング1位とか言われてんだぞ！」

「母上は『あら、昔の私みたいね！』と言って、父上は『はっはっは！　なに謙遜してるんだよ！』と返したりと非常に和やかな視聴会だったのであります！」

「え？　どういうこと？　今の会話の流れだとお母さんそうとうやベーやつじゃない？」

：とても現実ではありえない会話ばっかで草しか生えない

：**俺羊水って単語が会話の中で出たの初めて聞いたわ　￥20000**

：俺も勇気出せば女の子と話せるかな？

：これから毎日会話しようぜ？

：間違っても女の子に羊水のこと話すんじゃねぇぞ

：マ？　最近自分の中で羊水がマイブームなんだけど、みたいな感じで話しかけようと思ってたんだが

：**童貞ニキの次回作（来世）にご期待ください　￥1000**

：有素ちゃんの血筋はどうなってるんだ……

：やっぱ遺伝子ってすげぇわ

：お前の家族ライブオンかよ

「さて、実は切り忘れの時はそもそも淡雪殿が配信テンションじゃないので発言が少なくて、そろそろ次の『ソロ配信』の名シーンに行こうかなと思うのであります」

「まぁ言っちゃえば全部独り言ですしね」

「私としてはゲロ式配信切りも採用したかったのでありますが、運営に止められてしまったのであります。不本意であります」

「当たり前です、なんで嘔吐音なんて聞かないといけないんですか……」

「需要があるのであります」

「ないです」

「私はループ編集したものを子守歌にしているのであります」

「お耳おかしなるで」

「さぁそれでは『ソロ配信』の名シーンを見ていきましょうであります！　この回は余りに感動するシーンが多く選ぶのが難しかったのであります！」

「え、あの配信のどこに泣く要素ありました？　涙出たとしても笑いすぎで出た涙じゃないです？　いやまぁ私は泣けますけど、自分の醜態に」

「涙腺崩壊であります！　シュワちゃんは人生であります！」

「本当に？　まぁ私の記憶が間違っているだけで感動の神回をしていた可能性が微粒子レベルで存在しているかもしれないので、とりあえず見てみますか」

「ハイであります！　それでは一発目はこの伝説の名言からであります！」

『ごくっ、ごくっ、ごくっ！　んんんぎもぢいいいぃぃ‼』

「これは涙腺崩壊ではなく腹筋崩壊か精神崩壊のまちがいでは？」

「どうやったらここまでガンギマッタ声が出せるのか不思議なのであります、どれだけ練習しても真似できない……」

「こんなの練習してたらポリスメン呼ばれますよ……」

「個人的なことも言わせてもらうと最高の『シュワニー』ポイントでもあるのであります！」

「え、いまなんつった？　今とんでもないこと言ったよね⁉　シュワニーって何⁉⁉」

「………ぽっ///日課なのであります///」

「　　　　　　　　」

：大草原不可避

：シュワニーは特殊性癖過ぎませんか？

：あーすっげぇ分かるわ、俺も良くこのシュワちゃんガンギマリの瞬間に合わせて息子にストゼロキメてる

：翻訳ソフトあるあるの変換ミスをした海外ニキだと信じたい
：ドン引きし過ぎて帰ってきてしまいました、地球一周です

『私ストゼロと結婚するわ』


「強大な恋敵誕生の瞬間ですな……」

「いやコンビニで売ってる缶チューハイが恋敵ってどういうこと？　ボー〇ボの世界にでも迷いこんだの？」

「シュワちゃんとストゼロは王道カップリングなのであります！　鉄壁の牙城（がじょう）でありますな、でも負けないでありますよ！　絶対に淡雪殿の女にしてもらうのであります！」

「うん、それに関して一つリスナーさんにも言いたいことあるんですよ。昨日のましろんとのコラボの為（ため）の事前調査で気づいたんですが、ピクシーに投稿されてるイラストで私と最も多くカップリング組まれてるのストゼロなんですけどこれどういうことです？　ストゼロはライバーですらないんですが」

「淡雪殿は小指、ストゼロ殿はプルタブに運命の赤い糸が結ばれているのですな！」

「糸の無駄遣いですよ。あとですね、まぁ１００歩譲ってカップリングはいいとしましょ

う。でも私とストゼロのR18イラストは絶対におかしくないですか？」
：www
：確かにボー○ボみたいで草
：ましろんより多いの草
：そんなのあるのかwww
：ストゼロ擬人化でもするのかな？
：いや、缶のままのイラストも多いで
：もう頭の理解が追い付きません！
：シュワちゃんとストゼロの百合エッチイラストもっと増えろ
：パワーワード過ぎる笑
「さて！　最後は名言四連発行ってみよーであります！」

『は？　私無知シチュ大好物なんだが？　あんなんシコらん方が失礼やろ』

『むしろ男なら女性に魅力を感じたときはその場でシコるべき。真っすぐで正直な男が女は好きなんだよ』

『聖先輩、シオン先輩。ずっとずっと大好きでした。S○Xを前提に結婚してください』

『だってさ？　目の前に大好きだった配信者がいるんだよ？　私の生きる糧だった人たちだよ？　普通S〇X申し込むでしょ』

「あああぁぁ何言ってんだこの性行為提案女！　殺す！　こいつは殺さないとだめだあああ！！！」

「ううぅ、ぐすっ、なんて真っすぐで淀みのないお言葉でありますか……っ！　私は淡雪殿のおかげで自分が何をしたいのかが分かったのであります！　生まれてきてくれて！　生きていてくれてありがとう！　ストゼロ飲んでくれてありがとう！」

：連続殺人鬼を目の前にした刑事みたいな反応してて草

：マツダアア!!

：全ての道はS〇Xに通ずと思っている女

：はええこれが貞操逆転世界ってやつですか

：現世なんだよなあ

リスナーの皆も黒歴史の一つや二つきっとあると思う。

でも心配しなくて大丈夫！　世の中には私みたいに全ての言動が一秒後には黒歴史になってる全自動黒歴史生産マシーンもいるのだから！

配信終了後、過去は振り返らないと何度も呪文のように呟く私なのだった。

クイズ動物の不思議

有素ちゃんとのコラボの翌日、流れるようにもう一人の四期生からコラボの依頼が届いた。私とコラボしたいと思ってくれる後輩がいるというのはなんとも気分が良いものだ。

有素ちゃんとのコラボをきっかけに「それなら私も！」ということになってくれたようで、なんと！とても礼儀正しい常識的な文章でお誘いの文を送ってくれました！

常識を持っている……なんていい後輩なんだ……感動で涙が出る……。

しかも今回は私だけじゃなく、四人参加の中型コラボ！張り切っていくどー！


「やっほ～みんな～！　元気ですか～ですよ～。お待たせしました、エーライ動物園園長の苑風エーライですよ！　今日は三人の素敵なゲストが動物園に遊びに来てくれました～ですよ～！」

「プシュ！　どもども、年中発情期！　シュワちゃんだどー！」

「にゃにゃーん！　私はどっちかというと動物園に飼われてる側が正しい気がする昼寝ネコマだぞ」

「こんぴかー！　祭りの光は人間ホイホイ！　動物大好き祭屋光でーす！」

はい、というわけで、今回は後輩のエーライちゃんからコラボの誘いを貰ってしまいました！

エーライちゃん曰く自慢の企画が考案できたのでぜひ先輩方に参加してほしいとのことで、発案者がエーライちゃんなので、当然この配信中はエーライちゃんが司会進行を担当することになっている。

あ、自己紹介で自分の紹介より長くゴリラの紹介をおっぱじめたやつに司会進行とか無理だろって思ったそこのあなた！

エーライちゃんが個人で配信し始めて段々と話題になってきたことなのだが、意外にもエーライちゃんはツッコミとボケを自由自在に操るかなりのやり手ということが明らかになったのですよ！

なので今回の配信ではその手腕も注目のポイントですぞ！

：園長きた！

：プシュ！

：なんだこのメンツは……
：濃い、あまりに濃すぎる、天〇一品のこってりラーメンのようだ
：鳴き声が日本語になっただけで実質動物園なの草
：園長大丈夫か？　シオンママくらいじゃないとまとめられる気がしないのだが
：この前コラボであの性様相手にガンガントーク繋いでたからいけるかも
：おっとりとした口調から放たれる的確なツッコミすこ
：年中発情期は解釈一致
「ゲストの先輩方にはあらかじめ伝えてありますが、今回の企画はずばり！　『クイズ動物の不思議』ですよ！　今から園長が不思議な特徴を持つ動物さんたちを紹介していくので、先輩方にはその不思議な特徴を当てて欲しいのですよ～！　あ、勿論出題中コメントを見るのは禁止ですよ！」
「任せなされ、ストゼロを飲んだ私に死角はない」
「クソゲーの知識を生かしてがんばるぞい」
「今日この日の為に早押しの練習と瞑想による集中力の強化を昨日一日中やってきたからね、今日の光は無敵だよ！」
「誰一人として動物が関わってないのですよ～⁉」

：だめだこりゃ
：www
：光ちゃんは正々堂々戦いたいから知識をあえて入れなかったと推測
：あとの二人は普通におバカさん
：多分考えたら負けな事態ばっか起こるから今のうちにワイもストゼロ飲んでおこう
：なるほど、これが迎え酒ってやつですか？
：絶対違う……

「いきなりネタかます気満々な先輩方に、予想通り大喜利大会になる覚悟を決めたエーライですよ～。それではさっそく一問目行きますですよ！　最初の動物さんはこちらの『カモノハシ』さんですよ～。小さなラッコのような身体に非常に特徴的なカッパのようなくちばしがキュートな動物さんですよ！　カモノハシは奇抜な特徴を山のように持っている生き物なので、どれか一つでもあたった時点で正解としますですよ～。簡単な方なので一番目に選出しましたですよ！　解答が思いついた方はあらかじめ渡しておいたピコーン！の音が鳴るSEを鳴らしてくださいですよ」

画面に表示させてあるSEが鳴るアイコンにマウスカーソルを添える。
どうやら誰が鳴らしたのかエーライちゃんにはちゃんと判別できるようになっているよ

うだ。

それじゃあ早速！

ピコーン！

「はいシュワちゃん先輩どうぞですよ！」

「そのご自慢のくちばしを使ってとんでもない口淫ができる。ふっ、これは貰ったな」

「はずれですよ～。そのHなことばかり言う口をカモノハシのくちばしくっつけて塞いでやろうかですよ～」

ピコーン！

「はいネコマ先輩どうぞですよ！」

「実はくちばしが小数点以下の確率でドロップする」

「はずれですよ～。黒本を頼るのはやめといたほうが正解ですよ～」

ピコーン！

「はい光先輩どうぞですよ！」

「実はくちばしを外すと大きな傷がある、でもそれはかつて大切な仲間をかばってできた名誉の傷であった。彼は今もう一度大切な仲間を守るためその傷を晒し、真なる力を解き放つ」

「はずれですよ～。そもそもこれは解答なのかですよ？」

むぅ、三人とも違うのか、意外と難しいな（棒）

：初コラボの後輩の前で前戯の話題を出すなwww

：貰ったな（笑いを）

：笑いを取る代わりに大切なものを犠牲にしていることに気付いてくれ笑

：黒本……デス○ートかな？

：確かに死んだな、本を信じた人たちの心が

：光ちゃんは熱いぜ！

：普通に三人とも解答じゃないんだよなぁ……

「三回解答が出たのでヒントを出しますですよ～。ヒントは『哺乳類なのに』ですよ！」

ピコーン！

「はいシュワちゃん先輩どうぞですよ！」

「おっぱい吸いたいです」

「はずれですよ～。園長が聞きたいのは解答なので誰も先輩の願望は聞いてないですよ～」

ピコーン！

「はい光先輩どうぞですよ！」

「脱皮する！」

「うーんはずれ！　でもいい線突いてるですよ～！」

ピコーン！

「はいネコマ先輩どうぞですよ！」

「卵を産むとかかな」

「おお！　大正解ですよ～！　えーらいえーらいです！」

：へー（トリビアリスペクト）

：まじか、なんでこいつ哺乳類に生まれてきたん？

：水中の生き物を狙うのに水中で目が開けられないドジっ子ゾ
：こんだけどう進化したのかよくわからん生き物なのに生きた化石なのも草
：正直かわいくてすこ
ムムムッ、最初はネコマ先輩に取られてしまったか。

わ、私だって本気になれば当てられるんだからね！

淡雪、次の問題から本気出す！

「それでは第二問行くのですよ～！　次の動物さんはこちらの『ボノボ』ですよ！　『ピ

グミーチンパンジー』とも呼ばれている動物さんで、見た目はほぼ小さめのチンパンジー、性格は非常に賢く平和的な性格をもった動物さんなのですよ～。ここで問題ですよ！　平和を好むこのボノボは、例えば諍い事などで互いの緊張感が高まった状況になるとある行動をしてその緊張を晴らそうとします、その行動とは何でしょうですよ～！」

ピコーン！

「はいネコマ先輩どうぞですよ！」

「一緒にひたすら壁にぶつかって壁抜けデバッグをすることで心を無にする」

「はずれですよ～。クソゲーのやりすぎで壁抜けを常識と勘違いしているのではないかですよ？」

「にゃにゃ、クソゲーを甘く見ないでほしいな！　真のクソゲーの辞書にはデバッグなんて文字はないのさ」

「辞書書く前にゲームのコードを書き直せですよ！」

ピコーン！

「はい光先輩どうぞですよ！」

「一緒にスポーツをする！　共に青春の汗を流せば絶対に分かり合える！」

「はずれですよ～。でもその考え自体は個人的にすごく好きですよ！　光先輩の良さです

よ～」

「えへへ、褒められちった！」

ピコーン！

「はいシュワちゃん先輩どうぞですよ！」

「ストゼロを飲む。互いの腹の内を晒し合えば仲良くなれる！　ストゼロならできるはず！」

「はずれですよ～。そもそもどうやって自然の中を生きているボノボがストゼロを飲むですよ？」

「それでもストゼロなら……ストゼロならきっとなんとかしてくれる……」

「シュワちゃん先輩はストゼロを聖水かなにかだと思っているのかですよ？」

「女の子の聖水には無限の魅力が詰まっているんだよ？」

「会話の文脈ぶった切るのはやめるのですよ～」

「私にも光ちゃんみたいに褒める点はないんですか！」

「ないですよ～」

：コード書き直す前に企画書書き直して、どうぞ
：企画書書く前にゲームというものを理解して、どうぞ

：僕も光ちゃんと朝のスポーツで汗かきたいです
：はいギルティ
：待てよく見ろ夜じゃなく朝のスポーツだ！　健康的で良いではないか！
：朝スポニキです、ちなみに昼夜逆転してます
：よしギルティ救いは無し
：どうしてシュワちゃんは褒められると思ったのか……
：シュワちゃんも女の子だから聖水採れるんじゃゃね？
：シュワちゃんから出てくるのはろ過されたストゼロだから聖水ではないな
：シュワちゃんはろ過器だった？

はっ！　いけないいけない、さっき本気出すって言ったばかりなのにボケ欲が抑えきれなかった。

考えろ、後輩の前でいい姿を見せるんだ！　今度こそ正解を目指す！

エーライちゃんの話を聞くにボノボは恐らく相当賢い動物なのだろう、平和的な解決を思いつく時点で動物としてかなり先進的だ。

だとしたら、賢い人なら緊迫した状況で一体何をするかを考えれば答えに近づくのではないか？（酔っ払い特有の謎理論）

よし、一旦この線で考えてみよう！

だとするとまずは賢い人を誰かはっきりさせた方が考えやすいかな。

賢い人賢い人……だれがいるかな……。

「三回解答が出たのでヒントを出すのですよ！　ヒントは『接触する』ですよ！」

ピコーン！

「はいネコマ先輩どうぞですよ！」

「一緒にダンスするとかかな？　社交ダンスみたいな感じでね」

「はずれですよ～。でもだいぶ近づいてきた感じはあるのですよ！」

──私真理に到達してしまったかもしれない。

私が探し求めている賢い人、それは他ならぬ私だったんじゃないか？

ストゼロの素晴らしさを誰よりも理解し、己の解放がトレンドの傾向を見せているこの世の中で誰よりも欲望をさらけ出し、VTuber界の最前線に立っている──

何ということだ──これが灯台下暗しってやつか。

だが探していたものさえ見つかれば後は簡単だ！　この私が緊張感のある状況でする行動、それを考えればいいだけ！　そしてその答えは──

勿論（もちろん）S〇Xだ！

ピコーン！

「はい！　シュワちゃん先輩どうぞですよ！」

「S〇X！　蝶のようにS〇X！　蜂のようにS〇X！　S〇X we can！　私は雌とS〇Xがしたいんじゃあああぁぁ!!」

「おお！　大正解ですよ！　えーらいえーらいですよ〜」

……へ？

「実はこのボノボという動物さん、性行為が非常に身近な生活をしているんですよ〜！　緊張をほぐすなどのコミュニケーション目的に、異性や同性関係なく性行為をする訳なのですよ〜。なのでシュワちゃん先輩は大正解なのですよ！」

「すごいねシュワちゃん！　それでS〇Xってなに？」

「そんな馬鹿な……世界がバグったのかな」

正直な事を言ってしまうとネタに走っていることは自分でも分かっていたのだが、まさか正解してしまうとは……

「まさか——私は本当に賢かった？」

「なんのこと言ってるか分からないですけど、多分違うので安心していいのですよ〜」

：これはリーフストーム

：まじでかwww

：ええええ!?

：まさか、ボノボはシュワちゃんだった？

：待て、シュワちゃんがボノボの可能性も出てきたぞ

：これもう分かんねぇな

「それではこの辺から難易度を上げていくのですよ～！　次のお題は『シャチ』さんです！」

「え、シャチ？　動物園なのに？　どちらかというと水族館じゃ……」

「おっと光先輩それは既存の概念に囚われすぎなのですよ！　エーライ動物園は『動く物』を動物と定義しているため、一般的な動物に加え海洋生物、爬虫類、両生類、微生物まで網羅しているヴァーチャル界屈指のテーマパークなのですよ!!」

「な、なるほど！　光は狭い観点しか持ててなかったんだね！　光はまた一歩成長したよ！　ありがとうエーライちゃん！」

「都合が良いですな～」

「まぁ光ちゃんの為にもここはツッコまないであげましょうネコマ先輩」

「にゃ」

逆に言えばエーライちゃんはそこまで広い知識を持っているってことだしね！

それにしてもシャチかー、子供のころは見た目が好きだったなー。でも飼育されている水族館が近場に全然なくて実際に会ったことはないんだよね。

子供の頃の話だからあくまで見た目に惹かれただけで、詳細な生態とかは全然知らないな。

ちょっとこれは厳しい問題かも……。

まぁさっきも内心似たようなこと考えながらも正解しちゃったけどねー！

ふんふんっ！　リスナーの皆には二連続で賢いシュワちゃんを披露しちゃうどー！

「パンダのような非常に愛くるしい姿をしたこのシャチですが、実は海の食物連鎖の頂点に立つと言われているほど強力な生き物でもあるんですよ～。雄の体長は約６ｍにもなり、骨格を見るとホホジロサメが可愛く見えてくる程のがたいなのが分かりますよ～。更には海洋生物でトップクラスの知性と群れによるチームワークが加わってもう敵なし状態なわけですよ！　さてここで問題ですよ！　上記の理由からただでさえ最強の名がふさわしいこのシャチですが、更に一つそんなの卑怯だとも思える必殺技を持っているのですよ！その必殺技とはなんでしょうですよ～」

ま、まじで？　シャチってそんなに強かったの？　というか普通にでかすぎじゃない？

6mとかもう小さめのクジラじゃん！

可愛いのに強いとか勝組過ぎんだろ！　私なんてさっきの問題のせいでコメントでボノ

ボノボ亜種とか言われ始めてるんだぞ！

ピコーン！

「はいネコマ先輩どうぞですよ！」

「ステータスが高すぎてパワーアップアイテムを使うとオーバーフローを起こして逆に弱くなる」

「はずれですよ～。前の解答の時から思ってましたけど、ネコマ先輩はこの世界をクソゲーかなにかと勘違いしているのではないかですよ？」

「私はクソゲーとクソ映画をこよなく愛するクソの探究者だからね。クソあるところにネコマありということさ」

「蠅(はえ)さんかなですよ～」

ピコーン！

「はいシュワちゃん先輩どうぞですよ！」

「会社内で苦悩を共にしている仲間がいると思わせることで、毎日サービス残業の嵐でも文句を言えないようにする」

「はずれですよ～。それはシャチじゃなくて社畜ですよ～」

ピコーン！

「はいネコマ先輩どうぞですよ！」

「横タックルをすると同時に空間を歪(ゆが)ませることで当たり判定を広げる」

「はずれですよ～。ガノ○トスの亜空間タックルはハイエナにでも食われてしまえですよ～」

：大喜利を始めるなwww

：ＩＰＰ○Ｎグランプリの会場間違えてますよ

：シュワちゃん解答の時の声完全に死んでて草

：実体験なんやろなぁ……

：理不尽な判定の悪い子はガンナー４人でしまっちゃおうね～

「三回解答が出たので恒例のヒントタイムですよ～！　ヒントは『超音波』ですよ～」

ピコーン！

「はいシュワちゃん先輩どうぞですよ！」

「他の生物が聞き取れない超音波を使うことで公然と下ネタを言うことができる」

「はずれですよ～。確かに公然と世界中の人々に聞こえるように下ネタを連呼してるシュ

ワちゃん先輩には必殺技に見えるのかもしれないのですよ～」

「恥ならもう捨てた！　そんな必殺技など私には必要なし！」

「シャチさんはもっといらないですよ～」

ピコーン！

「はいネコマ先輩どうぞですよ！」

「トルネードに乗って空を飛ぶことによってシャーチネードを起こす」

「シャーク〇ードみたいに言うなですよ！　あとせっかく出したヒントに掠ってすらないのですよ～」

「にゃにゃーん！　シャーク〇ードを知ってるとは、結構なお手前で」

「あれはサメ映画ではなくコメディ映画としてみれば神映画なのですよ～」

ピコーン！

「お！　満を持してボタンを押したのは光先輩ですよ！　解答をどうぞですよ～」

「ふっふっふ！　二人ともごめんね、光はどうやら答えに辿り着いてしまったようだよ」

なん……だと……。

今までずっと沈黙していた光ちゃんだが、密かに私たちの先を歩いていたというのか⁉

「エーライちゃんの話を聞くにシャチはただの強者じゃない、強者の中の強者、真の強者

なんだよ。つまり光の答えはこれだ！　真の強者は触れるまでもない、見るだけで獲物を倒せるんだよ！」

……なーんだ、いつもの中二病な光ちゃんじゃないか！

溜めに溜めての解答だったからちょっとビビっちまったぜ。

ふふっ、光ちゃん、君は一つ思い違いをしているよ。

あまり強い言葉を遣うと——弱く見えるよ——

「おお！　まぁこれは正解と言ってもいいのではないかですよ～！　えーらいえーらいですよ～」

「ほんと!?　やったー！　やっと光も正解したよー!!」

なん……だと……。

「シャチさんは超音波を凝縮させて獲物に当てると、たとえ遠くに居てもその獲物の感覚を麻痺させてうまく泳げなくするなどのことができるのですよ～」

なるほど。確かに強い言葉を遣うと弱く見えるな、今の自分の姿を見て痛感したよ。やっぱり私の言ったことに嘘はなかった。

特大ブーメランを食らってしまった私なのだった……。

「次が最後の問題になるので、もう容赦なしの難問ですよ！」

むっ、次が最後となると、現状全員が一回ずつ正解しているから、次の問題の正解者がそのまま企画の勝者になるってことか。

これは気合いを入れて（笑いをとりに）いかねば！

「シャチから海洋生物が続きまして、次のお題は『アンコウ』さんですよ～」

ほーほー、これはまたストゼロが捗る名前が出てきましたな。

「アンコウさんは見た目からも想像がつくかもしれませんが深海魚に分類されるお魚さんですよ。海底に潜んで近寄ってきた獲物を大きなお口でガブッと丸呑みしてしまうんですよ～。また、そのグロテスクな見た目とは裏腹に非常に美味な魚でもあり、鍋などで食べたことがある方も多いと思うのですよ。特にアンキモと呼ばれている肝は絶品なのですよ～」

「エーライちゃん明日鍋パしようず、アンコウ一匹頼んだ！」

「動物園のアンコウさんは食用じゃないですよ～」

「あ、光いい鍋持ってるよ！」

「具材は何入れようかなー」

「あれ～ですよ～？」

こんな話聞いて我慢できるか！　明日の晩御飯はアンコウ鍋に決まり！

：プシュ！

：三人とも乗り気で草

：チョウチンアンコウは生物における進化の可能性を感じた

「まぁ鍋の話は置いておいて問題の方行くのですよ〜。このアンコウさん、実は雄の個体に想像もつかないようなすごい特徴があるのですよ！　その特徴は何でしょうかですよ〜！」

ピコーン！

「はい光先輩どうぞですよ！」

「ふっふっふ！　流れに乗って二連続正解行っちゃうよ！　ずばり実は体の中に軍神の如き采配を見せる車長、その軍神の考えを正確に理解し良き支えとなっている通信手、射撃の名手である砲手、装填スピード随一の装填手、運転技術が天才的な操縦手の五人が乗っている！」

「アンコウチームさん乗り物間違ってま〜すですよ〜。ボケ全振りの解答で自分から流れ断ち切ってどうするのですよ〜！」

「戦車道、履修したいぜ」

ピコーン！

「はいシュワちゃん先輩どうぞですよ！」

「雄より雌の方が好きです。雌の問題に変えてください」

「解答を言えですよ！　クイズで問題変えろは前代未聞ですよ！」

「反省はしている、だが後悔はしていない」

「あ、そろそろ動物園のイリエワニさんがお腹すいてる時間ですよ～」

「後悔はしている、だが反省はしていない」

「むしろ悪化してどうするのですよ……」

ピコーン！

「はいネコマ先輩どうぞですよ！」

「レベルを上げて物理で殴るのが最良の戦闘手段」

「ツッコミを入れたいんですけど必ずしも否定できないので困るのですよ～。これで解答が三回出たのでヒント行くのですよ～。ヒントは『小学校高学年くらいの男女』ですよ！」

ピコーン！

「はいシュワちゃん先輩どうぞですよ！」

「コミックL○は結構好きです」

「ん？　コミックL○ってなんですよ～？」

「少女漫画雑誌だよ」

「ほへ～、今度調べてみるのですよ～」

：おいいい!!

：とんでもない名前が出て草
：少女漫画、漢字の意味で考えればまぁ間違いではないな
：少女（が出てくる）漫画雑誌
：L○好きとか雌の射程範囲広すぎだろこの女
：エーライちゃん逃げて！

　ピコーン！

「はいネコマ先輩どうぞですよ！」

「にゃにゃーん！　これは自信あるよ！　答えは雄の方が雌より小さいだね！」

「おお！　大正解ですよ～！　えーらいえーらいですよ～。この時点で優勝はネコマ先輩に決まりなのですよ～！」

　あちゃー負けちゃったかぁ……

　在籍期間なら最年長のネコマ先輩が意地を見せて後輩に打ち勝ったみたいな感じの結果

になったね。

「おっとここで締めにするのはまだ早いのですよ！　確かに答えは雄の方が小さいですが、その特徴を持つ生き物だったら沢山いるのですよ。大事なのはアンコウさんはその大きさの差が半端じゃないところなのですよ！　こちらをご覧くださいなのですよ～！」

エーライちゃんが意気揚々と画面に映し出したアンコウの雄雌比較画像を見て、私たちは三人そろって驚きの声を上げてしまった。

「「「えっ⁉」」」

画像を見て一番に思ったのは、本当に同じ生き物か？　これに尽きた。

雌は私たちがよく知っているあの見た目なのだが、雄はその周りを泳ぐ小魚程度にしか思えないほど小さいのだ。

「アンコウにも沢山種類がいるのですが、例えばチョウチンアンコウさんの雌は大体60cmくらいに対して、雄は僅か4cmくらいしかないんですよ～。さらに驚きなのが交配方法ですよ！　なんと雄が雌の体と一体化、つまりは融合することで交配をしているんですよ～」

ひ、ひえええぇ……

皆想像だにしない驚愕の事実にうまく言葉が出ない様子だ。

最後にふさわしいとんでもない問題を終え、この配信は終了となった。

振り返って考えてみれば滑らかな進行に加え、生き物の雑学を上手く絡めた配信だったなぁ。

やはりこの後輩、結構なやり手のようだ。私も先輩として負けないようにしないと！

閑話　ましろんとの出会い

ある日の昼下がり、私はましろんと通話を繋(つな)ぎながらなんでもない雑談を交わしていた。

特に用件があったわけではない、これはただただ会話をすることが目的の通話だ。

「最近配信が終わった後に充実感を感じるようになったんですよ」

「お、いいねぇ。やっぱり楽しむのが長続きのコツだからね」

ライバー活動が始まってから仲良くなるにつれて、お互いに空いた時間が生まれたとき、いつの間にかこうやってましろんと通話を繋ぐのが日課になっていた。

人によっては目的のない会話など無駄な行為だと思われるのかもしれない。でも私にとってこの時間は心が落ち着く安らぎの時間であり、この通話があるとないとでは一日の満足感が全然違う。

ましろんがどう思っているのかは聞いたことがないので分からないが、私はこれぞ友情の築き上げた一つの到達点だと思っている。

「…………」

「ん？　どうしたのあわちゃん？」

「いや、なんというか、ふとましろんと出会ったときのことを思い出しまして」

「え、突然なに？　今そんな会話の流れじゃなかったでしょ」

「それはそうなんですけど、今ここまで自然体に話せていること自体があの頃は想像できなかったなぁって」

「あぁ、まぁそれはそうだね、人間だれしも初対面の人には気を遣うものだから。ふふっ、どうする？　僕との思い出の回想でもいっちゃう？」

「そうですね、こんな話は初めてですし、恥ずかしくはありますけど振り返ってみますか」

　最近あまりに濃い日常が続いていて過去のことを気にしている暇すらなかったから、今日くらい思い出話に花を咲かせるのもありだろう。

　ましろんと初めて話したのは……デビュー前のあの日の通話だな――

「あ、すみません、聞こえてますか？」

「うん、聞こえてるよー。こんにちは、彩ましろです、今日はよろしくね」

「あ、失礼します！　心音淡雪と申します！　本日は何卒よろしくお願い致します！」

「ふふっ、なんか堅いなぁ。ほら、僕ら同期だし、ライバー界隈で言うママと娘って立ち位置でもあるじゃん？　これからコラボとかもあるだろうし、もっとフランクにいこうよ」

「ア、ぇと、はぃ、すみません……」

「謝る理由なんかないよ。ほら、緊張しなくていいからね」

「はい、すみません……」

「だから謝らなくてもいいって。あ、さては恥ずかしがり屋さんなのかな？」

「そんな感じかもしれません……改善できるよう善処します……」

「いいよいいよ、それじゃあゆっくり慣れていこう。焦ってもいいことないからね」

当時はまだデビューすらしていない状態で、更には同期が誰なのかすら知らなかった。

つまりライバーの方と初めて話したのもこの時のましろんが初めてだったことになる。

なぜ最初がましろんになったかというと、それはましろんが担当してくれていた心音淡雪のアバターデザイン、そのラフチェックを頼まれていたから。

「どうかな？　全体的に清楚で儚い感じを出しながらもどこかミステリアスな感じで、最

初だし運営さんから聞いた案に沿ってデザインしてみたんだけど」

「こういうときの語彙に乏しくて申し訳ないのですけど、本当にとてもとても素晴らしいデザインだと思います。データを頂いて開いた瞬間からこれがプロなのかと圧倒されました」

「ほんと？　ふふっ、イラストレーターの身としては絵を褒められると嬉しくなっちゃうな。それで、ここからどうしようか？」

「へ？」

「なに不思議そうな声出してるの？　この絵は淡雪ちゃんの為に描いているんだから、なにか付け足してほしいものだったり修正してほしい点だったり聞かないと」

「あ、ああ！　そうですよね！　大丈夫です！　ちゃんと前にマネージャーさんとそこらへんも話し合いました！」

「お、よかったよかった。僕も一応運営さんから修正点は聞いてたんだけど、これからの親睦を深めるためにも本人と相談したかったからね」

当時の私はなんというか……自信がない、それに尽きると思う。

理由は勿論つい最近辞めたばかりだったブラック企業による勤務という名のパワハラ奴隷労働のせい。

摩耗に摩耗を重ねてボロボロになり、もう欠片が残っているのかも分からない自尊心しか持ち合わせていなかった私は、数か月前ライブオンの面接に合格したことすら未だに幻覚を見ているのではないかと疑っている有り様であった。

「色々本当にごめんなさい……なんだかまだ実感が湧かなくて」

「ううん、実感が湧かないのは僕も少し分かるから大丈夫だよ。でもこの絵は淡雪ちゃんになる未来なんだから、もっと堂々としなよ」

「これが……私……」

目の前では、キラキラと輝きを放っている心音淡雪が、見る人を魅了せずにはいられない柔らかな笑みを浮かべている。

まだラフの段階だが、それでも恵まれたビジュアルであることは間違いないだろう。ましろんがイラストを担当してくれたことは私にとって紛れもない幸運だった。

その姿は余りに眩しくて……だからこそ当時の私はそれが自分であるということが全く想像できない、靄のような違和感が常に脳内に漂っていたのである。

「んー……もしかしてだけどさ、淡雪ちゃんは恥ずかしがりというより、自分に自信がないの？」

「あ……やっぱりバレてしまいましたか？」

「うん。さっきから明るい話題に全然乗っかってこないからさ、なんとなく察したよ。でもどうして？　淡雪ちゃんはあのライブオンの三期生に合格したんだよ？　とんでもない倍率の中から選ばれた存在なわけだ、誇らしく思うのが普通じゃない？　僕なんて自分のキャラじゃないかもしれないけど、合格通知見たときはやったーって叫んでたよ」

不思議に思って聞いてくるましろんに、私は面接のときの記憶がほとんどないため、なぜ合格したのかよくわかっていないことを告げた。

「はぇー、不思議なこともあるものだね。でも結果的に受かったのなら御の字じゃん。替え玉を使ったわけでも嘘をでっちあげた訳でもないんだから胸を張っていいと僕は思うけどな」

「そう思おうとはしているのですが、どうも難しくて……ましろさんは」

「ましろちゃんでいいよ、呼び方からでも軽くしていこ」

「あ、はい、すみません……それでましろちゃんは、面接でなにを話しましたか？」

「僕かぁ、ちょっと待ってね、今思い出す」

ましろんはちょっと唸った後、私とは違いあっけなく思い出した当時のことを話してくれた。

「なんで僕がVTuberになりたいかが話した内容のほとんどだったかな」

「なるほど、ちなみになぜなりたいかを聞いてもいいですか？」

「うん、いいよ。僕は僕の絵をもっと多くの人に見て記憶してもらいたい、そして絵の魅力を広めてイラストレーター界を盛り上げたかった、だからVTuberになって活動の場を広げたかったわけだね」

思い出せば後は即答だった。確かな意志の下に行動していることが淀みなく伝わってくる。

かっこいい──そう思った。きっとこういう人がライブオンなどのオーディションに合格して輝くスターになっていくんだと、腑に落ちたとはこのことだ。

「淡雪ちゃんは？　どうしてVTuberになろうと思ったの？」

「私ですか？」

「うん、もしかするとそこに合格した秘密が隠されているのかもしれないでしょ」

「私は……」

それに比べて私は、考えても考えても色々な思いがごちゃ混ぜになって一つの正解を導き出すことができない。

今でも思うのだが、ほんと面接のときの私は何を語って面接官の関心を集めたのだろうか？

思い出せないものは仕方がないので、せめて質問の答えをなんとか捻り出す。

その結果出たのは――

「人生だから……ですかね？」

「え、なに？　クラ〇ドの話？」

なんとも壮大な話みたいになってしまったのだった。

だって仕方ないじゃん！　社畜生活の中の救いもVだったし、社畜から解放してくれたのもVだったし、文字通りこれからは命をかけて頑張らせてもらおうと思ってるし、結果これしか表せる言葉がなかったんだよ！

「淡雪ちゃんさ、実はとんでもない経歴歩んでたりする？　僕心配になってきたよ……。何か悩みでもあるの？」

「い、いえ、そこまででは！　それに今日の本題はイラストですし」

「いや、僕も今日は暇だからどれだけ通話が延びてもかまわないよ。というより、今日という時間を使って同期との仲を深めたいくらい。淡雪ちゃんは忙しい？」

「ほぼニートなので私も時間は大丈夫なんですけど、でも人に話すレベルの話でもない気がして……」

「ニートって、また気になるワードが出てきたな。言いたくないのなら勿論黙秘してもら

いたいけど、僕が気になっているから、話せるのなら僕の為を思って話してみない？」

「……わ、分かりました」

別に隠しておきたい話でもないので、私は社会人時代のことを話した。

私が今でも強く印象に残っているのは、私は深刻に思わせても申し訳ないから自虐を交えながら淡々と話していたのだが、ましろんはそんな私にも優しく寄り添うように話を聞いてくれたことだ。

そのおかげで話し終わるころには自然と口調が柔らかくなり、緊張もだいぶ解けていたように思う。ましろんは本当に聞き上手だ。

「話してくれてありがとう。話を聞いた後なら今までの対応も納得だよ」

「あの、私そんなに負のオーラみたいなもの出してましたか？」

「話しているうちに、なにか過去にあったんだろうなとは察したよ。だって謝ることが口癖になってたから」

「ぁ――」

言われて初めて気づかされた。

確かに会社に勤めていたときは謝らない日なんて一日たりともなかったし、末期には何か言葉を発するにも謝罪の言葉から入っている自分がいた。

多分これはトラウマってやつで、当時の私はこれが原因でネガティブ思考が板についてしまっていた。会社をやめて解放された気でいたけど、厄介な後遺症まで煩わされていたわけだ。

「でもさ、だからこそのこれからじゃない？」

「え？」

「辛いことがあった分、きっとその後の幸せはより輝くよ。いま淡雪ちゃんはVTuberとしてその一歩目を踏み出した、人生に反撃の狼煙を上げたわけだ」

「そう……なんですかね」

「これから誰よりも幸せな人になってさ、見返してやろうよ！　そしてさ、いつか謝罪より先に名前を堂々と言えるような、そんな輝く人を目指そう！　淡雪ちゃんはその切符を摑んでる、後はやるだけだよ！」

「お、おうぅ、なんか突然熱いキャラになりましたね？」

「幸ってさ、なんで辛の字に線を足した形なのか分かる？　それはね、幸せは辛いことの上に成り立つものだからだよ」

「そうなんですか？　深いですね……」

「まぁ僕が今考えたんだけど」

「ええ⁉」

「僕ね、頑張っている人が好き」

「――え？」

ましろんの突然のキャラ崩壊に戸惑った私だったが、静かに放たれた最後の言葉でその戸惑いすら吹き飛んでしまった。

だってその声色が……あまりにも優しかったから。

「辛いことがあっても、それを乗り越えようとしている、何かを変えようとしている人をみると、応援したくなっちゃう」

「ましろちゃん……」

「淡雪ちゃんが頑張ろうと思う限り、僕は君の味方だよ、約束する」

今でもこの言葉を忘れたことはない。紛れもなく私はこの言葉に救われた。

これからライバー活動を死ぬ気で頑張ろうと思っていても、この時までその決意は孤独なものだった。

でもこれからは傍で見て支えてくれる同期の仲間がいる、その心強さと温かさは負のトラウマで冷え切った私の氷の心を溶かし始めてくれた。

「……まだこれからのことは何も分かりませんけど……それでも、何があっても心を折ら

ない覚悟で頑張ってみます」

「うん、それならまずは今日の本題から片付けますか。このイラストラフだけどね——」

これが私の大切な親友との鮮烈な初対面だった。

「……なんかめっちゃ恥ずいんだけど、どうしてくれるのこの空気」

そして回想が終わった今現在、ましろんはなんとも歯がゆそうな様子で恨めしそうにそう言っているのであった。

おうおう、照れちゃってかわいいやつめ！

「え〜？　いいじゃないですか〜？　ほら、『淡雪ちゃんが頑張ろうと思う限り、僕は君の味方だよ、約束する』って私もう一回聞きたいなぁ。ほら、言ってみ？　僕はあわちゃんのことが大好きですって言ってみ？」

「文脈すらおかしい、こんな時に言うかばーか」

「お、それならこんな時じゃなくて私が本当にへこんでる時は言ってくれるってことですか〜？」

「まぁ言うべきと思ったときは言うよ」

「へぉあ？　え、いっ、言ってくれるんですか？　あ、あははは、わ、私も照れちゃうなー」

「んー？　なに変な声出してるのかな？　あわちゃんは照れ屋でかわいいでちゅねー」

「こ、こいつ！　だましたな！　私の純情を裏切ったな⁉　全く酷い人ですねー、私がへこんだ時は本当に言ってくれるのかと思って嬉しかったのになー」

「あ、それは勿論言うよ」

「はうあああああぁぁぁ⁉⁉」

「ふふっ」

小悪魔なましろん相手に上座に座るのは、私にはまだ未熟だったみたいです。正直ドキドキしました……。

第二章

ニュースライブオン

「あ、最後にご報告なんですけど、シオンさんがシュワちゃんとコラボしたいって言ってましたよ」

「え!?　本当ですか!?」

業務連絡や次の配信についての相談をマネージャーの鈴木さんと電話していたのだが、電話の締めにいきなりそんなことを言われてしまった。

しかもなんとあわちゃんではなくシュワちゃんをご希望とのこと。まじめな苦労人の印象が強いシオン先輩だから意外としか言いようがない。

「なにか私としたいことがある感じですかね？」

「どうやら『ニュースライブオン』にゲストとしてシュワちゃんに出て欲しいみたいです

ね」

「マジで⁉」

ニュースライブオン、それはシオン先輩が十八番にしている名物企画であり、最近は彼女の代名詞的存在にもなりつつある配信だ。

企画内容はシオン先輩が自分で立案したもので、毎週日曜の夜にその週に起こったライバー達の名シーンをニュース形式で紹介していくというものだ。

大体私たち三期生が入った辺りから企画がスタートし、シオン先輩の軽快なツッコミやテンポの良さが話題になって瞬く間に人気企画となった。

たまにゲストとして様々なライバーが登場することでも有名ではあるのだが、元々はシオン先輩が完全ソロでやっていく予定だったらしい。

その証拠に最初はかたったーで聖様に向かって「ソロ企画ができました～！　ざまぁみろ～！」とイキり倒していたのだが、どうやら一人は寂しくなったようで第四回目の時には既に聖様がゲストとして登場していた。

シオンママカワイイヤッター！

まさかそれにお誘い頂けるとは……

「コラボ程度でしたら当人同士でやり取りして大丈夫ですのに、わざわざマネージャーの

私を通すところが真面目なシオンさんらしいですね。あとやりたいことがあるらしいのでオフコラボを希望とのことです」

「お、オフですと⁉」

「はい。『よかったら私の家でお酒でも飲みませんか？』とおっしゃっていますね」

――分からん！　どれだけ考えてもシオン先輩の意図が分からん！

「どうします？　引き受けますか？」

「出ます出ます！　断るわけないです！」

確かに謎な点は多いがあまりにも光栄なお誘いだ、これを断るなんぞ一生の恥！

気を引き締めて出演させてもらおう。

「了解です、シオンさんに伝えておきますね。後日シオンさんから場所などを記したＤＭが来ると思うので見逃さないようにしてください」

「はい！」

そして当日――

「いらっしゃーい！　大丈夫だった？　迷ったりしなかった？」

「い、いえ！　全然大丈夫です！」

自分でも分かるくらい緊張全開で電車に少々揺られ、いよいよシオン先輩の家に到着した。

やっぱり憧れの方とお会いするのはドキドキするものだ。しかも前に一度会ったことはあるがその時は聖様が隣にいたため、二人きりで会うのはこれが初めてになる。

更にはこのシオン先輩が住んでいる立派なマンションである。なんとこの広い家に一人暮らししているらしい。

もう口の中からっからですよ。

「飲み物入れるから適当にどこでも座ってて！　自分の家だと思ってくつろいでね！」

「は、はい……」

パタパタとキッチンへ駆けていくシオン先輩。

当然私はくつろぐどころか背筋ピーンである。

配信開始まであと2時間くらいあるため、それまで配信内容の打ち合わせをすることになっている。

というかすっごいいい匂いするな、アロマでも焚いてるのかな？

部屋も広いのにピッカピカだし、整理整頓も完璧だ。

「……ん？」

余りの女子力に感嘆しながら部屋の中を眺めていたのだが、ある一つの本棚に視線が吸い込まれた。

本棚自体は普通の木製のものなのだが、気になったのは収納されている本の方。

【赤ちゃんの上手な育て方】

【ベテランママ達に聞く育児のコツ】

【赤ちゃんと遊ぼう！】

【赤ちゃんの視点に立ってみよう！　育児大百科！】

【実は赤ちゃんはこう思っている！　視点を変えて伸ばして育児！】

などの似たような趣旨の本が山ほどその本棚には収納されていた。

この瞬間！　淡雪に電流走る！

あ、これ絶対やばいやつや。

「あれー？　どうしたのあわちゃん？」

「し、シオン先輩？　いったい何を持っていらっしゃるので？」

背後から聞こえてきた声に瞬時に振り向くと、そこには確かに『飲み物』を持ったシオン先輩が立っていた。

問題なのは飲み物が入った容器である、その瓶に女性の乳首のような素敵なサムシングがくっついた物、それは紛うことなく――

「あーこれ？　これは勿論ストゼロ入りの哺乳瓶だよ」

当たり前のように説明するシオン先輩からは不思議と謎の圧のようなものを感じる。

「そ、それは何に使うんですか？　……あ、分かった！　いつもシオン先輩を振り回してる聖様のケツの穴にぶっ刺すわけですね！」

「ううん、これは今からあわちゃんの、今喋ってる大人っぽくて艶っぽいそのお口にぶっ刺すんだよ」

ですよねー‼

いやいやですよねってなる時点で絶対おかしいんだけど、流れ的にこうなることは哺乳瓶を見た時点で察してしまった。

だがなぜ⁉　あのシオン先輩がどうしていきなりこんな暴挙に⁉

「前に配信中に約束したよね？　哺乳瓶でストゼロ飲むって。まさか……飲んでくれないの？」

「いやいや、私はまぁいいんですけどなんでそんなに乗り気なんです⁉」

「私ね、四期生の皆を見たとき気づいちゃったの」

「え……えぇ？　な、なにをです？」

「私、前は今の自分でいいのかな？　とか、インパクトないのかな？　とか思うことがあったの。でも手のかかるけどかわいい子達の姿を見てやっと自分の本当の望みに気づいたの。ああ、私は皆のママになりたいんだって。きっとこれがライブオンが私を採用した理由でもある」

「………」

頭を全力でフル回転させる。

これつまりはあれか？　四期生がやばいやつの勢揃い過ぎて、遂にはシオン先輩まで振り切れてしまったってことか⁉

そしてシオン先輩の奥底に眠っていたもの――それはきっと母性。

ただでさえ母親のような温かさを持っていたシオン先輩、でも今はそれにリミッターがかからなくなってしまった、そういうことなのか⁉

「私がちゃーんと面倒見てあげるからね。だからストゼロ、飲もうか？」

「なるほど分かりました、私がストゼロを飲むのはいいです、元々嫌では絶対ないので。

リスナーさんの前で言ったからにはやりますよ！　でもシオン先輩はどうするんです？家でお酒でも飲みませんかって言ってましたよね？」

「私は飲まないよー、私が酔っ払っちゃったらいよいよこの後のニュースライブオンが崩壊しちゃうもん！」

ああなるほど、確かに自分が飲むとは最初から一言も言っていないのか。つまりは全てシオン先輩の計画通りってこと。

「ほら、膝枕してあげるからこっちおいで？」

「はい……」

「あ、リスナーさんにもかたったーで知らせないといけないから音声録音するね？」

「アッー！」

私は運命を受け入れた――

「はーいよくできまちたねー！　後はこれをかたったーにポーイ」

「ばぶー」

：!?

：え、なにしてんの……シオンママ？

：いきなり特殊性癖プレイの様子を暴露されて酷く錯乱しています。なにがなんだか分か

らないのでとりあえずパンツ脱ぎました
：どんなときでも性欲には忠実な雄の鑑
：あわちゃんの声が絶望した声から段々ストゼロの効果で恍惚とした声になるの草過ぎる
：いや、恍惚そうって言ったらシオンママの方がすごいぞ、完全に母の声してる。乳首吸われてるときの俺みたいだった
：途端に汚く見えてきたからやめて
：これがそして乳（母）になるってやつか、初めて上映見たわ
：哺乳瓶入りのストゼロ発売不可避
：あのライブオン唯一の常識人だったシオンママの身になにが……？
　かたりは恐怖すら感じる勢いで拡散されていき、配信のコメント欄のような速度でリプが付いていく。
　今日よりシオン先輩は、従来の場を完璧に読んだ的確なツッコミと司会に加え、母性が大爆発している皆のママという強烈なキャラクターを手に入れることにより昇華？を果たしたのだった。

その後も私が自分で立ち上がろうとすれば「え？　赤ちゃんがなんで自分で立てるの？　え？　だめじゃんそれ、人類的に」と馬乗りで押さえつけられ、言語を喋ろうとすれば「文明に触れるな、そんなに声帯が器用な赤ちゃんは存在しない」と理不尽なことを言われ続ける時間が続いた。

やがて私が完全にミルク（ストゼロ味）で出来上がったところで迎えた配信時間、先ほどのかたったーの影響もありコメント欄が期待と困惑が入り混じる異様な様相を成している中、それは始まったのだった。

「こんみこー！　皆のママこと神成シオンだよー！　今週もニューースライブオンやっていくよ！　そしてなんと今回はゲストとしてシュワちゃんが来てくれています！」

「プシュ！　三度の飯と女とストゼロが好き、シュワちゃんだどー！」

「三度の飯『より』じゃないんだね？」

「ご飯も女も酒も全て大好き、一つと言わず全て手に入れたいのがシュワちゃんなのだ」

「大人になったジャ〇アンみたいなこと言い出して出だしから少し不安になったけど、覚悟して最初のニュース行ってみよう！」

：よっしゃきた！

：生きがい

：この企画ほんとすこ
：現実で言ったら即人生終了レベルの自己紹介に草
：これが本当のＲＴＡ（リアルタイムアタック）ってな
：誰がうまいこと言えと
：ジャ〇アンというか、某海賊漫画の登場キャラとかが言ってそう
：俺のストゼロか？　欲しけりゃくれてやる、探せ！　この世のすべてをそこに置いてきた
：迷惑だから返してきなさい
：初見さんにいいことを教えたる、この二人さっきまで哺乳瓶にストゼロ入れて幼児プレイしてたで
：ｗｗｗ
：有言実行の女たち、流石だぜ
：てかシオンママがノリノリすぎて恐怖を感じた笑
：完全にママになりきってたからな
：シュワちゃんが少しでも言葉を話そうものなら哺乳瓶口に突っ込んで封じてたのホント草しか生えない

：前にかたったーで『今分かりました。皆のママは私だったんですね！』と呟いてたし、なにかが目覚めたのかな？
：常識人枠こわれる！
「まず最初のニュースはこちら、『朝霧晴、ガチャでチンパンジーになる』です！」
「相変わらず頭のねじ吹っ飛んでますなぁ晴先輩」
「シュワちゃんそれ思いっきりブーメランだよ」
「嬉々として哺乳瓶を私の口に突っ込んできたシオンママに言われたくないど？」
「今度はおむつを用意しようか？」
「よし、続きいくどー！」
：なんだこの流れ www
：シオンママ渾身のガチトーン
：圧を感じた、最高や
：ていうかニュース見出しだけで大草原不可避やん
：まぁあれは取り上げられるよなぁ
「えっと、ニュースの詳細だけど、晴先輩が配信していた大人気アイドルプロデュースゲーム『アイドルライブ』略して『アイラブ』にて、あまりにもガチャが爆死気味なため挙

動不審となり舌でガチャを引く、乳首でガチャを引く、終いには股間でガチャを引くという奇行をしたあげく、天井すれすれまで課金してめでたく推しを引いた瞬間猿のような奇声と共に部屋の中を暴れまわったというものみたいだね」

「ほうほう」

「それでは晴先輩の実際の配信を一部切り抜いたＶＴＲをご覧ください！」

『最初の十連引くよ！　まぁ多分これで出ちゃうだろうなー、私ほど大いなる愛をキャラに捧げていればあっちから来てくれるものなんだよ……出なかった……まぁ私最初の十連は遊ぶからね！』

『そろそろ来てくれてもいいんだよーぺろぺろぺろ』

『もう今から乳首で引くわ。ああ感じる、運命力が乳輪から乳首に集積されていくのを感じるよ』

『みんな止めるな！　もう私には股間しか残されていないんだ！　届け！　私の想い！股間からあの子に届けえぇぇ!!』

『やったあああぁ!!　ウピャアアアア!!』

「はい、ＶＴＲはここまで。これについてシュワちゃんどう思う？」

「とりあえず晴先輩の成分が付着していそうなそのスマホを買い取りたいですね」

「そこ⁉　これだけツッコミどころ満載なニュースなのに真っ先に出る感想がそれなの⁉」

「１００万までなら出しますよ？」

「そういう問題じゃないから！」

：よかった、シオンママツッコミは健在なんやな
：たまに圧が出る感じなんかな？

：やっぱりシオンママもライブオンやったんやなって
「リスナーさんたちはなにを言ってるんですか？　私は今も昔もずっとツッコミ役の常識人ですよ！」

「少しでも琴線に触れると赤ちゃんになれって言ってくるからやばい」

「あれー？　なに不思議なこと言ってるのかなぁシュワちゃん、これは１から……いや０から私が再教育してあげるしかないみたいだね？」

「いやぁこの歳で赤ちゃんからやり直すのはきついっす」

「何言ってるの？　私の体内に宿すところからスタートだよ？」

「ヘアァ⁉　０からってそういう意味ですか⁉　予想外過ぎてヘンな声出ましたよ！」

「産ませて？」

「え？　なにこの得体のしれない恐怖、この歳になって未知の感覚に出会うとは思いませんでしたよ」

：こわスギィ！

：これはライブオンのホラー枠

：シュワちゃんがツッコミに回っている……だと⁉

：シオンママ最強説出てきたな

：一体何を基準にして強さを測ってるのか、これが分からない

「まぁ脱線もこのくらいにして、そろそろ次のニュース行くよー！」

「さてさて、次のニュースはこちら！　『祭屋光、激辛焼きそば早食いＲＴＡで２分30秒の好タイムを出す！』」

「ほうほう」

「こちらも実際のＶＴＲをどうぞ！」

『今日の光は負ける気がしないよ。なんでかって？　ある炎の兄貴から勇気を貰ったから

さ』

『焼きそばの辛さや渇水にどれだけ打ちのめされようと　心を燃やせ　歯を喰いしばって箸を持て。光が足を止めて蹲っても時間の流れは止まってくれない　焼きそばの量は減ってはくれない』

『息の仕方があるんだよ、どれだけ辛くても耐えられる息の仕方グハァアア！　ゴホッ！オエッ！』

『ごぢぞうざまでぢだ……ぐすっ、お、おいぢかったです………こ、この涙は良いタイムが出たからであって、決して辛かったわけじゃありません！』

「はいここまで！　シュワちゃん、ここまでのＶＴＲ見てどう思った？」

「落ち着いて食べればいいと思います」

「シュワちゃん、全てのＲＴＡの存在を無に帰すようなコメントはやめなさい」

：世界一本気で焼きそばに立ち向かった女

：ドＭの呼吸かな？

：ひぎぃ！　みたいな感じの呼吸だなきっと

：光ちゃんはおばかわいい

：それな

「あはは っ、流石に冗談だってばよ！　てか絶対光ちゃん某鬼退治映画見に行ってきたでしょ、露骨過ぎるくらい影響受けとるやんけ……最後に至っては呼吸法とか言っておきながら辛さに惨敗してるし……」

「まぁまぁ、そういう真っすぐで正直なところが光ちゃんの魅力だからね！」

「それには完全に同意ですね、ちゃんとご馳走様もできてえらい！　ママになりたい！」

「おん？　何を言ってるんだいシュワちゃん？　光ちゃんのママはこの神成シオンだよ？」

「おんおん？　こちとら光ちゃんでどちゃシコキメた逸材ですぞ？　この心音淡雪こそ光ちゃんのママにふさわしい」

「おんおんおん？　シュワちゃんは同期だけど私は先輩だよ？　よって消去法でママは私ということになると思うな」

「おんおんおんおん？　年下や同い年のママのすばらしさを理解できぬとはママみが衰えたのではないですかシオンせ、ん、ぱ、い？」

「おんおんおんおんおん？　ママを煽るとはいい気概だねシュワちゃん？」

「おんおんおんおんおんおんおん？　権力を行使するとは、いやはや、シオンママこそパワハラの呼吸でも習得しましたか？」

「……これはどちらが本当のママか決着をつける必要がありそうだね」

「完全に同意です、ここは公平に光ちゃん本人に判定してもらいましょう、今から通話かけます」

「負けないからね！」

：なんで勝手に人の親権について争ってんだこいつら（大困惑）

：シュワちゃん、本当のママは娘でシコッたりしないんやで

：シュワちゃんまともなこと言ってる風だけど一個もママの根拠として成立してないの草

：勢いだけで誤魔化すなwww

『あ、もしもし！　いきなりどしたのシュワちゃん？　今ニュースライブオンに出てるんじゃなかったっけ？』

「突然ごめん、どうしても聞いておきたいことがあったんだ、私とシオンママ、どっちが子宮にギュンギュンくる？」

『え？　あ、ん⁉』

「第一声からなに言ってるのシュワちゃん！」

『あ、やっぱりシオン先輩もいたんですね！　え、てことはもしかして光、今ニュースライブオンに出演しちゃってるわけですか⁉　やったああぁ‼』

「そうそう、ほんといきなりごめんね？　光ちゃんに聞きたいことがあって」

『お、シオン先輩からもですか？　なんでしょうなんでしょう？』

「私とシュワちゃん、どっちの子宮から生まれたい？」

『……ん？　あれ、もしかして回線悪かったりしますかね？　言葉の意味がよく分からなくて……』

：だめだこいつら、早く何とかしないと

：**大草原や　￥2000**

：ツッコミ役不在の恐怖

：光ちゃんこういうの疎いからガチの困惑してそうで草

：こいつらなんで子宮で優劣決めてんの？

『なんか話はよく分からないけど、光は二人のこと大好きだよ！』

「「はっ⁉」」

光ちゃんのその真っすぐな言葉を聞いた私は、まるで深い眠りから覚めたかのようだった。

なぜ私は誰が一番だ、などという狭い固定観念に縛られてしまったんだ、恥を知れ。

恐らくシオンママも同じことを思ったのだろう、隣同士しばらく見つめ合い、そして同時に頷いた。

「『ありがとう光ちゃん！　おかげで目が覚めたよ！』」

『おぅ？　それならよかったけど……結局なんの話だったんだろ？』

：ほんと仲いいなこいつら

：最高や

：ノリだけで行動してるのほんと草

「さてさて、それでは次が最後のニュースだぁ！　有終の美を飾るのは～こちら！『山谷還、初配信でBANされかける！』」

「ほうほう」

「ニュースの概要を説明するよ！　どうやらもっともおいしいおしゃぶりはどれかという話題になって古今東西様々なおしゃぶりをしゃぶっていたところ、音が完全にアウトな感じになってしまったみたいだね」

「山谷還氏は頭の中をBANした方が良いのではないですかな？」

「まっ、まぁまぁ！　リスナーが全力で止めたから本当にBANまではいかなかったみた

いだから！」

「それにしたって初配信でそれはやばいでしょう、私ですらやらかすまで3か月耐えたんですよ？」

「まぁそれは確かに同意かな、自分のチャンネル作った初日の記念すべき初配信がＢＡＮとか一周回って伝説だよね」

：さっきからとても本当とは思えないニュースで草、ここって日本だよな？

：還ちゃんはやば可愛いぞ

：やばいくらい可愛い？

：ちゃうちゃう、頭がやばくて可愛い

：草

「ＶＴＲを流したいんだけど、肝心な部分の音声は私もＢＡＮされたくないので使えません。ごめんなさい……」

「しゃぶチオの部分ですね」

「ヘンな単語作らないの！　なんか響きが危ないでしょうが！　はい、ぱっぱとＶＴＲ行くよ！」

「はーいママ」

『あーあー、リスナーママの皆こんに乳首、おっぱい大好き還です』

『今回は至高のおしゃぶりを求めてひたすらにチュパって行きたいと思います、何故なら還は赤ちゃんなので』

『これは……歯との相性が悪い……ほぉ、これはなかなか』

『結論としては大人はお酒と一緒に手羽先でもしゃぶってるのが一番幸せだと思いました。でも還はおしゃぶりをしゃぶり続けます、何故なら還は赤ちゃんなので』


「はいここまで！　今のＶＴＲについてシュワちゃんどう思った？」

「私のおしゃぶり（意味深）をしゃぶってほしいです」

「シュワちゃんにそんなもの付いてないでしょうが……」

「それなら逆にシオンママは還ちゃんのＶＴＲ見てどう思ったんです？」

「シオンママのここ、空いてますよ」

「お腹を指さしてるあたりシオンママも大概ですな」

：空いてるどころか吸い込んできそう
：シュワちゃんは性様と二人でライブオンの竿役だと聞いたのだが？

：前の配信のせいで完璧にイメージ固まってて草
：てか初配信の挨拶がこんに乳首ってマ？
「それにしても本当にこの子すごいインパクトですよね。ダウナーな感じで当然の如くやばいことばっかやったり、なぜか自信満々で赤ちゃん宣言したり」
「いやぁでも実は最近ね、還ちゃんすごくいい子疑惑が出てるんだよ？」
「え、マジですか？」
「うん。話によるとかたったーとかでも気軽にリスナーに絡みに行くし、ファンアート貰ったときとかは一人一人丁寧に感謝のお返事書いてるんだって」
「ほへ〜」
：そうそう、俺もリプに返事貰った
：お世辞にもうまいとは言えないイラスト描いただけで長文の感謝の言葉貰えて涙、で、出ますよ
：てかエゴサの頻度がやばい、自分に関するかたり全て把握してるレベル
：配信の時間以外の全てをかたったーに費やしてそう
：かた廃じゃねぇかwww
正直ちょっと意外だ。人は見た目によらないものなんだなぁ。

これは流石(さすが)は大人ってところなのかな？　赤ちゃんだけど。

「でも就活とか就職の話題が出たときは焦(あせ)りまくるらしいね」

「あ、それは相変わらずなんですね……」

自己紹介の時にも思ったけど拒否反応すごすぎだろ、もしかしなくても私と同族か？　だとしたらちょっとなら話分かってあげられるかもだな。

謎な部分が多い子ではあるけど、ライブオンが採用したってことはきっと愉快な人なのだろう。

うん、今度機会があったら話してみたいな！

「さてさて、名残惜しいですが今週のニュースライブオンはこれでおしまいです！　シュワちゃん今日は来てくれてありがとねー！」

「いえいえ、こちらこそ光栄でした！」

これにて配信は終了！　本当に楽しい時間はあっという間だ。

シオンママのこの企画力や進行テンポは本当に尊敬の一言だね。

私も頑張らねば！

そして配信を切った後、なんとシオンママから「あ、せっかくだしシュワちゃん一緒にお風呂入ってく？」と夢のような誘いを頂いちゃいました！

「入るー‼」

背中と髪を洗ってもらっちゃったぜ、やっぱシオンママは最高や！　……配信前のような暴走を見せなければ。

「あ」

「ん、どうしたんシオンママ？」

髪を乾かしてもらっていると、背後のシオンママがふと何かに気づいたような声を上げた。

「いや、今日も居なかったなって思って」

「なにがです？」

「さっき話題に出た四期生の還ちゃんだよ。ほら、あの子って赤ちゃん名乗ってるくらいだから私の配信見ていそうと思わない？　なのに一度も見ないなーって」

「確かにそれらしき人影はなかったですね。今日なんて絶好の機会でしたし、シオンママとキャラ的にも相性良さそうですけどね」

「だよねだよね！　ママもう気になっちゃって声かけようかと迷ってるくらいなの！」

「いいと思いますよ、誘いましょうよ」

ライブオンのママとしては当然あの自称赤ちゃんも放っておけない存在のようだ。

しかし、不思議なことに私の意見にシオンママはどうも悩ましげな声で言った。

「それがさ、あの子未だに一回もコラボしてないんだよ。それどころか同期の配信に現れたことすらないって」

「え？　……あっ、確かに……」

還ちゃんはその強烈なキャラクターで確固たる地位を築きつつあるのは知っていたが、その配信はソロばかりであり、誰かと一緒に何かをした情報は私も聞いたことがない。

「同期とすらコラボがまだなのに私が出しゃばるのもなんか申し訳ないなって思っちゃってね。もしかするとコラボが苦手なのかも知れないし」

「そうですね……」

結局その日はまだデビューしたてだし、大変なことも多いだろうから少し様子を見ようという結論に至った。

だがしかし、後日私はこの疑問の答えをまさかの形で知ることになるのだった——

ママ発見

　本日の私は毎月恒例の鈴木さんとの打ち合わせの為、ライブオン本社の事務所を訪れていた。

　いやぁそれにしても今日は雲一つない快晴だ。廊下を歩く体も心なしか軽いしなんだかいいことでも起こりそうな日だな。勇気を出していつもはしない何かでもしてみようかな？

　そう、例えば目の前の女の人みたいに廊下にぶっ倒れてみたり……。

　——ん？　廊下に倒れてる人——ですと？

　⁉⁉

「ちょ、ちょっと⁉　大丈夫ですか⁉　意識はありますか⁉」

「困るんじゃねぇぞ……」

「いや困るわ！　なにどこぞの団長みたいなこと言ってるんですか！」

「すみません……奥に見える休憩室……そこまで肩を貸してくれませんか？」

「了解です。でも倒れるなんて、かなり体調が悪い感じですか？」

「いや体調とかではなくて……ちょっとトラウマが……」

「トラウマ?」

「はい、実は……」

「ありがとうございます、やっと落ち着きました。お手を煩わせてしまい申し訳ないです……」

「いえいえ、倒れてる人がいたら助けるのが当たり前です。でも本当に病院とか行かなくて大丈夫ですか?」

「はい、ちょっと黒歴史が蘇ってしまっただけなので」

倒れている彼女を休憩室で横にさせた後、鈴木さんに何があったのかを報告した。とりあえず打ち合わせの時間は調整してもらえるみたいだ。

しかも驚くことが判明した。休憩室に着くまでに軽く本人からも事情を聞き、その後鈴木さんにも確認をとって分かったのだが、なんとこの大人の色気溢れる女性、私と同じライブオン所属のVTuberのようだったのだ。

一体誰なのか、その前に彼女の経歴を説明しよう。この方はどうやら前に漫画家さんを

していたらしいが、何年かけても全くうまくいかなかったらしい。なのでもうこれ以上は限界だと感じ、いざ就職しようと決意したらしいのだが、新人として迎えるには流石に年齢が高く、漫画一本の知識しかない彼女を採用してくれる会社は少なかった。

結局膨大な数の面接に落ち、終いには就活そのものに体が拒否反応を示し始めてしまった。

今日も私と同じ打ち合わせで訪れたのはいいが、事務所を見て就活のトラウマを思い出してしまい希望の花状態となってしまった、というのが事の顚末だ。

さて、もうこの時点で察しがついた方も多いだろう。

彼女は四期生で最も謎な人物『山谷還』その人だったのだ。

「マネージャーの鈴木さんから聞いてびっくりしました、VTuberの方だったんですね」

「はい。山谷還こと『東雲奏』と申します。マネージャーさんがいるということはもしかして貴方も……」

「認知してくださってると嬉しいんですけど、心音淡雪こと田中雪と申します」

「!? し、知らないわけないです！　私ったら憧れの大先輩になんて情けない姿を……」

「いえ、私はそんな大それたものじゃないですよ」

「何言ってるんですか！　淡雪先輩と言ったらVTuberで最も名の挙がる一人じゃないで

すか！　雲の上の存在と今話してると思うと……心拍数が大変なことになってきました……」

「そ、そうかな？　えへ、えへへへへへへ」

知り合いが少ないのもあってそういった話をあまり耳にしてこなかったからはっきり言おう、今の私デレデレである。

明らかに自分より年上の方からこんなことを言われるなんてちょっと不思議な気分だが、嬉しいものは嬉しいのである！　慕ってくれる後輩最高！

「先輩なので敬語もなくて大丈夫ですよ」

「ほんと？　私年下だよ？」

「歳(とし)なんてただの数字です。それにそっちの方が還も嬉しいです」

「お、自分のこと還呼びってことは配信者スイッチ入った？」

「ふふっ、コラボ気分を味わいたいんです」

嬉しそうにそう語る姿は年上にふさわしい言葉なのか分からないが、非常にかわいらしいものだった。

「事務所に来るのは初めてだったの？」

「はい。私の場合面接も特殊だったので……」

「書類審査の段階で還の事情を知ってくれていた運営さんが、リモートかつ、還と同年代の方が友達みたいにフランクな感じで面接するようにしてくれたんです」

「柔軟ですなぁ」

「ホントですよね。そんな会社なので今日も大丈夫だと思ってたんですけど……もう慣れたので次回からは大丈夫だと思います……」

「ううん気にしないで、私もちょっと境遇が似てる部分もあるから分かるよ」

その後は同業者ということで話も弾み始め、還ちゃんがどういう人なのかも少しずつ分かってきた。

「どうしてVTuberになろうと思ったの？」

「赤ちゃんになれるかと思いまして」

「え」

演技なのかなとも思っていたが、あれは本心だったのか……

「漫画も主人公が赤ちゃんなやつばかり描いて自己投影してました。登場人物が全員赤ちゃんの漫画を描いた時もありましたね」

「それが問題だったんじゃ……」

「特殊？」

しかも後天的じゃなくて先天的なものかい！

「でも今は自称赤ちゃんのやべーやつとか、就職絶対拒否女とか言われてるみたいですけどね、ははは！」

「あぁなるほど……でも大丈夫なのそれ？　トラウマなんでしょ」

「いえ、還が拒否反応を示す＝笑いがとれる＝還の人気が上がる＝就職が遠ざかるに繋がるのでむしろありがたいですね。どんどんいじってほしいです」

「就職しないための根性がすごい」

「文字通り人生かけてVTuberやるつもりなので」

なるほど、きっと還ちゃんは変わり者ではあるけど、すごく真剣に何かに向き合える人なんだな。

それにしても人生か……やっぱり私とこの子は似ている気がするな、赤ちゃんの部分は絶対に除いてだけど。

特に昔の自分を見ているような気がして、どうも放っておけない。

「それならコラボとかはしないの？」

これは前からすごく気になっていたことだ。私も確かめてみたが、シオン先輩の言った通り、還ちゃんは今まで先輩はおろか同期とすら一度もコラボしたことがなかった。

段々とリスナーさんもこのことに気づき始め、最近ではかたったーであまり良くない話題の広がり方も起こってしまっているみたいだ。

「コラボはしたくない？」

「いや、すごくしたいのは山々なんですけど……私ってすごい変わり者じゃないですか？　コラボ相手に面倒をかけてしまわないか心配で」

少し寂しそうな表情でそう語る還ちゃん。

「それなら一切心配いらないよ！」

私はそんな彼女の不安など吹き飛ばしてしまうように言い切った。

「そもそもライブオンはそんなヤワな人じゃ受からない。還ちゃんが憧れって言ったのは酒飲んでキャラ崩壊して下ネタ叫んでる私なんだよ？　還ちゃんのことも皆受け止めて盛り上げてくれるよ！」

「そう……なんですかね？」

「まだ不安なら、その証明に私ことシュワちゃんが最初のコラボ相手になってやんよ！」

「ほ、ほんとです⁉」

「うん！　ライブオンがどれだけやべーけどあったけぇところか身をもって教えてあげる！　そして更に人気になって今まで還ちゃんの才能に気づけなかったやつらを見返して

やろう！」

……なんかこれも似たようなことを昔言われた気がするなぁ。

あの時の私は嬉しかったけど、ちょっと先輩風吹かせ過ぎたかな？

まぁコラボに関しては喜んでくれてるみたいだからいっか！

「ママだ――」

そんなことを考えていたせいで、還ちゃんがそう小声で呟いたのに私は気づくことができなかった――

「いつもよりちょっとお早い時間に颯爽と登場！　100メートル先に落ちた野生の少女の音をも聞き取る女、ストゼローマッ！　テッテレーテレレ！　テレッテレー！」

「リスナーママの皆こんに乳首。パン〇ースガチ勢の山谷還です」

：え、なにこれは……

：自己紹介だけで伝説作るのやめろ

：**組み合わせが予想外過ぎて草　￥2000**

：コラボ!?　還ちゃんがとうとう!?

：初コラボやん!!

：誰だ闇深すぎてコラボNGされてるとか言ったやつ、万死に値する

：しかもこの音響……もしかしてオフなのでは？

：何が起きたんや……

：ストゼローマッ、生きていたのか!?

：親方！　空から女の子が！

：５秒で受け止めろ！

：すでに落下してんだよなぁ

：ストゼロだったら１００㎞先に落下した音でも聞き取ってそう

：そもそも野生の少女ってなんすか？

：パン〇ースにガチ勢ってどういうことなんや……

：二人そろって今日が地球最後の日と勘違いしているとしか思えない自己紹介に大草原

さぁさぁ！　突発的にコラボが決まった私たちだが、なんとその日のうちにオフコラボ決行ですよ！

それもこれも全部鈴木さんのおかげ！　コラボが決まった話を聞いた鈴木さんが気を利かせて配信キット一式を貸してくれて、事務所の使ってない部屋で配信させてくれたの

だ！

現在の時刻は19時30分。還ちゃんと共に夕食とストゼロをキメた状態での配信スタートだ！

それにしても還ちゃんびっくりするくらいお酒強いんだな、ストゼロ飲んでもいつもと全く変わりなしだ。

本人曰く「赤ちゃんなので」らしい。うん、全く意味が分からない。誰か解読してくれ。

「えっと、デビューして間もない還ちゃんのことをよく知らない人もいるかもしれないから、まずはちょっとインタビューしてもいいかな？」

「インタビューですか？　……ああ、なるほど、承知しました」

「ありがとう、名前は還ちゃんね。うちのビデオに出てくれるのは初めてだよね？」

「そうですね、まだ新人です」

「緊張してる？」

「はい、ちょっとだけ。最近まで素人だったので」

「どうして出てくれるつもりになったのかな？」

「その……実はちょっと興味があったというか」

「ああなるほどね。最近はそういう子も多くなってきたからね！　大丈夫！　全部こっち

側に任せてくれていいからね！　いつもしてるみたいに自然な感じでやるだけでＯＫ！」

「ありがとうございます」

「えっと、それじゃあ次の質問なんだけど、（コラボ）経験人数とか聞いてもいいかな？」

「えっと、実はまだ未体験なんです……」

「え⁉　それじゃあ（コラボ）処女ってこと⁉」

「はい、これが初体験なんです、えへへ」

「それじゃあ初出演かつ初体験なんだ！　これはえらいこっちゃ！」

「恥ずかしいです……」

「え、それじゃあ自分で（配信）したこととかはある？」

「えと……たまにあります」

「お、いいねぇ。なにかおもちゃとか使ったりするの？」

「そうですね、おしゃぶりとかよく使いますね」

「え？　そ、そっか？　結構変わってるね……？」

「まぁ赤ちゃんなので」

「あ、そういうプレイが好きな感じか！　いやぁこの業界色んなタイプの人材が集まるからね、個性的でいいと思うよ！」

「ありがとうございます！　がんばります！」

：おい笑
：完全にＡＶのインタビューやんけ！

：直線的な言葉からあえて揺らすことで紡がれる、なんて耽美で奥ゆかしい会話なんだ！

：還ちゃんの理解が早すぎる
：二人とも女なのになんでそんなに完璧な対応ができてるんや……

：えらいこっちゃなのは配信開始１分からこれをしてる君たちなんやで
「そんなわけで今日はライブオンの事務所にて偶然会ったのでオフコラボとなりました！今日はよろしくね！」

「こちらこそよろしくお願い致します。さて、摑みはこれくらいにしまして、実は最初に還からリスナーママ達に言っておかなくちゃいけないことがあります」

「お？」

突然なんだなんだ？　この展開は私も知らないな。まぁさっきのインタビューも完全アドリブなんだけど。

「実は——還が今まで探し求めていた最ママに本日出会ってしまいました。それがこの心音淡雪ママです」

「…………はい？」

え、突然何？　どゆこと？　私が最ママって言った？　え、最ママってそもそも何？

：は？

：え？

：つまり……どういうことだってばよ？

：また変なのに噛まれたんかシュワちゃん……

「これからは敬意を表して『ママ』とお呼びしたいと思います。還は来るママ拒まずではありますが、〇〇ママなどではなくママの二文字で呼ぶのは今後最ママたる心音淡雪先輩だけです」

「え、ちょっとまって知らぬ間に私子持ちになってる⁉　どういうこと還ちゃん⁉」

「本日還に人生を変える素晴らしい出来事がありました——」

還ちゃんは今日事務所で倒れたところを私に助けられたことを嬉々とした声色で話し始めた。

それだけなら全然良かったのだが、やばかったのが私も知らなかった還ちゃんの内情だ。

要約すると、どうやら還ちゃんは今日の私の行動にとんでもなく大きな母性を感じとってしまったらしい。

は？　そう思った人も多いだろう。大丈夫私が一番思ってる。

でもよく考えてみて欲しい、ここはライブオンだ。あのもしかして一部二部とかじゃなくチャ○研の世界に上場しようとしてます？　と言われているライブオンなのだ。

なので私は考えるのをやめた――。

「というわけでこれからよろしく育ててくださいね、ママ！」

「心音淡雪、本日より年上の娘ができました！　オラもうシーラネ」

隣に座るお姉さんにママと呼ばれるこのむず痒さを共有できる人類が限りなく少ないことが誠に遺憾である。

::類は友を呼ぶってライブオンの為にあるような格言だな

::あわちゃん優しい！　シュワとのギャップに落ちたんやな

::だめだ、こっちもストゼロでガチギメしないと話の勢いについていけない

::シュワちゃん諦めてて草

::想像妊娠ならぬ想像出産

::最初はストゼロ全開でぶっちぎってたのに最近はストゼロの力をもってしても御しきれないライバーが何人も現れるってどこのバトル漫画？

::お前伝説作った瞬間に同期のママになってどちゃしこしてたじゃねぇか!!　今更子ども

が一人増えるくらい問題ないだろ？
：シュワちゃんを中心にして家系図が出来上がりつつあるの草
：お前がママになるんだよ！
〈神成シオン〉：おーい！　還ちゃーん！　ママはここに居ますよー！
「お！　ほら！　ママならシオン先輩がいるじゃん！　私なんかよりずっとママみあるよ！」
「シオンママも勿論すこですが、もう最ママは淡雪先輩以外ありえないです」
「今更思ったけど無数のママがいることにまず疑問を持つべきなんじゃないかな？」
「一子多母制ですよ」
〈神成シオン〉：なんで⁉　還ちゃんがママと呼んでるのは酔っ払って自分の娘にAV風インタビューしたような人なんだよ⁉
：友達感覚のご家庭なのかな？
：先進的性教育でしょ
：わー北欧
：北欧に謝れ笑
「いやぁシオンママはなんというか……恐怖を感じる時があるんですよね」

「分かる、私なんて哺乳瓶でストゼロ飲まされたもん」
「それはご褒美(ほうび)です羨ましい」
「あれれ？」
〈神成シオン〉：ちゃんと面倒みるよ？　文字通り起きてから眠るまで全ての面倒を見てあげる
：シオンママ、そういうとこやで
：ひええ
〈相馬有素〉：還殿がシュワちゃん殿の娘？　つまり私が還殿と結婚すれば私も娘に？
……なるほど、計画を練るのであります！
：政略結婚を模索するな www
：人類ぽかん計画かな？
「おうおうコメント欄が賑(にぎ)わってきてますなぁ」
「出産報告なので当然です」
「ありのまま今起こったことを話すぜ！　私はストゼロを飲んでいたら年上の娘ができていた。何を言ってるか分からねーと思うが私もなにが起こっているのか分からなかった。体外受精だとか代理出産だとかそんな科学じゃあ断じてねぇ、もっと恐ろしいものの片鱗(へんりん)

を味わったぜ……」

さて、いつまでも同じ話を続けるのもあれなので、もう何もかも受け入れて配信の企画に入ることとなった。

とは言っても急遽その場で決まったコラボなので何か手の込んだことができるかと言えばＮＯだ。

そこでさっき二人で急いで用意したのがこの『話題ボックス』。

手だけ入れられて中身が見えないようにした箱の中に様々な話題が書かれた紙が入っており、交互に一枚取り出して紙に書かれた内容に沿った話をする。

非常に簡素なものだが、こういった類の物は雑談の大きなサポートになってくれる。

よし、リスナーさんにも説明したところで始めましょうか！

「じゃあママ、お先どうぞ」

「おけ！　ほないくどー！」

箱に手を入れ引き当てたお題は――

「『最近のマイブーム』ですか、これはまた王道ですな！」

「あ、還が書いたやつですね。ママ何かマイブームとかあります？」

「ん～そうだな～。最近絶版になったストゼロコレクションが増えてきたので、たまに引

っ張り出してきては眺めながらニタニタしてますね」

「どうか嘘(うそ)であってほしいマイブーム、ワインじゃないんですから。ストゼロを美術品として見てるのは世界でママくらいです」

「目からストゼロをキメたっていいじゃないか。それなら還ちゃんのマイブームは？　自分で書いたからにはあるんでしょ？」

「はい。還は最近アニメをよく見ます」

「お、いいねいいね、なに見たの？」

「ア○パンマンです、一日中ノンストップで流しています。なぜなら還は赤ちゃんなので」

「徹底し過ぎやろ」

「バ○コさんガチ恋勢です。なぜなら還は」

「赤ちゃんだから？」

「その通り、よく分かってますね。流石(さすが)は還の最ママです」

「なにも分からねぇよ」

大の大人がそれは普通に恐怖を感じるよ。シオン先輩のこと言えないじゃん……。

「あと他にはステーキとかハマってます。そんな高いのとか無理ですけどね」

「あっ、お肉好きなんだ？」

「勿論お肉も好きなんですけど、ステーキ食べるときって紙エプロン着けるじゃないですか？　あれをよだれかけだと思い込むことによって禁じられし外での幼児プレイを疑似で楽しんでます。食欲と赤ちゃん欲を同時に満たせて大満足です」

「肉を食べてると思ったら肉欲を貪ってたのか、たまげたなぁ。あと四大欲求に変なものを交ぜるな！」

「四大？　三大じゃなくてですか？」

「食欲、睡眠欲、性欲、ストゼロ欲の四大だよ！　常識だぜ？」

「この親にしてこの娘ありって感じですね」

：**草　¥10000**

：もうツッコミどころしかない

：うん、どっちも人に迷惑かけてないからえらい！

：ジャ○おじさんの頭にはジャムが詰まっている説を唱えたいです

：それが思いつく君の頭の中がジャムなんじゃないかな？

：辛辣で草

〈宇月聖〉：おや、催眠欲を忘れてるぞ？

〈相馬有素〉：淡雪欲もであります！
：この現実じゃああありえない異世界感がライブオンの良さなのだよ
「次は還が話題ボックスを引きますね、ん～これでいきましょう。書いてあるのは……
『ものまね』ですね。ってこれ話題っていうのでしょうか？　ただの一発芸のような……」
「まぁお互い最初は真面目に書いてたけど、途中からなんでも書いちゃえって感じになってたからなぁ」
「許してください。なぜなら還は赤ちゃんなので」
「許してください。なぜならシュワはライブオンなので」
：許せる！
：赤ちゃんはまだ千歩譲って分かるけど、シュワちゃんは権力行使してるだけで草
：ライブオンなら仕方ない
：ライブオンはみんなおかしいから、見てるともしやライバーの方が正気で自分がおかしいのでは？　ってなってくる
：純度１００％の現実なのに何言ってるかわからない異次元っぷり。流石は心音シュワ雪だ。脳脊髄液のアルコール度数が違うぜ
：俺らの脳脊髄液にも度数があるみたいに言うなｗ

「ママものまねとかできます？」

「まーかせんしゃい！　それでは『炭酸たっぷりのストゼロ流るるストゼロ川の中にお気に入りのストゼロロング缶を見つけたけど溺れる私』いきます！」

「まさか自分のものまねとは思いませんでした、細かすぎて伝わらないもびっくりですよ。まぁ面白そうなので見てみますか、それではどうぞ」

「ストゼロの中に、ロング缶が、ある。拾いに、行こ。あ、このストゼロ、深い！　！ボボボボボボ‼　ボハァッ‼　ブォーッ！　ボホッ！　ボホッ！　助けて！　流されちゃゥボボボボボ‼　たすけて！　晴先輩！　助けドゥボボボボォ！　ボホォッ！」

「ここまでテンプレ」

「あ、このストゼロ、うまい！　ごくごくごくごくごく‼　ごくごく‼　光ちゃん！　ましろんごくごくごく‼」

「流れ変わったな」

「たすけて！　ちゃみちゃん！　シオンママ！　ネコマ先輩！　聖様！　み　さ　え」

「ちょっとまってください今最後に知らない人交じってませんでした？」

「ごくごくごくぅ！　ごくぅ‼　ごくぅ！　助けて！　私はまだ、死にたくないッ！死にたくない‼　ごくごくごくごく‼　ごく！　ごくぅ！」

「ママがヤバイ。色んな意味で」

「この川、うまいから、うまいごくごくごくごくッ！　ふう……なんとか飲み切れたぜ。ストゼロじゃなかったら即死だった」

「しかも生還しちゃったよこの人」

：大草原不可避

：実は喜んでそう

：ボケ殺しのせいでツッコミが全く間に合わん！

：ストゼロ川ってあたかも天然由来みたいに言うな！

：そんな川が流れてたら動物が皆シュワシュワになっちゃうじゃないか！

：待て、恐ろしい事実に気づいてしまったかもしれない。その森に住んでいた動物が実は後のライブオンのライバー達なんじゃないか!?　これは学会にほうこくうわなにをするやめｒ

：ライブオン「お前は知りすぎた」

：今更だけどこれものまねじゃないのでは……

：それを言うならストゼロが流れる川の中にロング缶があるってどんなシチュエーションだよ

：初対面だが俺はすでに君のことが好きだ
：初見さん一目惚れしてて草
「よし、次は還ちゃん、どうぞ！」

「え、還もやるんですか？　今の大惨事の後にやるのめっちゃ嫌なんですけど」

「勿論やるよ！　私もやったんだからさ！」

「分かりました。お題は『初配信の時のママ』いきます。みなひゃまこんばんあきょきょきょきょうはよいあわわゆっきがふっておりゃりゃりゃりゃ（ガクガクブルブル）」

「こらー！　いくら私でもそこまで酷くなかったぞー！」

「キャー♪」

生意気なメスガキ？　はワカラセてやらんといかんよなぁ！

こいつ、赤ちゃん名乗るくせして成熟したエロい身体しやがって！　覚悟しろ！

「あらら、ママに押し倒されてしまいました」

「今からお前がママになるんだよ！　おりゃおりゃあ！」

「キャー♪　このままじゃあママにママにされちゃうー♪」

「ほーらママのママにママにされたママのママでちゅよーって赤ちゃん生まれたら言ってやるんだからな！」

「シオンママというママがいるママにママにされた赤ちゃん生んだ赤ちゃんになっちゃう～♪」

：日本語をしゃべれ

：俺たちは何を見せられてるんだ……

：ママがゲシュタルト崩壊してきた。自分でも意味が分かりません

〈神成シオン〉：天国かな？

：その赤ちゃんに生まれたい　￥４５４５

：その願望を持つならせめてその金額チョイスをやめなされ……

：今死ねば二人の赤ちゃんに生まれ変われるかもしれない

：天才現る

まぁおバカな戯れはこれくらいにしまして、次の話題に行っちゃいますか！

年上の娘の女体はよかったぞ！

「次の話題引くどー！　えーと、『好きな本』ですな！」

「あ、還が書いたやつですね、ちなみに絵本ガチ勢です。ママ、本は読みます？」

「本かぁ、『君のストゼロを飲みたい』とか名作だよね！」

「なんですかそれ……ただ人の酒狙ってるだけのダメ人間じゃないですか……」

「む〜、それなら還ちゃんは好きな本なに？」

「勿論（もちろん）『ママのストゼロを飲みたい』ですね。なぜなら還は赤ちゃんなので」

「私と大して変わらないじゃんか！」

「いいえ違います。ママのおっぱいからは度数９％のストゼロ母乳が出るのでそれが飲みたい、つまりは母の母乳を求めているだけの至って健全な赤ちゃん欲求です」

「まじか便利だなこの体、自給自足やん」

「え」

：www

：流石川を飲み干した女、ぶれない

：神話の一節かな？

：最初絵本ガチ勢って言ったのにもかかわらず乗ってきてくれる還ちゃんノリよくてすこ

：ガチトーンの「え」で草生えた

：考察班です。シュワちゃんにとってストゼロは何物にも代えがたい大切なもの、人生と言うのも憚（はばか）らない物のはずです。それを欲しがるということ、それすなわちあなたの大切なもの（人生）を私にくださいというシュワちゃんなりの告白なのではないでしょうか？意外と照れ屋さんなんですねシュワちゃんは。つまりまとめると「君のストゼロが飲みた

い」＝「私とS○Xしようぜ！」ということです

：→ニキ最初はなるほどと思ったけど最後で台無し過ぎて草

：なるほどと思った時点で毒されてるんだよなぁ

：**照れ屋はたとえ濁しても「私とS○Xしようぜ！」なんて言わない　￥2000**

：もっと有意義なもの考察して、どうぞ

：新人類の考察だから超有意義だぞ

：とうとうシュワちゃんは既存の人類の枠組みから外れたのか……

：ニュータイプかな？

：ゼロタイプでしょ

：退化してんじゃねぇか笑

：少なくともゼロシステムは間違いなく使いこなせそう

：シュワ「ゼロよ……私を導いてくれ」

：ゼロシステム「ストゼロを飲め」

：シュワ「任務、了解」

：絶対飲みたいだけだろお前

〈相馬有素〉：シュワちゃん殿を食べたいのであります！

：場所を指定しなさい
：そんなこと言ったらまた口蓋垂とか言い出すでその子
〈宇月聖〉：女を食べたい
：個体を指定しなさい
：困った、切り取り班なんだが全編通して切り取るところがない
：捨てるところのない空き缶
「ちなみに好きな一節とかはママ、ありますか？」
「うーん、『恥の多い生涯を送ってきました』とかかな？」
「知ってます」
：知ってる
：知ってる
：よくご存じですね
：自己紹介感謝
：やっぱ本物が言うと説得力がちげぇわ
「あれ？　私は好きな一節を言っただけのはず……あれ？」

その後、お互い漫画などの好きな本を数冊話し、話題を何回か引き終わったところで尺的に配信を終了することになった。

好評だった上にいつもより全然早い時間だから名残惜しくはあるが、事務所を借りている以上あんまり長く続けるのも良くない。そろそろ自宅に帰るとしよう。

「ねぇママ」

「はーい？」

機材を片付け帰り支度をしている途中、背中合わせになっていた還ちゃんに話しかけられた。

「今日はありがとうございました」

「うん！　こちらこそありがとうだよ、楽しい配信だった！」

「そうですね、本当に……誰かと素を晒しながら話すのはこんなにも楽しいことだと知りませんでした。還は今日ママのおかげで自分に自信が持てました、還は今日ママに会えたことを一生忘れません」

「還ちゃん……」

支度のガサゴソとした音に紛れていて最初は気が付かなかったが、その声は微かに震え

ていた。

彼女も様々な苦難の末にこの場にたどり着いた人間だ、その過程には多くの孤独も体験してきたのだろう。

私の身体は自然と還ちゃんを背中から抱きしめていた。

どちらかというと私よりも大きいように見える彼女の背中は、今の私にはなぜか包み込んでしまえるほど小さくも感じる。

きっとそれはこの瞬間初めて自分が『先輩』という立場にいるのだと実感を得たからだ。

「還には目標ができました――還はママに娘が還でよかったと言われるような存在になってみせます！」

数分後、私に振り向きそう宣言した還ちゃんの顔は今まで見たことないくらい晴れ晴れとした表情だった――

それからの還ちゃんはコラボなどにも積極的に参加するようになり、ソロ配信でも今まで以上に楽しそうな姿を見せ、怒濤（どとう）の勢いで人気を伸ばし始めている。

己惚（うぬぼ）れかもしれないが、晴先輩や二期生に憧れてライブオンに入った私が、今は立場を逆にしたかのように後輩の憧れの位置に立っている。

それは私にとってなんとも感慨深いことだった。

まぁつまり何が言いたいのかというと――

VTuber続けてきてよかった‼

ましろんとの出会いの話を終えた後、時間もあるのでまだ私たちの通話は続いていた。

現在は、出会いの話からそのままの流れで今の私たちの関係に至るまでという話題にシフトしている。

「黒歴史発掘になりそうで不安だけど、あわちゃんはなにか思い出深いエピソードとかある？」

「あー……なんでしょう、色々ありすぎて選ぶの難しいですね」

「確かに、僕たちなんだかんだデビューしてからそこそこ経ったからね」

「総合的な結論として、当時の私たちが今の姿を想像できないってことは間違いないかもしれませんね」

「ふふっ、それはそうだ。あわちゃんは特にね」

「今でこそ吹っ切れましたからいい思い出ですけどね。ってちょっと話それちゃった、当

時の話でしたよね」

うーん……どれがいいかなぁ……当時の私は人気が出ない焦りもあって毎日が死に物狂いだったからなぁ。なんだかんだ激動の日々なのは今も昔も変わっていないんだな。

その中でもましろんとはコラボの回数も断トツだったし、機材の相談とか配信外の部分でもめちゃくちゃお世話になったから情報が混雑して選べない……。

「──あ」

「ん？　どうしたのあわちゃん？　何か思いついた？」

「いや、まぁ思いつきはしたんですけど、これを言っていいものか……」

「なに勿体ぶってるの？　どんな話でも今更遠慮することもないでしょ」

「そ、そっか、それなら、えっとですね。ましろんが配信でやらかしたときの話なんですけど……」

「親しき仲にも礼儀あり、この話は終わりにしよう！」

「こらましろん！　前言撤回は卑怯ですよ！」

「それはそうだけどさぁー……」

瞬時に何の話か察して逃げようとするましろん。私たちライバーの無茶ぶりにもなんだかんだ言いつつも付き合ってくれるましろんが、ここまで拒否反応を示すのは非常に稀な

ことだ。

それも仕方ないだろう、だってこの話題は珍しくましろんが大きなミスをしでかしそうになったエピソードのことなのだ。

「僕だってあの事は反省してるんだよ？　確かにあわちゃんには迷惑かけたけど、もう勘弁してよ」

「いや勿論もう許してますよ、というか当時も怒ってすらいなかったです。でもほら、悪いことだけじゃなくて、私たちにとって良い経験でもあったじゃないですか。ほら、私達が愛称で呼び始めたのってその時からですし」

「うぐっ、確かにそうだったかも知れないけどさぁ……」

「なんかさっきは私が辱められて終わりになったので仕返しです！　ほら当時のこと思い出して！」

「あれ割と自爆だった気がするんだけどな。まぁ仕方ないか」

懐かしい……この話は今でも思い出そうとすれば鮮明に情景が浮かんでくる。

それは私たちがデビューしてから一か月ほど経ち、段々と配信に慣れてきたときに起き

た出来事だった。

その日は特に何か嫌な予兆があったわけでもなく、ましろんがいつものように雑談配信をしており、その日配信時間が被っていなかった私も何の不安もなく配信を一リスナーとして楽しんでいた。

ましろんはシュワモードの私を軽くいなせるほどトーク力もかなりのものだ、本業のイラストのことを交えながらテンポの良い雑談が繰り広げられる。

丁度世間もましろんの配信者としての才能に気づき始め、同接数もかなり伸び始めた時期だ、ましろんもどこかいつもより嬉しそうにしながら話していたのが印象的だった。

配信慣れも重なった影響でいい意味で肩の力が抜けていたのだと思う。

その時は微笑ましく思いながら良い傾向だと私も喜んでいたのだが、ある一件のコメントが穏やかだった流れを変えた。

：お前のイラストがダメダメだから心音なんとかさんが誰にも興味持たれてないぞwww

「うえっ、汚いコメント……」

明らかに悪意しかない、しかも私の名前まで使ってくる意地の悪さ、何もかもが汚い最低なコメントだった。

そもそもツッコミどころしかない。ましろんのイラストの評価はVTuberになる前から

注目度抜群であり、実際にまだ内面がよく分からない為ビジュアルが最重視される三期生お披露目配信後は私の人気はトップクラスだった。ましろんのイラストレーターとしての技量に疑う余地はないのだ。

私が他のライバーと比べて人気がなかったのは事実だが、それは私の内面のせいが全てなのだ。結局のところこのコメントを書いた人は中傷がしたかっただけなのだろう。

でもライバーとして活動している限りこいつのようなアンチは避けて通れない道でもある。私も含めて皆が悩まされ、そして最後にはどうしようもないと諦めるものだ。

最終的にスルーするのが一番という結論に嫌でも辿り着く為、気にしないのがいつものことである。

でもその日のましろんは違った――

『は？　おい今のコメしたお前、今なんつった？　僕だけならまだしも淡雪ちゃんをバカにしやがったな？』

「ま、ましろちゃん？」

誰が見ても一発で分かるくらいましろんは怒っていた。

『淡雪ちゃんはな、頑張ってるんだよ。皆に何をしたら楽しんでもらえるのか毎日必死に考えてんだよ、僕が一番近くで見てきたんだから間違いない。まぁ目先のものしか見ずに

そんなコメを書くお前は努力すらしたことがない屑だろうから一生分からないかもしれないけどな』

「ましろちゃん……」

しかもましろんは自分の為だけじゃない、主に私の為に怒っていた。

ここまで声を荒らげたましろんは初めて見たから本当に驚いたことを覚えている……そんなに私のことを想ってくれていたことも含めて。

『……まぁそんなわけだから、口には気を付けなよ。何も知らずに人のことをバカにするようなやつはいつか足をすくわれるよ』

結果的にコメント欄も大きくざわつきはしたが、全面的にましろんに正義があるためむしろ好感度が上がってアンチコメをした人もどこかに消えていった。

だがここで事態が終わることはなく、むしろここからがましろんのやらかし本番の始まりだった——

『さて、もう言いたいことは言ったんだけど……そういえば僕の絵にも難癖付けてくれたよね？　いい機会だからどれだけの情熱を込めて僕が淡雪ちゃんをデザインしたかを語ろうか、雑談のいい出汁にしてやろう』

ましろんはそういうと、設定などが細かく書かれた淡雪のデザインの完成形を引っ張り

出してきた。

そしてそれはもう事細かに淡雪の体のことを語りつくし始めた……。

髪の艶から肌のハリに始まり次第に鎖骨や脇のようなフェチズムを感じさせるような部位の話題になり、そしてついには普段は見えない太ももの肉感や胸の大きさの話にまで発展していく……。

次第に声に熱が入っていくましろんの様子に、あれ？　これちょっとやばいんでね？　そう思った私の予感は見事的中することになる。

『僕ね、乳首の色まで完璧に設定してあるからね！　ふぇへへ、皆も乳首気になるよね？』

「は、はぁ!?」

『それじゃぁ今から描いちゃいますよぉ』

「はああああぁぁ!?!?」

あのクールで中性的なましろんからは想像もつかない粘り気のある恍惚な声色で、とんでもないことを言い出したましろん。

そしてその言葉に偽りはなく、一旦さっきのデザインを除け、新しいキャンバスを開き始めた！

『はぁ……はぁ……はぁ……っ‼』

「ちょ、ちょいちょいちょい⁉　待ったあああぁぁぁ⁉⁉」

思わず部屋で一人叫び声をあげてしまった私、コメント欄も阿鼻叫喚の嵐！　混乱する頭でもピンチなことは分かる！

「コメントじゃ間に合わない！　通話！　通話すれば！」

なんとか同期の暴走を止めようと焦る手つきで配信中のましろんに通話をかける。

「頼む！　出てくれ！」

ましろんのチャンネルと私の秘所を守るため、コールに気づいてくれることを神に祈る。

「気づかないかッ！」

だが通話をかけてもあれだけの集中力を発揮しているましろんが簡単にコールに気づいてくれることはなかった。

それでも、それでも私は諦めずにコールを掛け続けた。

『…………あれ？　淡雪ちゃん？』

「気づいてくれた⁉」

その努力が実ったのか、通話をかけ始めてから約一分後、遂にましろんは私の通話に出てくれた。

後から知った話だがこの時ましろんのマネージャーも運悪く配信を見ていなかったらしく、冗談抜きで絶体絶命の危機だったらしい。

「おーどうした淡雪ちゃん？　ちょっと今忙しくて雑談とかなら後でいいかな？」

「こらましろちゃん！　今なにしようとしているのか言ってみなさい！」

「んー？　淡雪ちゃんの乳首を描こうとしているんだよ？」

「なに悪びれもなく言ってるの⁉　分かっているんなら止めなさい！　色々まずいでしょうが！」

「む～、なんでそんなに止めるの？　僕は淡雪ちゃんの乳首が見たいんだよ」

「いやだからそれがおかしいんだって⁉　一体今日はどうしちゃったの⁉　いつものクールなましろちゃんはいずこへ⁉」

「うるしゃい！　ママが娘の乳首を見て何が悪いってんだよ！　恥ずかしがる方がおかしいんだよ！　僕はママなんだぞ‼」

「恥ずかしいとかじゃなくてこれ配信！　配信に乗ってるから！　世界中継されてるからまずいんだよ‼」

「へ？　……ぁ」

ようやく止まることを知らなかった手にストップをかけてくれたましろん。

どうやらやっと自分が何をしていたのか正確に認識したようだ。

「ぁ、あぁ～……ごめん皆、ちょっと頭冷やしてきます……」

その言葉を最後に、この日の配信は終了となった。

そして配信終了後、私たちの通話はまだ切れておらず、ましろんはこちらの方が心配するほど申し訳なさそうにさっきのことを謝り出した。

「迷惑かけてごめんなさい……完全にやらかしちゃった、何してんだろ僕……あと助けてくれて本当にありがとう」

「いえいえ、無事に終わったのならそれでいいじゃないですか。でもどうしたんです？暴走しているましろちゃんなんて私初めて見ましたよ？」

「僕、イラストのことになると熱くなり過ぎちゃう性分みたいで……特に今日は配信の緊張感が抜けてたのと、ちょっとムカつくコメントがきて着火しやすい状態だったみたいで……もう二度と同じ過ち(あやま)は繰り返しません」

実際この日以降、ましろんはイラストで熱くなることはあってもアウトなラインを超えることは一度もなくなった。今日のはあくまで不運が重なった結果なのだ。

それでもましろんの気持ちは収まらないようで、謝罪が積み重なっていく。

「改めて本当にごめんなさい、結果的に僕が淡雪ちゃんに迷惑かけちゃった、情けない

……」

「本当に私は気にしてませんから大丈夫です！　そんな謝らないでください」

「ほんと？　よかった……でも堅実に活動していたつもりだったから、自信なくしちゃうね」

「そ、そんなこと言わないでください！」

どうやらましろんはかなり落ち込んでいたようで、自分を責めるようなその姿を見ていると私も辛くなってしまった。

散々世話になってきた私だ、こんな時こそ同期が元気づけなくてどうする！

「ましろちゃんは自信を持つに然るべき人間です！　絵はうまいし声はかっこかわいいし喋りはうまいし優しいし私なんかを応援してくれるし！」

「お、おお？　そ、そっか？」

「しかも実をいうとさっき私のために怒ってくれたの嬉しかったし、めっちゃイケメンじゃんって思ったし！　あとあと」

「OK、ありがとう、淡雪ちゃんの思いは伝わったよ。でも流石の僕も恥ずかしいからストップ！」

今も昔もこんなときに気が利いたことを言える私でもないので、なんとか元気を出して

もらおうと好きな点を片っ端からあげていったのだが、どうやら照れられてしまったようだ。

でも少なくとも落ち込んだ思考からは脱してくれたみたいで、ひとまず安心した。この時の自分を褒めたい。

「うん、淡雪ちゃんの言う通りだよね、いつまでも落ち込んでる場合じゃない。まずはリスナーさんにも今回のこと謝罪して、また頑張っていくよ」

「はい、謝罪の時は私も付き合いますよ。まぁ私はこの件でそこまで炎上はしないと思いますけどね」

「そうだといいけどなぁ……」

実際これは本当のことだった。事前に私のことについて怒ってくれていたことが功を奏し、娘が好きすぎるママといったような微笑(ほほえ)ましい反響が多数寄せられ、批判は少数派に留まりやがて自然消滅していったのだ。

「まぁどうなっても頑張ってみるよ。頑張っている人が好きって言ったんだから、自分を好きになるためにも僕が頑張らなくてどうするって感じだしね。ありがとう、元気づけられちゃった」

「はい、私も大切な仲間として、何があろうと常にましろちゃんの味方で居ますよ。頼り

ないかもしれませんが……」

「……ねぇ淡雪ちゃん、せっかくだしさ、これからはお互い愛称で呼ぶとかどうかな？」

「はい？　愛称ですか？」

「うん、僕やっぱり淡雪ちゃんのこと好きだから」

「はいいい⁉　す、すきって⁉」

「ふふっ、なんでそんなに動揺してるの？　友達としての話だよ」

「あ、ああ〜そうですよね！　当たり前ですよね！　はいはいはい！」

「それで愛称の話だけど、どう？」

「勿論(もちろん)いいですよ、なんか学生の頃を思い出しますね」

「確かにね、それで僕のことなんて呼びたい？」

しばらく友情とはかけ離れた生活をしてきた私にとって、愛称なんて光栄すぎる話だ。

頭を回転させて必死に考える。

うーん………。

「『ましろん』……とか……」

「ましろん？」

「い、嫌ですか？」

「ううん、全然。ただ理由が気になって」

「あの、一期生の晴先輩ってハレルンって呼ばれているじゃないですか？　私本当に晴先輩に憧れてて、そしてましろちゃんは私にとってその憧れと同じくらい親しみみたいなものを感じているから、似た響きの呼び方ができたらなって……だめですか？」

「なるほど、それでましろんね、いいじゃやん！　響きもマカロンみたいでかわいいし、気に入った」

「本当ですか⁉　よかったぁ……」

「それじゃあ次は僕だね、僕はもう決まってるよ、『あわちゃん』、これでどう？」

「あわちゃんですか、とてもいいと思います！　理由を聞いても？」

「いつもあわあわしてるからあわちゃん」

「ちょ、ちょっと⁉　なんですかそれええ‼」

「ふふっ」

　この後は二人で一緒に謝罪配信をして、丁度私たちのコラボが急激に増えだしたのもここからだった気がする。

　私たちの関係が育まれていった過程において、ましろんのやらかしから始まったこの件は絶対に外せないものだったからこそ、私は思い出深いエピソードに持ってきたのだ。

……まぁそんな私たち二人の現在はというと——

「うぐあああああ‼　僕もうこの話いや！　なんかむず痒い！　やめないと通話切っちゃうよ‼」

「そうですねもうやめましょう今すぐやめましょう！　ああもうなんか暑くて汗出てきちゃった！」

二人とも照れるやら恥ずかしいやらで共倒れになっているのであった。

第三章
ちゃみちゃんと遊園地振り返り配信

突然だが、前に一度こんな話をしたことがあるのを覚えているだろうか?

「ちゃみちゃんそれなら今度は遊園地でも行こうか!」

〈柳瀬ちゃみ〉:準備するわ

「ちょ! 行動がはやいはやい! 落ち着いて!」

覚えていたちゃみちゃんだいすこ民の皆様、お待たせしました!

「——皆様こんばんは。今宵もいい淡雪が降っていますね。今回の配信は素敵なゲストをお招きしていますよ」

「うふふ、こんばんは。皆を癒しの極致に案内する柳瀬ちゃみお姉さんがきたわよ」
「よしよし、噛まずに言えてえらいですね！」
「ありがとう。でも実は噛むの対策でさっき録音した音声を流したわ」
「出オチじゃないですか……」
：わぁ清楚
：→ニキ絶対棒読みだろwww
：今日はやっぱりあわちゃんなんやな
：一昨日の告知から全裸待機してた、在宅ワークじゃなかったら致命傷だったぜ
：遊園地の話はよ！
：ああ、天職ニキの告知って遊園地のことか笑
そう！　なんとこの度、前のコラボの時に話に上がった通りちゃみちゃんと1泊2日で遊園地に行ってきました！
しかもちゃみちゃんが行ったことがないということで、行ったのはあの富士竜アイランド！
私は学生の頃に行ったことがあったんだけど、数年も空くとかなり新鮮な気持ちで楽しめたね。

でも結局のところ当日に楽しめたのは私たち二人だけなので、今日の配信はリスナーさんも楽しめるように遊園地の振り返り配信ってことだね！

「まぁまぁ皆様焦らずに、まずはカステラから返していきましょう。大丈夫、遊園地で何があったか後で余すことなく語り尽くしますよ」

「今日の私はテンションが高いわ、いつものポンコツとは思わないことね」

「それはさっきの録音音声のせいで手遅れかと……」

「そんな馬鹿な⁉」

「はい、一通目頂いていきましょうね～」

@もうストゼロ作れそうな体だね@

「シュワちゃん曰く『照れるぜ///』とのことです」

「普通に意味が分からないわ、これって誉め言葉なのかしら……」

「このカステラの時点で十分頭ぱーしてますけど、これの元ネタの方がよっぽどやばいと私思うんですよね……」

「そうなの？」

「ちゃみちゃんには刺激が強すぎるので次行きます！」

@昨日、近所のコンビニ行ったんです。コンビニ。

そしたらなんか人がめちゃくちゃいっぱいで会計できないんです。

で、よく見たらなんか垂れ幕下がってて、アルコール類2本買えば20円引き、とか書いてあるんです。

もうね、アホかと。馬鹿かと。

お前らな、20円引き如きで普段来てないコンビニに来てんじゃねーよ、ボケが。

20円だよ、20円。

なんか大学生とかもいるし。サークル仲間でコンビニか。おめでてーな。

よーし500ml飲んじゃうぜ、とか言ってるの。もう見てらんない。

お前らな、20円やるからその缶戻せと。

コンビニってのはな、もっと殺伐としてるべきなんだよ。

レジカウンターの向かいにいる店員といつ喧嘩が始まってもおかしくない、
刺すか刺されるか、そんな雰囲気がいいんじゃねーか。飲めない子供は、すっこんでろ。

で、やっと会計かと思ったら、隣のレジのやつが、肉まん一つ、とか言ってるんです。

そこでまたぶち切れですよ。

あのな、肉まんなんてきょうび流行んねーんだよ。ボケが。

得意げな顔して何が、肉まん一つ、だ。

お前は本当に肉まんを食いたいのかと問いたい。問い詰めたい。小一時間問い詰めたい。

お前、肉まんって言いたいだけちゃうんかと。

コンビニ通の俺から言わせてもらえば今、コンビニ通の間での最新流行はやっぱり、
フライドポテト、これだね。

たこわさにフライドポテトと『ストゼロ』。これが通の頼み方。

たこわさってのはね、チャックがついてて食べたい分だけ出せる。これ。

で、それにひとくちサイズのフライドポテト。これ最強。

しかしこれを頼むと次から店員にマークされるという危険も伴う、諸刃の剣。

素人にはお薦めできない。

まあお前らド素人は、ジュースでも飲んでなさいってこった。@

「伝説の某牛丼屋コピペネタですね」

「どうしてこの方はコンビニ如きで通ぶっているのかしら……」

「というか店員と喧嘩が始まるとか世紀末ですか？　後フライドポテトとたこわさにストゼロはキセキの世代ってシュワちゃんが言ってました」

：もうストすこ

：略すなwww

：たこわさってのはね、チャックがついてて食べたい分だけ出せる。これ。たこわさの長所じゃなくて草
：それを言うならフライドポテトも味の評価じゃないんだよなぁ笑
：**また懐かしいネタを　￥2000**
：シュワちゃんようやくつまみを用意できるようになったんやなって涙
：肉まん大好きです（小声）
：コンビニが殺伐……北○の拳の世界から異世界転生してきたのかな？
：世紀末から転生したらあまりに平和ボケした世界だったので、生き方ってやつを教えてやったら豚箱にぶち込まれた件
：捕まってて草

@シュワちゃんマン！

新しいストゼロよ！@

「顔びっしゃびしゃにしてでも飲んでそうね」

「喉が渇いているのかい？　僕のストゼロをお飲み。byシュワちゃん」

「布教活動はやめなさい」

@シュワましの気心が知れた掛け合いが生活の糧ですありがとうございました！

ところであやましのコラボの頃は二人共心の中でどう思ってたんでしょうか教えて下さいいや、いっその事あやましコラボを二人で見る配信でもいいのよ？@

「これは今も変わらずですけど、ましろんはセンスの塊のような人なので尊敬はありますね。よく悩みにアドバイスとかも貰っていたので姉みたいに思ってたかもしれません。ましろんもどうぞ！」

〈彩ましろ〉：同期の中でも特に関わりが深かったからね。僕は二人三脚のパートナーみたいな感じに思ってたかな

「とのことです！」

「本当に仲いいわね。友情は尊いものよ」

「さて、いよいよ本題の遊園地の話に参りましょうか！」

「そうね、どの話からする？」

「ちゃみちゃんが駅で迷子になった話からしますか？」

「それは遊園地の話ではないから却下ね」

「でもリスナーさんは聞きたいと思いますよ？　ねーリスナーさーん？」

：聞きたい！

：俺も！

：当たり前だよなぁ？

：ちゃみちゃん迷子は解釈一致

：その話を聞くために耳の感度を３０００倍にしてきました。助けてください

：イルカさんかな？

：そんなレベルじゃないんだよなぁ

：お耳対○忍ニキ助け求めてて草

「ね？　皆聞きたいって」

「くっ、愛すべきリスナーさんたちの為なら仕方ないわね、腹をくくったわ」

「ありがとうございます！　それでは振り返っていきましょう！」

前のましろんとの通話と違って、今回はリスナーさんにも詳しく伝わるように振り返らないといけない。

まるで追体験しているかのように話してみよう。あ、現地では本名呼びだったけど、今回は配信だから当然ライバー名で呼び合ってたことにするよ。

遊園地に行くことが決まった前日、富士竜アイランドまで東京駅の改札前で合流してか

ら新幹線で行くことは決まっていたのだが、念のためちゃみちゃんに道は分かるのか聞いておくことにした。

返事は「もう、私が何年東京で暮らしてると思ってるの？　目を閉じてても到着できるわ」と言っていたので安心していたのだが……。

ほぼ毎日配信している身なので、リスナーさんたちに旅行中のお休みを告知した後、いよいよ迎えた当日――

「ん？」

既に新幹線に乗る準備を完了し、発車まで時間が十分余っていたので富士竜アイランドのおすすめスポットでも調べて時間を潰そうかなんて考えていた時、ちゃみちゃんからの通話があった。

「もしもーし、どうしたの？」

「あ、もしもし、淡雪ちゃん聞いて？　私イザナミの術をかけられたみたいなの」

「……はい？」

「どこに行っても似たような景色なの。全く困ったものね」

「もしかしなくても迷子になりました？」

「い、いやね？　だからイザナミの術に」

「列車にすら乗ってないですよね？　駅の構内でどこ行けばいいか分からなくなったんでしょう？」

「はぃその通りです……助けて淡雪ちゃん～」

「あんなに自信満々に言ってたのはなんだったんですか……」

「よくよく考えれば確かに私東京で暮らして長いけど、家から出ないから駅なんて滅多に使わなかったわ」

「そんなのだからぽんこつちゃみちゃん略してぽっちゃんとか言われるんですよー」

「言われたことないわよ！　でもかわいいからちょっとありかもしれないわね」

「まぁとりあえずなにか特徴的な目印がその辺にあったら教えてください、私がこのまま通話で案内するので」

「ありがとう！　えっと、びっくりするほど背の高い方がいるわ」

「ちゃみちゃん……私はどう頑張ってもそれじゃ分からないよ……」

本当のところ正直予想していた範囲の出来事だったので、スムーズに案内もできて出発前に合流し、新幹線に乗り込むことができた。

「本当に助かったわ。この駅は最早ダンジョンね」

「確かに初見だと分かるわけないですよね」

「難関をクリアした今、私は大きな達成感を覚えているわ」

「まだ本来の目的に掠ってすらないですよ……」

隣に座ったちゃみちゃんの姿は私なんかよりよっぽど大人びていて、たとえ私服であってもできるキャリアウーマン感がムンムンなのだから、見た目で人を判断するのは早計なのだと改めて認識させられる。

まぁ私やちゃみちゃん推しのリスナーさんに言わせてもらえばこのギャップがたまらないんだけどね！

……てあれ？　よく見るとちゃみちゃんの顔、少し違和感がないか？

「ちゃみちゃん、もしかして疲れてます？　顔色が良くないような……」

「ああ、メイクで誤魔化したつもりなんだけど分かっちゃった？　実は淡雪ちゃんとの遊園地が楽しみすぎて昨日から一睡もできてないの」

「到着まで時間あるから今すぐ寝なさい」

「そ、そんな！　今日の日の為に沢山新幹線会話デッキを用意してきたのに！」

「後で何時間でも聞いてあげるから寝なさい！」

「はーい……」

「みたいな感じのことがあったんですよ～」
「その節はご迷惑をおかけしました……」
「いえいえこんなの可愛いもんですよ。今思うと旅行全編通してちょっと抜けてる妹みたいな感じで見てました」
「私の方が年上なのに……」
：ちゃみちゃんらしさ全開で草
：ぽっちゃんすこ
：楽しみで寝れないとか小学生かな？
：逆転姉妹シチュだいすこ
：俺もあわちゃんと旅行行きたい
：分かる。なんだかんだ一緒にいると楽しそう
「ず、ずっとぽんこつかましてたわけじゃないからね！　これからのちゃみお姉さんの活躍にご期待あれ！」
「よし！　それじゃあお待たせしました！　本題の富士竜アイランドでなにがあったか振り返っていきましょう！」

「「おおおっ！」」

予定通り目的地に入園を完了した直後、そのスケール感に圧倒され感嘆の声を二人揃って漏らしてしまった。

さっきも言った通り私は今回初めての来園ではないのだが、やはりこの規模の大きさには心動かされるものがある。

富士竜アイランドだけの話ではないが、大人気テーマパークってどれも膨大な敷地を使って一つの世界を作り上げているのがすごいよね。

こんな楽しそうな、今までの日常とはかけ離れた異世界を前にしては、年代問わず心躍ってしまうものだろう。

東京暮らしで人ごみにある程度慣れている私ではあるが、それでもびっくりするほどの人数がウキウキとした表情で歩き回っている。

「流石の人気ですねぇ」

「駅でも思ったけど、世界ってこんなに人がいたのね」

「今度コミケでも行ってみます？　多分人間の繁殖力に恐怖を覚えますすよ？」

「そうなの？　私コミケは詳しくないのよね」

「いいですかよく聞いてください、コミケとは一つのＳ〇Ｘの形なんです。来場者が精子でお目当ての品が卵子。無数にも感じる勇者たちが共通の目的のために我先にと歩みを進める姿は最早生命の神秘を体現していると言ってもいいでしょう」

「お外でなに変なこと語り出してるの！」

し、しまった！　どうも賑やかな周りにつられて私の清楚フィルターが薄くなっていたようだ、気を付けねば。

「すみませんすみません。そうですね、初めにとりあえず映えるところで写真でも撮りません？」

「いいわよ。ふふっ、女友達と遊園地――私は今限りなく陽の人間に近づいているわ！」

なんだかよく分からないこと言ってるけど、まぁちゃみちゃんも喜んでくれてるみたいでよかったよかった。

お、ＪＫと思わしき六人組発見！　昔を思い出すなぁ。あの頃は就職の闇も知らずに純粋だった……。

「気を付けて淡雪ちゃん！　あの子たちは私たちより陽キャ指数が高いわ！　避けて通るわよ！」

「ちゃみちゃん何を警戒してるの？　確かにここはアイランドって名前だけどバトロワをしてるわけじゃないんだよ？」

相変わらずの人見知りムーブをかましてビビるちゃみちゃんの手を引き、記念写真も撮り終わったのでいよいよどのアトラクションに乗ろうかという話になったのだが。

「それはもうＦＵＪＩＳＩＭＡでしょ！」

「え、一発目から⁉」

ＦＵＪＩＳＩＭＡ――富士竜アイランドが誇る巨大ジェットコースターだ。

建造されてからわりと長らく経つのだが、そのクオリティと絶叫マシーンの名にふさわしい怖さは未だに世界のジェットコースターシーンをリードしている。

確かに絶叫系が有名でもあるこの富士竜アイランドだが、そんなものを初っ端から選ぶとは、意外と絶叫系とか好きだったりするのかな？

まぁ元々富士竜に来た以上乗りたいとは思ってたから全然いいんだけどね。

覚悟を決めていくどー！

「うひゃー……」

焦らすようにゆっくり坂を上るコースターに揺られながら、もうすぐ訪れる恐怖に思わ

ず冷や汗が出る。

私絶叫系は人並みだからわくわくと恐怖がいい具合に心の中で拮抗(きっこう)している感じだ。

景色は文句なしに美しいのだが、高すぎてそれどころじゃないよ……。

……そろそろ来るかな。

「淡雪ちゃん」

「ん？」

いよいよジェットコースター本領発揮の寸前のところで、ずっと無言だった隣に座るちゃみちゃんに声をかけられた。

「だじゅげで(たすけて)」

震える声でそう言った彼女の顔は……そう、まるで地雷原に踏みこんだことに気づいて絶望と共に一切の身動きがとれなくなった兵士のようだった――

「「きゃああああああぁぁぁぁ!!!!」」

「「あはははははは!!!!」」

ＦＵＪＩＳＩＭＡ一周が終わりコースターから降りた後私たちは、お互いのぐでぇっとした様子を見て思わず二人そろって噴き出してしまっていた。

「ちゃみちゃん普通に絶叫系よわよわじゃん！　なんでこれ選んだの？」

「私の事を人見知り陰キャだと断言してる数少ない知人達に、乗ったことをイキりまくって見返してやろうかと思ったのよ！」

「そんなことやってるから言われるんだと思うよ……」

「いやぁでも実際乗ってみるとやばかったわね……少しだけ、嘔吐しながら天に召される未来が見えたわ」

「ゲロの川を渡りかけたんだね。あのスピードの中吐くと綺麗な川が架かりそうだし」

「天の川みたいに言わないの！　もう、テンション上がって第二人格が見えてきてるわよ」

「「あはは！」」

一回アトラクションに乗って気分が完全に遊園地モードに切り替わったのかもしれないな。二人とも声の大きさが上がり、どこか童心に戻った様子からテンションが上がっているのが分かる。

いいねいいね、遊園地もなにもかも楽しんだもの勝ちだ、この調子でいこう！

とはいえ……、

「流石に開幕二連続絶叫系はやめておきましょうか」

「そうね、何か落ち着いたものでも挟みましょう」

「それなら……コーヒーカップでもどうです？」

「いいわね！　さっそく行きましょう」

「うーん……」

「あれ、どうしたのちゃみちゃん？」

私たちのコーヒーカップに乗る順番が来て、いざカップに腰掛けたところでちゃみちゃんが悩まし気な声を上げた。

「もしかしてFUJISIMAのダメージが残ってる？　乗るのやめとこうか？」

「あ、それはもう大丈夫よ。ただその……お恥ずかしながらお手洗いに行っておいた方がよかったかなと思って」

「ああ～なるほど……どうしようか？　私は全然乗るの後回しにしても大丈夫だよ？」

「心配しないで、それには及ばないわ。全然我慢できるレベルだから。ほら、そろそろ始まるわよ！」

「お、きたきた！」

ゆったりとしたペースで回り始めたコーヒーカップ。

当然のことながら周りの一部は早々に回る速度を上げ、中身を振り払うかのような速度

で回るコーヒーカップにはしゃぎ始めている。うんうん、これもコーヒーカップの醍醐味だよね！

でもＦＵＪＩＳＩＭＡ後の私たちには今のゆったりペースが丁度いい、このまままったりおしゃべりタイムにしよう。

「ねぇ淡雪ちゃん」

「はい、なんとなく言いたいことは分かります」

これからどのアトラクションに行こうかなどを話しているうちに、もうそろそろ終了と思われるまで時間が経った。

確かに優雅な時間を楽しんでいた私たちだったのだが、段々と異変も起こっていた。ふとした拍子に視線が高速回転しているカップに吸い寄せられるのだ。

単刀直入に言おう、めっちゃ回したい‼

仕方ないだろう！　見てるとやりたくなってしまうのが人のサガなのだよ！

「最後にちょっとだけ……やっちゃいます？」

「そうね、やっちゃいましょうか」

「そうと決まれば――」

「全力で回せぇぇぇぇ‼」

カップのテーブル部分を二人息を合わせて容赦なく回す。

「おお速い速い！　サラマンダーよりずっと速い！」

「キャッ！　ふふっ、髪の毛が暴れてるわ」

やっぱ楽しいなぁこれ……うん、楽しいんだけどさ……なんかこれ……速過ぎね？

え？　見てるだけじゃ分からなかったけど、実際に体験してみるとこれ人間が耐えられる限界くらいの速さになってない？　コーヒーカップって限界まで速くしてもそこそこだった記憶があるんだけど。

「あ」

その時私は思い出した――ここは普通の遊園地ではなくあの富士竜アイランドだということに――

そう、絶叫系が名物なここではコーヒーカップの回転速度でさえ青天井とも感じる程速くなるのだ！

「うおぉぉ体が持ってかれるうぅ⁉」

「こ、この速度はまずいわ‼　あ、あ、油断したら漏れちゃいそう‼」

「なるほど、ティーカップにレモンティーが注がれるわけですね。コーヒーカップって英

語圏ではティーカップっていうらしいし、ありがたくいただきます」

「いただかせないわよ！　こんな時にまでボケないの！　早く回転止めるわよ！」

コーヒーカップは三半規管破壊型絶叫マシーン、皆覚えておこうね！

その後制限時間のきたコーヒーカップから降りた私たちは思い思いに富士竜アイランドを楽しんで回った。

ホラー系のアトラクションに行ってみたり……。

「は！　今のはリア充カップルの悲鳴⁉　陽キャ間違いなしだわ、鉢合わせしないようにしないと。なんて恐ろしいホラーギミックなの……」

「ちゃみちゃん、それ想定されたギミックちゃうで」

それが終わったらまた絶叫系にチャレンジしてみたり……。

「ちょ、ちょっと休憩！　淡雪ちゃんは……全然大丈夫そうね、結構絶叫系得意なの？」

「いや、多分昔より強くなってる感じですね。なんか絶叫系から降りたときの感じがストゼロキメたときに似ててちょっと気持ちいいんですよ。シュワっていいですか？」

「だめよ。絶叫系アトラクションからストゼロ成分を摂取するのはやめなさい」

「すごい日本語だな」

心行くまで一日を楽しんだのだった――

「遊園地が終わった後は予約してた近くのホテルに泊まって、翌日少しだけ観光して帰った感じですね！」

「本当に楽しかったわ。付き合ってくれてありがとう淡雪ちゃん」

「いえいえ、私も久しぶりの遊園地だったので最高でした。またどこか行きましょうね」

：**てぇてぇ　￥3000**

：ちゃみちゃま外出できてえらい！

：今度はあわちゃんとラブホ行って、どうぞ

：ラブホ女子会かな？

：ストゼロ飲んでシュワちゃんが登場からのちゃみちゃんに襲い掛かるのが容易に想像できた

〈山谷還〉：ちゃみ先輩は押せばサブママにできそう

：還ちゃん!?

：これは珍しい

：サブママとかいう闇しか感じない単語やめろ

：ママにできそうって最初はR18的なのを想像したけど、還ちゃんは言葉通りオギャりたいだけなんやろなぁ

「わ、私は簡単にママになんかならないわよ？　私のように自立したレディを目指しなさい」

「ちなみにホテルで夜食としてコンビニのおでん買ってきて食べたんですけど、店員さんに注文するときちゃみちゃんキョドって『しらたきと玉子』を頼むつもりが『白子と玉ねぎ』って言い間違えてめっちゃおもしろかったです」

「そ、それは忘れてぇ！」

：草

：なにそれかわいい

：白子はしらたきと玉子が合体して出たんだと思うからまだ分かるけど玉ねぎのねぎはどっからwww

：どっちもコンビニおでんのメニューに存在しないじゃねぇか笑

：最後の最後までちゃみちゃんたっぷりやな

さて、これにて報告会という名の配信は終了になったわけだが……。

さっきさりげなくコメント欄に還ちゃんが居たの、私も見逃してないからな～？

一人目にコラボした私の配信枠とはいえ、ちゃみちゃんとコミュニケーションをとろうとしたのは紛れもない成長だろう。なんとも微笑ましいような温かな気持ちにさせられる。

……いや母性ではないからね？　最ママに堕ちたわけじゃないよ？

ワルクラ配信

『ワールドクラフト』、通称『ワルクラ』というゲームがある。世界的に有名なゲームタイトルだ。

自動生成されるほぼ無限に広がる世界には達成しなければいけない事柄はない。インフラを整えて思い思いに生きたり、正方形にデフォルメされたブロックたちを使って建築を楽しんだりする所謂サンドボックス系のゲームだ。

この時点でかなり革新的なのだが、このゲームの更に衝撃的なところはサーバーさえ用意すれば同じ世界で大多数の人間が同時に遊べてしまうというところ。ライバー同士がコミュニティを形成しつつ活動しているライブオンにとっては相性抜群の形態であり、一週間ほど前にライブオンの運営からサーバー開設のお知らせが届いた。もう何人かのライバーは先に遊んでいる状態になっている。

私はゲームプレイを見たことはあるものの実際にプレイするのはこれが初めて。しかも実質ライバー達との共同生活。お知らせを見た瞬間から楽しみで仕方がなかった。

でもな、PCは分からない人間に寄り添ってくれるほど甘くないねん……ましろんに教えてもらって今日やっと正常に動きました……。

遅れた分を取り戻すためにも今日からがっつりプレイするぞ！

「プシュ！　ごくごくごくごくッ！　あ、やべ」

：プシュ！

：**￥155**

：**待ってました！　￥1550**

：ごっくん音ありがとうございます

：変な言い方するなwww

：まぁたんぱく質入ってるし実質ストゼロも精液みたいなもんやろ

：草

：ところがどっこい！　なんとストゼロはたんぱく質0なのです！　これが現実！

：まじで？　流石（さすが）ゼロの名を持ってるだけあるな

：わぁ健康的！　これはもう買うしかないですね！

：良いところにしか目を向けない宣伝広告かな？
：まぁ水分だし実質ストゼロも精液みたいなもんやろ
：君は世の中の液体がほとんど精液に見えているのかな？
：沙◯の歌より地獄に生きてて草
：どこを見ても驚きの白さ、人間さえ精液に見えるそんな世界に絶望していた中、唯一ストゼロに見えたのがシュワちゃんでした。生きる希望です
：人じゃなくストゼロに見えているのか（困惑）
：おストゼロ増やしておきますねー
：ん？　シュワちゃんどうしたんや？
：なんかミュートになってる
：もしかしてアクシデントか？
：普通に心配
「あ、失礼しました！　今戻りましたシュワです！　ちょっと実はこれが今夜二本目のストゼロでして、ちょっと一本目の影響で尿意が……流石にそのまま行くと第一声より先に排泄音を聞かせた女と呼ばれそうだからミュートしました、えへへ」
：えへへじゃないが……恥じらう内容とのギャップがやばい

：なぜ自分から不名誉な渾名を増やしていくのか
：第一声より前に酒流し込んでるのも普通ではないんやで
：ストゼロ洗った？（洗った厨）
：体内でストゼロシュワちゃん味を作ってたわけですね分かります
：まさか本当にストゼロ生産工場になってたとは驚いた
：どんな味するんだろ
：ストゼロの味でしょ
：それが分かんねぇよ
：ストゼロ味のストゼロ（シュワちゃん味）少数限定発売
〈相馬有素〉：買うのであります！
：ほんと有素ちゃんシュワちゃんの配信にいつもいるな笑
：せっかくのデュアルディスプレイをシュワちゃんの配信同時視聴とかスピーカーを沢山繋いで疑似立体音響とかに使ってたような子だから当然のことさ
：取り込んだ味によって変わるでしょ（マジレス）
：ババコ〇ガみてぇだな
：もうちょっとたとえどうにかならんかったんか……

「それじゃあ気を取り直しまして、今日は何と、とうとう私も『ワールドクラフト』に参加します！　待たせたな！　ちょっと設定で手間取っちゃって……遅くなってごめんね」

：ついに来てしまうのか――

：遅れてやってきた大本命

：ライブワールド界に激震走る

：絶対にろくな事しないぞこいつ！

：魔王が降臨したみたいな反応ばっかで草

「とはいえ皆でサーバーが一番賑わう時間までまだ少し時間があるから、ちょっとカステラの返信を挟んでから開始しようかな、少々お付き合いを！」

＠ワールドクラフトで作りたいものはありますか？＠

「百歩譲ってスト、妥協してゼロ、我慢してストゼロ、欲を出すとスト○ングゼロですかね」

：結局のところ全部一緒で草

：いや、もしかすると違いがあるかもしれんぞ？　メ○～メラ○ーマみたいな感じで強化されてくのかもしれん

：当たり前のように言ってるけど酒の何を強化すんねん

：ここは考察班の出番だ、頼んだ！
：どうも、体はビンビン頭脳はチンチン、名探偵考察班です
：帰れ
：草
：アイテムとしてストゼロ追加するMODの制作開始します
＠なぁ・・・ストゼロしようや・・・＠
「ほぉ、私にストゼロを申し込むとはいい度胸だ。体内残留ストゼロの放出は済ませたか？　ヨントリーにお祈りは？　画面の前で歓喜に震えてプルタブをプシュッする心の準備はＯＫ？」
：怪文書を読むな
：カステラ送ったニキもまさかの対応に困ってそう
：よく聞くと一緒に飲みましょうって言ってるだけやんけ笑
：ほんまや……
：ちゃんとお祈りできるシュワちゃん偉い
：主よ、今から我々がこの糧をいただくことに感謝させ給え、アーウメェ
：アーメンみたいに言うな

：ザー○ン　￥１９１９１
：最低指数理論値のコメントやめれ

＠シュワちゃん的にはストゼロ以外のお酒ってどうですか？
普段ワインとか、日本酒しか飲まないので、専門家の意見が聞きたいです。＠
「ストゼロ以外のお酒も非常に良い物だと思いますよ！　でも私の場合違うお酒を飲んでも脳裏にストゼロの姿が浮かんでくるんですよ。もうその時点で私の負けですよね、体はストゼロに背を向けても心はじっと見つめたまま……恋とはなんとも青く恥ずかしいものですね」

：なに良い感じに年を取ったいい女ぶってんねん
：驚異的なほど自然な流れで恋に繋げるなｗｗｗ
：恥ずかしいのは今の君の姿なんやで
：というか専門家だったのか……

＠ストゼロ以外から失礼します（謝罪）
ばぶ～ばぶばぶ～
おぎゃああああああ!!
おぎゃ…すとぜろ……！＠

「ほぉ、初めて喋(しゃべ)った言葉が『すとぜろ』とは、これは将来が有望な赤子ですな！」

：ストゼロ以外からでも来ただけで素晴らしい心がけだ！

：以外ってどこなんだ……いや、そもそもストゼロ内の時点で分からん……

：この配信では常識に囚(とら)われてはいけないのです！

：範○勇次郎と第一声のインパクトで唯一並んだな

：親の顔が見てみたいと思ったら見えたわ、今画面に映ってたわ

：たっぷりストゼロ母乳飲んで育ったんやろなぁ

〈山谷還〉：なんて羨ましい、嫉妬します

：還ちゃんいるー！

：最近コラボとかも増えて安心（後方父親面）

：父親ということは実質シュワちゃんと結婚なのでは？

：**よーし俺がぱぱでちゅよー！　￥10000**

：**いや、こっちのパパの方が何でも買ってあげるからね！　最パッパは渡さん！　￥20000**

：コメント欄をパパ活会場にしないでもろて

：俺の知ってるパパ活と違う

：当たり前のようにシュワちゃんが親扱いされてて草

：お前母乳すらライブオンじゃねぇか

@初カキコ…ども…
俺みたいな中3でシュワちゃん見てる腐れ野郎、他に、いますかっていねーか、はは
今日のクラスの会話
あの流行りの曲かっこいい　とか　あの服ほしい　とか
ま、それが普通ですわな
かたや俺は電子の砂漠でシュワちゃんを見て、呟くんすわ
it'a true wolrd キマッてる？　それ、誉め言葉ね。
好きな音楽　ライブスタート
尊敬する人間　心音淡雪（未成年飲酒はNO）
なんつってる間に4時っすよ（笑）　あ～あ、義務教育の辛いとこね、これ

：相変わらずworldのスペル間違ってて草

：なっつ

：むしろ中3で大人気になってそうなんだよなぁ

：ちょっと内容合ってるの草

：ライブオンでキマッてるは誉め言葉だから間違ってないな

：ちゃんと法律守るのほんといい子

「次はー……いや、もうゲーム開始に丁度いい時間だね、それじゃあいよいよ専用サーバー『ライブワールド』にログインして行くどー！　普段のプレイは『生活モード』でやっていきたいと思います」

このゲームには敵のモブが登場し、体力や空腹ゲージ、物資の自給自足をする必要がある『生活モード』と、それらの要素をなくしひたすら建築に没頭できる『建築モード』の二種類のモードがある。

やっぱり何が起こるかわからないスリルがある方が配信的に面白いと思うから私は生活モード一択で！　建築モードは何か企画とかがあるときだけ使うことにした。

「お、来た来た！」

昼間の太陽の下、まだ人類手付かずといった感じの草原に私のテクスチャを着せたキャラクターが颯爽と放たれる。

「見てこれ！　ちゃんとI♡ストゼロTシャツも再現してあるんだよ！　しかも清楚な服のあわちゃんモードに変更も可能！」

ピョンピョンと跳ねながら走り回るがひらけた自然の中では小さな米粒のようだ。走り

を遮る人工物すらない為、大自然を進むワクワク感と孤独感が同時に襲ってくる。

まだワールドが開放されてから日が短いため、他のライバーも恐らく近くの適当な場所に仮拠点を建てて暮らしている段階なのだろう。

いつかは皆で協力して村、更には街、更にはその先にまで発展させていきたいな。

心音淡雪の第二の人生、ワルクラで始まります！

「何か面白いものないかなー」

特に目的も定めずただ気の向くままに歩を進める。

この世界に降りたばかりで本当に右も左も分からない現状だ。とりあえず周囲に何があるのかの確認を最初にしようと思い、適当に周囲の探索を開始した。

程よく木が生えているし地形の起伏も小さいから暮らしやすそうなところだな、気に入ったところを見つけたらそこに仮拠点を建てることにしよう。

「おっ！」

ゲームの分からない点などを聞いたりして視聴者と程よく戯れつつ草原を歩いていたら、初めて歩いている地面が砂に変わった。砂と言っても砂漠ではなく砂浜といった感じだ。

そしてその砂浜を進んだ先に見えてくるものと言えば――

「ウェミダー！（海だー！）」

遥か先に見える果てしない水平線がたまらねぇぜ！

結構近いところに海があるんだな、リアルではここ数年一度も行ってないからゲームかつデフォルメされているとはいえ新鮮な気持ちだ。

よし、一旦止めてここらを集中して探索してみよう。

「おー、粘土とかもあるんだねぇ。……ん？」

海沿いに浜辺を歩いていると、視線の先に木製の小屋のような建物が見えてきた。

この世界では明らかな人工物＝ライバーの誰かが作ったということに繋がる。

まだライブワールドが開かれてから間もないことを考えると、誰かが使っている可能性は十分あるだろう。

「これはもしや誰かと初遭遇なるか!?」

そう思いワクワクしながら小屋に向かい駆けて行ったのだが、ある瞬間私の体はまるで体操金メダリストの着地のようにピタッと停止した。

ある瞬間――それは目的の小屋から颯爽と飛び出てきたプレイヤーを発見した時である。

だが私の体を止めた理由は待ちに待ったライバーに会えたから感動したなどといった甘

いものではなかった。

小屋から出てきた女性は真四角にデフォルメされても美しさが分かる深紅のロングヘアをなびかせながら、海の遥か先を見つめている。

その姿はまるで初めてこの世に誕生した最初の人類を彷彿(ほうふつ)とさせた。

私がなぜそんな壮大な思考に至ったか？　それは彼女の隠すという概念など知らないと言わんばかりの堂々とした生まれたままの姿にあった。

そう、本当に全身肌色のみ、すっぽんぽんで浜辺の風に当たっているのだ。

「へっ、へっ」

さぁ、もう包み隠さず単刀直入に言おう、私の視界に突如現れ私の思考を停止させたのは『全裸の聖様』であった——

「へんたいだあああぁぁぁ⁉⁉」

：大草原

：お前が言うな

：あちゃー最初にエンカウントしたのが聖様かぁ

：エンカウント扱いで草

：ライブワールドは実質魔王が何人も点在してるみたいなもんだから

：異○羅かな？

：全員が最強。全員が変態。全員が芸人。全員が魔王。一人も常識人、無し。

：最悪や
ライブオンはワルクラの中でもライブオンなのだと脳裏に刻み込まれた瞬間でした……。

「うわこっち来た⁉」

私の存在に気づいた聖様が惜しげもなくその裸体をこちらに向かって近づけてくる。

「は⁉　もしかして聖様の裸体を映すとゲームとは言えセンシティブ判定を受けてBANされるのでは⁉　画面に映らないようにしないと！」

全力で視点を地面に向けると、ワルクラに備わっているチャット機能で聖様からメッセージが来た。

〈宇月聖〉：オッス！　オラ聖様！　全裸を見られてると思うとゾクゾクすっぞ‼

「服どころかその皮膚も剝いでやろうかこの変態露出癖オンナアアァァァ‼」

私の配信の危機にボケ倒しやがって！　せっかく他のライバーに会えたと思ったのに、これじゃあコメントにあった通り敵とエンカウントしたのと同じじゃないか！　画面に入れたらその人のチャンネルにダメージを与える敵とかチート過ぎんだろうが！

：恥ずかしがって俯いてるシュワちゃんカワイイヤッター！

：恥ずかしがってるんじゃなくて命の危機を感じてるんだよなぁ、収入的な意味で

：画面に入れてはいけないあの人　￥2000

：スレンダーマンかな？

：聖様がとんでもないホラー要素になってて草

聖様に文句を言うため、チャットに光の如き速さのタイピングでメッセージを書き込む。

（心音淡雪）：服を今すぐ着てください！　BANされてしまいます！

（宇月聖）：大丈夫、この前私が仮ワールドで体を張ってこの姿で十時間以上実験配信したけど問題なかったよ。このライブワールドに入ってからも問題なし。真四角にデフォルメされてるから流石にセンシティブ判定されないみたいだね

（心音淡雪）：あ、そうなんですね、とりあえず安心しました

（宇月聖）：私は変態だがそれと同時に紳士だからね。可愛い子猫ちゃんたちに危害を加えるなんてありえないのさ

（心音淡雪）：そんなこと言っても全裸の時点でアウトです

なるほど、当の聖様本人が無事に配信できているのなら問題ないのは確かなのか。

そんな事情無しにしても普通に画面に入れたくないのだが、こんなのでも先輩なので視点を戻してあげることにした。

肌色一色で乳首とかが描かれてる訳でもないから妥協するとしよう。そうだ、肌色の全身タイツを着ているとでも思えばいいんだ、うん。

（宇月聖）：改めて私が管理するヌーディストビーチにようこそ！　さぁ、淡雪君も服を脱いで世間の縄から解放されようじゃないか！　一緒に大自然を全身で感じよう！

「いやたとえ脱ぎたくても脱げねぇよ。なんで全裸のテクスチャなんか持ってんだこの人」

（心音淡雪）：そんなテクスチャ持ってません

（宇月聖）：なんと!?　いいかい淡雪君よく聞くんだ。昨今のヌーディストビーチは高校の修学旅行先にも選ばれるほどの大人気なスポットなんだ、全裸はステータスの時代なんだよ淡雪君！　さぁ、今すぐそんな布を脱ぎ捨てて流行の波に乗ろう！　大丈夫、君はそんな物で着飾らなくても美しい、むしろ隠してしまうなんて美への冒涜さ！

（心音淡雪）：そんなわけないでしょう！　どこのエロ漫画の世界ですか!!

どの面下げて常識語ってるんだこの人は……。

あとその姿で頻繁に私の周りを飛び回るのは奇妙な儀式のようなのでやめていただきたい。女体大好きな私だがなぜか体が拒否反応を示している。

だめだこの人、完全にワルクラを自分なりに満喫していらっしゃる。これが正しい遊び

方のはずなのだがそれが非常に厄介だ。くッ……もっとストゼロキメてくるべきだったか……ッ！

そう思い、どうこの魔王を退治しようかと悩んでいた時、突如私たち以外のライバーがチャット欄に現れた。

〈朝霧晴〉：おやおや二人ともそんなにはしゃいでどうしたのかな？　気になって海から上がって来てしまったよ

晴先輩キター‼‼

そうだ、晴先輩に聖様の所業を言いつけてやろう！　きっと晴先輩ならなんとかしてくれるはず！

そう思ったのと素直にワルクラの世界で憧れの先輩に会えるというのが嬉しくて、期待に胸膨らませて海の方向に視点を向けた。

確かにそこに晴先輩は立っていた。だが全裸の聖様を目にしたときと同じく、私はまたもや言葉を失うことになる。

いや晴先輩も全裸だったわけではないのだ。服はちゃんと来ているのだが……

その服は黒い帯を上半身と足に巻いたような、至る箇所に肌色が見えるとても露出度が高い服だった。というか見覚えがあった。

この20年以上前に初登場したにもかかわらず今でも時代が追い付いていないファッションセンス、間違いない――この服は――ッ。

(朝霧晴)：YO！　SAY!!

「西〇アニキじゃねぇかあああぁ⁉⁉」

(朝霧晴)：はっはっは！　どうしたのかなシュワッチ？　さてはこの凍えそうな季節に孤独な羽を重ねた生足魅惑の消臭ニキであるオレンジ色使いのコーディネーターの姿を見て感動して動けないのかな？

(宇月聖)：ふむ、流石は晴先輩だ。私のファッションセンスといい勝負ができるかもしれないね

(朝霧晴)：やった！　セイセイに褒められちった！

「いや色々交ざってる！　交ざりすぎて意味わからなくなってるから！」

危なかった、まさかの不測の事態二連続に脳の処理速度を超えて体が硬直してしまった。

「まったく、この人達フリーダムすぎでしょ……」

まさしくライブオンの洗礼を受けた瞬間だったな。時間にして僅か数分の出来事のはずが、あまりのインパクトで脳裏にこびりついて離れない。

落ち着け淡雪、相手はあのライブオン黎明期を生きてきた先輩たちだぞ？　もっと脳に

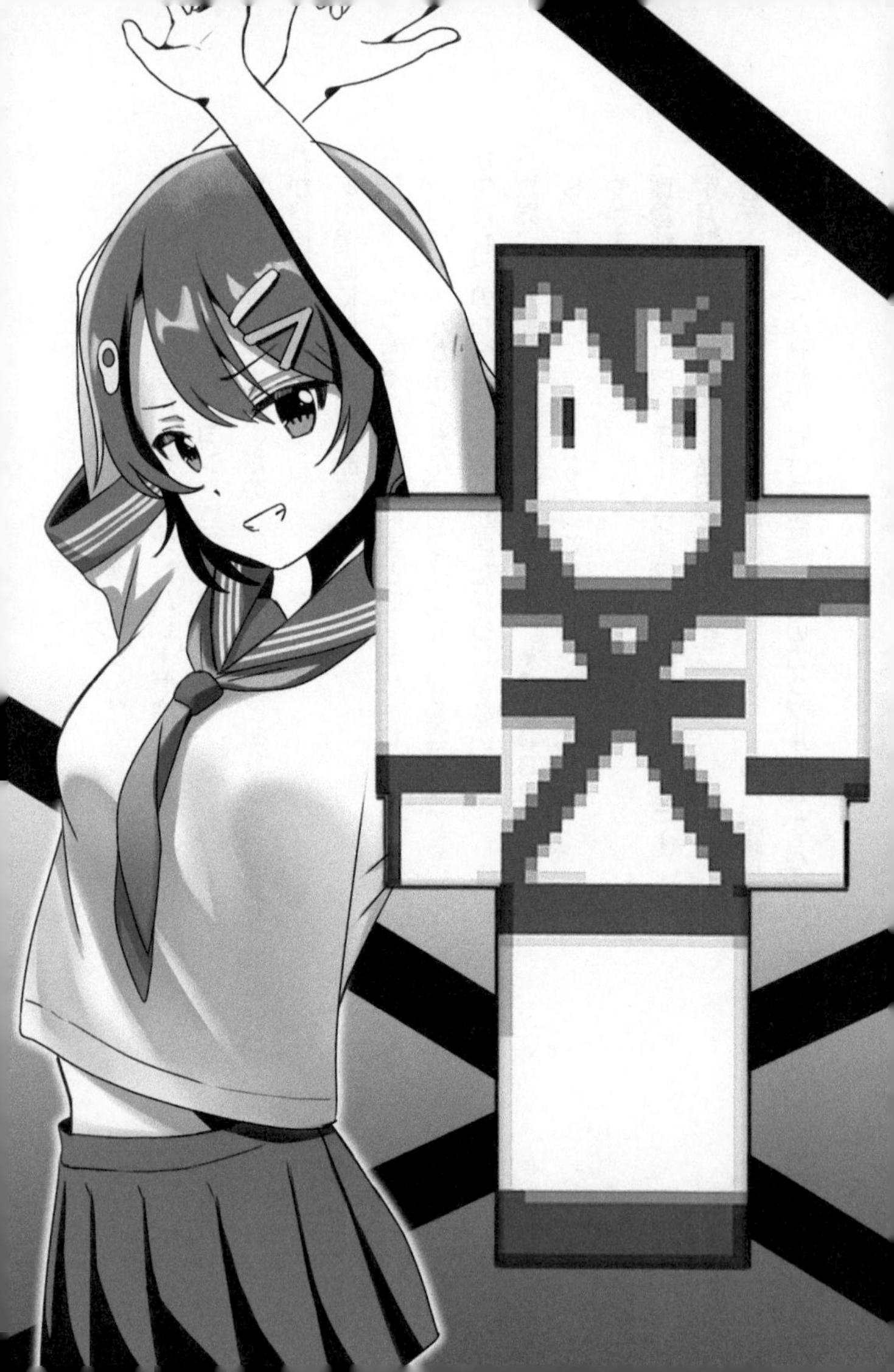

ストゼロを回せ、もっとシュワシュワするんだ！
：出てくるだけで面白い奴らのオンパレードや……
：全裸の女がファッションを語るな笑
：シュワちゃんがボー○ボのビ○ティみたいに叫びツッコミし続けていらっしゃる……これが魔境……！
：あの漫画には大変お世話になりました
：最近、シュワちゃんって実はまともなんじゃね？と思いだしてる（錯乱）
：シュワちゃんがまともなのもライブオンが運営できてるのも人類が存在してるのも宇宙が生まれたのも全部朝霧さんが居たからじゃないか！
：**世界、全て朝霧さんのおかげだった　¥20000**
：S○EDだけにフリーダムってな、はっはっは！
：やかましいわ www
（朝霧晴）：シュワッチ！　ライブワールドにようこそ！
（宇月聖）：待ってたよ私のダッチワイフ
（心音淡雪）：入るの遅れて申し訳ないです……あと聖様は後でしばきます
（宇月聖）：なぜだ、私は遠距離恋愛のカップルが４か月ぶりに直接会えたくらい甘い抱

擁をしたつもりなのだが
（朝霧晴）：ハレルン的にもオールオッケー!!
（宇月聖）：あれー？
　ふふっ、最初は驚きもしたけどこの世界に皆がちゃんと存在してるって実感できてなんか安心してきたな。
（朝霧晴）：じゃあ私は園長の動物園からミルクを貰ってくる予定があるのでサラバー！
（心音淡雪）：承知です！
（宇月聖）：気を付けて行くんだよ
　なんか晴先輩と配信でこんなに近いのも初めてな気がするし……。
　……あれ？　気がするっていうかこれもしかして――
：思ったんだけどこれシュワちゃんと晴パイセン初コラボじゃね？
：マ？
：よくよく考えるとそうなのか
：一応シュワちゃん収益化の時とか歌動画で一緒してるけどあれはコラボと言っていいのか怪しいしなぁ
：初代主人公と次世代主人公の初会合やん！

：あかんなんか感動してきた

「まっじで⁉」

え、コレ晴先輩と初コラボってことでいいの⁉　だよね？　つまりはそういうことだよね⁉

ヤバイこんなに狼狽えてるの久しぶりだ、動悸までしてきたぞ……。

急いで去り行きつつある晴先輩の背中に向かいチャットを打つ。

（心音淡雪）：晴先輩！　初コラボありがとうございます！

（朝霧晴）：お？　ほんまやん！　……でも私との初体験がこれってなんか物足りなくない？　後日もっとすごいこと……しちゃわない？

（心音淡雪）：もっと……すごいこと……？

（朝霧晴）：ふっふっふ！　期待しててね！

そう意味深なことを言い残し、晴先輩は去っていった――

「晴先輩とコラボ……コラボかぁ……」

聖様の拠点の近くで素材集めの為に木を伐採しながら、もう何度目か分からない程同じ

話題を繰り返している。

緊張もするがそれ以上に楽しみだ。ちゃみちゃんじゃないがこれは夜寝られないかもしれない。

〈宇月聖〉：淡雪君、もうすぐ夜になるけどベッドは持ってる？

「え、もうそんな時間⁉」

作業に没頭していて時間の流れすら忘れてしまっていたようだ。

まずいな、このゲームは夜になるとプレイヤーを襲ってくるさまざまな敵がスポーンするようになっている。今の私じゃあ太刀打ちは厳しいだろう。

ベッドを作って、マルチなのでみんな揃って寝れば夜を飛ばし朝を迎えることができるのだが……。

あいにく作るのに必要な羊毛を手に入れる手段に恵まれなくて、作りたくても作れない……。一度ログアウトしたら何とかなるんだっけな？

〈宇月聖〉：もし無いのなら私の家ダブルベッドにしてるから一緒に寝ないかい？

〈心雪淡雪〉：感謝の極み

なぜダブルベッドなのかはあえて触れないでおこう。家の中にお邪魔させてもらいベッドに横たわる。

すると何故か聖様が私の横たわるベッドに乗り、小刻みに動き始めた。

ん？　一体何をしているんだろう？　一人称視点じゃあよく分からないな。三人称視点に変えてみるか。

だが私はすぐに後悔することになった——画面に映ったのはしゃがむボタンを連続で入力し、私に向かって腰を振る聖様の姿だったのだ。

（宇月聖）：アンアンアンとっても大好きストゼロの嫁女ー!!　プルタブの締まりがきつくて私の秘密道具が四次元ポケットから溢れちゃううぅ!!

「おいこら」

私のフレンドリーファイア処女は聖様に捧げたのだった。

「よ～しそれじゃあ今日も出発しますか！」

ゲーム内での翌日、仮拠点建築に必要な素材も集まったので、拠点にするにあたって良い立地は無いか再度探索開始だ。

不安だったベッドの調達も、なんと聖様がせっかくだからと一つプレゼントしてくれた。

「ほら、夜寝られないと皆が困るだろう？　これを聖様だと思って沢山使うんだよ」との

ことで、いつも一言多いがやっぱり面倒見がいい人だ。今度何かいいアイテムが手に入ったらおすそ分けしに行こう。

「お⁉」

今日は森の中をメインに探索していたのだが、歩みを進めていると木だらけで窮屈だった視界が一瞬の間に開放された。どうやら森林地帯を抜けたようだ。

抜けた先も特殊な地帯というわけではなくただの草原なのだが、平坦な地形の中に孤独にそびえる程よい高さの丘を見つけた。

身体は吸い込まれるように丘の頂上まで登っていた。うん、目立って分かりやすい上に見通しは抜群、しかも周りには動物もいて暮らしやすそう！

「決めた！　ここを仮拠点とする！」

せっせと木材を積み上げて人がギリギリ二人住めるかぐらいの建物を建設する。

住めることを最優先にしたため見た目は完全に豆腐だが、まぁ仮拠点なのでこんなものだろう。これからどう発展させていこうか考えるだけでもワクワクする。

「ん～キリもいいし流石に今日はこのくらいにしとこうかな。勿論続きも定期的にやると思うからまた見に来てね！」

さぁ、ここから本格的にストゼロから始まるワルクラ生活、スタートだ！

第四章

あわましお泊りコラボ

青空高くからギンギンに照り付ける太陽の日差しとは対照的に、未だ体を布団に沈ませたままの体勢で通話を知らせているスマホのコールをとる。

「やほやほー。ましろんですよー」

「あ、もしもーし、淡雪です！」

本日の私は昼過ぎからいつもの如くましろんと通話をしていた。今日は雑談だけじゃなく次のコラボについての打ち合わせが本題だ。

「いやぁさっきラーメン食べに行ってさ、お腹いっぱいで立ち上がれないよ。あわちゃん何か食べた？」

「さっき起きました」

「おい」

「いやぁ、だって昨日は割と遅くまでワルクラ配信してたのでちょっとくらいいいかなぁと……」

「あんまり夜更かしが過ぎると体調にもよくないから程々にね。あと今すぐ何かお腹に入れなさい」

「え～あんまりお腹空いてない……」

「だ～め」

「はーい」

お互いVTuber活動初期からのコラボ常連だから、もう何度目かも分からない打ち合わせだ。もう二人そろって堅さの欠片も感じない自然体で会話している。

なんかましろんの声は落ち着くんだよね。最近は特についつい長電話になってしまいがちだ。私の口調も淡雪が丁寧な言葉遣いの設定なのでそれを順守しているが、どうしてもふとした瞬間にフランクさが垣間見える。

とりあえず最優先で決めなきゃいけないことだけ片付けないとだめなので、本当は朝食用に買っておいたパンをかじりながら本題に入る。

現状コラボすることは決まっているが何をしようかまでは決まってない状況だ。

「今度のコラボどうしましょう？　ましろんやりたいこととかあります？」

「ん～……あ、実はそろそろあわちゃんの新衣装を用意したいって運営さんから言われてるんだよね」

「え⁉　まじですか⁉」

「うん。僕もそろそろ描きたいと思ってたから期待してて。まぁまだ服のイメージも決まってない段階だけどね」

「やったー！」

VTuberにとって衣装が増えるのは仮○ライダーにとってのフォームが増えるのと同等の効力を発揮する。とてつもない戦闘力ｕｐだ。

「あーでもこれはコラボの内容にはならないか。話それちゃってごめんね」

「いやいや、ましろんから今の報告があっただけで私は今日からハッピーですよ」

……ん？　ちょっと待てよ？　もしかするといいアイデアが浮かんだかもしれない。私のイラストレーターとしてのママがましろんだからこそ成り立つ企画――

「ねぇねぇましろん。その新衣装のアイデア出し、コラボ配信でやってみません？」

「お？　ほーほーなるほど……」

「ほら、リスナーさんからの反応とかを見ながらファッションの傾向とかアクセサリーと

か決めるのも面白いかと思いまして」

「ふむふむ、確かに斬新な企画だね」

「あ、勿論ましろんがそういった作業を見せたくないんだったらやめますよ？」

「んーいいんじゃないかな？　面白そうだし。なんでもやってみるのが大切だしね。実際に配信中に出た案がそのまま採用になるかは分からないけど、リスナーさんも喜んでくれそうだしね」

「お、それじゃあやっちゃいますか？」

「そうだね、でも一つ条件いいかな？」

「条件？」

「うん。せっかくだからあわちゃんとオフコラボしたいなーって。あわちゃんって一人暮らしだよね？　お泊りとか行ってもいい？」

「お、おふまりですと⁉」

「混ざって新しい言葉生み出してるよー」

実は私たちあわましコンビはライブスタートの時の一度を除いてまだオフで会ったことがない。

ましろんが実家暮らしで家が遠かったのが主な理由なのだが、まさかこの瞬間が来てし

まうとは……。

ああやばい。あれだけリラックスして話してたのにいきなり緊張してきた。

「イラスト用の機材は僕が持っていくから、どうかな？」

「も、勿論大丈夫ですよ！　でもオフコラボしたいってましろんから言ってくれるなんて、ちょっと意外ですね」

「あーそれねー。なんか最近あわちゃんいろんな人とオフでコラボしてるじゃーん。ちょっとコラボ相手が羨ましいなーって思ってね」

なんだこやつかわいいかよ。

普段クールなましろんが稀に私にさらすベタ甘、もう泊まるどころか家に住んでくれ。

「この機会に僕のあわちゃんなんだぞーって主張してやろうかと思ってね」

「っ⁉⁉」

「なーんてね」

あかん、クール系小悪魔ボクッ娘の破壊力はアルマゲドン級だ。危うく私の頭の中マゲドンになりかけた。

ましろんはほんとにこういうギャップの使い方が上手いんだよなぁ。どこまでが本音か分からないこの妖艶さがまぁたまらん。貢ぎたい。今度スパチャしよ。

何をするかが決まった後はコラボ当日の時間や持ち物などを詳細に決めていく。

「当日はあわちゃんお酒飲む？」

「えっと、コラボの日は休肝日の予定だからこのままでいこうかな」

「オーケー」

更に言えば、無いとは思うけど酔っ払ってリアルましろんに何かいけないことをやらかしたら目も当てられないからな……。

その後しばらく他のライバーの話題などの雑談を挟んだのち、通話は終了となった。

「よし、んじゃそんな感じでよろしく。またねー」

「はーい！」

さて、ましろんをむかえる為に早いうちから色々準備しないと！

「さてと、とりあえずまずは掃除しますかぁ」

そんなに部屋を汚くしてるつもりはないけど、生活感が出すぎな部分があるからそこを見栄え良くする感じでいこう。

とはいえ、まずは掃除機からかな。

「こんな感じでいいかなぁ」

アパートに一人暮らしだから家自体あまり広くないのもあって、思ったより早く清掃関連が終わった。

後は何が必要だ？　えーっと……。

あ、飲み物とかお菓子とか買い足しておいたほうがいいかな。冷蔵庫の在庫確認してみよう。

そう思いキッチンへと足を運んだ時、ある一つの物体が視界に入った瞬間、私の体は数秒間ピタリと時が止まったかのように硬直した。

「これ……私の生活ではよく見る光景だけど、流石になんとかした方がいいよね……」

よくアニメなどで思春期の男子学生がエロ本をどこかに隠すが如く、私は物の隠蔽にとりかかったのだった。

「お、来た来た！」

準備も一通り終え、早く来ないかなとそわそわしている内にチャイムの音が鳴り響いた。

パタパタと早足で玄関に向かいドアを開けると、ライブスタートのレコーディング以来の

リアルましろんが重たそうな荷物を抱えながら立っていた。

「こんにちは、愛しのましろんが来ましたよ～」

「いらっしゃい！　上がって上がって！」

「いやぁまだ都会は慣れないね。何もかもが濃縮された感じがして田舎暮らしには少し疲れちゃった」

友人と呼べる人を自宅に招き入れるのもこのアパートに引っ越して以来これが初めてだ、なんだか緊張するなぁ。

「お疲れ様、飲み物はオレンジジュース、コーラ、コーヒー、お茶と色々あるけど何か飲みます？」

「ストゼロはー？」

「……それもありますが」

「ははは！　冗談だよ。それじゃあオレンジジュース貰っちゃおうかな、お土産にケーキ買ってきたから一緒に食べよ」

「ほんとですか！　やった！」

二人でケーキをつつきながら、やっぱりましろんのことが気になって視線を向けてしまう。

うわぁびっくりするくらい肌真っ白で綺麗だなぁ。ライブスタートを収録した時も思ったけど儚げな感じが強くて妖精さんみたいだ。

そう思い観察していると、ましろんはましろんで部屋の内装をチラチラと見ていることに気づいた。

「部屋気になります？」

「あ、ごめんごめん。意外と普通な部屋に住んでるんだなぁって思って」

「どんな部屋だと想像してたんですか……」

「さーあねー♪　ふふっ、でもあの防音材とかは配信者あるあるだよね」

「あ、ましろんも使ってます？」

「勿論。実家暮らしだと音とか一層気を遣うからね」

私の部屋は壁にできるだけ多く防音材を設置している。

少々風情には欠けるかも知れないが、同じ施設に生活している者がいる以上配信者としてのエチケットだろう。

「これなら僕があわちゃんのこと襲ってもばれないね」

「え!?」

「なーんてね」

「も、もう！」

「ふふふっ」

くっ！　ちょっとドキッとしてしまったじゃないか。いつもの仕返しをされてしまったな。

「それにしてもこのケーキ美味しいですね、どこのお店のですか？」

「えっと、名前なんだったっけな……ド忘れしたからちょっと調べる」

そう言いましろんがスマホに手をかけ電源をつけた時、私は見てしまった。

電源がついたスマホのホーム画面の壁紙、そこに設定されていたのはましろんと私のアバターが二人笑顔でこっちを向いてピースしている２ショット風のイラストだった。

しかもその絵柄は間違いなくましろん本人が描いたもの、身体すら貰った私が見間違うはずがない。

更に、更にだ、そのイラストは私が知る限りどこにも公開されていない初見のものだった、つまりこれが意味するものは……。

「ん？　どしたあわちゃん？」

「いや、その壁紙……」

「ああこれ？　壁紙用に描いちゃったんだよね、良く描けてるでしょ」

あかん、これはあかんて、顔が熱くなってきたのが自分でも分かる。

するとそんな私を見たましろんは悪戯(いたずら)好きの猫のようなニタッとした笑みを浮かべながら、ずいずいと私の傍(そば)まで寄ってきた。

な、なんだなんだ？

「あーわちゃん♪」

「な、なに？」

「ハイチーズ！」

「え、え？」

「ほら早く！」

「う、うん」

「ハイ笑ってー」

スマホのカメラを斜め上から向けてくるましろんに言われるがまま、ポーズをとり、そしてシャッターが押される。

えーとこれは……。

「リアルバージョンゲットー。これはロック画面の壁紙にしちゃおっかなぁ」

「ッッッ！？！？！」

思わず後ろに倒れこみ顔を手で覆ってしまう私なのでした。

あ、勿論二枚とも後で頂きました、宝物です。

そんなことをしている内に脳内に存在するVTuberましろんとリアルのましろんが段々一致してきて緊張も解けてきた。

今は夕飯をましろんにご馳走する為にキッチンで材料を切っている。

「夕食まで作って貰っちゃっていいの？　なんなら僕近場に買いに行くよ？」

「大丈夫、いつもやってることだからねー。そんなましろんこそ後ろで見てないでさっきみたいにあっちでくつろいでくれてていいよ？」

「いや、僕は料理できないからちょっと気になってね。邪魔しないようにするから見ててていいかな？　あわちゃんの料理とか興味深いし」

「見るのはいいけど、別にヘンなものとか入れないからね……」

「ストゼロは入れないの？」

「今日はただの肉じゃがなので入れません！」

「砂糖、塩、コショウ、みりん、お醤油、ストゼロ」

「調味料みたいに言わないの！」

いつもはどこかめんどくささも感じていた料理だが、今日はなんだか終始楽しく感じた。

「ごちそうさまでした。いやぁ本当に料理上手いんだねあわちゃん、正直驚いたよ」

「お粗末様です。味重視でそんなおしゃれな料理とかはできませんけどね。私が料理できるくらいでなぜそんなに驚いているのかは知らないですけどー」

「おやおや、僕ともあろうものがあまりのおいしさに口が止まらなくなって失言をしてしまったようだ。これはお詫びに皿洗いでもするとしよう」

夕食後のまったりとした時間の中、冗談交じりにわざと口をとがらせた私を見て、誇張し過ぎな賛辞を交えてましろんがそう言った。

「いやいや、そんなこと私がやりますよ。そもそも怒ってませんし」

「大丈夫、もともと僕がやるつもりだったからね。一晩泊めてもらうんだからこれくらいはさせてもらわないと」

私の制止を押し切り食器類をまとめジャバジャバと洗い始めるましろん。

あの綺麗な肌が洗剤とかお湯とかで荒れちゃわないか少し心配だが、そういうことならまぁいいか。二人分だから洗い物の量もそんなに多くないしすぐに終わるだろう。

んーでもなぁ～……。

「なぁにぃ微妙そうな顔しちゃってぇ？　あ、もしかして対価は体での方が良かったのかなぁ？」

「ひゃい⁉」

「泊めてもらうなんてそういうので定番のシチュエーションだもんねぇ。ふふっ、あわちゃんえっちぃんだぁ♪」

「えっ、あっ、ぇっ」

「ふふっ、そんなキョドっちゃって可愛いなぁ」

やばい、さっきからリアルましろんがライザ〇ソードもびっくりな破壊力を見せてくるせいで私の顔面がトラ〇ザム状態だ。

このままでは、同期のママが私の理性を蒸発させようとしてくるんだが、好評発売中になってしまう。

私は転生したらストゼロだった件を今現在己の人生で絶賛執筆中のはずだ、それを忘れるな、鉄の理性で頭がシュワシュワするのを防ぐんだ！

「あ、あんまりからかわないでください！　もう、私はお風呂掃除でもしてきます！」

「ふふっ、はーい」

私は逃げるように浴室へ向かったのだった。

「んーしぶとい……こんなのあったんだなぁ」

風呂場の汚れと格闘しながら思わず呟く。

自分以外の人が使うとなると、場所などの理由で普段は目につかない汚れまで気になり始めてしまった。

人だけじゃなく、物も見られることで綺麗になるんだなぁ。

「あわちゃーん！　お皿洗い終わったけどどこにしまえばいい？」

そんなことをしていたら予想以上に時間が過ぎてしまったようだ、台所からましろんの声が聞こえてきた。

「えっと、お皿は上の棚の右側でー……」

「はいはい、右側右側……ここかな？」

お風呂掃除を続けながら答えるも、言葉だけでは流石にましろんが分からないと気づき、正確な収納場所を教える為掃除を一旦中止し台所へ向かう。

あれ、そういえば料理してるとこ見てたからましろんも場所分かるのかな？

いや、あらかじめお皿は必要分テーブルに出してたはずだから分からないか。

……あれ？　何のために棚から出してたんだっけ？

………………

「やっべっ⁉」

家の中とか関係なしに大急ぎで台所に駆けていく。

あの棚の中には『あれ』が入っているはず‼

「あ」

「あ、あわちゃん……えっと……これは中々の代物だね……」

だがどうやら手遅れだったようだ。

ましろんの視線は、私が事前に隠蔽を図っていたものにくぎ付けになっている。

ましろんが目を離せないもの、それは一つのゴミ袋だった。

だがただのゴミ袋ではない、そのあまりに悲壮感漂う様は墓場と呼ぶ方がふさわしいだろう。

名を与えるなら『ストゼロの墓場』、それは私が飲んだストゼロの空き缶だけが無数に捨てられた集合体であった。

「いや……なんかさ、ダークファンタジーのゲームとかで人が無数にくっついたみたいな化け物とかよく出てくるじゃん。僕は今、あれを見たときと同じ心持ちだよ」

「違うんです、一袋にまとめて捨ててる上にゴミを出す日が運悪く合わなかっただけで、短期間にそんな量飲んでるわけじゃないんですはい。だからその、違うんです」

「うん、そうかそうか、オーケーオーケー、完璧に理解した。だから落ち着いて」

「うがあああああぁぁぁぁ‼‼」

羞恥、絶望、あまりの収拾が付かない感情の嵐から奇声とともに頭を抱えてしまう。

まさかこれを見られてしまうとは——酒カスをゴミで再現してくださいという課題を出されたときに大正解間違い無しのこれを！！！

「大丈夫、人の価値はゴミ袋なんかじゃ決められないものだよ。僕はあわちゃんの為ならこんなの余裕で受け入れられるさ」

「ましろん、それはそれでパートナーの為に堕ちていく悲劇のヒロイン感でてるよ……」

「いや、そんなつもりはないんだけど……」

前の日のフラグを見事に回収してしまったその後、私が完全に立ち直るまで一時間ほどの時間を要したのだった……。


そして夕食の後片付けも終わり、機材の準備もできたのでいよいよ迎えた配信時間、開

幕直後から当然の如く先ほどの様子がましろんによって公に晒されているのであった。

「――ってことがあったんですよ。以上あわちゃん宅襲撃のレポートでした！」

「やっと終わった……公開処刑とはこのことですね、聞いてるとき耳を塞ぎたかったですよ」

ええそれはもう事細かく、例のストゼロの墓場の話まできっちりされましたとも！

：てぇてぇ

：**あかん、ほんとうにてぇてぇ　￥１００００**

：こんなの……耐えられるわけが……あら～（浄化）

：お泊りとかいうＳ○Ｘほんとすこ、ましろんからの提案というのが尚たまらん

：料理のさしすせそ『砂糖　塩　ストゼロ　醤油　味噌』

：とんでもないヤバイブツかと思ったがストゼロ缶でホッコリ

：→ニキ環境に適応してますよ

：なんだその言い方ｗｗｗ

：ストゼロの缶の集合体……銃の悪魔ならぬストゼロの悪魔か

：周囲１０００ｍのすべての女性と胸囲１５００ｍの十八歳以上の大人にセクハラする能力持ってそう

：胸囲１５００ｍで草、対象が謎過ぎる
：ストゼロ『…テ…ステテ…』
：ヒェッ!?
：てかこのましろんに食われそうな清楚なライバーは誰？　新人さんか？
：新人じゃないぞ、活動休止から復活したんだぞ
：活動休止どころかほぼ毎日配信してたんだよなぁ
：**清楚なあわちゃんがましろんにメス堕ちさせられると聞いて　￥５００００**
：というか昔はこのましろんがリードする感じが普通だったんだよなぁ、なんか懐かしいわ
：今も昔もどっちもすこ
：これは理想的古参勢
〈相馬有素〉：推しが幸せそうで嬉しいのであります！　スパチャ送りたいけど上限来てるのであります！
：有素ちゃん（泣）
それにしてもえげつない数の同接だなぁ、コメントが流れる速度が爆速過ぎて目で追うだけでも大変だ。

初オフコラボで初お泊りとかもうコラボというより一つのイベントだもんな、せっかく来てくれた皆に楽しんでもらえるよう頑張るぞ！

「さて、それじゃあ前置きはこれくらいにしまして、さっき大まかに説明したけど今日はあわちゃんの新衣装を皆で考えていこうと思うよ」

「皆のファッションセンスを心より期待しております！」

「良さそうなアイデアが出たら僕が簡単なラフを描くからそれの感想もよろしくねー」

「それじゃあ私たちも考えますか！　ましろん的には見えてるビジョンとかあります？」

「んー、そもそもあわちゃん用かシュワちゃん用かで迷ってるんだよねぇ」

「あー……」

そういえば二律背反な生命体だったな私、コメディ寄りと清楚寄りであまりにギャップがあるから服の一貫性がとれないんだ。

今もシュワはシュワ、あわはあわで服装を完全に使い分けている状態だ。というかライブスタートの時は別人扱いすらしてたしね……。

んーでもなぁ～……。

「せっかくましろんに描いてもらうのならなるべく多い回数着られる服を私は望みたいですが……」

「お、シュワちゃんとあわちゃん両用ってこと？」

「はい。でも難しいですよねぇ……」

「うーん確かに悩みどころだけど……いいじゃん考えてみようよ。いいアイデア出るかもしれないし」

「ほんとですか？　やった！」

「リスナーの皆もその線で考えてみてくれると嬉しいな」

：りょ！

：ましろんに自分の案を描いてもらえるとかお金払わせろ

：確かに、凄まじいチャンスなんやな

：はいはいはい！　ストゼロの着ぐるみ！　これしかない！

：あ～それ、答えだね

：草

「いや大不正解ですよ！　さっきの話聞いてましたか⁉」

「まぁ待つんだあわちゃん、僕たちは完全無欠じゃない、何事もやってみないと結果は100％分からないものだよ。一度僕が描いてみるから是非の判断はその後にしよう」

「いや、ましろんが今隣にいますからはっきり分かりますけど目が物語ってるんですよ、

『あ、これおもしろい』って」

「もしかすると何かの化学反応でゆるキャラ的なかわいさが生まれるかもしれないでしょ！」

目を輝かせて恐ろしいスピードでペンタブを操作していくましろん。

そして出来上がったのは巨大なストゼロの缶に首から下をすっぽりと収納し、プルタブ部分から顔だけひょっこりと出した淡雪の姿だった。

「ふぅ、いっちょあがりだね」

「いやいや何達成感出してるんですか、まぁシュワの衣装としてならいいでしょう。いや本当はだめですけどね？　これを着たら人として大切なものを失う気がしますから。でもまぁ妥協に妥協を重ねて良しとしましょう。でもですよ、仮にも清楚気取ってたあわがある日突然この衣装を着て『今宵はいい淡雪がー』とか言い始めたらそれはもう事件ですからね？　ましろんも同期の中に人体の85％がアルミでできてるやつがいたらビビるでしょ。それはもうライバーではなくSCPオブジェクトですよ」

「まぁライブオンだし居てもいいんじゃない？　あと切り忘れという似たような事件を既に起こした君が何を言うか」

「確かに」

：流石に草

：納得するのか笑

：あわちゃん、あなたは改造されたんです、その首から下をストゼロに置き換えられて、今のあなたはストゼロ人間なんだ！

：無意味な改造はやめなされ

：ショ○カーもドン引きな改造法

：これが芸術ってもんですかね

：ストゼロ人間ってなんやねん……

：SCP0000　シュワちゃん　オブジェクトクラス：Safe

：むしろOutやろ

「さてあわちゃん、この衣装、是非の程はいかがかな？」

「大大不正解ですよ！」

私が盛大なツッコミを入れたその後、一個目のアイデアが終わったということもあり堰を切ったかのように大量のアイデアがコメント欄に流れ始めた。

：聖様に倣って全裸一択！

：逆バニー！

：仮○ライダーV3！

：健康的でセクシーなやつ、ホットパンツとか

：清楚＝爽やか＝炭酸＝ストゼロということができるからレモン柄に泡を付けた感じのワンピースとか良さげ

：右半身がシュワちゃん、左半身があわちゃんでそれぞれの側を見せて喋るあし○ら男爵方式

いやぁそれにしてもカオスなコメント欄ですな……まともなアイデアと明らかに大喜利目的のネタアイデアが交ざって、これだけで『リスナー渾身の新衣装案集』みたいな感じで一つの動画として成立しそうな勢いだ。

「もうツッコミ追い付きませんねこれ……しいて言うなら全裸って衣装じゃないんですが、裸の王様ですか私……」

「まぁまぁ、でもセクシー路線とかは面白いかもしれないよ？」

「確かに無しではないですよね、シュワとか似合いそうですし。でもあわの清楚とセクシーってマッチするのでしょうか？」

「魅力というものはギャップから生まれるものでもある。普段清楚な服を着ているからこそ肌が出たときの淫靡さが一層際立つ。ホットパンツとか試してみる価値ありありだと思

うよ」

「なるほど！」

私もすごく納得がいく説明だったので期待に胸膨らませてましろんの手元と描かれていく画面を凝視する。

一切止まることなくすらすらと、でも自信溢れる力強さを確かに秘めたイラストラフが完成した。

うん、確かにコンセプト通りホットパンツから出るしなやかな足が魅力的だ。淡雪は意外と身長が高いから尚見栄える。

でも、でもね……。

「なんでポケットのところの布が無いんですかましろん……」

本来はポケットがあるべき場所に布地が一切存在しないため、中の、えと、その、下着が少し見えてしまっているのですがっ！

「私の知ってるホットパンツじゃないですよこれぇ！」

「落ち着きなされあわちゃんよ。いいかい、これは見せてもいいパンツなんだよ」

「パンチラならまだしも清楚が常に見せていいパンツなんてこの世に存在しませんよ！」

「見えなくていいパンツなんて存在しない‼」

「なにいきなり名言みたいなこと言ってるんですか……」

：ふーん、エッチじゃん

：黒い布が見えてアッー!!!!

：抜いちゃだめだ抜いちゃだめだ抜いちゃだめだ

：最低だ、俺

：ほんの少し見えてるだけのはずなのに異様に描き込まれてるおぱんつに草

：ましろんはやっぱり皆の希望なんやなって

「確かに素晴らしいことは認めます、内心歓喜してますしシュワがこの場に居たら『オカズGETだぜ！』って言ってた可能性は否定しません。でも今の私は清楚として抵抗しなくちゃいけないんです！」

「よし分かった、それじゃあパンツを見えなくすればいいわけだね。よし、それじゃあ最初からパンツを穿かなければいいわけだ！」

「おいいいいぃぃぃ!?!?」

控えめに見えていた黒の布が消されてそこに鼠径部と思われる肌色が足される。

これ正面からだからまだ大丈夫かもしれないけど、側面から見たら絶対奥のだめなところ見えちゃうだろ！

「捕まる！　この服で外出たら捕まるって！」
「大丈夫あわちゃん。これはね、見えてもいい股間なんだよ」
「言いたかっただけでしょそれ……」
：ラジオ体操第一、よーい！　まずは手を上下に動かす運動から！　はい！　いちにっ、いちにっ！
：喜びに胸を開いたんやな
：￥50000
：えっち前リョーマです。現在無我の境地にいます
：あわの呼吸、肆伍肆伍ノ型、白濁液
：二人のツッコミとボケが正反対になってて草
それからはバドガールならぬストガールや露出抑え目のキャンペーンガール風など様々な意見がいくつもペンタブ上を舞った。
そしてそこから最も多くの支持を集めたのがこれだ。
レモンの色である黄色のスカートに、炭酸のシュワシュワを意識した水玉模様を少し幾何学を意識したデザインで配置したブラウスを合わせた衣装。
更には雪の結晶のイヤリングとネックレスのアクセサリで淡雪要素と－196℃を表現して

いる。

あわとシュワの調和がばっちりとれており、私の感想としても非の打ち所がないデザインだ。

「ふぅ、運営さんと相談もあるからまだこのデザインで確定とは言えないけど、いいものができたね」

「そうですね。ましろん、そしてリスナーの皆様方、本当にありがとうございます！」

さて、もう今回の配信の目的は終了したから、後はお風呂入って歯磨きして寝ましょう！

「ましろん先お風呂入っていいですよー。お客様優先でどぞどぞ！」

「ん？　何言ってるの？　一緒に入るんだよ？」

「……はいぃ？」

今なんと……？

「なにやってるのあわちゃん？　早くお風呂入ろ」

「え、いや、だからお先に……」

「一緒に入ろ？」

当たり前のようにそう言ってくるましろんにリアクションすらうまくとれないまま唖然

としてしまう。

え？　これって言葉通りの意味だよね？　なんかの隠語とかじゃないよね？

だとしたら……一体何が起こっているんだ⁉

「まさかましろん酔ってる？　でも今日の料理にはストゼロは入れなかったはず。だとしたら……聖様が放つ毒電波でも受信したのか？」

「聖様に謝りなさい。というか忘れたの？　最初に一緒に入ろうって誘ったのあわちゃんなのに」

「え？」

どういうことだ、そんなの記憶にないぞ。まさか海馬聖様のエネミーコントローラーの仕業か？

ぶっかけフェイスホワイトドラゴン！　滅びのカルピストリーム‼

……なんでもない。

「ほら、前にアニカー配信したときに銭湯で裸の付き合いを所望するって言ってたじゃん」

シュワの時の話かよ‼

ああ、でも確かにそうだ。断られる前提で言ったけどまさかの「あわちゃんとならO

K」という返事がきていたはず。

でもまさかここで伏線回収になるとは思わんかった‼

「で、でもうち銭湯じゃないですよ？」

「んー、まぁそうだけど似たようなものだからいいでしょ」

「そんな適当な……」

「むー、僕の風呂に入れないというのかぁ！」

「いや入るのは私のお風呂なんですが」

「あはは、確かにそうだ。でも一緒に入りたいのは本当だよ。あわちゃんは嫌？」

「いや、びっくりしただけで嫌ではないですよ。でも……襲われても知りませんよ？」

「大丈夫、長い付き合いの上であわちゃんに信頼があるからね」

なぜそこまで自信たっぷりにそんなことを言えるのだろうか？　私の記憶では事あるごとにセクハラ言動を連発したはずなのだが……。

まぁでもましろんが一緒に入りたいって言うのならいっか。どうせ修学旅行みたいなノリだろうしね。やましいことなどまさかないない。

うっ……でも体型見られるのちょっと恥ずかしいかも……最近運動できてなかったからもしかすると……そうだ！

「それじゃあ一応バスタオルをお互い体に巻いてください、体洗う時も見ない。それならどんとこいです！」

「え～……まぁいっか、おっけ！　さっそく行こうか。てなわけで配信音声ミュートしまーす。少し待っててね」

：あ～たまらないですわ～

：**神回　¥20000**

：僕はね、お風呂のバスタブになりたかったんだ

：そうか……なら、俺が代わりになってやるよ、任せろって！

：いいや譲らん！　絶対に譲らんぞおお‼

：あれー？

「ふ～、いやぁお風呂はいいねぇ。力が抜けて身体が溶けそうだよ」

「そ、そうですね」

私は緊張で体ガチガチなんですがー‼

現在、お互い髪と体を洗い終わり、本当に二人で湯船に浸かっております。

少し狭めのバスタブだからさっきから肩とか普通にくっついてます。

バスタオルを巻いているとはいえましろんの方を向くとセクシーな鎖骨が——

これは直視できない……。

「あわちゃんってさ、結構あるよね」

「な、なにがです？」

「バストだよ。素晴らしいものをお持ちのようだ」

「あ、ああなるほど。そうでもない気がしますが……」

相変わらず視線はお湯に向かい下げた状態で応える。

「いや、僕と比べるとやっぱり大きいよ。アニカーコラボの時ツルペタって言われたの忘れてないぞー」

「いやでも、それはアバターのましろんに対して言いましたから」

「じゃあリアルの僕の胸は大きいの？」

「……はい」

「あー嘘ついたー！　さっきから視線外してるくせになんで分かるのかなー？」

「ち、ちらっと見えたからですよ！　あ、見えたって言ってもタオルの上からですよ！」

「ほんとー？　ん～……やっぱり納得できないなー。ほら、今しっかり僕の胸見て判断し

てよ」

「え、ええ⁉」

「はやくはやく！」

ううむ、これはやらなければ納得してもらえそうにないな……正直サイズが分かるくらいまでは見てなかったしね。

まぁバスタオルの上からだし問題ないか、そう思い視線をましろんに向けたのだが——

「え？」

「にひひっ」

本来ならタオルで隠されているべき場所——そこには間違いなく人の柔肌でできた控えめな膨らみが横に二つ並んでいた。

その代わりにタオルはましろんのお腹付近まで下げられており、更にましろんはまた悪戯っぽく笑っている……これはつまり……、

⁉⁉⁉⁉

「キャアアアァ‼　ましろんのエッチ！　破廉恥！　聖様——‼」

「だから聖様に謝りなさい」

そんなに長風呂でもないのにのぼせてしまいそうな時間でした……。

それにしても今日のましろんは一際テンションが高いな、一体どうしたのだろう？

「よし、そろそろ寝ようかあわちゃん」

「そうですね」

お風呂を上がり既に配信も終了した為、もう今日は寝るだけだ。

いやぁそれにしてもまぁ盛り上がった配信だった、どうやらかたっだーのトレンドもかなり上位に昇ったようだ。

良い仕事ができた後だから気持ちよく眠れそうだ、ましろんの隣に行き私も寝ることにしよう。

うん、もうね、なんかお風呂の時点で予想できてたけど当たり前のように一緒に寝ることになったよね。

もう混乱してても仕方ないから楽しむことにしたよ、うん。今日は神様がくれたご褒美の吉日だと思うことにしよう。

同衾だぜヒャッハー‼

「どう？　あわちゃん寝れそう？」

「ん～……正直微妙です」

「ん、なんで～？」

「すぐそばに小悪魔さんがいるからですよ～」

「ありゃりゃ、それは大変だ。でも僕は結構眠いかもー。今日はちょっとはしゃいじゃった」

「確かに今日のましろんは終始楽しそうでしたね。自宅に招いた手前、楽しんでいただけたのなら安心しました」

「……もしちょっとやりすぎたかもならごめんね？」

「いえいえ、なんだかんだ私も楽しかったですよ。でもどうしたんですか？　県外に出たので旅行テンションみたいな感じです？」

「んー……こっから寝言！」

「はい？」

「いいかい、こっからは全て寝言なのです。なので変なこと言ってるなこいつとでも思いながら聞いてください」

「は、はぁ」

そういうとましろんは布団の奥まで潜り込み、私から顔を隠した状態になった。

なんだなんだ？　さっぱり意図が読めないのだが？

だが頭上に「？」を浮かべた私を置き去りにして、ましろんは淡々と本人曰く『寝言』

を語り始めた。

「僕ね、デビューからずっとあわちゃんのこと見てきたつもり」

それは、とてもとても、まるで雪の寒さから守ってくれるマフラーのような優しい声色で始まった。

「当時のあわちゃんは、いや、今もかな、言っちゃあれだけど器用じゃなかった。必死になって何かネタを見つけてきては毎日配信して、その度に心が擦り減ってるように僕には見えた」

「……はい」

「僕は頑張ってる子が好き。そういう人が報われてほしいと思ってるし、そういう世の中であってほしいと常に願ってる、はっきり言えばそういう子が推しなんだよ僕。だからそんなあわちゃんのことをずっと応援してた。きっとこれは淡雪のママだとかは関係なく、ただ一人のファンとして応援してた」

静かに紡がれていく言の葉たち、その葉一枚一枚には確かにましろんの心の熱が籠もっている。

自然と私は目を閉じて、一つの音も逃さないよう、全てを受け止めようとした。

「焦り、不安、失意、きっと色んな感情があったんだと思う。初期からずっと見てきて悩

みの相談とかも受けてた僕は気づいた。あわちゃんは配信を楽しむことができてないんだなって」

当時の情景が脳裏にフラッシュバックする。

大きく周りから人気に差をつけられて、なんとかしなければという思いに心を侵食され、それ以外のことを考えることができなくなっていた当時の私が、閉じた瞼の裏に映る。

でも今の私はその光景を見てマイナスな感情を持つことはなかった。感じたのは『懐かしい』や『あの頃は迷走してたなー』などといった回顧の感情。思い出し笑いすらしてしまいそうになった。

きっとそれは——私が自分自身を受け入れることができたからだ。

「でも例の配信切り忘れから一気に変化が生じた。日に日にあわちゃんの声が明るくなっていった。笑うことも増えた。そして今日、直接会って確信した。自分で気づいてるかもしれないけど、配信中もそうじゃないときもあわちゃん生き生きしてた、楽しそうだった。だからね、僕もなんだかうれしくなってきちゃって……あはは っ、ちょっとはしゃぎすぎちゃった、柄でもなくて恥ずかしい」

「ましろん……」

「良かった……本当に良かった……」

当時は勝手に私は孤独なんて感じてた。皆が雲の上にいるように感じて。

でも今では思い返すたびに傍に居てくれる人がいた。同期や先輩やマネージャーさん、特に目立つ学生でも無かった。就職先は真っ黒で口癖が「すみません」だった。でも私

そして今私の為に声を震わせて喜んでくれている親友。

は幸せ者だよ、今かけがえのない人たちとかけがえのない時間を過ごしているのだから。

「おめでとうあわちゃん、ずっと応援してたよ。そしてこれからも応援してる、心音淡雪のファン第一号としてね。そして一緒に切磋琢磨しながらVTuber界を盛り上げていこう、これは彩ましろとして、ね」

「ありがとうましろん、今までも、そしてきっとこれからも」

「大好きだよ、あわちゃん」

「はい、私も大好きです」

お互いの手が磁石のように引かれあい、優しく、でも決して離れないように繋がれる。

さっきは眠れそうじゃないと言ったが、不思議と今にも温かな感情に包まれて眠ってしまいそうだ。

「おやすみ、あわちゃん」

「おやすみなさい、ましろん」

今夜は良い夢が見られそうだ――

「忘れ物ないです？」

「うん、ばっちり！　それじゃあそろそろ行きますかね」

「気を付けて、また来てくださいね」

「うん、またね」

眠りから目が覚めた後、私たちはいつもと大して変わらないやりとりを交わし、昼頃になったところでましろんが帰宅することになった。

話の締め方がいかにもましろんらしいなと思いながら、小さくなっていく背中を見送る。

そして見えなくなり家の中に戻った私は――

「よし！　今日も頑張りますか！」

力強くそう言ったのだった――

エピローグ

都内のなんの変哲もない居酒屋、そこには淡雪のマネージャーである鈴木と朝霧晴の中の人である最上日向(もがみひなた)、その他にもライブオンの社員が数名集まっていた。

何か用事があるのかと言えば、これまた何の変哲もない飲み会である。休日前に仲のいい社員が集まって酒を飲む、ありふれた光景だ。

「ねぇ日向さん、そろそろライブやりましょーよー」

「んー？　ライブなら毎週何回もやってるよー」

「そうじゃなくて、ライブ会場で沢山お客さん集めてやる音楽ライブですよー。そろそろやりませんかー？　日向さんのソロライブとか絶対盛り上がりますって！」

酒の勢いに任せてとりあえず提案してはみたものの、実は鈴木はどのような答えが返って来るのか知っていた。

これまで同様の案が飲み会の場や、会社内の会議でも上がったことがあるのだが、一貫

して日向の答えはＮＯだった。

最上日向という人間は、天才的な才能を持ちながらも実は自分が主役となることをことごとく避ける傾向がある。

表にはしないためこのことは恐らくコアなリスナーですら気づいている人は少ないだろう。ライブオンを成長させた立役者でもある彼女は、自分だけが目立つ行為や自分の為の企画などはことごとく断る主義であった。

なぜなのかと聞かれればその答えもはぐらかしてしまう。その為、現状日向にソロライブなどの企画を受理してもらうのは不可能であるというのがライブオンの通説だ。

それでも鈴木が提案をいくら拒否されてもやめないのは成功を確信しているから、そして何より一人のファンとして最上日向という人間にもっと輝いてほしいから。

彼女のポテンシャルなら今よりもっともっと上を目指すことができる。それが目に見えて分かっているから諦めきれない。

今日もどうせ断られるだろう、でも彼女の中にライブ開催という選択肢があることを忘れないでほしい、鈴木はそういう思いで度々提案を繰り返していた。

だが——この日の日向は鈴木の想像と真逆の答えを返した。

「いいよ」

「　　　　　　」

鈴木だけではない、傍で他の話題で盛り上がっていたライブオンの社員が全員日向に振り向き、そして無言で目を見開いた。

「「うおおおおおおおおお!!!!」」

そして数秒後には驚きが歓喜に変わる。

普段は落ち着いた鈴木でさえ大声を上げて隣の同僚と抱き合った。

まるでお祭り騒ぎのようだが、これは日向という人間がそれだけ多くの仲間から慕われていることの証明であった。

ライバーでもありながら会社でも中心人物であり、いかなる物事も余裕綽綽とこなしていく様は多くの仲間から尊敬され、そしてだからこそ自分の為には消極的な姿がもどかしかった。それがこの場で一気に喜びとして解放されたのだ。

「でも一つ条件あり」

日向のその声に再び辺りは静まりかえり、視線は一点に集まる。

その中日向はにやりと口角を上げ、こう告げた。

「ライブの最後、シュワッチとサプライズコラボで一曲歌う、それならいいよ」

まだまだ淡雪の激動の日々は続く……。

あとがき

『VTuberなんだが配信切り忘れたら伝説になってた』略して『ぶいでん』の2巻を手に取ってくださりありがとうございます、作者の七斗七(ななとなな)です。

実はこの2巻の内容は、冒頭から丁度書籍化が決まった時期と重なっていまして、それに合わせて1巻に比べるとパロディ要素にプラスして強烈なキャラ個性を生かしたキャラクター小説の要素が強くなっています。

四期生も登場し、更に独自の広がりを見せるライブオンの世界を今後も楽しんでいただけたらと思います。

さて、ここからは1巻発売後の話になるのですが、これは夢なのではないかと思ってしまうほど色々な出来事が起きましたね。

私も度肝を抜かれた圧倒的な完成度のPVがバズって某大手動画配信サイト様で急上昇入りしたことに始まり、現実の大好きだったVTuberさん達に反応をいただき、ラノベの賞をいただくこともあれば、編集さんの負担が心配になってしまう程の大量の企画が動いています。

結果的に何度も大重版が掛かりまして、ライトノベル界に大きな衝撃を与えられたスタートダッシュだったのではないかと思います。

リアルでも伝説を残しつつあるその様から、原作再現と言われたりもしました。

このような華々しい成果をあげることができた要因ですが、周囲の方々に恵まれた、それに尽きると思います。私1人では到底辿り着くことはできませんでした。

ぶいでんの世界を彩ってくださった関係者の皆様、web版を支えてくださった皆様、そして書籍を手に取ってくださった皆様に心より感謝申し上げます。

本当にありがとうございました‼

最後に、ここからは宣伝になりますが、心音淡雪の公式Twitterアカウントが稼働しています。

一般的な宣伝アカウントの範疇を超えたユニークなツイートが見られますので、ぜひフォローをお願いします！

また、何もなければ続刊ができると思います。

3巻では恐らくweb版で屈指の人気を誇ったあのエピソードが書かれるかと。四期生を始めとしたライバー達もまだまだこんなものじゃあないので、ぶいでんをこれからもよろしくお願い致します！

VTuberなんだが配信切り忘れたら伝説になってた2

令和3年9月20日　初版発行
令和4年12月25日　6版発行

著者——七斗 七

発行者——山下直久
発　行——株式会社KADOKAWA
〒102-8177
東京都千代田区富士見2-13-3
0570-002-301（ナビダイヤル）
印刷所——株式会社KADOKAWA
製本所——株式会社KADOKAWA

ISBN978-4-04-074294-6 C0193　◆◇◇

VTuberなんだが配信切り忘れたら伝説になってた2

七斗 七

ファンタジア文庫

3123

#彩ましろ展覧会

COMMENT

|乳首の色!?

|まずい誰か止めて

|淡雪ちゃん来てくれ〜〜〜!!!

|BAN

|ぼくは紳士なので乳首の色気になります

|この紳士をBANしろ

彩ましろ
Irodori Mashiro

「僕ね!　淡雪ちゃんの乳首の色まで完璧に設定してあるからね!」
普段はクールで中性的な女の子だが、イラストの話になるとテンションが上ってしまい……

VTuberなんだが配信切り忘れたら伝説になってた2

200万回視聴・3か月前　14046　46

彩ましろ
チャンネル登録者数 76万人　登録済み

contents

いろどり ましろ
彩ましろ

「どうもこんましろー。ましろんこと彩ましろです」

絵を描くことを生きがいにしているイラストレーター。少々毒舌気味ではあるが、実はかなりのお人好しの優しい少女。

こころね あわゆき
心音淡雪

「皆様こんばんは、今宵もいい淡雪が降っていますね、心音淡雪です」

淡雪の降る日にのみ現れるミステリアスな美女。吸い込まれるような紫の瞳の底にはなにが隠されているのか……。

まつりや ひかり
祭屋光

「こんピカー！　祭りの光は人間ホイホイ、祭屋光です！」

全国のあらゆる祭りに出没するお祭り女。異なる地域の2つのお祭り会場に全く同じタイミングで出没した説がある。

やながせ ちゃみ
柳瀬ちゃみ

「みんなを癒しの極致に案内する柳瀬ちゃみお姉さんが来たわよ」

元々陰キャだったが勇気を出して陽キャデビューしたところ大成功。しかし内面は変わらず外見だけ陽キャの陰キャが残った。

そうま ありす
相馬有素

「はっ！　相馬有素、ただいま参上したのであります！」

自己の解放をテーマにしたアイドルグループ、レジスタンスのメンバー。クールな風貌から男女両方から人気を集めるが、中身はポンコツの為、イメージ死守にメンバーが苦労している。

そのかぜ えーらい
苑風エーライ

「やっほ〜みんな〜！　元気ですか〜ですよ〜！　エーライ動物園の苑風エーライですよ！」

あらゆる動物を網羅した一大テーマパーク、エーライ動物園の園長をしているエルフ。なぜか動物たちからは絶対服従レベルで敬意を集めているらしい。

やまたに かえる
山谷還

「山を越え、谷を越え、そしてやがて還る場所。山谷還の配信へようこそ」

心優しき者が重い傷を負ってしまったとき、どこからか現れて癒しを授け、風と共に還っていく謎多くも神秘的な女性。

Live-ON
ライブオン

選ばれし輝く少女たち

お知らせ｜グッズ
ガイドライン｜所属タレント｜会社概要

あさぎ

朝

「やは
てきた

みんなを
ふれる女　　盛であり、
勢い余って　　予想から斜め上に
大きく逸れた言動もしばしば。

みんなの聖様が登場だよ!」

は男の精を糧に生きるサキュバスだったが、同性の女にしか興味を示さなかったため餓死。転生して今に至る。頭の角は前世の名残。

かみなり　しおん

神成シオン

「こんみこー!　皆のママこと神成シオンだよー!」

九尾をその身に宿した巫女であり、神の使いとして人々の安泰を守っている。九本のもふもふな尻尾は感情に合わせて激しく動く為、背後に立つには注意が必要。

ひるね　ねこま

昼寝ネコマ

「にゃにゃーん!　香しい匂いに誘われて参上!　昼寝ネコマだぞ!」

昼寝が大好きなオッドアイの獣っ娘、しかし何か食べている人が近くにいると途端に起きてキラキラした目でそばに寄ってくる。なにかあげると喜ぶ。あげなくても撫でると喜ぶ。

必勝ダンジョン運営方法⑰

雪だるま

必勝ダンジョン運営方法 17

CONTENTS

第354掘：隠し札を切る時

side：ユキ

只今、ホワイトフォレストの客間にてのんびり待機中。

すでに、魔力補給は終わっているが、日は暮れていて、当初の予定通り午前中は荷物をかき集めるふりをして、ホワイトフォレスト近郊の索敵をしていた。

昨日リエルとラッツが潰した拠点以外に敵はなく、ひとまずはホワイトフォレストの一件は終わった。

だが、ほぼ同時に、エナーリアへ聖剣の確認に向かわせていた嫁さんとコメットの方にも襲撃があったと報告が来た。

『というわけで、敵の襲撃があったよ』

「嫁さんたちは無事か？」

『はいはい。私たちは無事ですよ。お兄さん』

『はい。指一本触れさせてません』

『ユキさん。この通り、3人とも無事です』

ふう。

とりあえず、３人とも無事のようだ。

ドッペルとはいえ、嫁さんが傷つくのは嫌だしな。

エリスから、ちゃんと皆は無事と報告は来ていても聞かずにはいられないのだ。

『ん？　なんか私だけ温度差がある気がするよ？』

「そりゃ、嫁さんじゃないし」

『うっわー。傷ついた、心の底から傷ついたよ』

なんか、私はひどく傷ついたとオーバーアクションをするコメット。

……こういうタイプは脅すか、無視するかに限る。

ま、一応、リクエストは聞いておこう。

「ヒフィーに報告するのと無視どっちがいい？」

『すみません。無視でお願いします』

脊髄反射だな。

どれだけ、ヒフィーに報告されるの嫌なんだよ……。

「で、聖剣の確認は取れたか？」

『あ、うん。取れたよ』

「どうだった？」

『うーん。まだ、簡単にしかまとめられていないけど、それでいいなら』

「それでいい。というか、襲撃が重なりすぎているからな。いい加減、表立って敵が動き出しそうだ。少しでも情報が欲しい」

『それは同意だね。じゃ、報告書は別で出すから、そっちもちゃんと目を通しておいてくれよ』

「分かってる」

『じゃ、簡潔(かんけつ)に言うと。ディフェスのベツ剣をそのままコピーしたようなものだね』

「ディフェスっていうと、聖剣使いのリーダーか？」

『そうそう。前にも話したと思うけど、光のベツ剣は複数存在しない。だから、私はてっきり、自作で作り上げたものかと思ってたんだ。でも、見てみれば構造や術式も同じときたもんだ』

「聖剣や魔剣を作る上で、似通った可能性はないのか？」

『似通っているじゃすまないレベルなんだよね。言っただろう？　コピーだって。まったくそのままなんだ。姿形は当然として、中の術式もだ』

魔術の術式は一種の芸術のようなものだ。

いや、技術というのは、簡略化や効率化を進めると、いつか辿り着く場所は似通ったものだろうが、それでもそれぞれの特色というのが出る。

たとえば武器としての刃物。

一般的に剣と呼ばれる分類であるが、これにも種類があるのは知っての通りだ。

西洋のロングソード、ちょっとズレて湾曲したシミター、炎のように刀身が波打っているフランベルジュ、日本でいうなれば、打刀、大太刀、小太刀、太刀と刀にも種類が存在する。

素人から見れば同じ剣であるが、その使い勝手や性質はまったく違うのだ。

つまり、その第一人者であるコメットがコピーと言うからには、そっくりそのままということなのだ。

『私がわざわざ適当に刻んだそれっぽい銘もそのままだね』

「ということは、敵がダンジョンコアを利用して、聖剣や魔剣を生産していると見るべきだな」

『おそらくはね。運よくこれだけが模造品でしたーってのは都合が良すぎるだろう』

「はぁー。嫌な発見だな。なぜ、聖剣の模倣品がエナーリアにあるかは分からないが、つまりは、ディフェスの聖剣を何かしらの手段で触るか見る機会があったんだろうな、今ダンジョンマスターっぽいことをしている奴は」

『だろうね。でも不思議なんだよね。エクス王国に安置されているベツ剣は別の属性だ。なんでそれではなく、わざわざディフェス専用の光のベツ剣を模倣したのかとか』

「まあ、色々予想は立てられるけどな。お国の家宝を量産しました。では問題大アリだろう？」

『ああ、そりゃ色々まずいね。なまじそのままコピーだから、動かないならまだしも、まかり間違って動いたのなら、盗んだと思われるよ』

「そこは考えても仕方がない。で、今の話で不思議だったんだが、なんでライトは個人認証を抜けてベツ剣を使えたんだ？」

そう、聖剣にはその高すぎる威力から個別認証機能がついている。

魔剣も魔力が一定量ないと使えないから、そういう関係の制限をつけて、聖剣使いのメンバーたちは一定量だけ生産した。

『あー、それは私も不思議だったんだけど。ホワイトフォレストの時に個別認識をショートさせてたじゃん。たぶんあの関係を使ったんじゃない？』

「そういうことか」

『ま、今より精度は下だったろうし、ある意味、実験も兼ねていたのかもね』

「ということは、ライトの経歴を洗えば何か分かるかもな」

『だね。とりあえず、私もそのライト君に会ってみるよ。エナーリアにいるみたいだしね』

「頼む。こっちは明日にはホワイトフォレストを出る予定だし、エクス王国へ侵入する手段を考えてみる」

『あいよー。任せておいて』

そう言ってコールが切れる。

「さて、エクス王国にどうやって入り込むかねー」

「さすがに、正面からの入国は厳しいと思いますわ」

「そうなんだよな。国の支援を受けて入国すれば、確実に見張りが付く」

サマンサの言う通り、俺たちが正面から堂々と行けば、絶対相手は警戒する。

どうにでもなるが、わざわざこちらの行動を知らせるのもどうかと思う。

「……でも、すでにユキたちは各国で名が知られている。エクス王国にも絶対情報は行っている。こっそり侵入は無理だと思う」

「私もクリーナの意見は一理あると思います。すでに私がいたジルバには名が轟いていますし、エナーリア、学府、アグウストでの大立ち回りで、その間にあるエクスに情報が届いていないわけがない。ここまで大掛かりな仕掛けをしている大国が計画の邪魔になる勢力の情報を集めていないわけがない。こっそり侵入できたと思って監視されてたでは意味がないどころか、逆に手痛いことになりかねないと思います」

「クリーナとジェシカの言うことは分かる。どっちもどっちなんだよなー」

一長一短。

というか、今まで暴れすぎたな。

ここに来て、勇名が邪魔になってきた。

どっちにしても、名が邪魔で、侮ってもらえない。

世の中、最大ダメージを与えるには相手の油断しきった場所に渾身の一撃を加えることが重要なのだ。

つまり、予想だにしていなかった事態であることが、良いわけ。

俺たちが来た時点で構えられていたら、威力が半減する。

力尽くでできないことはないが、こっちも隠している手の内を出さないといけない。

それは、今まで信頼関係を築いた国々に不信感を与えるだろう。

傭兵団で国を正面から制圧とか、誰だって警戒するわ。

ということで、力尽くは今後の展開的にも遠慮したい。

「そういうことなら……」

「ん？　トーリ、何か良い案でもあるのか？」

「……ある」

「カヤもか？」

「僕もあるよ‼　ほら、モーブさんたちだよ‼」

「あー、リエルが言っちゃった……」

「空気読めてない。ここは3人一緒に言うべき」

「あ、ごめん」

3人はそんな感じで、ワイワイやっているが……。

「すっかり忘れてた」

うんうん。

他の皆も同様に頷く。

確かに、こんな事態のために、ずーっと亜人の村に待機してもらって、普段は亜人との友好関係を取り持つために、治安維持に努めてもらっていたんだっけ？

「エリス。今、モーブたちは動けそうか？」

「えーっと……、ちょっと待ってくださいね。私もすっかり……」

あ、うん。

エリスですら記憶の彼方か。

ま、しゃーないよな。

あの3人が活躍したのって、リテアの時と、冒険者ギルドの設立の時ぐらいで、こっちに来てからも、すぐに亜人の村に放置だからな。

俺も、報告書は異常なしぐらいしか読んでない。

「えーっと、相変わらず、報告書は異常なしですね。まあ、最近あの村にホワイトフォレストに行かなかった反発者もかなり集まっているので、多少治安が悪いみたいですが、それもモーブさんたちがしっかり抑えているようです」

「そういえば、ホワイトフォレストみたいに魔剣が亜人に流されてないのか？」

「今のところはそういう報告はありませんね」

「なら問題なさそうだな。俺たちが代わりに亜人の村に入って、モーブたちにはエクス王国に行ってもらおう。ま、いい掃除もできるだろうしな」

「掃除ですか？」

「そう、掃除。モーブたちという抑え役がいなくなって、俺たちが入れば不満を持っている奴が何かしら行動を起こすだろう。俺たちのことを知っているのは初期の村のメンバーだけだ。新しくよそから集まってきた奴らはモーブ以外は知らない。モーブたちがいなくなったなら、あの村を仕切ろうと思う奴も出てくるだろうよ」

「そう……ですね。十分あり得ると思います」

「エクス王国が動き出すのはおそらく、ダンジョンコアを回収した後だ。本来なら聖剣も回収したかったんだろうな。エナーリアの方も、わざわざ疲れさせる方向で動いたのに、よくばって魔剣使いやうちの嫁さんを狙ったのが間違いだったなー」

「ちょっと待ってください。ユキはエナーリアでルルアたちが襲われたのはついでだったと思うのですか？」

ジェシカが疑問を言ってくる。

「ん？　あくまでこっちの予想だ。襲撃は俺たちがエナーリアに来た時に起こっていたし、今度で2度目だ。だけど、今回はすでに魔剣の倉庫は押さえられていて、荷物検査や武器所持についてはかなり厳しくなっている。特にスィーア教会ではな。これじゃ、襲撃事件を起こそうにも、外部からはかなり遠くからしかできない。その間に聖女は逃がされるし、警備態勢もさらに上がるだろ？」

「それは当然ですね。なら内部犯というのは？」

「内部犯ならあんなことする必要はないな。もっと前に行動を起こしてもおかしくない。ついでに、嫁さんたちの大立ち回りを知っているだろうから、わざわざ戦いを挑むっていう発想は起きない」

「……ですね」

「まあ、消去法のような感じだよ。なら、この状況をなぜ起こしたのか？　力尽くではなく、間接的に、教会を一時的に疲弊させたかったんだ。つまり、全体的に疲れさせるのが目的。暗殺ならもっといい方法があるだろう？　なら、残るはあと1つ」

「……教会に収められている聖剣というわけですか。疲れていて警備の穴ができやすい。そこを狙って聖剣を奪取しようとした」

「その時、幸か不幸か、嫁さんたちとエージルも聖剣の確認でその場に居合わせた。で、欲が出たのか、陽動なのか知らんが、どのみち、今やエナーリアで聖女扱いの嫁さんたちが殺されれば、それだけで国としては動きにくくなるし痛手だ。もっと局所的なことを言えば、教会の警備は嫁さんたちに集まるだろう？　エージルも一緒に襲われたのは、聖女を狙っているぞと言うアピールだよ。そうすれば、軍の方も嫁さんたちを守るために動く。それで教会の警備は薄くなる」

「なるほど、傷をつけるだけでも良かったのですか」

「そうそう。それで一回外に逃げるふりでもすれば、それを追って、警備とかは外に出る。まあ、前提が間違っていたんだけどな」

「私たちを傷つけるというのはほぼ不可能ですし……」

「万が一傷つけたら、皆で速攻捕縛だろう」

「ですね」

「とまあ、向こうの狙いは簡単に言えば各国にある有用な物を奪って国力を下げたいんだ。暴動も兵力や治安を削るって意味でな。だから、ヒフィーは亜人の村々へは魔剣を送ってなかったみたいだが、エクス王国はそうじゃない可能性もある。俺たちが入れ替わった時に……」

「襲ってくると？」

「たぶんな。亜人の村々は不確定要素。エクス王国とぶつかっている時に後ろで動かれたくないし、モーブたちがエクス王国で色々情報収集しているうちに、行動を起こしてくれるとありがたいんだけどな」

餌をぶら下げて待ってみるのも悪くないだろ。

嫁さんたち、特に亜人って分類されるトーリやリエル、カヤについてはずいぶんご執心な連中もいたし、煽るには十分な手札が揃っている。

「と、モーブさんに連絡が取れました」

「ありがとう、エリス。モーブ、話は聞こえるか？」

『なんだよ？　もう亜人の村は寝静まる時間だぞ。ウィードとは違うんだよ。というか勤務時間は終わりだから、これからウィードの酒屋に行くつもりなんだが……』

「代わりに良い酒を奢ってやるから、ちょっとウィードの会議室に来てくれ。3人にちょいと頼みがある」

『へぇ。ようやく、俺たちもお外ってわけか』

「ああ」

お留守番ってつまらないものな。

新しい世界を前に待てをしてた俺はそのつらさがよく分かる。

第355掘：初心を忘れるべからず

side：モーブ

冒険者。

それは死と隣り合わせの職業である。

だが、冒険者になろうとする者は後を絶たない。

それは、冒険者にそれだけの可能性があるからだ。

財宝を見つけたり、大いなる魔物を倒したり、刺激的な人生を送りたいと思うのであれば、これ以上の職種はないだろう。

しかし、それを成し得るのはほんの一握りである。

今日は、その一握りの、ある冒険者の話をしよう。

プロジェクトΩ　挑戦者たち　冒険者ランク8への軌跡

剣の国と言われるノゴーシュ、剣にまつわることが発展している片田舎で一つの命が生まれた。

その名はモーブ。

特に裕福でもないが、片田舎であっても特に食うに困るようなことはなく、幸せと呼べる場所に生を受けた。

彼は三男で、上に姉と兄がいて、両親、兄妹に温かく見守られて、すくすくと成長してゆく。

そしてある日、モーブ少年の運命を変える出来事が起こる。

「……みんな何してるの？」

その日、モーブは珍しく朝早くに目を覚まして、1人で起きられたことを自慢しようと家族を探したのだが、誰も家にはいなかった。

なら、外だろうとドアを開けると、予想通りに皆はいたのだが、その光景に思わず朝の挨拶をしないで声をかける。

「あ、モーブ。もう起きたのかい？　おはよう」

「うん。おはよう。で、兄ちゃん。それ何持っているの？」

「あー。父さん、どうしよう？」

「ふむ。これもこの国に生まれた運命という奴だろう。母さん、子供用のがあるだろう？」

「まだちょっと早いと思うけど……。はい」

そう言って、母から手渡されたのは、子供用の木剣。

「うわっ」

だが、まだ小さいモーブには重く取り落としてしまう。

「あはは。まだモーブには重かったか。ほら、こう持つんだよ」

兄に手ほどきを受けて、その日初めてモーブは剣を握った。

それが、モーブと剣の出会いであった。

それから、モーブは家族と一緒に、生活の一環のように、剣の訓練を始める。

強いられることもなく、嫌がることもなく、ただそれを普通にこなしていたモーブの剣の腕はみるみる上がっていた。

そんな日々を過ごしていたある日、魔物が村にやってきたのだ。

父や母も、姉も兄も、剣を持って戦いに出る。

モーブは家にいるように言われたが、自分も何かできるのではと、木剣を持って家を飛び出した。

「にいちゃ……」

「モーブ⁉　なんで出てきた‼」

「1匹抜けたぞ‼」

「モーブ‼　逃げなさい‼」

「え」

気が付けば、モーブの目の前には狼の魔物が大口を開けて——。

「って、なんだよこれ⁉」

咄嗟に、この映像を流しているであろう機械のコンセントを抜く。

こういう機械はすべて電源がいるからな。

ウィードでの生活に慣れてなかったら、こんな的確な動きはできなかっただろう。

「あーあ、止めちゃったか」

「誰だって止めるわ‼　なんだよ、さっきのは‼」

「えーっと……、確か……」

ユキが悩んでいると、会議室のドアが開かれて、そこからエリスが書類を持って現れる。

「モーブさんの反応を見るに、やはり事実に近いとみていいでしょうか？」

「いや、事実というか、妙な再現するなよ。で、なんでこんなものを」

「はい。実は、冒険者ギルドの方から、高ランクの人物の物語は後人の勉強になるだろうということで、ウィードが全面的に協力して、モーブさんの過去を洗ってあのような映像を作ってみました」

「ギルドからの要請ね……その協力者はお前らか？」

そう言って、一緒に会議室へ来た仲間2人を見る。

確かに、俺よりは動揺は少ない。

「いや、特に悪気があったわけじゃない。後人のためにというのはよく分かる話だったしな」

「ええ。まあ、このような映画風の映像にするとは思いませんでしたが」

「ま、そんな理由だ。ちゃんと、お前が街を襲ったとか、エルジュを奴隷にしたとかはなかったことにしてるから心配するな」

「そこまですでに作ってんのかよ‼」

本当にユキは油断ならねぇな。

「反応を見るに上々だ。あとはギルドの面々の判断でいいだろう」

「はい。分かりました。冒険者ギルドに送っておきます」

「おいこら⁉　って俺を弄るために、呼んだとか言わねーだろうな‼」

「いや、さすがにそういうつもりはない。いつもの前座みたいなものだよ」

前座にしては大掛かりすぎだろう。

というか絶対あれは本当に冒険者ギルドに回すつもりだな。

後で冒険者ギルドに行って差し止めてもらおう。

あんな恥ずかしい映像を流されれば、今後ウィードで表を歩けなくなる。

「俺たちの動きはどこまで知っている？」

「は？　どういう意味だ？」

「新大陸の状況だよ」

「あー、どこから言えばいいんだ？」

「ま、とりあえず長話になるから、座ろうぜ」

「ああ」

そう言われ、俺たちは座って、お茶が配られるのを待ってユキが再び口を開く。

「で、どこまで話は知っている？」

「進行状況っていうなら、お前らはホワイトフォレストでの用事が終わったところだろう？」

「そうだ。で、残るはエクス王国だ」

「敵の本丸の可能性があるって言ってたよな」

「そう。で、ちょっと動きにくくなった」

「動きにくく？」

「今までは、各国の名借りが非常に有効だったけど、敵の本拠点の場合は逆に狙われる可能性もあるし、行動が監視される。こっそり行こうにも俺たちの名前や面は割れている可能性が高い」

「ああ、そりゃ動きにくいだろうな」

俺も一躍有名になった時は、なんでか知らないが、よその街に行っても名前や顔を知られていることがよくあった。

それで変に飲み屋に行けなくなったんだよな。

嫁さんに情報が行って折檻されるんだ。

ありゃ面倒だった。

俺が当時を思い出していると、横に座っているライヤは納得がいったのか頷いて口を開く。

「ああ、それで俺たちにエクス王国へ行って欲しいわけだ。文字通り無名の俺たちに」

「そういうこと」

「そういうことですか。確かに、私たちがエクス王国に行く分には何も問題はないですね。亜人の村で過ごしていますし、新大陸でユキたちと行動を共にしたのは最初の最初だけ。これなら疑われる要素は少ないでしょう」

「ああ。なるほどな」

納得がいった。

確かに俺たちは、新大陸では亜人の村のまとめ役でしかない。

カースの言う通り無名の冒険者は、ウィードの方だから、新大陸では傭兵か。

「で、頼めるか？　報告書を見る限り、亜人の村はそこまで問題があるようには見えないが」

「ん？　ああ、まあ血の気の多い奴はいるが、それだけだ。俺たちも新大陸は歩いて回ったことがないから、願ったり叶(かな)ったりだな」

「だな」

「問題ありません」

「よし、じゃあ、エクス王国の調査を頼みたい。亜人の村の方は代わりを入れるから心配しなくていい」

「分かった。で、俺たちはエクス王国に行って、何をすればいいんだ？　王城でも制圧すればいいのか？」

「お前らが王様やりたいなら止めない」

「断る」

「嫌です」

「即答かよ。お前ら」

なぜか、ライヤとカースが即答で断る。

「一国一城の主だぞ？　少しは悩まないか？」

「なら、モーブがやってもいいぞ」

「ですね」

「いや。俺も断る」

クソ面倒なのはカースの話や、ユキの忙しさを見れば分かるしな。

暴君なら楽なんだろうが、そんなことすれば暗殺とか、そもそも、ユキにやられるわ。

「というか、ダンジョンマスターみたいなのもいるから、王様を倒しても終わりとは限らないけどな」

「ああ、そう言えば、そんなのがいるって話だな」

「だから。警戒されていなくて、ダンジョンについての知識もあって、その攻略もしていて、世間慣れしている3人が最適だと思ったわけだ」

「いや、世間といっても、ウィードの方の大陸であって、新大陸は未経験だけどな」

「そこまで変わらんよ。俺が嫁さんたちを連れてゾロゾロ歩いているよりは遥かにマシだ」

「そりゃな。で、具体的には何を調べればいい？」

　そこを聞いておかないと、何もできない。

「あー、そういうのはいるよな。正直俺も悩んでいるんだよな」

「ユキにしちゃ珍しいな」

「いや、俺なら徹底的に隠すか、山ほどそれらしいものを置いて隠蔽するからな」

「……そういうことか」

「だから……そうだなー。ひとまずは魔剣の生産場所だな。ダンジョン内で生産していたとしても、外に出すための出入り口があるわけだ。そこさえ分かれば芋蔓式だとは思う」

「だな」

「あとは、ダンジョンマスターみたいなのが誰なのか？　ってところだな」

「それが分かれば苦労しないな」

「というわけで、結構アバウトなんだよ。マジでお前らの経験と勘を頼りにしたいわけだ。最初からエクス王国へのアプローチが違うからな。俺たちはある程度、身分があってだけど、そっちは何もなしの傭兵だ。どう立ち回るのがいいのかさっぱり分からん。ま、ひとまずの方針は、面倒がないようにこっそり相手を全部調べ上げて、ここ一番の時に大痛手を負ってもらって、こっちの良いように動かしたい」

「お前がいつも通りの腹黒い方針なのは分かった」

「まあ、なんというか、ロシュールにおつかいに行った時のような感じがいいのかもしれないな」

「そうですね。そんな感じですね」

「ああ、そう言えば、あの時の状況に似ているな。あの時はエリスたちを迎え入れるのが目的だったんだけど、今回は調べ物が優先って感じだな」

そうそう。

お姫様たちの援護はあくまでもついでみたいなもんだったからな。

「あ、それなら奴隷を数人また引き取ってもいいかもな」

「またどうしてだ？」

「情報収集に一番いいだろう？　下手に聞きまわるより安全だ。他の国ではそこまでする必要がなかったけど、エクス王国はお前ら３人だけだからな。となると、孤児とか、奴隷が情報を集めるには、狙い目だろ？」

「たしかになー」

「運が良ければ元貴族の奴隷もいたりして、情報回収できるかもしれない。幸い、金はあるからな。奴隷を数人引き取るぐらいは簡単だろうさ。そっちの情報収集はこっちでやるから、奴隷を引き取ったらいったんエクス王国から連れ出してくれ。相手に察知されない距離でダンジョンを構築しておく」

「分かった」

なんか、ますますロシュールに行ったときのような状態だな。

確かあの時は奴隷を選ぶ上で……。

「あ、今回も女性は最低1人ずつな。お婆さんとかはなし。ちゃんとネタになりやすいので」

「やっぱりかよ⁉　情報収集だろ⁉　年寄りとか、こう盗賊(とうぞく)やってた感じの男の方がいいだろう‼」

「あほ。年寄りを奴隷で売るかよ。働けない奴なんて商売にならんだろう」

「……確かに」

「で、男の奴隷も否定しない。が、女性も必ず入れろっていうのは、多方面からの情報収集がいるからだ。男の方は酒場にでも行って飲み明かして聞いてもいいだろうが、女性相手にはそうはいかんだろう？　それともなんだ、口説(くど)き落としてみせるってか？」

「それは無理だ。俺はまだ嫁さんだけなんだよ」

俺はそう言って、他の2人も首を横に振る。

簡単に女を引っかけられるわけがない。

「だろ。だから、奴隷から女性を引っ張ってきた方が楽なんだよ」

「真面目な理由があるなら先に言えよ」

「いや、結局はお前らを弄るのは変わらないし、せいぜい俺の弄りが吹き飛ぶほどの相手でも見つけてきてくれ」

「お前って奴は……」

「真面目にやりすぎてもダメなんだよ。何事も適確で的確に、事に当たることは不可能だ。完璧なんてないしな。どこかで遊びを入れた方が案外どうにかなるもんだ」

「……確かになー。剣も真剣に練習したからって、いいわけでもないからな」

ちゃんと休息を入れて、初心を忘れないようにして、心の余裕もないといけないんだよな。

しかし、ユキに弄られるのは勘弁だ。

なんとかして、こう、情報を握っていそうな女を探そう‼

俺はそう、心に固く誓った。

第356掘：のんびりな旅路

side：モーブ

穏やかな空、広がる平原、小川のせせらぎ。

穏やかな風景だ。

気配も小動物程度で、魔物もいない。

カッポカッポと馬の足音だけが響く。

平和だ。

「暇(ひま)だな」

俺は不意にそんな言葉を吐く。

「まあ、魔物自体も少ないからな。出るとしても盗賊ぐらいだろう」

「その盗賊も、こんな開けた場所で構えるなんてことはしませんね。いたらただのバカです」

ライヤとカースがそんな返事を返して、のんびり道を進む。

「……」

「……」

「……」

会話が続かない。

いや、続ける必要はないんだが、何かこの沈黙は違うんだ。

時間を持て余している沈黙なんだよ。

仕事に集中している状態でもないし、何かやっているわけでもない。

ただボーっとしている感じなのだ。

「なあ。なんで俺たち馬に乗って、こんな長閑な道を進んでいるんだ？」

「そりゃ、仕事だろ」

「なんで、こんなに緊張感がないんだろうな」

「それは、外敵もいませんし、潜入調査といっても、普通に見物みたいなものですからね」

違うんだよ。

俺はそんなことが聞きたいんじゃない。

「お前ら、もっと何か話すことはないのかよ。俺ばかりに喋らせるなよ」

そう、なんで俺からずっと話を振っているんだ？

こんな長閑すぎると、話でもしてないと眠くなるわ。

「いや、無理に喋らなくていいだろう」

「ですね。こういうのんびりも悪くないでしょう。寝てても大丈夫ですよ。何かあれば起こしますし」

「だから、眠るのももったいないって話だよ。もっとこう、何か面白い話ないのか？」

「ない」

「ないですね」

「くそー。なんで40キロも馬で進むんだよ……。車で近くまで行けばいいだろうに……」

「いや。それは無理だ」

「というか、ギリギリまで近づいてここですからね。これ以上は人の目を警戒しないといけませんし」

「ようやく車の免許を取って、運転できるようになったのによ。また馬とか……」

そう、ようやく車に乗れるようになったのだ。

ちょいちょい時間が空いている時に、ウィードの教習所に通っていたのだ。

ユキの故郷みたいに誰でも取れるわけではなく、ウィードでの職種上仕方のないものや、俺みたいな冒険者高ランクだったり、ウィードの重役だったりすると運転免許を取れる。

まあ、金持ちの道楽みたいなものだからな。

燃料もウィードじゃないと手に入らないし、整備もできない。

まだまだ、馬車の方が世間的には便利ということだ。

個人的には車が普及すればすげー便利だと思うんだが、まだまだ技術が追い付いていないらしい。

まあ、車も日本からの取り寄せだしな。

ウィードの国産車も作れないのに、世界普及とか無理な話か。

「それは同情するが、仕事だしな」

「帰ったら同乗させてもらいますよ」

「へいへい。しかし、よくウィードに馬がいたな」

俺は思い出したように、今乗っている馬を見る。

車という、馬を軽く超える乗り物が存在するウィードなのだ。

いまさら馬を飼う理由がない。

食事、世話と車よりもはるかに維持は面倒なのだ。

「いや、普通に馬はいるぞ」

「そうだったか？」

「まあ、ウィード内部では冒険者区ぐらいですからね。馬の乗り入れは入り口で止めていますから。衛生上の問題や通行人に危険もありますからね」

「いや、それは外部からだろ。冒険者区の方も、ギルドの所有だろう？」

商人が馬なしで荷物を運んでくるわけがない。

冒険者ギルドの方も、ダンジョンに行くのに徒歩とか鬼だと思うしな。

「その2つはモーブの言う通りだが、ウィードも馬を普通に所有しているからな」

「そんなのあったか？」

「ある。まず1つは軍。あくまでも、ユキはこの時代の歩調に合わせているからな。戦車とかトンデモ兵器を出すのは最後の手段だ」

「ああ、そういや。あったな」

「次に、新規にダンジョンと交易を持ちたい国への移動手段。車は確かに便利だが、紛失した場合は非常に面倒だ。盗難の可能性もあるからな。なので、そこは馬で済ませる」

「なるほどなー」

「そして、それらの需要に応えるために、馬を育てて販売するという場所もある」

「そこまでやっているのか」

「できますからね。他国から若馬を買ったり、生ませたりで数を増やそうとはしています。まあ、まだ始めて1年そこらですから、結果は出ていませんが。自国でやる方がいいでしょう。その分の良い干し草という餌の買い入れもありますからね。そういうところで他国にもちゃんとお金が行くようにしているんですよ」

「……難しいがなんとなく分かった」

結局、経済関連になるわけだ。

あー、頭痛い。

俺はそんなのとは無縁の生活でいいね。

毎月安定した給料貰って、のんびり過ごすだけでいいわ。

「ま、とりあえず。今の話から分かったのは、エクス王国に行っても、俺たちが真正面から乗り込んでなんとかするのはやめておこうってことだな」

「だな。経済関連はさっぱりだし、それをどうにかする気もない」

「あと、相手にはダンジョンマスターに準じた者もいますし、俺たち3人では返り討ちにされる可能性が高いでしょう」

「そこだ。相手もダンジョンマスターってのは初めてだ。俺たちが来たのは本当にばれていないのか？」

ユキの監視体制は俺たちがよく知っている。

だから、そこが非常に気になる。

すでにばれていたりとかな。

「それはないとは言えないが。まあ可能性は低いだろう」

「ですね。俺たちの体はドッペルですし、ばれているのならば、制御を奪って情報を取ろうとするでしょう。泳がせる意味はないですし」

「確かにな。そういう意味でも大人しくしていた方がいいわけだよな」

「ああ。目をつけられれば監視が来るだろう。そうなれば相手が俺たちの正体に気が付く可能性も上がる」

「やっぱり予定通りなわけか。ユキが完璧に作戦を組むせいで、俺たちで話を詰める理由もないわー。話題がないわー」

俺たちがここで話しても仕方のないことだよな。

……ああ、長閑すぎる。

「まあ、エクス王都内では奴隷を買うこと以外は自由ですし、そっちの予定とかを決めたらどうですか？」

「予定ねー。とりあえず、宿を探すだろ」

「ああ、そうしないと、野宿だしな」

「どの程度の宿に泊まるつもりですか？」

「そりゃー……あれ？　傭兵ってどの程度の宿に泊まるんだ？」

「まずはそこからだな。まあ食事処にでも行って情報を集めよう」

「ですね。そういえば美味しい物とかも分かりませんね」

「げっ、それは死活問題だぞ。ウィード並み、とはいかないまでも、まともな飯は食いたい」

マズイ飯で何日も過ごすとか、正直勘弁願いたい。

飯がマズイ国でありませんように‼

「そうだな。そこに力を入れるか」

「いいですね。いい放浪理由にもなりそうです」

「美味い物目当てってことか？」

「ええ。冒険者の中にもいたでしょう？　美味い物目当てで旅先を決めている連中は」

確かに、そういう連中はいたし、理由も納得できる。

門兵に仕事を探しに王都へ、って言ったら怪しまれる。なぜなら、何かしら飯の種、つまり傭兵としての仕事、戦いの臭いを嗅ぎ取って来たということになるからだ。

王都はその国で最も治安が良くなくてはいけないし、傭兵としての仕事はお偉いさんを守ることぐらいだ。呼び出されたならともかく、仕事を探すなら、戦場に行けばいいだけだから、それは絶対に怪しまれる。

「よし、その方針でいこう。美味い物目当てなら、怪しまれることもない。ついでに観光だな」

「それなら色々見て、聞いて回るのも不自然じゃないだろう」

「どこに情報が転がっているか分かりませんからね。観光という理由もいいですね。武具店にもいい職人を探してーとか言えますし」

「下手に目的を決めるとそれ以外で行動しにくくなるからな」

「ま、初めての国の王都だ。お上りさんに見えるだろうさ」

「ですね。あ、そうだ、美味しい物目当てと観光目的で潜入するって、ユキに報告した方がよくないですか？」

「そうだな。後々エクス王国で合流するかもしれないし、口裏を合わせる必要はあるんじゃないか？」

「だな。今から連絡するわ」

　ということで、その場でコールで連絡を取って、どういうふうにエクス王国に潜入するかをユキに伝える。

「美味い物目当てと観光で潜入するから、ユキたちが来るときは、そういう方向で呼ばれたみたいな感じで頼む」

『おう、了解。しかし、まともな潜入方法考えたな。適当な酒屋で暴れて目をつけられて、そのまま王城へ突入かなーと思ってたんだが。囮(おとり)役は無理かー』

「おいこら。なんかもの凄(すご)い言葉が聞こえたぞ。まさか、俺たちに潜入方法や情報収集の方針をほぼ任せたのは……」

『お前ら、というかモーブが勢いに乗って王城を攻め立てたら、色々疎(おろそ)かになるじゃん？　その間に一気に内部調査とかやっちゃおうかなーって。相手も人に準じたものだろうし、監視をしている以上、気を逸らされることをされたら全体を見るのは難しいだろ？』

「……陽動かよ」

『そうだよ。こういうのは意図してやるのと、ただやるのは違うからな。分かる奴は分かるだろ？』

「まあな。何か狙っている奴は、全体を冷静に見てることが多いしな」

冒険者ギルドの長とか、盗賊の頭とかはそんな感じだ。

『ま、その手を使わないなら使わないでいいんだよ。俺から頼むことでもないしな。３人の危険もちょっとはあると思うし』

「俺たちの心配はちょっとかよ」

『ちょっとだよ。俺たちとは違って無名だからな。モーブたちに今から監視がついてたら、相手の監視体制はもの凄いってことも分かるしな。監視範囲に入った時点で動きがあるだろうさ。ああ、レベルの隠蔽を見破れるって前提だけどな』

「入る時点ですでに囮ってことかよ」

『おう。その反応で相手の技術レベルが分かるからな。地表までダンジョン化しているのか、地下までなのか、監視体制は俺みたいな空中映像なのか、コメットみたいな水鏡なのかとかな』

「お前の頭の中身はどうなってんだか」

『いや、普通だ。俺と同じダンジョンマスターなら、それを予想してやりそうなことを潰して回る。それだけだ』

聞いているだけではさも当然のことのように聞こえるが、お前が言う当然や普通は、明後日の方向だからな。

ま、フォローもばっちりなようだし、深く考えるのはやめておこう……。

『あ、奴隷を引き取るってのは忘れるなよ。これはちゃんとこなして欲しいことだからな』

「情報のためだもんな」

『ああ。だが、お前をいじるためでもある』

「それはやめろって!?」

くそ、奴隷をそっちの方向で見られるのは変わらないか……。

何としても、無難な奴隷を選ぼう。

俺はそう心に固く誓った。

第357掘：冒険者と傭兵団

side：モーブ

エクス王国の王都に近づくにつれ、人が増えてきた。

荷馬車をたくさん引き連れた商人だったり、旅人だったり、色々だ。

「思ったより、人が流れているな」

「まあ、王都だからな」

「魔物が少ないことも原因の1つじゃないですか？」

「ああ、襲われると言ったら、盗賊ぐらいしかいないのか」

そういう意味では、町から町への行き来は楽なのか。

俺たちが通ってきた経路は比較的人通りが少ない所を選んだってユキが言ってたな。

「お、旦那たち、1つどうだい？　安くしとくよ」

そう言って、俺たちに干し肉を差し出してくるのは、2、3台の荷馬車を引き連れている商人らしき俺たちと同じぐらいの歳の男だ。

身なりは周りの人に比べて良いので、それなりに名のある商人なのだろう。

なら、縁を作るのは損じゃないな。

「3つくれ」

「毎度あり」

特に可もなく不可もない値段で譲ってくれたあたり、商人としては真っ当なんだろうな。

大体こういう店のない道中では、多少高値になるのだが、コイツはそういうことをしないので、信用がおけそうだ。

ま、これだけで信用するも何もないけどな。

受け取った3つの干し肉はライヤとカースに分けて、1人1つずつ食べる。

口に入れて噛みちぎる。

……普通だ。

いや、ウィードに比べたら香辛料とかも使ってないから幾分下なのだが、こっちの流通レベルは知っているし、旅がベースの冒険者だったので、こういう味気のない干し肉は慣れている。

というか、干し肉を食えるだけマシなんだよなー。

俺がひよっこの時なんて、草食ってたし。

「旦那たちは見た感じ傭兵だろう？　なんでまた王都なんかに？」

そんなことを考えているうちに、向こうから話を振ってくれた。

「ん？　ああ、観光だな。あと良い武具がないかってとこだ」

「なるほど。やっぱそんなところだよな。仕事を探すなら王都なんて安定した場所じゃ、コネを使っての護衛の仕事ぐらいしかないからな」

俺たちが考えた言い訳は十分通用しそうだな。

ちょうどいいし、この商人に話を聞いてみるか。

「まあ、そういうことだ。で、そういうあんたは商売か？　王都には何度か足を運んだことが？」

「ちょっと違うな、俺は生まれが王都さ」

「なんだ、いいところのボンボンか。それにしては俺たちみたいな傭兵に普通に話しかけてくるな」

「まあ、ボンボンなのは否定しないし、旦那みたいな傭兵を下に見る奴も多い。だが、こういう伝手はあって損しないからな。情報は下手すると傭兵に聞いた方が良い時もあるからな」

「へえ。色々視野が広いみたいだな」

「広い、ねぇ……俺は王都では、はみ出し者の商人さ。だからわざわざ外に買い付けに行ったりしてるんだよ」

「ん？　外に買い付けに行くのは普通だろ？」

「あんた本当によそ者なんだな。この道から来たってことは、かなり先に行かないと人がいる場所はなかっただろう？」

「あ、ああ。それがどうした？」

……実際は適当なところでダンジョンから出てきたのでここら辺の地理はさっぱりだ。

こういう時、どこから来たと下手にいうと怪しまれるな。今後は注意しておこう。

「そっちの方は目ぼしい……って言っても分からねえか。商人にとって良い取引先がないんだ。行くならジルバとかアグウスト、あとはほぼエクス王国の傘下といっていい小諸国方面。俺やあんたたちが歩いた道はただの田舎さ」

「……干されてるのか」

「そういうこった。周りの馬鹿どもは、俺が貧民層相手に小金を稼ぐのが気に入らんらしい。俺が同じ品を仕入れると、値を吊り上げられなくなるからな」

「なるほどな」

「そこら辺の調整をミスったのも俺の責任なんだがな。ま、こうして日々なんとか赤字にならないように、頑張っているってわけさ」

商売の話はよく分からんが、干されているのはよく分かる。

そこら辺はどんな商売でもあることだ。冒険者でもな。

ウィードでは子供冒険者も多いし、ダンジョン冒険者がメインであまり気にされていないが、冒険者なのに外に出ないで、街の仕事ばかり受ける奴はインワーカーって言われて蔑まれていたな。

外で稼いでなんぼの冒険者で、そんな小銭稼ぐなら他の仕事でいいだろうって話だ。

個人的には面白いことをやっていると思うのだが、他の商人たちにとっては面白くないのだろう。

と、そこはいいか。

俺たちは俺たちの予定を進めよう。

「ま、その重い話は終わって、初めての王都でな。何か見るべきところとか、良い武具屋とか、美味い物を出す店とか知ってるか？」

「そりゃ知ってるぜ。といっても色々あるからな。まずは宿を探したらどうだ？」

「そうだったな。で、良い宿屋ってあるか？」

「良い宿なら金を出せばあるさ」

「そこは言わなくても分かるだろ？」

「分かってるよ。価格もそこそこで、飯もいける宿だろ。それならなー……」

そう男が言いかけた時、進んでいる道の先から叫び声が上がる。

「ぎゃぁぁ……!!」

「いやぁぁぁ……!!」

何かに驚いたような声ではない。

何か大怪我（おおけが）を負ったような、絞（しぼ）り出すような声だ。

「な、なんだ!?」

俺たちと一緒に話している商人も何が起こっているのか分かってないみたいだ。

「ばれたか？」

「いや、それはないだろう」

「ですね。襲うにしてもこんな場所でなくてもいいですし。様子を見ましょう」

俺たちはそんな話をして自分の得物を取り出して構える。

「おい、あんた。俺たちの後ろにいな。これでも腕っぷしには自信があるからこんな職業してるんだ。最悪、時間稼ぎぐらいはできるだろうよ」

「あ、ああ」

俺の言うことに素直に従って、後ろに回る商人。

目的地が王都なので、戻るわけにもいかず、周りも同じように足を止めて、道の先を見つめている人が多い。

「なあ、盗賊が出たとかは？」

「いや、それはない。見ての通り草原だからな。身は隠せても、アジトを近くに構えられない。私もこの道はかなり通っているが、こんなことは初めてだ」

とりあえず、普通じゃないことが起こってるみたいだな。

そして、俺たちは注意深く道の先を見ていると、何やらこちらに向かって走ってくる集団が目に入る。

「馬や人のようだな……って、なんだありゃ⁉」

商人の男も見えたようで、こちらに向かってくる人の集団のさらに向こうから、魔物の集団がこちらに向かう……というより、逃げている人を襲っているんだろうな。

「うわぁぁぁ⁉　ば、化け物だーー‼」

「きゃぁぁぁーーー‼」

周りの人たちも、こちらに向かってくる魔物が見えたようで、我先にと逃げ出している。

しかし……。

「なんで、アンデッドがこんな場所にいるんだ？」

「さあ」

「とりあえず、迎撃しましょう。見た感じ、まともに戦えそうなのは私たちぐらいですし」

「だな。よし、あんた。俺たちが突っ込んで時間を稼ぐから、なんとか逃げてくれ。お互い生きてたら、良い宿教えてくれや」

「なっ⁉　だ、旦那たち行くつもりか⁉」

商人のおっさんは俺たちの言葉に目を丸々にして驚いている。

「ま、これが商売なんでな」

俺はそう言って、剣を担ぎなおして……。

「行くぞ‼」

「おう‼」

「はい‼」

　3人で魔物の群れへと突っ込んでいく。

「だれかぁぁぁ‼」

「ママぁぁーーー‼」

「あなたぁぁーー‼」

「ひぎぃ⁉」

　そんな叫び声が近づくにつれて大きくなってくる。

「ちっ、相手はゴブリンやオークのアンデッド化したやつだな」

「厄介（やっかい）……ではないな。数はせいぜい30ぐらいか」

「広範囲の魔術が使えませんね。一般人を巻き込んでしまいます」

　走りながら、敵の確認を済ませる。

　なんでこの魔力が枯渇（こかつ）している大陸にアンデッドが存在できるかなんて分析はユキに任せて、まずは……。

「当初の予定から変更はないな。正面から叩き潰す。油断するなよ」

「おう」

「はい」

そして、戦闘圏内に入り込む。

「いだいっ⁉　あ、足があぁぁぁ⁉」

「ごごあぁあっっ‼」

オークのアンデッドだな、すでに頭部は骨だけだ。

倒れこんでいる男に今にも槍を突き立てようとしている。

「おらっ‼」

「ぐひゅ？」

バスタード14式ナールジア作を使って、刃で斬らずに、腹で振るって粉々にする。

アンデッドは斬るより、体をバラバラにする方が有効だからだ。

だが、完全に骨というわけではないから……。

ドチャドチャ……。

こういうふうに腐ったお肉があたりに吹き飛ぶ。

くっせー‼

ゾンビタイプのアンデッドの一番嫌なところはこれだ。

冒険者の連中も好き好んでゾンビ退治を受けることはない。

それほど、臭いのだ。

ユキ曰く「それもある意味織り込んで作ってるんじゃね？　ゾンビ系って」なんて言ってた

が、なんか分かる気がする。

　こりゃ戦意削がれるわ……。

　と、いかんいかん。

　周りのゾンビーどもを殲滅（せんめつ）する。

　ライヤもカースも危なげなく仕事をこなしているが、俺と同じように、鼻を詰まんでいるあたり余裕があるな。

　で、あと10体ってところで、道の先から、武装した人たちがこちらにやってくる。

「無事かー‼　援護に入る‼　よく耐えた‼」

　そんな勇ましい言葉だったのだが、なんと女の声だった。

「お前ら、おっさんたちに遅れなんか取るんじゃないよ‼」

「「「はい‼」」」

　彼女は戦槌をもって、先頭に立って踏み込んでくる。

「おらっ‼」

　ドクチャ⁉

　戦槌が真上から振り下ろされ、ゾンビーは破裂するように粉々になる。

　くっさー⁉

　しかしこの嬢ちゃん、かなり場慣れしてやがるな。

「油断するんじゃないよ‼　数はこっちが上だ、さっきと同じように1匹を2人で相手して確実に倒しな‼」

「「「はい‼」」」

こりゃ、俺たちは下がった方が混乱しないでいいか？

そう思ったが、嬢ちゃんが連れてきた傭兵達の一角が吹き飛ばされるのが見えた。

「ごがぁぁぁぁ‼」

そこで雄たけびをあげているのは、オークのゾンビだが……。

ありゃキングだな。

さすがに、きついか？

「ちっ、お前たち下がりな‼　こっちだよ化け物‼」

そう言って嬢ちゃんが戦槌を不意打ちに近い形で振るうが……。

ガンッ‼

「なっ⁉」

槍の柄で弾かれ、くるんと回して柄と穂先を入れ替え、鋭く槍を突き出してきた。

ちっ、性能もオークキングそのままだな。

あのままじゃ嬢ちゃんが串刺しだ。

「ライヤ‼」

「ああ」

俺の声ですぐにライヤが槍を投擲して……。

ガキン‼

「ぐもっ？」

嬢ちゃんに刺さるはずだった槍先を逸らす。

「カース‼」

「了解」

炎の弾を無数に撃ち込んで、キングゾンビを下がらせ、その間に俺が踏み込む。

「ぐごっ……」

ドチャ……。

キングゾンビは俺に足を斬られ、その場に倒れ込む。

運動能力を奪えば、あとは簡単だ……。

「お前がジョン並みだったら、あるいは違ったかもな」

「ぐごぁぁぁ‼」

バスタード14式を振り下ろして、粉々にして、その戦闘は終わった。

……いや、ジョンがゾンビとか手に負えねーな。

ああ、きゅうり持ってたらセーフか？

「さて、嬢ちゃん。援護感謝する。大丈夫か？」

「あ、ああ。おっさん、いや、あんたたち凄いんだね」

「まあな。こんな年までこの職業だからな」

「あはは、違いない。私の名前はロゼッタだ。見ての通りあんたと同じ傭兵をやっている。一応、団を持っているのさ」

「俺は3人でふらふら旅をしている冒険者だ」

「冒険者？」

あ、つい、普通に言っちまった。

「ああ、いや。ここ最近は物見遊山が多いから、傭兵というより冒険だ」

「そういうことか。なら冒険者ってのが合ってるな。いや、良い職業だと思うよ」

ということで、なんか傭兵団と知り合いになったのはいいが……。

このゾンビどもが共通のペンダントつけてやがった。

これはユキに調べてもらう必要があるな。

side：？？？

「傭兵どもにやられたようです」

「ふん、所詮(しょせん)は使い捨てか」

「いえ、そうでもないようです。相手の傭兵はロゼッタ率いる傭兵団でしたから」

「ほう。あの怪力娘の傭兵団相手に、小一時間は持ったというのは大したものだな」

「というより、時間切れですね。偵察の報告では、あと一歩で殺せると思った瞬間に体が崩れたところを、別で参戦していた傭兵に止めを刺されたようです」

「なるほど。運が良かったな、その傭兵は」

「ええ。オークキングのゾンビを討ち取れたのですから、国を挙げて武勲と報奨を与えるべきですね」

「まあ、それも我の与り知らぬことよ。引き続き改良を頼むぞ」

「はっ」

第358掘：いざ潜入

side：ライヤ

……なぜアンデッド系が存在できている？

この新大陸は魔力枯渇現象が著しく、魔力を糧(かて)にしている生物は生きていけない。

人で言えば、空気がないようなものだ。

これは、ユキたちと一緒に最初に行った亜人の村で実験してよく分かっている。

ユキとザーギスの研究のおかげでその対策はできたが、それは俺たちの話だ。

この新大陸の国がそれらを理解して、何かの対抗手段を取れるものだろうか？

いや、相手にもダンジョンマスターがいる可能性があると言っていたし、魔力枯渇に関してすでに知っていたか？

まあ、俺が考えてもどうしようもないのだが、足元に散らばるゾンビ共を見て考えずにはいられなかった。

その時、ゾンビの散らばる腐肉の中に、何か光る物を見つけて手に取る。

「これは……」

「旦那‼　よく無事で‼」

と、後ろで逃げる準備をしていた商人がこちらに駆け寄ってきた。

逃げる必要がなくなったからか、他の逃げ遅れた人たちもゆっくりではあるが、また歩き出しているようだ。

「そっちは無事だったみたいだな」

「旦那たちのおかげさ。凄腕だったんだな。あんたたち。で、その手に持っているのは高そうな首飾りだな。なにか思い出の品か？」

「あ、いや。そこのゾンビからの戦利品だ」

そう、俺が手に取ったのは、ペンダントだ。

なんでこんな物をゾンビが持っていたのか……。

「こりゃ見事だ。立派な宝石が付いているな。いい値段で売れるぜ。旦那、ちゃんと回収しておけ、売り払えば美味い飯も、良い宿も取れる」

「そう、だな」

ここで考えても仕方がない。

誰かに渡すのは危険な気がするから、とりあえず俺たちで集めて、ユキたちに回して調べてもらおう、幸いこれで俺たちが金持ちになったと勘違いしてくれそうだから、そういう意味では楽に動けるな。

「カース、こんなものを見つけた。他にもあるかもしれないから、集めよう。金になる」

「……分かりました」

すぐに察してくれるのはありがたい。

これも長年コンビを組んだおかげだな。

「おーい‼ ライヤ、カース‼ こいつらデカい宝石持ってるぜ‼ ちゃんと回収しとけよ‼ 残していったらロゼッタに取られるぞ‼」

「馬鹿言うんじゃない。私だって傭兵だ。よその戦果を奪うもんか。そんなことすれば名が廃る」

反対側から現れたモーブは、それなりにまだ若い女性の傭兵と和気あいあいと話しながらこちらに向かってきていた。

……あいつは本当に金になるぐらいしか考えてないな。

それとも気が付いていてわざと言ってるのか？

そこら辺はいまだによく分からん。

「おお、あの赤茶髪は〝粉砕のロゼッタ〟か」

「商人……と、名乗ってなかったな。俺はライヤ、あっちのローブの魔術師がカースで、そのロゼッタといるのがモーブだ」

「私はトーネコっていうんだ」

「で、トーネコはあちらのロゼッタを知っているようだが？」

「ん？　ロゼッタを知らないのか？　って、よそ者だったな。エクス王国内で幅を利かせている傭兵だよ。主に未開拓地に住む魔物退治をしていて、人と人との戦争メインじゃないから、よそ者が知らなくても無理はないか。素材とかいいのを持って帰るから、王家や商人からも信頼は厚いぞ」

「なるほど。良い駒ってわけだ」

「……旦那は鋭いな。そういうことだ。商人はともかく王家からの信頼は、普通なら変だ。兵士のお株を奪われるのだからな」

「未開拓地というのが引っかかった。兵士を送って失敗すれば、物資や人材を浪費して批判が集まるだろう。だが、傭兵なら……」

「そういうことだよ。失敗すれば残念だですむし、成功すれば開拓地が得られて万々歳。まあ、ちゃんと報酬は与えているし、それなりの自由も認めているから、良くはあるんだろうが……。いつか使い潰されると私は思うね」

……どの国も本当に色々な方法を取るな。

そんなことを考えながら、ゾンビどもの肉片を探すと、1匹につき1個という感じで宝石が出てくる。

中には戦闘で粉々になったのもあったが。

「15ってところか」

「ああ、思ったより無事だったな」

「ええ。モーブさんが力まかせにやってたからもっと少ないと思ってましたよ」

「お前ら、俺をなんだと思ってる」

「こういう細かいことに関してはな」

「私もライヤさんに同意です」

「いい実入りだったな。私でよければその宝石、良い値で引き取るよ。助けてもらった恩もあるしな」

「おっ、そうか。助かる。じゃ、ライヤ、トーネコに売って……」

やっぱり何も考えてなかったか。

とりあえず、モーブを俺が引きずっていき、カースにトーネコの相手を任せる。

「なんだよ？」

「なんだよじゃない。お前もアンデッドがこの新大陸にいるのはおかしいと思っただろう？」

「ああ」

「で、あんなふうにアンデッド全員が宝石をつけているなんて変だろ。しかも人型のアンデッドではなく、魔物だ」

「あ。やっぱり、もしかして怪しいのか？」

「そうだ。って気が付いていたのか。それなら話が早い。迂闊(うかつ)に売れない。ユキたちに回して調べてもらうのが先だ」

「分かった……」

俺がモーブと話しているうちに、カースの方は上手くトーネコと話している。

「売る前に、いったんじっくり見たいですからね。今日明日というのは待ってもらえませんか？」

「ああ、これはすまない。売るならば私に、と思っただけだ」

「分かりました。その時にはぜひ、トーネコさんの所で売らせてもらいますよ」

これで、トーネコの所に売ってお金を手に入れたというふうにできるな。

奴隷を購入するにも、俺たちが大金を持っているのは不自然だから、そういう意味でも好都合だ。

「おーい、モーブ‼　さっきのデカいオークのゾンビ？　だっけ。あいつからデカい宝石が出たぞ。ほらっ」

ロゼッタ傭兵団の方も戦利品の回収が終わったのか、律儀にオークキングの宝石をこっちに放ってくれた。

「おう、律儀にありがとよ」

「こっちは助けてもらったんだ。そんな恥知らずな真似はしないよ。と……」

ん？　なぜか、ロゼッタは俺を見てくる。

「あんたが、あの時、槍を投げてくれたのかい？」

「ああ、気にするな」

本来串刺しにするつもりで投げたのだが、思ったよりオークキングの反応が良かった。

まあ、連携しているし、モーブやカースが何とかすると思ったからな。

俺がロゼッタの窮地を救ったのはたまたまだ。

「そういうわけにはいかないよ。本当に助かった。ありがとう」

「まだ若い。いい経験だと思えばいい。ああいう腕の立つオークもいるってことだ。力任せも悪くないが、ああいう相手には分が悪い」

「ああ、忠告感謝するよ。これ、あんたの槍だ」

「ありがとう。……特に問題はないな」

手に取ってみた感じはとりあえず刃こぼれも歪みもない。

あとは……。

「ふっ」

振って確かめる。

問題があればナールジアに頼めばいい。

まあ、あの人が作った作品をどうこうできるのはユキぐらいだが。

まずは回転させてバランスに問題がないか、次に連続で突いて思ったところに行くのか、歪みがないのか確かめる。

ヒュンヒュン……、ぶおおおおぉぉぉぉ……‼

「なっ、なあっ⁉」

やはり、あの程度では問題にはならないようだな。

さすが、ナールジア。

「問題なさそうだな」

「そうですね」

「ああ。この程度ではどうこうならないみたいだな」

「そりゃ、鍛冶馬鹿が作ってるからな」

「本人は、その高性能の割に素朴すぎて気に入らないみたいですが」

良い武器はそれを表す豪華絢爛さが必要、というのがナールジアの持論で、納得はできるが、ユキが目立つから要らないということで、普通の武器に見えるように細工してある。

ま、得物が優れて見えると要らない面倒もあるからな、その点はユキに賛成だ。

「ちょっと待ってくれ、槍のあんたももの凄い使い手じゃないか⁉」

ロゼッタやその部下の傭兵たちが驚いて唖然としている。

「いや、この程度、カースもできると思うぞ。なあ、ライヤ」

「ああ、ほれ。カース」

「あ、はい」

腕に関しては特に隠す必要はないので、カースの腕も見せておこうと思う。

不必要に下手に出ることはないからな。

「え？　そっちの兄ちゃんは魔術師じゃ……」

ロゼッタがそう言いかけて、カースが槍を振り始める。

ヒュンヒュン……、ぶおぉぉぉおっっ……。

「……」

目が点になってるな。

ま、そこはいいが……。

「ちょっとずれてるな」

「だな」

「え⁉　あれで⁉」

「ですね。しばらくは、後方支援ばかりでほぼ隠居みたいでしたから、これは後々鍛え直した方がいいですね」

軸がぶれていたし、呼吸と攻撃がずれている。

カース自身が言ったように、後方支援ばかりだったからな、前線のリズムに追いついていないんだろう。

まあ、この程度なら1日やれば元に戻るだろう。

鈍っているというより、後衛と前衛の切り替えができてないだけだ。

「ああ、そうか、ランサー魔術学府の出だな。あそこの魔術師は武器を持った戦いもできると聞いたぞ」

「……ええ、まあそんな感じで」

違う大陸で鍛えましたと言っても信じないだろうからな。

その答えが自然か。

「さて、とりあえず、ひと通りここでやるべきことは終わったな。俺たちはこのまま王都に向かおうと思うが、トーネコやロゼッタたちはどうする？」

「ん？　ああ、私も荷物を運ばないといけないからな。一緒に王都に行く。旦那たちと一緒の方が安全そうだしな」

「私たちも王都に戻るよ。今日はここら辺まで訓練に出てたんだ。人の多い通りで訓練すると、怖がられるからね。で、叫び声が聞こえてやってきたってわけだ」

なるほど。

この傭兵団は訓練でこっちにいたわけか。

……話し方は特に違和感がないから、偶然でいいのだろう。

「旦那たちが凄いのは分かった。だが、どうも魔物相手に慣れているように見えたが……」

「あ、それは私も思った。敵を探ることがなかった。なんでだ？　というより、そこまでの腕前でなんで私たちが知らないんだ？　もしかして、今王都に来ている血戦傭兵団の仲間だったのか？」

「そうだな。血戦傭兵団がエクスに来ているのは知らなかったが、別の傭兵団に入ってたからそれで埋もれていたんだろうさ」

「なるほどな。確かに有名な傭兵団はいくつか知っているけど、傭兵個人の名前はそうそう出ないな。で、なんで、こんな王都へ？　稼げないよ？」

「見ての通りいい年だからな。トーネコには言ったが、観光だ」

「なるほどなー」

そんなふうに話をしながら、トーネコやロゼッタ傭兵団と共に王都へ向かい、特に問題もなく辿り着いた。

「ロゼッタさん。聞きましたよ。魔物を追い払ったとか」

門に近づくと、1人の兵士がこちらに走り寄ってきた。

「ああ。妙な魔物だったよ。全員腐っててさ、臭いだろう？」

「……なるほど、確かに腐ったような臭いがしますね。これはつらいでしょう、すぐに入れるように話してきます」

「ありがとうな」

どうやら、兵士たちからも信頼は厚いようで、俺たちもロゼッタ公認ということで、すんなり王都に入ることができた。

「助かったぜ。さっさとこの臭いとおさらばしたいしな。で、トーネコ、どこか良い宿はあるか？」

「そうだなー……」

「ちょっと待ちな。トーネコさん、モーブたちは私たちが泊まっている宿の方がいいよ」

「ああ、そうだな。ここまで臭いと拒否されかねんな。ロゼッタたちと一緒の方が宿をとりやすい。俺の商店はロゼッタが知っているし、何か聞きたいことがあったら来てくれ」

「おう。色々ありがとうな」

「そりゃこっちのセリフだって。またな」

ということで、俺たちはロゼッタ傭兵団が借りている宿に王都での拠点を構えることとなった。

「じゃ、後で飲もう。助けてもらったし、私たちの奢りだ」

「おう。体を拭き終わったら行くぜ。俺たちが飲みすぎて財布が空っぽになるかもな」

「あっはっはっは、いい度胸だ。やってみな」

そうモーブとロゼッタは話して、部屋の扉が閉まる。

で、振り返ったモーブは真顔で……。

「風呂に入りてぇ」

「気持ちは分かるが、ここにはそんな上等な物はない」

「ですね。懐かしの冒険者生活みたいでいいじゃないですか」

そう言って渋々、濡れたタオルで体を拭き始めるのだった。

こういうところも、文明の差というのはつらいな。

ま、さっさとユキと連絡を取ろう。

第359掘：集まり始める情報

side：ユキ

待ちに待った、エクス王都の第一報。

『というわけで、何か消臭剤とかないか？』

そんなことを真っ先に話したのは、モーブだ。

「監視してたから知っているが、あの程度なら、ゾンビを細切れ（こまぎれ）で済んだだろうに。なんで爆発させるような倒し方したんだよ」

『いやー、セオリー通りに体が動いたって感じだな』

長年のルールに基づいてか。

ま、そういうことならしゃーないか。

「って、問題はそこじゃねーよ‼　アンデッド系が動いていたのが問題だ。何か動くような道具とかなかったのか？」

『それらしきものは見つけた。これだ。その大半は上空から監視していた鳥に渡しているから、現物がそろそろ届くと思う』

ライヤがいて助かったわ。

ほんとにモーブは深く考えねーな。

「見た目は宝石を付けたペンダントだな」

『ああ。これが魔物の数だけあったから、1匹ずつ着けていたと見るのが妥当だろう』

「だな。で、王都自体はどう思った？」

『特に、不審な点は今のところないな。一緒になった商人のトーネコからは、普通にジルバ、アグウストとも交易はまだ続いていると聞いた』

「まあ、警戒はしていても、封鎖するような状態でもないしな。下手に刺激するのも怖いから現状維持ってことだ」

それより、トーネコって名前だよな⁉

言い間違いとかじゃないよね？ 伸ばすところに「ル」とかつかないよな？

近くに不思議のダンジョンがあったりする？

『なるほどな。まあ、まだ初日だ。まだまだ探りを入れて色々また話が変わる可能性も十分にある』

「それは理解している。ま、寝首を掻かれないように注意しろよ。今はまだ、そこは俺たちの勢力圏外だからな」

ダンジョン掌握(しょうあく)ができればいいが、そうじゃない場合はこっちのことがもろばれだからな。

何とかして、秘密裏に相手の首根っこを押さえたい。

『分かってるって。で、ユキ。そっちはホワイトフォレストとか、ローデイの方はいいのか？』

「ああ、すでにローデイに戻って報告済み。現在ローデイで待機中。亜人の村の方にはトーリ、リエル、カヤ、エリスを回しているから、特に問題はないだろうよ」

『血の気の多い奴はまだ動かないか』

「まあ、入れ替わったのが昨日の今日だしな。モーブたちがいなくなった翌日に反乱を起こすぐらいなら、すでにやってると思うぞ」

『確かにな。ま、嬢ちゃんたちなら大丈夫だろう』

「後顧の憂いもないし、気分よく暴れてみない？」

『誰が暴れるか‼』

ちっ、陽動作戦は駄目だなー。

「ま、引き続き調査を頼む」

『あいよ』

「ああ、奴隷の方は明日にでも頼む」

『なんでだ？』

「奴隷はこっちで話を聞くから、そっちは引き続き王都の調査ってことだ。奴隷を後回しにして情報収集を遅らせる理由はないからな。こういうのは手早く動いた方がいい。敵さんが回収したダンジョンコアも、エクス王都に向けて動いているし、あと一週間かそこらだろうな。時間もないってことだ」

『了解』

貴族の奴隷とかいたら、モーブたちに監視が付く可能性もあるし、俺からすれば逆探知でやりやすいわー。

とりあえず、モーブたちも王都内の火種として準備はしてもらう。

ライヤとカースは薄々気が付いているだろうが、モーブは分かってないだろうな。

「……ユキ。モーブたちから物が届いた」

クリーナがエクス王都監視室にやってきてそう言う。

すでに俺たちはローデイにドッペルを残して、モーブたちの支援のためにウィードで厳戒態勢を取っている。

「分かった。こっちに物が届いたみたいだ。そっちの方に行くから、何かあれば連絡くれればいい」

『あいよ。調べ物頼んだぜ』

「そっちもな」

そう言って席を立ち、護衛の嫁さん4人と一緒に研究室の方へ向かう。

「でも、不思議だね。なんでアンデッドなんだろう？　ジェシカ、アンデッドって新大陸では普通に出るの？」

「いえ、ジルバでは見たことどころか、聞いたことすらありませんでしたね」

「ローデイでもそんなことはありませんわ」

「……アグウストも右に同じ。というか、あのレベルのアンデッドが出れば、軍が出ないといけない規模」

……俺たちの戦力が過剰すぎていまいちピンと来ないが、新大陸ではオークですら上位の魔物で、そのさらに上級のキングが出ればそうそう止められないだろう。

まあ、身内にそのオークキングを超えた、ベジタリアンなんとかというオークがいるけどな。

それが、畑ばっかし耕していればピンと来ないのは当然だろう。

「ということは、あのロゼッタさんだっけ？　あの人も十分凄いんだね」

「ええ。彼女の名は知りませんでしたが、十分、正規の騎士相手にも通用するでしょう」

「ですわね。良い動きをしていましたわ」

「……ん。さっきのは、相手が悪かっただけ」

そう言う嫁さんたちは、さらに上ですけどね。

もともとのスペックも、勇者、魔剣使い補佐、魔術学府のシングルナンバーと段違い。

あー、怖い怖い。

と、そんなことを話しているうちに、研究室に辿り着く。

「来ましたね」

「こちらにどうぞー」

「やあ、ユキ君たち」

部屋にはすでに、ウィードで指折りの3人のマッドが集まっている。

1人をザーギスと言って、元魔王配下の四天王（笑）で研究馬鹿。

1人をナールジアと言って、妖精族の長にして、冶金（やきん）、鍛冶とモノづくり狂い。

1人をコメットと言って、新大陸での俺の前任者、ダンジョンマスターであり、魔力研究の第一人者。

つまり、総じてマッドサイエンティストどもである。

この中で比較的マシなのは、人体改造や、魔物改造をしていない、ナールジアさんではあるが、ド級兵器を作っているから、正直あまり変わらない気がする。

「何やら失礼な視線を感じますが、いつものことなのでほっときましょう」

「違いますよ。ユキさんはまた新しい武器にわくわくしているんですよね？」

「いやー、ナールジア。それはないかと思うよ。と、それより、モーブさんたちから届いた例の物の話だよ」

ナールジアさんが魔力を使って器用に全員分のお茶を用意してくれる間に、コメットが透明な箱に入った、宝石のついたペンダントをテーブルの真ん中に置く。

「これが、ゾンビーどもがつけていたやつか」

「そうです」

「ちょっと待ってくれ、ユキ君やモーブさんはゾンビーって言ってるけど、ゾンビと何か違うのかい？」

「ん？　ああ、俺たちからすれば脅威度認定みたいなものだな」

「脅威度認定？」

「そうそう。ゾンビーって伸ばすと、気が抜けるだろう？」

「ああ。君たちにとって脅威ではないという意味か」

「戦場では無駄なことは極力避けるべきだ。だけど、そんな余裕があるって伝えるためでもある。わざわざ余裕があるって言葉にするより、ゾンビーって言った方が短いしな」

「なるほどねー。よく考えているね。と、すまない。話がそれたね。で、このペンダントなんだけど、こうやって箱に入れているのは臭いから」

「はい？」

「コメットさんの言う通りです。ゾンビがつけていましたからね。状態維持も大事ですから、洗っていません。だからこうやって密閉しているのですが……」

「蓋、開けます？」

ナールジアさんがそう言って、手を伸ばしたので、慌てて俺たちは首を横に振り……。

「「いや、いいです」」

誰が好き好んでモーブたちと同じ目に遭うかよ。

「で、こうやって密閉してるってことはすでに調べたのか？」

「はい。まあ、パッと見たというのが正しいですね」

「本格的に解体するのは、これをユキさんたちに見せてからと思ったので」

「映像としては残すけど、こういうのは現物を見るのが大事だろう？」

「なるほどな。で、パッと見た感じで分かったことはあるのか？」

そう俺が聞くと、ザーギスは別に箱に入っていない、ペンダントを出して机に置く……。

ズサァァァァ!!

すぐに俺と嫁さんたちは椅子から立って、テーブルから飛び退く。

「お前、そんな臭い物を出すなよな!!　お前だけが臭くなれよ!!」

「ザーギスさん、さすがにちょっとないと思います」

「ですね。人としての常識を疑います」

「最低ですわ」

「……ザーギス、それ以上近寄れば燃やす。というか殺す。私が今日ユキとの順番なのを知っての嫌がらせと見た」

嫁さんたちも非難轟々、クリーナに至ってはキレている。魔力をすでに集積してぶっぱなす寸前だ。

「いやいや、落ち着いてください。これは別のペンダントですから、臭くないですから」

「ええ。大丈夫ですよ。そんなことすれば、私たちにも被害が及びますから、ザーギスさんをゴミにしてますよ」

「そうだね。大丈夫だよ」

確かに、部屋のにおいは普通だ。

嫁さんたちもそれに気が付いたのか、とりあえず席に戻る。

俺もそれに続いてペンダントに目をやりながら座る。

何か見覚えがあるな？

「ああ、霧華たちに渡しているペンダントか」

「そうです。魔力を活力としている生物を保護するために作った物です。これと、モーブたちが回収してきたそれは、作り方や出力に違いはあるものの、目的は同じです」

「つまり、魔力減衰を抑えて、活動できるようにするためのモノってことか？」

「はい、そうです」

「私からすれば意味不明だけどね。まさか、こんな効率の悪い物が役に立つとは思わないし。まあ、ユキ君の配下のデュラハン・アサシンたちが動くには便利だけど、あんなあからさまなアンデッドにつける理由はさっぱりだよ。で、回収したのはどれもすべて魔力切れ、宝石に残っている魔力の名残や構造から見て、2時間持てばいい方だよ。ザーギスが作った物より格段に性能が落ちる。使いどころがさっぱり分からない」

ふむふむ、そういうことか……。

「詳しくはこの後分解して調べてみますが、今はこんなところですね」

「で、今のところの見解は？」

「……そうですね。おそらくユキが考えていることと同じかと」

「ありゃ？　2人とも何か分かったのかい？　ナールジアはどうだい？」

「まあ、なんとなくですけど」

「あれ!?　私だけが分かっていない？」

「コメットさんは仕方がないでしょう。あれを見て失敗作と称したのですから」

「ふふ、悪いことではないのだけれどね」

そう、コメットにしてみればまだまだ改良の余地があって、実際に使えた物ではないのは間違いない。

だが、別の観点から見れば……。

「実験なのでしょう」

「だな」

「そうですね」

「実験？　ああ、とりあえず作ってみて、どの程度動作するか確かめていたのか‼」

「そういうこと。ここのメンバーなら良い性能の物が作れるから、この程度じゃ実用段階じゃないんだろうが、相手にとっては……」

「すでに実験するにふさわしい性能ってことだね？　だから、使い捨てにできるゴブリンとかオークのゾンビを使って試していたわけだ。リッチ系が一体でもいて死体があればアンデッド生産はできるしね」

「ついでに、血戦傭兵団って知ってるか？」

「ん？　ああ、大量に所持しているゴブリンを盾にして、血の戦場を作る傭兵団だろ。ゴブリンを増やすために、女を攫っているとか噂は聞いたことがある」

「まだ未確認だが、その傭兵団がエクス王都にいるらしいって話があった」

「……なるほど。材料には事欠かないってことか」

「ついでに、エクス王国だけに名前を轟かせている魔物退治専門の傭兵団もいるみたいだ」

「……もしかして、魔物のゾンビを兵士に充てるつもりかい？　エクス王国は？」

「さあな。適当に敵国に放って混乱させるのもありだと思うぞ。ま、そこは今後の情報収集次第だな。とりあえず、こっちも詳しい解析(かいせき)を頼む」

まだまだ、どれも予想の段階を超えない。

ホワイトフォレストで奪ったコアが届くのも、まだもう少し時間がある。

その間に、こっちもできるだけ手を打つべきだろう。

「分かりました」

「任せてください」

「任せてくれたまえ」

この3人はやる気があるし、あとは任せて情報を待つのみだな。

さてー、思ったより、エクス王国は戦力を充実させてるな。

各国への工作、魔剣の量産化、聖剣のレプリカ、アンデッドの実用化、ダンジョンマスター能力か……。

どこまでのレベルで実現しているか分からないが、どうにも厄介そうだな。

第360掘：伝手を手に入れる

side：カース

「かんぱーい‼」

「「「乾杯‼」」」

そんな声と共に酒宴が始まる。

皆、先ほどの戦いに勝ったことを心から喜んで、酒を飲んでいる。

……しかし、臭い。

ゾンビーどもの相手をしたせいで、腐臭が移っているのだろう。

体を拭いた程度であの臭いは落ちない。

……消臭スプレーを持ってきて正解だったな。

俺たち3人は爽やかな香りだ。

ユキの持ち込んでくれた技術に感謝しよう。

「いい雰囲気の仲間だな」

「ああ」

「ですね」

モーブさんがそう言う先には、ロゼッタ傭兵団の皆が楽しそうに酒を飲んでいる。

すでに、ロゼッタが戦利品の宝石を売り払って、それで飲んでいるのだ。

思ったより高値で売れたらしく、上機嫌だ。

「おーい‼　モーブたちも飲んでるかー‼」

そう叫んで、笑いながらロゼッタがこっちにやってくる。

赤茶色の髪でショートカットにしているせいか、鎧(よろい)を着こんで、戦槌を担いだ姿は男と見分けがつかないだろう。

今は、鎧がないので、出るところは出ていて、女性だというのが分かる。

思ったより体の線は細く華奢(きやしや)だ。これでよく、あの戦槌を振るえるものだ。

「おう。飲んでるぜ」

「ありがたく貰っている」

「ええ。いただいています」

「そーか、そーか‼　遠慮はいらないよ‼　私たちもモーブたちが半数以上削ってくれなかったらやばかったからね。というか、私に至っては助けてもらったからね‼　ガンガン飲んでくれ‼」

そんな話をして、モーブさんはロゼッタに連れていかれて、傭兵団の真中で、ロゼッタの身振り手振りの話に合わせている。

「懐かしいな」

「ええ。俺たちもやりましたよね」

冒険者で大戦果を挙げた時には、今のロゼッタみたいに、モーブさんがギルド連中を集めて、酒盛りしていたっけ。

で、稼ぎが全部パーになったりで大変だったな。

今は、完全に冒険者ギルドでもサポート役で、ユキたちと深く関わっているから、冒険者というのはもう建前なんだよな。

「しかし、パッとみて、女性が多いな」

「ですね。ロゼッタがトップなのが関係してるんですかね？」

ライヤさんの言う通り、ロゼッタ傭兵団の男女構成は女7男3ぐらいだ。

しかも、女は若く、男は俺たちかそれ以上に歳を食っているように見える。

「それは簡単だよ。ロゼッタ嬢ちゃんが女のために作った傭兵団だからな。男はわしらみたいな経験豊富で無体をしない紳士だけが入れるってことだ」

「何言ってやがる。おっちゃんは、他の傭兵団から追い出されたのをロゼッタさんに拾われたんだろうに」

「うるせー。お前らの面倒を見てるのも確かなんだよ。明日の訓練増やすぞ‼」

「ひえー‼」

なるほど。

冒険者でも言えることだが、見た目が華奢とか、壮年とか、女性であるというのは、頼りなく見える。

実際、命を懸けるのだから、見た目もちゃんとした相手が仲間の方がいいというのはどこでも当然だ。

だから、そう言った関係であぶれ者が出てくる。

そういった連中を集めたのがこのロゼッタ傭兵団ということか。

確かに、これで名の知られていない他国に行けば舐められるだろうし、それに伴うトラブルもあるだろう。

そういう意味では、ユキたちも同じではあるが、スペックが違いすぎるからな。

心配するだけ損だ。

というか、相手の手出しを待って食いついて引きずり込むタイプだ。

「しかし、お前さんたち、モーブ殿に負けず劣らずの腕だったな。あの時の援護は凄かったぞ」

「ま、モーブとパーティーを組んで長いからな。あれぐらいはできるさ」

「ですね」

「ふっ。あれぐらい、か。さすがだな、わしが見てきた中でも指折りだぞ、お前さんたちは」

そう言ってその男は酒を一気に飲み干す。

「ふうー。わしの名前はノードン。不躾ながら、お前さんたちにお願いがある」

「会ったばかりの俺たちにお願いということは、傭兵団の指導か？」

「それぐらいしかありませんね」

「ふふ、話が早くて助かる。今日の戦いはお前さんたちが半分以上削ってくれなければ危なかった。というより、あのロゼッタですらやられる寸前だった。つまり、お前さんたちがいなければ全滅していただろう」

確かに、あのオークキングのゾンビー相手は荷が重かったでしょうね。

「話は聞いていると思うが、この王都に、ゴブリンやオークを使い潰して戦果を挙げる血戦傭兵団もいる。片や魔物退治、片や魔物を先兵として扱う。分かりやすいほど仲が悪い。というか、向こうにとっては、女とは魔物を増やす道具だからな。その分こっちの傭兵団と険悪だな」

「まあ、当然だな。これで関係が良好と言われても不思議だ」

ライヤさんがそう受け答えする横で、俺はなんでここに血戦傭兵団がいるのか不思議に思っている。

確か、当初の話ではエナーリアの奥、ローデイ側にいたはずだ。

なんで反対側に近い、エクスにいるんだ？

いや、移動したという話だろうが、俺たちの情報網に引っかかっていないのが不思議だ。

「その血戦傭兵団だが、最近、鳴りを潜めている。そして、今日のゴブリンと強力なオークのゾンビ。どうも気にかかる。かといって調べるには今のままではリスクが高い。その前に、ロゼッタ傭兵団を強くできればと思ってな。無論、ただでとは言わない。でき得る限り報酬を用意する。……わしにとっては、あいつらは家族も同然だ。こんな職業だ。死なないなんて思っていない。だが、それでも、長く生きて欲しい」

ノードンさんはそう言って頭をテーブルに叩きつけるように下げる。

俺はライヤさんと目を合わせて頷く。

「こっちとしてもただの観光で来ているし、期限があるわけでもない。なあ、カース？」

「ええ。宿代が浮くなら、その分長く滞在できますし、そのお礼に稽古ぐらいは構いませんよ。ああ、観光案内とかも頼めますかね？」

「ああ‼　ありがとう‼　宿代も、王都の案内も任せてくれ‼」

よし、これで王都のことを根掘り葉掘り聞いても不思議じゃない繋がりができた。

と、その前に……。

「早速ですが、聞きたいことがあります」

「なんだ？　どんどん聞いてくれ」

「先ほどの指導、稽古に関係するんですが、私たちもロートルのような感じでして、後継とは言わないまでも、誰か技を伝える相手を探しているのです。で、奴隷商を訪ねて回っているんですよ。奴隷を引き取れば、まあ、わずかですが、その引き取った子にも道を示せると思いましてね」

「なるほどな。立派な考えだ。しかし、才能を持っているというのは、わしにも分からんから、知り合いの奴隷商人でよければ紹介するぞ？」

「ええ。構いません。よければ、明日にでも案内お願いできますか？　指導するにも、周りと一緒にやる方がいいと思いまして」

「そうだな。その方が、あいつらも訓練に身が入るだろう。新参に抜かれるわけにもいかないからな。明日、案内しよう」

「ありがとうございます」

「じゃ、難しい話は終わりだ。ノードン、飲むか」

「ああ、ライヤ、カース、この出会いに乾杯」

「「乾杯」」

そう言って、おっさんはおっさん同士で仲良く飲んでいたのだが……。

「周りの連中はー、私をー、女って見てないんだよー‼　ひどいだろー、モーブ‼」

「……ああ。まあ、落ち着け」

「分かってくれるか‼　見ろよ、これだけでかいおっぱいが2つついて、男呼ばわりとかひどいよなー‼」

「脱ごうとするな‼　ええい、酒癖の悪い。おい、ノードン。この酔っ払いを……」

「モーブ、ロゼッタは任せた。今は他の連中を運ぶので忙しい。ライヤ、カースはそっちの2人を頼む」

どうやら、この傭兵団のおっさんたちは彼女たちの介抱役でもあるらしい。

「あううー。ライヤさん、槍教えてくだしゃい……」

「分かった、分かった。こんな状況じゃ、確かに心配だな」

「ええ。これじゃ、ノードンさんが指導してくれというのも分かりますね……」

「こう、カースしゃんみたいに、ふぁいあーをげろげろ……」

ぎゃー⁉

抱えたところで吐くんじゃねー⁉

今日一番の重労働はこれだったか。

くそ、服は後で洗わないといけないな。

そんなことがあった次の日。

「お、さすがにあの程度じゃ潰れないな」

「そりゃな。というか、ロゼッタたちが酒に弱すぎだ」

俺たちは宿の前で奴隷商に行くために待ち合わせをしていた。

まあ、潰れたのは小娘たちだけで、ノードンさんが遅れるとは思わなかったが。

「ま、あれも経験だ。さて、さっそく奴隷商人の所に行くか」

そう言って歩き出したノードンさんの後を俺たちはついていく。

「そう言えば、知り合いって言っていたが、やっぱり複数の奴隷商人がいるのか？」

「ああ、今時、奴隷なんて珍しくもないからな。食い扶持のために売ったり、金が欲しかったり、戦争での奴隷なんてのもザラだ。仕入れルートはたくさんあるし、商人もそれに応じて多い。まあ、王都ではせいぜい5軒ぐらいだな。他の町などじゃ、路上での奴隷売りがあるが、王都ではないな。治安のためにもな」

……王都では奴隷の管理を厳重にしているってことか。

いや、どこでも当然か。不法な奴隷がいるのは国のメンツに関わる。

しかし、王都の街並みは特に不審な点はないな。

人通りも普通にある。

さすがに大国の1つと言われるだけあって、ロシュールやガルツ、リテアなどと遜色ない。

「どうだ。ここが王都の大通りだ。立派なもんだろう」

「ああ」

「賑やかだな」

「さすが、大国ですね」

宿からちょっと歩いて、大通りに出ると、人の流れが一気に増える。

昔なら、驚いていたんだろうが、ウィードに比べるとどうもな。

あれと比べる時点で間違っているのは分かるが。

「そうだろう。と、人込みが凄いからはぐれるなよ。こっちだ」

ノードンさんはそう言って、大通りをそのまま進む。

大通りを挟(はさ)んでの方向にあるのだろう。

まあ、宿屋周辺に奴隷商とかがあっても困りものだしな。

そういうところは区分けされているのだろう。

と、思っていたのだが、大通りの反対側に向かわず、そのまま大通りをどんどん進む。

そして、大通りから繋がっている大広場に出て、通りに面している店で足を止める。

「ここだ。王家御用達の奴隷商だ」

「王家御用達!?」

「ああ。昔、ちょっとあってな。ここならお前さんたちが言う、才能ある奴ぐらいいるだろうさ。と、すまねえ。店主にノードンが来たって言ってくれ」

「かしこまりました。少々お待ちください」

そう言ったメイドらしき女性は、奴隷の首輪をしていたから、奴隷なのだろう。

……レベルが高いな。

思った以上にこれは情報を持っている人物と会えそうだな。

まあ、逆にここに来たことで、目をつけられる可能性もあるけどな。

それは、ユキにとっては好都合でもあるか。

俺たちが暴れるっていうのも、期待していたしな。

「お待たせいたしました。こちらにどうぞ」

さて、これからが本番か。

「一気に情報を手に入れられるのか、それとも、俺たちが追い詰められるのか」

そう呟くと、すぐに誰かの声が耳元で聞こえる。

『どっちかというと、追い詰められる方がいいなー。それで思い切り暴れてくれ。裏で一気になだれ込むから、どうよ？』

「断る」

監視も十分なようだし、万が一の場合は簡単に逃げられそうで安心した。

第361掘：敵の正体

side：ヒフィー

カリカリ……。

そんな音だけが室内に響く。

もうこれで書類にサインするのは何度目でしょう？

いい加減、手首とか、指先が痛くなってきた気がします。

ユキ殿にそのことを言うと「漫画家か」と言われるのですが、漫画というのが分からないので、今度教えてもらいましょう。

病気としては腱鞘炎などというものに罹るので、注意するようにと言われました。

その前に同じ作業をずっとしていて、精神的にきついのですが……。

まあ、どのみち、自分が蒔いた種なので、仕方のないことなのですけれど。

今現在、ヒフィー神聖国は、トップの私が偽者と成り代わっていたという大事件が起こり、その過程で、戦争一歩手前にまでなり、それを収束させることで手一杯なのです。

その実、偽者と入れ替わっていたなどということはなく、私が本気で各国に戦争を仕掛けて滅ぼすつもりだったのですが、ユキ殿やルナ様との話し合いの結果、平和的な方法を模索するということで合意したのです。

ユキ殿とぶつかって負けたというのは、お互いの力量を確かめるのが目的であって、決して本気で負けたわけではないのです。

ええ、次はおそらく、いいえ、必ず私が勝つでしょう。

……本当ですよ？

コンコン。

と、誰か来たようです。

ペンを置いて、入室許可を出します。

「失礼します」

そう言って入ってきたのは、タイゾウ殿です。

彼は、私の腹心であり、異世界からの勇者であり、その智謀や技術はコメット同様に他の追従を許さないほどです。

……ユキ殿やタイキ殿に比べて、幾分堅いのが玉に瑕ですが。

と、そこはいいとして、そういう関係で、軍部を預かっており、今回の事件の収束を頑張っているのです。

コメットの方はユキ殿の研究所に入り浸りで全然戻ってきませんから。

まったく、毎日毎日、ご飯を向こうで食べてくるのか、こっちで食べるのかぐらい連絡して欲しいものです。

　ご飯を作って待ってる身になって欲しいものです。

「アグウストからの書簡が多数届いております」

「はい。ありがとうございます。そちらに置いてください」

　また書類が増えるのですね……。

　ですが、それとは別にタイゾウ殿は別の羊皮紙を持ったままでいます。

「タイゾウ殿？　そちらは？」

「はい。これもヒフィー殿宛てに来ているのですが、どこから送られてきたか不明で、内容も分からないのです」

「どういうことでしょうか？　封を解けばいいのでは？」

　見た感じ、羊皮紙を丸めて、紐で結んであるだけだ。

　なぜタイゾウ殿が確認しないのか不思議だ。

　彼には書類の確認も許可しているし、何も問題はないはず。

「ご覧いただければ分かると思いますが、強力な魔術の封がしてあり、無理に開こうとすれば、何か問題が起こるような感じがするのです」

「……見せてください」

「危険かもしれませんが？」

「ユキ殿たちに連絡を、万が一の場合は即座に来てもらえるように。タイゾウ殿は退出を願います」

「はい。分かりました」

タイゾウ殿が出て行ったのを確認してから、その羊皮紙に手を伸ばし確認します。

「……この魔力は、まさか」

そんなまさか、と思いながらも紐を解きます。

これは、一定の魔力がないと解けないような術式ですね。

そして、紐が完全に羊皮紙から離れた瞬間、羊皮紙が浮かび上がり、そこから声が聞こえてきます。

『やあ、お久しぶり？　初めましてかな？　同胞ヒフィーに、ダンジョンマスターコメット』

「あなたは‼」

『ああ、先に言っておくけど、これは一方通行だから、質問してもこちらには届かないよ。まぁ手紙だから分かると思うけどね』

「ぐっ……」

読まれてた。

しかし、この勘の良さは……。

『君たちの動きに期待していたんだけど、途中で萎えちゃったみたいだね。まあ、ヒフィーらしいと言えばらしいか。君たちがやらないなら、僕がやることにしたよ。僕に嫌なことを押し付けるんだ。協力しても罰は当たらないと思わないかい？　悪い話でもないだろう？　これで君たちの望んだ平和な世界が訪れるんだ。４００年前は僕自身の弱体化やコメットの発明品に押されて何もできなかったけど、今は違う。今や僕はエクス王国の覇王、ノーブル・ド・エクス。ダンジョンマスターでもあり、名声、国力、ＤＰは潤沢だ。君たちさえ来てくれれば、願った世界は手に入ったも同然だろう。この手紙を持ってエクスの王城に来てくれ。良い返事を期待しているよ。かつての軍神ノーブルより』

手紙の内容は終わったのか、羊皮紙は力を失い、机に落ちる。

「まだ、消滅しないで、残っていた神がいたのですか……。しかも、よりによってノーブルが」

軍神ノーブル。

私と同じように引き籠りなどしないで、弱体化してもなお、ルナ様や国のために、最前線に立って、ただの1人の人として、その身を魔王戦役で散らせたはずの神。

聖剣使いの13人に隠れて、名は知られていないけど、地方に侵攻した総勢5万の魔物の軍勢をわずか3000で受け切った名将。

「タイゾウ殿、いますか」

「はい。こちらに」

「羊皮紙の内容が少々私個人では判断しかねる内容でした。今すぐに、ユキ殿たちと協議を行います。神聖国の書類は優先順位の高いものを捌いてから向かいますので、先行してユキ殿たちを集めてもらえますか?」

「分かりました」

タイゾウ殿はそう言って、すぐに行動に移る。

この件を勝手に判断しては駄目だ。

とりあえず、ユキ殿と連絡を取って対処を決めないと……。

「……これは、一筋縄ではいきませんよ。ユキ殿」

そう不安がありつつも、とりあえず、仕事を終わらせないと動くわけにはいかないので、書類処理の続きをします。

「……こんな忙しい時に。もっと時と場合を考えて欲しいものです」

なんというか、大事なはずなのに、新しい仕事を増やされて内心イライラしている自分が不思議です。

……私も良くも悪くもユキ殿のやり方や性格に染まってきたのでしょうか?

「ふーん。何か色々な意味で面白くなってきたな」

羊皮紙を見たユキ殿の反応は、そんな気の抜けた返事でした。

「面白くなったではありません。これは一大事です。相手が神とダンジョンマスターの能力を有しているのです。いったん、引いて態勢を整えるべきです」

私は、事の重大さを伝えたのですが……。

「いや。引くもなにも、ヒフィーたちに宛てた手紙だし、俺たち名指しでもないからな。モーブたちにもちょっかいは出てないし、俺のチームが引く必要はないな。ヒフィーがエクス王都に偵察とか放っているんなら戻すべきだろうが」

「……どういうことでしょうか？」

「はぁ、タイゾウさん。お願い」

「了解した」

なぜかユキ殿はため息をついて、タイゾウ殿に説明を任せました。

何か問題があったのでしょうか？

「おそらくですが、ヒフィー殿は相手に知人の神とやらがいるので、慌てて気が付いていないのでしょう。羊皮紙の内容を今一度、吟味しましょう」

そう言ってタイゾウ殿は羊皮紙を私の前に持ってきます。

「羊皮紙の内容は主に、ヒフィー殿とコメット殿をエクス王国王都に招待する手紙です。そこはいいですか？」

「はい」

「つまりです。ユキ君の言う通り、これはヒフィー殿とコメット殿を招き入れるための招待状であり、罠とも言えましょう」

「そうです。断れば真っ先に神聖国がエクスに押しつぶされかねません。相手は当時弱っていても、凄まじい戦果を挙げた軍神ノーブルなのですから」

「ええ。その話は伺いました。凄まじい軍略の持ち主なのでしょう。人とは違い、魔物は補給路を断とうが、指揮官を倒そうが、早々崩れるものではありませんからな。ですが、これには一切、私たちの名前はありません。これは、相手は私やユキ君たちのことを知らないということを示しているのです」

「なぜ、そうと言い切れるのですか？」

「ヒフィー殿とユキ君の繋がりを知っているのであれば、今回の手紙に、何かしら一言二言入れてくるはずですし、モーブ殿たちを捕らえれば、それだけヒフィー殿たちを引き込むことに有用な材料となります。しかし、モーブ殿たちはいまだ健在です。監視もいまだについておりません」

「……それは、私たちを始末することが目的では？」

「確かにそれもあり得ます。しかし、その可能性は限りなく低いです。もし、ヒフィー殿たちを暗殺するのが目的であれば、こんな手紙など送らず、すでに刺客を送ってきているはずです。わざわざ殺すことを宣言してから暗殺者を送る相手などいないでしょう」

「確かに。つまり、ノーブルは本当に私たちの協力が欲しいと思っているのですね？」

「ええ。私の銃器は装備制限をしていて、外に出していないので気が付いていないようですが、魔剣の水増し、量産をしていたのはエクス王国とこれで確定しました。これは、ヒフィー殿、コメット殿に、技術的協力をして欲しいということですね。軍略家はあくまでも手持ちのモノで作戦を考えます。つまり、新しく何かを生み出せるわけではないのです」

「それは、そうです」

新しく何かを生み出せるのであれば、コメットに頼らず平和な世界をすでに築いているでしょう。

「戦争というのは、技術開発の勝負でもあります。いかに敵よりも高性能なものを作り、こちらの被害を少なくし、相手への被害を大きくするか。これが、作戦を考える者が優先するべき最大の事項です。ですが、技術の革新はそう簡単にできるものではなく、一つ一つ、地道な改良が主です。明らかに別の体系で戦いの道具が作られても、それを使う兵士がいませんし、慣熟訓練が終わるまでは旧式の武器の方が使い慣れている分、戦果が上がるでしょう。新しいものというのは、往々にして、前線の兵士には嫌われる傾向にあり、新規開発というのは非常に困難です」

確かに、命を懸けている戦場で、使えるかも分からない新兵器の訓練と言われても、そんな事に兵や時間を割くより攻撃や防衛を厚くした方がいいと思うでしょう。

「このことを、ノーブル殿は熟知しているのでしょう。使用制限を外した魔剣という物を作ったお2人を引き入れることが、他国の技術開発から負けないようにするための策でしょう。コピーはできても、新しく作ることはできないということですね。聖剣の制限解除のことを見ても、つい最近の出来事です。過去にその技術ができているのであれば、すでに各国の聖剣は奪われていたでしょうから。そういうこともこの手紙からは読み取れます」

「なるほど。つまり、ノーブルは私たちの技術を欲している。そして、ユキ殿たちのことは気が付いていない。ということですね？」

「要約すればそうですな」

「でも、それならばなおのこと、断れば確実に神聖国を脅かしに来るのでは？」

「それは当然ですな。ノーブル殿にとっては、神聖国の技術力は喉から手が出るほど欲しい。何としても手に入れようとするでしょう。まあ、力ずくというのは、大抵反発者を生むので、一度このような手紙を渡して、理解を得られればと思っているのでしょう」

「しかし、私たちはすでに、ユキ殿たちと協力体制を取っているのですし、大陸の事情を正確に把握した今では、ノーブルに加担する理由がありません」

そうです。世界を征服したところで終わりではないと知ったのです。

いまさら、ノーブルと手を組む理由がまったくありません。

しかし、断れば戦争になるでしょう。

いったいどうすれば……。

「いや、無理に断る必要もないだろ。提案、受け入れてくれれば？」

「なっ⁉　正気ですか‼」

「いやいや、本気で寝返れと言ってるわけじゃない。これは内部に入り込む絶好のチャンスだろ？　相手は是が非でも来て欲しいんだし、断ればそりゃ危ないだろうけど、協力すれば全面的に受け入れてくれるはずだろ？　なあ？」

「ま、まさか……」

「まさか、ヒフィーとコメットが俺たちと協力体制にあるとは思わないだろうなー。どっちも国を支えるトップと柱だし。手紙でも堂々と知らないって言ってきてるしー。ということで、情報収集頼むわ。これで外から内からと、情報も集まりやすいし、精査もしやすい。敵を知り、己を知れば百戦危うからずだよ」

本気で、私たちを情報収集の駒にするつもりみたいです。

「あ、なんとか説得すれば、戦争しないで終わるかもな。そこら辺はヒフィーの腕次第だろう」

「分かりました。ノーブルの提案を受けるふりをして潜入しましょう」

私は即断で返事をしました。

ここでようやく理解したのです。

断れば戦争は必至。

その時に犠牲になるのは、周りの人々。

それを止めるために、私に向かえということですね‼

私はすぐに踵を返し、潜入する準備を始めました。

side：タイゾウ

「ユキ君。最後、ヒフィー殿を乗せただろう？」

「そりゃそうですよ。向こうは全うな理由が欲しかったみたいですし、本当に戦争が止められるならこっちも得で、渡りに船というより、情報も得られるから一石二鳥でしょう？」

「一石三鳥だな。ついでに、エクス王都、いや、ノーブルを攪乱するつもりだろう？」

「モーブたちにヒフィーたち。目くらましとしては十分役割を果たすだろうし、情報が集まったら一気に制圧ですね」

当然の判断だな。

……ヒフィー殿、決して貴女の思いや考えは間違っていませんが、前提にユキ君たちが保有する戦力を考えるべきでしたね。

すでに結果は決まっているのです。

それがより確実で、完璧なものになるかどうかなのです。

慢心（まんしん）するつもりは毛頭ないが、あのノーブル殿は銃器について一切触れていない。最初から敵たり得るか、甚だ疑問だ。

ユキ君がいなければ、確かにこの時代を先陣で駆け抜けたであろうが……。

「いやー。敵さんからわざわざ素性を教えてくれて助かったわー」

まったくもって、その通り。

これで我が方に一気に形勢は傾いたと言えよう。

情報こそ最大の武器とはよく言ったものだ。

さて、私はヒフィー殿が残した仕事を代わりにするか。

落とし穴60掘：新しい物への心構え

side：ユキ

世の中、人には譲れないものというのが存在する。

傍から見れば、他人には理解されない。

だが、確かにそこには揺るぎなき決意があり、それを命題としている人もたくさんいる。

なぜあなたは山に登るのか？

そこに山があるからだ。

ま、これは誤用ではあるが、ある意味、人には理解されず、しかし、確かに譲れないものが存在するというのが分かる言葉だ。

簡単に言うのであれば「趣味」だが、されど「趣味」である。

世界には、努力の方向音痴や、才能の無駄使いという、言い得て妙な言葉もたくさん存在する。

くだらないことなのだが、その才能は称賛して余りある、と評価される言葉だ。

だが、そもそも、人はくだらない方向に力を入れた時にこそ、飛躍をするのだ。

地球の技術の原点、いや、知性ある生き物の原点は、好奇心だ。

いや、知性ある生き物の原点だ。

それが、今の技術に繋がっているのだ。

木の枝を持って、振り回すか、燃やすか、家を建てるか。

そんな発想だ。

好奇心、想像とは、あらゆるものに繋がる始まりである。

「というわけで、俺たちが今からするのは、お遊びではない‼　新しき人類の一歩である‼」

「おー‼」

俺の演説に答えてくれるのは、タイキ君。

そして、その横で首を傾げているのはタイゾウさんだったりする。

「あー、ユキ君の話は分かったが、これから山にでも登りに行くのかい？　見た感じ、そんな準備はしていないようだが？　山を舐めていると死ぬぞ？」

「あ、いやいや。山は登りませんよ。今日はこれです」

タイキ君はそう言って、テレビの前に並べられている、物体を指さす。

「なんだいそれは？　なにやら機械の塊（かたまり）のようだが、ビデオか？」

さすがは伝説の技術者の一員だ。察しがいい。

「これは、ＰＧ４といいます」

「ぴーじーふぉー？　ふぉーは四のことだな？」

「はい。Pはプレイ、Gはゲームといって、それを略してPG4です」

「えーと、遊びをする4？　4号機ということかな？」

「はい」

「ということは、これで何か遊べるわけか」

　本当に察しがいい。

　色々説明が省ける。

「そうです。コンピューターゲームといって、遊ぶために組まれたプログラムを機械で動作させて、テレビに映像を流し込み、このコントローラーで操作して遊ぶことを目的としたものです」

「ほお。未来にはそんなものもあるのだな。しかし、なぜまた今日なんだ？　今は忙しいし、後日でもよかったのでは？」

　そう。

　ただPG4を遊ぶだけならいつでもいい。

　わざわざ忙しいときに遊ぶ理由もない。

　だが、本日は理由があるのだ。

「これです。タイゾウさん」

　俺はそう言って、3つのあるものを手渡す。

「これは……君たちが言った、ゲームのデータだね。これをあの機械に読み込ませることで、この遊びが……」

そう言いかけて、タイゾウさんが止まる。

彼はある一つのソフトに目が釘付けになっている。

その名も『第六天魔王の野望 戦国立志伝説』かの有名なゲームの新作である。

「こ、このゲームの内容を詳しく教えてもらえるかな?」

「分かりました」

「とりあえず、座りましょう」

普通ならタイゾウさんをこんなゲーム遊びに呼んだりはしない。

しかし、今回はタイゾウさんに興味を持ってもらえそうなゲームも出るので一応来てもらったのだがドンピシャのようだ。

ふっ、誰もが、あの時代を駆け抜けたいと思うものさ。

とりあえず、ちゃぶ台を出して、お茶を注いで、煎餅を出して準備を万全にする。

「さて、焦(あせ)る気持ちも分かりますが、とりあえず、なぜ、今日なのかという質問に答えましょう。タイキ君、頼む」

「はい。タイゾウさん。俺たちが日本の品物を取り寄せることができるのは知っていますよね?」

「あ、ああ。これもその品なんだろう?」

「ええ。ですが、まだ発売していない物は取り寄せられません」

「……ちょっとまて、君たちがここまで楽しみにしていたところを見るに……」

「はい。今日出たばかりの最新作です」

「……なるほど。だから今日なのか。流行り物には興味がなかったが、これは違うな。私も分かるぞ。戦国武将と肩を並べたいと何度思ったことか‼ 見ろこの広告を、己の分身を作って、大名に仕え、天下統一を成せとある‼ これは、我が島津(しまづ)が天下を取ることも可能なのだろう⁉」

「はい。その通りです。ま、大体、裏の説明を見て分かったと思いますが、そうやって戦略を立てて、敵を倒していくわけです」

「ふふふ、孔明(こうめい)になれということだな‼ さあ、やり方を教えてくれ‼」

今ここに、タイゾウさんと俺たちの気持ちは1つになった。

ま、残念なのは、あと2つのソフトの説明ができなかったことか。

まあ、日本のRPGの大金字塔のスピンオフとか言われてもさっぱりだろうし、絶望と絶望のファンタジーも操作が慣れないときついから、最初から野望だと思っていた。

ちなみに、ダーク3はセラリアが大層楽しみにしていて、すでに渡している。

そして案の定、引き籠っている。あれは数日出てこないと思う。

他の嫁さんたちも、ゲームという概念が今までなかったからか新鮮なので、ゲームでお休みということに文句は出ない。

というか、セラリアほどではないにしろ、みんな新作ゲームを楽しんでいる。

……くくく、異世界万歳‼

有給が堂々と取れるって素晴らしぃ‼

日本にいた頃は、適当な理由をつけて、有給取ってたからな。

ほら、親戚のおじさんが亡くなったとか、何回忌とか、誰々が入院したとか。

それでも、限度があるじゃん？

だから泣く泣く、優先順位を決めて、有給を割り振るんだ。

上から睨まれるしな。

あと、ゲームは害悪だって風潮があるから、非常にやりづらい。

何言ってんだか、一大市場なのにさ。

あれを作るのにどれだけの労力がかかると思っているんだ‼

それを満喫するために休んで何が悪い‼

ゲームとは今や、地球の技術の最先端。

もうすぐＶＲとかも出るみたいだし、たまらんですたい‼

いや、もう異世界だけどさ。

やってみたいのよ‼

いいか、ゲームであって遊びではないのだよ‼

それが偉い人には分からんのですよ‼

趣味のために働いているんだよ。こっちは‼

とまあ、こういうことで、本日ゲームのため、休みなのだ。

タイゾウさんに楽しんでもらおうというのもあるし、俺たちだけ楽しむのは気が引けたというやつだ。

これぐらいの贅沢(ぜいたく)は構わないだろう。

今まで頑張ったんだし、駄女神は文句言わないからＯＫ。

「おおっ、凄く綺麗(きれい)な映像だ。しかもこれは写真ではなく作ったものだな？」

「はい。３ＤＣＧってやつです」

「うん。よく分からんが、こういうものをわざわざ作ってゲームを作るのだな。凄いものだ。映画顔負けだな」

タイゾウさんの言う通り、映画顔負けのゲームは多数存在する。

この『野望』もネットではよくプレイ動画を上げていて、面白いのも多数存在する。

「これがタイトル画面だな。で、このボタンを押すと……。ふむ、色々項目があるな。これはいったん練習をするべきか」

「それがいいですね。それをやればある程度、このゲームのルールが分かると思いますよ」

ふう、タイゾウさんはチュートリアルや説明書をちゃんと確認するタイプらしい。

説明書を読まないで聞いてくるという面倒なタイプではなさそうだ。

悪いとは言わないが、説明書とかを読まないタイプは他のゲームをしている連中を巻き込むことが多いので苦手だ。というか、邪魔だ。

「ふむふむ……。日本を上空から眺めたような感じではあるが、ちゃんと地形も……これがこうで……なるほど……」

よし、タイゾウさんは放っておいていいだろう。

さて、俺たちもゲームに取り掛かるか。

「で、ユキさんは今日はどれをするんですか？」

「それは非常に難しい問題だ。本日は3つのビッグタイトルが出ている」

「ええ。難しい問題です」

「しかし、幸いに、横でリアルタイムでプレイしてくれる人がいるから、一個除外になる」

「ですね。内容は見れますから、それを参考に後で効率良く、ですね。なら、残りは2つ ダーク3かドラク○か。

……よし決めた。

「タイキ君。嫌でなければダーク3をやってくれ」

「いいですけど。なんでですか？」

「ダーク3は据え置き機だ。しかし、ドラク○は携帯ゲーム機。俺は呼び出される可能性が一番高いからな」

「なるほど……。分かりました‼　あ、でもダーク3ってMAPとか敵ネタバレになりません？」

「あ、俺そういうの気にしない。タイキ君がやられるのを見てサクサク進めさせてもらうわ」

「そういうタイプですか。なら遠慮なくー」

2人でゴソゴソとソフトを取り出して、お互いにゲームを起動する。

無論、長期戦に備えて、食料をちゃんと用意してある。

我らに死角なし‼

そして、俺たちは時間を忘れてゲームをしていた。

これがいいんだよ。

時間を忘れるほど、夢中になれることってそんなにないだろう？

でも、俺たちにはあるんだ。

「旦那様。久々の娯楽中ではありますが、さすがに晩御飯も抜きは認められませんのでお越しください」

あれ？　キルエが少し怒ってる。珍しい。

というか、もうそんな時間か、さすがに子供たちや嫁さんと団欒する時間を消費してまでゲームする気はない。

腰を上げると、もう一人、この部屋を訪れる。

「タイキ様もです。晩御飯は食べに戻ってくるって言ったじゃないですか」

アイリさんだ。

ああ、タイキ君も同じような約束してたのか。

まあ、王様が晩御飯をすっぽかしはまずいだろう。

「あ、ごめん。ちょうどいいから休憩するか」

タイミングがいいというか、ちょうどボスを倒して一息ついたところだ。

これがボスにやられてたら、あと1回という、エンドレストライになるんだよな。

さて、タイゾウさんだけ残ることになるかな?

そう思って、声をかけようとしたのだが……。

「タイゾウ殿。もう、晩御飯の用意ができていますよ?」

「ん? ああ、ヒフィー殿、これは申し訳ない。えーと、セーブと……。よし、今行きます」

仲良く2人で出ていくのを、俺たちは何と言っていいのか分からない感じで見送る。

「いや、意外でもないんだが……」

「自然すぎて微妙ですね」

「どうでしょう。きっとヒフィー様は苦労すると思います」

「私もそう思います」

……そういう男が鈍感とかいうのはノーコメント。

藪蛇(やぶへび)になりそうだし。

さ、晩御飯を食べよう‼

新作ゲームは1日15時間ぐらいだよな。

第362掘：奴隷選び

side：モーブ

ついにこの日がやってきてしまった。

来て欲しくない日というのは必ずやってくるもんだなー。

そんなことを、この新大陸では上品なテーブルに置かれている、これまた上品なコップに注がれている水を見て思う。

「はぁー」

「どうした、具合でも悪いか？」

深くため息をつく俺に、心配そうにノードンが声をかけてくる。

「いや、王室御用達だって聞いてな……」

実は奴隷を選んで弄られるのが嫌なんだって、言えるわけもないから、とりあえずそれらしいことを言う。

「ああ、緊張してるのか。なに、良い店主だ。そこまで硬くなる必要はないぞ」

本当に緊張だけならいいんだけどな……。

あー、どういう奴隷を選べば無難なんだ。

誰か教えてくれー。

「考えていることは、おおよそ理解できる。が、諦めろ」

「ですね。どのみち弄られますし、なんというか、後継者って感じで探した方が、方針もあって回避しやすいんじゃないですか？」

ライヤとカースは、前にエリスたちを連れてきた作戦を継続して行うようだ。

確か、ライヤは戦闘に長けた奴を、カースは学が良さそうな奴を、だったな。

俺だけ、バラバラだったから、そこをユキに突かれたわけか。

そうか、俺もカースの言う通り、何か方針を決めて奴隷を選べばいいのか。

これならいける。きっといけるぞ。

「お待たせしました」

と、ようやく店主が来たようだが、なんと珍しいことに女の店主。

歳は30前半ってところか、奴隷商で女店主なんてのは色々な意味で凄いな。

「よう。元気そうだな。セフィーヌさん」

「おかげさまで、ノードン様」

「様はよしてくれい。こちとら、ただの傭兵だ」

「そして、私の恩人であり、今はお客様。丁寧に接するのは当然でございます」

「むう。そう言われると、何も言えんな。だが何かあれば言ってくれ、力になれることがあるなら手伝うぞ」

「はい。その時は頼らせてもらいます」

いちいち、動作が上品だ。

これは王室御用達というのは間違いないだろう。

なんで王室御用達の奴隷館があるのか不思議でならないけどな。

奴隷なんてのは、下っ端扱いがほとんどだ。

よくて、ちょっとした貴族の遊び物がいいところだろうが、王家の血筋に奴隷を引き入れるのは品性とかで、良い顔をされないんじゃないだろうか？

「なあ、セフィーヌさん。こいつらの緊張を解いてやってくれないか？　王室御用達って聞いて緊張しているようでな」

「まあ、王室御用達なんて大げさな。さすがに王家の出入りがあるわけではありません。よくて公爵家の下働きの確保でございます。奴隷の首輪があれば諜報(ちょうほう)活動や裏切りを避けられますので、下は奴隷で固めたいという貴族の方が多いのです。それに加えて、私は見ての通り女ですし、同じ女性相手の教育をしやすいのです。その点で他のお店よりは、貴族様の前に出しても恥ずかしくないようにはしてありますわ」

なるほどな。

セラリアの嬢ちゃんや、エルジュの嬢ちゃんの時も、身内の裏切りみたいな問題だし、そういう意味では周りを動き回るメイドや雑用は奴隷の方が安全かもしれないなー。

「少しは緊張が解けたようですね。では、改めまして、私はこの奴隷館の店主のセフィーヌと申します」

「ああ、モーブだ。よろしく」

「ライヤだ」

「カースです。よろしくお願いします」

軽く挨拶をすると、さすが、貴族相手に商売をしているせいか、視線が鋭く、素早く、俺たちをくまなく観察する。

「視線移動が見られるな。もうちょっと、全体を見る、というふうにした方がいい。熟練(じゅくれん)の者だと警戒するぞ。それか、その視線の鋭さを変えるべきだな。警戒していますと言わんばかりだ。驚いたり、興味津々といった表情などでごまかすべきだな」

ライヤがすぐに注意を飛ばす。

指摘されたセフィーヌは目を丸くして驚いている。

「なっはっは。セフィーヌさん。こいつらはわし以上だよ」

「ノードン様以上……ですか。ライヤ様、ご忠告痛み入ります」

「いや、相手によって変えているだろうから、余計な口出しだったらすまない」

「いいえ。いい経験になりました。それで、こちらに来られたということは奴隷をお求めでしょうか？」

「そうだ。見ての通り、そろそろいい歳でな。腕は鈍る一方だ。だから、良い人材でもいれば、教えて伝えるのもいいかなと思ってノードンに紹介してもらったんだが、まさかこんな大商人を紹介されるとは思わなかった」

「あらあら、御上手ですね。で、ご予算はおいくらほどで？」

「おそらく、無理をすれば、この店で一番高いのもいけるぐらいだ。ということで、良い人材を見繕（つくろ）ってくれれば助かる」

「まあ、それほどですか……。かしこまりました。少々お待ちください」

ライヤの奴が上手く手持ちの額をごまかしたな。

ユキから手渡された予算は、今まで他国からぶんどってきた資金とか援助とかで貰ったのが溜まっているので、下手すればここの経済が傾くほどだろう。

……今思えば、ここで食料を買い占めて動けないようにするとかの方がいいんじゃねーか？

あ、でも、ダンジョンコアからの生産があると意味がないのか。

その前に、俺たちが買い漁っているのがばれるからダメか。

うーん。やっぱりこういうことはユキに任せるべきだな。

「お待たせいたしました。まずはこちらの子をご覧ください」

そう言って、セフィーヌが連れてきたのは奴隷じゃないだろう、と言わんばかりの上品なドレスを着た女の子だ。

「この子は、小国ではありますが今は亡き某国の姫君でして、知識、教養、能力は折り紙付きです。が、少々世間知らずなところがありますので、そこら辺はご注意を」

お姫様ってどういうことだ？

いや、紛争みたいなのはどこでもあるけど、お姫様が奴隷になるのかよ？

……俺が言えたことじゃないか。

「もしかして、意図的に奴隷になっていますか？」

「素晴らしい洞察力ですわね。カース様。その通りです。私の店は女性奴隷専門であり、このように敵国の姫君を閉じ込めておくための牢獄の役割もあるのです」

「どういうことだ？」

「モーブさん、つまりですね。敵国の姫というのは、放っておくわけにはいかないんです。彼女を旗印にして、また騒乱を起こされても困りますから」

「そりゃそうだ。でも、奴隷の首輪でそういうことはできないだろう？」

「ええ。ですが、だからといって彼女たちを王城に閉じ込めておくのも、占領した国から不満を買いますし、処刑なんてもっての外です。でも好待遇で迎えすぎても身内から不満が出るし、身内がその亡国の姫と協力して謀反を起こす可能性も考えなければいけません」

「結婚でもして、仲良く治めるってのはありじゃないか？」

たし。

よくある話だ、負けた国の姫君を下級貴族に与えて、統治をしやすくするってユキが言って

「……違いますよ、モーブさん。すでにそれを通り過ぎているんです」

どういうことだ？

「カース様の言う通りです。彼女は婚姻による身分と領地の安寧を拒み、最後までエクス王国の覇王、ノーブル陛下に逆らったのです。さすがに、ここまでの相手を娶ろうという貴族の方はいませんし、逆に謀反を疑われるので、絶対に手を出そうとはしません」

「それなら、俺たちに売るのも問題じゃないのか？」

「いいえ。それは問題ありません。一般の方では奴隷の首輪を解除できるわけがありませんし、エクス王国領内で、彼女のことはすべての奴隷商が知っています。いくら金を積まれようが解除はしません。他国に連れていって解放、というのも手ですが、その時は厄介者がいなくなっただけですし。次に国内で見つけた時は斬り捨てればいいだけです。奴隷の首輪がなくなれば、この国ではこの子はただの罪人ですから。万が一、兵を集めてエクス王国に牙を剥くのであれば、それこそ、温情なしで処刑できます。というわけで、ここまで事情が厄介だと一般の人も買い手が付きませんし、かといって、捨て値で売ることも今までの採算が合いませんし、捨て値で売れば私が謀反の手引きをしたと睨まれます」

難しいことはよく分からんが、ひじょーーに厄介なのは分かった。

「よし。分かった。その姫さんを貰おう」

「え？」

「ちょ、ちょっと待てモーブ。話を聞いていたのか⁉」

「そうですよ。他の子を見てからでもいいでしょう⁉　さすがにこのお姫様を買うとすっからかんになりますよ⁉」

慌てて止めに入るライヤとカースを手で制止する。

「まあまあ、落ち着け。俺たちは後継者が欲しいだけで、特に謀反とかをする気力はないだろう？」

「そりゃそうだが……」

「多少跳ねっ返りの方が、根性がある。王様に噛みついたとか、申し分ないだろう？」

「でも、さすがにお姫様は監視がきますよ？　ですよね、セフィーヌさん」

「ええ。さすがに姫をというと、私もしっかり報告しないといけないし、国も監視を向けてくると思いますわ」

「願い叶ったりじゃないか。姫さんが逃げ出さない、変なことを考える奴らとの接触を防げるし、そういう事を考える輩(やから)を炙り出すのにも使える。だろ？」

「「「……」」」

なぜか、三者三様に驚いてやがる。

「確かに、そうですね。これなら不穏分子の炙り出しに使えます。王城に使いを出して協力を打診してみます。向こうもそういった不穏分子を警戒してここに回したのですから、きっと協力してくれると思います。しばらくは行動を制限することになると思いますがいいでしょうか？」

「構わねーよ。どうせ、外での基礎訓練は1、2年はいるだろうからな」

俺がそうセフィーヌと話していると、後ろでライヤとカースが何かボソボソ話している。

「……考えようによっては、注意を引くという役割も果たせないか？」

「……ですね。しかも、エクス王国と協力体制を取って、です。一番理想に近いですよ。まさか狙ってやったのでしょうか？」

「いいや、そんなわけがない」

「ですよねー」

お前ら……。

ま、そこはいいか。

「ま、動き出すのはちょっと待ってくれ」

「何か問題でも？」

「ああ、姫さんに意思を聞いていない。やる気のない奴を後継者にはできないからな」

「あ、申し訳ありません。あまりにも画期的な発想で失念していました。さあ、ご挨拶をしなさい」

そう言われて、挨拶をしようとする姫さんだったが……。

「そんなことはいい。姫さん、話は聞いたな。逃げ出そうとしても、連絡を取ろうとしてもたぶん殺される。それでも俺たちについてきて、腕を磨いてみようって思うなら返事をしろ」

俺がそう聞くと、すぐに姫さんは返事をする。

「やるわ‼」

部屋の外にも響き渡る、良い声と気迫だ。

それをノードンも感じ取ったのか、感心した様子だ。

「ほぉ、これは、当たりかもな。いくらスキルがあっても根性がないとどうにもならん。だが、この姫さんは、言っては悪いが、国がなくなったことが後押しする結果になってるな。なあ、セフィーヌさん。他にこんな子いないか？　ロゼッタ傭兵団にも欲しい人材だ。あ、モーブと同じように監視もOKだ」

「えーと。いないことはないですけど……。これぐらいしますよ？」

「高っ⁉　今回の魔物の宝石全部売っぱらってようやく半分かよ⁉」

向こうも戦力補強を考えたのだろうが、値段がトンデモなかったみたいだ。

「じゃ、支払いたのまー」

「分かった」

「お前ら本当に貯め込んでたんだな」

「毎度ありがとうございます。監視役の手続きに時間がかかりますので少々お待ちください」

ふう。

これで、ユキの弄りは完全に回避だな。

『それで、名前も聞かずに宿に連れてきて、ようやく自己紹介したって？　ひー、お腹痛い。モーブ、お前、凄いところをすっ飛ばすよな』

宿に戻って、ユキと連絡を取ってこの様だ。

くそ、俺はなんでこんなミスをするんだ。

「そこまで弄らないでやってくれ。成果としては十分だろう？」

『ああ、そうだな。お姫様とは、こりゃ情報が期待できるよ。しかもエクス王に逆らってんだからな。ついでに監視もモーブたちにつく。これは好都合だな。そのお姫様たちは監視の穴を縫って、ドッペルと入れ替えよう。こっちで情報を聞き出す』

「頼む」

『さっさと名前は聞いておけよ。何事もまずは挨拶からだしな』

「分かってるってーの」

……しかし、いまさらどういう聞き方をすればいいんだ？

第363掘：ちょっとした情報整理

side：ユキ

「さーて、なかなか面白くなってきたな」

「……どういうこと？」

俺が呟いた言葉にクリーナが反応して、なぜか目つきが鋭くなる。

「……もしかして、お姫様を手籠めにするつもり？」

「ユキさん。私たちがいるじゃないですか‼」

「そうですね。得体が知れませんが、不潔ですね」

「ユキ様、欲求不満なら私が受け止めてあげますわ‼」

クリーナの言葉に護衛の3人の嫁さんたちが揃って抗議の声を上げる。

「まてまて、そっちの意味じゃないから。まだ姿も見てないのに、そういう気持ちになれませんから」

「……見た目が好みだったら、あり得るということ？」

「その発想から離れろ。クリーナ、俺は嫁さんたち以外に手を出すつもりはない」

ここで、しっかりと言って、俺がどれだけ嫁さんたち一筋かをアピールしておこう。

でもなぜか、白けた目でこっちを見てくる。

「……やっぱり。あのー、奥さんの私たちが言うのもなんですけど、あまり他の女性に無関心なのはどうかと思いますよ？」

「ですね。ユキの妻としては嬉しい限りですが、その淡泊な反応は色々問題があるのではないでしょうか？」

「別に、他の女性に手を出せと言うわけではないのですが、もうちょっと褒めるとか、見惚れるぐらいはしないと、貴族の社交界では、あらぬ噂を立てられますわ」

「……ん。別の疑惑が上がりかねない」

「お前ら、俺にいったいどうして欲しいんだよ!?」

浮気は駄目だけど、他の女性には興味持てとか、訳分かんねー。

「だって、ユキさん。私たちにリクエストしないじゃないですか」

「ええ。でき得る限り、ユキの好む姿になりたいと。妻として、いえ、女の務めかと」

「そうですわ。ユキ様はこんなに頑張っていらっしゃるのに、私たちに今のままで良いと言うばかり。そんなユキ様の優しさに甘えてばかりでは、妻として、女としてのプライドが許しませんわ!!」

「……仕事ではなく、プライベートのこと。もっと私たちに要求して欲しい。がんばる」

あー、なるほど。

俺にとっては、彼女たちはファンタジー世界の住人で、そのままの姿ですでにご褒美なのだが、彼女たちにとっては、それは普通であって、俺好みの女性になったわけではないのだ。

なので、俺の護衛をしつつ、他の女性に目をやったりしないか観察して、好きそうな服装や髪形、仕草を実践しようと思ったわけか。

「分かった。今度、着て欲しい服とか、アクセサリーを用意してみるよ」

「ほ、本当ですか‼ やったー‼ 聞いた⁉ ジェシカ‼」

「聞きましたとも、これで、ユキの好みが分かりますね‼」

「今までは、いくらDPで取り寄せた服を着ても、全然ユキ様の視線は動きませんでしたから、これでいけますわね、クリーナさん‼」

「……ん。これでユキを悩殺できる」

あ、そういうことか。

嫁さんたちには好きな服をDPで取り出せるようにしている。

だから、毎日の如く、ウィードの自宅では服が変わる。

なぜ自宅で着る服がコロコロ変わるんだよ、と思っていたが、これが原因か。

てっきり、女性の服はたくさんがいいって趣味かと思ってたわ。

ま、ウィードの自宅以外は、専用装備をつけないといけないって義務づけているし、そういうところで、不満というか、不安だったたんだろう。

服を着替えても、俺の反応が皆無だったから。

でもさ、毎日変わる服装褒めてたらきりがないよな？

あ、そういうことじゃない？

女心は複雑というやつか。

あ、そうだ……ナールジアさんに言って、もう3、4種類、デザインの違う専用装備を用意してもらうか。

外に出る服の種類が少ないのは、女性的にはつらいはずだ。

というか、護衛の嫁さんたちは、他の嫁さんたちに比べて比較的大人しい。

つまり、セラリアとかは結構イライラしてるはずだ。

なんとか機嫌を取らないと、夜が酷い。

でもさ、どんな服が俺の好みかよく知らん。

……学生服とかがベタか？

あとはバニーさんとか？　いやラッツやシェーラがリアルバニーさんだしな。

バニースーツだけでいくか？　というか、あれバニースーツって名前なのか？　正式名称しらねー。

あとは童貞を殺す服装とかあったよな？　なんか、胸を強調するタイプのメイド服……ってリアルでメイドのキルエがいるし、これは却下か？

「って、話が盛大に逸れとるわ。俺の好みの件は後日精査して、渡してリクエストするから」

「絶対ですよ?」

「楽しみにしています。あ、でも路上プレイとかはあんまり……」

「さ、さすがにそれは、ウィードの国民に、し、示しが……」

「……私は構わない。ドンと来て」

「いやいや、なんで好みの話がそっちまで飛ぶんだよ……っていい加減に話を戻すぞ。面白いっていうのは、エクス王都の状況だ」

俺がそう言うと、嫁さんたちはすぐに真剣な顔になり、話を聞く態勢になる。

「どういった意味で、エクス王都の状況が面白いかというと、ほぼ絶対と言っていいほど、俺たちに監視が来ていない。俺たちっていうのはモーブの件でなく、本当に俺たちのことな」

いまいちピンと来ていないのか、4人とも首を傾げている。

そこで、ジェシカが皆の代わりに口を開く。

「どういうことでしょうか?」

「まあ、他の地域の監視に出ている嫁さんたちにも、改めて詳しく説明するから簡単に言うぞ。相手は、俺たちがバックにいることにまったく気が付いてないってことだ」

「それは、先ほどのヒフィー様に届いた手紙から察せられますが、それは面白い状況なのでしょうか?　モーブたちも、実はダンジョンの能力で監視されていないとも限りません」

「いや、その可能性も限りなく低い」

「なぜ、そう言い切れるのです？」

「モーブたちの推定戦力は、あの新大陸において、３人で王都を落とすことぐらい簡単なのは知っているな？」

「はい。ジルバ王城が実質スティーブ1人に落とされたようなものですし」

そんなことあったなー。

あの時、スティーブだけ馬小屋に寝かせられてたんだよな。

で、その懐かしい思い出に驚きの声を上げたのはサマンサだ。

「ええ!? ちょ、ちょっとお待ちになってください。あの、スティーブさんはそこまで強いのですか!?」

「……確かに、アルフィンの時に、良い指揮官だとは思ったけど。そこまで強いゴブリンだとは知らなかった」

どうやらクリーナもその事実に驚いているらしい。

ま、この2人はウィードの魔物軍とは挨拶ばかりだしな。

あとは、一緒にトランプしたりゲームしたりと、だらしない姿ばかりだ。

あの姿に、強さを察せと言われても無理だろう。

「あれ？ サマンサさんもクリーナも知らなかったんだ。ゴブリンのスティーブ、副官のブリッツ、なんとかオークのジョン、ブラッドミノタウロスのミノちゃん、スライムのスラきちさん、この5人はヘタすれば私たちよりも戦力は上だよ」

「私たちはどちらかというと、死なないこと、ユキを守ることに特化していますから、ユキの兵器を十全に扱える分、私たちより攻撃力、指揮能力、動かせる部下、総合的には向こうの方が上なはずです」

「そ、そこまでなのですか……」

「驚き」

もっぱら、執務室で書類整理して、畑耕して、子供たちと遊んでいる奴らだからな。

ウィード国民に愛される魔物軍を目指しているんですよ。

自衛隊にも似たようなフレーズがあった気がする。

苦労してんだなー。

「と、話を戻すぞ。その3人に気が付いていながら、接触しないということは、その3人以上の戦力がない、もしくは戦力を割けないということか、本当に気が付いていないとしか言えないんだ」

「モーブさんたちをあっさりやれる戦力を隠し持ってても不思議じゃありませんよ？」

「リーアの懸念は当然だが、あり得ないんだよ。そんな戦力が存在するなら、すでに他国を落としているからな」

「「「ああ、なるほど」」」

俺の言葉に4人とも納得した顔になる。

「そこまでの戦力があるのなら、わざわざヒフィー様に連絡を取って意思の有無を問う必要もない。モーブたちも放っておく意味もないということですね？　あるいは、モーブたちに割ける戦力が存在しないということですね？　まあ、監視すらついていないのですから、現状から考えて、監視があったとしても、モーブたちのステータス隠蔽を見破ることができないということ。つまり、その程度の組織体系ということになるのですね？」

「そういうこと。さっきのヒフィーへの手紙とモーブたちの状況で、相手の戦力がある程度割れたってことだな」

「タイゾウが、ヒフィーに何も言わずに送り出した理由が分かった。敵足り得ない」

「でも、それならば一気に制圧してしまえばよいのではないですか？」

サマンサはそう当然のように提案するのだが、その手段は取れない。

「サマンサ。それだと事後処理が大変です。ベータンはホーストさんがいますからいいですけど、ウィードでも忙しいのに、エクス王国を統治なんて人手が足りません。だから、私たちがやったという事実はあくまでも隠さないといけませんし、今後の統治においてよそ者が上に立つのは反発がひどいので避けたいですね」

「なるほど。確かに、私たちの使命を考えると、こんなことで手を煩わせる理由もありませんわね。となると、エクス王国の関係者に統治を任せるというのが一番楽なのでしょうか？」

「そういうこと。それを前提に動くとしても、まず大前提に、大規模な戦争が起こらないようにしないといけないし、この元凶は絶対捕まえないといけない。だから、四方八方から寄せ手を作って完全に封殺を謀る。アルフィンの時のグラウンド・ゼロみたいな大怪獣の準備をされていても困るからな。行動を起こす前に潰す」

「……ん。理解した。面白いと言ったのは敵が無防備すぎるということ。これは、数多の手段を講じられるという意味。いい実地演習。やりたい放題。にもかかわらず、相手は準備万端だと思って油断しているということ」

「大体その通りだ。ま、向こうにこっちを超える手札がないとも限らない。それには十分警戒してやる。だから、万が一のために攪乱できるように、多方面、別角度から味方を潜入させて、情報収集をしている」

「それが、モーブたちとヒフィーたちということですね」

まあ、その攪乱するための手札は攻め手の時にも使えるわけだが。

モーブたちが引き取ったお姫様も良い情報を持っているといいな。

「まあ、他にもたくさん寄せ手は増やすけどな。まずは、霧華」

「はい。こちらに」

すぐに現れるデュラハン・アサシンの霧華。

最近、鎧は着ていなくて、普通の服だから、もう忍者だよな……。

いや、無論、ナールジアさんのお手製だから性能は桁違いなんだが。

「うわっ⁉　霧華ちゃん⁉　び、びっくりしたー」

「私もです。危うく剣を抜くところでした」

「全然気配を感じませんでしたわ。って、あら？」

「……魔力の流れがない？」

お、さすがに専門のサマンサとクリーナは気が付いたか。

「嫁さんたちにも気付かれないなら、完成と言っていいだろうな」

「いえ、まだまだです。ユキ様はお気付きだったのでしょう？」

「そりゃな。魔力だけ遮断しても、熱源感知があるからな。そこは今後の課題ってことだ」

うん。

再度確認しても、魔力感知でのダンジョン監視システムに、霧華は引っかかっていない。

熱感知にははっきりと霧華の反応はある。

ザーギスの研究もここまでくると凄いよなー。

「あのー。よく分からないんですけど……」

「説明してください。あと、霧華。あまり人の夫に近づかないように」

「失礼しました」

そう言って霧華は少し下がって待機する。

「魔力の流れがまったく感じられませんわ……」

「……不思議。生き物は多かれ少なかれ魔力を無意識化に空気中に流している。だから、私たちは感知できるのに」

「サマンサとクリーナの言う通り。魔力を完全に遮断するアクセサリーの開発に成功した。これで、ダンジョンの魔力による監視を抜けられる。熱源感知は別だけどな」

「え？　それって凄い発明じゃないですか‼」

「確かに。それがあれば敵地に侵入し放題では？」

「いいえ、それは違いますわね。魔力の流れを遮断するということは、自然回復が望めませんし……」

「……魔力とは空気中に存在すると仮定されているから、息もできないはず。たぶん霧華。アンデッドだからできること」

「サマンサ、クリーナの言う通り。魔力だけで活動できる生物？　に限る。というより、今までは失敗作だったんだよな」

「はい。このアクセサリーは、もともと魔力減衰を止めるためのものとして開発されたのですが、それでは、私たち以外につけられませんので」

「ま、これが、ダンジョンの魔力監視に引っかからないと気が付いたのは最近だけどな。試験をウィードで終えて、次はエクス王都ってわけだ」

「……本当に面白いって顔してますね」

「相手が不憫に思えてきました」

「本当に、ユキ様にとっては実験場になりそうですわね」

「……面白そう。私も出番が欲しい」

いやいや、クリーナ。俺たちが出るのは、全部詰みになった後。

たぶん相手さんは、奥の奥の手まで出そうとするから、それをすべて封殺しきってから。

嫁さんたちを危険に晒すことはできない。

さてさて、さらにどんな情報が飛び出てくるのやら。

第364掘：奴隷姫の素性

side：モーブ

「おっ。おっさんたち。美人さん連れているじゃねーか？」

「ちょっと貸してくれねーかな？」

「その後には、使い物にならないかもしれねーけどな」

ぎゃははは……と何とも定番なセリフが路地裏に響く。

「モ、モーブ……」

そんな声が後ろからして、しがみつかれる感覚が伝わってくる。

「ああ。俺たちのことか」

俺がそう言うと、ようやくライヤもカースもなんだろうって顔から、現状を理解した顔になった。

「なるほど。確かに俺たちのことだな」

「最近、こういう引率をよくやっていたから、特に疑問がありませんでしたね」

俺たちにとってはウィードの学校で、冒険者の授業をしていて、子供を引き連れるのは当然のことだったが、ここは他国どころか、新大陸の異国だ。いや、そこまで文明に差はないから苦労はしてないけどな。

「つまり、あれだ。お前たちはこの姫さんを攫いに来たと？」

「あん？　姫？　どうでもいいから、痛い目を見たくなかったら、その女を置いていけ」

「……どうやら、姫様の関係者でもなさそうだな」

「ですね。お前ら、捕まりたくなかったら、俺たちに手を出すな。今なら見逃してやる」

カースはそう言って、連中を追っ払おうとするのだが、やっぱりこの手合いが引くわけもなく……。

「馬鹿にしやがって‼　もういい、ここで死体になりな‼」

剣などと言った刃物を取り出して、やる気まんまんでこちらに向かってくる。

「はぁ、めんどくせ」

「この国の法律では剣を抜いていいのか？」

「普通にこういう輩がいますし、抜いても構わないんでしょうが。エクス王国がこちらを捕まえる理由にもなりかねませんね」

「なら、素手でやるか」

ということで、素手で相手をすることになったのだが……。

「す、素手なんて……」

なんか、姫さんはブルブル震えている。

ま、当然とはいえ、これからこのぐらいは、なんてことないって感じになるからなー。

というか、自分から奴隷館から外に出たいって言ったんだしな。

これぐらいは我慢してもらいたい。

そんなことを考えつつ、適当にチンピラたちを畳んでいく。

「たいしたことなかったな」

「だな」

「監視の方。いるのでしょう?」

カースがそう建物の角に声をかけると、そこから2人ほどの男が出てくる。

「ばれていましたか」

「ええ。で、こいつらを頼めますか」

「分かりました。現行犯なので取り押さえてくれて助かります」

「これで、こっちの実力も分かったでしょうから、これからは積極的に助けに来てくれれば楽なんですが」

「了解しました。このことを上に伝えて、すぐに連携しても構わないか許可を取ってきます。私たちとしても、こういう不逞の輩に人が襲われるのを、仕事だからと言って黙って見ているのは歯がゆいので」

そう言って、その監視の男はテキパキと連絡を取って、襲ってきたバカどもをさっさと連れて行ってしまった。

「思ったより、監視の奴はまともだったな」

「だな。誠実すぎて驚いた」

「もうちょっと、何か問題があると思ったんですが」

「ま、すんなりことが進んでよかったってことにしておこうぜ。じゃ、姫さん、当初の予定通り、武具を揃えに行くぞ」

「す、凄い……」

うんうん、俺たちの強さも確認できたのがよかったのか、疑うようなそぶりが消えているな。

ま、ただのおっさんたちが騎士よりも強そうには見えないもんな。

うちの連中は特に変なのが多いから仕方ないけどな。

特にゴブリンとかスライムとかぶっ飛んでるし。

そもそも、剣とか魔術じゃねーからな。銃がメインだし、卑怯だよな。

いや、戦いに卑怯もクソもないんだが、ほら、なんとなくな？

と、そんなことを考えているうちに、店に辿り着く。

エクス王都の大通りから遠く、路地の先のちょこっとだけ広い道に面したところにポツンとある店。

「トルーコ商店。ってあれ？　あいつの名前、トーネコじゃなかったっけ？」

「まあ、自分の名前を多少変えてってところだろう」

「道は聞いての通りですし、間違いはないでしょう」

「なら、とりあえず、入ってみるか」

ここでボーっとしていても始まらない。

俺たちとしては、武具を買ったという事実がいるのだ。

ドッペルと入れ替えるための前作業ってところだな。

なるべく、王都内での入れ替えはリスク回避のためにしたくないそうだ。

だから、訓練中に塹壕（ざんごう）を掘らせる練習でもしたときに入れ替えるらしいので、訓練するための武具が必要だというわけだ。

ま、難しいことはユキに任せよう。

俺たちはのんびり、ウィードと同じように授業みたいに教えればいいのだ。

で、中に入ったはいいが……。

「武具というより雑貨屋じゃないか？」

「そうだな。まあ、干し肉とかを売っていたから当然だと思えるが」

「ですね。ま、その分、安いでしょうからいいんじゃないですか？」

そんな風に店内を見て回っていると、奥からトーネコが出てきた。

「いやいや、よく来てくれました。何かご入用ですか？　それともあの宝石の売却ですか？」

「どっちもだ。この子の武具一式と、宝石の売却な」

「はいはい。って、この人は⁉」

「なんだ知っているのか？」

「そりゃ、陛下にたてついたことで有名ですからね。よく、この姫様を引き取ろうと思いましたね」

「ま、気合いはありそうだからな」

「まあ、そりゃあるでしょうが……。ま、旦那たちなら大丈夫でしょう。じゃ、適当に見繕ってきます」

「ああ、頼む」

とまあ、トーネコを頼ったのは、こっちの適正価格というのが分からないからだ。

特に宝石売却関係は、下手に知らないところで売って馬鹿を晒すと、面倒なのが寄ってくるからな。知り合いで誠実そうな奴に売るのが後腐れなくていい。

「どうでしょうか？」

で、用意してもらったものだが、思ったよりましだった。

ちゃんとした、初心者装備という奴で、物も新品に近い物だった。

「こんなものよく持ってたな」

「まあ、私は本来武具商人になりたくてですね。暇とお金に余裕があれば、こうやって集めているんですよ。いつか、集めた武具を並べられる、でっかい店を出したいですね」

「なるほどな」

武具というのは、使うためのものではあるが、飾る意味合いを見出す奴もいる。

だから、武具商人のように、色々な武具を集めて、店に並べて売りたいと思う奴がいても不思議ではないだろう。

まあ、鍛冶屋としては、自分の商品を第一に扱って欲しいだろうから、こういう売り方は嫌がるだろうがな。

だから、鍛冶屋兼武具店ってのが多い。

トーネコのように、数多の武具を集めてっていう店はないことはないが、王都とかの大商人ぐらいだからな。

夢はまだ遠そうだ。

ってちょっと待て。……あれ？　それならウィードに来れば、解決じゃね？

あそこは武具の魔窟だからな。

ユキもこういう相手は喜んで受け入れそうだし……。

と、いかん、いかん。

まずは、姫さんのことだ。

「どうだ、違和感とかないか？」

「……初めて着けるから、違和感しかないわ」

……まあ、姫さんならこれが当然か？

いや、ちょっとまて、俺の知り合いの姫さんはバリバリな戦闘職だった気がする。

「モーブ。俺も同じ考えに行きついたが、こっちがきっと一般的だと思うぞ」

「ですね。これを万が一にも本人に言わないことですね」

「誰が言うかよ」

「なんのこと？」

「いや、姫さんは気にしないでくれ。こっちの話だ」

「ふーん。ま、いいわ。それはそうと、そろそろ姫さんやお姫様って呼び方やめてくれないかしら？　もうドレスは脱いで、普通の庶民と変わらない格好だし、私は貴方たちの弟子になるんでしょう？　遠慮はいらないわ」

「そっか、ならよろしくな。ドレッサ」

「ええ、これからよろしく。モーブ、ライヤ、カース」

褐色の肌をした、異国の姫ドレッサはそう言って、挨拶をした。

うん、挨拶1つでも上品だから、庶民とは見られないだろうな。

とりあえず、武具は揃えたし、トーネコに適当に挨拶をして、宿に戻る。

宿に戻る道中はドレスを脱いだおかげか、特に絡まれることもなく、宿に着いた。

「お、モーブ。戻ったんだな‼」

「おう、ロゼッタ。二日酔いはないみたいだな」

「おうさ‼　あの程度の酒で酔うわけがないだろう‼」

「「……」」

何言ってるんだこいつ？

そう思っていると、ノードンも戻ってきていたのか、こっちにやってきて呟く。

「毎回、記憶が飛んで都合の良い方に改変する。二日酔いはないから、自分は酒に強いんだと思っている。迂闊に事実を言うと、信じられない、また酒宴をやろうってことになるから、堪えてくれ」

「め、めんどくせー。ま、分かった」

で、その間に、ロゼッタの興味はドレッサに移っていて、ぐるぐるとドレッサを眺めていた。

「へぇ、この子が……」

「な、なによ」

「いんや。その褐色の肌、そしてその上品さ。まさか、恩知らずのドレッサ姫を身請けしてくるなんてね」

ロゼッタがそう言った瞬間、ドレッサが怒りで爆発しそうになったが、ライヤが口を押さえて、後ろに下げる。

「んー⁉　んー‼」

「元気なこった。なるほどね。あの気概ならちょっときつい訓練もやってのけるだろうさ」

「あんまり、うちの弟子をいじめないでくれないか？」

「いや、ごめんよ。エクス王都では有名な姫さんだから、ついね。ま、この程度の野次はどうせ飛んでくるから、堪えるようにしないとキリがないよ。ドレッサ」

「……」

そうロゼッタが言うと、黙って、悔しそうに涙を流しながら俯く。

「あー、泣かせやがったな。とりあえず、ライヤとカースはドレッサ連れて部屋に戻っていてくれ。俺はちょいと話を聞いてから戻る」

「分かった」

「分かりました」

2人とドレッサが2階に上がって見えなくなるのを待って、ロゼッタに詳しく話を聞くことにする。

「とりあえず座るか」

「だね。エール2つ頼むよ」

座った瞬間に、厨房にいるおっさんに注文をする。

「飲むのかよ」

「どうせ今日はのんびりなんだし、いいだろう？」

「ま、そりゃそうか。で、あの恩知らずのってのはなんだ？」

「ん？　知らないのかい？　まあ、他国から来たんなら知らなくても不思議じゃないか、エクス王国が管理する小国内の出来事だしね」

「はいよ、エール2つ」

「おっと、ありがとな。まずは乾杯と」

「へいへい。乾杯」

ぐいーっと、お互いに一気にエールを飲み干す。

……正直ラガーの方がいいよな。

まずくはないんだが……うん、本当にまずいとか思ってない。

ただ、ラガーの方がエールより美味いだけで。

「もう2つ追加だ」

「あいよ」

「おい、話」

「分かってるって、次はゆっくり飲むさ。で、ドレッサの話だったね。まあ、単純な話さ。エクス王国の管理というか管轄の小国の1つが、飢餓に陥った。それでエクス王国が支援をしたのさ。それがドレッサ姫の国だったってわけ。で、支援もただってわけじゃない。ちゃんと見返りを貰わないといけない。当然のことだろう？」

「まあな」

「ま、見返りと言ってもそんな大層なことじゃない。働き手を３０００人ばかり借りただけさ。ドレッサの国以外でも同じような支援対価でやっているし、ドレッサの時が異常だったというわけでもない」

「ふーん。で、その働き手ってのは、なんの働き手なんだ？」

「話によれば、新しく畑を耕しているとか、開墾をしているだとか聞くね。実際みたことはないけど。で、その働き手の徴集は不当だって言って、反発して、働き手を奪還しようと戦争を起こしたのが、ドレッサの親父さんさ。で、その娘のドレッサも同調。結果、馬鹿な親父さんのせいで、小国は瞬く間にエクス王国が占領。不義理をはたらいた、恩知らずの姫って烙印を押されて奴隷行きさ。他にも色々噂があるけど。実際は魔物にドレッサ姫の国が襲われたとか。ま、何にしても、もうちょっと、周りを見られればよかったんだろうけどね。ま、それも、モーブたちに鍛えられていれば変わるかもね」

「なるほどなー」

なんというか、よくありそうな話ではあるよな。

愚かな王が欲張りすぎて、自滅したような話。

何か判断しようにも、まだ情報がたらねーな。

ドレッサ本人にも詳しく話を聞いてみるか。

「さて、俺も部屋に戻るわ」

「なんだい、まだ飲み始めたばかりじゃないか」

「馬鹿、お前がいじめたドレッサの様子見だよ。どうせ晩飯には戻ってくるんだから続きはその時にな」

「あいよー。子守りは大変だね」

「お前が原因だけどな」

そんなふうにロゼッタとの話を切って、部屋に戻ってきたのだが……。

「エクス王はアレが幸せなんて言ったけど、あんなのは、幸せじゃない‼ 人は自然と共にあるべきなの‼ あんなの飼われているのと変わらない‼ 人は家畜じゃない‼ いや、家畜以下よ‼ 遺跡に閉じ込めて、誰一人出てこないんだから‼ きっと、皆、皆……アーネ‼ うわぁぁーーー‼」

そう言って、ドレッサは泣き出した。

「……おい。泣くのはやめて、もう一度説明してくれ」

遺跡に閉じ込める？

おいおい、まさか……。

第365掘：供給源

side：ユキ

世の中、予定通りに物事が進むことが稀とはいえ……。

「訓練中にドッペルと入れ替える作戦は中止、即座にモーブの宿屋に行って、ドッペルと入れ替えで、あのドレッサって白髪ショートの褐色姫さんを連れてきてくれ。霧華を中心に3人は護衛につけ。ばれる可能性も考慮しておけ」

「了解しました」

そう言うと、すぐに霧華が離れて行動を開始する。

ま、陽動もいくつか入れているし、霧華に追手がかかるとは思えないけどな。

だからと言って慢心は危ないからな。

慢心、駄目、絶対。

「で、あれから何か情報は引き出せたか？」

『全然。遺跡に連れていかれてそれっきりってだけだ。というより、錯乱してるな。アーネって、名前らしきものを呼んでいるから、友人か誰か知らんが、連れていかれたんだろうよ』

まあ、見た目がシェーラより少し上ぐらいだからな。

リエルやトーリよりも下。たぶん、中学生ぐらいじゃね？

ま、異世界の成長率とか、外国人の成長率は日本人に比べるとかなり違うので、案外シェーラとかラビリスと同じ年だったりな。

さすがに、あのサイズでアスリンやフィーリアと同じぐらいだったら驚くわ。

普通に胸は膨らんでたしな。ラビリス＞ドレッサ＞シェーラって感じ。

……あれ？　俺って胸の大きさで、年齢測ってたってことにならね？　最低？　いえいえ、直感的なものだったし、胸の事実に気が付いたのは後だから俺はどう見ても変態ではなく、紳士の中の紳士。

『……って、ことで、とりあえず今は寝ている。あんまり騒いでも目をつけられるしな。で、ドレッサの話をどう思う？』

「ん？　遺跡ってところか？」

『ああ。どう見ても……』

「十中八九、ダンジョンのことだろうな。そして、遺跡に働き手を連れて行って、DPの供給源にしているんだろうな。手紙で来た潤沢なDPにも納得がいくわ」

というより、今までなんでこの手を他のダンジョンマスターたちが使わなかったのか不思議なぐらいだけどな。

いや、非常に実現化するのはめんどいけど、ルナの名簿には少なくとも1000人以上はいたし、俺や、エクスの覇王さんみたいなやり方を実践していてもおかしくないいんだけどな。

……ルナの言う通り、全部が全部、馬鹿ばっかりだったとかないよな?

『なあ? 手紙ってなんだ?』

「ああ、そう言えば言ってなかったな。そっちに、霧華が着くのにも時間があるし、説明しておこう。モーブたちがエクス王都に着く着かないぐらいの時に……」

ということで、ヒフィーとコメットが、別ルートでエクス王都に向かっていることを説明する。

『なんというか……』

『敵の正体がある程度割れているのはありがたいが……』

『どうにも、こっちに有利すぎで、不安になりますね。いえ、ユキたちの推測が外れているとは思わないのですが』

「ま、カース。それぐらいがちょうどいい。絶対なんてないんだから、そっちの視点で気が付くこともあるだろうよ。だから、多方面から寄せ手は増やしているし、逐次情報の収集はしている。遺跡の件についても、また別方向から情報の収集がいるだろうな」

一方の情報だけで確定するほど俺も盲目にはなっていない。

情報を多方面から集めて、精査して、確実に潰す。

迂闊(うかつ)につっつけば、蜂の巣みたいに大騒動だからな。

そうなれば、最悪、新大陸放棄になりかねない。

ここで苦労して得た人脈やデータ、実験場を無にされてたまるか。

『……なんかまた悪い顔してんな。ま、そこら辺はお前に任せた方がいいのは知ってるから口は出さないけどよ。多方面からの情報っていうと、俺たちが別の奴隷を追加で引き取った方がいいか？』

「あ、それはなし。お前ら、ドレッサを買った時でかなり金額使っただろう？」

『いや、かなりではあるが。お前から貰った総量からすれば端金だぞ？』

「今のモーブたちの立場だと、それ以上大金を使うのは、やめておいた方がいい」

俺がそう言うと、カースが真っ先に理解を示した。

『なるほど。私たちがお姫様を手に入れられたのは、あくまでも今までの貯蓄ってことですからね。これ以上、散財するとどこからお金が来ているのか、などと目を付けられますね』

「そういうこと。余っている分のお金は、モーブたちの状況によって、エクス王都の商店の買収とか、裏組織の引き入れのためのお金だからな。その場合は、モーブたちが目立つってことだからいいんだが、まだその時じゃない」

『まだ俺たちはあくまでも、冒険者……じゃなくて、傭兵ってことだな』

ライヤも分かってくれたが、まだ、冒険者と傭兵の呼び分けには慣れてないみたいだ。

ま、長年冒険者やってりゃそうだよな。

いきなり勤めてた会社が吸収合併されて、名前を変えまーすって言われたようなものだ。新しいお客さんや取引先には、しっかりと新しい会社の名前で対応しないといけないし、昔からの付き合いのお客さんや取引先には、昔の名前で呼ばれても対応しないといけない。非常にめんどくさいし、書類の書き間違えなんてよくあるし、電話対応も常時していないのであれば、咄嗟になんて言っていいのか分からなくなったりする。

「ということで、奴隷からの情報は霧華とか別ルートで王都に侵入している奴に任せて、そっちは、ロゼッタ傭兵団とか、同業者から話を聞き出すことに専念してくれ」

『分かった』

で、長々とコール越しに色々話していると霧華たちが到着して、モーブたちの部屋にやってくる。

『到着しました』

「周りの状況はどうだ？」

『モーブさんたち同様、監視されているとは思えませんね。私たちと分かれた陽動の方にも監視はないようです。魔力遮断のペンダントが上手く機能しているということでしょう。今のところは、と言っておきますが』

「そうか。なら、その幸運が続いている間に、ポイントBまでドレッサを頼む」

『了解しました』

霧華はそう言って、ついてきたドッペルに目配せをすると、ドレッサに近づいて変身する。

『おおー、ドッペルの変身ってこうやってるんだな』

『俺たちの時はすでに用意されていたからな』

『なんというか、粘土細工みたいなものですかね？』

そう、ドッペルの素の姿はなんというか、マネキンに近い。

素の姿は遭遇した時に見るのだが、変身のシーン、実は謎だと今まで言われていた。

見た人がいないからな。

でも、ウィードでの魔物研究所ができてからはそこら辺の謎が色々解明している。

いや、ドッペルは俺が身代わりとして使い始めたから、魔物研究所とかウィード以前に知っていたけどね。

で、変身が見られない理由だが、……変身には時間がかかるのだ。

だから、時間のある時にしか変身できない。

ごく単純な理由なのだ。

俺が、姿形の違うドッペル、キユの姿を作るのにも苦労したように、ドッペル本人も、本物と似せるのは大変ということ。

世の中、世知辛いということである。

で、最後の調整が終わったのか、こちらに向き直るドッペルドレッサ。

うん、なんか名前が被ってる気がしないでもない。文字似ているし。

『どうですか？』

『はい。動く分には問題ありません。モーブさんたちの訓練に混ざって、調整は行っていきます』

『よろしい。ドレッサ姫の代わりを頼みます』

『了解です』

ビシッと敬礼をするドッペルドレッサ。

こういうのを見ていると、やっぱりドッペルを自由に使役できるってことは知られるわけにはいかないよな。

世界中大混乱になるわ。

必要最低限にしておこうと、心から思うわ。

『ドレッサ姫は起こして説明した方が良いでしょうか？』

「……自分がもう一人いる状況を見て大混乱しかねないから、そのまま連れて来い。そこでまた叫ばれても怪しまれるし、周りに迷惑だ」

『了解しました。では、モーブさん、ライヤさん、カースさん、ご武運を』

『そっちも気を付けてな。その姫さん、じゃじゃ馬だぜ』

そうモーブが言うと、霧華はサッと音もなく、部屋を出ていく。

『で、ユキ。このドッペルはどれぐらいの実力なんだ？』

「あー、レベル的にはお前らの半分ぐらい。剣槍弓、銃器の扱いもできるし、アイテムボックスに物資も持っているから、足手まといにはならんと思う」

『まだ、体に慣れていませんので、ご迷惑をおかけしますがよろしくお願いします』

『なるほどな。ま、明日からの訓練でやるって話だ、何とかなるだろう』

素のドッペルの時から、身長が低くなっているから、やりづらいだろうな。

本来なら、スキルまでコピーして動きも取り入れるんだが、レベルが3のドレッサ姫の能力コピーなんて意味ないから、素のドッペルが訓練して手に入れたものになっている。

追加上書きできないのが残念だよなー。

いや、まあ、追加上書きなんてできたら、ドッペルのドッペルとかで、スキルを簡単に計上できてしまうから、そういう意味でのバグ阻止みたいな意味もあるんだろうが。

『そういえば、ユキ。お前、霧華にポイントBって言ってたよな？』

「ん？　そうだけど、どうかしたか？」

『いや、一番近いAに何でしないんだ？　Bまではさらに20キロは離れているぞ？』

「ああ、敵の追手がいないか確認するため。A地点からこっちの支配下。つまり地表も監視しているからな、わざとB地点まで撤退させることによって、敵が監視や追手を放っていないか再確認するんだよ」

よくある手だ。

こっちの撤退を見られて、窮地に陥るのもよくあるし、それを踏まえて、監視してくる奴をとっちめる作戦だ。

こういうのは化かし合いということ。

自分の手札がしょぼいのに、あたかも最強の切り札を持っているように見せることも重要だし、逆に自分の手札が強いのに、弱く見せて相手に攻めさせるのも大事だし、ズルして、手札を全部切り札に替えてもいい。

要は相手にばれず、いかに自分が優位な位置に立てるかが重要なのだ。

そのためには、相手の手札を知らないと切り札も揃えようがない。つまり、情報が大事ということ。

『お前が相変わらず、黒いのがよく分かった』

「失礼な。被害が出ないように必死に頑張ってるのに、なんて言い草だ。あまりの悲しさについ、エクス王都にモーブたちが覇王を成敗に来たって噂を流したくなる」

『絶対やめろよ‼』

「ま、今のところ予定はないわ。とりあえず、言った通り情報収集たのまー」

『わーったよ。もう切るぞ。これ以上話していると俺たちで覇王のクビ取ってこいってなりそうな気がするわ』

そしてモーブたちとの連絡が終わり、俺はすぐに別のコールをする。

『なんすか？　今、ジルバでくっそ忙しいんっすけど』

「どうせ書類仕事だろ」

『いや、待つっっす。ジルバのトップどもがこぞっておいらに書類を回してくることを疑問に思えっす‼　というかザーギスが研究に引き籠って、こっちの仕事が増えてるんすよ‼　有給‼　有給プリーズ‼』

「じゃ、今度アルフィンと、新しく作った海行ってくれば？」

『なんで、わざわざ疲れにいくっすか‼』

「いやお前、家族サービスが疲れるって、最低の父親だぞ？」

『まだおいらは独身っす‼　で、おいらを弄ってないで本題はなんすか？』

「エクス王都近辺の遺跡の所在は確認しているだろ？」

『そりゃ、敵さんが使っている可能性や、おいらたちが使える可能性もあるっすからね。ちゃんと報告書も渡してるっしょ？』

「報告書は見た。だけど、書類だけだからな、現場のことは現場に聞くのが一番だ。で、手短に理由を話すと、敵が俺たちと同じように、人を中に住まわせて、DPを回収している可能性を示唆する情報が手に入った」

『……なるほど。おいらたち、ゴブリン部隊に、また腰ミノ1つで野生のゴブリンをして詳しく中まで調べて来いと？』

「そうそう」

『部下が取り込まれる可能性があるっすよ？』

「う〜ん、それがそうでもない。王都に潜入している連中すべて、監視が付いている様子はないからな。まあ、可能性がゼロとも言わないから、対抗策はちゃんと装備するように言ってくれ」

『……了解っす。すぐに、皆を集めて会議をするっす。まとまり次第そっちに報告に行くっす』

「頼む」

さて、複数か、1か所か、それとも勘違いか。

可能性は1つずつ潰していくべきだな。

第366掘：ゴブリンたち動き出す

side：スティーブ

はぁ、ニートになりたい。

いや、さすがにそれじゃ生活できないから、特に苦労もない平社員でいいっす。

日本と違って、こっちはノルマとかないですし、普通に商店を回していれば、お給料を貰えるっすから、それがベスト!!

「転職……考えようかなー」

そりゃ、おいら、大将には感謝しているっすよ？

ゴブリンとかいう、魔物でも数だよりの、半裸の腰ミノ野郎どもに知恵くれて、普通に上手い飯と良い寝床くれるっすから。

でも、なんでゴブリンが……。

「スティーブ殿、こちらの書類にも目を通していただけませんか？」

バサッ……。

羊皮紙が10枚近く追加で置かれる。

「なんで、ゴブリンが書類仕事してるっすか……」

しかも、他国の。

世の中間違ってね？

ジルバの連中、もうゴブリンとか気にしてないっすよね？

いや、これはおいらを殺しにかかってるっすね？

なるほど、これは陰謀（いんぼう）っすね!!

ジルバがおいらに対して、謀殺と忙殺を狙っているに違いないっす!!

……ちょっと上手いと思ったから、後で大将に言ってみよう。

なんとなく、座布団が貰えそうな気がするっす。

「ういー、大隊長。呼び出されて来たけどなんですかー？」

「どうせ、また書類処理手伝えって話だろ？」

「えー、また？　兵舎で寝てていいですか？」

「というか、俺は非番なんで、もう帰っていいですか？」

……さっきの大将の話で、とりあえず、情報を再確認するために、部下を呼び集めたはいいいっすけど。

「やる気ないっすねー。お前ら」

見事にやる気メーターが底辺だ。

こりゃー、大将が心配するわけだ。

ジョンの部下たちみたいに、畑耕して屯田兵ってわけでもないし、ジルバで待機命令のゴブリンばかりっすからね。

いや、細々した仕事をしている奴はいるっすけど、ウィードの警備とか、そこら辺っすからね。

最近では副業で、冒険者ギルドに登録しているアホもいるとか、ミリーの姐さんから聞いたっす。

さすがにダンジョンアタックは認められないから、ウィードの雑務を斡旋(あっせん)しているらしいっすけど……。

普通のおいらたちの仕事とかわらねーじゃん。なんでわざわざ冒険者になったし。

なんて聞けば、免許取るのが趣味みたいなやつで、商売許可とかも取ってて驚いたっす。

近いうちに、ゴブリンの商店とかできそうっすね。

いやー、フリーダムっすね。我が種族ながら。

おいらもこういうところで転職考えてみようかなー。

ま、いいや。今はお仕事、お仕事。

これで死ぬなら、こいつらが悪いっす。

おいらはいつも口を酸っぱく、気を引き締めろと言っているっすから。

「さて、集まってもらったのは他でもないっす。ようやくおいらたちに、大将からの命令が来たっす」

「へー」

「また、腰ミノ1つでの調査とかじゃないでしょうねー？」

「あ、それは俺の隊はパス。不満続出だったたし」

「同じくー。だって、あれ出撃前に部隊の照合のために、出撃装備で記録を撮るのが腰ミノだからなー。なんで変態姿を記録されにゃならん」

「……で、どんな命令ですか？」

ぐっ、命令の1つでもあるし、不満も心から理解できるから言いづらいっす。

でも、真面目な話だし、そろそろお前らも真剣モードになってもらうっす。

「まず状況の説明するっす。大将からエクス王都の周辺の遺跡が稼働中の可能性ありと報告が入ったっす」

「「「……」」」

おいらがそう言うと、だらけた連中が一気にビシッとなったたっす。

これができなけりゃ、さすがにおいらも大将もクビにしてるっす。

命に係わるっすからね。

ま、だらけているのは普段は見逃しているっす。

やる気ありすぎるゴブリンもそれはそれで問題だから。

親しみやすい、国民に愛されるゴブリンさんを目指しているっす。

「さらに、ウィードと同じように、中に人を入れ、DPを回収しているらしいっす。さて、これを聞けば分かると思うっすけど、これは由々しき事態っす。早急に、敵の稼働中の遺跡を見つけ出し、中の規模の確認をすることが急務であり、今回の命令となるっす。できれば機能不全に追い込みたいっすけど、それは大将との協議の結果になるっすから、今はやめておくっす」

そう言って、おいらはエクス王都周辺の地図を広げる。

おいらたちがジルバに常駐するにあたって、近隣の調査はやっていたっす。

無論、隣のエクス王国もっす。

こういう地道な積み重ねが世の中大事ということっすね。

「現在、腰ミノ1つ、野生のゴブリンにしか見えないぜ偵察作戦により、エクス王都近くの遺跡は4か所確認できているっす。この4か所には深く探索できるように部隊を派遣することになると思うっす。よって潜入装備を優先で単独行動、および生還能力、ダンジョンアタック能力の高い者を選出しておくように。あと、この4か所以外にも未発見の遺跡がないかをもう一度徹底的に洗うっす。で、今から、この話を大将に持っていこうと思うっすけど、追加の情報などは届いていないっすか？」

ま、そこら辺は上手くいかないというか、新しい、これだという遺跡が見つかったという報告はなかったっす。

　ということで、おいらの代わりを部下に任せてウィードに戻ってきて大将に報告と書類を渡したっす。

「新しい情報はなしか……ま、当然だな」

「そうっすね。そう簡単にいけば苦労はしないっすから」

「あ、そうだ。潜入部隊には魔力遮断の装備配るから」

「いや、それ窒息死するっす。おいらたちちゃんと呼吸するっすから」

「分かってるって。小型の魔力式酸素ボンベ用意してるから。4時間は大丈夫だろう。予備も持たせるし、何とかなるだろ」

「それなら、まあ、いけるっすね」

「さすがに、ダンジョンの監視に引っかかること前提は避けたいしな。潜入したら、連絡を厳にしとけよ」

「マニュアル通りに5分ごとでいいっすか？」

「そうだな。それぐらいでいいだろう」

　そんな感じで、遺跡への潜入捜査のことを細かく詰めていく。

　大将だけじゃなく、ジェシカ姐さんとか、クリーナ嬢ちゃんとか、色々な人からの意見もあったりする。

素人の意見も大事っすからね。

慣れちゃうと案外気が付かなかったこともあったりするんすよ？

「ま、こんなところか」

「そうっすねー」

大将とおいらが一息ついている横で……。

「相変わらず、とんでもないですね……」

「……ジェシカさん。理解できましたの？　私は半分近く言葉の意味が分かりませんでしたわ」

「……おそらく、専門用語。でも、それを普通に話せるスティーブが異常」

失礼な。

日々研鑽（けんさん）という名のソリッドシリーズプレイのおかげっす。

いや、普通に潜入訓練もしてたっすよ？

やだなー、ゲームだけで必要なスキルが身に付くわけないじゃないっすか。

でも、結構参考にはなるっすよ？

いやー、今時のゲームは凄いっすね。

もうすぐVRゲームも出るみたいだし、おいらファンタジー世界で……は地雷っすね。

おいら、普通にギャルゲーでいいっす。

「で、スティーブ。他に何かあるか？」

「そうっすねー。1つだけ、この情報の提供はどこからっす？　信憑性はどんなもんなんすか？」

「んー。1人だけからだな。でも、この話は信憑性云々より、調べるのが大事だと思ってな。エクス王都の監視もザルなのは確認できたし、先行して行ってもらおうと思った」

「なるほどっすね。そっちでも情報を更新して随時連携を、って感じっすか」

「そうそう。で、そろそろその情報提供者が来るから、スティーブも一緒に聞いてくれ。指揮官としては、情報提供者の話は直に聞きたいだろ？」

「そりゃ、当然っすね」

　おいらと大将がそんなことを話していると、霧華が会議室にやってきたっす。

「ドレッサ姫、無事にお連れしました」

「お疲れさん。まだ寝てるか？」

「はい。ですが、そろそろ目を覚まします。モーブさんたちには、すでにドッペルから戻ってもらって、ドレッサ姫への説明のために同じ部屋で待機しています」

「そういえば、部屋の用意は間に合ったのか？」

「はい。完全に同じとはいきませんが、モーブさんたちが泊まっていた宿の一室に似せてありますので、そこまで混乱はないと思います」

あー、いきなり目が覚めて部屋が様変わりしていたら大混乱するっすね。

ま、おいらたちがいきなり行くわけにはいかないので、とりあえず、大将と現状の話を聞いて時間を潰しておくっす。

「……話や報告書の限りじゃ、本当に敵さんザルっすね」

「まあ、ここまで技術格差があると思わなかったんだろう。あ、油断は禁物だからな。局所的にはこっちを上回る戦力が存在しても不思議じゃないからな」

「そりゃー、分かるっすけど。それも、モーブのおっさんたち、ヒフィーさんたち、おいらたち、霧華たち、とまあ、今でも王都にはこれだけ別ルートで潜入、潜入予定があるっす。これをどうやって局所戦力で打開するっすか？　もう詰んでるし、さっさと攻めた方がよくないっすか？」

「じゃ、お前が何か問題が起きた時、責任取れよ」

「嫌っす」

「なら、事後処理も含めて、楽するためにちゃんと準備はするぞ。というか、一番のネックは遺跡、ダンジョンの人だよなー。迂闊に刺激すれば、その人たちが生贄(いけにえ)にされて一気にＤＰ回収して、第二のグラド、怪獣王の出現を考えないといけないんだよな。スティーブたちの情報収集が結構重要だからな」

「ういっす。ダンボールとか、常備させるっす」

「いや、ネタに走らなくていいから。せめて、こっちの世界に合わせて樽とか、木箱にしろ」

で、そんな感じで話が雑談に切り替わってきたところで、モーブのおっさんたちが一応、説明を終えたらしく、おいらたちが出向くことになったっす。

「え？　なに、本当にゴブリンが服着てる⁉」

ドレッサのお姫さんからの第一声はそれでした。

いや、分かっていたっすけどね？

大丈夫っすよ？　ジルバとかでも、これが普通の反応でしたし、おいら全然平気。

……本当に平気っすよ？

今度、近辺の野生の腰ミノゴブリンどもに服着せて回ってやるわ。

「よ、来たな。ユキにスティーブ」

「おう。お疲れさん」

「うぃーっす。お疲れさんです」

「きゃぁ⁉　ほ、本当に喋った⁉」

そう叫んで、モーブの後ろに回り込むドレッサ姫さん。

うん、喋ってごめんね。

でもさ、お仕事上喋らないわけにはいかないっすよ。

「キャァァァ‼　シャベッタァァァ‼　っていうネタの原型かね？」

「いや、ある意味間違ってないでしょうけど。あっちは素っすから」

「言葉は分かるけど、あの男とゴブリンが……なんの話してるのかさっぱり分からないわ」

「いや、あいつらの共通の会話ってやつだ。俺もさっぱり分からん」

「あれだろ。喋るはずのない者が喋って驚いたっていうネタの話だろう？」

「ですね。借りてた漫画とかでよくあるネタですね」

「あー、そうだっけ？」

「お前は毎回記憶がリセットされるからな」

「同じ映画を何度見ても新鮮でいられるから羨ましい限りですね」

「お前ら、それ褒めてないだろう」

「いや、戦闘とかはしっかりだからなー」

「半々ですね」

だめっすねー。モーブ、もうしっかりおっさんっすね。

新しいことが頭に入らないっすね。

で、気が付けば、ドレッサ姫さんがプルプル震えていて……。

「もう‼ 私をのけものにしないでよ‼ 私の話じゃなかったの⁉」

あ、そうそう。そうだったっす。

とりあえず、雑談をやめて、ドレッサ姫さんに向き直るっす。

「どうも、どこまで話を聞いたのか知らないけど。俺が一応モーブたちの上司みたいなものになる、ユキだ」

「うぃっす。おいらがゴブリン、および魔物軍の統括をしているスティーブっす」

「そう。そっちもモーブから聞いていると思うけど、ナッサ王国の第一王女のドレッサよ、って言っても、もう元が付くけどね」

ふーん、錯乱してたって聞いたっすけど。

普通になくなった自国のこと、言えてるみたいっすね。

なんか禁句があるんすかね？

「で、モーブに言われたんだけど。あなた……たち？　に協力すれば、アーネを助けてもらえるのね？」

たち？　ってところでおいらを見たっす‼

いや、分かるっすけど、おいらのガラスのハートは今や、ブロークン‼

「それは約束できない。アーネって人物が今も生きているかも分からないからな」

大将は無理な約束などはしない。

この返答も当然、希望を持たせてどん底に突き落とすようなことはしない。

常に最悪を考えて動くタイプなんっすよねー、大将って。

「生きてるわ‼」

でも、その大将の言葉にドレッサ姫さんは叫んだ。

その目はしっかりしていたっす。

たぶん、おいらは今の段階では、この姫さんの話は信じていいなーと思っているっす。

いや、まだ早急すぎるっすけどね。

まずは、話を聞いてからっす。

「そうか。その話を信じるためにも、理由や、今までの経緯を聞かせてもらうけどいいか？」

「いいわ……」

ま、話を聞き出すのは大将に任せるっす。

どうみても、おいらは奇天烈な生き物としか見られてないっすから。

今後、ゴブリン権団体とか作るべきっすかね？

落とし穴61掘：お花見と誕生日会

ｓｉｄｅ：セラリア

季節は巡る。

それを今ほど実感したことはないと思う。

だって……。

ザァァ……。

そんな風音と共に、舞い上がる桜の花。

「ごい!!　ごい!!」

私の腕の中で、その桜吹雪を見て嬉しそうにしている娘がいるから。

「凄いわね。サクラ」

「あい!!」

そう、サクラとスミレが生まれてもう1年が巡った。

少し遅れてエリア、シャンス、ユーユ、シャエルも生まれたけどね。

まあ、誤差の範囲ということで、今日、皆の誕生日会をやろうって……。

「よーし、お前らしっかり準備しろよ!!」

「「「イエッサー‼」」」

夫が張り切っているのよ。

まあ、スティーブたちまで引き連れて。

「旦那様。嬉しそうですね」

「あう?」

ルルアがスミレを抱えて、私と一緒に夫を見て呟く。

「そうね。私もそれは一緒なのだけど。さすがに、夫ほどじゃないわよ。子供たち全員の誕生日会を開くって言ってたから、皆で慌てて止めたのを覚えてる?」

「あははー。お兄さんの気持ちは嬉しいですけど。それだと、4月には子供たち6人分もやることになりますからね。祝い事はいいかもしれませんが、限度もありますし」

「そうですね。私たちの仕事量から考えても、そこまで時間を割くわけにもいきません」

「というか、それだけ誕生日会やっておったら、これから生まれてくる子供たちの分もあるから、毎日とは言わんが、毎月数回はありそうじゃからな……」

「さすがにそれは避けなくてはいけません。毎月まとめて祝うという形にしなければ、旦那様は世界そっちのけでやるに決まっています」

気が付けば、子持ちのメンバーが揃って、旦那を見てそんな話をしている。

……冗談に聞こえないのが怖いわよね。

ヒフィーの時だって、娘が喋ったことを優先して、わざわざヒフィーたちを封殺して戻ってきたんだから。

夫にとって世界の趨勢より子供や私たちの方が大事なのよねー。

嬉しいのか悲しいのか分からないわ。

まあ、クソ親父みたいに、仕事一辺倒は嫌なんだけどね。

ふふっ、私ってわがままね。

「あ、セラリアさん。どうも」

そんな言葉をかけられて振り返ると、夫と同じ地球は日本の出身のタイキ君がそこに立っていた。

彼も、この世界の勝手な事情に巻き込まれ呼び出された1人だ。

申し訳ないと思いつつも、夫の同郷の知り合いがいることに安堵もしている。

「勇者様にわざわざご足労いただいて感謝しますわ」

「やめてくださいよ。今日は公式ってわけでもないでしょうに。表向きな立場は勇者ですけど、裏的な意味で言ったら、ユキさんがトップでしょう？」

「そういうのなら、今日はタイキで通すわ。いいかしら、アイリ？」

「はい。セラリア様」

「お互い、妙な夫に苦労するわね」

「そうですね。でも、誇らしくもあります」

そう言って笑い合う。

この子は私と違って一人でタイキを支えているのだから凄いものよね。

「ほー。あの時用意してもらったダンジョンとはまた趣が違う。なんというか、より日本に近いというか……」

「これが、タイゾウ殿のいた日本の風景なのですね……」

「凄いねー。春の一時しか咲かない木のために用意した道かー。無駄に思えるけど、実際見てみると違うなー。圧巻だね」

と、今度はタイゾウたちも来たみたい。

「ようこそタイゾウ殿。よくぞ来てくださいました」

「や、これはご丁寧に。このたびは、ご息女の誕生日を祝う場に招待いただき、感謝を申し上げるとともに、心よりお祝い申し上げます」

ヒフィーとコメットは桜の風景の見事さに見惚れていてこちらに気が付いていない。

まあ、仕方ないわね。

さすがにこの場所は幻想的と言ってもいいくらいだもの。

しかし、タイゾウ殿は硬いわね。

いえ、普通ならこういう挨拶が当然なのでしょうけどね、ほら……夫のノリがね。

「泰三(たいぞう)さんも来たんですね」

「ああ、タイキ君か。それは当然だろう。いくら緊迫した状態とはいえ、禁欲というのは続けられるものではないし、こういう祝い事は荒んだ心を和らげる。生まれてきた命を祝福することは悪いことではない。こういう時だからこそ、祝うべきだと私は思うよ」

「泰三さん……」

「そういうしんみりした話でもない。ほら、サクラ殿やスミレ殿、他の幼子たちも笑っている。これこそ本来私たちが守るべきものであり、明日への活力であり、誇りなのだ。違うかね？」

「……そうですね」

……タイゾウ殿らしいわね。

凄惨な戦争を知っていてなお、いえ、知っているからこそなのでしょう。

「と、セラリア殿。申し訳ないが、ちょっとした食べ物を用意させてもらいました。どちらに持っていけばよろしいでしょうか？」

「あ、それなら、夫に……」

「お、タイキ君もタイゾウさんも来たな。２人とも手を貸してくれ。野郎どもは少ないからな」

「分かりました‼」

「よしきた‼」

あら、男で集まって何かするみたいね。

まったく、こっちの気も知りもしないで。

「……タイゾウ殿は楽しそうですね」

「そうだねー。うちにいた時は難しい顔ばっかりだったからね」

「タイキ様も最初の頃は思い悩んでいました」

「私の夫も……あんな顔はしなかったわね」

最初の頃とか、私ですら邪険にしてたものね。

まあ、当然よね。

敵か味方かも分からないし、私の態度も酷(ひど)かったもの。

それから考えれば凄い前進よね。

すでに結婚して、子供もいるのだから。

「まんま？」

「何でもないのよ。パパ楽しそうよね」

「あう？　さくーら‼」

サクラはそう言って、目の前に舞い散る桜の花びらに手を伸ばす。

まだ難しいことは分からないわよね。

「うー‼　うー‼」

「ん？　どうしたのじゃ、ユーユ？」

「ままー‼　あれ‼」

「スミレちゃんあれって？　へ？　旦那様たちが何か樽を運んできてますよ⁉」

「はい？」

スミレが言う方向を向くと、夫たちが何やら、大きな樽を1つずつ運んでいるのが見えた。

「お兄さんなんで、またお酒なんか？　普通にビールとかワインは持ってきていますよね？」

「もってきてゆ」

「はい。すでにお酒類もすべて運んできておりますが……なぜわざわざ？」

「なじぇー？」

なるほど、あれは酒樽なのね。

でも、普通の酒樽よりやけに色が薄い気がするのだけれど。

ラッツもキルエも娘と一緒に首を傾げているから、予定外の物ってことで間違いないみたいね。

「ねえ。あなた。それどうするの？　見たところ酒樽みたいだけど。お酒はもうあるわよ？」

「ん？　ああ、セラリアは知らなくて当然だな」

「そうですね。セラリアさん。これ、俺たちの世界……じゃなくて、日本では祝い事の時にやるんですよ。鏡開きって……あれ？　それって餅でしたよね？」

「間違いではないよ。鏡抜きとも言ったりするが、結局意味が伝わればいいのさ」

「なるほど。日本の伝統というものかしら？」

「そうですな。本来であれば祝い人の分、酒樽を持って、割るべきなのですが、相手が幼子でありますし、男手も3人ということで、この数になりました」

「まあ、こっちの伝統も色々あるんだろうけどさ。俺の故郷の祝い事もしていいんじゃないかって思ってな」

相変わらず、こういうことは変に力を入れるんだから。

「子供たちのことを思ってのことだし、むしろ嬉しいわ。で、これはどうするのが正しいのかしら？」

前に置かれた酒樽を見て、夫に尋ねる。

「いや、すまん。この手の行事はよく分からん。ただ上を木槌で割るぐらいしか……」

「はい？」

珍しい。

夫がこういう祝い事のやり方を知らないなんて。

日本でもあまりメジャーではないのかしら？

「無理もない。本来であれば、武士の祝い事だからな。近年は主に、職場、選挙、戦勝祝いで用いられることが多い。まだ若いユキ君はこの手の幹事に回ったことがないのだろうから、やり方の詳細を知らないのも無理はない。といっても、難しいルールなどあってないようなもので、概ねユキ君のやり方で間違っていない。セラリア殿、これをお持ちに」

そう言ってタイゾウ殿から渡されたのは、結構ずっしり来る木槌だ。

「でも、これでは樽は割れないと思うけど？」

ずっしりくると言っても、木槌だし、この程度の槌で割れるような樽は強度上問題がある。

「ああ。上の蓋部分に振り下ろすぐらいで割れますよ。これは、そういう代物なのです」

「それでやけに新品同様だったのね」

「ええ。本来であれば、当人であるサクラ殿に木槌を振るって、割ってもらうのが正しいのですが、さすがにそれは無理ですので、御母上であるセラリア殿が代わりにお願いいたします」

「そうね」

「まんま‼」

あと2つの樽にも、ルルアとデリーユが木槌を持って前に立つ。

「では、ご準備が整いましたので、僭越ながら、新参者であるわたくし、本目泰三が司会を務めさせていただきます」

そう言われて、なぜか、皆は空のグラスを持たされてタイゾウ殿の話を聞く。

「今日、この良き日に、桜が満開し、齢1を数えた新しい命を祝い、皆々様方、これからの栄達を願い、鏡開きをお願いいたします」

「じゃ、セラリアたち。木槌をドーンと」

「ええ」

「分かりました」

「うむ」

3人で揃って木槌を振り上げ……。

ガコン‼ ジャプン‼

「うひゃ⁉」

「あら」

「わぷ⁉」

思ったよりも簡単に蓋が割れて、中のお酒に木槌を思い切り叩きつけた結果、酒の飛沫が舞い、私とデリーユに降りかかる。

ルルアだけは、そこまで力を入れていなかったようで、被害を受けていない。

……違うのよ。これは力馬鹿とかではなく、思い切りやらないと、と思ったからで、決して、私が力一辺倒というわけではないの。

「まま?」

「おみじゅ」

「ぬれぬれー」

子供たちには幸いお酒はかかっておらず、私たちを心配したり、眼下に広がるお酒を見て驚いている。

「力入れすぎたな。ほら動くな」

「あう」

何か言う暇もなく、そのまま夫にタオルで拭かれていく。

「ユキー。妾も濡れておるぞー」

「はいはい。ちょっと待ってろ」

「あ、あの、旦那様。わ、私も……」

「ルルアは濡れてないだろ。間違っても酒をわざと被るなよ？」

「……はい」

そうやって私たちが夫に優しく拭かれている間に、空のグラスを持った皆が集まってくる。

「さ、皆様方。このお酒を始まりに、花見と、誕生日会を始めましょう」

タイゾウはそう言って、ミリーから空のグラスを受け取り、柄杓で酒樽から酒を入れる。

その瞬間、良いお酒の香りがさらに広がる。

「うっわー‼　タイゾウさん。これって日本酒ですよね⁉　しかも、かなり良いやつ」

「ええ。よくお分かりですね。ユキ君が良いものをこの酒樽3つ分も詰めてくれたんですよ。外国の酒も良いですが。花見ですからな。初めはやはり清酒ということで」

そんな話をしながら、他の皆も酒をグラスに入れては美味しそうに飲んでいる。

子供たちも、用意されたケーキを、顔をベタベタにしながら食べている。

キルエやサーサリがどのタイミングで顔を拭いていいのか悩んでいるわね。

「ほら、セラリア。お酒」

「ありがとう」

「のむー」

渡されたグラスにサクラが反応して手を伸ばす。

「サクラにはちょっと早いわね」

「うー」

私がそう言って、グラスをサクラから遠ざけると、今にも泣きそうな声を出す。

そんな時、風が吹き、一面が桜で覆われる。

ブァッ……。

その光景に皆見惚れる。

「春だな」

「春ですね」

「ああ、春だ」

男3人はそう言ってグラスをカチンと打ち鳴らせて、飲む。

と、なぜか夫だけは飲まずに、こちらに戻ってきた。

「どうしたの？」

「ぱぱ？」

母娘で仲良く首を傾げていると、夫はグラスに浮いている桜の花びらを取ってこちらに差し出す。

「アルコール浸けで消毒もされているから、良いだろう。これも風流ってもんだよ。ほら」

差し出される花びらを躊躇いなく、夫の指ごと口に含む。

ほんのり桜の香りと酒の味が口に広がる。

「悪くないわね」

「だろ。ほら、サクラも」

「あむっ？　……ぺっ‼」

サクラの口には合わなかったようで、すぐに吐き出す。

やっぱりまだお酒は早いわね。

第367掘：亡き国の話と傍聴者たち

side：ドレッサ　元ナッサ王国　第一王女

始まりは、あの飢饉だった。

その年は雨が降らず、目に見えて分かるほど、食料が足りなかった。

私たちナッサ王国は、海に面した国で、普通に海に繰り出し漁を増やして、その年はしのげると思った。

でも、不運は続くもので、近海に魔物が大量に湧いて、漁獲量が一気に下がり、他国から食料を買い入れるという手段に頼ることになる。

しかし、ナッサは小国。つまり、同じように雨が降らなくて、飢饉になっているのは自国だけではなかった。

お金は今までの漁獲類の物資でかなり潤沢だったし、そっちでは問題がなかったのだけれど、お金があっても買う物がないのでどうしようもなかった。

周りの国々は、自国で食いつなぐことで精一杯だったのだ。

なら、雨が降って食料が潤沢な地域にというと、距離があるし、輸送費も馬鹿にならない。

さすがにそこまで、国庫に余裕があるわけでもない。

普通なら、もう個人個人、各家庭で乗り切ってもらうしかないのだが、父はそれをよしとせず、国庫をゼロにしてでも、誰かに頭を下げてでも、国民を救おうとしていた。

それが、私や国民が愛する国の形であり、誇りだったのだから。

そして、その苦境の中で、大国エクスからある申し出が来た。

『貴国の国民を思いやる気持ちは、まことに素晴らしいものであり、貴国の安定は我がエクス王国の安定にも繋がる。よって、其方(そちら)さえよければ食料支援をさせていただきたい。……』

そんな一文だった。

もう、食料もなくなりかける寸前で、父はその話に飛びついた。

きっと何かしらの見返りは求められるとは覚悟していた。

でも、それでも、国民を救えるならと私も父の行動に反対はしなかった。

結果として、エクス王国の支援を受け、国民は救えた。

だが、要求された見返りは予想外のモノだった。

「……え？　人を？」

「そうだ。どうやらエクス王は、今回の件でいざという時に援助しても問題ないように、畑を広げたいようだ」

「それなら、自国の人を使えばいいじゃないの？」

「ははっ。ドレッサ、それができれば苦労はないさ。自国の人は自分たちの生活のための仕事があるのだ。まあ、仕事のない人もいるにはいるだろうが、他国のための畑作りというのは、よほどのお人よしでない限り、気分よく作れるものではない」

「……だから、私たちの所から人を？　意味が分からないわ。それじゃ、全然向こうに意味がないじゃない」

「うむ。疑問はもっともだ。数が1000人を超えているし、この数は街に匹敵する人数だ。しかも、長男などではなく、次男といった、家業を継げない者ばかりでよいと言っている。おそらくは、新しい街でも興すつもりなのだろう。長い目で見ると収益はあるが、かなり大胆な投資と言えるな」

「そんな……人を奴隷のように引き渡していいの？」

「それは言い含めておく。といっても、我が国では新しく街や職を作ることもできないで、賄いきれなかった者たちだ。そういう意味では感謝しなければならない」

「……うん」

多少疑問は残るものの、労働者という形でちゃんと引き受けてくれるとエクス王は承諾してくれたので、それを信じて父は人々を送り出した。

「アーネ……」

そんな労働者の中に私の友達もいた。

道具屋の三女で私と近い歳で、よく一緒に遊んだのだ。

いや、今だってその交流は続いている。

おそらく、親友と呼べる存在だと思う。

「あ、姫様。そんな顔しないでください。大丈夫ですよ。ちゃんと働いて、新しい町で道具屋を開いて見せますから。その時は来てくださいね」

「……うん。その時は行くから。絶対行くから。そっちもちゃんと連絡よこしなさいよ」

「分かってますって。ちゃんと毎月お手紙書きますから」

けど、その約束が守られることはなかった。

待てど暮らせど、便りは届かず、私はたまらず、アーネを探しにエクス王国に旅立ったのだ。

でも、陛下には会えないし、どこで聞いても労働者の話はついぞ出てこない。

これはおかしいと思って、調べていると、遺跡に妙な人の出入りがあると噂があって、そこに行ってみると、兵士が出入りしていて、妙に物資を遺跡から運び出していた。

それを見てぞっとした。

あれはきっと、鉱山みたいなものだと。

鉱山という所はいつ崩落が起きたり、毒ガスが湧き出たりしてもおかしくない危険な場所で、主に犯罪者の奴隷を使って採掘して、死ねば入れ替えるという非常に過酷な場所だ。

つまり、アーネたちはあそこで奴隷のように、家畜のように働かされているのだと理解した。

飛び出して、すぐに中を見せるように言ったのだけれど、許可がないとダメだって。

私の身分を明かしても、陛下の許可なしには絶対にダメって言って見せてもらえなかった。

だから、私は自国に戻って父に交渉（こうしょう）してもらおうと思ったのだけど……。

急に現れた魔物の群れに、城は焼け落ちて、父も母も、何もかもなくなってしまっていた。

その時、こっちの知らせを聞いたのか、エクス王とその軍がやってきて、何とか魔物を殲滅してくれたのだけれど、それは違った……。

「君がドレッサ姫か？　僕、っと我はエクスの覇王だ」

「……このたびは、我が国の救援に来ていただき誠に感謝しております」

「いやいや。礼には及ばない。しかし、そちらの父上のことは残念に思う。まことに気持ちの良い男だった」

「もったいなきお言葉でございます」

「ま、挨拶はここまでにして、これからどうするつもりかな？」

「……」

「君も分かっているようだね。このままではこの国はなくなる。いや、もう存続は厳しいだろう。ならば、我が国から婿でも取って、一領地、領主として存続させるのが良いと思う」

「……しかし、それではこの一帯だけで、他の民が」

「それも心配には及ばない。ちゃんと他の信頼の置けるものに統治させようと思う。そのためにも、今は亡きナッサ王国の姫が我が国と婚姻を結べば、民も安心してエクスの統治を受け入れられるだろう」

　確かに、その通りだ。

　でも、私はあの遺跡のことが引っかかっていて、それを聞いてみたのだ。

「陛下、前にそちらの国へ行った我が民たちは元気でしょうか？」

「？……ああ、息災であるぞ」

「遺跡に閉じ込めてですか？」

「……ふむ。やはり、姫が来ていたというのは間違いではなかったか」

「会わせてください。それで無事が確認できるのであれば、喜んで婚姻でもなんでもしましょう。我が国は土地にあらず、人々が集まる所が国であるがゆえに。民を愛さない国王、人をないがしろにする者は信用なりません」

「……至言であるし、理解もできる。しかし、現実はそうもいかない。まだ我が望みは遥か先。一分（いちぶ）の隙も認められぬ。姫は我にとっては信用に値するものではない。よってその希望を叶えることはできない」

「なれば、婚姻はなかったことにしていただきます」

「国民が苦しむことになるぞ？」

「陛下の軍門へ降るよりはマシかと」

「ふっ、ここまで実直だとやりにくいな。目先の損得では動かぬか。ならば、これでどうだ？」

そう言って覇王はあるモノを私の前に落とした。

それは……アーネに贈った上物のリボン、私の名前とアーネの名前が刺繍で入っている。

「アーネだったか、姫の友人は？　こちらとしても、こんな手は使いたくはなかったが、これからの覇道のため、我に従え。悪いようにはせん」

「……な」

「なんだ？」

「ふざっけるなぁぁぁ‼」

私は頭に血が上って（のぼ）そのまま、持っていた剣を不器用に振りかぶって、斬りかかったが……。

「ふっ、まさか実力で訴えにくるとはな。まあ、これはこれでやりやすい。姫を捕らえよ。恩を仇（あだ）で返すとはこのことよ」

あっさり、打ち払われて、そのまま捕まって、ナッサ王国は滅んだ。

「……それで、再三婚姻と領土安堵を言われたけど、頷けるわけないじゃない」

「で、奴隷に落ちたと」

私は話し終わって一息ついている。

「そうよ……で、信じるの？　それとも恩知らずと言う？」

モーブたちもちゃんと聞いてくれてたし、ユキって人とスティーブっていう変なゴブリンもきちんと聞いていた。

ここまで話せたことは今までにない。

大抵、恩知らずと言われて終わりだ。

さあ、この人たちは私の話をどう思うのか？

信じてもらえなくたって、このモーブの下で訓練して、きっといつか……。

そう考えていると、ユキが口を開く。

「いや、正直、お前短気すぎ」

「はぁ？」

予想を裏切ってはいたが、私には理解できない返答だった。

「まあ、友人とか、父親や国の在り方に殉じた感じだけど、もっとやりようはあっただろうに。証拠を集めるために婚姻してもよかったんじゃないか？」

「それで国民に犠牲になれなんて言えるわけないじゃない!!」

「いや、ドレッサが奴隷落ちしている今は相手さんやりたい放題なんだが。地位があった方がマシだったかもよ？」

「うっ。そ、それは……」

でも、それが絶対ってわけじゃなかったし、そもそも、民をそんなふうに扱うエクス王が悪いのであって……。

「ま、子供にこういうのは酷か」

「わ、私は子供じゃない‼」

「……うわー、定番の返しを見たっす」

「うっさい。変なゴブリン‼」

「ひっど⁉」

なんなのこいつら。

人が真面目に話しているのに‼

もしかして、笑い者にするつもり⁉

「……っ」

「あれー、おいらが泣きたいのになんでそっちが泣いてるっすか⁉」

「やーい。女の子泣かせたー」

「馬鹿なこと言ってないで、助けてっす⁉」

「へいへい。そうやってすぐ泣くのが子供の証拠だ」

「……ぐすっ。うるさい」

「ま、憎まれ口を叩けるなら心配はいらなそうだな」

ユキの言動がさっぱり分からない。

笑い者にする様子もないし、話を聞いた割にはまともな返事が返ってこない。

「何がしたいのよ」

「いや、前後確認というか、答え合わせというか」

「どういうことよ?」

「あー、その前に、そのナッサ王国が滅んだのはどれぐらい前だ?」

「……3年前よ」

「なるほど、大体計算は合うか?」

「だからなんの計算よ」

「まあ、動き出したのが最近っすから、20倍と考えて、それぐらいが妥当じゃないっすか? まあ予備とかはあるでしょうし、潤沢って言ってるっすから、多少余裕もあるでしょうよ」

「だろうな。タイミングが良いのか悪いのか」

「さあ、どっちか判断しかねるっす」

「ロゼッタから聞いた噂の1つだけど、なんで魔物に襲われたってことが伝わってないんだ?」

「そりゃー、魔物の群れなんてこっちじゃ珍しいっすからね。小国とはいえ王都の城を落とせるっていうと、半信半疑っしょ?」

「ああ、それでエクス王国が滅ぼしたって話になるのか。そっちの方が分かりやすいもんな」

「だから、何の話してるのよ‼」

なによこいつら⁉

話を聞いておいて、私をほったらかしとか、あり得ないんだけど‼

これでも、奴隷になる前はお姫様なのよ‼

あんたたちなんかより、ずっと偉いんだから‼

「ユキ、どうせこっちに引き込むんだろ。事情話してやれよ」

「そうっすよ。ほら、また泣いてるっすよ？」

「泣いてないわよ‼」

あー、もう本当になんなの、こいつら‼

女性を泣かせて喜ぶタイプの変態⁉

第368掘：新しいお友達

ｓｉｄｅ：ラビリス

「えへへー。新しい子が来るんだって」

「そうなのです。仲間なのです‼　早く兄様の所に行くのです‼」

「そうですね。ラビリスも行きましょう」

「ええ。どんな子なのか楽しみね」

私たち4人は、モーブが連れてきたという子の相手をユキに頼まれて、迎えに行くところだ。

新大陸から、わざわざユキが頼んで私たちに託すぐらいだから、重要人物ね。

アスリンやフィーリアは新しいお友達が増えるって感じだけど、ふふ、どんな子かしら？

仲良くできるといいわね。

ま、無体をするなら、シェーラと私でお仕置きしてあげるけど。

あ、ちなみに私たちは新大陸では現在、学府の方に戻って勉強をしているということになっている。

学府にいると、他国に駆け付ける理由が作りやすいから。

ほら、アマンダっていうワイバーンタクシーがあるから。

……竜騎士だっけ？　ま、いいのよ。そんなことは。

ちゃんと、言い訳とかもポープリに任せているし問題ないの。

最近、私たちはお留守番が多かったし、直接的にユキの役に立てるのは嬉しいわ。

お家でユキの帰りを待つばかりはつらいのよ。

いえ、毎日ちゃんと帰ってきてくれるから悪いことではないのだけれどね。

「あら、来たのね」

「エリスおねーちゃん、お兄ちゃんに呼ばれたのー」

「呼ばれたのです」

「ええ。聞いているわ。きっと年が近いから仲良くなれると思うわ」

「やったー」

「近い歳なのですー」

エリスがすでに迎えに立っていて、そんなことを話している。

ここは魔物軍の駐屯地。

わざわざこんな場所に新大陸の人を連れてきているんだから、よほどの人物よね。

それと……。

「私たちに近いか、それでユキは私たちを呼んだのね？」

「そうだと思うわ。私たちが大丈夫よって言うより、アスリンやフィーリアが出る方が歳が近いから安心できるでしょ？」

「そして、私たちは保護者というわけですか」

「そうね。まあ、年上に見られるっていうのは女としては屈辱なんだけど、そこは我慢して。ユキさんだってラビリスとシェーラを信頼しているから、頼んだのよ」

「分かっているわ」

「分かっておりますとも」

「ぷー。私たち子供じゃないもん‼」

「そうなのです。もう兄様のお嫁さんなのです‼」

ふふっ、これだからまだ目が離せないのよね。

でも、ちゃんと成長しているのは知っているから。

「さて、場所は新しく作ったあの建物。よし。説明も終わったし、私は書類整理があるから、ユキさんからのお願いよろしくね」

「任せて、エリスお姉ちゃん‼」

「任せるのです‼」

……エリス、上手く抜けたわね。

さっきの話だと、ユキからお願いをされたら、私たちはそのお願いにつきっきりで、その後ユキはエリスと一緒に書類整理ってことね。

物は言いようね、本当に。

だからと言って、書類整理をやりたいかと言われると、シェーラ以外は嫌って言うわね。

「……私も好き好んで書類仕事をやりたいわけではありませんから」

「あら。口に出てたかしら？」

「私も親友の考えることぐらいは分かります。と、早く2人を追いかけましょう。すでに走り出しています」

シェーラに言われて、振り返ると、すでに先ほどの場所に2人はおらず、エリスに教えてもらった建物へ走り出していた。

私たちもそれに続くように、また走り出す。

そして、警備のゴブリンたちは私たちのことを知らないわけがないので、顔パスで通って、そのままユキが待つ部屋に辿り着く。

というか、こちらを見るなり、ささっと扉を開けて、さあ入れと言わんばかりの行動をしてくれた。

ま、あのままの勢いだったら扉ぶち抜いていたでしょうから。

ゴブリンたちはあの2人をよく分かっている。

「とーちゃく」

「到着なのです」

「さ、着いたけどちゃんと身だしなみを整えましょう」

「そうですね。初めての相手もいますし、ちゃんとしましょう」

「「はーい」」

こういう身だしなみの整え方も、キルエやサーサリに教えてもらっていて、ちゃんと身についている。

いや、当初はキルエやサーサリがビシッと一から十まで全部メイドに任せるべきと言っていたのだけれど、家のメイドはキルエとサーサリだけだから、そういうわけにもいかないので、教えてもらって自分でやるようにしたのだ。

今では子育てもあるし、そこまでキルエやサーサリに迷惑はかけられない。

とりあえず、身だしなみを整えて、お互いに確認したあとに、ノックをして返事を聞いてから部屋に入る。

「お、来たな」

「うぃっす。わざわざご足労ありがとうございますっす」

「よ。きたなちびっこども」

そう言ってユキとスティーブ、モーブがこちらに声をかけてくれる。

他にも人はいるのだが、これ以上は不要だと思ったのだろう。

ライヤとカースは目配せをするぐらいで、護衛のサマンサとクリーナはこちらに軽く手を振っている。

で、その真ん中にいる、褐色の肌の子が……。

「ねぇ、本当に何なのよ⁉　こんな子供に聞かせる話なんてないわよ‼」

あー、なるほど。

こんな様子じゃ、話にもならないし、一度息抜きをさせるつもりね。

ま、新大陸から、いきなり喋るゴブリンの所に連れてこられたらそうなるか。

「ひどいっす⁉」

「あら？　口に出してたかしら？」

「みりゃ分かるっす。こっちも長い付き合いっすからね」

……最近、私の心を読むってお株が奪われている気がするわ。

でも、いいか。私のロリ巨乳は誰にも代わりはできないもの。

ユキはこれが大好きなのよ。ふふふふ……。

「わー、肌が茶色だー」

「真黒姉様みたいなのです」

「あ、そう言えばそんなのもいたわね」

「ですが、あちらはどちらかと言えば、青白い暗さですから、また別では？」

まあ、あれは魔族だし。

ダークエルフもエルフの肌の白さを黒にした感じで、この子のように肌を日光にさらしてって感じじゃないのよね。

なんというか、この前、ウィードの海で遊んでほんのり小麦色になった肌を、さらに深くしたような感じ。

「うっさい。あんたたちが白すぎるのよ‼　っていうか、ぺたぺたさわるなー‼」

「あわわ」

「おっと、なのです」

見知らぬ2人に、両手をもたれてぺたぺたされてたら嫌よね。

「こら。2人とも、ちゃんと挨拶しないとダメだろう？」

「ごめんなさいなのです。アスリンっていいます。よろしくね」

「ごめんなさいなのです。フィーリアというのです。よろしくなのです」

ユキがそう言うと、すぐにそこの子に頭を下げて謝り、自己紹介をする。

「ふん、謝るのならいいわ。私はドレッサよ……その、よろしく」

なに、このツンデレ。

弄るととても面白そう。

「で、そっちの2人は何？　片方は不自然に胸が膨らんでるんだけど……」

「おっぱいがとっても大きいのがラビリスちゃんだよー。ふわふわでぽよぽよだよ」

「そして大きいおっぱいなのがシェーラなのです。ふわふわなのです」

あら、もう胸が気になる年頃かしら？

というか、2人ともその紹介の仕方はどうなの？

「どうも。私がラビリスよ」

「ご紹介に与りました、私がシェーラです」

「ふーん。そっちのラビリスは規格外だから無視するとして、シェーラよりは私の方が胸あるんだからね。つまり、一番スタイルがいいのは私よ」

……はい？

何を言ってるのかしら、このおバカ。

シェーラもぽかんとしている。

だって、ユキの横には、スタイル抜群のサマンサがいる。それを見てよく言えたものだ。

というか、私を最初から除外してる時点で駄目でしょうに。

確かにシェーラよりは胸があるけど、他は何というか筋張っているというか、華奢ではなく頑丈に見えるのよね。こういうのなんていうんだっけ？　……す、ス？　そう、スポーティーってやつ。ユキが言ってたわ。

トーリとかリエルよりなのだ。

だから、個人的には、色気の総合はシェーラの方が上だと思うわ。

「ドレッサちゃんはスタイルがいいの？」

「確かにおっぱいはシェーラより大きいのです」

「ふふん。そうよ。大きすぎてもダメなの。バランスが大事なのよ」

「そうなんだー」

「確かに、バランスは大事なのです」

……こいつ、私に喧嘩売ってるわよね？

殴っていいわよね？

「ラビリス。落ち着いてください」

「離してシェーラ。あいつを殴れない」

「いや、どっかで聞いた事件みたいなセリフはいいから。ま、その様子だと、アスリンたちとは仲良くやれそうだし、今日の話はこれぐらいにして、ウィードを一緒に見て回るといい」

「はぁ？　ああ、たしか、ここはもうエクス王国じゃないとか言ってたわね。そんな冗談を信じると思うの？　ま、そっちの気遣いは分かったし、ぶらぶらできる時間っていうのはありがたいから、行かせてもらうけど」

「ちゃんと4人が帰るって言ったら帰るんだぞ」

「子供じゃないわよ‼　それぐらいわきまえているんだから‼　ほら、行くわよ」

そう言って、ドレッサを先頭に私たちは部屋を出ていく。

……はぁ、この調子でウィードを見たらどうなるのかしら？

本当にわきまえてくれるとありがたいんだけど。

「うっわーー‼　なにこれ‼　ナニコレ‼」

駄目だった。

完全にお上りさんだわ。

「こら、勝手に歩き回らない」

「ぐえっ⁉」

私が襟首を引っ張って、勝手に歩き出そうとしているドレッサを引き戻す。

「なによ⁉」

「なによじゃないわよ。自分で子供じゃないって言ったんだから、もう少し落ち着きなさい」

「うぐっ」

「まあ、多少は仕方がないでしょうね。ウィードは他とは一線を画しますから」

「一線を画すどころか、１つ２つ文明のレベルが違うのだけれどね」

「何言っているのか分からないわよ。というか、本当にここはエクス王都じゃないのね。いつの間に連れ出されたんだろう？　どこ？　ウィードって言ったわよね？　見た感じ王都以上の賑わいだし、ジルバとかアグウストの王都？　それかそれに属する交易街？」

ふーん、ユキからドレッサの素性は聞いてはいないけど、私たちとそこまで変わらない歳でここまでスラスラと言葉が出てくるなんて、どこかの貴族様だったのかしら？

といっても、ウィードはドレッサがいた大陸とは別の大陸にあるなんて言っても理解できるわけがないので、言わないけど。

適当に、納得しそうな話をしていったんは安心させる方がいいわね。

「ドレッサちゃん。ウィードは別の大陸にあるんだよ」

「はぁ？」

「あ、嘘だと思ったのです。ウィードは本当に海をずっーと行った先の、別の大陸にあるのです」

あ、２人が止める前に言っちゃった。

ドレッサの反応は予想通り、絶対信じてないわね。

「いい？　２人とも。私たちが住んでいる大地は1つよ。小島とかはあるけど、海の先は果てのない滝が流れていて、それから落ちればもう二度と戻ってこれない。世界から落っこちるんだから」

……いや、落ち着こう。

ウィードでもあの考えは普通だ。

私たちが地球の知識を吸収しているので、何を馬鹿なと思っているだけ。

本当にあの考え方はデフォルトで問題ないのだ。

一応、観測もやって、この大地が球体であるのは確認できたみたいだし、魔力を使ったトンデモな形でなかったのが幸いだってユキが言ってたわ。

その場合、自然の循環とかもさっぱり予想がつかなくなるから、魔力の因果関係もゼロから考え直しになるとかなんとか。

「えー、ちがうよー。私たちがいるこの場所はとーってもおっきなボールなんだよ？」

「そうなのです。球体なのです。だから、ずーっと右にいってると、左から戻ってくるのです」

「そんなことあり得るわけないじゃない。というか、そんな罰当たりなことを教えた人は誰？神様に対する冒涜よ？ 罰が当たるわよ？」

「むーっ‼ ルナお姉ちゃんはそんなことで、罰とか当てないよー」

「ぷんぷんなのです‼ ルナ姉様がそんな面倒なことするわけないのです‼」

あ、まずい。

ドレッサにとっては、世界の在り方を変えるような発言は、異端であり人心を不安定にする要素だから、そういうのは簡単に認められないみたい。

これで本当にあの子が貴族とかの出ってのが有力になったわね。

さて、早く止めないと。

まあ、2人の言う通り、ルナがこんなぴよぴよな会話で冒涜とは思わないでしょうし、むしろかわいいとか言って写真撮ってるわよ。あと、罰を当てるなんてそんな面倒なことするわけないってのには賛成。

「褐色肌の子がキター‼　うん、こうやって写真撮ると、妙に色気もあるからありね‼　私も一度肌焼いてみようかしら」

……駄目神、いた。

といっても、通行人に怪しまれないように認識阻害、幻惑系の魔術使ってパシャパシャ撮っている。

「……シェーラ」

「……私は何も見ていません。さ、3人とも。まずは中を見て回りましょう。喧嘩なんかしてもユキさんは喜んでくれませんよ？」

「あう。ごめんなさい」

「ごめんなさいなのです」

「私もむきになりすぎたわ。ごめんなさい。さ、仲直りはしたし、ウィードを案内して頂戴」

「「うんっ」」

あの駄目神は私たちの手でどうにかできないし、シェーラの言う通り3人と一緒に楽しんだ方が良さそうね。

とりあえず、ドレッサが腰を抜かしそうな場所から案内しましょう。

第369掘：司祭と研究者の旅路

side：コメット

ガタンガタン……。

そんな音と共に、風景がゆっくり流れていく。

特に盗賊も魔物も出ないのんびりとした旅路。

なんで私が研究所にいるんじゃなくて、馬車に乗っているんだろうねー。

はぁ、ドッペルが使えれば、今頃私は研究所で食っちゃ寝できたのに!!

いや、研究が捗ったのに!!

「コメット、何百面相しているのですか?」

「……いや、なんでこんなクソ馬車に乗ってるのか不思議でね」

「クソ馬車とか言わない。サスペンションとかの実験でもあるのですから」

「そんなのとってつけた理由に決まってるじゃん。ウィードやベータン、ヒフィー神聖国でも実験してるんだし。というか、ヒフィー神聖国の名前変えよう。ヒフィーと名前が同じだから、ヒフィーと区別するのがめんどい」

「相変わらずあなたときたら……国の名前を変えることがそんな簡単にできますか。あと、今回の重大な任務を忘れたのですか？　私たちの行動に、この大陸の命運がかかっているのですよ」

「命運ねー……」

ヒフィーは真剣にそうだと考えているけど、いや、まあ、間違ってはいないんだろうが、あのユキ君がGOサインを出したんだ。

私たちも、策の一部でしかないよきっと。

本命であり本命ではない。

どこからでも致命傷（ちめいしょう）にできる布陣を整えるはずだよ、ユキ君やタイゾウさんならね。

私たちがこうやって、ヒフィー神聖国から普通の馬車で、エクス王都に向かってすでに3日。

きっとユキ君たちの方はさらに手札を増やしているに違いない。

気が付けば、私たちがおまけになっている気がする。

あー、相手を信用させるのと同時に、ドッペルの存在を悟らせないために、隠蔽を使わずに私たちが本人で行くってのがねー。

いや、私たちが一番死ぬリスクは低いのは分かっているよ？

片や神だし、片や超高レベルのアンデッド。

でもさ、ヒフィーはともかく、私はリッチだしね。

ノーブルだかなんだか知らないけど、操られたら、こんな美人さん、私なら手籠めだしね。

さすがにそういうのは勘弁。

あ、ちなみに馬車の護衛は、今までアンデッドにした高レベルの魔術師兼魔剣使い。

この子たちの自我も最近は戻ってきている。完全には程遠いけどね。

まあ、長い歴史の戦場で命を落とした遺体を預かって、アンデッドにしたから、もともとが古く、私みたいに綺麗に保存されていたわけでもないから、魂自体はすでになく、体に残っている感情の名残から、自我を呼び戻している状態らしい。

らしいっていうのは、ユキ君からの受け売りだからだ。

私はアンデッドではあるが、アンデッドの研究をしたわけじゃないからね。

専門分野外というわけだ。

ということで、警護としては非常に優秀なわけだ。

自我が戻ってないから、疲れにも鈍感だし、おさわりもＯＫ‼

ま、そこは冗談として、レベルもそれなりだから、私たちがボーっとしててもいいわけ。

でも、疲れに鈍感ってのが難点で、痛みにも反応が悪いのだ。

気が付いたら骨が折れてたりするからね。

アンデッドの管理は結構大変だったりする。

早いところ自我を取り戻して、自分たちの体調管理をやって欲しいものだ。

で、ぼーっとしている私が気に入らないのか、ヒフィーが口を開く。

「本当にやる気がないですね……」

君は私のお母さんか。

いや、頼りまくりなのは認めるけどさ。

「だってさー。ここまで暇だとねー。私の仕事は本来研究職だよ？　理由は分かるけど、こうやって馬車に揺られていると存在意義を確かめたくなるさ」

「……はぁ。本当に、あなたは昔のままですね」

「それはそっくりそのまま返すよ。ヒフィーも変わらない。おかげで、面白い人生だから嫌ではないけどね。あ、もう人生は終わってるし、死生っていうべきかね？」

「さあ、どうでしょう？」

そんな感じで、話がずれてきたときに、私のコールが鳴る。

「おや。ユキ君からだ。はい、もしもし」

『よ。馬車旅でのんびり気分転換してるか？』

「正直暇で死にそうだよ。さっさと自分の研究室に戻りたいね。あそここそ我が城ってやつだ」

『引き籠りみたいなこと言うなよ。というか、なんでそれなら戻ってこないんだよ？』

「いや、君が言ったんだろう。私たちは生身で行った方がいいって」

『いやいや、だからこっちにドッペル用意して作業すればよくね？』

「なん……だと……」

私はその言葉に固まった。

その手があった。

別に外に出るだけにドッペルは使わなくてもいいんだよ。

代わりに作業させるために使ってもいいんだよ。

『いや、どっかの定番はいいから』

「よし、私は早速研究室に戻る‼　あとは頼んだよ、ヒフィー‼」

「あ、こら⁉」

私はさらにミラクルな使い方を思い付いたのさ‼

研究をドッペルに任せ、さらに違うドッペルでウィードを満喫するのさ‼

ユキ君以外は、ドッペルを複数操るのは色々問題があるからやっていないが、同じダンジョンマスターである私なら問題ない。

なんという完璧な影武者‼

これをやらないで、なにが研究者か‼

『ちょっとまて、そんな話をするために連絡したわけじゃない。経過報告だ。先行して潜入しているモーブたちや、ドッペルメンバーから色々興味深い話が上がっている』

「へえ。聞こうじゃないか」

「あ、でも。そんな話なら一度ウィードに戻った方がいいのでは？」

『いや。そのままでいい。片方だけならともかく、両方来るのはなしだ。一応警戒はしているが、抜け殻をそこに置いとくのも危険だしな』

当然だね。

本体をほったらかしの時に襲われたらひとたまりもない。

護衛がいるとはいえ、こんな馬車の中に放置は嫌だね。

ウィードの奥深く、要塞と化している場所でもないとそんなことはできやしない。

「……ということは、コメット。私だけ馬車に揺られていろってことかしら？」

「……いや、私は、ただ単に研究を進めたい一心であって決して、ヒフィーに後を任せるとかいう気持ちはないよ？」

うん、ただ自分が楽をしたいだけで、誰かに迷惑をかけるつもりはない。

ただ、結果的にはヒフィーが馬車に残る話になるだけであって、どっちがより有益かというとやはり私が研究室に戻る方が有益であって、頭からっぽのヒフィーは馬車でのんびりしている方がお互いに幸せだと思うのだよ……たぶん。

『仲がいいのは知ってるから、説明が終わった後で存分にやってくれ』

「「……」」

お互い言いたいことはあるが、ここは黙っておく。

今のユキ君に何を言っても無駄というか、揚げ足を取られて、2人まとめて封殺されるのが目に見えている。

ついでに情報も聞きたいしね。

『じゃ、説明を開始するぞ。まず第一にそちらに来た手紙から、ダンジョンもとい遺跡が稼働中の可能性が出てきたことで、それを優先に多角的に情報を集めるように指示した。なお、モーブたちドッペルに対してエクス側は何の反応もないので、モーブたちとは別ルートからの侵入も果たしている。ついで、エクス王都近辺の遺跡を稼働中と想定して、探索部隊を編成、スティーブを隊長にすでに出発させている。なお、スティーブたちの作戦開始日時は……』

その説明を頭に入れながら、説明をしている青年を見る。

分かりやすいように要点をまとめて、資料を出して、よくもまあここまでやるものだと感心する。

青年の名をユキという。

本人も言っていたが、偽名。

元の世界でも本名がばれるのは致命傷になりかねない、とのことから、わざとこの名前を使っているという。

なんとなく言いたいことは分かる。

ウィードでは、戸籍制度というもので、登録者の出身、家族構成はおろか人間関係も簡単に割れてしまう。

おそらく、彼らの故郷も同じなんだ。

万が一、名前が割れていたら、意図的に異世界からユキ君の身内など連れてきて、彼らを盾にされてピンチに陥る可能性があるのだ。

……考えすぎだとは思うが、タイゾウさんやタイキ君たちは遠い血縁ではあるが、実際呼び出されているので否定できない。

しかし、このユキ君はなんというか、タイゾウさんや、タイキ君とはまた違うんだよね。

タイゾウさんは私と同じ研究職、タイキ君は勇者様。

では、ユキ君は？　と問われると非常に困る。

先ほどの偽名の件といい、なんというか、なんでもできすぎるのだ。

いや、できるからと言われればそれまでなんだけど……。

正直、タイゾウさんやタイキ君より、さらに上を行っている感じがするんだよね。

特に目立ったことはしていないのに。

……違うか、大したことはしている。

ダンジョンマスターとして数年で自分のノルマをこなして、ルナさんから新大陸を任された期待の新人。

うーん。指揮官？　指導者？　でも奥さんたちや部下に任せているんだよね。

ユキ君がやれば、なんか、あっと言う間に終わりそうな気がするんだけど……。

ああ、この世界自体が成長しないと、って言ってたか。でもなー……。

あー、まとまらない。ただ普通に存在するという当然のことに対する違和感。

『……そして、スティーブたちを動かした理由は、モーブたちが奴隷として引き取った、元ナッサ王国のドレッサ姫の発言で、遺跡に人を集めているという証言を得られたからだ。このナッサ王国について知ってることはあるか？』

おっと、いけない。

ユキ君の不思議議はまた今度だね。

今は、エクス王国の話だ。

私は答えられそうにないけど。

「私は残念ながらさっぱりだね。自分で自由に情報を集められるようになったのは、つい最近だし」

「……悪かったわね。ナッサ王国ですか、私も多少聞きかじったくらいで、滅んでいたということすら初めて聞きました」

『そうか。なら、エクス王国が支援の代わりに労働力を集めていたという話は？』

「それは聞いたことがあります。奴隷としてではなく労働力として、ということで、評判は良かったですから。しかも長男とかでなく、次男三男と働きたくても働けない者ばかりでしたから、国としても家族としても、ありがたい話だったと聞いています。警護や衣食住もすべて王国持ちで、本当に労働力を差し出すだけだったと……」

聞く限りは頭おかしいぐらいの好条件だね。

国としては税収が減るって懸念もあるけど、もともと働く場所がないあぶれ者たちだし、治安悪化の原因になりかねない。しかも、どこかの街から一挙に徴集とかでもなく、国中からだ。

本当に不要な人材が働きに行ったのだろうね。

ま、ここで話を聞く限り裏があったということか。

でも、遺跡、ダンジョンの中にいるだけで、そこまで酷い目に遭ってはいないだろうけどね。

『なるほどな。こりゃ、ドレッサの希望は厳しいかもな』

「希望ってなんだい？」

『ああ、ドレッサの友人がその労働に志願して戻ってこないんだと』

「それは、ただ単にダンジョンが居心地いいだけじゃないかい？」

ダンジョンに不満を持たせずにいてもらうには、衣食住を完備するぐらいしか思いつかないからね。

そこから逃げ出されて、情報を漏らされても困るだろうし。

『まだ続きがあるんだ。それを調べているうちに遺跡に辿り着いたけど、追い返されて戻れば、王都が突如湧いた魔物の群れで滅んで、それからエクス王に統治が替わっただとよ』

「……それは」

「それ、どう考えてもノーブルって奴の仕業じゃないかい？　昔ならいざ知らず、この魔力枯渇がさらに厳しい時代に魔物の群れなぞ、学府以外に現れるかね？」

『やっぱりそう思うか。で、これから考えると、そのドレッサの友人はアーネって言うらしいが……』

「うん。普通に考えるなら、下手に突かれて騒ぎになる前に処分するよ」

「そんな、ノーブルがそんなことをするはずが……」

『最悪は覚悟しないとな。ま、無事だといいけど』

「それこそ楽観に聞こえるけど。まあ、分かったよ。私たちからもアーネとナッサ王国の人たちのことは探ってみる」

『おう、頼んだ。っと、すまん。ポープリから連絡だ』

「おや、会話はやめた方がいいかな？」

『いや、長い話は先に終わらせているし、簡単な話だろう。そのままでいい』

「了解」

そう言って待っていると、モニターが一個増えて、ポープリの姿が映る。

『ユキ殿。至急お伝えしたいことが……って、師匠』

「やあ。学長の仕事は大変そうだね」

主に、机の上に積み重なった書類が。

『師匠も手伝ってくれませんかね？　というか、こっちで教師として働きません？　特別講師枠、すぐに用意してあげますよ？』

「ウィード以上の設備と、休日をくれるなら考えよう」

『無理です。と、そんなことはどうでもいいんですよ。こちらにもエクス王から手紙が届きました』

「はぁ？」

「なんですって⁉」

『あ、やっぱりそっちにも来たか』

私たちが驚きの声を上げたのに、ユキ君はやっぱり慌てた様子はない。

……やっぱり、何かが違うんだ。

ま、敵じゃないからいいけど。

ノーブルとかいう、なんちゃって覇王はこれから可哀想(かわいそう)だけどね。

第370掘：思惑と便乗

side：ポープリ

その日もいつもの通り、ウィードから送られてくる支援物資が届いた。

そう、支援物資。私たちが動くのに必要な物資。

決して、私利私欲のために頼んでいるわけではない。

その支援物資を検品して、検査をしていた。

「いやー、美味しいねー」

「はい。まったくです」

私とララは学長室でのんびりとケーキを食べていた。

いやはや、ユキ殿たちと会ってから順風満帆。

当初は、国の使者を相手にやらかして、聖剣使いをどうこうするどころか、こりゃー学府がまずいかなーと思っていたけど、蓋を開けてみれば、どっちも問題なかった。

というか、ユキ殿たちがまさか、新しく来たダンジョンマスターだとは思わなかった。

果ては、その前任者であり我が師匠であるコメット・テイル、および司祭だったヒフィー殿と再会できるなんて、いやー、長生きはするもんだね。

「しかし、胃の痛い案件はなくなっても、厄介ごとは続くもんだねー」

「そうですね。と言いたいですが、当然のことでしょう。できることが増えれば、できないこともまた増えるのです。今まで知らなくてよかったことが、知っておかなくてはならないことになっただけです」

「上り続けるには、問題を解決しないといけないのは分かるけどね」

「その通りです。結果を出し続ける優秀者は常に、より難題へと押し上げられるものです。この学府と同じように」

「ま、この学府よりさらに過酷だけどね」

「それも当然かと。世界の魔力枯渇を止めるなど。一国の王になる方がまだ簡単でしょう。しかし、それはルナ様がユキ殿たちにそれだけ期待しているということ。そして、それに応えているユキ殿たちには、更なる難題があることでしょう」

「当然とはいえ、何か気の毒だよ。幸い私たちは協力者であって当事者ではないからいいけど、ユキ殿たちは大変だろうね」

まるで、悪夢だ。

頑張れば頑張るほど、深みにはまる底なし沼みたいに。

現に、ヒフィー殿の目的を潰したことで、エクス王国が大々的に動き出した。

よくもまあ、こうも難題が降って湧いてくるもんだ。

あ、いや、ユキ殿の本音を言えば、新大陸に来る時点で厄介ごとでしかなかったみたいだが。

「何を仰るのですか。万が一ユキ殿たちに何かあれば、後の志を継ぐのはポープリ様ですよ」

「……私は絶対無理だね。せいぜいこの魔術学府の切り盛りだ」

「だからこそ、しっかりユキ殿たちを支援せねばいけません。聖剣使いの皆さまや、コメット様、ヒフィー様の安寧を守るためにも」

「そうだね」

「あと、ユキ殿たちを守らねば、このケーキが二度と手に入らなくなります」

「よし、気合いを入れて頑張ろう」

ケーキが食べられなくなる。なんという死活問題。

なんとしても、ユキ殿たちに勝利を掴ませなくては。

そう言って、果物飴玉を口に放り込んでから、再び書類を見始める。

パラ、パラ……と紙をめくる音が聞こえる。

今調べているのは、学府内にいるエクス王国出身の生徒たちのことだ。

確かに、ヒフィー殿の作戦に乗じて、各国で破壊工作をしようとしていた、エクス王国の暗部は叩き潰した。

無論、学府も例外ではない。しかし、学府はそれだけではない。

留学生として、エクス王国の未来を担う魔術師の卵を預かっている。

それが、エクス王の布石かもしれない可能性が出てきたのだ。

いや、学府自体、魔術知識の宝庫だから、常に各国から色々な思惑を載せた生徒が山ほど来る。

しかし、今回の暗躍の件で、エクス王国に対する危険度が跳ね上がったわけだ。

おかげで、十年ほど遡って、エクス王国出身の生徒を調べ上げる必要が出てきたのだ。

「しっかし、今のところパッとしないね」

「パッと、とはどういう意味でしょうか？」

「あー、ほら。ララだってここ十年のエクスからの生徒で際立ったのがいたなんて記憶にあるかい？」

「……そういえば記憶にありませんね」

「どの資料も良くてダブル。シングルランカーは1人もいないね」

「……私が目を通した資料も同じですね。良くてダブルです」

「開発研究科の方は？」

「そちらの資料はまた別なので……」

「ふむー。そっちに傑物(けつぶつ)がいたかも？　いや、まあ、たかが十年と言ってしまえばそれだけなんだが」

「さすがに、シングルランカーが1人ぐらいいても不思議ではなさそうですが」

「……そういえば、エクスの今現役で、有名な魔術師の名前は覚えているかい？」

「確か、4、5名は……」

「その4、5名の年齢は？」

「えーっと……ちょっと待ってください。その子たちはシングルランカーの上位でもありました、優秀者名簿に……あった」

私もすぐにララに近寄り、横からその名簿をのぞき込む。

「この子と、この子、そして、この子と……」

「ふーん。全員が30代から40代。少し最盛期を過ぎてはいるね。まあまだ許容範囲だけど」

「まあ、魔術師は運動能力が低くてもいいですからね」

「それは、我が学府の理念とは違うけど、まあそうだね」

少し走ってひーひー言う奴を、魔術師なんてうちでは呼ばせないけどね。

ま、他国ではバリスタ代わりとして使えばいいんだろうが。

「で、全員がすでに結婚しているか……」

「それは当然です。というより、半数以上はエクスではそれなりの貴族ですので、許嫁でもいたのでしょう」

「……こりゃおかしいね」

「ですね。結婚できないのであればともかく、貴族で許嫁もいた学府の生徒が、30代40代にな

って子供がいないなんてわけがありません」

「ああ、しかもシングルランカーという、他国でも重宝される優秀種だ。わざと子供たちを送ってきていないね。出来損ないだったから、なんてのはちょっと考えにくいね」

「魔力の多い少ないだけでは優劣は決まりませんし、この学府に入学できること自体が魔術を操れるという証拠であり名誉になります。魔術師の家系にとっては通って当然の場所です」

「だね。それをしないというのは……」

「わざと、自国に留めているということでしょうか？」

「おそらくね。こちらに来ている生徒は情報収集のための間者ってところかな」

「では、拘束を？」

「いや、学生本人たちはそういう自覚はないだろうし、他国もよその魔術師のスペックを知るために同じようなことはやっているからね。これだけで拘束はできない。エクス王国にこちらにも宣戦布告させる理由を与えることになる。戦力的にはユキ殿たちがいるから、まったく問題はないが、それを知らない学府に住む人々の心労は計り知れない、避けるべきだね」

ふん。

まったく、この情報が正しければ、ヒフィー殿と同じように、じっくりと準備を進めていたようだね。

向こうには、こちらで言うシングルランカー級で、かつ能力が未知数の魔術師がかなりいる可能性もあるわけか。しかも魔剣などで底上げしていて、ダンジョン能力もあり。厄介だね。迂闊にやりあえば、ユキ殿たちでも足を掬われかねないね。

だから、徹底して調査を進めているわけか。

というか、全体的に考えると、こっちは大戦争を起こされるのを阻止したいから、エクス王国の方が有利ではあるんだよね。向こうが今すぐにでもジルバ、アグウストにでも仕掛ければそれで私たちは敗北なのだ。

これはお互いの勝利条件を知っているから言えることだけどね。

ま、第一勝利条件が満たせなくとも、第二勝利条件を達成すればいいだけなのだが。戦場一帯をダンジョンマスター能力で地上げしたあと、エクス王国を正々堂々と粉砕すればいいのだ。多少、魔力が中央の学府一帯に集まるが、それは大戦争で人が大量に死んで魔力に変わるよりましだ。

その場合はジルバとアグウストに伝手があるユキ殿や私たちが大義名分の下、エクス王国を叩き潰せるというわけだ。

まあ、それはそれで、敵がグラドみたいなのを出してきたら困るけど、困る程度だしね。グラドと同じタイプであれば、グラドと対峙した時に、有効策が色々検討されて立証されたからね。

「こちらも色々と厳しくはあるが、相手も私たち以上に厳しいかもしれないね」

「そうですね。何しろ相手は、ユキ殿たちのことが抜け落ちていますから」

「新しいダンジョンマスターが来たってことも考え付かないだろうし、その新しいダンジョンマスターが、文字通り次元が違うからね。さて、この情報をまとめてユキ殿に報告だ」

「はい。かしこまりました。と、ポープリ様はこちらの書類をお願いします。あと、個人的なお手紙が届いております」

「書類はともかく個人的な手紙？　どっかの有力者からかい？」

「いえ、それがポープリ様宛というだけで、送り主は書かれておらず、特殊な魔術での封がされているので、下手に触るのは問題かと思いまして、何か心当たりは？」

「うーん。技術開発の知り合いかな？　こういうイタズラはまああるけど……確かに魔術による封が施されているね。術式は無理な開封だと燃え尽きるか……機密保持には有効だね。これはユキ殿たちに提供すれば喜ばれるかもね」

「……すでに作っていそうですが」

「……それは言わないでくれ。提供しづらくなる。自信満々で提供してもう作ってありましたとか、恥ずかしくて死ぬよ。それとなく聞いてみよう。と、中身の確認だ」

さーて、いったい誰の作品なんだろうね。

生徒なんてこの300年で山ほど抱えてきたから、印象に残っているのなんてごく一部だ。名前を見て思い出せるといいんだけど。

『この手紙を開封いただき、まずは感謝の言葉を述べよう。ありがとう。そして不躾な手紙をよくぞ受け取ってくれた。ランサー魔術学府学長ポープリ殿』

あん？

ふざけた書き出しだね。

『我は、エクス王国、覇王ノーブル。君なら、紋を見れば分かると思うが偽物ではない』

うん。確かに本物だ。

でも、なんでいまさらこちらにこんな形で連絡を取ってきた？

ヒフィー殿や師匠はすでに招き寄せているはずだが……。

『単刀直入に言おう。我が王都に来てくれたまえ。この手紙のように多数の技術が開発された。それを学長殿たちに検分、評価してもらいたいのだ。そちらにお世話になった我が配下の魔術師たちも学長との再会を心待ちにしている。噂の竜騎士も見たいからね。ではいい返事を期待している。ああ、他国にも連絡をやっているので、他の知り合いも集まるかもしれない。そういう意味でも来てくれると嬉しい。エクス王国　覇王　ノーブルより』

……こりゃ、あからさまだ。

仮想敵国の重鎮を一気にこれで押さえるつもりだね。

「ララ。大至急、ユキ殿たちと連絡を取る。書類処理任せた」

「え？　その手紙がなにか？」

「エクスの覇王さまからの王都への招待状だよ」

「……分かりました」

　ということがあったのをユキ殿たちやヒフィー殿、師匠に伝える。

『ふーん、こりゃー、ポープリたちの取り込みを狙っているな』

『だね。私たちとの感動の再会を演出して、快く仲間になってもらおうと思ったんだろうね』

「しかし、それはアグウストで、竜騎士アマンダを挟んではいますし、それを……」

『敵同士だったろう？　それを仲介して会わせるって意味もある。表向き、ヒフィーとコメットに顔を合わせたことはないだろう？』

「なるほど。私は学府から動いていない。ヒフィー神聖国の名前を知っていても、それがヒフィー殿やコメット殿に繋がるとは思っていないということか。いや、実際にヒフィー神聖国のことは、気に留めていなかった」

『だろ？　他国はエクスに対して警戒度は上がっているから、それなりの相手を寄越すだけだろう。だが、そこで魔剣のプレゼンでもしたら、そいつらは尻尾振るかもな』

『あー、なるほど。なんで警戒されている他国に招待状を、と思ったけど、わざと国力差を見せつけて、それなりの連中を味方に付ける狙いもあるのか』

　そういうことか。

確かに、重鎮に据えられている人物は立場や心理的に寝返るなんてのは考えにくいが、それなりな立場であれば、現状に不満を抱いている連中は多い。

しかも、その場で私が師匠とヒフィー殿の件で、エクスと仲良くするなんて言えば、勢力バランスは一気に傾く。それも利用して、取り込むつもりか。

「では、この誘い。乗るべきではないね」

わざわざ敵の思惑に乗る必要はない。

すでに、師匠とヒフィー殿が向かっているのだから。

『いや。どんどん行ってきて』

「え？」

『もう、こっちは裏で繋がっていて、向こうはそれを知らない。こりゃー利用するしかないでしょ』

「でも、それでは宣戦布告が早まる可能性が」

『ま、そこら辺の内容はおいおい決めればいい。最悪その場でポープリとヒフィー、コメットが暴れて、街でモーブたち、霧華たちも暴れさせてもいいんだから。あと、スティーブたちのダンジョンアタックもな』

なにその大混乱。

いや、確かに有効だとは思うけど、その場合……。

『それだけ暴れれば、王都が灰塵に帰すだろうねー。うひゃひゃ……』

『こら、コメット‼ 笑い事ではありませんよ⁉ ユキ殿、そのような性質の悪い冗談はやめてください‼ そんなことをすればエクスの民が被害を被ります‼』

『そうならないように、先行して入るヒフィーとコメットが頑張ればいいんだよ』

『なっ⁉ そ、そんな無茶な……』

『ひー、お腹痛い。なにそれ、ノーブルってやつ、自分で時限爆弾のスイッチ押してないかな？ うひゃひゃひゃ……』

……まずい。

ユキ殿はマジだ。

これはできる限り牛歩で行かなければ、エクス王都がほんとになくなる。

でも、師匠はあてにならないし、ヒフィー殿、どうかよろしくお願いします。

師匠はあてにならないし、竜騎士を連れて行かないわけにはいかないし。いや、出発を遅くすればいいのか？

いや、待て、師匠たちより先に着くのはありだろうか？

しかし、アマンダやエオイドが危険か？ だが、師匠たちを先に行かせるよりは……。

第371掘：学長と竜騎士とその他の大本命

side：アマンダ

あー、空が青い。

ついこの間まで、戦場に行っていたなんて信じられない。

陽射しが気持ちいい。

……もう、このまま寝ていいよね？

「こら、何を寝ておるか。潰すぞ？」

そんな声が聞こえて、私はその声の持ち主を確認することなく、横に転がって、寝ていた位置から体をずらす。

その瞬間、ドンッという音がして、私が寝ていた場所が陥没する。

「もう潰してるじゃないですか!? あのまま寝てたら、私、死んでましたよ!?」

「なに。そうそう人は死なんよ。思ったより頑丈にできておる」

「それはデリーユ師匠だけです!!」

そう叫んで体を起こした先には、私を鍛えてくれている1人で、凄いスタイル抜群の美女が立っている。

その名をデリーユといって、ユキさんの奥さんで子持ち。

世の中、不公平だと思うし、何をどうすれば拳で大岩を割れるんですか⁉

「そもそも、組手の練習でそっちがずっと寝てるのが悪いじゃろう」

「というか何で組手なんですか？　私は一応竜騎士だから、分類からして剣とか馬上槍じゃないんですか？　そもそも魔術師ですよ。ポープリも言ってやってくださいよ！！」

「何を言っておるか。ポープリも言っておろうが。体が動いてこそだと」

「いや、それはそうですけど……」

デリーユ師匠の体が動くは、まったく意味が違いますからね‼　って気分よく言えたらなー。

実際言ったら、地獄の特訓だろうし、まだ新婚なのに死にたくないし。

で、その私の結婚相手であるエオイドは……。

「ほら、盾を構えるならがっしりと、強度を意識しろ。今みたいに斬られるぞ」

「いや、タイキさんのは大〇斬でしょ⁉　無理ですって⁉」

「無理じゃない。説明しただろう、魔力による鋭利化なんだから、それを鈍らせるように……」

私たちと少し離れた場所で、タイキさんと訓練をしている。

ふっ、タイキさんが相手なんて羨ましいわ。

だって、まだ立ててるから。

「口はよく動くようじゃから、遠慮はいらんな」

「ちょっ⁉　きゃっ‼」

デリーユ師匠に待ったをかける前に、私の体がいきなりくの字になって横に吹っ飛ぶ。

脇腹が痛い。

ああ、なるほど。蹴りを食らったんだ。

デリーユ師匠はさらに追撃をするつもりで、こちらに体を向けている。

まずい、さらに来られたら、さすがに死ぬ。

「こんのぉぉぉ‼」

私は炎の魔術をブレーキにして体勢を立て直す。

脇腹が痛むがそんなことで止まるわけにはいかない。

すぐ目の前に、デリーユ師匠が拳を構えて迫っているのだから。

このままでは、あの拳をまともに受けて今日を気絶して過ごすことになる。

あれをよけて、何とか合格の言葉を貰うまで、生き延びないと。

そのためには、ユキさんに教えてもらった、炎の魔術を利用した機動をするしかない‼

ボボボ、ブアッ‼

「ぐうっっ⁉」

なに⁉　この体にかかる不自然な重さ⁉

炎の魔術を進行方向とは反対側に発動して爆風を受けて進むって聞いたけど、こんな負荷がかかるとは思わなかった。

「はぁっ、はぁっ……。ま、っず……」

少なかった体力を一気に持っていかれた。

そういえば、Gがかかるとか言ってたっけ？

何を言っているのか、さっぱり分からなかったけど、これがGなのね。

私が息を整えている間、デリーユ師匠は追撃をせず、こちらを面白げに眺めている。

「こりゃまた、力技な移動をしたもんじゃな。いや、妾たちの方がある意味力技かもしれんが。じゃが、さすがに体がついていかなかったか」

「はぁっ、はぁっ……」

全然呼吸が整わない。

きっつい。

「休憩じゃな。そんな状態じゃ、訓練の意味はないからのう。極限状態での訓練もしておいて損はないが。それはまだまだ先の話じゃ。ほれ、座れ」

トン、とおでこを指でつつかれて、そのまま地面に座り込む。

でも、まだ喋る余裕ができない。

「ふむふむ。魔力も思いっきり使ったようじゃな。まあ、あの急制動じゃ。無意識下であそこまでできるのは素晴らしい才能じゃが、まだまだ基礎が足らんな。普通なら急加速でバランスをとれぬし、ブレーキまで魔力が回らないから、そのままどこかに激突して空の上じゃな」

え、なにそれ。

そんなに危険なことだったの⁉

「今の息切れから考えると、万全な状態でも使えるのは一度か二度くらいじゃな。それ以上は今みたいに身動きが取れなくなるから、基礎体力が上がるまでやめとくんじゃな」

「は、い」

そんな感じで休んでいると、ララ副学長がこちらにやってきた。

「デリーユさん、学長室へお越し願えますか？」

「分かった。アマンダ、今日はここまでじゃ。ゆっくり休んでおけ。明日は基礎をどんどんいくぞ」

「……はい」

基礎は基礎でもの凄くきついんだよなー。

デリーユ師匠は学長室へ向かい、ララ副学長はタイキさんにも声をかけて、私と同じように休みを言い渡されたのか、エオイドもその場にへたり込む。

ララ副学長とタイキさんがその場を離れるのを見て、ある程度息が整った私はエオイドの傍に行く。

「ふー……、すぅー……」

エオイドは私が近くに来ているのにも気が付かずに、深く息を吐いたり吸ったりしている。

「横から見てる分には、そこまで疲れそうな動きじゃなかったけど……」

「あー、アマンダ。実際動きはそこまでなかったけど、魔力で武具を維持するのにずいぶん体力とか魔力を持っていかれたよ」

「なるほど」

私と同じような感じか。

そりゃきついよね。

そう思って、エオイドの横に座る。

しばらく、エオイドも息を整えていたが、それもようやく落ち着いてきたみたいで、私に話しかけてきた。

「ふぅ。きついけどさ。ちゃんと強くなってるって実感はあるから、頑張るよ。アマンダを守るために」

「うん。私も頑張るよ」

私たちがきつい訓練をしているのは、自分たちの身を守るため。

いまだ各国は何かと落ち着きがなく、ユキさんたちは各国を飛び回っている。

いつ私たちに火の粉が降りかかるか分からないから、お願いして鍛えてもらっている。

「ローデイやアグウストでのことがなかったらここまで真剣にならなかったと思う」

「うん」

各国の争いは聞いてはいたけど、その現場を目にするまではどこか他人事だった。

竜騎士になった時もあまり深くは考えていなかった。

でも、学長の命令でよその国へ行くとそんな気分は吹き飛んだ。

だから、こうやって、強い人たちに師事して少しでも強くなろうとしている。

これから生まれる子供たちのためにも。

それが、私が竜騎士になった意味なんだと思う。

「さて、俺の息が整ってきたし、家に戻ろうか」

「そうだね。もう、汗でべとべと」

汗臭い。早く家に戻って、体を拭きたい。

エオイドとこのままデートって考えもあったけど、さすがにこれは嫌だ。

ということで、家に帰って、体を拭いていた。

「うひゃー、服はすぐに洗わないとだめだ。汗臭い」

脱いだ服はしっとりしていて、ほんのり温かい。

最悪。エオイドに嫌われたりしてないわよね？

幸い、服は訓練用のものを貰っている。学生服とか、お気に入りの服が汗まみれになるのを避けられたのはよかった。

「体操服だっけ？　なんで下に穿くズボンがぶるま？　とすぱっつ？　の二種類あるか知らないけど、動きやすいし訓練専用と思えばいいわよね」

とりあえずすぐに洗おう。

あ、ちなみに私はすぱっつを穿いている。ぶるまは下着が見えそうなんだもん。

さすがにエオイド以外に見せるつもりはない。

で、体を拭いて、今度は体操服を洗おうと、家の裏にある井戸に向かっていると、デリーユ師匠が家に来ていた。

「お、いたな。アマンダ」

「あら。アマンダ。デリーユさんがお越しになっているわよ。ほら、ケーキまでいただいちゃった。アマンダもお礼を言いなさい」

お母さんは嬉しそうに、ケーキが入った箱をこちらに見せている。

あんまりゆらすと型崩れするからやめて欲しいんだけど。

「ありがとうございます。もう、お話は終わったんですか？　訓練の再開はちょっと……服が……」

私はそう言って体操服を見せる。

「ああ、さすがに訓練はせんよ。アマンダとエオイドを学長室に連れて来いという話になってな」

「私たちですか？」

「厳密には竜騎士アマンダへの話じゃな」

その言葉を聞いて、お母さんは心配そうな顔になる。

「あの、デリーユさん。また娘は……」

「すまぬ。だが先日ほど危険というわけではない。ただの送り迎えじゃ。妾やタイキもついて行くからそこまで心配しないでくれ。アマンダはちゃんと連れ帰ってくる」

「そう、ですか……どうか娘と、エオイド君をよろしくお願いします」

そんな話をして、私は学生服に着替えて、学園へすぐに戻ることになった。

「あ、エオイド」

学園の門前にはすでにエオイドとタイキさんが立っていて、こちらを待っているようだった。

「来たね。一緒に学長室に行こう。どうせ揃わないと話も進められないってタイキさんも言ってるし」

「というか、エオイドは基本おまけだからな。竜騎士はアマンダだし」

「うぐっ」

「ま、よい騎士ぶりじゃから、よかろう」

「ありがとう。エオイド、学長室に行きましょう」

揃って学長室に行くと、ポープリ学長とララ副学長が書類をもの凄い勢いで処理していた。

「ああ、来たのかい。思ったより早かったね。デリーユ殿とタイキ殿の訓練だからもう少しへばってると思ったんだが」

「すみません。少々お待ちください。この書類を片付けた後にお話ししようと思っていましたので。どうぞ。そちらのソファーへおかけになってください」

「はい。分かりました」

私は書類を片付けながら話す2人を見て大変だなーと思いつつ、ソファーに腰かける。

うわー、ローデイやアグウストのソファーも凄いすわり心地よかったけど、学長室のソファーも負けていない。

その間に、デリーユ師匠は勝手知ったる学長室なのか、すぐに茶器を置いてある場所に行って、紅茶道具一式を持ってくる。

「勝手に飲ませてもらうぞ」

「ああ、構わないよ」

事後承諾みたいに許可を貰いつつ、すでにお茶を淹れてくれている。

そんな流れ作業みたいなのに、お茶を淹れる動きはとても綺麗で、ちゃんと美味しかった。

……本当に世の中理不尽だ。

「よし、ひと区切りついたな。ララはどうだい？」

「はい。こちらも終わりました。あとは、話が終わった後でも十分間に合うでしょう」

私が、世の中の理不尽を味わっている間に、学長たちは書類仕事が終わったみたいで、こちらにやってきた。

「デリーユ殿、私たちにも貰えるかい？」

「構わんぞ。ほれ」

「ありがとう」

デリーユ師匠から貰ったお茶を飲んで一息ついている学長たち。

「ふぅ。さて、お茶も飲んだことだし、待たせたね。アマンダ、エオイド、聞く準備はいいかい？」

「はい」

「大丈夫です」

「デリーユ殿から聞いたかもしれないが、特に危険な任務というわけじゃない。今回は私とララをエクス王国王都へ連れて行って欲しいだけなんだ」

「それだけですか？」

「いや、もちろん君という竜騎士の紹介も兼ねる予定だよ。だけど、あくまでもエクスへの訪問は私たちが主体で、君たちはおまけだね」

「はぁ、おまけですか。いったい何が……」

「知り合いからの呼び出しさ。わざわざ馬車で行く理由もないし、君の紹介もできるから一石二鳥という奴だよ。万が一のことが起こっても、デリーユ殿やエリス殿、タイキ殿もついてくるし、私たちもいるからさほど問題にはならないだろう」

なるほど。

確かに、そのメンバーなら特に問題はないと思う。

というか、デリーユ師匠とエリス師匠がいるなら心配いらないよね。

「これが今回の任務だ。受けてくれるかい？」

「はい。特に問題はなさそうなので」

「そうか。それは良かった」

「良かったですね。学長」

なぜか、私が承諾したことを大変喜んでいる。

なんでだろう？

特に危険な話じゃなかったから、私が断る理由はないのに。

「さて、快諾(かいだく)してくれたところで、出立予定だが、明朝には出たいから準備してもらえるかな？」

「結構急ぐんですね」

今はすでに夜に差し掛かっている。

出発までもう半日もない。

「ああ、ちょっとした厄介な知り合いがいてね。早めに会っておきたいのさ」

学長が厄介っていう相手かー。

……今回の任務、本当に何も問題ないよね？

落とし穴62掘：大型連休の過ごし方

side：ユキ

地球の多数の国では、祝日や休日が連なって、休む日が増えることを「連休」という。

いや、連続して仕事を休むという、社会的に駄目な方ではなく、純粋な休みの話である。

その中でも、その休みの重なりが多く、少なくても3日、4日、果ては人によっては1週間近く休みがある人もいる。

そんな連休のことを日本では「大型連休」と呼んでおり、4月末から5月初めにある大型連休は「ゴールデンウィーク」「黄金週間」と呼ばれるものであり、表記上「GW」とよく書かれる。

このGWだが、4月29日の昭和の日、5月3日の憲法記念日、5月4日のみどり日、5月5日のこどもの日、これらが土日に重なれば、2005年に振替休日の規定が変更された日本では大体、1週間近い休みを得ることができる。

まあ、無論、全員が全員休むわけではない。

娯楽を楽しめるお店も閉まってしまっては元の木阿弥(もくあみ)というものだ。

この連休にイベントを行い、各市町村、県、都などは大々的に集客をしてよそからのお金を稼ぐのだ。

だから、その手の人たちにとっては、稼ぎ時であり、休むなどと言うのは論外である。

だが、その人たちに休みがないのかと言えばそうでもない。

ちゃんとした就業場所であるなら、GW期間ではないがちゃんと連休を貰えたりするのだ。

と、こんな説明をして、わざわざGWを無理やり、ウィードで再現した結果。

「いやー、お兄さんの言った通り。売り上げが爆上げで儲かりますねー」

「はい。商店は儲かり、それ以外の人々は連休を利用して、山や雪原、海で思い切り羽を伸ばしているようで、評判もとても良いです」

「あー、ユキが趣味で作った場所かのう。確かに、海は楽しかった」

「最初は連休なんて、って思ったけど、経済効果が凄いわね。相変わらず、ユキのいた世界の経済観念には驚かされるわ」

「まあ、仕事をしないといけない、庁舎や警察、冒険者ギルド、商人は大忙しだけどね」

概ね好評だが、ミリーはぐでーっとしている。

「まあまあ、一応僕たちものんびりしてるんだからいいんじゃない？」

「だね。ようやく引継ぎも終わって基本私たちは隠居みたいなものだし」

「そりゃ、私以外の皆はいいわよ。ちゃんと、後釜が見つかったんだから」

そう、すでに嫁さんたちは、各代表の任期を終えて、第一線を退いている。

セラリアとかラビリス、ルルア、シェーラはちょっと立場が違うため、いまだに多少忙しいが、まあ、ミリーほどではない。

「そういえば、そんなこと言っておったのう。なんでまたミリーの方は後任が見つからんかったのじゃ？　妾はほれ、単独行動の刑事みたいなもんじゃからな。譲るも何もないが」

「あー、デリーユには言ってなかったっけ？　簡単よ。冒険者ギルドが絡んでるから、迂闊に入れ替えができないのよ。ウィードとも繋がり深く、冒険者ギルドのことを知っていて、仲介ができるっていう」

「ふむふむ。なら、ギルド長のロックはどうなんじゃ？　あれならいいと思うがのう」

「あの人はあくまでもウィード冒険者ギルドの長であって、ウィードと繋ぎを全般に任せるって立場じゃないの。というか、私の立場が非常に便利みたいだから、動かしたくないみたい。私を入れ替えると、簡単にセラリアとかに繋ぎができないから」

「ああ、なるほどね。確かに、他の人を据えると、私に連絡が来るまで時間がかかるわねー。後任を育てようにも2、3年じゃ無理でしょう。しかも、ウィードはできたばかりだし」

もっともな話だ。

だが、ミリーにだけ負担を強いるのは俺としても申し訳ないから、ちゃんとGWは引っ張ってきた。

「ミリー、無理はするなよ。今回みたいに連休を取ってもいいんだから」

そう言いながら、お茶を出す。

「はい。さすがに無理はしませんよ。ユキさんのことが第一ですから。ずず……はぁ、緑茶は落ち着くー」

緑茶が沁みるのは、なんというかよほど疲れている感じがするけどな。

あとでミリーはちゃんと労ってやろう。

そういう意味でのGWでもあるから。

ま、今は家で待機しているのだが。

「でも、ユキさん。せっかくのGWなのに、私たちは家にいますけどいいんですか？」

おっと、さっそくミリーから返しが来たか。

とりあえず、皆にお茶を配ったので座布団に座ってから、話すことにするか。

「よっと。ミリーの言う通り、俺たちは家にいるけど。なぜかと言うと、まず1つ、皆が忙しかったので、何をするか話し合う時間がなかった」

「「あー」」

新大陸の件も忙しければ、後任たちと話し合って、ウィードのGW制定も結構大変だった。

そんな中で、じゃ、俺たちの休みはどうしようなんて時間はなかなか設けられなかった。

今、ようやく落ち着いた感じだ。

いや、毎日朝夕は一緒にご飯食べて、夜は嫁さんたちといちゃいちゃはしてたけどな。

実際問題、連休って言うのに実感がなかったのが一番の問題なんだろう。

ま、これは理由の一つであれど、俺にとっては次が問題だ。

「2つ。これが俺にとっては一番の問題だ」

「え？　ユキさんにとってですか？」

「……興味深い。ユキが問題とすることとはなにか」

「私も興味がありますわ。ユキ様がそこまで問題となさることなんてないですから」

ミリーが小首を傾げて、クリーナがこちらに乗り出し、サマンサも興味津々。

他の嫁さんたちもこちらを見て、緊張した面持ちだ。

「GWとか、大型連休は人がクソ多い。これが最大の問題だ」

「「「？」」」

皆、何を言っているのか分からねーという顔をしている。

だが、日本人の俺からすれば、GWに伴う人の大移動と観光地での人の群れ群れ群れ……。

あの中に分け入るのは、よほどの根性がいる。

というか、何が悲しくて、平日なら簡単に食える店に並んで行ったり、遊園地も30分待ちとか1時間待ちしないといけないかが分からん。

ま、嫁さんたちには分からないだろうから、人が集まっているであろう場所のモニターを出す。

映し出されるのは、人の群れ、予想通りの大盛況。

「おお、賑わっていますね」

「そうね」

「で、旦那様。これが問題なのでしょうか？」

これを見ても、あまりピンと来ないみたいだな。

「そうだな。見ての通り、商店は大盛況だ。だが、ここに実際行くとなると、この人込みを抜けて、人が並んでいるレジに並ぶことになる。通常なら、ものの数分で終わるのが、倍以上はかかるだろうな」

「あ、そういうことですか。確かに、この中にわざわざ行く理由はないですねー。後日でもいいですし」

「普段だとこの場所、そんなに混まないよね、ジェシカ？」

「ええ。ユキの言う通り、並ぶことすらないぐらいです。これが連休効果というやつですか」

ラッツが俺の言葉にようやく理解を示し、リーアとジェシカが人が凄い多いんだなーってのを語ってくれる。

「……私はパス。家で寝てる。特に大規模なイベントもないし、人混みに行く理由がない」

「僕もお買い物はいいかなー。なんか、あの人混み疲れそう」

「そうですね。DPで欲しい物は手に入りますし、子供たちをあの人混みに連れていくのは心配です」

「キルエ先輩の言う通り、防犯としてもあまり好ましくないですし、無理に並ばせるのもつらいと思います」

　カヤやリエルの言うように、人混みにわざわざ行く理由がなく、キルエやサーサリの言う通り、子供がいる俺たちにとってはちょっと出にくいのだ。

　ＧＷで安売りとかはあるが、俺たちはそこまで安売りにがっつかなくても食っていけるし、花火大会のように魅せる大型イベントがあるわけでもない。

「ふーん。あなたの言いたいことは分かったけど、じゃあ、この連休どうするの？」

　セラリアにそう聞かれて俺は脊髄反射で答える。

「積みゲーとか、積みプラモでも作るに限る。家でゆっくりなんて、あまりしていないからな。まあ、あとは皆でゆっくりパーティーゲームでもしたら楽しいんじゃないか？」

　そう、連休というのはオタク社会人にとって日々溜まったお宝を消化するための日でもある。

　日本なら、即売会にでも行ったんだが、ここはウィードで漫画という概念さえないからな。

　こっちは妙に中世ヨーロッパと似通っていて、デフォルメという画法はまだなく、写実主義が第一だ。

　こっちの世界と同じように、写真が出回って、食えなくなる画家が出ないことを祈ろう。

　ということで、即売会はおろか、漫画すらないので、そういうイベントが開催されるのはまだ先だろう。

日本の漫画の神様の歴史から見ると、きっかけさえあれば50年ほどで漫画ぐらいはできるだろうが、アニメとかはさらに先だ。

DPで日本の品を仕入れられなければ、きっと俺はヤバかったね。

「なるほど。確かに家でゆっくりっていうのはあまりしてなかったわね。私もそういえばゲームをほったらかしだし、サクラも一緒にする？」

「あい‼」

サクラにゲームはまだ無理だと思う。

まあ、触らせるだけみたいなものだからいいんだろうけど。

「私はヴィリアちゃんのところ行ってくるね」

「遊ぶ約束をしているのです」

「そうね。私たちは行ってくるわ」

「お土産(みやげ)買ってきますね」

ちびっこ4人は学校の友達と遊ぶ約束をしてるのか、外出するみたいだ。

子供は家でのんびりはまだ早いし、健全でいいと思う。

4人を見送ったあとは、各々、思い付いたように家でのんびりする。

今まで、忙しかったし、こういう休みもありだよな。

さてと、俺も昼寝でもしたら、ゲームをするかねー。

ソファーに座って、ゲームをセッティングして準備万端。

「あー、なんかこの感覚、久々だ。さ、ゲームを満喫しますかねー」

こうやって連休の幕は開ける。

だが、家族がいる手前、ちゃんとご飯とか子供の世話とかをするあたり、そこら辺が一人暮らしとは違うよな。

これはこれでいいのだが。

あ、五月病にならないといいけど。

第372掘：訓練と食事と噂と傭兵団と

ｓｉｄｅ：モーブ

ブンッ‼　ブンッ‼

そんな音が草原に鳴り響く。

いや、素振りの音だから、鳴り響くって表現は違うか？

ま、そんなことはいいか。

今やるべきことは……。

「おい、ロゼッタ。軸がぶれてるぞ」

ちゃんとした指導をしよう。

宿代とか情報とか世話になっているし、義理は通す。

「仕方ないだろ。この斧とんでもなく重いんだぞ⁉」

「そりゃそうだ。重いものにしてるんだからな」

俺たちは、ドレッサをウィードに届けた後、予定通りにロゼッタ傭兵団と一緒に訓練をしている。

初日の訓練でロゼッタ傭兵団の力量を測り、今は各々に合わせた訓練中というわけだ。

ロゼッタはもっと斧を効率よく振るために、重い斧で上手く振れるように訓練している。斧なんてのはもとから、体のバランスに合っていない。だから、斧の重さを利用して、振り回すことが大事だ。

ロゼッタは軽々と扱えて、振り回されない斧を持っていたが、それでは斧の意味がない。剣の方がまだ刃の部分が長いから使い勝手がいいはずだ。

なので、最初は剣を使ってはどうかと聞いたんだが、本人としては怪力のロゼッタとして、軽い剣を使うわけにはいかないと言ったので、重い斧を持たせて訓練することになった。

まあ、ユキに頼めばきっとゴツイ剣でもくれるだろうが、それは超兵器だったりするからな。

ナールジアもどうせ絡んでるから、トンデモ武器決定だ。

そんなものをロゼッタに渡せるわけがない。

「ふぅ。しかし、思ったより根性があるじゃないか」

ロゼッタは斧を振るのをやめて、いきなりそんなことを言い出した。

「何の話だ？」

「ほら、あそこのドレッサ姫のことだよ。朝からずっと訓練しているだろう。普通の素人はあそこまで続かないもんだよ」

「ああ……」

実際はすでにドレッサはウィードに行っていて、あのドレッサはドッペル。

ライヤの指導の下、訓練を淡々としているように見えるが、実は体の調整をしているにすぎない。

ライヤに動きを見てもらって、おかしいところを指摘してもらっているのだ。

今、ドッペルが持っているのが訓練用の重い剣であるから、周りから見れば根性がある奴と見えるのだろう。

実際は、銃器の扱いから、剣までなんでもこいの、トンデモ兵士だ。

「姫は姫なりに、何か思うところがあるんだろうね」

ロゼッタはなんというか、ドレッサを通して別のものを見ているように話す。

まあ、女が傭兵をやっているんだ。

色々あるんだろうさ。

この業界では特に珍しいことでもない。

いや、俺たちの場合は冒険者だけどな。

「ま、誰だってそういうもんはあるさ」

「だね。と、いい加減陽射しも強くなってきたし、そろそろ飯にしないかい？」

そう言われて、空を見ると、確かに太陽が真上に差し掛かっている。

特に無理をするような訓練ではないので、休憩を入れるか。

「そうだな。飯にするか」

「うっし‼　おーい、お前ら休憩だ‼　飯食うぞ‼」

「「「おー‼」」」

　という感じで、飯の時間になる。

　ロゼッタたちは、人数が多いので、行きつけの飯屋か、泊まっている宿屋で済ませることが多い。日の浅い俺たちに店はなく、ここ数日は、王都を散策して良い飯屋を探して楽しんでいる。

「さーて、今日はどこに行ってみるかね」

「美味い肉を出す店が、大通りの向こうにあるとロゼッタたちから聞いたぞ」

「そういえば言っていましたね。多少値が張るから、ロゼッタたとはたまにしか行かないと言っていました」

「ま、あれだけ人数抱えてるんだ。個人で行く分にはいいだろうが、仲間と飯で使うには懐が痛いだろうな」

「自分一人だけ、良いものを食べるっていうのは少なからずやっかみも受けるからな。そこら辺はロゼッタもわきまえているんだろう」

　おっちゃんがサポートをしているのだが、ロゼッタはロゼッタでちゃんとした振る舞いをしているということかね。

　ま、そうでもないと、団長なんて役は降ろされてるだろうしな。

そんな雑談をしていて不意に思い出した。

「そういえば、ドレの方は何か食いたいものとかないのか？」

ドレというのはドッペルのドレッサのことだ。

わざと短くして区別している。

で、このドレだが、ここ数日一緒に飯を食っているが、自分からリクエストを出したことはない。

キユとか、俺が今使ってるドッペルもだが、自意識はあるので当然、好き嫌いがある。

まあ、俺と同じ体のつくりとか性格も一部抜いてるから、本人と同じことが多いんだけどな。

ということで、今までただついてきていたことに気が付いて、リクエストを聞いてみた。

「……特には」

「特にはって、何かあるだろう？」

ドレは言いにくそうに顔を逸らした後……。

「ウィードの食事より上などとは言いませんが、せめて同じぐらいのものが……」

「「……」」

ドレの答えに俺たちは沈黙しか返せなかった。

だって、無理だから。

ウィードと同じなんて、この世界に存在しないんじゃね？　って、俺も思ったくらいだ。

いや、食材としては美味しい物は確かにある。

だが、それを調理する技術がユキの故郷にまったく追いついていない。

香辛料の種類も多いし、比較するのが間違いだ。

で、その答えを予想していたのか、ドレは特に気にしていないという感じで口を開く。

「ないですよね。それは分かっています。だから、特に嫌いなものもないので、モーブさんたちが行こうと思う場所でいいです。美味しいお肉というのが、どの程度のものなのか。そういうのは気になりますので。美味しければ、マスターにお願いして、そのお肉を出してもらえばいいですし、食材探しの役割もあったりするんです。私たちドッペルや霧華といった新大陸侵入組たちは」

「あー、なるほどな。そういう意味では違う店に行って色々食べるのは問題ないわけだ」

「はい」

なるほどな。そういう感じで日々ウィードで美味いものが増えているわけか。

レシピなんてのは秘蔵とか言われてるけど、ユキが食えば近いものは再現できるからな。

あいつの料理スキルはおかしいだろと思うぐらいだ。

まあ、俺たちは美味しくいただけているのでありがたいからいいんだが。

そんな話をしつつ、予定の変更はなく、ロゼッタたちのお勧めの店に着いた。

「いらっしゃいませ‼」

「あー、席は空いてるか？」

大通りに面した飯屋で、高そうな割にはかなり賑わっている。

パッと見る限り、店内に空いている場所が見当たらない。

「1階は埋まっていますが、外のテラスと、2階の個室がございます」

ウェイトレスは淀みなくそう答える。

よくあることなのだろう。

「2階の個室は高かったりするのか？」

「はい。食事料金とは別に、個室の使用料金がかかります。まあ、料理1つ分くらいですね」

「なるほどな。じゃ、2階で頼む」

「かしこまりました。こちらへどうぞ」

俺たちからすれば、その程度の料金は特に痛くないのでゆっくり過ごせる場所を選んだわけだ。

大通りに面した店であるので、個室の作りもしっかりしている。

メニューを取り出して、ウェイトレスがそのまま説明を始める。

ここには初めて来たので、適当に美味そうなものをウェイトレスに聞いて頼んで、食べた。

味は、確かに美味かった。

良い肉をちゃんと上手く焼いて、塩と胡椒が利いていて、高いのも納得だ。

これにステーキソースとか、別の調理方法があればさらに上に行けるだろう。

……なるほどな。

こういうのを集めて、ウィードで昇華させるわけか。

ユキはそういうことには遠慮がないからな。

こっちの常識に合わせるつもりがないからな。あいつは。

そんなことを考えているうちに、ウェイトレスは皿を片づけに来る。

「どうでしたか？」

「ああ、美味かった」

「それはよかったです。高いお金を払わせて美味しくなかった、なんて嫌ですし、お父さんの料理を美味しいって言ってくれて嬉しいです」

「お父さん？」

「あ、はい。ここの店長なんですよ」

「ということは、あんたは店長の娘さんってことか」

「はい。見ての通り手が足りていませんから。私も手伝っているんです」

「なるほどな。ということは、店を継ぐのか？」

「うーん。それはまだ分かりません。まだ私はウェイトレスですからね。料理をお父さんから教えてもらったことはありません。それに、騎士にもなってみたいですし……」

「騎士とはまた、目標が凄いな」

「来週……ってもう数日後ですけど、騎士試験があるんですよ。それに受かれば平民でも準騎士になれるんです。王様は才能ある人に身分は関係ないっていう素晴らしいお方で……」

こんな感じで、普通に腹を満たした俺たちは、いつものように、お店の人相手に雑談という情報収集をしてから宿に戻る。

「騎士試験ねー。どこの店もその話題で持ちきりだな」

「まあ、騎士になれるっていうのはそうそうあることではないですし、盛り上がるのも無理はないかと」

「だな。話によればこの試験を受けるために、他国からも人が集まっているみたいだからな」

「ウィードのある大陸でも、ロシュール、ガルツ、リテアでもやっていました。まあ、実際どれだけ受かるかは知りませんが」

ドレが最後に言ったように、実施だけして合格者なしっていうのはままある。

目ぼしい者がいなかったとか、ただ賑やかしのためだったかは分からない。

「この話はユキにもしているが、何も言ってこないから、俺たちが気にすることはないだろうよ」

「そうだろうな。さすがに新米騎士として潜入するメリットはないからな」

「ヒフィー殿、コメット殿、学府、スティーブたち、自分たちも含めれば山ほど潜入していますからね」

「皆さん。何やら宿が騒がしいです」

「ん？」

ドレに言われて、宿の方に目をやると、なぜか人だかりができていた。

なんだ？

結構、路地裏なんだが、なんで人が集まってるんだ？

「はっ。バカだろ」

「バカはお前さ、ロゼッタ。自分が強いと勘違いしているぜ？」

なんだ？

片方はロゼッタで間違いないが、片方の男は見たことがない。

「それはこっちのセリフだよ。血戦傭兵団は盾がないと何もできないんだろ」

「なんだと？」

「なんだい？　聞こえなかったのか？　ゴブリンっていう盾がないと何もできないんだろ。不意打ちで相手を倒すぐらいがやっとなんだろ？　だから、私たちに手を組めって言ってるんだろ？」

「言わせておけば……」

へぇ、あれが噂のゴブリンを使った傭兵団の奴か。

見た感じはロゼッタよりは腕は落ちるな。

あと、ロゼッタに言い負かされているところを見ると頭もそこまで良くないか？

「言わせておけば？　で、何をするつもりだい？　ここで喧嘩でもするか、私は一向に構わないけど、それだと私たちと手を組むって話はなかったことでいいんだね？」

「チッ、このことはきっちり団長に報告するからな‼」

「もうちょっと、まともな奴をよこせって言っておきな」

「クソッ‼」

なるほど。下っ端か。

さすがにあれが団長だったら、びっくりするところだわ。

で、その男はロゼッタに言い負かされて、こちらに逃げてきた。

「どけ‼」

「おっと」

言われてさっと道を開ける。

みじめだ。

「お、戻ったんだね」

「ああ。なんか大変そうだな」

「ま、今に始まったことじゃないさ。だが、あのゴブリン使い共と手を組むなんてあり得ないね。女を何だと思ってやがる」

「やっぱり噂は本当か」

「ああ、報酬の一部に女を貰って、ゴブリンを増やす道具にしてるのさ。ったく、王様はなんであんな奴らを王都へ入れているんだか……」

そこら辺も色々事情がありそうだが、俺たちが調べることじゃねーな。

ま、ことが動き出すまでに、地道に情報を集めておこう。

気が付いたら囮にされかねないからな。いつでも逃げだせる準備ぐらいはしておかないと。

第373掘：思わぬ出会い

ｓｉｄｅ：ポープリ

「アマンダ、ワイちゃんに間違っても王都の上へ行ってはだめだと伝えてくれ。大混乱になる」

「はい」

「予定通り、王都が見えた時点で地面すれすれまで高度を下げて移動を開始してくれ、そうすれば兵士が見つけて連絡をよこすだろう」

「分かりました」

私は今、大空を飛ぶということに感動している暇はなく、ただただ安堵していた。

いや、もともと自力で好き勝手に飛べたのだから、いまさら空を飛べるからといってはしゃいだりはしないのだが。

安堵したのは、コメット師匠より先にエクス王都に着けたからだ。

あの、現状面白いことにしか興味がない師匠を先行させた場合、妙な方向に結果が傾きかねないと直感が訴えている。

だから、まずは私たちが先に王都で繋ぎを作って、師匠の後に入ってきて動きを封じられるのを防がないといけない。

あくまでも、私がエクス王都に訪れたという立場が要る。

って、なんでノーブル神より身内を心配しているんだ、私は……。

いや、違う。

師匠たちよりも、先にエクスの内部を調べてユキ殿たちに有効な作戦を立ててもらうべきなんだ。

それが第一の目的だ。

そうしなければ、大きな混乱が生まれ、多くの血が流れ、望まぬ結果に繋がりかねない。

今まではユキ殿のサポートがあったが、今回は違う。私の行動如何が結果に直結する。

これが、この大陸を未来を背負うということか……。

なんて胃の痛い。

ユキ殿が巻き込まれて、ヒフィー殿と師匠に文句を言った気持ちがよく分かる。

「こんな面倒なことを、次代に残さないでくださいよ」

「何か言いましたか？」

「いや、なんでもない。と、見えてきたな。あれがエクスの王都だ。低空飛行で、スピードも落としてくれ」

「はい。ワイちゃんお願い」

ぎゃーす。

ワイちゃんが了解と言わんばかりに返事を返す。

というか、言葉を理解しているんだよね。

アマンダを竜騎士に任じた後、ユキ殿の素性を聞いた。ワイバーンも実際に手懐けたのは、あの小さいアスリンとのこと。

いや、もういまさら竜騎士はなかったことにできないし、ユキ殿の言う通り、竜騎士というネームバリューは非常にありがたい。

だからこそ、とてつもなく申し訳なく思うのだが……問題が片付いたら、出来得る限り支援して、安全に幸せに暮らしてもらおうとは思っている。

さすがに、この新婚の学生たちに魔力枯渇という環境問題に立ち向かえなどとは言えない。

こっちが勝手に振り回しているのだから。

「しかしのう。妾とエリスがこちら側から行くとはな。ユキたちは予定ではどこじゃったっけ？」

「えーと、今、ローデイでの報告を終えて、学府に戻っているという予定ですね」

「あー、師匠たち。ごめんなさい。ユキさんたちとすれ違いになってしまって……」

「ん？　ああ、気にすることはないぞ。これぐらいのことで、どうにかなるほどやわではないしな」

「ええ。ラブラブだから心配はいらないわ」

何を言っているのやら。

ユキ殿とのことを邪魔しただけで、私をフルボッコにしたくせに。

というか、毎日ウィードでユキ殿とは会っているから平気なのであって、きっと、1日でも会ってなかったら大変なことになると思うね。

だが、この2人が一緒にいるのは心強い。

正直、師匠やヒフィー殿よりも戦力はこっちが上だから、無理がきくだろう。

「タイキさんもすみません。アイリさんのこと……」

「ああ、まあ仕方ないさ。友達になったエオイドやアマンダに何かあったらアイリが悲しむしな。俺としても放っておくって選択肢はない」

「タイキさん……ありがとうございます」

そして、さらに異世界の勇者までいるんだ。

エオイドも最近は腕を上げているし、そうそう後れを取ることはないだろう。

「学長。どうかしましたか？」

「いや、戦力の再確認をしているところさ。まかり間違っても力負けするメンバーでなくて、多少は安心したよ」

「そうですか。しかし、力負けはしないだけですね？」

「ああ、判断を誤ればピンチになるだろう。その場合はエクス王都が……」

ユキ殿や師匠の言う通り、灰塵に帰するだろう。

……冗談にもならないよ。

それを可能とする兵器も知恵も、ウィードのメンバーには揃っている。

ノーブル王は、裏から手を回して盤石にしている最中なのだろうが、すでにチェックメイト寸前だ。

これを覆すには、今まで積み上げてきたモノすべてを放棄して、犠牲にするぐらいの覚悟がないと対抗できないと私は思っている。

私の認識が間違っていなければ、ユキ殿とノーブル王の力の差は歴然だ。

ただ倒すだけならば、文字通り指一つ動かすだけで終わるだろう。

だが、ユキ殿は一応、自分が面倒なことをしたくないとの方針で、犠牲が出ないことを望んでいる。

グラドみたいな、超大型魔物でも出されれば、確かに面倒だし、被害が出る。

だから、裏から手を回して、私を含め数多のルートでノーブル王とその周辺の情報を集めている。

いや、私たちは今からだが、立場的に、モーブ殿たちや霧華たちより、ノーブル王に接近できるはずだから、質の良い情報を得ることができるはずだ。

おそらく私たちの行動が、エクス王国が大陸の地図から消えるか消えないかのカギを握っているだろう。

そこを上手く利用して、まずはノーブル王と竜騎士アマンダの紹介を兼ねて繋ぎを作って、魔道具関連の話を聞いて、そこから……。

「あのー、学長。たぶんあれ兵士さんですよね？」

「え？」

アマンダに声をかけられて、思考の海から引き戻される。

そして、進行方向の先には、確かに馬にまたがり、鎧を着た人物がこちらに向かってきている。

武器は展開していないみたいだし、おそらくあれが迎えだろう。

「たぶんそうだね。ここで停止して、攻撃はしないように。私が受け答えをするから、万が一の時も考えて油断はしないように」

「はい」

話が終わると、それを聞いていたワイちゃんがその場ですぐに着地してくれる。

……本当に便利なものだね。モンスターテイマーは別で学科を作ってもいいかもしれない。

アスリンやアマンダみたいなのは稀だろうが、魔物を従えるというのは今のように、想像もつかないメリットがあるかもしれない。

私が単独で飛べることと、多くの人を乗せて移動できるというのは、意味合いがまったく違うからね。

そんなことを考えているうちに、兵士がこちらにやってくる。

向こうも警戒しているのか、下馬はしないで、すぐに反転して逃げ出せるような体勢だ。

「そのドラゴン。その杖。ランサー魔術学府、学長ポープリ様御一行で間違いないでしょうか」

「間違いない。こちらが、ノーブル王から貰った招待状だ。ご検分願う」

私はそう言って、貰った手紙を渡す。

さすがにワイちゃんが抱えている檻越しというのは向こうが警戒するだろうし、こちらも本物であるという証明にもなるので、檻から出ている。

「確かに……間違いありません。確認いたしました‼　これより、学長ポープリ様御一行の案内をさせていただくことになります、アーネと申します‼」

ハキハキとその女性兵士は答える。

……ん？

何か聞き覚えのある名前が出たような……。

「すまない。もう一度名前を伺っていいかい？」

「はい。アーネと申します‼　何か、問題があったでしょうか？」

「いや、知り合いの名前と同じで、聞き間違えかと思ったんだよ」

「なるほど。確かに、知り合いの名前と同じだと、聞き間違いだと思いますね」

「すまないね」

「いえ。気にしておりません」

まさかね……。

いや、でも……。

落ち着け、どう考えても、おそらくは同名の別人。

確かに少し幼いなーとは思うけど、それを言ったら私なんか、幼女と変わりないし？

本人だとしても、それを問いただすような場面でもないし、逆に怪しまれる。

というか、ドレッサ姫からの情報はアーネという名前だけだし、ドレッサ姫と同じように若いとは限らない。

同じ歳に見えて、実際は凄く年上だったとか、そういうのもあるかもしれない。

「では、これから案内いたしますので、後ろをついてきていただいてもよろしいでしょうか？」

「ああ。よろしく頼む。見ての通りあのドラゴンは大人しいし、檻で囲っているだけで声を出せば聞こえるから、何かあれば気軽にたのむよ」

「はい。お気遣いありがとうございます。よし、皆、配置につけ‼　お客様に間違っても、魔物や盗賊の手を触れさせるな‼」

「「はっ‼」」

アーネという兵士が指示を出すときびきびと動いて、私たちの周囲を囲むように布陣する兵士たち。

それを眺めつつもみんなの下に戻ると、アマンダにアーネとの話を伝えて、低空低速飛行で周りと合わせるようにと頼む。

ワイバーンに馬と同じ速度で走れとか、普通はできる命令ではないけど、そこはアスリン君の調教のおかげだろう。ワイちゃんが文句を言うことはない。

ま、だが今の主はアマンダだ。低空低速飛行はあまり経験がないから、緊張している。

そこで、ちょーっと相談に邪魔なエオイドはアマンダの所に行ってもらうとしよう。

「エオイド。ちょっとアマンダが慣れない飛行で疲れている。横に行ってやるといい」

「え？　いいんでしょうか？　逆に集中力を切らしそうな……」

「逆だよ。バランスを崩してしまえば、エオイドや周りの兵士にも被害が及ぶ。今の状態はアマンダ一人だから、そのことが緊張して抜け落ちている可能性がある。エオイドが傍にいればそれを思い出してなおかつ、集中力が上がるはずだ」

「そういうもんですかかね？」

「そういうもんだよ。男だけが、良い格好を見せたいわけじゃないのさ。そして、夫婦はお互いを支え合うものだ」

「分かりました。皆さん、そういうことなので、アマンダのところに行ってきます」

律儀にエオイドはみんなに頭を下げて、ワイちゃんの首に飛び乗り、アマンダの後ろにつく。

それを見送った後、皆の顔を見て、なんとか口を開く。

「……どう思う？」

もちろん、あのアーネのことだ。

「今のところは何とも言えんのう。名前が同じなんてのはザラじゃからな」

「そう、ですね。デリーユの言う通り、今のままでは何も判断はできませんね」

デリーユ殿とエリス殿は私と同じで今のところはどっちか判断つかないという感じだね。

まあ、当然か。

「まあ、一応、ユキさんに報告をしておくのがいいと思いますよ。向こうで別に探り入れてくれるかもしれませんし。個人的には、十中八九、ドレッサ姫が言っていたアーネだと思いますからね」

「タイキ殿、理由は何かあるのかい？」

「いやー、個人的な勘ですね。２人の言う通り、ただ同じ名前ってことも十分あり得ます。というか、普通はそっちだと思います。ただ、本人という可能性も頭の片隅に置いておくべきかなってところですね」

「確かに、可能性が低いからと言って、あり得ないと切り捨てるのはマズイ。タイキ殿の言う通りに、ユキ殿に連絡してもらっていいかな」

「ふむ。エリス任せた」

「デリーユ……はぁ、分かりました」

まったく、幸か不幸か分からないね。

予想外の人物が私たちに接触してくるなんて。

まさか、こっちの動きがばれていたりするかい？

いやー、それならもっと分かりやすい牽制をかけるはずだし、モーブ殿たちや霧華たちにも手が伸びてるはずだ。

んー、よく分からない。

ひとまず、王都へ入り、ノーブル王と話すことが大事だね。

第374掘：覇王との出会い

side：タイキ

さーて、世の中なんでこうフラグばっかりなんだろうな。

いや、違うか。必然だっけ？

勝手に運命とかを感じて、そう位置付けをするだけなのであって。

幸運や不幸なんてのはどこでも起こっている。

ただそれだけの話。

結局のところ、それを運命と感じるのも当人たちが積極的に動くからであって、気にしなければただ過ぎ去るだけだ。

今回のアーネの件もそうだ。

基本的に、アーネという人物は今回のノーブルという人物に対して優先度が高いわけではない。

ただ、足掛かりなだけだ。

それで言うのであれば、ノーブルがまず、運命と言うべきだ。

というか、そもそも、ユキさんにとっては……。

『さよか』

この一言で済むような次元である。

良くも悪くも、ある種業務の一環という感じである。

「相変わらずですね」

『変えようがないからな。探し人が見つかったなんて報告はウィードでも山ほどあるし、日本では比較にならんほどある話の一つだ。そんなことでいちいち、一喜一憂する暇はねえ。そもそも当人であるか確認を取るわけにもいかん』

「なんでです？」

『安全な日本とは違うからな。ただ探し人は見つかりましたよーって話じゃない。ドレッサに下手に伝えたら会わせろと言って、騒ぎを起こす可能性もあるし、かといって会わせるわけにもいかない。だって、敵方の騎士なんだろ？』

「ですよねー。日本みたいにいきませんよねー」

『いや、日本の人探しもあまり変わらんぞ。公的機関は特にな』

「え？　そうなんですか？」

『昨今、情報社会なのは知っているな？』

「はい」

『その過程で、事情があって自宅を知られたくないってことが、少なからずあるんだよ。探している相手が血縁でもな。借金とか、暴力とかな』

「あぁー」

なんかそんな話も聞いたことがある。

『ということで、日本でも探し人を見つけたからといって、すぐに当人に伝えるなんてのはない。個人情報保護法に違反するし、裁判沙汰になるからな。で、こんなことを引き起こした公的機関は叩かれるわけだ。迂闊に話せる内容じゃないだろ？』

「……そう、ですねー」

なんというか、日本も日本で荒んでるなーって感じがして悲しいな。

いや、俺がただそんな世界を知らなかった……ってわけでもなく、実感がなかっただけか。

そんな俺の微妙な声音を聞いたユキさんはちょっと気まずそうに返事をしてくれる。

『あー、高校の時にこっちに来たなら、ちょっと嫌な話だったか。すまんな』

「いえ、ただ世の中をまだ舐めてただけですよ」

そう、分かったつもりでいただけ。

日本は一般人が平和すぎるだけで、日本の中でも大小問題はたくさん起きている。

こっちの世界より、日本の方が楽だと勘違いしていた。

いや、こっちの世界よりマシだったんだと思いたかったのだろう。

この世界より遥かに上を行く、権謀術数が当たり前のように行われている。

あの地球の方が、遥かに厳しい世界なのだ。

スキルなどもない、自分の能力など明文化、数値化されず、ただ手探りで生きていく世界が楽なわけがない。

だからこそ、ユキさんは地球の一員として、分かりやすく明文化や数値化されているこっちの世界で、いかんなく、その地球でやってきた力を発揮して物事に立ち向かっているだけだ。

「あー、そういうことだったんですね」

『いきなりなんだ?』

「いや、ユキさんはいつまで経っても地球のやり方じゃないですか。もう色々なところで」

『まてまて、俺だって現場に合わせて色々やっているぞ』

「あー、そう言うのじゃなくて。なんていうか、ほら、こっちの世界に染まってないって感じなんですよ」

『そうか? だいぶ染まっている感じはするけどな』

「うーん。なんて言ったらいいんですかね。ユキさんからはいまだに地球の日本人だーって感じがするんですよ」

そう。

ユキさんはもうこっちに来て数年。

でも、いまだに、地球らしさ、日本らしさが完全に残っている。

食事とか、家とか、新作のゲームとかをＤＰから仕入れられているのも大きな原因だけど、生活スタイルは日本にいた時とあんまり変わっていない感じだ。

『ま、そりゃそうだろう。ここに住むことになったからと言って、物資が足りないとか技術が足りないわけでもない。わざわざ生活基準やスタイルを変える必要もないだろう』

「普通はそんなことできないですけどね」

『できるからやる。それだけだよ』

たぶん、ユキさんの凄いところはこういうところなんだと思う。

妥協などしないし、諦めない。

自分の生活のためにすべてをなぎ倒す。

特に子供や奥さん、ゲームの邪魔とかをすると、完膚なきまでに叩きのめされる。

ユキさんにとって、子供、奥さん＞ゲーム≫知り合い＞＞＞＞＞＞＞＞異世界アロウリトという図式になっている。

実際、ヒフィーさんとかいう神様はフルボッコにしたから、遠慮などない。

『で、俺の日本スタイルはいいとして、結局今はどうなってるんだ？』

「あ、はい。普通に王都に辿り着いて、王城まで案内されて、宛がわれた部屋にいます」

『エオイドと一緒か？』

「はい。他の女性陣は別室にかたまっています。ポープリさんとララさんも別室です」

『ま、そりゃメインの招待者だから。そういえば、その部屋の距離は？』

「ちゃんと配慮はされていて、すぐ隣ですよ。デリーユさんやエリスさんの部屋も一緒です」

『そっか。で、ノーブルとは……』

「まだ面会していません。てっきり出迎えがあるかと思っていましたけど、所用で外していたらしいです。こちらが思ったより早く到着したので、間に合わなかったと聞いています」

『ふーん。ま、ポープリはコメットより先に到着するために飛ばしたからな。今まで諸外国に知らせていた速度と数倍は違うから仕方ないか？』

「たぶん。疑いだしたらきりがないですからね」

『だな。ところで、もう敵陣のど真ん中だが、監視とかはどうだ？』

「今のところは特には感じませんね。監視も鑑定も受けたような感じもありません」

自分の能力が抑えられている感じもしないし、本当にただの城という感じがする。

「ダンジョン化をしているかどうかは……はっきりとは分かりません」

『地下だけの可能性もあるか、本拠地は別ってところか』

「とりあえず、こっちはポープリさんたちがノーブル、俺たちはアーネ関連を探っていこうと思っています」

『そうだな。それがいいか。あ、そういえば、今、エリスやデリーユからの連絡がないのは、アマンダと一緒だからか？』

「はい。エオイドも一緒に、あれです、王様へ謁見する練習ですよ」

『ああ、アグウストでは、カチンコチンだったからな。今回は多少マシかと思ったらそうでもないのか』

「アレがこっちでは普通なんでしょう。俺たちからすれば天皇陛下と顔を合わせるようなもんだし」

『別に普通でいいじゃん。向こうからのお呼びだし、俺きっと天皇陛下と顔合わせでも普通に喋ると思うわ』

「それはそれでおかしいと思いますけどね」

『だって興味ねえもん。別に侮辱するわけでもないけどさ、逆に緊張しまくって話にならん方が問題だろう？　勘違いしてないと思うが、普通というのは常識に則っての普通だからな。礼儀なんて言われても、いきなり天皇陛下と面会するときの正式な礼儀なんて知らないし』

「そりゃ分かってますよ。でも、それで普通に話せる人なんていませんよ。ガチガチになります」

「人はな、慣れる生き物なんだ」

「……苦労したんですね」

……うん。

やっぱり、ユキさんって今までもの凄く苦労して来たんだ。

大人って大変なんだなー。

コンコン。

ドアがノックされる音が響く。

「すみません。誰か来たみたいです」

『おう。お仕事頑張ってなー』

すぐに通信を切って、来客が誰なのかを尋ねる。

「どちら様でしょうか？」

「私だよ、タイキ殿」

「ポープリさんですか？　どうぞ」

そう言ってドアが開くと、皆が勢ぞろいで部屋に入ってくる。

「くつろいでいるところ悪いけど、どうやらノーブル王が戻ってきたみたいなんだ」

「なるほど。挨拶ってことですか」

「ああ。一緒に来てもらえるかい？」

「大丈夫ですよ。連絡は終わりましたし」

「そうか、エオイドをこっちに引っ張ってきてよかった。どんな話をしたのかは、後で聞こう」

「はい」

ということで、皆と合流して、ノーブル王の待つ場所へと向かうことになった。

「皆さまこちらへ」

アーネさんは引き続き俺たちの世話役になっているみたいで、そのまま案内も務めている。

が、謁見室と思しき場所は通り過ぎて行く。

「おや、謁見室ではないのかい？」

ポープリさんも同じことを思ったらしく、アーネさんに質問している。

「はい。こちらから招待しておりますので、謁見室では申し訳ないと陛下が仰られまして、客室にてお会いするとのことです。特にポープリ様の魔術への貢献を考えれば当然かと」

ふーん。

一応、敬意は払っているって感じだな。

「そうか、それはありがたい話だ。しかし、私やララはいいとして、他の皆もいいのかい？」

「はい。皆さま全員を連れてくるように言われております。特に憚(はばか)る話でもないのでしょう。ですが、退席を求められた際には、ご協力お願いいたします」

「ああ、分かったよ」

俺たちも入室ＯＫですか。

こっちとしてはありがたい……のか？　それとも一網打尽の可能性があって危険か？

そんなことを考えているうちに、客室に着いたのか、アーネさんがこちらを振り返って立っている。

「こちらで少々お待ちください」

そう言うと、くるりと扉に向き直り、ノックをする。

「誰だ？」

「はっ。アーネであります‼　陛下の命令により、ポープリ様御一行をお連れいたしました‼」

アーネさんが答えると、扉が開かれる。

そこから出てきたのは、ひょろっとした男だ。

鎧も着ていないし兵士ではないだろうから、もっと偉い人か？

「うむ。確かに。どうぞこちらへ……」

扉が大きく開かれ、俺たちは部屋へと入って行く。

そこには、世の中は不公平だと思うほど、イケメン氏ねって感じの優男が立っていた。

「やあ、よくぞ参られた。我がエクス王国をまとめるノーブルだ。さ、長旅で疲れているであろう。かけてくれたまえ」

労いの言葉と、笑顔もイラつく。

ああ、憎しみで人が殺せたら。

ま、奥さんがいるから全然気にしてないけどね。

……本当だよ？　全然気にしてないから。

ま、そこは置いておいて、ポープリさんとララさんが座るのを待ってから、俺たちも後方に用意された椅子へと座る。

「改めまして、よくぞ来てくれた。厚く御礼申し上げると共に、不躾な手紙を送ったことをここに謝罪する。魔術学府の学長に対し失礼なことをしてしまった。申し訳なかった」

へぇ、ちゃんと頭を下げるのか。

俺としては、どっかのわがままな王様とか、第六天魔王のイメージがあったが違うみたいだ。

むしろ、ヒフィーさん寄りかな。

「謝罪、確かに受け取りました。以後、普通にご連絡いただければ問題ありません。正直、面白い手紙でしたので、これでこの話は終わりにしましょう」

「そう言ってくれると助かる。しかし、ポープリ殿。幼いとは聞いていたが、ここまでとは」

「私もノーブル陛下がここまでお若いとは思いもしませんでした。確か即位されたのが30年ほど前と伺っていましたから」

「いや、所詮若作り。覇王などと自称してはいるが、すでに全盛期は過ぎて老いをひしひしと感じている。ポープリ殿が育ててくれた我が国の魔術師がいなければ、もっと老いが進行していただろう」

「ほう。それは、老いを停滞させるモノを、我が生徒たちが開発したということでしょうか？」

「停滞というほどのモノではない。遅らせるぐらいだな。しかし、十分に素晴らしいものだ」

……何をしらじらしい。

どっちも不老のくせに。

「なるほど。それほどのものを作るために、我が校にも下手に人材を送ることはできなかったというわけですね？」

「そうだ。さすがに研究の途中で漏洩(ろうえい)されて先を越されるのはつらいからな。ここ20年ほどは指折りの魔術師はそちらに送らず、自国で育てていたというわけだ」

「そして、発表する気になったと？」

「だからこうやって、魔術の第一人者であるポープリ殿にご足労願ったのだ。お眼鏡に適えば、他国へも喧伝しようと思っている」

「お墨付きが欲しいわけですね」

「そうだ。しかし、耐えかねないと思えば、遠慮なく言って欲しい。不良品を胸を張って発表する気などないのでな」

「分かりました。厳しくいきましょう。ちゃんと理由も書類に書き留めて」

「ありがたい。では早速、といきたいが、本日はゆっくりしてくれ。そちらも急ぎ足で疲れているだろうし、我も情けないことに、思ったよりもそちらが早く来たのでな、仕事をほったらかしなのだ。今日中には終わるので、明日、正式にそちらの竜騎士アマンダ殿への挨拶も済ませたい」

　そう言ってノーブルは、アマンダに向かって頭を下げる。

「このような無礼な対応になってしまい。まことに申し訳ない。明日、正式に場を設けるので許して欲しい」

「い、いえっ!? そ、そんな、お、恐れ多い!! ぜ、全然気にしてませんから!!」

……やっぱ、少しの訓練ぐらいで、どうにかなるわけないよなー。

「ノーブル陛下、うちの若者が困っていますので、それぐらいで」

「……そのようだな。しかし、この若さで竜を従えるとは、その才能が羨ましい限りだ。できれば、これからも仲良くしたいものだ」

「は、はい!! よ、よろしくお願いします!!」

　とまあ、こんな感じで話は進んでいく。

　しかし、全然敵意が見えない。

……どう判断したものか？

第375掘：第一印象

side：エリス

「……という感じでしたね」

『なるほどなー』

私たちはノーブル王との面会を終えて、部屋に戻ってきて、ユキさんに報告をしていました。

先ほどは、アマンダやエオイドがいたので、タイキさんに任せましたが、今は逆にアマンダとエオイドをタイキさんに任せて私たちが報告しています。

「とりあえず、あからさまな敵意みたいなものは今のところなかったね。普通に友好的だったよ」

「そうじゃな。妾たちに何か手出ししようという雰囲気ではなかったのう」

『そうか。ま、普通の王様って感じか』

「そうですね。色々暗躍していた割には、まっとうな感じがするお人でした」

なんというか、覇王という呼び名や、暗躍などから、もっと狡猾(こうかつ)で掴みにくい人物かと思っていたのですが、人柄も良さそうな感じで、どちらかというと、ヒフィーさんと同じような感じがしました。

私利私欲というより、何か理由がありそうです。

いえ、もともと神々はルナさんからの指示で、各々独自に魔力枯渇への解決策を模索しているだけ。

ただ、私たちは下手に接触すると問題があるということで、こういう形になっているだけですからね。

話し合いで済むのであれば、それがいいのです。

まあ、そんなことはまだ分かりませんが。

『まあ、まだ顔を合わせただけだし、明日からが本番だな。ポープリにとってのタイムリミットはあと2日ってところだな。コメットが到着する。コメットが合流したら、たぶん向こうは一気に畳み掛けてくるだろうから、それまで、コメット相手に優位に立てるような情報を集めることだな』

そう、今回私たちが足早にエクス王都に赴いたのは、コメットさんより先にエクス王都に入りたいと言ったポープリさんのせい？　というのは違いますね。案というべきですね。

何というか、コメットさんは面白い方向へという感じが強く、被害が大きくなりそうなのです。

でも、実際それがどう作用するか分からないし、こちらから何か行動を起こさないといけないので、ユキさんは好きにやっていいと言っています。

コメットさんが注目を浴びる代わりに、他のチームが動きやすくなりますからね。

まあ、ポープリさんの気持ちも分かりますので、先行して被害が少なくなる方法を探すつもりなんです。

ユキさんとしても多角的な情報収集は必須といつも言っているので、特に止めるようなことはありませんでした。

あえて言うのであれば、アマンダとエオイドの心配ぐらいですね。

彼女たちは私たちの画策で竜騎士とその恋人という役を担ってしまったのですから、何かあっても彼女たちは逃がせるようにしておくようにと言われています。

「そう言われると、何か身内で争っているみたいだねー」

私にも正直そう聞こえます。

『世の中そんなもんだ。競い合いだよ。コメットの方針と、ポープリの方針が違うからな。どっちを採用するかってなると、より精度が高い方だ。俺という決裁者を納得させるように頑張ればいい』

「気楽に言ってくれるね」

『コメットのやり方はいけないと思って、慌てて行ったのはポープリだしな。俺としては、コメットが何かしてくる方が、色々やりやすいとは思っているからな』

確かに、今まで地道に調査をしていますが、私たちがすでに王城に入っていますし、スティーブたちも遺跡の調査に乗り出し、霧華やモーブさんたちも色々行動を開始しているはずです。こちらの動きがばれる可能性もゼロではないですから、目眩(めくらま)しをしてくれることは助かりますね。

「分かっているよ。口出し手出しをしているのは私の方だ。しかしだな。師と付き合いが長い私としては、どうしても師が主体で注目や情報を集めるというのは、とんでもないことが起こりそうで嫌なんだよ」

『そういう気持ちは分かる。まあ、その予感を回避するために頑張れー』

「他人事だね」

『他人事だしな。どのみち動かないと何も分からない。動く分には自由にしてくれ。あ、一応動く前に報告は欲しい。フォローもあるからな』

「分かったよ。と、そういえば、エリス殿やデリーユ殿はどうするつもりだい？　さすがに、私の付き人という立場だけだと、どこまでいけるか分からないよ？」

確かに、私たちはポープリさんとララさんの護衛という形だが、ノーブル王との本格的な会談や、内部まで見せる話になれば、ついていけるとは限らないわね。

『あー、それな。別についていけないなら、城の見学とかすればいい。表向きな戦力把握とかもできるし、２人はそういうのは得意だから』

「そうなのかい？」

「はい。知っているかと思いますが、ウィードの財源管理をしていますし、物資などからおおよそは……」

「妾も兵の練度とかなら分かるな。武器に関しても、ナールジアから色々聞いておるし、魔剣の有無を調べるのにもいいじゃろう。霧華は裏から色々探っておるし、表からは妾たちということじゃな?」

『そうそう。そこら辺はヒフィーやコメットに任せようと思っていたから、そっちがやってくれれば楽になるな。あとは、案内につくだろうアーネの探りかね。さりげなく、どうして騎士に、とか聞いてくれりゃいいよ』

　そうですね。

　アーネさんのこともありますし、これを全部コメットさんたちに回すのは厳しいですね。

「なるほどね。なら、最初からその予定で行こう。彼女たちは私から席を外してもらって、その間に城の探りを入れるという感じで」

『2人がいいならいいけど、どうだ?』

「私は構いません。理に適っていると思います」

「妾も賛成じゃ。わざわざ内部に入って監視をつけられるのも嫌じゃしな。アマンダとエオイドのこともあるし、そっちにも人数が残っている必要はあるじゃろ。まさか、あの2人を内部に連れていくわけにもいかんからな」

デリーユの言う通りね。

あの2人を内部まで連れていくということは、こちらの問題に完全に巻き込むことになる。現在でも、十分に巻き込まれているし、わざわざ危険を増やす必要はないわ。

『そうだな。2人のこともあるから、そっちの方針で決定しよう。というか、アマンダやエオイドはまだまだ、お偉いさん相手の対応は苦手みたいだし、下手に1人にすると、変な言質を取られて引き込まれそうだよな』

はい。ユキさんの言う通りだと思います。

何度か、アマンダやエオイドには指導はしてはいますが、早々慣れるものではありませんね。私たちの場合は、すでに貴族の怠慢、汚職や、王族のつらさなどを見聞きしていて、雲の上の存在という認識が最初から外れていました。

まあ、全部ユキさんのおかげなんですが、それがなければ私もそういう人々に普通に相対することはなかったと思います。

「そうだね。あの2人にはまだまだ早い場所だからね。色々迷惑をかけるかもしれないが、フォローを頼むよ」

「ええ。任せてください」

「任せておけ」

あそこまで面倒を見た子を見捨てるような真似はしないわ。

「そう言えばユキ。他のメンバーの動きはどうなっておるんじゃ？」

『ん？　ああ。コメットたちはあと2日後ぐらいってのは言ったたな。現在王都にいるメンバーは、モーブたち、霧華、外部では遺跡の調査にスティーブたちだな。まずは王都メンバーの動きだが……』

ユキさんからの報告は以下の通りです。

・モーブメンバー

現在、ロゼッタ傭兵団の指導役として行動し、ドレッサのドッペルと一緒に行動中。

特にドレッサ姫以外の監視などは見受けられず、王都の街を観光の建前で巡っている。

治安の悪い所も存在しており、ジルバ、アグウスト、ローデイ、エナーリアと同じように街並みもそれほど変わらない。

注意事項としては、ロゼッタ傭兵団とは別に、血戦傭兵団という、ゴブリンを盾に使う傭兵団との接触があったとのこと。

直接的というわけではなく、ロゼッタ傭兵団を挟んだ間接的な接触で、モーブメンバーのことは気にも留められなかったということ。

今後は、その血戦傭兵団を中心に情報を集めるとのこと。

あと、騎士団の募集があるとかなんとか。

・霧華メンバー

現在、モーブメンバーとは別に、デュラハン・アサシンたちが単独行動で潜入中、霧華は忍者、他は商人や、観光客などを装って、街の情報を集めている。

主に、モーブメンバーが集めた情報の裏付けのような仕事をしている。

なお、ホワイトフォレストにてダンジョンコアを奪った相手も霧華の部下が追跡中で、到着は5日前後ぐらいになるとのこと。

・スティーブメンバーというか部隊

すでにエクス王都周辺の遺跡の確認は終わっており、いつ潜入するかという状態で、ポープリたちの動きに合わせて潜入調査を行う予定になっている。

なお、モーブたちが遭遇したアンデッドの群れに関しては、一帯を調査したが野生の魔物だという証明、あるいは関係する痕跡は見られず。おそらくは誰かが用意して襲わせたのではないかと報告が上がっている。

・ドレッサ姫について

現在はラビリスたちと一緒にウィードを満喫しており、下手に刺激すると不安定になりかねないのでアーネに関しては、エリス、デリーユたち主体で進めて欲しい。

このような報告が上がってきました。

「特に今のところは問題なさそうじゃな」

「そうね。というより、明日からが本番ということね。ポープリさんとノーブル王が会談や、色々なことをしているうちに、私たちやスティーブたちがどこまで情報を集められるかね」

「私が囮だというのはちょっとアレだとは思うが、まあ有効利用というやつか」

『だな。有効に利用しているだけだな。持ちつ持たれつってやつだ。しかし……』

ユキさんは少し考え込むような仕草をしていて、私はそれが気になりました。

「何か心配事でもあるんですか？」

『いやー、自分が主導で進めておいてなんだが……』

「なんだが？　どうしたんじゃ？」

『なんか手応えがないというか、何もなさすぎて逆に怖い。今までは相手の行動は筒抜けだったからな。今回はぶっつけ本番。いや、ヒフィーの時とか、アルフィンの時も同じだったんだが、今回はさらに規模が大きいから』

ユキさんも不安なのですね。

いや、指示を出しているからこそ、きっと一番不安でつらいと思います。

私も、ユキさんを前線に送るとかになれば、きっと心配でたまらないでしょうし。

『心配してもしゃーないんだけどな。まあ、不測の事態が起これば連絡をして、手に負えないなら、さっさと戻ってきてくれ』

「はい。分かりました」

「うむ。無理はせぬよ」

「分かっているよ。死ぬつもりはないからね」

明日はしっかりと気を引き締めて、どのような事態にでも対応できるように、過ごしていきましょう。

side：ノーブル・ド・エクス　エクス王国　覇王　軍神（この世界レベルで）

予定より、ポープリ殿が早く来たので、仕事が夜まで押してしまった。

まったく、竜騎士というのを過小評価していたらしい。

まだまだ、色々な面で学ぶことは多いようだ。

いつか、竜騎士も部隊に組み込めるようになればいいのだが……。

そんなことを考えていると、傍についていた宰相が声をかけてくる。

「陛下、本当に魔術学府の学長に発明の品を見せるおつもりですか？」

その顔は不安を如実に表していた。

「最初の予定通り、全部というわけでもない。それでも心配か？」

「はい。あの発明の数々はまさに、陛下を覇王へと導く大事な我が国の宝でございます。それを、大陸随一の魔術の第一人者に見せるのは、多大な損失に繋がり、今後の陛下の覇道への邪魔になるかと」

「……宰相の心配も分かる。が、こちらも学長の力量を知らんのだ。主要な発明品でないものを見せて色々測る予定なのは話したし、おそらくはこちら側についてくれる」

「陛下のご友人のことでしょうか？」

「ああ、そちらも今こちらに向かっている。まあ、その前に学長が何か行動を起こすなら、処理すればいいだけだ。まさか、学長1人すらどうにもできないで、大陸を制するなど夢のまた夢だしな」

「……確かに。差し出がましいことを申しました」

「よい。その気持ちも分かる。して、学長たちは？」

「はい。すでに客室へ戻られて、お休み前に話し合いをしているようです」

「話？」

「ええ。監視の報告というか、扉から思い切り声が漏れてしまい会話の内容が筒抜けですので」

「どういうことだ？」

「竜騎士殿の礼儀練習ですな。こちらの騎士にお願いして練習しているようです。まあ、若いですからな」

「そうか。ふふっ、どこでも若者は大変だ。年寄りの悪知恵に振り回される」

「さようですな」

さて、僕も早く仕事を終わらせ、若者の見本となるような姿勢や振る舞いで臨まねばな。

あー、忙しい。

第376掘：忙しい1日始まる

side：デリーユ

窓から見えるのは、雲一つない青い空ではなく、まばらに白い雲がふわふわと漂っている長閑な空だ。

1日の始まりを告げる風景としては申し分なし。

本日もしっかり働こうと思えるというモノじゃ。

「うむ。こっちは今日も晴れやかじゃな」

「そうね。最近ウィードは雨が多いし」

妾の言葉を聞いたのか、エリスが返事をしてくれる。

エリスの言う通り、何か知らんがウィードはここ数日雨続きで青空を見ていなかった。

いや、ダンジョン内なのでいつでも天候は変えられるんじゃがな。

なるべく、外の天候と合わせようというのがユキの方針じゃからな。

「こっちでの仕事があって良かったと思えるな。珍しく」

「ええ。普段はユキさんが忙しい原因ですし、良いイメージはないですから」

うむ。エリスの言う通り、ユキがこちらに掛かりきりで大変そうじゃからな。

ユキに与えられている使命から考えると仕方ないのじゃが、妻としては非常に不愉快であり、心配じゃ。

「これが終われば少しはゆっくりできるじゃろ」

「だといいけど。とりあえず、エクスの問題さえ片付けば、6大国全てに繋ぎもできるし、楽になるとは思いたいわね」

「まあ、まずはエクスの件を終わらせんとな」

「そうね。今日から本格的に動く感じだし、幸先が良い朝と思いましょう」

そんな感じで、エクス城での朝は特に問題なく迎えることができた。

特に、夜間に襲撃されることもなく。ジルバやエナーリアの時より平和じゃ。

いや、どっちも妾は出産後で自宅待機じゃったがな。

まだ、襲われないと決まったわけでもないのじゃが。

妾たちが話している間に、他の皆も起き始めて、全員が起きる頃を見計らってか、アーネが朝食の用意ができたと呼びに来て、そのまま朝食になった。

朝食は可もなく不可もなく。

たぶん、この新大陸の水準では良い方なのじゃろうが、まあ、ウィードと比べるだけ無駄か。

お湯を入れるだけ、3分でできる美味い飯があるからのう。

妾としては、カップラーメンは好きなのじゃが、ユキが体に悪いから、週1、2までと言うのが残念じゃな。

ま、夜食としてこっそり部屋で食っておるが。

色々種類があるから仕方ないんじゃよ。

太ってもおらぬし、万事問題はないからOKじゃ。

って、なんで朝食を食べながら、他の飯の事を考えているんじゃろうな？

「で、アーネ君。私たちはこれからどうすればいいのかな？」

朝食も終わり、お茶を飲んで一息ついている所で、ポープリが話を切り出した。

「はい。其方さえよろしければ、午前中に正式にポープリ殿、竜騎士殿への挨拶を済ませたいとのことです」

「分かった。護衛の皆の同席は認められるのかい？」

「大丈夫です。が、陛下から直接お言葉を賜るのは、ポープリ殿とアマンダ殿のみですので、他の皆さまは私たちと一緒に、下がった場所から謁見することになります」

「ま、当然だね」

じゃな。必要のない人物で、他国の人間を無為に王に近づける理由はないからのう。

「……」

「アマンダ、落ち着いて。ノーブル王も慣れていないのはご存知だから、そこまで硬くならなくていいのよ？」

ポープリとアーネが話している横で、固まっているアマンダにエリスが声をかけているが、ありゃ駄目じゃな。

妾が王女様だったとか伝えたらどうなるかのう？

いや、ユキのメンバーの素性を伝えたらきっと死にそうじゃな。

だって、王族も知り合いは山ほどおるし、サマンサが公爵じゃから判断が曖昧じゃが、そこはいい。それより上の神様を手足のごとく使っておるからな。

そんなことを考えていると、横におったタイキから声がかかる。

「何かあると思いますか？」

「今のところは特に殺気は感じんのう。勇者や日本人としての勘ではどうなんじゃ？」

「勇者としては、魔王様と同じように怪しい空気は感じませんね」

「魔王様は余計じゃ。しかし、勇者としては、か。日本人としてはどうなんじゃ？」

「うーん、アマンダが緊張しすぎて面白いことをやってくれるってところに期待ですかね。お約束ってやつです」

「それは、下手するとクビが飛びそうじゃがな……」

「現実はそうですよねー」

何を呑気な。

そういうお約束は漫画だから許されるのであって、普通は相応の処罰が下る。

なあなあで済むことなどこの王権が大事な世の中ではあり得ん。

……なんか一気に心配になってきたぞ？

アマンダ、間違っても問題になるようなミスはしてくれるなよ。

そんな心配をよそに、特に問題もなく、正式な訪問歓迎の簡素な式典は終わった。

ふう、なんというか、胃に悪かったな。

今までは問題があっても、力押しでよかったのだが、今回はそうもいかんからな。

その違いじゃろうなー。

ユキがいつもなるべく被害を最小に済ませようとしているのは、こういう心の負担も含めてなのじゃろうな……。

今後は妾もそこらへんには気を付けよう。


「ぎ、ぎんぢょうしたー……」

で、その式典を乗り切った本人は部屋に戻ってぐだーっとしている。

見ている方もハラハラだったがな。

「ま、何事もなくてよかったわ」

「そうじゃな」

エリスの言葉に心底同意する。

「何事もありましたよー‼　陛下にフォローしてもらうなんて、私、大丈夫でしょうか……」

「問題ないよ。一般の人はそういうものだからね。しかも、アマンダはエクス王国の国民でもない。私の連れであり、学生、そして竜騎士だからね。これしきで問題を問うことがあれば、それこそ器量を疑われる。むしろ……」

「むしろ？」

「君が野心のない、ただの学生ということが知れて安心しただろうさ。ノーブル王以外もね」

「どういうことでしょうか？」

「そこは戻ってからだ。これからアマンダは色々あるんだからね」

「あう。そうだ、これから、ワイちゃんを飛ばして見せるとか、あるんでした……」

「その後は、兵の訓練を見るとか、城内の案内を受けないと。私の方は魔道具の検分だね」

「が、学長は一緒じゃないんですか⁉」

「竜騎士の演武までは一緒だろうが、その後の魔道具は機密になるからね。アマンダが是非にというなら可能だが、魔道具を見て意見を出せるかい？」

「無理です。遠慮します」

「それが賢明だよ。なに、そっちにはエリス殿、デリーユ殿、タイキ殿、そして君の夫、エオイドもいる。そうそうまずいことにはならないよ。フォローはしてくれる」

「なんか、私がダメダメな気がしますけど……分かりました」

上手く話を逸らしたな。

ただの学生というのが、今は上手く機能したか。

ノーブル王が言葉で大丈夫とは言っていたが、ノーブルの部下は竜という生物への恐怖が少なからずある。

言葉だけで完全に拭えるものではない。

それは竜を操るアマンダも恐怖の対象になってしまうということだ。

だが、緊張でガチガチになったアマンダを見て、ただの一般学生だという認識が生まれたということだろう。

あれなら妙な野心もありはしないと判断される。

王や国を害する可能性は低いと見られて、取り込む方向に動くだろうな。

暗殺よりはマシじゃな。

ま、これを本人に言えば、変にまた緊張するから、かえって逆効果になりそうじゃな。

だからポープリは明言を避けたというところじゃな。

そんなふうに軽く休憩をしつつ雑談をしていると、アーネが部屋を訪れた。

「失礼いたします。ポープリ殿、ララ殿、魔道具の件でお話がございます。よろしいでしょうか？」

「ああ、かまわないよ」

「はい。大丈夫です」

「竜騎士殿の演武後に予定している、魔道具の検分ですが、どなたがいらっしゃるのか、確認を取ってくるように言われましたので」

「そうだね。私とララだけの予定だよ」

「えーっと、他の皆さまのご同行はよろしいですか?」

「おや? 同行してよかったのかい?」

「はい。ポープリ殿を信頼しているとのことです。また、視点が違えば見える物も違うのかもしれないとのことです」

ほう、向こうから誘ってくるか。

しかも、誘い方も自然で違和感がない。

下手に断るわけにもいかない言い方じゃな。

「そうだな。それなら……と言いたいが、やはり私とララだけにしておこう」

「理由をお聞きしても?」

「簡単だよ。昨日も今日も見たと思うけど、まだまだアマンダは場慣れしていない。ポロっとミスが出る。そういう意味で他国の機密に触れさせるわけにはいかないよ」

「……なるほど。分かりました。しかし、残られる皆さまはどうするのでしょうか?」

「よければ、城内などの見学をさせてもらえないかい? そっちの方がアマンダとかの若者にとっては勉強になるだろう」

「分かりました。そのように陛下にはお伝えします」

そう言ってアーネは退出していく。

アーネが出ていくのを見届けた後、アマンダが口を開く。

「なんでノーブル王は学長以外の人も呼ぼうとしたんでしょうか？　いえ、エリス師匠やデリーユ師匠ならともかく、私やエオイドは全然ですし……」

「んー。一応言わないわけにもいかないだろうね。竜騎士は役に立たないと最初から烙印を押してしまうようなものだから、お伺いを立てたんだろうさ。勝手に判断するのと、伺いを立てた上で相手が断るのとはまったく違うしね。他国への印象もある」

「うーん、なんか難しいです」

「そういうところも追々勉強しないとね」

「……分かりました」

本来はこれが普通なんじゃろうな。

一般人は政治とか駆け引きなんぞ無縁じゃからな。

「そういえば、竜騎士の演武と言っておったが何をするつもりじゃ？　曲芸みたいなことは練習しておらんぞ？」

「ああ、ただ飛んで回るぐらいだろうさ。魅せることが演武の目的じゃないからね。アマンダとワイちゃんの能力披露が目的なんだよ。まあ、何かリクエストもあるだろうけど、そこら辺は私とよく相談してからだね。勝手に安請け合いはしないように」

「はい」

演武の内容も、それなら特に問題はなさそうじゃな。

いや、曲芸じみたことはワイちゃんは訓練でよくやってただろうから、できないことはないじゃろうが、アマンダが目を回すじゃろうな。

まあ、そんな感じで、アマンダが披露する演武の内容を適当に決めていると、本番の時間が来たようで移動を開始する。

アマンダは案の定、緊張でカチコチ。

間違って観客席とかノーブル王の所に突撃とかはやめてほしいのう。

その時は妾たちが止めるしかないか……。

そんな不安を抱えつつ、移動をしていると……。

『そっちが動き出したのは確認した。こっちが知り得る限りの重要人物のほとんどはその演武に出るみたいだから、今からスティーブたちや霧華の行動を開始する。そっちはノーブルと他の動きをよく見ててくれ。連絡を取るようなそぶりがあるか確認してほしい』

ユキもついに動き出したか。

他の皆も連絡が来たらしく、目配せをして頷く。

さあ、ここからが本番じゃな。

そちらも色々思惑があるのじゃろうが、こちらもこちらで色々あるからな。

化かし合いといこうかのう。

第377掘：ダンジョンアタックする魔物たち

side：スティーブ

本日は晴れ。

雲1つない青空ではなく、雲が混じる普通の晴れ。

草原には風が程よく吹いて草がなびき、森には木漏れ日ができ、そこに動物たちが集まっている。

おそらくは、これを平和だというのだろう。

だが、そういうのはやはり一面でしかないとおいらは知っているっす。

だっておいらたちが、その平和を享受していないっすから。

この平和な気持ちの良い天気の中にあって、薄暗い影に潜み、装備を整え、息をずっと潜めているのがおいらたち。

この姿を見た一般の人は平和だとは言わないっすよねー。

まあ、その平和を保つために働いてるつもりではあるんっすけどね。

そんなことを考えつつ、装備の確認をしていると……。

『HよりLへ、予定に変更なし。繰り返す。予定に変更なし』

そんな連絡が入るっす。

「了解」

『そちらの準備の方はどうか？』

「発見しているエクス近辺、4か所全ての遺跡への派遣はすでに終わっているっす。現在、装備の点検、再確認中」

『了解。速やかに点検を済ませて、いつでも突入できるようにしておけ。ノーブルと接触をしたポープリたちはそろそろ演武に出席する予定だ。その隙に侵入を試みて色々な情報を集める手筈に変更はない』

「了解」

素早く各隊に連絡を取り、現状を確認する。

大将のオペレートを聞きたいっすけど、準備が終わってからっすね。

ということで、各自の準備が終わったことを確認して、大将に再度連絡を取る。

「LからHへ、全部隊準備完了。いつでも作戦開始できます」

『了解。その状態で待機せよ』

「で、なんで大将がオペしてるっすか？」

『ああ、オペレーターは各隊で別についている。俺は総括みたいな感じだな。余裕があるから直接話しているって感じだ』

「なるほど」

『そっちが潜入して、細々報告を上げ始めると反応はできんな。吟味で忙しくなる。だからこの会話も最初だけだ。まあ、死ぬなよ』

「敵さんがおっかないトラップとか仕掛けてないことを祈るっすよ」

『そういえば、スティーブが潜入するところは本命だったよな？』

「そうっすよ。監視で人の出入りが確認されているっすから」

そう、おいらの担当場所は、4か所の内で唯一、人の出入りがある場所。

敵が何かをしている可能性がある最有力候補であり、4か所の中で一番困難だろうと言われている。

だからこそ、おいらが派遣されたわけっす。

『と、ポープリたちが動き出したな。時間合わせ、一一〇〇（ひとひとまるまる）より探索を開始する』

「了解」

全員が腕時計を見つめる。

『5、4、3、2、1……作戦開始。諸君の働きに期待する』

さて、いよいよ始まったっす。

「作戦通り、1人はここで入り口を監視。残りの4名は2名ずつで、分かれて捜索、情報収集を開始するっす。行動開始」

すぐに潜入組のおいらたちは遺跡の入り口に近づく。

人の出入りはあるのだが、外に見張りは立っておらず、接近するだけなら特に問題はない。

まあ、だからと言って楽勝だぜーって思うことはないっす。

この遺跡、最初は通路が一直線なんでそこで誰かと鉢合わせする可能性が高いっす。

それから奥は先行偵察をしていないので分からないっす。

色々心配な要素はあるっすけど、そこら辺はなんとか経験で越えていくしかないっすね。

一帯の索敵が済んだのか、ハンドサインを部下がくれるっす。

(辺りに気配なし)

(暗視装置、サーマルセンサー、魔力センサー、音源センサー共に反応なし)

よし。

特に問題はなさそうっすね。

(魔力遮断装置を起動。光学迷彩は敵をやり過ごす時のみとする。全員侵入開始)

音もなく遺跡に侵入し、一直線に延びる通路を歩いて行く。

『HよりLへ、そちらの潜入を確認。ノーブルたちに特に反応はなし。作戦を続行せよ』

その連絡に声を出して返事することはない。

ただ報告を聞いて、作戦を続けるだけっす。

しかし、しばらく歩いているつもりなんですけど、トラップも何もないっすね。

もしかして、ただ使えるか様子を見に来ただけで、本命は別だったたってやつっすかね？

そんな心配も出てきたんで確認を取る。

（どれぐらい進んだ？）

（直線だったのでおよそ700メートルです）

やっぱりそのぐらいっすか。

しかし、思ったより長いっすね。

まあ、深く考えても仕方ないっす。今は奥に行ってみるのが大事っすね。

さらに倍ぐらい歩いていると、進行方向から足音と人の話す声が聞こえてくる。

（全員、光学迷彩用意。入り口を見張っている連絡員に連絡。待機部隊から、追跡させて）

（（了解））

全員その場で動くことなく、相手が来るのをじっと待つ。

「しかし、この通路長いよな」

「そうだな。まあ、再利用してるんだし仕方ない」

「でもよ、こんな場所じゃなくても研究なんてできるだろ？　なんでまた陛下はこんなところでやっているんだろうな」

「そりゃー、警備がしやすいからだろう。お前が言ったように道が長いし、狭いとまでは言わないが、音が響く、侵入者がいたらすぐに分かる」

「あー、なるほどな。門番が奥にいるのも？」

「そうだ。外で見張っていると、どこから不意打ちが来るか分からないし、ここで何かやっていますよーって言ってるようなものだしな」

「上も色々考えてるんだなー」

「そういうことだ。まあ、物を運ぶ俺たちとしては大変なんだがな」

「だよなー。まったく、魔術学府のお偉いさんか何だか知らないけど、これを見せる価値はあるのかね？」

「俺たちが何を言っても仕方ないさ。命令通りに運ぶだけだ」

「ま、いいけどな。俺たちは良い暮らしさせてもらってるし、陛下がいいって言うならいいんだろうさ」

そんな話をしながら2人はおいらたちに気が付かずに通り過ぎていく。

(先ほどの会話をすぐに大将へ。こちらは情報収集が仕事っす。考えるのは向こうに任せるっすよ)

(((了解)))

色々と考えたくはあるっすけど、今、おいらたちがすることじゃないっすからね。

しかし、門番ねー。

倒さないと中に入れないとかは面倒だなー。

その場合も想定はしているっすけど、仲間1人を囮にするっすからね。

危険が大きいのであんまりやりたくないっす。

そんなことを考えて進んでいると、階段に辿り着く。

（全員、気を引き締めていくっすよ。階段はトラップの宝庫っすから、厳重に注意を）

一歩一歩確実に降りていく。

圧力式とか、ピアノ線とか、魔力式のトラップが無いか、慎重に周りを観察して下りていく。

だが、特にトラップはなくそのまま下の階層にたどり着く。

色々と腑に落ちないっすけど、さっきすれ違った相手は特に訓練しているような感じはしなかったし、トラップはつけていないっすかね？

で、少し奥に進むとようやく開けた広間みたいな場所に出て、奥に門がそびえていた。

大体6メートルぐらいっすかね？

門には兵士が4人、門の上にも、警備の兵士がさらに4人ほど立っている。

よくよく見ると、広間の入り口近くの両サイドには扉があって、広間に入ってきた相手をすぐに囲める態勢になっている。

なるほど、こりゃ通路にトラップは要らないわけっすね。

通路を無音で歩くのはほぼ不可能。すぐ気が付かれて迎撃態勢を整えられる。

上手くここまで辿り着いても、これ以上は奥に進めないし、軍事施設というのはすぐに分かる。

盗賊ごときでは、どうすることもできないっすね。

情報が流れていないのが多少不思議っすけど、最初からこの場所を別の施設ということで話しているなら特に疑問に思われないっすね。

国の備蓄施設とかにしてるなら、最初からここに盗賊が入り込もうとは思わないっすね。

集団で攻めても数を活かせないし、ようやく辿り着いたら門を突破するというお仕事。

どうせ、エクス王都にすぐ連絡が行くようになっているだろうから、そこまで距離も遠くないのですぐ援軍もくるって寸法っすね。

といっても、特に今のおいらたちには問題にはならないんすけどね。

これが、魔力セキュリティの鉄扉とかだったら非常に面倒だったんすけど、上が空いているっすからね……。

(全員、門は閉じられているから、上に飛ぶっす。音に注意)

((了解))

映画の定番なら何かを引っ掛けて、壁をよじ登って、鉄条網をうまく抜けるとか高難易度なんすけど、よじ登る必要はないし、鉄条網もありはしないので楽っす。

超レベルでの俺TUEEEって素晴らしいと思うっす。

いや、おいら以上の化け物もゴロゴロいるっすけどね。大将とか……。

ま、そこはどうでもいいや。考えても仕方ないし。

そんなことを考えつつも、簡単に門の上に辿り着く。

あっけないとは思いつつも、おいらたちの姿が見えていないので仕方がないっすね。

というか、排除する必要があったら、この門兵さんたちとか全員ぶっころの可能性もあったし、よかったっすね。

（予定通り、ここの調査は戻る時に余裕があればするっす。ここはいったん通り過ぎて、中身を確認するっすよ）

そうハンドサインを出すと、全員頷く。

今のところ問題はなく、大将にもメールと写真の経過報告を送って、それからさらに奥へ進む。

すると、さらに場所が開けてそこには街が広がっていたっす。

さすがに大将の作るダンジョンのように疑似的な空なんかは存在していないっすけど、地面は遺跡の石造りから土に変わっていて、暗さもなく、ところどころに木が生えており、ウィードとどこかしら似ているところがあるっす。

時間帯が昼頃ということもあってか、人が普通に出歩ている。

とりあえず、その様子を眺めつつ、街の中へ踏み込んでいく。

あ、今更っすけど、光学迷彩ならお互いのハンドサイン見えなくね？　って話だけど、この時だけ腕の光学迷彩を解いてるっす。

お互いの姿はサーマルセンサーで確認しているし、問題ないってことっす。

見られても、手だけ浮いてたって感じだから、勘違いか、頭がおかしいぐらいにしか思われないっすからね。

人の心理も利用するのは大将のお手の物。

とりあえず、大きさはそれなりで、かなりの人が住んでいると思える広さだったっす。

律儀に、広場みたいなところに街の地図がおいてあったっす。

大体5キロ四方ってところっすね。

大将の初期の頃のダンジョンっぽいっすね。

その地図を写真に収めてから、人目のつかない家屋の屋根に上る。

路地とか定番の所なんて行かないっすよ。

こっちの方が安全っすから。

「さーて、予想通りと言いましょうか、予想以上と言いましょうか……ともかく、大将に報告を」

「了解」

ここでようやく声を出して指示を出す。

「とりあえず、中の調査はおいらたちに一任されているっす。まずは地図を見て調べるところを絞ってみるっすか」

　写真に収めた地図をコール画面で展開、全員で確認する。

「……こっちはおそらく居住区っすね。細かい建物が密集しているっす。逆に反対側は大きい建物が多いから、何かしら組織だって作業を行う設備とみるべきっすね」

「そうですね。で、どうします？」

「ここから2、2で分けるっす。居住区の探索はそっちが。大きい建物、作業場らしきモノをおいらが引き受けるっす。大将からの連絡では、ノーブルおよび、エクス軍の動きは見えないらしいっすけど、油断はしないように。連絡はいつでも取れるようにしておくっすよ」

「「了解」」

　そうして、おいらたちは大きい建物へと移動していく。

　おそらく、おいらたちの方が危険っすよねー。

　しかし、本当にダンジョンの中に街を作ったような感じっすね。

　ここまでしっかり管理してるなら、書類とかありそうだから、それを狙うのがいいっすね。

　ついでに、さっき通路ですれ違った人たちが魔道具とか言ってたから、それに関係する場所もあるだろうし、そこも調べられたらいいっすねー。

　しかし、何というか、大将が心配したように、上手く行きすぎて逆に心配になるっすよね。

　調べものしてたら取り囲まれたり……。

ま、その時はその時っすね。

今は、少しでも多くの情報を手に入れることが大事っすね。

どっかの特殊工作員とか、潜入ゲームみたいに、ボス戦とかありませんように。

そんなお約束は現実にはいらないっす。

というか、なんでダンジョンに配備されるべきおいらたち魔物がダンジョンアタックしてるっすかね？

第378掘：キャッスルアタックと忙しい裏方

side：霧華

さて、本日の晴れは私たちにとって吉と出るか凶と出るか……。

いえ、天候の良し悪しで、私たちの任務の成否に関わるなどと思ってはいけませんね。

何事も成し得るのは、最後まで諦めず行動した者のみ。

無論、神頼みが悪いわけではありませんが、努力もしないで運任せなど、ぞっとします。

というか、神様はウィードでジャージ姿という無体な格好ですので、祈るのはちょっと……。

しかし、今日は王城で学長と竜騎士を迎える式典があるというのに、特にエクスの王都は騒がしくもなく、いつもの通りの朝を迎えているという感じでしょう。

ここ数日、私はエクス王都をモーブさんたちとは別の旅人という形で歩き回り、王都の調査をしていました。

忍び姿でもなく、普通の……というのはあれですね。新大陸で通用する旅人の服装です。

普通というのはウィードでの服のことを言うのであって、こういうボロの服が普通の私服と思われるのは心外です。

アンデッドとはいえちゃんとした自我がある女性ですから、無論、死臭など魔術で消していますとも。臭いで気が付かれますからね。アサシンの名を冠するのですから、そういうところも気を配っています。

とりあえず、本日は色々忙しいことになりそうなので、その前の打ち合わせをしっかりしておきましょう。

「お、霧華」

「どうも、勝手に上がらせてもらっています」

ということで、同じようにエクス王都に潜入しているモーブさんたちとコンタクトを取ります。

無論、表立って、宿屋の正面から入って、ドアを叩いて入るなどということはしていません。私たちはこの場所ではお互いの存在すら知らないという形なので。

「外の見張りの連中はどうだった？」

「いつもと変わらずですね。３名が同じような場所から見張っています。増員はないですから、ドレッサ姫の動きには特に関心が無いようですね」

「そいつは良い話だ。俺たちはいつものように訓練して、飯食ってという予定で問題ないわけだ」

「はい。そのようにお願いします。ご主人からもそのように連絡が……」

そんな話をしていると、そのご主人から連絡が来ました。

『よう。おはよう。揃ってるな』

「おう。おはようさん」

「はい。おはようございます」

特にご主人の表情は変わらず、朝の挨拶をしましたし、今のところは問題はなさそうですね。

『さーて、そっちがどこまで話してるかは知らないが、こっちにも情報提供を頼むわ』

「いいぜ。といっても特に変わりなしだな。霧華が外の監視を見てくれて報告してくれたが、増員もなし、特に張り詰めた様子もなしって感じだから、こっちのことはばれてないみたいだな」

「私の方も、昨日、竜が来たことで騒がれはしましたが、本日は特に騒がしくもありません。式典の話もほぼ出てきません。城勤めの兵士が酒場で少し喋ってたくらいです」

「あ、俺の方もワイちゃんの話はそんなに出てなかったな。ロゼッタ傭兵団の方から少し情報が流れたくらいで、特に慌てた様子もなかったな」

『そうか。予定に変更なしでいいな。スティーブたちも配置は終わっているし、モーブたちはいつもの通りで』

「おう」

『だが、モーブ以外は潜入捜査しているから、何かあれば陽動として動いてもらうからな。その覚悟はしておいてくれ』

「へいよ。具体的には？」

『場合によりけりだ。その時になったら連絡する』

「その時がないことを祈りたいね」

確かに、そんな状態は潜入している私たちの誰かがピンチもしくは全員のピンチです。そんな状態は嫌ですね。

『そして霧華はスティーブと同じく、ポープリたちが気を引いている間に、でき得る限り内部の情報を集めてくれ』

「はい」

「ん？　ちょっと待ってくれ。今回はそれだけなのか？　思いっきり動くってのはないのか？」

『今回はあくまでも、情報収集が目的だ。動くのはヒフィーたちが到着してからだな。まあ、集めた情報が即時処理を求められるものならそう言った方向もあり得なくはない。今までと違って相手にダンジョンマスターがいる可能性が非常に高いし、ルナという仲介役を挟んでいるわけでもない。だから足で情報を稼ぐしかないんだよ』

「あー、そうだったな。だから俺たちも潜入してるんだった。最近訓練ばかりで忘れてたわ」

『もうボケたか、おっさん』

「ボケてねえよ」

『ま、そこはどうでもいい。霧華は予定通りに城に潜入。怪しい所や武器庫、資料などの情報を頼む』

「了解です」

『じゃ、俺はスティーブたちとの連絡もあるから、あとは頼む』

そう言って話は終わり、私はモーブさんたちの部屋を離れ、いつでも潜入できるように待機します。

すでに潜入ルートは決まっており、何度か検証も行いましたが、相手方に反応はありませんでした。

反応がないことを喜べばいいのか、警戒すればいいのか、判断に困るところですね。

できればこちらの技術が相手を上回っていて反応できないという答えが一番好ましいのですが……。

まあ、そういうことも確認するための、情報収集作戦なのです。

ちゃんと陽動のモーブさんたちもいますし、何かあれば援護はそれなりにあります。

あとは私次第ということでしょう。

『スティーブたちは潜入を開始。霧華、そちらも作戦を開始してくれ』

そして、いよいよその時が来ました。

「了解。潜入を開始します」

私の装備もスティーブ隊と同じで、光学迷彩を使い、門から堂々と潜入します。

今日はポープリさんたちの式典などがあるので、謁見などの人は来ていないようですが、それでも城の出入りがゼロになるということはありません。

物資の搬入や、お城勤めの人の出入りがあります。

まあ、そんな感じで特に誰にも気が付かれることなく、潜入に成功したわけですが。さて、どこから情報を集めるのか、という話になるのですが、リスクの低い所から順に調べることになっています。

マッピングをしながら、まずはお城の内部構造を調べます。

どこに何があるのかを知らないので、そこを知るところからです。

王の部屋や宝物庫など、重要な場所には兵が立っているので、そういう所は目印を付けて、後回しにする感じです。

……しかし、張り合いがない。

廊下で兵士とすれ違いはしますが、まったく反応されません。

緊急連絡も来ないですし、ポープリさんたちもスティーブたちも上手くやっているのでしょう。

さて、ある程度全体は調べましたし、次は怪しい所ですね。

王の部屋や執務室は警備がいますし、後回しで、武器庫や地下の牢屋ですかね？

私がそう考えていると、窓から何かが地上から飛び立つ姿が見え、歓声も同時に聞こえてきます。

バッサバッサと羽を振って空を飛んでいるのは、ワイちゃんですね。

上にはアマンダさんの姿も見えます。

どうやら、十分に役を果たしているようです。

「おお、凄いな。アレが竜騎士か」

「凄まじいものですね」

不意にそんな声が聞こえて振り返ると、執務室を警備していた兵士がこちらに向かってきています。

いえ、正しくは窓から見えるワイちゃんを見に来ているのでしょう。

チャンスですね。

私は兵士たちと入れ替わるように、執務室へと向かい、周りに誰もいないことを確認し、開錠して執務室へ忍び込みます。

これがウィードみたいな電子、魔力セキュリティがあるとどうにもならなかったでしょうが、そういうところはまだまだのようです。

その場合は、どこかで兵士を絞め落として、カードキーなどを奪わないといけませんから、難易度が跳ね上がっていたことでしょう。

何はともあれ、本当にワイちゃんとアマンダさんには感謝ですね。

文字通りいい囮です。

後回しにするしかなかった執務室へ先に潜入できる機会が来るとは思いませんでした。

ギィ……。

そんな音を立てて扉が開かれます。

これは鳴き砂、鶯張り（うぐいすば）のようなものでしょう。

音が立つ材質を使って、来訪者を知らせる知恵。

まあ、誰もいないのであれば意味がないのですが。

そして素早く扉を閉め、内側から扉の確認をします。

こういう大事な場所には、誰かが侵入していないかを確かめるために、扉に紙片などを挟むことがあります。

原始的ですが、きわめて効果的です。

そういうトラップが無いかを確認すると……予想通り、床に紙片が落ちています。

さて、これでは侵入者がいるのがばれてしまいますね。

対応策は色々ありますが、今は情報を集めましょう。

ササッと、執務室の机に近寄り、罠が無いか確認しつつ、慎重に引き出しを開けては確認していきます。

内容を詳しく見ることはしません。

片っ端から写真に収めて、即座に送るのです。

色々重要な情報があった気はしますが、それをじっくり読んで解析するのは私の仕事ではありません。

ちゃんと書類の順番も同じにして引き出しに戻します。

鍵が付いている引き出しもありますが、高度な鍵でもないのですぐにピッキングして開け、中身を確認していきます。

無論、戻す時にはちゃんと鍵もかけ直します。

後は、棚の本もあるのですが、さすがにそれを調べるのは時間がかかりすぎます。

次があるのなら、というやつですね。

さて、予定通り、処理待ち、確認待ちの資料はすでに写真に収めましたし、ここを出ますか。

私は腰に下げた袋から、ネズミを取り出します。

無論、ただのネズミではありません。

ただのネズミに見えて、高レベルの魔物であり、言葉を理解する利口な子です。

紙片などの侵入者を知らせるトラップを欺くための相棒です。

「では、私は窓から出ますので、あとは任せました。合流は予定通りの場所で」

「チュウ」

私はネズミを残して、窓から外へ出ます。

ネズミはこちらが出たのを確認したあと、鍵を閉めて、ある程度時間が経ったら、執務室の物を倒して、兵士にドアを開けさせる予定です。

兵士がカギを持っていなくても、誰かがカギを開けるまではネズミはがここにいる予定なので、犯人はネズミということになるのです。

私は引き続き、状況が許す限り情報の収集に当たることにしましょう。

次は武器庫ですかね。

しかし、こうやってお城とかに潜入していると、アサシンク○ードを思い出しますね。

スティーブたちはメタルギ○派なんですが、私達デュラハン・アサシンはアサシンク○ード派なんですよね。

いいえ、暗殺とかはしませんけど。

side：ユキ

最初は暇なのだが、情報が送られてくるとそうも言っていられなくなる。

「ゴブリン隊、スティーブ部隊以外はハズレのようです」

「スティーブ隊、部隊を2つに分けてダンジョン内の街の情報収集を開始」

「霧華から、執務室の書類データが送られてきています」

次々に経過報告や、情報が集まり忙しくなる。

「ハズレのゴブリン隊は引き上げさせろ。スティーブ隊の支援要員に回せ」

「了解」

「スティーブ隊からの報告をまとめて地図の制作急げ」

「了解」

「霧華から送られた書類データは即座に印刷してこっちに回してくれ。確認する。城内の図面もポープリたちの証言を合わせて作ってくれ」

「了解」

はぁ、ゲームとかでは現場の主人公がクソ忙しく見えるんだけど、裏方も情報分析とかで非常に忙しいんだよな。

知りたくも、味わいたくもない現実だったよ。

「どうかしたかね？」

「いえ、裏方も裏方で大変だなーと、改めて思い知っただけですよ」

「楽な部署はないということだ。ま、私も手伝うから頑張ってくれ」

「タイゾウさんが手伝ってくれるだけ助かりますよ。嫁さんたちは手伝ってくれますけど、まだまだ初心者ですからね」

「だろうな。だからこそ私を引き留めたんだろう？　本来であれば私もエクスに向かっていたはずだからね」

そう、タイゾウさんがついていかなかったのは、情報処理のためだ。

こっちに残ってもらった方が有利だと判断したから。

「で、情報は何か出ると思いますか？」

「普通ならないな。一度の情報収集で完璧なものが揃うなら誰も苦労はしない。何事も積み重ねだ」

ですよねー。

ラノベとか漫画、映画なら、「な、なんだってー!?」っていうベタな情報が出るけど、世の中そんなに簡単じゃないよなー。

ああ、平社員の頃が懐かしい。

番外編　若葉芽吹く

side：タイゾウ・モトメ

カリカリ……。

紙に走らせているペンの音が響く。

いや、ようやく気になったというべきか。

「……ふぅ。一度休憩するか」

私はペンを置いて、夢中で書いていたノートに目を向ける。

内容は、主に記憶にある限りの技術や思い付きなどの走り書き。

私がこちらの世界に来てから定期的にやっていることだ。

なにせ、この身一つでこの世界にやってきた。

日本のように、いつでも本を読んで好きなだけ情報を引き出せるわけではない。

なので、こうして思いつく限り、分野問わず思い出す限り書き出して、記録に残しているのだ。

後で何かの役に立つだろうと思って。

「今風に言うとアウトプットだったたか？」

こうして書くことで覚えているかどうかを判断することになるという意味だったか。

まあ、試験勉強をするようなことだろう。

「まあ、いまさらする意味はあまりないんだがな」

そう、今はこうやって書き出すのは私の趣味でしかない。

ウィード、ユキ君たちと合流した今、いつでも現代日本の書籍や情報を取り寄せられる。

私がいた時代よりもはるかに進んだ情報が山ほどある。

たった60年ほどでこれだけ進んでいるのかと驚いたものだ。

「世の中どんどん便利になっていくものだな」

私はノートをよけて目の前のパソコンに視線を移す。

そこには、私が今手掛けている仕事や、論文などのデータが開きっぱなしになっている。

そう、もはやノートも必要ない時代になっているのだ。

パソコンがなければ仕事ができないのでは不便だと思っていたが、ネットワークによって端末でも操作でき、ノートパソコンだけでなくタブレットでも作業ができるし、情報の共有もできる。

つまりどこにいても仕事ができるというわけだ。

さらには、ネットを通じてどこでも数多の情報を取り出すこともできる。

このパソコンがあれば図書館に行く必要もないということだ。

昔は、誰が今まで積もり積もった書籍や論文、絵などをデータにするのかという話があったらしいが、蓋を開けてみればこの便利な道具を使いやすくするために、多くの人たちがこぞってデータ化をしていて、今や膨大とも言えるデータがこのネットには存在している。

「とはいえ、本を探すということもそれはそれで楽しいのだがな」

私は次に本棚へと目を向ける。

そこには私が必要と感じて揃えた紙の媒体としての書籍が揃っている。

これはこれで味がある。

背表紙を見て購入を決めたものもあれば、内容を読んでこれは必要だと思って購入したものも。

運命の出会いというものだろうか？

そんなことを考えて苦笑いをする。

「私の青春は本か……」

彼女ができないのも納得だ。

そう思いつつ、休憩なのだから外の風を浴びるかと思い、上着を取って外へと出る。

出た途端、ふあっと体を優しい風が包む。

「……これは上着は必要なかったか？」

外の空気は暑すぎず、寒すぎず、ちょうどいい感じだ。

まあ、持ってきた上着をそのまま手に持っているのもあれなので羽織る。

風が冷たくならないとも限らないからな。

「さて、外に出たのはいいがどうするか」

休憩、気分転換に出たのだが、これといった目標はない。

まあ、それが休憩だ。

詰め込んでいて仕事が進むわけでもないからな。

何も考えず水面に糸を垂らすというのも気分転換になるものだし、私もとりあえず気分でそのまま歩いてみようか。

私はそう決めて、ただ気の向くまま足を進めていく。

わーきゃー……。

と、子供たちの声が聞こえる。

ここは、そうか……。

「公園だったな」

そう、答えは簡単、公園だ。

ユキ君がウィードの住人の憩いの場所として用意した場所。

この世界にはまだまだ遠い概念のはずだったが、今ではこうして子供が楽しそうに笑う声が聞こえてくる。

それだけではない、私のように散歩している者もいれば、お喋りを楽しんでいる者もいる。

まさに平和、というやつだな。

私も子供の頃を思い出す。

何も考えず野山を駆け回っていた頃を。

「……そういえば、この前花見をしたな。あの桜並木はどうなっているか」

この公園でつい半月ほど前だろうか？

ユキ君たちと花見をした。

サクラ君たちの誕生祝いも兼ねてだが。

そんなことを思い付いて、私は公園に入っていく。

穏やかな日差しの中、人々は思い思いに今を過ごしている。

私もその中の１人。

実に平和だ。

この平和が続くように国を守っていかねばならない立場になったとはな……。

日本もあの戦争の先に見ていたものがあるのだろう。

そんなことを考えつつ、風景を楽しみつつ、花見をした場所まで歩いていると……。

「あ、タイゾウさんじゃないですか」

「あ、ほんとだ。おーい」

正面からそんな声が聞こえてきて、よく見てみると、ユキ君とタイキ君がいる。

「やあ、2人ともこんなところで会うなんて珍しいな。休憩中かい？」

この2人も私と同じように、ここに来たのは同じように息抜きだと思ったのだ。

そうでもなければのんびり私を待つこともしないだろう。

私に用事があれば真っ先に連絡を取ってくるだろうからな。

「ええ。ちょっと仕事の合間にですね」

「タイゾウさんもですか？」

「ああ、ちょっと休憩だな。のんびり歩いていたら公園が見えて桜が気になってな」

隠す理由もないので素直に休憩のついでに桜を見に来たことを伝える。

「さすがにもうあれから半月ですからね。桜は散っていますよ」

「それは分かっているさ。ただ、どうなっているのか見たくなってね。まあ、休憩に理由を求めるのもおかしな話だろう？」

「確かに。じゃ、行きますか」

ということで3人でこの前宴会をやった桜並木までやってくる。

そこには半月前の桜の絨毯（じゅうたん）と桜吹雪はなく、若葉が芽吹いた緑色の桜の木が立ち並んでいる。

何も知らない人から見ればただの木でしかない。

しかし、私たち日本人にとっては大きな意味がある。

「無事に若葉が生い茂っていますね」

「ああ、ちゃんと桜が時を重ねているようで何よりだ。これでまた来年も綺麗な花を咲かせるだろう」

「ですね。桜が散って終わりじゃないですもんね。始まりですから」

「ああ、タイキ君の言う通り。桜は散るのが始まりだ。新しい命が芽生え育っていく」

「今年も頑張っていきましょうってことですね」

ユキ君の言う通り、新しい命が生まれてくるのだから、この国をこの世界を、ちゃんと守っていかねばなるまい。

まあ、それは私たちの都合ではあるが。

「そういえば、なんで新年度って4月からなんでしょうかね？　年明けは1月でしょう？」

「ああ、それは答えだけ言うと、稲作に合わせたものだったらしい。昔はお米がお金の代わりを果たしていたのは知っているかな？　年貢(ねんぐ)といってそれを現金化して予算を作るという面倒な方法を取っていて、1月に間に合わなかったと聞いている」

「へぇ。実際その時を知っているわけじゃないですから、ネット上では噂話として記載されていましたけど、本当だったんですね」

「真実かと言われるとちょっと疑問ではあるし、当時友好関係にあり技術や制度を教えてもらっていたイギリスを倣(なら)ったという話もある。どのみち、桜に合わせて新年度を作ったわけではないのが、浪漫に欠ける話だな」

「あー、そっか。予算の配分が4月になるから、学校とか国の期間もそれに合わせて動いたってことか」

「予算が分からないのに予定を決めるのは不可能だもんな」

さもありなん、といったところか。

世の中、どこまでも予算、お金で動く経済だということだ。

「とはいえ、こうして桜を始まりと考える者たちもいる。日本は浪漫に溢れているのかもしれないな。まあ、現実を覆い隠す都合の良い話かもしれないがな」

良いことを言おうと思ったが、すぐに撤回してしまう。

何せ、耳あたりの良い言葉を使って、私たちは若者たちを戦地に送り出すことをよしとしてしまった。

国のために、同期の桜などとな……。

そんなことを考えて顔を曇らせていたのがユキ君たちにばれていたようで……。

「それでもいいじゃないですか。別に桜自体に罪があるようなことでもない」

「ですよ。自分で考えて行動するのはいつの時代だって一緒です。まあ、色々難しいっていうのは分かりますけどね、過去よりも未来ですよ」

「……そうだな。ああ、そうだ」

私は今一度桜の若葉をはっきりと見つめる。

現実から目を逸らすためのモノではなく、未来を、これからをはっきりと見定めて歩くため桜に私たちがするのだ。

その決意と共に、また風がふあっと体を包み込む。

心地の良い風だ。

まるで私の決意を後押ししているようだと勘違いしてしまう。

いや、そうだと思おう。

科学者だからと言って神仏に頼るのは駄目だということはない。

健全な心の在り方というものだ。

「よし。散歩をしたら腹が減ったな。何か食べに行くつもりだが、ユキ君、タイキ君たちはどうする？」

「お邪魔じゃなければご一緒しますよ」

「俺も一緒に行きますよ」

「ああ、なら美味しいモノを探しに行こうか」

こうして私は桜並木を後にする。

よい、気分転換になったな。

モンスター文庫

著 ぺもぺもさん
イラスト マシマサキ

1

初級魔術マジックアローを極限まで鍛えたら

初級魔術マジックアロー。多くの魔術師が最初に覚える魔術。貴族の長男として生まれたアルベルト・リュミナスは優秀な弟と比較される苦しい日々を送っていたが、幼いながらもマジックアローを使うことができた。自身の才能を信じて魔術学院に進むも、それ以外の魔術を何も習得できなかった。失望した両親に見捨てられたアルベルトだが、諦めずにマジックアローを磨き続ける。それから十年。学院の入試を受けようとする白髪の少女ローラと出会い、止まっていたアルベルトの運命が動き始める――!使える魔術の数こそが実力とみなされる世界で常識はずれのマジックアローだけで成り上がっていく英雄の物語。ここに開幕!

モンスター文庫

発行・株式会社　双葉社

必勝ダンジョン運営方法⑰

2022年5月1日 第1刷発行

著者 雪だるま

発行者 島野浩二

発行所 株式会社双葉社
〒162-8540 東京都新宿区東五軒町3-28
電話 03-5261-4818(営業)
03-5261-4851(編集)
http://www.futabasha.co.jp
(双葉社の書籍・コミック・ムックが買えます)

印刷・製本所 三晃印刷株式会社

フォーマットデザイン ムシカゴグラフィクス

落丁・乱丁の場合は送料双葉社負担でお取り替えいたします。[製作部]あてにお送りください。
ただし、古書店で購入したものについてはお取り替えできません。
[電話]03-5261-4822(製作部)

定価はカバーに表示してあります。

ISBN978-4-575-75306-6 C0193
Printed in Japan

Mゆ01-19